L'exploitation

Du même auteur
chez le même éditeur

L'Exploitation
Portraits d'après nature
Un appartement à New York
Moo

en collection de poche

Portraits d'après nature (n° 148)
Un appartement à New York (n° 199)

Jane Smiley

L'exploitation

Traduit de l'anglais (États-Unis)
par Françoise Cartano

Rivages

Titre original : *A Thousand Acres*

106, bd Saint-Germain – 75006 Paris

ISBN : 2-7436-0124-8
ISSN : 1160-0977

Pour Steve, tout simplement.

Livre I

1

En roulant à cent à l'heure, il fallait une petite minute pour longer les terres de notre ferme, sur la 686, celle qui montait plein nord vers l'embranchement avec la route dite Cabot Street Road. La Cabot Street Road n'était qu'une simple route de campagne goudronnée dont l'unique particularité était que, huit kilomètres plus loin, à l'ouest, elle traversait la ville de Cabot. A la sortie ouest de l'agglomération, la Cabot Street Road devenait route panoramique du comté de Zebulon, et pendant près de cinq kilomètres, elle suivait la boucle de la rivière du même nom, dont le cours s'orientait ensuite vers le sud, alors que la panoramique continuait en direction de l'ouest, pour mener à Pike. L'embranchement avec la route 686 se faisait à angle droit et au sommet d'un léger relief, lequel était à peine plus perceptible que l'inévitable bosse au centre d'une méchante assiette à trois sous.

Vue depuis cette bosse, la terre était indubitablement plate, le ciel formait indubitablement une voûte, et du temps que j'allais à l'école, où l'on me parlait de Christophe Colomb, j'avais l'impression, envers et contre ce que racontait la maîtresse, que les anciens n'avaient peut-être pas tout à fait tort. Aucun globe ni planisphère ne parvenaient à me persuader vraiment que le comté de Zebulon n'était pas le centre de l'univers. Dans le comté de Zebulon, où la terre donc était plate, les choses rondes (graine, balle de caoutchouc, bille d'acier) finissaient par trouver une immobilité parfaite et enfoncer une racine au profond de trois mètres de terre arable.

Comme l'embranchement se trouvait au sommet de ce minuscule relief, on apercevait le corps de ferme, à seize cents mètres, sur la frange sud de nos terres. A la même distance, mais vers l'est, on distinguait trois silos qui constituaient l'angle nord-est de l'exploitation, et à condition de laisser son regard balayer lentement l'espace séparant les silos de la ferme, dans un sens, puis dans l'autre, on pouvait se faire une idée de l'immensité des terres possédées par mon père – deux cent cinquante-six hectares, d'un seul tenant, payés, sans contraintes ni hypothèque, d'une terre plate et fertile, noire, meuble, et bien exposée – ce qu'il y avait de mieux sous le soleil.

En regardant vers l'ouest, depuis l'embranchement, on n'apercevait rien de franchement panoramique à l'horizon. La raison était que le Zebulon avait creusé son cours en profondeur, dans la couche de bonne terre et de calcaire, dessinant une vallée riante en contrebas des exploitations agricoles environnantes. On ne distinguait du reste pas davantage, sauf la nuit, la moindre trace de l'existence de Cabot. Finalement, on ne voyait rien du tout, que deux fermes au milieu des champs. Dans la plus proche vivait la famille Ericson, dont les deux filles avaient respectivement l'âge de ma sœur Rose et le mien ; l'autre était celle des Clark, et leurs deux fils, Loren et Jess, allaient encore à l'école primaire alors que nous fréquentions déjà le collège. Harold Clark était le meilleur ami de mon père. Il possédait deux cents hectares en pleine propriété. La famille Ericson en avait cent quarante-huit, hypothéqués à la banque.

Dans le comté de Zebulon, chacun se définit autant par son poids en hectares et en traites à honorer que par son état civil – nom, prénom, date de naissance, etc. Quand ils étaient assis à la table de notre cuisine, Harold Clark et mon père se disputaient souvent la priorité sur les terres des Ericson, en prévision du jour où la banque les forcerait à vendre. C'est une chose que j'avais à l'esprit chaque fois que je jouais avec Ruthie Ericson, chaque fois qu'avec ma mère et ma sœur Rose nous allions aider à faire les conserves de légumes, chaque fois que Mrs. Ericson venait porter une tarte ou des beignets, chaque fois que mon père prêtait un outil à Mr. Ericson, chaque fois que nous prenions le repas du dimanche dans la cuisine des Ericson. Je reconnaissais la validité de l'argument avancé par Harold Clark quand il disait que la terre des Ericson était de son côté de la route, mais cela ne m'empêchait pas de penser que la propriété devait nous revenir à nous. D'abord, il y avait dans le petit cabinet de la chambre de Dinah Ericson une banquette de fenêtre que je convoitais. Ensuite, je trouvais juste et souhaitable que tout ce grand cercle de terre plate, dont l'embranchement de la 686 et de la Cabot Street Road constituait le centre, nous appartînt. Quatre cents hectares. Tout simplement.

On était en 1951 et j'avais huit ans lorsque je voyais l'exploitation et l'avenir de cette façon. C'est l'année où mon père acheta sa première voiture, une berline Buick avec des banquettes de velours gris et rêche, aux sièges si rembourrés et lisses qu'on se retrouvait facilement par terre entre les deux banquettes lorsqu'il y avait une grosse bosse ou un virage un peu raide. Ce fut aussi l'année de la naissance de ma sœur Caroline, ce qui explique sans doute pourquoi mon père acheta la voiture. Les petites Ericson et les fils Clark continuèrent de circuler sur le plateau de la camionnette de la ferme, pendant que les filles Cook jouaient des orteils contre le dossier de la banquette avant et regardaient le paysage par le pare-brise arrière, à l'abri de la poussière. La voiture donnait l'exacte mesure du fossé qui séparait deux cent cinquante-six hectares de deux cents, ou de cent quarante-huit.

Malgré le prix de l'essence, nous fîmes beaucoup de promenades en voiture cette année-là, chose que les fermiers font rarement, et que mon père ne refit jamais plus après la naissance de Caroline. Pour moi, il s'agissait d'un plaisir comparable à celui d'avoir un magot caché – Rose, que j'adorais, était assise à côté de moi dans le luxe de velours moite et chaud garnissant l'intérieur de la voiture, le gravier heurtait bruyamment le châssis, la Buick donnait l'impression de voguer sur la route pleine d'ornières, et les exploitations défilaient au rythme d'une par minute, notre vitesse réduisant leur immensité à des proportions d'insignifiance ; sensation insolite de ne rien faire ; mais surtout, et plus important encore, timbre rassurant de la voix de mon père et de ma mère commentant ce qu'ils voyaient par la vitre – le premier attentif à l'avancement des tâches annuelles et à l'état du bétail dans les prés, la seconde à l'allure et à la taille de la maison et du jardin, à la couleur des bâtiments. Elle était posée et confiante, leur voix, pleine de la certitude heureuse que chez nous le travail était plus avancé, chez nous les bâtiments plus imposants et mieux entretenus. Lorsque je pense à eux aujourd'hui, je me dis qu'à l'époque ils ne devaient guère avoir vu davantage du vaste monde que moi. Pourtant, lorsque je les écoutais dans leur duo, je me berçais volontiers de la conviction sans faille, au fil des comparaisons accumulées, que nous avions une belle ferme, une belle vie, et la tranquillité.

2

Jess Clark était resté treize ans absent. La raison de son départ était banale – le service militaire – mais dans les mois qui suivirent le jour où Harold accompagna son fils jusqu'à la gare routière de Zebulon Center, Jess et tout ce qui le concernait étaient passés dans la catégorie des sujets tabous, au point que plus personne ne prononçait son nom. Et puis au printemps 1979, dans la banque de Pike, je tombai un matin sur Loren Clark qui m'annonça que Harold faisait rôtir un cochon pour fêter le retour de Jess, que nous étions tous invités, et que ce n'était pas la peine d'apporter quoi que ce soit. Je posai une main sur le bras de Loren, ce qui l'empêcha de tourner les talons pour s'en aller et l'obligea à me regarder en face.

« Alors, il était où, finalement ? dis-je.

– Je suppose qu'on va le savoir.

– Je croyais qu'il ne vous avait donné aucune nouvelle.

– Exact, jusqu'à samedi soir.

– C'est tout ?

– C'est tout. »

Après un long regard et un sourire lent à venir, il

ajouta : « Je remarque qu'il a soigneusement attendu qu'on se soit crevé le cul à finir de tout planter pour nous jouer sa scène de la résurrection. »

Pour se crever, ils s'étaient effectivement crevés, tous autant qu'ils étaient, vu que le printemps avait été froid et pluvieux, et que personne n'avait pu travailler dans les champs avant la mi-mai. Tout le maïs du comté avait ensuite été semé en moins de deux semaines. Loren avait le sourire. Il pouvait dire ce qu'il voulait, je savais bien qu'il avait un vague sentiment d'héroïsme, comme tous les hommes de chez nous. Une idée me traversa l'esprit.

« Il est au courant pour votre mère ?

– Papa lui a dit.

– Il est venu avec une petite famille ?

– Ni femme, ni enfants. Et pas l'intention de repartir d'où il vient non plus. Enfin, on verra bien. »

Loren Clark était un grand gars, gentil. Pour parler de Jess, il eut cette espèce d'indulgence presque amusée qu'il avait en toute circonstance. Le rencontrer par hasard était toujours un plaisir, comme boire un grand verre d'eau fraîche. Harold organisait donc un barbecue fantastique – pendant tout le temps de la cuisson, il injecterait régulièrement du jus de citron vert et du paprika sous la peau du cochon. Malgré tout, je n'en fus pas moins étonnée d'apprendre que Harold désertait les champs pendant une journée entière, au moment où l'on plantait le soja. Loren haussa les épaules.

« Rien ne presse, dit-il. Le temps va tenir, maintenant. Tu connais Harold. Il a toujours aimé marcher en dehors des sentiers battus. »

La véritable attraction, ce serait de voir Jess Clark refaire surface dans l'océan du silence qui l'avait recouvert au fil des années. J'éprouvais un regain d'intérêt, doublé d'une pointe d'impatience qui semblait de bon augure. En rentrant par la route panoramique, un peu plus tard, et avant d'arriver à Cabot, je me dis que la rivière était bien jolie – avec les saules et les érables argentés aux feuilles bien ouvertes, les massettes vertes et charnues, les iris sauvages en bouquets pourpres – et je m'arrêtai, le temps d'une petite promenade pour le plaisir, au bord de l'eau.

Le jour de la Saint-Valentin, ma sœur Rose avait appris qu'elle était atteinte d'un cancer du sein. Elle avait trente-quatre ans. La mastectomie et la chimiothérapie qui avait suivi l'avaient laissée dans un état de faiblesse et de grande angoisse. Pendant toute la durée des mois de mars et avril – les pires qu'on eût vécus depuis des années – j'avais préparé les repas pour trois maisons – celle de mon père, qui tenait à vivre seul dans notre ancienne maison, celle de Rose et de son mari, Pete, juste en face de chez papa, et la nôtre, à mon mari Tyler et à moi. Nous habitions la maison qui était autrefois celle des Ericson, en fait. J'avais réussi à regrouper les déjeuners, voire les dîners lorsque l'état de Rose le permettait, mais le petit déjeuner devait impérativement être cuisiné et servi dans chaque cuisine. Ma matinée aux fourneaux débutait avant cinq heures pour s'achever au mieux à huit heures trente.

Avoir les hommes dans les jambes, les entendre se plaindre du temps et dire leur crainte d'une pénurie d'essence pour les tracteurs en pleine saison des semailles, cela ne facilitait pas les choses. Et Jimmy

Carter devrait faire ceci, et Jimmy Carter va sûrement faire cela... tout le printemps.

Quant à la soudaine décision de Rose, l'automne précédent, d'expédier Pammy et Linda, ses filles, dans un internat, elle n'avait rien arrangé non plus. Pammy était en cinquième, Linda en sixième. Elles détestèrent l'idée de partir, se battirent contre ce projet en prenant leur père et moi comme alliés contre Rose, qui continua de marquer leurs vêtements, prépara leur valise, et les conduisit en voiture à l'école quaker de West Branch. Rose maintint, même devant l'opposition de notre père, une résolution sans faille qui tenait de la force naturelle.

Le départ des petites me fut insupportable : je les considérais comme mes propres filles et, lorsque le médecin avait annoncé à Rose qu'il s'agissait d'un cancer, ma première réaction avait été de dire : « Pammy et Linda n'ont qu'à venir habiter un moment à la maison. Ça tombe bien. Elles pourront finir l'année scolaire comme ça et ensuite, peut-être, retourner chez toi.

– Jamais », avait-elle répondu.

Linda venait juste de naître au moment de ma première fausse couche, et pendant un certain temps, six mois peut-être, la vue de ces deux bébés, que j'avais aimées et chéries avec plaisir et sincérité, fut pour moi comme un poison. Toutes les fibres de mon corps me brûlaient quand je les avais sous les yeux ou lorsque je voyais Rose avec elles, comme si le moindre de mes vaisseaux sanguins transportait de l'acide jusqu'aux ultimes terminaisons de mon corps. J'étais tellement jalouse, d'une jalousie toujours renouvelée chaque fois que je les voyais, que je pouvais à peine articuler une parole, et je n'étais pas très gentille avec Rose pour la simple raison qu'au fond de moi je lui en voulais terriblement d'avoir ce que je désirais, et de l'avoir eu si facilement (il m'avait fallu trois ans rien que pour tomber enceinte, alors qu'elle attendait déjà un bébé moins de six mois après son mariage). Bien entendu, personne n'était à blâmer dans cette histoire, et je fis en sorte de vaincre ma jalousie en me répétant constamment, à la façon d'une litanie, ce fait central de ma vie : d'aussi loin que je me souvienne, Rose avait toujours fait partie de mon existence. A côté de ce qui nous liait comme sœurs, toutes les autres relations dans notre vie portaient plus ou moins la marque de l'absence – avant Caroline, après notre mère, avant nos maris, nos grossesses, ses bébés, avant et après et en dehors de nos amis et voisins. Dans le comté de Zebulon nous connaissons depuis toujours des familles capables de vivre ensemble pendant des années sans s'adresser la parole, des gens pour qui un différend historique à propos de terres ou d'argent reste brûlant au point d'anéantir tout autre sujet de conversation, tout autre mode de relation ou d'affection. Je ne voulais pas cela, surtout pas cela, alors j'avais surmonté ma jalousie et fait en sorte que mes relations avec Rose soient meilleures que jamais. Pourtant, son refus de céder sur l'internat fut pour moi le rappel sans ambiguïté que les fillettes seraient toujours ses filles à elle, jamais les miennes.

Bref, j'avais entendu le message et décidé de ne plus y penser. Mon seul souci, dès lors, fut de préparer ses repas, faire son ménage, sa lessive, la conduire en voiture à l'hôpital de Zebulon pour ses soins, m'occuper de sa toilette, l'aider à trouver une prothèse, l'encourager pour sa rééducation. Je parlais des petites, je lisais les lettres qu'elles écrivaient, je leur envoyais des cakes à la banane et des biscuits au gingembre. Il n'empêche qu'avec leur éloignement, j'ai éprouvé encore une fois – la première depuis la naissance de Linda – ce que pouvait être l'atmosphère dans ces familles, comment d'une seule décision pouvaient découler des générations de silence.

Le retour de Jess Clark, ou comment une chose qui avait semblé impossible se révélait possible. On était à la fin du mois de mai, et Rose allait beaucoup mieux. Encore une éventualité devenue réalité. Elle avait meilleure allure aussi, depuis qu'elle reprenait des couleurs. De plus, le beau temps allait continuer, d'après la télé. Ma promenade au bord de l'eau m'avait conduite à l'endroit où la rivière se perd un peu dans une sorte de marécage, ou, pour dire les choses autrement, à l'endroit où la terre s'enfonce sous la surface de la mer qu'elle recouvre, et dont elle laisse les eaux bleues étinceler dans la lumière encore limpide du soleil printanier. Et puis il y avait une colonie de pélicans – vingt-cinq peut-être – dessinant un nuage blanc sur la surface miroitante de l'eau. Quatre-vingt-dix ans plus tôt, quand mes arrière-grands-parents s'étaient installés dans le comté de Zebulon, alors que toute la région était humide, marécageuse et brillante comme ce bout de terre, c'est par centaines de milliers que les pélicans nichaient dans les massettes, mais moi, je n'en avais plus vu un seul depuis le début des années 60. Je les ai regardés, me disant que la vue depuis la route panoramique m'avait appris quelque chose de ce qui se trouve en dessous du niveau du visible.

Les frères Clark présentaient bien l'un et l'autre, mais dans le cas de Loren, il fallait regarder attentivement pour découvrir qu'il avait de beaux yeux et une bouche joliment dessinée. Son tempérament affable lui donnait une espèce de lenteur qui devait correspondre à ce que les gens ont généralement en tête lorsqu'ils utilisent le mot « plouc ». Et peut-être qu'il s'était un peu épaissi vers le milieu du corps, comme il arrive quand il y a abondance de viande et de pommes de terre. Je ne m'en étais même pas rendu compte avant de revoir Jess pour la première fois, le jour du barbecue, mais on aurait dit la version inversée de Loren. Jess avait à peu près un an de plus que Loren, je crois, mais au terme de ces treize années, ils avaient fini par devenir semblables à ces jumeaux, séparés à l'enfance, que l'on voit parfois à la télé. Ils inclinaient la tête de la même façon, ils riaient des mêmes blagues. Mais les années n'avaient pas levé leur tribut sur Jess comme elles l'avaient fait sur Loren : la taille ne faisait pas de bourrelet à la ceinture ; les cuisses semblaient légèrement arquées, laissant deviner les muscles sous le jeans. Vu de dos non plus, il ne ressemblait à aucun de ceux qui étaient venus manger le cochon. Le creux des reins était souligné par la ceinture, puis il y avait juste une rondeur, joliment moulée par l'empiècement triangulaire du jeans et les deux poches sur les fesses. Par ailleurs, Jess n'avait pas une démarche de paysan, encore une chose qu'on remarquait en le voyant de dos. La plupart des agriculteurs marchent en mobilisant l'articulation de la hanche, c'est-à-dire en se contentant de lancer une jambe puis l'autre en avant, alors que chez Jess Clark, le mouvement partait du creux des reins, comme s'il allait exécuter un saut de mains.

Rose le remarqua, elle aussi, exactement en même temps que moi. Nous posâmes nos plats sur les tables à tréteaux, je regardai Jess abandonner Marlene Stanley avec qui il parlait, et Rose dit : « Tiens donc. Regardez-moi ça ».

Son visage n'était pas lisse comme celui de Loren, en revanche. C'est là qu'il avait vieilli. Les rides dessinaient deux éventails au coin des yeux, elles encadraient le sourire, attiraient l'attention sur le nez, qu'il avait long et busqué, faute de chair ou d'années de pensées inoffensives et bienveillantes pour en adoucir la ligne. Il avait les yeux bleus de Loren, mais il ne s'y lisait aucune gentillesse, les boucles brunes de Loren, mais elles étaient taillées court. Une jolie coupe. Et puis il portait des chaussures chic, et une chemise bleu clair dont il avait retroussé les manches. En fait, il avait belle allure, à défaut de donner l'impression de devoir lever rapidement les doutes nourris dans le voisinage. Ce qui n'empêcherait pas tout le monde de se montrer aimable avec lui. Pour les gens du comté de Zebulon, l'amabilité était une vertu.

Il m'embrassa, puis il embrassa Rose.

« Tiens, mais c'est les vedettes, dit-il.

– Tiens, mais c'est le poison, répliqua Rose.

– Je n'étais pas si méchant. Je m'intéressais, c'est tout.

– L'adjectif infernal a été inventé spécialement pour toi, Jess, dit Rose.

– J'étais gentil avec Caroline. Caroline m'adorait. Elle est venue ?

– Caroline habite à Des Moines, maintenant, dis-je. Elle se marie l'automne prochain, tu sais. Avec un avocat, comme elle. Frank Ras ... » Je me tus, je faisais trop sérieuse, ennuyeuse.

« Déjà ? »

Rose releva la tête et repoussa ses cheveux en arrière.

« Elle a vingt-huit ans, Jess, dit-elle. D'après papa, c'est presque trop tard pour la reproduction. Tu peux lui demander. Il te fera un cours sur les truies et les génisses, avec des histoires de trucs qui se dessèchent et de poches vides. Il a toute une théorie sur le sujet. »

Jess se mit à rire.

« J'ai gardé ce souvenir de ton père. Il avait toujours des tas d'idées. Avec Harold, ils étaient capables de rester assis à la table de la cuisine et d'ingurgiter une tarte entière, par parts successives, en vidant deux ou trois cafetières, tout en bataillant à n'en plus finir sans jamais vouloir laisser l'autre avoir le dernier mot.

– Ils le font toujours, dit Rose. Il ne faudrait pas que tu imagines que les choses ont cessé d'être, simplement parce que tu n'étais pas là pour les voir pendant treize ans. »

Jess la regarda.

« Je suppose, dis-je, que tu n'as pas oublié le franc-parler de Rose. Cela non plus n'a pas changé. »

Il me sourit. Rose, qui ne se laissait pas facilement démonter, enchaîna : « Moi aussi, j'ai de la mémoire. Je me souviens que Jess avait un faible pour le *Swiss steak* de maman, alors c'est ce que j'ai apporté. »

Elle souleva le couvercle de son plat et Jess leva les sourcils.

« Je n'ai plus mangé de viande depuis sept ans, dit-il.

– Eh bien dans ce cas, tu risques fort de mourir de faim dans le coin. Tiens, Ginny, j'aperçois Eileen Dahl. Tu sais, celle qui m'a envoyé des fleurs, à l'hôpital. Je vais lui dire un mot. »

Elle s'éloigna. Jess ne la regarda pas partir. En revanche, il souleva le couvercle du plat que j'avais apporté. Des *enchiladas* au fromage et aux pois chiches.

« Alors, tu étais où, finalement ?

– J'habitais à Seattle, les derniers temps. J'ai aussi vécu à Vancouver avant l'amnistie.

– Nous n'avons jamais su que tu étais parti au Canada.

– Je m'en doute. Je suis parti là-bas pendant ma première permission, juste après avoir fait mes classes dans l'infanterie.

– Est-ce que ton père était au courant ?

– Peut-être. Je ne sais jamais trop ce qu'il sait.

– Le comté de Zebulon doit paraître bien banal après cela, les montagnes et tout le reste.

– C'est très beau là-bas. Je ne sais pas ... » Son regard sauta brusquement par-dessus mon épaule, puis revint se fixer sur mon visage. Il eut un franc sourire. « Nous aurons le temps d'en parler. Il paraît que vous êtes devenus nos voisins les plus proches.

– Côté est, certainement. »

Je vis la voiture de mon père faire son entrée. Pete et Ty étaient avec lui, j'étais au courant. Mais Caroline aussi l'accompagnait. Ça, ce n'était pas prévu. Je fis un signe de la main, alors qu'elle descendait de la voiture, et Jess se retourna pour voir.

« Tiens, la voilà, dis-je. Là, c'est mon mari, Ty. Tu te souviens sûrement de lui, et Pete, le mari de Rose. Tu avais eu l'occasion de le rencontrer ?

– Pas d'enfants ? demanda Jess.

– Non, pas d'enfants. » Je mis dans cette réponse la désinvolture enjouée dont j'avais coutume et m'empressai d'enchaîner : « Mais Rose en a deux, Pammy et Linda. Je suis très proche d'elles. A vrai dire, elles sont en internat. A West Branch.

– Voilà qui est très chic pour une brave famille d'agriculteurs. »

Je haussai les épaules. Entre-temps, Ty et Caroline avaient fini par nous rejoindre, après avoir lâché papa du côté des agriculteurs qui faisaient cercle autour de Harold, et Pete devant le baquet de bières glacées. Ty m'enlaça la taille et m'embrassa sur la joue.

J'avais épousé Ty alors que j'avais dix-neuf ans, et le fait est que, après dix-sept années de mariage, j'étais toujours aussi contente de le voir surgir chaque fois qu'il faisait une apparition.

Je n'avais pas été la première à quitter le collège, ni la dernière non plus. Ty avait vingt-quatre ans. Il travaillait dans l'agriculture depuis six ans, et ses terres donnaient bien. Soixante-cinq hectares, et pas de crédit en cours. Une superficie à laquelle mon père ne trouva pas à redire, parce qu'il y avait une histoire derrière : le père de Ty, qui était le fils cadet des Smith, avait reçu en héritage les terres annexes, mais pas l'exploitation d'origine. Pas d'embrouille, la vraie ferme était allée à l'oncle de Ty et faisait deux cent quarante hectares, sans hypothèque. Le père de Ty avait poussé le bon sens jusqu'à épouser une femme laide et ne faire qu'un enfant, ce qui était la limite, disait souvent mon père, avec soixante-cinq hectares. Lorsque Ty eut vingt-deux ans, et alors qu'il travaillait la terre depuis suffisamment de temps pour savoir ce qu'il faisait, son père mourut d'une crise cardiaque qui le frappa en dehors de chez lui, à la porcherie. Papa vit dans cet événement l'ultime expression de l'ordre normal des choses, et quand Ty commença à fréquenter notre maison, l'année suivante, il fut parfaitement accueilli.

Ty était bien élevé et agréable à vivre, et puis il me préféra spontanément à Rose. Il était très poli, une des qualités qui durent vraiment, et longtemps, chez un homme, me disais-je souvent. Chaque fois qu'il arrivait, il avait le sourire : « Bonjour, Ginny », disait-il, et quand il sortait, il me prévenait de l'heure à laquelle il pensait être de retour. Il se faisait aussi une obligation de me dire au revoir, de me remercier après chaque repas, et il n'ignorait généralement pas l'usage du « s'il te plaît ». Cette bonne éducation lui était fort utile aussi avec mon père, car il travaillait chez nous et louait ses soixante-cinq hectares à l'extérieur. Papa ne s'entendait pas aussi bien avec Pete, et Ty passait beaucoup de temps à jouer les bons offices entre eux deux. Au fil des années, il devint clair que Tyler et moi allions bien ensemble, surtout par opposition à Rose et Pete qui vivaient en permanence dans la tension et l'insatisfaction.

Ty salua Jess avec sa gentillesse habituelle, et les regarder alternativement, tous les deux, fut pour moi une expérience étrange. La dernière fois que je l'avais vu, Jess faisait tout jeune et Ty paraissait d'autant plus mûr. A présent, on aurait dit qu'ils avaient le même âge, avec, en réalité, un supplément d'élégance et d'assurance à mettre au crédit de Jess.

Caroline serra la main de Jess avec ses façons un peu brusques d'avocate pressée, ce que Rose appelait toujours son style « Je-peux-vous-traîner-au-tribunal-si-vous-y-tenez ». Peut-être était-elle, à en croire papa, un peu vieille pour procréer, mais elle était jeune pour une avocate. Je fis tout mon possible, par affection pour elle, pour ne pas laisser filtrer mon amusement, mais je vis bien que Jess Clark avait lui aussi envie de sourire. Elle nous informa de son intention de passer la nuit sur place, de nous accompagner le lendemain à l'église, et d'être de retour à Des Moines pour le dîner. Rien que de très banal. Je me suis mille fois repassé le film de cette soirée, avec l'idée d'y découvrir un signe avant-coureur, quelque chose, une façon de faire différente, susceptible de changer le cours des choses. Sans succès. Aucun.

3

Mes arrière-grands-parents maternels, Sam et Arabella Davis, étaient originaires de l'ouest de l'Angleterre, région vallonnée dont la terre était pauvre. Lorsqu'ils débarquèrent dans le comté de Zebulon, au printemps de l'année 1890, et découvrirent que la moitié de la parcelle de terre qu'ils avaient déjà achetée, sans l'avoir vue, se trouvait sous soixante centimètres d'eau pendant une partie de l'année, et que la moitié de ce qui restait était du sol spongieux, ils rebroussèrent chemin jusqu'à Mason City où ils passèrent l'été et l'hiver. Sam avait vingt et un ans et Arabella vingt-deux. A Mason City, ils firent la connaissance d'un autre Anglais, John Cook, lequel, étant originaire du Norfolk, ne se laissa pas décourager par une histoire de mouillères. Cook était simple commis dans un magasin de nouveautés, mais il lisait beaucoup et s'intéressait aux dernières innovations techniques en matière d'industrie et d'agriculture, de sorte qu'il persuada mes arrière-grands-parents de consacrer ce qui leur restait d'argent à drainer une partie de leurs terres. Il avait seize ans. Il vendit à mon arrière-grand-père deux bécats, deux bêches, un niveau, un stock de drains en terre cuite de fabrication locale, et une paire de grandes bottes. Lorsque le temps se réchauffa, John quitta son emploi. Sam et lui partirent affronter ces gros moustiques que l'on appelle des maringouins, et ils se mirent à creuser. Sur la partie la plus saine, mon arrière-grand-père fit ce que faisaient tous les agriculteurs la première année – il planta huit hectares de lin et quatre autres d'avoine. Les deux donnèrent plutôt bien, en comparaison de ce qu'aurait été la récolte en Angleterre. Pendant ce temps-là, à Mason City, naissait ma grand-mère, Edith. John et Sam creusèrent, nivelèrent, drainèrent, jusqu'à ce que le sol gelé ne laissât plus passer leurs fourches, puis ils retournèrent à Mason City, où ils firent ensemble la connaissance d'Edith, et ensemble se firent embaucher à la fabrique de briques et drains de la ville.

Un an plus tard, juste après la moisson, John, Arabella et Sam construisirent une maison avec deux chambres, dans l'angle le plus au sud de la propriété. Trois hommes de la ville et un autre agriculteur, qui s'appelait Hawkins, prêtèrent main forte. Le tout fut terminé en trois semaines, et ils emménagèrent le 10 novembre. Pendant le premier hiver, John habita chez Sam et Arabella, où il occupa la deuxième chambre. Edith dormait dans une sorte d'alcôve. Au bout de deux ans, John Cook fit l'acquisition, encore une fois pour un bon prix, de trente-deux hectares supplémentaires de terres marécageuses, attenantes à la propriété des Davis. Il continua de vivre sous leur toit jusqu'en 1899, puis il se construisit une maison bien à lui.

Il était tout à fait impossible d'imaginer, en la regardant, que la terre foulée par mes pieds d'enfant n'était pas le terreau originel dont on me parlait à l'école, mais une terre nouvelle, création du réseau magique de drains que mon père évoquait toujours avec plaisir et respect. Ces drains « pompaient » l'eau, réchauffaient le sol, le rendaient plus facile à travailler, de sorte que papa pouvait venir dans ses champs avec tout son matériel vingt-quatre heures après les pluies les plus torrentielles. Comme par magie, le drainage amena la prospérité – rendement à l'hectare accru, récoltes de meilleure qualité, année après année, quel que fût le niveau des pluies. Je savais à quoi ressemblait un drain (quand j'étais toute petite, des cylindres en terre cuite de douze ou trente centimètres traînaient un peu partout sur nos terres, pour réparer ou étendre un réseau de drainage ; puis j'ai grandi, et les drains sont devenus de grands serpents en plastique tubulaire), mais pendant des années, j'ai cru à la présence d'un sol dur sous la couche de terre meuble, un sol carrelé, vert d'eau et jaune, comme dans les toilettes des filles de l'école primaire, solide et brillant, dans lequel on ne risquait pas de s'enliser, un sol plus sûr qu'un placement, plus fiable qu'une assurance sur les récoltes, le seul vrai patrimoine du fermier. Il fallut à John et Sam, et pour finir, à mon père, une génération – soit vingt-cinq années – pour installer le réseau de drains, creuser les puits absorbants, prévoir les citernes. Moi, avec mon chapeau et ma robe du dimanche, dans la Buick qui m'amenait à l'église, j'étais la bénéficiaire de ce gigantesque effort, j'étais quelqu'un qui pourrait toujours marcher sur la terre ferme. En dépit des apparences qui les faisaient aisément passer pour un don de la nature, ou de Dieu, ces hectares n'étaient pas un cadeau. A l'église, nous allions exprimer notre respect, pas notre gratitude.

Il était d'une évidence absolue qu'à l'aune de la sueur versée, John Cook avait gagné certains droits sur l'exploitation des Davis, et lorsque Edith eut seize ans, John, qui en avait alors trente-trois, l'épousa. Ils restèrent dans la ferme, tandis que Sam et Arabella passaient commande chez Sears par correspondance, d'une maison, plus vaste et plus visiblement cossue que la première – le modèle dit *The Chelsea*. Ils prirent livraison de leur *Chelsea* (quatre chambres, salle à manger, grand salon et petit salon, salle de bains incorporée, portes coulissantes entre la salle à manger et le salon, prix : $ 1129), au service du frêt de Cabot. Les pièces détachées comprenaient jusqu'à la moindre planche, solive, vis, les cadres de fenêtres, les portes et tout ce qui était nécessaire, plus soixante-seize pages de notice de montage. C'est dans cette maison que nous avons grandi, c'est là que vivait encore mon père. La première ferme fut abattue dans les années 30 et le bois utilisé pour faire un poulailler.

J'ai toujours eu conscience, je crois, de la présence de l'eau dans le sol, de sa façon de circuler de particule en particule, avec les molécules qui collent, s'amassent, s'évaporent, chauffent, gèlent, remontent à la surface pour y poser une nappe de brouillard froid, ou s'enfoncent en profondeur, dissolvant tel ou tel élément nutritif, toujours rapide, toujours à l'œuvre, abondante, tantôt fleuve, tantôt lac. Petite fille, j'imaginais cette eau prête à tout moment à remonter et recouvrir de nouveau la terre, s'il n'y avait pas eu les tuyaux de poterie. Les pionniers qui s'installèrent dans la grande prairie virent dans le paysage un océan ou une mer d'herbe verte, incapables d'imaginer une autre métaphore, car l'Atlantique était présent dans la mémoire proche de la plupart d'entre eux. Les Davis, eux, trouvèrent une miroitante étendue plate, ponctuée de massettes et de roseaux. L'herbe n'est plus là, ni les marécages – la « prairie inondée » – mais la mer est toujours sous nos pieds, et c'est sur elle que nous marchons.

4

L'exploitation de Harold ressemblait beaucoup à la nôtre, avec ses terres parfaitement plates, bien que la maison fût d'inspiration plus victorienne, agrémentée de pignons côté levant, et d'une grande balancelle sur la véranda. Harold ne possédait pas autant de terres que mon père, mais il les exploitait avec succès, et sa réussite durait depuis aussi longtemps que celle de son ami. A l'époque du cochon rôti, papa avait encore sur le cœur la soudaine acquisition, en mars, par Harold – qui de surcroît ne lui en avait pas parlé préalablement –, d'un tracteur International Harvester flambant neuf, à cabine fermée et climatisée, équipée d'un radiocassette pour passer les vieux enregistrements de Bob Wills en travaillant aux champs, surtout que, en plus du tracteur, il y avait aussi une nouvelle semeuse. Papa avait depuis pris l'habitude de saluer Harold d'un petit « Ah-han ! » dans les aigus – à la Bob Wills – chaque fois qu'ils se rencontraient, mais le véritable nerf de la guerre n'était pas seulement l'avantage pris par Harold en matière d'équipement, mais le fait que ce dernier était resté muet sur le financement de cette acquisition – paiement cash, en tapant dans les économies et les bénéfices de l'année précédente (auquel cas il gagnait plus que mon père ne le pensait, et en l'occurrence plus que lui), ou bien grâce à la banque. Peut-être Loren, qui avait suivi des cours d'économie agricole, avait-il fini par persuader son père qu'une part d'endettement était souhaitable en affaires. Papa ne savait pas, et cela l'ennuyait beaucoup. Harold, de son côté, ne manquait pas une occasion de vanter son nouveau matériel, s'exclamant sur toutes ces années à bouffer la poussière, claironnant le nombre de vitesses (douze), chantant les louanges de la peinture rouge brillante qui tranchait sur le vert des champs et le bleu du ciel. Le jour du cochon rôti, Jess Clark et le nouveau matériel furent, à égalité, ses deux grands sujets de fierté, et les invités venus des quatre coins du comté ne purent que se laisser guider – pourquoi auraient-ils résisté ? – lorsqu'il les pilota de l'un à l'autre, sollicitant et acceptant l'expression de leur admiration avec cette espèce d'innocence éhontée que tous lui connaissaient.

Les autres agriculteurs ne cachèrent pas l'envie que leur inspirait le tracteur. Bob Stanley se trouvait au centre du groupe réuni autour de la table sur laquelle Loren était en train de découper le cochon.

« On ne va pas tarder à acheter ce genre de trucs, tous autant que nous sommes, dit-il. Avec la taille de nos champs qui demandent des journées entières de travail, on n'aura pas toujours envie de bouffer de la poussière comme on en mange en ce moment. Et venez pas râler à cause des problèmes d'énergie qu'on connaît en ce moment. Vous allez voir, quand il y aura un paquet de monstres de ce genre dans les champs du coin. »

Il enfonça ses talons solidement dans le sol d'un air satisfait. Papa écouta, mais garda son calme. Il fit compliment à Loren de la viande, dévisagea Jess avec suspicion, et se gava de salade de fruits. Il était de notoriété quasi publique que papa et Bob, qui était à peu près du même âge que Ty, n'avaient pas d'atomes crochus. Pete disait parfois : « Larry sait bien que Bob est en rivalité perpétuelle avec lui. D'ailleurs, Bob le sait aussi ». Bob avait toujours besoin de mettre son grain de sel sur tout – il était d'un tempérament très sociable – mais il n'en restait pas moins vrai que les autres fermiers regardaient toujours en direction de papa lorsque Bob faisait une grande déclaration, comme si le dernier mot devait lui revenir à lui, et papa se faisait alors un plaisir de laisser transparaître un certain scepticisme, par divers soupirs et grognements qui faisaient passer Bob pour un bavard superficiel.

Alors que le jour tombait plus ou moins, je me mis à circuler un peu pour ramasser les assiettes en carton, et je remarquai alors un petit groupe, comprenant Rose et Caroline, ainsi que Ty et Pete, rassemblé sur la véranda, derrière la maison de Harold, autour de mon père qui parlait avec volubilité. Je me souviens que Rose se retourna et me regarda, de loin, et je me souviens aussi d'un signal intérieur résonnant en moi une fraction de seconde – la certitude intuitive qu'il allait falloir être sur ses gardes – mais au même moment Caroline leva les yeux, souriante, et elle me fit signe de venir. Je traversai la cour et restai sur la première marche de la véranda, les deux mains chargées d'assiettes et de fourchettes en plastique.

« Voilà le projet, dit mon père.

– Quel projet, papa ? » demandai-je.

Il me regarda, puis son regard se porta sur Caroline, qu'il ne quitta pas des yeux tout le temps qu'il expliquait.

« Nous allons faire une société, Ginny, où vous trois, les filles, vous aurez des parts, et ensuite, nous construirons un nouveau *slurrystore*, peut-être aussi un *harvestore*, et nous développerons l'élevage de porcs. » Cette fois, il me regarda. « C'est vous, les filles, avec Ty, Pete et Frank, qui mènerez la danse. Vous aurez chacune un tiers de la société. Qu'en dites-vous ? »

Je me passai la langue sur les lèvres, et grimpai les deux marches du perron. A présent, j'apercevais Harold, debout dans l'embrasure de la porte, derrière la moustiquaire de la cuisine, tout sourire. Je savais qu'il était en train de se dire que papa avait trop bu – ce qui était aussi mon avis. Je regardai les assiettes en carton que j'avais dans les mains, et qui viraient au bleu dans le crépuscule. Ty avait les yeux sur moi, et je lus dans son regard une satisfaction voilée et fermement contenue – cela faisait des années qu'il voulait développer l'élevage du porc. Je me souviens bien de ma réaction à ce moment-là. D'accord, me dis-je. Prends. Puisque c'est lui qui le propose, tout ce que tu as à faire, c'est d'accepter. Et papa d'insister :

« Je suis trop vieux, moi, maintenant. Vous pouvez attendre avant que j'achète un nouveau tracteur. Si j'ai envie d'écouter un chanteur, j'aime autant le faire chez moi, dans ma maison. En plus, si je mourais demain, vous auriez sept ou huit cent mille dollars de droits de succession à régler. Les gens se conduisent toujours comme s'ils étaient éternels alors que la terre vaut cher » – à ce moment, il regarda du côté de Harold – « mais une crise cardiaque, une attaque, ou que sais-je, et il n'y a plus qu'à vendre pour payer le gouvernement. »

Malgré mon petit signal intérieur, je m'efforçai de paraître agréable.

« C'est une bonne idée, dis-je.

– C'est une idée géniale, dit Rose.

– Je ne sais pas », dit Caroline.

Pendant ma première année d'école, quand les autres enfants disaient que leur père était agriculteur, moi je ne les croyais pas, tout simplement. Je faisais semblant, par politesse, mais au fond de mon cœur, je savais qu'il s'agissait d'imposteurs – des faux fermiers, et des faux pères aussi. Dans ma tête de petite fille, les deux catégories étaient définies et incarnées par Laurence Cook. Imaginer que d'autres pussent seulement exister dans l'une ou l'autre de ces catégories, c'était enfreindre le premier commandement.

Les tout premiers souvenirs que j'ai de papa, c'est ma peur de le regarder dans les yeux, de le regarder tout court. Il était trop grand, il avait une trop grosse voix. Quand j'avais à lui parler, je parlais à sa salopette, à sa chemise, à ses bottes. Quand il me soulevait à hauteur de son visage, je me rétractais au maximum pour lui échapper. Et s'il m'embrassait, je me laissais faire, et je répondais par un petit câlin. Dans le même temps, la crainte qu'il m'inspirait était rassurante lorsque je pensais à des choses comme des voleurs ou des monstres, et puis nous vivions dans ce qui était incontestablement la plus belle et la mieux tenue des exploitations agricoles. La ferme la plus grande, exploitée par le plus grand des fermiers. Voilà qui flattait, et peut-être forgea mon propre sens de l'ordre naturel des choses.

Il se peut qu'existe une distance parfaite pour voir son père, une distance plus grande que la largeur de la table du dîner, ou de la pièce, une sorte de mi-distance : il s'y trouve un peu écrasé par les arbres ou la taille d'une montagne, mais les traits de son visage restent visibles, ainsi que le langage de ses gestes. C'est une distance en tout cas que je n'ai jamais trouvée. Aucun paysage jamais n'a écrasé mon père – les champs, les bâtiments, la haie coupe-vent de pin blanc étaient autant lui que s'il les avait fait pousser et s'en était dépouillé comme d'une bogue.

Tenter de comprendre mon père avait toujours été pour moi une expérience comparable à celle d'aller à l'église semaine après semaine, et d'écouter notre pasteur, le Dr Fremont, accumuler les preuves de la bonté de Dieu, ou de son omniscience, ou que sais-je encore. Il choisissait parmi des événements récents, ou tirés de la Bible, ou empruntés à sa propre vie, ou adaptés de choses qu'on lui avait racontées, et il composait un tableau dont la cohérence se maintenait juste le temps que d'autres éléments, susceptibles de la remettre en question, vinssent à l'esprit de son auditoire. Pour finir, cependant, le pasteur reconnaissait toujours, et même il s'en réjouissait, que les choses n'étaient pas logiques, que la réalité était incompréhensible, et que d'ailleurs les failles de notre compréhension constituaient la preuve ultime et absolue, non pas de la bonté, de l'omniscience ou de ce qui servait de thème à son sermon du jour, mais de la puissance divine. Et au mot puissance, la voix du Dr Fremont devenait plus grave, ses gestes se faisaient plus amples, tandis qu'une lumière s'allumait dans son regard.

Mon père n'avait pas de ministre du culte, personne pour lui faire prendre corps à nos yeux, serait-ce momentanément. Notre mère était morte avant d'avoir eu le temps de nous le présenter comme un homme ordinaire, avec ses habitudes, ses goûts, ses caprices, avant d'avoir eu le temps de le rendre assez petit à nos yeux pour que nous pussions le comprendre. J'aurais bien voulu que nous le comprenions. Là résidait, je le vois aujourd'hui, notre seul espoir.

Lorsque mon père tourna la tête en direction de Caroline, ce fut un mouvement lent, étonné, un grand mouvement de tout le corps qui me rappela sa forte stature – un mètre quatre-vingt-dix pour plus de cent trente kilos.

Si elle avait osé, Caroline aurait dit qu'elle ne voulait pas vivre à la campagne, qu'elle avait un diplôme d'avocate et allait se marier avec un juriste, mais le sujet était douloureux. Elle se tortilla sur sa chaise et balaya de son regard l'horizon de plus en plus sombre. Harold alluma la lumière depuis la cuisine. Caroline avait vu le projet de papa comme un piège, une chausse-trape qui allait la ramener en un tour de main à la ferme. Papa la fusilla du regard. Dans la soudaine lumière de la véranda, impossible de lui faire signe que chut ! Il ne fallait rien dire, rien. Qu'il avait trop bu.

« Tu n'en veux pas, ma fille, eh bien soit, tu laisses.

C'est une affaire entendue, on n'en parle plus », dit-il.

Puis il s'extirpa de son siège, passa près de moi avant de descendre lourdement les marches, et se perdit dans le noir.

Caroline parut surprise, mais elle fut bien la seule.

« C'est ridicule, dis-je. Il est ivre. »

Sauf que tout le monde ensuite se leva en silence et partit, sachant bien qu'une chose importante venait de se produire, et sachant aussi de quoi il s'agissait. La fierté de mon père, dont la susceptibilité ne datait pas d'hier, avait été blessée à vif. Il ne servirait à rien de lui expliquer que Caroline avait seulement dit qu'elle ne savait pas, qu'elle ne lui avait pas opposé un refus brutal mais avait exprimé un doute on ne peut plus raisonnable, voire un doute qu'un juriste se devait de formuler, et que son propre avocat ne manquerait pas de formuler lorsqu'il lui exposerait son projet. Je compris que Caroline s'était méprise sur ce dont il était question et avait réagi en avocate au lieu de réagir en fille. D'un autre côté, peut-être aussi qu'elle ne s'était pas méprise du tout et avait simplement parlé en femme au lieu de parler en fille. Une chose, je m'en rendis compte instantanément, que Rose et moi prenions bien garde de ne jamais faire.

J'entrai dans la cuisine des Clark et jetai assiettes et fourchettes à la poubelle. Lorsque je me dirigeai de nouveau vers la porte de derrière, Jess Clark était juste à côté de moi, et je surpris son air ironique sous la lumière de la véranda. Son visage était à la fois familier et exotique, amical et intéressé, bien que bizarre aussi, comme s'il savait des choses dont aucun de mes voisins ne pouvait avoir connaissance. En me retournant, j'avais littéralement buté contre lui ; il m'attrapa par le bras pour m'aider à retrouver mon équilibre.

« D'où sors-tu ? dis-je.

– Tu ne m'as pas entendu frapper avant d'entrer ? » Sa main s'attarda un peu sur mon bras, puis il la baissa. « Je venais chercher d'autres sacs-poubelles. Tu sais, je me disais depuis un moment qu'il manquait quelque chose dans cette cuisine, et je viens de trouver de quoi il s'agit. C'est le tube de sperme de taureau. Je l'avais toujours sous les pieds pendant les repas. »

Je répondis par un vague : « Ah bon ? »

Il me dévisagea avant de me demander :

« Qu'est-ce qui ne va pas, Ginny ? Je ne voulais pas te faire peur. J'étais sûr que tu m'avais entendu.

– J'étais en train de me dire que mon père se lance dans une folie. Plus exactement, je ne me disais rien du tout, j'étais très inquiète.

– Tu fais allusion à cette histoire de société ? C'est probablement une bonne idée, en fait.

– Sauf que lui n'est pas du genre à avoir de bonnes idées. Ce n'était pas lui qui parlait, il tenait des propos de banquier. Ou alors, si c'était lui, il parlait d'autre chose que de sa mortalité à accepter et des droits de succession à éviter. Ce serait faire preuve d'une vue à long terme et d'un sang-froid qui ne lui ressemblent pas.

– Il faut laisser les choses se faire, et voir. Peut-être qu'il va se réveiller demain en ayant tout oublié de cette histoire.«

La voix de Jess était confiante et neutre, sans trémolo, comme si tout ce qu'il disait ne pouvait qu'être la pure vérité.

« Sauf que nous sommes déjà dans un sac d'histoires au bout de cinq minutes à peine.

– Je ne vois pas pourquoi. Tu as dit toi-même que

tu étais inquiète... » Il poursuivit : « De toute façon, j'ai toujours pensé que les choses arrivent comme elles doivent arriver, qu'il y a tant de forces extérieures et intérieures qui se conjuguent pour faire un événement que celui-ci devient une sorte de fatalité. En étudiant le bouddhisme, j'ai appris qu'il y a de la beauté, et sans doute une grande sérénité, dans l'acceptation de cet état de fait. » Je fis la moue. Un sourire éclaira timidement son visage. « D'accord, d'accord, dit-il. Et si je te propose cette formulation : Quand on a peur d'une chose, on la fait arriver ?

– C'est ce que ma mère disait à propos des tornades.

– Tu vois ? La sagesse de la prairie. Fais comme si de rien n'était.

– Nous ne faisons jamais autre chose. »

Je me sentis tout à coup gênée de parler aussi ouvertement avec quelqu'un que je n'avais plus vu depuis treize ans.

– J'aimerais que mes doutes restent entre nous, si tu veux bien. »

La perspective de voir Harold aller claironner la nouvelle dans le voisinage, comme il aimait tant le faire, me glaça littéralement. Jess croisa mon regard et le soutint.

« Je ne bavarde pas avec Harold, Ginny. Ne t'inquiète pas ».

Je le crus. Je crus tout ce qu'il disait et me sentis rassurée.

Il était exact que si papa passait l'arme à gauche tout de suite, nous serions obligées de vendre une partie des terres pour payer la succession. Sam et Arabella avaient acheté une parcelle (soixante-cinq hectares) à cent trente dollars l'hectare. Le prix était bas à cause des mouillères, et Sam et Arabella n'avaient pas tort de soupçonner certains de leurs voisins de Mason City d'avoir bien ri à leurs dépens. Vous rendez-vous compte, avoir acheté une terre, sans la voir, un marécage insalubre à attraper la malaria, et en plus débarquer si tard, être si naïfs, si jeunes !

Dans les années 30, lorsque mon père et mon grand-père ajoutèrent deux nouvelles parcelles, il leur en coûta encore moins de deux cent cinquante dollars l'hectare, et cette fois il s'agissait de terres assainies, cultivables. La famille à qui ils achetèrent déménagea et partit à Minneapolis d'abord, puis en Californie, mais quand j'étais gamine, dans les années 50, le père de Bob Stanley, Newt, n'adressait toujours pas la parole à mon père, qui avait soi-disant nettoyé les frères Stanley dans une certaine affaire – Newt et la femme des gens qui partirent étaient vaguement cousins. La Grande Dépression, pour notre famille, fut une période de consolidation des acquis grâce à un dur labeur, une bonne étoile, et beaucoup de compétence professionnelle. Bien sûr, tout le monde ne voyait pas les choses de cette façon dans le comté de Zebulon, mais mon père disait toujours : « L'envie fait jaser. » En tout cas, toute cette terre marécageuse devint semblable à du compost, la fertilité à l'état pur, et en 1979, la valeur marchande de l'exploitation de mon père oscillait autour de huit mille dollars l'hectare, record absolu en matière de terres agricoles, dans le comté de Zebulon, et dans tout l'état. Avec ses quatre cents hectares, papa était plus de trois fois millionnaire en dollars, surtout qu'il n'avait pas la moindre créance.

« C'est Marv Carson qui lui a soufflé cette idée », fut le seul commentaire de Ty pendant que nous nous couchions ce soir-là.

– C'est le tracteur de Harold qui lui a fait perdre la boule, dis-je.

– Le tracteur aussi, c'est une idée de Marv. Loren m'a raconté ce soir que Marv travaillait Harold au corps depuis Noël. Harold voudrait laisser croire à ton père qu'il a tout réglé comptant, mais c'est faux. Cela dit, Loren n'a pas voulu me dire combien ils avaient mis d'entrée de jeu. " Merde, Ty ", voilà ce qu'il m'a répondu, " cette petite dette a fait un trou dans nos économies, et puis elle s'est vite fait oublier. "

– Un seul de ces tracteurs vaut quarante mille dollars.

– Et alors? Ses terres en valent un million et demi! L'exploitation de mon père à moi frôle le demi-million. J'envisageais de la vendre et d'utiliser cet argent pour agrandir la porcherie. » Haussement d'épaules tandis qu'il me regardait. « Parce que moi aussi, j'ai parlé avec Marv.

– Ça me fait bizarre de jongler avec ce genre de somme. De toute façon, qui paierait des prix pareils? Et tout le monde râle contre les taux d'intérêts.

– Ce qui n'empêche pas les taux en question de monter sans cesse, et peut-être que les prix en feront autant.

– Mouais. » Je m'assis sur le rebord de la fenêtre pour regarder de l'autre côté de la rue la maison de Rose. Toutes les lumières étaient éteintes. « Rose avait l'air abattu quand nous sommes partis. »

Et Ty de répondre :

« Ces *Slurrystores* sont fantastiques. Ils contiennent trente mille litres d'aliments pour cochons. Quand il fera plus frais, on pourra en installer carrément dans le champ. Je voudrais bien en avoir un. Et une porcherie automatique. Climatisée. J'y tiens. Et en plus, voyons, que dirais-tu d'une paire de verrats de choc, d'une race si pure qu'ils pourraient dîner à notre table sans tacher la nappe ? » Il s'enfonça dans son siège. « Deux petits cochons roses qu'on appellerait Rockefeller et Vanderbilt. »

Il était rare d'entendre Ty formuler des vœux, je l'avais donc écouté sans l'interrompre.

« On se monte une superbe race de notre cru et on fait adopter les petits, continua-t-il. Tout le monde en veut un. Tu peux dire : " D'accord, Jake, mais il faut le nourrir à la petite cuiller et le faire dormir dans ton lit, avec toi " à quoi ils répondront : " Mais certainement, Ty, tout ce que vous voudrez. Je lui ai déjà ouvert un plan épargne-études ". » Il se retourna avec un grand sourire. « A lui, ou à elle. Les truies dotées d'un tel patrimoine bénéficient de tous les avantages.

– C'est ce que j'aime, avec les cochons. Ils ont le temps de grandir. Je me souviens que je détestais quand les Ericson abattaient leurs petits veaux.

– Je ne savais pas qu'ils faisaient la vache laitière.

– Cal adorait les vaches. Il avait des photos de ses préférées dans son portefeuille, à côté de ses gosses. Pour tout dire, je pense qu'il aurait pu continuer ici, mais lorsque les vaches, ça a été fini, il a perdu le feu sacré.

– Il faisait la holstein ?

– Bien sûr. Mais il avait aussi une petite jersey

qu'il trayait seulement pour eux. Ils confectionnaient des glaces fantastiques. Elle s'appelait Violet.

– Qui ?

– La jersey. Les gosses avaient des noms tout bêtes, Dinah et Ruth, alors que les vaches avaient droit à des noms de fleurs, comme Primrose et Lobelia.

– Hum », fit Ty, dont les yeux se fermèrent.

Avec sa bonne humeur, tout paraissait possible. Chacun de nous, manifestement, interprétait la grande décision de papa comme une réponse à un espoir, ou une crainte que nous avions. Ty y voyait sûrement la reconnaissance longuement attendue de ses talents d'éleveur de porc. Moi, je la percevais comme une sorte de récompense illicite pour des années de corvées et de gentillesse. Pete, qui n'avait pas reçu de terre en héritage, avait dû voir son statut passer d'un seul coup du rang d'employé à celui de propriétaire. Rose aurait sans doute aussi utilisé le mot « récompense », mais en la trouvant juste et méritée, l'expression de l'ordre normal des choses, comme lorsque le père de Ty était mort dans sa porcherie en laissant la propriété à son fils.

Quoi qu'il en fût par ailleurs, j'avais le sentiment que Ty méritait absolument de pouvoir réaliser certains de ses rêves.

« Oui mais, cette bagarre avec Caroline ? Elle est partie dormir chez Rose. Ce qui va rendre papa encore plus furieux.

– Il se fiche en rogne, et puis il se laisse ramener à la raison. Cela dit, elle n'avait pas besoin de monter comme ça sur ses grands chevaux.

– Elle n'a fait que dire qu'elle ne savait pas.

– Et elle l'a dit comme si en fait elle savait, comme elle le fait toujours. »

Sa voix était douce, ensommeillée, ôtant toute causticité à la remarque. Ty avait toujours bien aimé Caroline, qu'il taquinait volontiers. Lorsque papa avait voulu la mettre au boulot, à quatorze ans, et lui apprendre à conduire le tracteur, Ty l'en avait dissuadé, soucieux comme le sont peu d'agriculteurs des risques d'accidents. Mais je savais aussi qu'il trouvait littéralement inimaginable cette idée que lui n'aurait jamais eue – partir faire ses études à l'université, et ne plus jamais revenir. Il se mit à ronfler doucement.

Beaucoup de femmes dans mon entourage se plaignaient d'avoir un mari qui leur adressait à peine la parole. Il existe toujours un tas de clubs, dans les villes situées en milieu rural, où les épouses se consacrent ostensiblement aux bonnes œuvres, mais ces bonnes œuvres sont noyées sous un flot de parlotes, dont je me suis toujours dit qu'elles étaient la véritable motivation de toutes ces femmes mariées. Toujours est-il que Ty, lui, me racontait tout, ses journées de travail avec papa et Pete, le bétail, les récoltes, ce qu'il avait vu dans les champs et qui il avait croisé en ville. En fait, il avait la conversation tellement facile que, en comparaison, les autres faisaient un peu taciturne. Et puis, ce qu'il disait respirait toujours l'optimisme et la bonne humeur. Même lorsque Pete et mon père en venaient à échanger des menaces de mort, ce qui se produisait à peu près tous les deux ans, le commentaire de Ty était le suivant : « Oh, ils sont forts en gueule. Mais ton père a besoin que Pete l'asticote pour rester jeune. Il le sait ». Quand j'ai fait mes fausses couches, c'est toujours Ty qui a trouvé les mots pour m'aider à surmonter l'épreuve, certain que la prochaine fois serait la bonne, que cette grossesse-ci ne devait pas arriver à terme, que j'allais me rétablir très vite et que, de toute façon, il m'aimait, envers et contre tout.

Je tirai un vieux couvre-lit sur lui, il se retourna sans se découvrir, se nicha dans l'oreiller et me susurra un vague merci à peine éveillé. Ty croyait que nous en étions à trois fausses couches. Tout le monde était persuadé que nous avions renoncé. En réalité j'en avais fait cinq, dont la dernière remontait à Thanksgiving. Après la troisième, au cours de l'été 76, Ty m'avait annoncé qu'il ne pourrait reprendre la vie de couple que si nous adoptions une méthode contraceptive. Il ne me donna aucune explication, mais je savais, et lui aussi, qu'il ne supporterait pas une autre fausse couche. Pendant un an, je m'étais résignée docilement à ne même pas essayer, et puis un soir, dans la salle de bains, l'idée me vint que tout ce que j'avais à faire, finalement, c'était d'oublier de mettre le diaphragme, que la grossesse pouvait devenir mon affaire personnelle. Je me voyais déjà aller à terme sans dire un mot, guettant le moment où Ty, ou Rose, commenceraient à me regarder avec insistance, sans oser me dire que j'étais peut-être en train de prendre un peu trop de poids. Si je gardais le secret, je pourrais mener ma grossesse à terme. Sauf que, lorsque je tombai enceinte, je ne pus m'empêcher de le dire à Rose, de sorte que le jour où je perdis le bébé, alors que Ty et papa étaient absents pour le week-end à cause de la foire annuelle, je fus bien obligée de mettre Rose au courant. Et Rose me fit promettre à son tour de ne plus essayer. J'étais en train de sombrer dans l'obsession et la folie, dit-elle. Je ne l'ai donc pas mise au courant la fois suivante, et quand j'ai perdu le bébé, le lendemain de Thanksgiving, personne n'en a rien su. J'ai encore eu de la chance – Ty s'était levé de bonne heure pour aider Pete à récolter du soja tardif – et je n'ai eu qu'à fourrer la chemise, les draps et le couvre-lit dans un grand sac en papier pour aller enterrer le tout sous le sol en terre battue de l'ancienne laiterie, que le gel n'avait pas encore durci. Je me disais qu'un jour j'irais les récupérer pour les porter à la décharge, mais je ne l'avais toujours pas fait. Ressortir ce paquet me donnerait envie de recommencer, et je n'étais pas tout à fait prête. Je n'étais pas plus prête à abandonner, du reste. A trente-six ans, j'avais encore cinq ans devant moi, et deux ou trois chances de sortir un matin de ma chambre en disant : « Tiens, Ty, je te présente ton bébé ».

L'un des nombreux avantages de cette affaire intime, pensais-je à l'époque, était de me révéler tout un monde secret, une façon de vivre deux vies, d'être deux personnes. Je me sentais plus vaste, plus diverse qu'il ne m'était arrivé depuis des années. Pleine d'inconnues, et aussi de potentialités inexploitées. En fait, il me restait plus d'espoir après les deux dernières fausses couches qu'après la première.

Derrière la maison de Rose, les fenêtres de mon père étaient noires, elles aussi. Je me rendis compte que je n'avais pas pensé à demander si je devais aller lui préparer son petit déjeuner le lendemain matin. C'était un point sur lequel Rose et moi nous entendions généralement chaque soir. Lorsque Caroline était en visite, elle aimait bien s'en charger, sauf que cette fois elle était rentrée chez Rose après que papa avait quitté la fête. J'ouvris la fenêtre et scrutai à travers la moustiquaire. J'étais certaine de distinguer son camion, garé à côté de la grange, celui de Pete, garé tout près de leur véranda, le toit de notre camion à nous, plus bas, luisant dans le silence nacré. Le concert estival des grenouilles et des cigales n'avait pas encore commencé, mais une petite brise murmurait dans les sapins au nord de la maison, et dans la grange, les porcs heurtaient bruyamment leurs nourrisseurs automatiques. Le même panorama sécurisant et calme qui s'offrait à moi tous les soirs – celui-là même dont je m'avouais parfois à moi-même que j'avais eu peur de le quitter à la fin de l'école, au moment où s'était posée la question de mon avenir. Ce panorama, il me convenait, je pouvais sans peine répondre à son appel chaque soir, mais j'avais des envies, aussi, des envies secrètes, passionnées, et tandis que je me laissais bercer par la brise humide et lourde, je me disais qu'elle était peut-être là, la vérité, celle qui fait changer la marée, celle par qui le précieux enfant atteint le rivage.

5

A sept heures, après avoir monté les marches de l'escalier sur la pointe des pieds afin de voir pourquoi mon père n'avait pas réagi à mes appels lui annonçant que le petit déjeuner était prêt, je découvris qu'il n'était pas là. On avait visiblement dormi sur le lit, plutôt que dedans, et papa était sorti en chaussures – la présence de ses bottes sur le seuil de la porte de derrière m'ayant fait croire à tort qu'il était encore couché. Le moteur du camion, garé près de la grange, était froid au toucher, et je m'apprêtais à traverser pour voir s'il n'était pas allé surprendre Rose et Caroline, lorsqu'une grande Pontiac bordeaux fit son entrée dans la cour. Mon père en descendit côté passager, Marv Carson côté conducteur. Un Marv dispos à défaut d'être frais, et déjà en costume-cravate. Il s'empressa d'emboîter le pas de papa qui se dirigeait vers la véranda.

« Ginny, dit mon père, mets un couvert pour Marv. Marv, dépêchez-vous de vous laver les mains. »

Marv eut un regard circulaire en franchissant le seuil de la porte et, supposant qu'il cherchait l'évier, je dis : « Je suis sûre que vous pouvez passer à table directement, Marv. Asseyez-vous donc. »

Je servis les saucisses, les œufs au plat, les pommes de terre sautées, les *cornflakes,* les toasts et les *muffins*, le café et le jus d'orange. Mon père tira sa chaise habituelle, s'assit, et entassa la nourriture sur son assiette avec son appétit coutumier. J'essayais de deviner s'il portait encore les vêtements qu'il avait sur lui la veille, mais il surprit mon regard et lança avec agacement :

« Tu as déjà mangé ? Qu'est-ce que tu regardes ?

– J'ai déjeuné avec Ty, papa.

– Dans ces conditions, assieds-toi ou va faire un tour. Tu m'énerves à rester plantée là. »

Je me servis une tasse de café et m'assis.

Il s'adressa alors à Marv : « Ce n'est pas bon ?

– C'est délicieux.

– Alors pourquoi cette façon bizarre de manger ? »

Marv changea un peu de couleur mais répondit bravement :

« Les gens ignorent que ce n'est pas ce que l'on mange qui compte, mais l'ordre dans lequel on mange les choses.

– Qui compte pour quoi ?

– La digestion, les facultés nutritives, l'élimination des toxines.

– Vous n'êtes pas gros. »

De fait, il ne l'était pas.

« A vrai dire, poursuivit-il, je ne me soucie plus de poids. J'ai été obsédé par les kilos pendant des années, ce qui est une manière très fruste de se préoccuper de son corps. Penser en termes de kilos et de calories, c'est s'intéresser aux symptomes et pas aux solutions.

– Et quelle est la solution ?

– Mon principal effort, actuellement, concerne les toxines que je tente d'éliminer le plus régulièrement possible. J'urine entre douze et vingt fois par jour, à présent. Je ne bloque pas ma transpiration. Je suis très attentif au transit intestinal. » Il donnait ces explications sans la moindre gêne. « Quand on sait cela, le reste s'organise naturellement. Par exemple, lorsque je considérais l'exercice physique comme une méthode d'oxygénation ou de musculation, j'avais beaucoup de mal à me motiver pour m'y adonner. Maintenant que j'y vois une façon de faire circuler les humeurs, nettoyer les cellules, leur offrir un vrai bain de jouvence, j'ai envie et besoin de faire de l'exercice. Si je n'en fais pas, je sens que je deviens un peu fou à cause des toxines qui s'accumulent dans mon cerveau.

– Comment cela ? dis-je.

– Vous savez bien. Je vois les choses en noir. Je m'inquiète pour des riens à la banque. Je perds l'espoir. Ce genre de réaction. C'était mon lot quotidien, autrefois. Je suis capable de repérer à dix lieues une personne en état de surcharge en toxines.

– Et quels sont les aliments toxiques ? demandai-je.

– Mais ma pauvre Ginny, tout est toxique. C'est bien le problème. On ne peut pas échapper aux toxines. Croire le contraire n'est qu'un autre symptôme de l'état de surcharge en toxines. Pendant des années, j'ai été un maniaque de la diététique. Pour rien au monde je n'aurais touché à de la viande de bœuf, au chocolat, ou au café. Les choses allaient en empirant. Tous les mois je rayais un nouvel aliment, cherchant désespérément à trouver le régime idéal.

J'étais dingue. Je maigrissais, mais quand on perd du poids, on stocke les toxines dans les muscles, et c'est encore pire.

– C'était quand ? dis-je. Je ne m'en suis jamais doutée. »

Papa avait cessé de s'intéresser à Marv pour se mettre à manger, ce qui fut un soulagement.

« Personne ne l'a su. » Il acheva les œufs et attaqua la saucisse. « Cette période a été pour moi très solitaire. Aujourd'hui j'en parle librement. Je me sens beaucoup mieux. On crache aussi les toxines par les poumons.

– Hum ! » fit mon père. Marv se tut, et papa leva le nez pour le regarder manger son *muffin*.

« Vous n'auriez pas une sauce épicée ? Le tabasco est idéal, reprit ce dernier.

– Idéal pour quoi ? demanda mon père.

– Pour provoquer une bonne suée. »

Il nous gratifia d'un sourire candide, que je lui rendis en faisant non de la tête.

« Nous ne mangeons pas très épicé. »

Marv s'essuya les lèvres.

« Ce n'est pas grave, dit-il. Je m'en occuperai plus tard. »

Papa paraissait être plus ou moins dans son état normal. Le soir, il buvait, et le matin il était d'humeur bourrue. Il s'agissait d'un rituel auquel nous étions habituées et qui, d'une certaine façon, nous rassurait. J'étais bel et bien résolue à lui demander de but en blanc s'il parlait sérieusement en annonçant son intention de constituer l'exploitation en société et d'associer plus étroitement Ty et Pete à son fonctionnement. Le fait était qu'il leur avait fallu bien peu de temps, à l'un comme à l'autre, et à Rose aussi, pour intégrer mentalement cette prise de possession, et tout aussi peu de temps à Caroline pour consommer la rupture. L'incrédulité, voire la stupéfaction, qui avaient accueilli la nouvelle sur la véranda de Harold s'était transformée, avec une rapidité miraculeuse, en projets et intentions. La conversation que j'avais eue avec Ty m'avait tranquillisée, mais au réveil, c'est Pete qui m'inquiétait. Pete était naturellement en perpétuelle oscillation entre l'état de joyeuse certitude et celui de déception furieuse. Il me faisait un peu peur.

Le soir qui précéda son mariage, Rose s'était assise au pied de mon lit pour se mettre des rouleaux tout en gazouillant son plaisir et son étonnement d'avoir réussi à se faire épouser de lui. Étonnement que je partageais en secret, avec peut-être une pointe de jalousie en supplément, car il était très beau, Pete, avec ses airs à la James Dean, version souriante et pleine de vie, sans jamais laisser filtrer le rebelle d'humeur toujours maussade. Et puis il avait un véritable talent musical – il jouait de quatre ou cinq instruments suffisamment bien pour appartenir à trois formations musicales du temps de ses études : le quartet à cordes de l'université (comme premier violon), un orchestre country (violon, mandoline et banjo) et un groupe de jazz (piano et éventuellement contrebasse). Il gagnait plus d'argent et participait à plus d'événements – mariages, soirées, concerts classiques jazz ou folk, enterrements, récitals, répétitions, prestations dans les bars – qu'il ne semblait humainement possible pour une seule personne. Il se produisait dans toute la partie centrale de l'état, et Ty et moi étions des fidèles de toutes ses incarnations – en chemise de flanelle et santiags, en smoking, en costume bleu, en blouson noir. Son énergie et sa rage de jouer paraissaient inépuisables.

Je n'ai jamais compris ce qui l'avait attiré en Rose, non que Rose eût manqué de séduction – je lui ai toujours voué une véritable adoration – mais ils n'avaient strictement rien de commun. Rose était mignonne sans être belle, intelligente mais ironique, dépourvue de chic et d'ambition, n'ayant jamais eu d'autre but dans la vie que de faire l'institutrice quelques années avant de se marier, d'avoir deux enfants et de retourner vivre à la terre, cette terre ne devant du reste pas nécessairement être la nôtre – un élevage de chevaux dans le Kentucky représenta l'un de ses premiers rêves de grandeur. Au moment où elle se mit à fréquenter Pete, nous donnant l'occasion de faire sa connaissance, le champ de rayonnement de ce dernier semblait en pleine expansion et comptait des villes telles que Chicago, Kansas City, Minneapolis, et d'autres plus éloignées encore. J'avais peur à l'époque de voir Rose souffrir, fonder trop d'espoir sur quelqu'un qui serait amené à la laisser derrière lui.

Et puis il annonça qu'il en avait assez des voyages, assez de la musique, qu'il avait envie de se fixer et d'apprendre le métier d'agriculteur, alors ils se marièrent et il se lança avec le même enthousiasme dans cette nouvelle aventure, sauf qu'il ne parvint apparemment jamais à s'assurer les bonnes grâces de papa. Je ne suis pas certaine que l'intention de Rose et de Pete ait été de faire très long feu sur l'exploitation familiale – ils avaient de plus grandes ambitions. Pete était tôt levé et tard couché, débordant, bouillonnant d'idées. Pete voulait réussir de gros coups, et dans sa tête, un projet en gestation était déjà un point marqué, concret et précieux. Le doute, surtout s'il émanait de mon père, était pour lui bien plus qu'un défi à relever, l'évanouissement soudain de quelque chose qu'il tenait presque déjà. Il me fallut des années pour comprendre la profondeur du dépit de Pete chaque fois que ses enthousiasmes se heurtaient à l'inévitable scepticisme de mon père. Il avait la colère silencieuse, mais ravageuse, et cette colère éclatait à retardement, contre toute logique, aux dépens de Ty ou de Rose, voire de moi ou de ses filles, à grand renfort d'insultes et de menaces portées par une éloquence barbare et vicieuse, dont les effets montaient en puissance jusqu'au moment où l'on n'en croyait plus ses oreilles. J'étais terrorisée, mais pas Rose. Elle faisait front, les bras croisés sur la poitrine, et lançait en hochant lentement la tête : « Si seulement tu pouvais t'entendre, vraiment. » Froide, méprisante, comme si elle cherchait les coups. Et les coups arrivaient, plus tard, pas très souvent, mais ils pleuvaient. Jusqu'au soir où il lui cassa le bras, c'était il y a quatre ans, après quoi il ne leva plus jamais la main sur elle, mais opéra en revanche un autre changement et sombra dans une sorte de désespoir amer et permanent. Il se mit à boire. Mon père buvait. Sur ce terrain-là au moins, leurs vues convergèrent.

Leur photo de mariage trônait sur le piano de leur salon, et bien que Pete eût sans doute pris moins de kilos au fil des ans qu'aucun de nous, c'est lui qui semblait le plus éloigné du tout jeune adulte qu'il avait été – le soleil avait ridé et buriné son visage, ses cheveux étaient presque blancs, son corps noueux et raide à force de tension. Le jeune musicien rieur, l'impossible James Dean heureux de vivre, ils avaient été escamotés.

Des parts dans l'exploitation constitueraient le premier encouragement jamais donné à Pete par mon père, le premier rêve qu'il lui eût jamais permis de concrétiser, la première fois qu'il le traiterait autrement que comme un employé ou un gars de la ville. Les craintes que j'avais pour Ty étaient motivées par l'affection. Celles que je nourrissais pour Pete relevaient de l'appréhension.

Le problème, tel que je le voyais, serait d'obtenir confirmation, par mon père, des projets qu'il avait annoncés. Je tournais tout cela dans ma tête, regardant alternativement les joues roses de Marv Carson et la mine sévère de mon père, lorsque Marv m'offrit la solution sur un plateau.

« Autrefois, dit-il, je travaillais cinq jours par semaine. Aujourd'hui, je fais sept jours sur sept. Mais c'est parfait. Il n'y a plus de différence entre travail et loisir. C'est un flot continu, comme le reste. Bref, de toute façon, j'ai des documents dans la voiture, et j'ai eu Ken LaSalle hier soir. On se retrouve ici après l'office, on cause de tout cela, et on signe. Cela vous convient ?

– Pour moi, le plus tôt sera le mieux, dit mon père. Ginny, tu te charges de prévenir les autres, et on fait ça avant déjeuner. » Puis se tournant vers Marv, il ajouta : « Vous resterez déjeuner ?

– Merci beaucoup, mais non.

– Bon, on a déjà avancé. » Il se dirigea vers la porte, chaussa ses bottes et dit à Marv : « Allez, venez. On va jeter un œil aux champs. »

6

La facilité avec laquelle je me sortis de l'épreuve du petit déjeuner me mit du baume au cœur pour la mission qui m'attendait à l'église et me semblait alors déterminante, sans toutefois m'inquiéter vraiment. Mon père prenait aisément la mouche, mais en temps ordinaire il se laissait tout aussi facilement amadouer, pourvu que l'on prononçât les paroles de circonstance avec des signes extérieurs de véritable remords. Il s'agissait là d'un rituel qui me pesait peu, tant j'y étais habituée. Malgré ses déclarations et ses grands airs, Rose était fort capable de tenir son rôle et, une fois la chose faite, elle parvenait même à faire rire mon père. Caroline, en revanche, était définitivement innocente, ou butée, ou peut-être simplement stupide en la matière. Il fallait toujours qu'elle établît les responsabilités dans chaque dispute, qu'elle évaluât qui devait présenter ses excuses à qui, dans quel ordre, et quels devaient en être les termes précis. C'était un trait de sa personnalité que l'on pouvait attribuer à sa qualité d'avocate, sauf qu'elle avait toujours été ainsi, et que le fait d'être avocate n'avait fait que cristalliser cette tendance, et lui prouver, j'imagine, que les torts pouvaient être partagés.

Henry Dodge, notre pasteur, fit son sermon annuel sur le thème des richesses de ce monde qui ont leur origine dans le travail de la terre, par quoi il était sûr de flatter la fierté des agriculteurs, que ces derniers estiment bafouée par le reste de la société, de sorte que papa, qui assistait à l'office sur le dernier banc, en compagnie de Marv, risquait à mon avis d'être de bonne humeur.

Après l'office, je dis à Caroline : « Tu viens, tu restes avec nous, tu vas l'embrasser et tu lui dis simplement : “ Je suis désolée, papa ”. Tu peux tout de même faire cela. Ce n'est pas vraiment faire amende honorable.

– Mais je suis restée dormir chez Rose.

– Laisse tomber ce détail.

– Lui ne va pas laisser tomber. C'est l'insulte ajoutée à la blessure infligée.

– S'il en parle, tu n'auras qu'à dire : “ J'avais peur que tu sois furieux contre moi, papa. ” »

Ses lèvres se pincèrent.

« J'ai horreur de ces enfantillages.

– Pourquoi ? Tu n'avais pas peur qu'il se mette en colère contre toi ?

– Non. J'étais folle de rage contre lui. Je n'ai fait qu'exprimer un tout petit...

– Il est susceptible. Il avait bu. Tu ne peux pas faire une petite concession ?

– Ginny ! Il serait grand temps que nous cessions de faire des concessions... »

Elle avait haussé le ton, et je voyais que Rose, Pete et Henry Dodge regardaient de notre côté. Je me plaçai entre l'église et Caroline, que je fis en sorte de pousser subrepticement en direction de la voiture de Rose. Je m'efforçai de parler bas et sérieusement.

« Les concessions, on les arrête demain. C'est très important. Il remet toute sa vie entre nos mains, là, tu ne comprends pas ? Nous devons recevoir ce présent comme il convient. Rose et Pete et même Ty sont prêts à le faire. Allez, un effort, pour cette fois seulement. Ce sera la dernière, je te promets.

– Ça, c'est une autre histoire. Je ne suis pas prête à recevoir ce cadeau. Je trouve que c'est une mauvaise idée pour lui, et incontestablement une très mauvaise pour moi. Frank était consterné quand je l'ai mis au courant. En réalité, il a appelé Ken LaSalle chez lui, hier soir, et Ken lui a dit qu'il n'avait cessé de conseiller à papa, sans la moindre ambiguïté dans les termes, de ne pas faire une telle chose. S'il avait des ennuis de santé, le problème serait différent, mais rien ne l'oblige à se soucier, toutes affaires cessantes, des droits de succession. Est-ce que tu sais quand papa a eu cette brillante idée ? Mercredi ! C'est objectivement absurde. Il le sait, il sait que je le sais, et c'est pour cela qu'il m'en veut tellement. Si je m'incline devant ce genre d'âneries, je ne pourrai jamais me le pardonner.

– Parce que tu vas le dissuader ? Non ! Tu ne vas réussir qu'à le convaincre de continuer ! » Je tentai une autre stratégie. « Il va te mettre hors du coup ! Terminé. Si tu ne le calmes pas un peu, ce sera comme si tu n'étais jamais née. Cela ne t'effraie pas ? Moi, si ! C'est comme l'histoire des frères Stanley, au nord de la ville. Sur son lit de mort, les dernières paroles de Newt Stanley s'adressant à Bob ont été les suivantes : “ Ce salaud de Larry Cook.

Tu lui reprends ces terres, même si c'est ta dernière action en ce bas monde ".
– Tu plaisantes.
– Eileen Dahl raconte qu'elle le tient de Bob Stanley en personne.
– Stupéfiant !
– Cela n'a rien de stupéfiant ! Le comté regorge de vieilles rancunes de ce genre. Si tu laisses les choses se passer ainsi, on en parlera encore dans cinquante ans. Ou plus. » Je me fis cajoleuse. « Ce sera la dernière fois. »

A ce moment de la conversation, nous étions dans la rue. Je baissai les yeux et me rendis compte que je me tenais les jambes écartées, plus ou moins penchée sur Caroline. Je jetai un coup d'œil en direction de l'église. Rose n'était pas en vue, mais Henry Dodge s'efforçait – ou ne s'efforçait pas du tout – de ne pas nous regarder. Je fis un sourire et affectai plus de décontraction. Caroline regardait du côté de la rue, vers l'école primaire et la cour de récréation. Je voyais bien que les curiosités éveillées devant l'église ne l'avaient pas troublée. Je devais bien admettre ma propre contrariété. Je me fis plus brusque.

« Tu es en train de peser les avantages et les inconvénients, n'est-ce pas ? Le problème n'est pas de savoir si c'est bien ou mal, c'est sa volonté, point final.
– Je ne vois pas les choses de cette façon, Ginny, mais je vais y refléchir, d'accord ? Je passerai, je traînerai un peu, et on verra bien. Ça te va ? Ne sois pas fâchée contre moi.
– Ce que tu me dis à moi, pourquoi ne peux-tu pas le dire à papa ? »

Elle me regarda drôlement un instant, puis se mit à rire.

« Je suppose que c'est parce que tu mérites qu'on fasse cet effort, mon chou, pas lui, » dit-elle.

La notion de mérite ne manquait pas de sel, appliquée à mon père. Lui dont la devise était que l'on a toujours ce que l'on a mérité.

Caroline se heurta contre Pete et Rose Dodge. Je changeai de direction et descendis Boone Street où se trouvait notre pick-up General Motors, imaginant, comme toujours, la courbe matelassée d'un siège d'enfant s'encadrant au centre du pare-brise arrière. Les Strolee étaient les meilleurs, à ce que j'avais entendu dire. Dans un Strolee, on peut encore asseoir un enfant de cinq ans. S'il était bien une chose que je détestais, c'était la vue d'un bambin debout sur la banquette d'un pick-up, en équilibre instable entre son père et sa mère, paré pour le désastre. J'ouvris la portière passager, m'assis bien droite, comme on fait dans un pick-up, entourée de tous côtés par la lumière du printemps tout neuf. J'étais assez contente de mon travail de la matinée, dans l'ensemble, et assez encline à rejoindre l'avis de ceux qui estimaient le coup de tête de mon père plutôt positif, sinon pour lui, du moins pour nous.

7

Nous passâmes d'abord par chez nous, le temps d'ôter mon chapeau et de changer de robe pendant que Ty enfilait des vêtements de travail – on ne chômerait pas après déjeuner. En arrivant chez papa, la seule personne que je trouvai dans la maison était Jess Clark. Il faisait du café, et tous les autres étaient dehors, pour voir où en étaient les choses dans les champs. Ty prit le pick-up pour les rejoindre. Jess me versa un café.

« C'est une affaire qui est menée rondement, non ? dit-il en s'asseyant en face de moi.

– Je n'avais jamais considéré mon père comme un impulsif, en fait. Aujourd'hui, je me dis qu'il faut être optimiste. De toute façon, je ne crois pas que cela fera un grand changement.

– Des nouveaux bâtiments ? L'élevage du porc à grande échelle ? La plantation de noyers noirs ? Quatre hectares de glaïeuls ? J'appelle cela des changements.

– Quatre hectares de glaïeuls ?

– C'est ton beau-frère qui en parlait, juste avant ton arrivée. Deux cent mille bulbes à l'hectare.

– Ce qui fait huit cent mille glaïeuls ?

– Il dit qu'il pourra les vendre un dollar les cinq, à Minneapolis. Ce qui fait cent soixante mille dollars.

– Pete !

– J'ai été fort impressionné. Nous avons dû parler ensemble un quart d'heure, et il a bien sorti cinq ou six projets sérieusement pensés. Chez nous, Loren et mon père n'ont jamais la moindre idée. Maïs-soja, soja-maïs. Quand j'étais gosse, il y avait au moins quelques vaches, quelques cochons, plus ces moutons que Loren élevait dans le cadre du 4-H *. Sans oublier le potager de maman. Elle était toujours en train d'expérimenter de nouvelles espèces, ou d'acheter des graines de gombo pour voir si elle réussirait à les faire venir sous ces latitudes nordiques. Maintenant, même faire du cochon aurait pour eux des airs de révolution.

– Les marchés ne sont plus les mêmes. Et puis, j'en ai assez de parler d'agriculture. C'est le seul et unique sujet de conversation, ici. Raconte-moi ce que tu as fait à Seattle.

– On veut fouiller dans ma vie secrète, on dirait ! » Il me fixa jusqu'à me faire rougir, puis poursuivit avec le sourire. « Je vais te raconter. En réalité, je suis flatté de cet intérêt. Harold se comporte comme si je sortais de prison, en gros ; il ne m'a même pas posé de questions sur la vie que

* Le 4-H est un programme éducatif créé en 1905 à l'intention de la jeunesse en milieu rural dont la pédagogie repose sur le vieil adage du « c'est en forgeant qu'on devient forgeron ». La dénomination 4-H pour *head* (tête), *heart* (cœur), *hands* (mains) et *health* (santé) est une sorte d'écho aux *3-R* de l'enseignement primaire (*read, write, reckon* pour lire, écrire, compter) et le tout est sous tutelle d'un service du ministère U.S. de l'agriculture. *(N.d.T.)*

j'ai menée là-bas, quant à Loren, il s'est contenté de me demander : " T'as acheté de la terre, là où t'étais ? ", et après ma réponse négative, il a soupiré : " Dommage ! "

– Alors tu faisais quoi ?

– J'ai tenu une coopérative d'alimentation. Grosso modo, nous vendions des fruits et des légumes biologiques, du poulet qui a couru, des fromages sans colorants, ce genre de produits. A Vancouver, je me suis occupé des jardins publics, aussi, et puis j'ai fait de l'associatif, etc. J'ai également tenu un bar pendant un temps, et servi dans un restaurant chic.

– Pas très stable, tout cela.

– Effectivement. Dès que les choses semblaient en voie de stabilisation, je démissionnais et je changeais de crémerie.

– Cela ne devait pas te donner un sentiment de sécurité.

– Question sécurité, je cultivais la paix intérieure. »

Je crus à une plaisanterie, ce qui me fit sourire. Il me fixa de son regard, sérieux, un sérieux dont je ne l'aurais jamais pensé capable.

« En Asie, poursuivit-il, il y a des tas de gens qui vivent en ne possédant qu'une robe et un bol. Rien de plus. Ils se lancent sur les eaux de ce monde, en sachant qu'ils seront portés. Ils ont plus de sécurité face à la vie que toi ou moi. Je sais maintenant que je ne pourrai jamais être comme eux. Je suis trop américain. Mais je sais que c'est possible. Et cette certitude me donne un sentiment de sécurité. » Il y eut un petit pétillement dans son regard, et il ajouta : « Ne dis rien de tout cela à Harold. Il croit que les gens dont je parle sont des communistes.

– Tu lui as raconté ?

– J'ai failli commencer, mais il m'a demandé quand je comptais me préparer pour l'église.

– Mais tu étais à l'office.

– C'est parce que j'ai vu ce qui était inscrit sur le mur. » Il sourit. « “ Le silence est d'or ”. »

Une voiture arriva en faisant crisser le gravier de l'allée. Je bondis pour regarder par la fenêtre. C'était Marv Carson, accompagné de Ken LaSalle. Et j'aperçus le pick-up de Ty qui arrivait aussi des champs, avec Harold, Pete et Loren à l'arrière. Jess se leva et vint se placer derrière moi, et je dus me crisper, car il me serra la nuque en disant : « Le café est prêt. Tout va bien se passer. La vie est belle. Le changement aussi. »

Les gens commencèrent à arriver par la porte de derrière, parlant haut et fort de la germination du maïs, comme s'ils étaient encore dehors, laissant leurs bottes à l'entrée, et attendant à tour de rôle leur tasse de café. Tous les espoirs étaient permis. Je passai dans le salon et regardai ce qui se tramait en face. Pammy et Linda étaient penchées en avant, leurs deux têtes au même niveau, pour observer quelque chose dans le fossé. Rose retenait la porte moustiquaire de sa main droite, le regard tourné vers l'intérieur de la maison, en criant quelque chose que je n'entendis pas. En équilibre sur sa main gauche, se trouvait un cake disposé sur un plat à gâteau. Très peu de temps après, apparut Pete, qui avait dû retraverser en courant pour prendre quelque chose, et ils descendirent ensemble leur allée. Ils traversèrent la route, comme on le fait à la campagne lorsqu'il s'agit de la même route traversée cent fois par jour, sans regarder. A un moment, Pete dit quelque chose, et Rose éclata de rire en basculant la tête en arrière. J'ouvris la fenêtre à cet instant précis, à temps pour l'entendre rire. Tout le monde avait l'air ravi. Rose était encore radieuse en franchissant le seuil de la porte paternelle.

Elle me posa le plat à gâteau dans les mains, et je le portai sur le plan de travail de la cuisine, où il attira tous les hommes. Soigneusement étalés en éventail sur la table de bois sombre de la salle à manger, se trouvaient des tas de papiers agrémentés çà et là de petites croix rouges. Je songeai à ces champignons qui apparaissent soudain après une nuit pluvieuse, d'un blanc mystérieux et sinistre. Ty eut droit à de grandes démonstrations d'affection et j'entendis les mots « élevage de porc » répétés sans cesse comme une incantation. Je remis en place plusieurs piles de *Reader's Digest*. Papa n'avait pas pensé à faire le ménage avant de recevoir, sans doute parce qu'il n'avait plus reçu personne dans ces lieux depuis vingt-cinq ans.

Manifestement, il n'était pas lui-même, n'était l'arrogance avec laquelle il traita Harold. Dieu sait comment, il était au courant de l'emprunt pour le tracteur, car il ne cessa de répéter : « Ben moi, je resterai tranquille à regarder les autres travailler pour moi, pendant que tu seras dans les champs avec ce tracteur, pour essayer de l'amortir. Je parie que ta radio, tu ne l'entendras même pas avec le vacarme du moteur. »

Harold opinait piteusement, mais sans se départir de son sourire, un sourire un peu hébété, mais un sourire cependant, comme celui qu'arborait tout le monde, à l'exception de Ken LaSalle, mais il faut dire que sa femme l'avait quitté à Noël, pour aller chercher du travail dans les *Twin Cities* – les cités jumelles –, Minneapolis et St. Paul. Inutile donc de chercher des sens cachés à son air sombre.

Quant à moi ? Eh bien, moi aussi j'étais ravie. Moi aussi j'avais le sourire. D'abord, j'étais toujours soulagée lorsque mon père était de bonne humeur, et il riait en prenant Ty par l'épaule. Peut-être bien qu'il n'avait jamais été d'aussi belle humeur.

« Allez, Kenny, on s'y met. C'est l'heure », répétait-il constamment.

Et Ken de répondre :

« On peut attendre encore un tout petit peu, Larry. »

Et il regardait du côté de la porte, comme moi, et alors parut Caroline, qui montait les marches du perron après avoir traversé la route. Cette image balaya mes dernières inquiétudes, et je fus prise d'une telle bouffée de réelle confiance qu'à l'instant où elle gravit la dernière marche, prête à se montrer conciliante – je le vis à sa mine –, je me hâtai de lui ouvrir la porte. Mais mon père s'interposa, m'arracha la porte des mains, la lui claqua sur le nez, et prenant Ken par le bras pour le faire pivoter, il dit : « Tout de suite ».

Nous entrâmes dans la salle à manger. Lorsque j'eus fini d'apposer mes signatures, je filai discrètement vers la véranda et regardai du côté de chez Rose, en face. La Honda de Caroline avait disparu.

Livre II

8

Mon père avait eu de la sympathie pour Cal Ericson, mais il était en désaccord avec lui, et je suis souvent très étonnée, rétrospectivement, de constater l'immense influence de notre voisinage avec les Ericson sur la façon dont se forgèrent toutes mes idées et espérances. Les Ericson vinrent tardivement à l'agriculture, alors qu'ils étaient déjà mariés. Cal avait fait West Point, où il avait suivi une formation d'ingénieur des travaux publics, puis il avait été blessé au début de la Seconde Guerre mondiale. Après une année d'hospitalisation, il avait touché un petit pécule – une indemnisation peut-être, ou un héritage – qui lui avait permis d'acheter l'exploitation à un cousin âgé, avant la mise en vente officielle. Mrs. Ericson, dont le prénom était Elizabeth, était originaire de la banlieue de Chicago. Sa famille possédait des chevaux, et elle-même avait été une écuyère passionnée, ce qui, je suppose, dans son idée la préparait à la vie de la terre.

La ferme des Ericson avait des allures d'aimable ménagerie – on y élevait des cochons, des vaches laitières, des bovins et des moutons, ce qui en soi n'avait rien d'inhabituel. Il y avait également des poneys et des chiens et des poules et des oies et des dindes et des gerbilles et des cobayes, plus, évidemment, des chats, admis à l'intérieur de la maison, ainsi que deux perruches et un perroquet. Tout le monde, chez les Ericson, avait la même tendresse pour ces animaux, et Mr. Ericson passait son temps à nous montrer les choses qu'il avait apprises à ses chiens (un colley, un berger allemand, et un yorkshire). Ces derniers savaient exécuter tous les tours classiques plus quelques autres moins communs – le berger allemand était capable de poser une boîte d'allumettes en équilibre sur son museau, de l'envoyer en l'air, et de la rattraper dans sa gueule, tandis que le yorkshire exécutait des sauts périlleux arrière et que le colley allait à la demande chercher un vêtement (chaussette ou chapeau) situé dans l'une des chambres, pour le rapporter ensuite à l'un ou l'autre des membres de la famille. Le colley savait aussi ramasser ce qui traînait par terre et le porter à la poubelle quand on lui donnait l'ordre de « ranger un peu ». Clou du spectacle, les trois chiens réussissaient, à la commande et dans un ensemble parfait, une série d'enchaînements : marcher, couché, assis, couché et roulade.

Les animaux étaient à la fois le talent et la passion de Mr. Ericson. Les machines lui étaient de peu de secours. Mon père, qui n'avait pas fréquenté longtemps l'école, voyait là une confirmation de ce qu'il avait toujours pensé des études, même si l'on sortait de West Point, à savoir qu'il s'agissait d'une perte de temps, puisque, disait-il, « ce soi-disant ingénieur n'est même pas fichu de réparer son tracteur ». Cal Ericson était vraiment d'une nullité désespérante en mécanique, de sorte que Harold Clark, mon père et lui avaient conclu un accord aux termes duquel les deux premiers troquaient leurs heures de main-d'œuvre sur le matériel Ericson contre du lait frais, de la crème et des glaces, que Mrs. Ericson confectionnait avec plaisir, et qui faisaient les délices de Harold et de mon père.

Mon père et Harold n'en étaient pas moins fort critiques à l'égard des méthodes de travail de Cal. Celui-ci ne consultait jamais les cours du marché, disaient-ils, se contentant d'obéir à ses désirs, sans compromis. La production laitière était un choix difficile, dans le comté de Zebulon – il n'y avait pas de laiterie dans le secteur, et l'on pouvait trouver des projets plus rentables – toutefois la chose n'était pas impossible si l'on s'en donnait les moyens, c'est-à-dire si l'on construisait un lieu spécial équipé de trayeuses électriques, si l'on avait une centaine de vaches et que l'on se débrouillait pour rentabiliser le passage quotidien d'un camion, ou encore si l'on ne trayait que des jersey, ou des guernesey, et que l'on ne vendait que la crème – il y avait une fabrique de glaces à Mason City qui aurait peut-être acheté toute la production, à supposer que Cal fût allé leur en vendre l'idée. Mais Cal avait vingt holstein et une jersey pour la famille, Mrs. Ericson trayait à la main, et ils donnaient l'impression de faire de la vache « parce qu'ils aimaient les vaches », raillait volontiers mon père. Il existait bien d'autres sujets encore de désaccord – les poules et les oies sur la route, les dindes prises de panique à chaque orage, l'obligation de donner un coup de main aux Ericson au moment des foins sous prétexte qu'ils avaient besoin du foin pour les animaux alors que tout le monde avait abandonné l'élevage ou opté pour le fourrage ensilé, grâce à ces silos ruineux mais pratiques que les Ericson n'avaient pas les moyens d'acheter. Papa devait sans doute trouver encore à redire au fait que les ambitions de Cal Ericson se limitaient apparemment à tenir le coup, rembourser son crédit, et profiter au maximum de la vie.

Par opposition, il était facile d'imaginer ce qui, pour mon père, représentait un mode de vie plus acceptable – des économies tous azimuts, qui avaient comme aboutissement grandiose, mais peu fréquent, l'acquisition d'une nouvelle parcelle, ou l'amélioration de la terre qu'il possédait déjà. Son conservatisme, au demeurant, était uniquement financier. En effet, il avait par ailleurs le goût de toutes les nouveautés conçues pour améliorer la productivité. En 1957 parut un article dans *Wallace's Farmer* sous le titre : « Le plus formidable outil au service de l'agriculture sera-t-il bientôt l'avion ? » Les photos illustrant le propos montraient une vue aérienne de nos terres, pulvérisées de pesticides contre la pyrale, et le journaliste citait également des propos de mon père déclarant : « Il n'y a plus place aujourd'hui pour les vieilles méthodes. Les agriculteurs qui adoptent les nouvelles techniques connaîtront la prospérité, mais les autres sont déjà en train de sombrer ». Il faisait sûrement allusion à nos voisins les Ericson.

Nous aurions aussi bien pu rédiger un catéchisme :

Qu'est-ce qu'un agriculteur ?

– Un agriculteur est quelqu'un qui nourrit le monde.

Quel est le premier devoir de l'agriculteur ?

– Produire plus.

Quel est son second devoir ?

– Acheter plus de terres.

A quoi reconnaît-on une bonne exploitation ?

– Les champs sont soignés, les bâtiments bien entretenus, on y sert le petit déjeuner à six heures, il n'y a ni endettement ni mouillères.

Comment reconnaît-on un bon agriculteur lorsqu'on en croise un ?

– Il ne vous demande pas de lui rendre service.

Le système de drainage de mon père assainissait des terres presque aussi plates qu'un dessus de table. Sur un sol marécageux comme l'était celui du comté de Zebulon, l'eau se répand un peu dans toutes les directions, à la recherche de la moindre déclivité, et sa progression horizontale dans le paysage est plus lente que sa pénétration verticale dans le sol. Les anciens cours d'eau, dans ces conditions, avaient été comblés et labourés, et les drains se déversaient dans des puits absorbants. Ces puits, qui descendaient à une dizaine de mètres de profondeur, parsèment encore la partie urbanisée, et il y en avait sept dans la périphérie de notre exploitation. Un bon agriculteur était quelqu'un qui organisait son travail de telle sorte que les collecteurs étaient nettoyés chaque année au printemps, et les grilles repeintes en noir tous les deux ans.

Maman n'avait pas tout à fait la même position concernant les Ericson. Elle faisait souvent des conserves ou de la nougatine avec Mrs. Ericson, dans la cuisine de leur maison, tandis que Ruthie et moi cousions des vêtements de poupée, assises sur le plancher, et que Dinah et Rose étaient dehors, en petits shorts, sur la véranda où elles jouaient à transvaser de l'eau dans divers récipients. Maman aimait bien aller là-bas et le faisait au moins à l'heure du café, tous les matins. Mrs. Ericson avait un sens de l'hospitalité que ma mère appréciait sans parvenir à l'égaler. Elle disait souvent : « Quand je suis chez moi, j'ai toujours des choses à faire, que je fais même quand j'ai de la visite. Elizabeth sait être détendue dans sa propre maison ». Et elle hochait ensuite la tête, comme si Elizabeth était douée de pouvoirs remarquables.

Nous savions au plus profond de nous-mêmes que l'inéluctable naufrage des Ericson serait la rétribution de cette façon qu'ils avaient d'obéir à leurs caprices. Avec regret certainement, en ce qui concernait ma mère, mais elle aussi savait. Cette exploitation n'exprimait ni histoire ni discipline, et tandis que chez eux on s'occupait de chiens et de crèmes glacées, nous étions quant à nous engagés avec persévérance sur le chemin laborieux qui monte lentement vers de plus vastes horizons. Mon père n'aurait pas dit qu'il désirait être riche, ni même qu'il voulait posséder la plus grande exploitation du comté, ou atteindre l'impressionnante superficie de quatre cents hectares. Il n'aurait pas invoqué non plus le nom de ses enfants, ni exprimé le souhait de nous léguer un héritage substantiel. Peut-être même qu'il n'aurait rien dit du tout, hormis la nécessité de travailler beaucoup, de faire de bonnes récoltes, et d'être quelqu'un pour les voisins. En revanche, c'est toujours en termes négatifs qu'il évoquait la terre trouvée par ses grands-parents – les maringouins géants, les serpents partout, la massette, les sangsues, les salamandres, la malaria, une vaste surface de glace patinable qui, pendant l'hiver 1889, s'étendait de l'est de Cabot jusqu'à Columbus, à seize kilomètres de là, en recouvrant toutes nos terres. Même s'il me plaisait de penser à mes arrière-grands-parents Davis comme à des gens venus chercher le rêve américain, un rêve en forme de potentialités, et même si j'aimais la légende familiale du grand-père Cook trouvant des potentialités là où les autres ne voyaient qu'une escroquerie, j'avais aussi le sentiment inconfortable que mon père, lui, cherchait toujours à établir des impossibilités, et qu'il nous enseignait, en s'appuyant sur l'exemple des Ericson, à faire de même – imprimer à nous-mêmes et à l'exploitation une discipline de vie et un ordre qui passaient avant bien des choses, et tout particulièrement ce qui relevait du caprice.

J'adorais aller chez les Ericson, et Ruthie était ma meilleure amie. L'un de mes premiers souvenirs, en fait, c'est nous deux, moi en petit tablier à carreaux rouges et verts, ce qui signifie que je devais avoir dans les trois ans, et Ruthie en chemisette rose, qui ne devait pas encore avoir trois ans, accroupies sur la grille d'un de ces puits absorbants, en train de jeter des cailloux et des bouts de bois par les trous. Le bruit des cailloux perçant la surface de l'eau dans le noir devait nous plaire, et aujourd'hui encore cette évocation me donne une espèce de frisson qui n'a rien à voir avec le danger couru par les petites filles que nous étions. Non, je pense à deux enfances insouciantes, posées sur ce mince filet des temps modernes, au-dessus des couches géologiques – grès du Wisconsin, sédimentations du Mississippi, chaux dévonienne, strates d'époques obscures, et puis nous semblions moins en danger (papa vérifiait souvent l'état des grilles) qu'éphémères, comme si nos vies n'avaient été que des instants fugitifs, et ce souvenir l'unique photographie de fillettes inconnues et sans nom, qui vécurent peut-être, et moururent aussi, mais en tout cas disparurent dans le puits sombre du temps.

Bien sûr la précision de ce souvenir est due au fait que nous avions été sévèrement punies pour nous être échappées, avoir traversé la route, être grimpées sur le puits, encore que j'eusse oublié la punition pour ne me souvenir que de la soudaine apparition de ma mère, vêtue d'un tablier orné d'une application en forme de chapeau mexicain jaune. Parce que je savais que nous allions être grondées peut-être, je me rappelle avoir regardé le visage absorbé de Ruthie, ses doigts occupés à faire glisser quelque chose par les trous de la grille, et je me rappelle aussi que je l'aimais beaucoup.

Aller chez les Ericson, rire en regardant les chiens, manger de la glace ou une part de gâteau, monter les poneys, traîner à loisir sur la banquette de la chambre de Dinah, c'était d'une part jouer avec le danger, d'autre part s'abaisser, ou régresser. Amener Ruthie chez moi, quelle que fût l'occupation que nous choisissions en fin de compte, c'était lui offrir un cadeau éducatif qu'il était toutefois malséant de faire remarquer.

J'étais bien consciente que notre routine habituelle pourrait aisément faire l'économie d'interférences avec le problème Caroline, et lorsque vint mon tour d'avoir papa à dîner, le mardi après la signature du transfert de propriété, je préparai donc ce que je lui cuisinais toujours – des côtelettes de porc revenues avec des tomates (mon avant-avant-dernier bocal de l'année précédente), des pommes de terre frites, une salade, et deux ou trois sortes de condiments. Il restait un morceau de tourte à la patate douce faite quelques soirs plus tôt.

Papa mangeait chez nous le mardi, chez Rose le vendredi. Il était censé arriver à cinq heures et passer aussitôt à table. Quand il avait fini de manger, il buvait un café et rentrait chez lui. Deux fois par an peut-être, nous réussissions à le convaincre de regarder un programme de télévision avec nous, mais si l'émission ne commençait pas immédiatement après le repas, il tournait en rond dans la pièce comme s'il ne savait pas où s'asseoir.

Il n'avait jamais vu l'appartement de Caroline à Des Moines, il n'était jamais, pour le plaisir, allé autre part qu'à la foire de l'état, et encore dans ce cas préférait-il faire deux fois l'aller et retour dans la journée plutôt que de passer une nuit à l'hôtel. Dans mes souvenirs, il n'y eut jamais de repas au restaurant si l'on exceptait le café de la ville où il n'allait jamais plus tard que pour le déjeuner. Il acceptait éventuellement de participer à un pique-nique ou à un barbecue, s'il était invité, mais pour le dîner, il voulait être chez lui et manger dans sa cuisine, avec le poste de radio allumé. Ty disait qu'il était moins indépendant qu'il ne semblait, mais cette opinion était davantage fondée sur l'idée que tout le monde ne pouvait qu'être moins indépendant que ne semblait l'être papa, que sur une réalité tangible. Papa résistait à toute tentative de modification de ses habitudes – du poulet un mardi, de la tarte au lieu du gâteau, ou l'absence de condiments, et il était contrarié, voire fâché.

Rose disait que notre mère était responsable de cette situation, pour avoir cédé à tous ses caprices et exigences autoritaires, mais en vérité, notre mémoire ne pouvait guère nous renseigner, nous ne savions pas. Dans mes souvenirs, la présence de papa avait toujours pour effet d'occulter un peu le reste du décor, et je n'avais absolument aucun souvenir de notre vie avant la mort de maman.

Pendant le dîner, Ty parla avec enthousiasme de l'élevage de porc. Il avait, dit-il, déjà contacté une entreprise spécialisée dans la construction de porcheries automatiques, installée dans le Kansas. Ils envoyaient une documentation que nous aurions peut-être dès demain, ou après-demain.

Papa se servit du pain et des condiments.

« On fait des systèmes de lavage automatique au jet, avec des sols à lamelles, dit Ty. Un homme seul peut entretenir le tout sans problème. »

Papa ne dit pas un mot.

« On pourrait facilement tourner à mille têtes. Marv Carson dit que dans les années 80,le cochon fera la différence entre des bénéfices confortables et la simple survie d'une exploitation. »

Papa continua de mastiquer sa viande.

« Rose veut laver les rideaux du premier, dis-je. Ça fait deux ans. Enfin, d'après elle. Moi, je ne me souviens pas. » Papa détestait ce genre d'interruption. « Tu as remarqué ? J'ai sorti ce mélange de brocolis et choux-fleur au vinaigre fait maison. Tu aimais bien. »

Papa mangea ses pommes de terre.

« Tu as déjeuné avec Marv Carson, récemment ? dis-je en m'adressant à Ty. Avec lui, il faut manger chaque chose dans un ordre précis, et terminer par du tabasco. Il dit qu'il élimine les toxines. »

Ty roula des yeux.

« Il doit surtout éliminer les cellules cérébrales, oui. Il a toujours des lubies.

– Nous lui appartenons, maintenant, dit papa.

– Pardon ? dis-je.

– Marv Carson est ton propriétaire, maintenant, ma petite. Tu ferais bien de te montrer respectueuse.

– Soit dit entre nous, intervint Ty, Marv est un cinglé. Je l'aime bien, il est d'ici, et en plus il est plutôt sympa avec les agriculteurs du coin, mais on comprend facilement pourquoi il ne trouvera jamais une femme qui accepte de l'épouser.

– Il a un bon compte en banque, ajouta papa. Tout le monde ne peut pas en dire autant. Enfin, on verra bien. »

Il s'essuya la bouche et eut un regard circulaire. Je lui ôtai son assiette et pris un morceau de gâteau sur le plan de travail.

« Je pourrais planter du soja dans le coin de Mel, demain, dit Ty.

– Fais ce que tu veux », répondit papa.

Nous échangeâmes un regard, Ty et moi. Puis Ty reprit :

« Le carburateur du tracteur a des problèmes, cela dit. J'ai horreur d'en parler à cette heure, mais je suis un peu inquiet.

– Je t'ai dit de faire comme tu veux. »

Je passai la langue sur mes lèvres. Ty poussa son assiette dans ma direction. Je me levai, la mis dans l'évier, et posai une part de gâteau devant lui. J'éteignis sous le café, qui avait commencé à bouillir, et servis une tasse à papa.

Ty dit, encore à l'intention de papa :

« C'est bon, c'est bon. Je crois que je vais prendre le risque et semer.

– Tu veux rester regarder un peu la télévision, papa ? dis-je.

– Non.

– Il y a peut-être une bonne émission.

– Non. J'ai des choses à faire. »

Toujours le même scénario. Je lançai un coup d'œil à Ty qui haussa doucement les épaules.

Nous restâmes assis sans rien dire pendant que papa buvait son café, avant de reculer sa chaise et de se lever pour partir. Je le suivis jusqu'à la porte.

« Appelle-moi si tu as besoin de quoi que ce soit. Ce serait bien, si tu pouvais rester. »

Je disais chaque fois la même chose et il ne répondait en fait jamais, mais j'avais tendance à croire qu'il resterait peut-être la fois suivante. Je le regardai monter dans son camion, sortir en marche arrière, et rouler en direction de chez lui.

« Bon, eh bien tout s'est passé exactement comme d'habitude, dit Ty, dans mon dos.

– C'est aussi la réflexion que j'étais en train de me faire.

– Il avait déjà dit la même chose, que je fasse comme je voulais. Pas très souvent, mais une fois en passant.

– Il est sans doute ravi de prendre un petit congé, surtout en ce moment, puisque le maïs a été planté très vite.

– C'est sûr. »

Je repiquais des plants de tomates, le lendemain, une centaine de pieds, essentiellement de la better boys, de la gurney girls, et des romas que Rose avait fait venir dans sa serre. J'avais, avec les tomates, un truc qui était devenu une sorte de rituel et qui consistait à repiquer en profondeur, dans un mélange de tourbe, de cendre d'os et de farine de luzerne, puis j'entourais chaque pied d'une boîte en fer-blanc pour garder l'humidité et chasser les vers gris. Autour, je disposais des feuilles du *Register* de Des Moines, et je tassais sous une couche d'herbe coupée en cours de pourrissement. Tous les ans, nous prévoyions d'aller vendre des tomates sur les marchés de Fort Dodge et de Ames, mais tous les ans nous mettions tout en conserve – ce qui représentait parfois cinq cents litres de jus de tomate que nous buvions comme du jus d'orange tout au long de l'hiver.

Je repoussai mes cheveux en arrière, essuyai mon nez sur ma manche et levai les yeux, pour apercevoir Jess Clark installé de l'autre côté du jardin, sourire aux lèvres. Il était en short et portait une paire de ces coûteuses chaussures de tennis dont les semelles ressemblent à des assiettes creuses retournées. Je me souviens bien qu'instinctivement je le considérais comme un cadet, quelqu'un de relativement immature même, et que cela me donnait avec lui une sorte d'aisance que je n'ai pas souvent avec des étrangers de sexe masculin.

« Alors, raconte-m'en un peu plus, » dis-je, exactement comme si le temps n'avait pas passé depuis notre conversation de dimanche.

Il me regarda, attentivement, pensai-je, avant de répondre :

« Loren répète sans arrêt : “ Ni femme ni enfant, alors ? Paraît qu'ils ont de jolies filles, sur la côte Ouest. Ouais, de jolies filles. ” »

Et lui et moi de rire. Puis Jess m'observa un moment avant de dire :

« En fait, j'ai eu une fiancée, là-bas. Elle a été tuée dans un accident de voiture.

– Cela s'est passé quand ?

– Il y a six ans. Elle avait vingt-trois ans, et elle s'appelait Alison.

– Quelle horreur. Je suis désolée.

– Bref, j'ai noyé mon chagrin dans l'alcool pendant près de deux ans. Au Canada, si t'as envie de boire, ce n'est pas la compagnie qui manque.

– C'est vrai partout.

– Au Canada, il n'y a pas de honte sous-jacente. Tu bois, point final.

– J'ai vu pendant le barbecue qu'apparemment tu ne bois pas d'alcool du tout.

– Pour le deuxième anniversaire de l'accident d'Alison, j'ai avalé deux bouteilles de bourbon, et j'ai failli mourir de coma éthylique, alors depuis, je n'ai pas touché un verre d'alcool ni de bière.

– Oh, Jess ! »

J'étais triste pour lui. Tout ce qu'il racontait de sa vie correspondait exactement à ce qui m'avait toujours fait peur. Je ramassai la seconde caisse de plants de tomates et descendis un peu l'allée. Je fis un grand trou au plantoir où je tassai une bonne ration d'engrais, puis je retirai les feuilles en bas de la tige et installai soigneusement le plant de tomate dans le trou – avec les tomates, les racines poussent sur toute la partie enterrée de la tige, de sorte qu'un pied adulte résiste facilement aux intempéries. Lorsque je levai les yeux, je vis le regard sérieux et attentif de Jess.

« J'aimerais bien en savoir davantage, dis-je.

– Tu sais, Alison avait une vue très sombre des choses. Ses parents étaient des gens très religieux qui habitaient dans le Manitoba. Lorsque Alison est partie vivre à Vancouver, ils l'ont répudiée, au sens biblique du terme. Plus le temps passait, et plus elle était hantée par la conviction qu'ils la croyaient sincèrement damnée. Dans la réalité, c'était quelqu'un de très gentil, elle était douce, généreuse et attentive aux autres. En vérité, nous n'avons jamais su s'il s'agissait d'un véritable accident. Elle s'est déportée sur la mauvaise moitié d'une route à deux voies, en plein sous les roues d'un semi-remorque. Elle sortait de dépression, ce qui incite à penser à un suicide. Mais elle a mis la vie d'un autre en danger. Et cela ne lui ressemblait pas du tout. »

Je m'assis sur mes talons pour le regarder, mais il me dit en souriant :

« Continue ton repiquage. Ça me facilite les choses pour parler. »

Je fis un autre trou.

« A l'époque, je téléphonais à ses parents depuis les bistrots où je me soûlais, et je menaçais de venir au Manitoba pour les tuer. Ils m'écoutaient toujours. L'un ou l'autre prenait la ligne. Pendant que je déversais mon venin, ils priaient pour mon salut. Je ne crois pas qu'ils aient jamais éprouvé le moindre remords. J'ai cessé de les appeler lorsque j'ai cessé de boire. »

Je levai les yeux. Son sourire s'élargit et il dit :

« J'ai le cœur tendre et léger, à présent. La vie a gagné.

– Je le crois volontiers. »

Je fis un autre trou avant de me lancer.

« D'une certaine façon, tu fais plus jeune que Loren, dis-je, mais ton visage semble plus vieux. Plus dur. Ou peut-être est-ce seulement l'expérience.

– Vraiment ?

– Je crois, oui.

– Je trouve que toi aussi, tu fais plus jeune que Rose. »

Là, je ne trouvai pas de réponse, d'autant que le seul fait de savoir qu'il me regardait m'effarouchait un peu.

« Et... ta Alison, elle était comment ? demandai-je.

– La plupart des gens auraient dit qu'elle était vilaine. Trapue, massive, le visage tout en longueur. Elle était transfigurée par l'amour. »

Je lui lançai un regard aigu, pour voir s'il se moquait de moi, et il s'en rendit compte.

« Je ne plaisante pas, dit-il. Elle avait de beaux yeux et de jolies dents. Pendant qu'on faisait l'amour, et en d'autres circonstances aussi, quand elle était très heureuse, comblée, les expressions de son visage lui donnaient une certaine beauté. Elle pouvait également être ravissante lorsqu'elle ne pensait pas à son corps, qu'elle ne se sentait pas gauche physiquement.

– Je suis impressionnée par ton sens de l'observation.

– Nous bossions ensemble au centre d'entraide. Je l'ai observée longtemps avant de tomber amoureux. Alors je n'ai pas de mérite.

– C'est le rêve de toutes les femmes laides, tu sais. Qu'un jour quelqu'un reconnaisse la beauté là où personne encore ne l'avait trouvée.

– Je sais. »

Je repiquai trois ou quatre plants avant de rompre le silence. Puis, je me lançai :

« Rose a généralement meilleure allure, mais son opération l'a beaucoup esquintée, dis-je.

– De quoi parles-tu ?
– Loren et Harold ne t'ont pas mis au courant ?
– Que Rose avait été opérée ? Non.
– C'est énervant.
– Pourquoi ?
– Parce que c'est comme si le sujet ne valait pas la peine d'être abordé. Elle a eu un cancer du sein. On l'a opérée en février dernier.
– Je doute que Harold, ou même Loren, aient jamais prononcé le mot " cancer du sein " », dit-il.
Il sourit. Je regardai longuement le fond du trou que j'étais en train de creuser.
« Et ils t'ont dit quoi, au sujet de ta mère ?
– Ils ont seulement parlé de cancer.
– Eh bien, ça a commencé par un cancer du sein. Et puis le cancer s'est généralisé. Il est devenu cancer de la lymphe.
– Maintenant, c'est toi qui as des choses à me raconter.
– Par exemple ?
– Parle-moi de ma mère. »
La réprobation suscitée par l'absence de Jess Clark pendant la maladie de Verna et au moment de sa mort était largement partagée dans le voisinage, aussi ma voix était-elle un peu tendue lorsque je demandai :
« Tu es sûr que tu tiens à savoir ?
– Non.
– Alors réfléchis bien.
– Ça a été tellement horrible ?
– Le cancer de la lymphe, en fait, n'a pas été l'horreur totale, enfin pour un cancer. Elle a été patraque pendant un mois ou deux, mais elle refusait de voir un docteur, jusqu'au jour où Loren l'a

emmenée quasiment de force chez le médecin qui a fait le diagnostic. Ensuite, elle est morte dans les quinze jours. Ça a été rapide, et elle a gardé toute son activité jusqu'au fameux diagnostic.

– Alors où est la révélation pénible pour moi ? »

J'eus l'impression que ma bouche s'asséchait brutalement.

« Elle ne parlait que de toi, dis-je cependant. D'après Loren, elle était persuadée que tu arriverais, ou que tu téléphonerais au dernier moment.

– Personne ne m'a soufflé mot de cette histoire.

– Elle les empêchait. Elle comptait sur une sorte de télépathie entre vous. Il paraît que quand tu étais petit, tu venais toujours avant qu'on t'appelle, au moment précis où elle songeait à le faire, et que tu étais un enfant très affectueux. Elle se fiait à ce lien affectif. Moi, je trouvais que Harold, ou Loren éventuellement, auraient pu donner un coup de pouce à la télépathie, mais ils disaient n'avoir aucun moyen de te joindre. Un jour, Loren a appelé un Jessie Clark, à Vancouver, mais il s'agissait d'une femme.

– Et, euh, et comment s'est passée la fin ?

– Qu'est-ce que tu crois ? Ça a été horrible, bien sûr. Elle était très triste. »

Il ne dit pas un mot pendant plusieurs minutes, et je continuai de repiquer mes tomates. Je savais par la position du soleil que la matinée était très avancée, et il me restait encore vingt-cinq pieds à planter. Je les poussai un peu pour qu'ils soient plus à l'ombre et arrosai la terre qui collait aux racines. J'avais peut-être été dure avec lui. Mais par ailleurs, j'avais perdu ma propre mère à l'âge de quatorze ans. Rose et moi l'avons soignée pendant deux mois, dans le salon. Je manquais l'école deux heures tous les matins ; Rose était absente deux heures tous les après-midi. S'il existe une chose plus difficile à vivre, et plus réelle en même temps, que la mort d'une mère, je ne la connais pas. Nous pensions tous que Jess Clark aurait dû être là, même si le seul fait de repasser la frontière pour entrer aux États-Unis signifiait la prison pour lui. C'est ce que Harold n'avait jamais cessé de dire, et je partageais encore cet avis. Je passai ma langue sur mes lèvres asséchées par la soudaine violence de la colère qui m'animait.

« La télépathie n'a pas fonctionné alors ? dis-je enfin.

– Elle est morte en novembre 1971 ?

– Deux jours après Thanksgiving.

– Non, même pas une amorce. Je vivais sur une île très isolée cet hiver-là. Je n'avais même pas le téléphone. »

Sa voix était neutre, mais son visage avait une expression épouvantable, pleine de douleur et de colère.

« C'est ça, le problème de la télépathie, finit-il par dire. Les lignes sont souvent coupées. »

Il eut un rire triste comme un jappement sans joie. Puis sa respiration se fit lourde, presque haletante, et il courba la nuque en arrière. Je le regardai attentivement. Il avait un visage merveilleusement expressif, plus expressif que celui de tous les hommes que je connaissais. Les rides autour du nez et des yeux se creusaient et les coins de la bouche plongeaient doucement. Ses yeux semblaient s'assombrir et disparaître sous les sourcils.

« Oh merde ! grogna-t-il.

– Jess ? Ça va ? demandai-je. Ça fait presque huit ans, maintenant.

– J'étais absolument furieux contre elle, explosa-t-il. Je lui ai écrit deux fois, tu sais, pendant la première année. Je lui disais que je ne croyais pas à la guerre et que je savais qu'elle n'y croyait pas non plus. La seule chose que je voulais, c'était une lettre d'elle, une seule, ou une carte postale, pour dire qu'elle comprenait, ou au moins qu'elle pensait à moi. Il y avait des réfractaires en tout genre, à Vancouver, et des déserteurs aussi, et beaucoup de familles les traitaient en héros, ou en tout cas acceptaient leur attitude, ils leur écrivaient, envoyaient des cadeaux. Je n'attendais rien de Harold – je connaissais sa façon de penser – mais je croyais qu'elle m'adresserait un signe, n'importe lequel. J'avais dix-huit ans, merde, quand je suis parti ! Lorsque je regarde les mômes, aujourd'hui, je n'arrive pas à croire que j'étais si jeune ! Il me restait encore près de cinq centimètres à prendre, et dix kilos ! Je n'étais même pas fini ! En 1971, elle savait où j'étais, ou elle aurait pu trouver en s'adressant aux coordonnées indiquées sur ces lettres. Elle avait quarante-trois ans, Bon Dieu ! »

Il se leva, vint tout près de moi, dans l'allée où je travaillais, et il s'accroupit à mon côté. Lorsque je voulus dire deux mots pour défendre sa mère – elle se battait tout de même contre un cancer du sein, à l'époque –, il me coupa dans mon élan, d'un seul regard. Mais ce fut pour me parler tout bas, comme s'il me livrait un secret.

« Est-ce que tu te rends compte de tout ce qu'ils ont foutu en l'air, Ginny ? Dans notre vie, et dans notre mort ! J'étais son fils ! A quel idéal m'a-t-elle sacrifié ? Le patriotisme ? L'image de la famille par rapport aux voisins? Sa tranquillité avec Harold? Peut-être que pour toi je m'étais tout simplement volatilisé, mais j'existais toujours quelque part ailleurs, moi, le jeune paysan mal dégrossi! Je n'avais jamais vu un putain de carnet de chèques, jamais rien possédé en mon nom personnel, jamais touché une casserole ni lavé mes chaussettes! J'ai connu d'autres gars, à l'armée, pendant mes classes. Il y en a un qui a fait une crise cardiaque, sur le champ de manœuvres. Et aussi celui qui a réussi à persuader le sergent qu'il avait une abominable migraine, la dernière nuit de notre période de classes. Il a parcouru l'allée du dortoir en titubant plus ou moins avant de s'écrouler dans les toilettes. Le sergent s'est mis à hurler en l'accusant de simulation, mais le type gémissait à fendre l'âme. Nous avons été plusieurs à nous lever et observer la scène. Bref, le sergent a essayé de le secouer un peu, de le remettre debout, mais lui se contentait de beugler de plus belle en se tapant la tête contre les murs de toutes ses forces. Il a bien dû cogner six fois dans le carrelage. Le sergent en est resté pétrifié comme nous autres. Puis nous l'avons maîtrisé, et très vite il a été évacué sur un brancard, et moi, la seule chose qui m'est venue à l'esprit, c'est que ce gars échappait au départ pour le Viêt-nam qui nous attendait tous. J'étais sûr qu'il l'avait fait exprès. Il n'avait pas encore un seul poil sur la poitrine! » Jess posa les mains sur mes deux épaules et baissa encore la voix. « Tu ne vois pas qu'ils nous ont détruits, consciencieusement? Tu parles, qu'elle était triste! Elle avait de quoi, non? Mais pourquoi diable ne m'a-t-elle pas laissé une chance? »

Il enfouit son visage entre ses mains. Il me fallut un petit moment pour retrouver mes esprits.

« Je ne sais pas, Jess », dis-je, mais j'étais ébranlée, j'avais peur. En prenant le pied de tomate suivant dans le cageot, j'avais les mains qui tremblaient si fort que je cassai la tige en deux. Entre-temps, Jess s'était levé et tournait en rond, le souffle court. Il finit par ôter son T-shirt, dont l'inscription disait : « CASCADES 10K, 4 JUIN 1978 », et s'en servit pour s'essuyer le visage et le cou.

« Je ferais mieux de rentrer, dit-il.

– Je ne suis pas choquée. De toute façon, je ne suis pas sûre que tu sois dans les dispositions qui conviennent pour rencontrer Harold.

– Je parle de rentrer à Seattle. Merde et merde. » Il se rassit, souffla et inspira plusieurs fois profondément, et trouva la force de sourire. « Ginny, tout cela n'est pas très nouveau. C'est une vieille, très vieille histoire, à laquelle je suis habitué, et la plupart du temps, je m'en tire mieux en cultivant ma paix intérieure. J'ai cessé d'être dans un état de colère permanente quand j'ai arrêté de boire. Parce que finalement, j'ai arrêté de boire quand je me suis rendu compte qu'Alison et moi, ça n'aurait peut-être pas duré toujours. Je l'aimais, j'étais vraiment amoureux, mais ce que j'aimais surtout, c'était ma fureur contre ses parents à cause d'elle. Prendre son parti, quand personne à ma connaissance ne l'avait jamais fait. Je n'arrive pas à croire que je puisse encore me mettre dans des états pareils.

– Tu ne t'es pas dit que cela devait arriver, quand tu as su pour ta mère ? dis-je après avoir gardé un moment le silence. Eh bien, c'est arrivé.

Comment suis-je censée croire que la vie est belle et le changement positif, si tu n'y crois pas ?

– Mais je le crois sincèrement. »

Nous échangeâmes un sourire. Dire que jamais je n'avais trouvé le moindre charme à son sourire. Encore une leçon de la vie sur les trompeuses apparences.

9

L'opération remontait à plus de trois mois, et Rose se rétablissait bien. La chimiothérapie était terminée et elle avait cette expression ébahie, mais point autrement surprise, qui agrandit les yeux et que j'ai depuis remarquée chez d'autres malades du cancer. On lui avait retiré le sein droit, les muscles du flanc droit, et les ganglions lymphatiques sous le bras droit, c'est-à-dire qu'elle avait subi une mastectomie classique et complète. Je continuais à m'occuper des repas à sa place assez régulièrement, et bien sûr je la voyais chaque jour, mais la moindre allusion à sa santé la mettait dans des états d'irritation telle que je m'abstenais; en revanche, je l'observais de près, guettant les signes de fatigue, de faiblesse, ou de souffrance. Le lendemain de ma conversation avec Jess Clark, je l'emmenai en voiture à Mason City pour son contrôle des trois mois. Nous échangeâmes à peine une parole pendant le trajet. Elle s'agaçait de détails – la ceinture de sa veste prise dans la portière, l'arrêt pour faire le plein d'essence, un petit encombrement à une dizaine de rues de l'hôpital, et les cinq ou six minutes de retard à son rendez-vous qui en résultèrent. Notre intention était de faire quelques courses en sortant de la visite, puis d'aller déjeuner à la Brown Bottle, mais il était tacitement convenu entre nous que tout dépendrait du passage chez le médecin. Si les nouvelles étaient mauvaises, inutile de faire des projets – l'avenir se présenterait devant nous comme un grand vide, et il faudrait bien être à la hauteur de l'événement.

En réalité, la visite médicale se passa à merveille. Dès l'instant où nous passâmes le seuil de l'hôpital, les infirmières lui firent un accueil joyeusement chaleureux, et il ne fut pas difficile d'en éprouver du réconfort, comme si elles connaissaient déjà les bonnes nouvelles et n'avaient plus qu'à nous les annoncer. Le docteur ne trouva rien, absolument rien de suspect, et félicita Rose de la mobilité et de la force qu'elle avait récupérées dans le bras, « en si peu de temps ». Rose eut le sourire en entendant ces paroles, et moi aussi, mais surtout ces longs mois pesants en furent comme allégés, des mois qui chez nous correspondent à la pire période de l'année, avec un ciel de plomb, jour après jour, et le vent permanent, glacial, hostile, même lorsque parfois un faible rayon de soleil parvient à percer malgré les nuages. Nous eûmes alors beau jeu, pendant qu'il nous annonçait la bonne nouvelle, de nous étonner de l'état de dépression où nous avions été, presque sans le savoir, beau jeu de regarder avec affection son visage rond et rose, beau jeu de nous sentir transformées en quittant l'hôpital pour retrouver la douceur du joli mois de mai, rehaussée par les pommiers en fleur, et les massifs multicolores de tulipes et d'iris qui encadraient l'entrée, et qui étaient passés inaperçus à l'arrivée. « Quelle belle journée ! »

s'exclama Rose en inspirant une grande bouffée d'air, et pour une fois, sa main gauche ne fit pas mine de chercher les muscles disparus, là, juste sous le bras. Elle avait contracté cette manie qui me brisait le cœur, un geste fugitif, les doigts qui cherchent, effleurent, redécouvrent l'absence. Jamais sa main ne s'égarait ailleurs – comme si le reste, le sein, les muscles pectoraux, bon, c'était une affaire entendue, on n'en parlait plus, il s'agissait d'un sacrifice acceptable, mais cela, le fallait-il vraiment ?

« Tiens, allons manger de la viande ! dit-elle.

– Ils en ont à la Brown Bottle.

– Non, j'ai envie d'aller dans un endroit cher, comme le Star Light Supper. Tu te souviens quand nous y sommes allés pour ton dixième anniversaire de mariage ? Il y avait trois sortes de filets de hareng sur le chariot de hors-d'œuvre et ils servaient des espèces de toasts de pain aillé, que l'on fait revenir longtemps au beurre chaud jusqu'à ce qu'ils soient durs comme des couvercles de bocal à conserve, sauf qu'ils se brisent et fondent au contact de la langue ?

– J'ai peine à croire que tu aies cette mémoire des aliments. Cela remonte à six ans.

– Je parie que je n'y avais jamais repensé. C'est parce que je crois vraiment ce qu'il a dit, tu comprends, et maintenant j'ai envie de tout déguster, toutes les choses qui allaient me manquer et que j'étais bien résolue à chasser de mon esprit. »

Nous arrivâmes au croisement, attendîmes le changement de feu et traversâmes la chaussée. Où nous allions, je n'en avais pas la moindre idée.

« Je ne me rendais pas compte que tu étais dans cet état de dépression.

– J'ai été déprimée, oui, mais c'est secondaire. En fait, j'avais plutôt le sentiment de fermer boutique, ou, si tu veux, c'était comme si j'organisais une grande brocante-débarras, quand on regarde toutes les choses que l'on a achetées au cours de sa vie, que l'on se souvient de l'importance qu'elles ont eue, et qu'on les voit partir pour les trois sous que l'on a soi-même inscrits sur l'étiquette, sans rien éprouver. C'était plutôt cela, mon état d'esprit. »

Je la regardai sans répondre. Moi, j'avais eu surtout la sensation d'être assise dans une voiture devenue incontrôlable. Trois mois de course folle sur une route, sans percuter de lampadaires ni de véhicules venant en sens inverse. A présent, la voiture était de nouveau sous contrôle et l'inimaginable désastre évité.

Elle s'arrêta une fois atteint l'angle opposé, et se passa la main dans les cheveux.

« En tout cas, Ginny, dit-elle, je sais bien qu'il s'agissait seulement de l'examen des trois mois. Il y aura encore celui des six mois, celui des douze mois, puis cinq autres examens annuels, et à la fin j'aurai tout juste quarante ans. Je n'ai pas oublié ce détail, mais j'ai tout de même envie de faire quelque chose d'extraordinaire. Une chose qui scandalise papa. Pour marquer le coup.

– Je ne crois pas qu'il y ait des spectacles de strip-tease masculin à Mason City.

– Tu as vu ça dans l'émission de Phil Donahue ? sourit Rose.

– Celle de mercredi dernier ? Où ils portaient en tout et pour tout vingt centimètres carrés de sous-vêtements bleu horizon ?

– Le plus beau était en noir.

– Le blond.
– Je ne savais pas que tu regardais ça. J'avais un peu honte d'avoir le poste allumé.
– J'ai enlevé l'image et gardé le son, comme si c'était à la radio.
– C'est pas vrai !
– Gagné ! Je n'en ai pas perdu une minute, j'ai même continué de regarder une fois qu'ils étaient rhabillés. »
Rose rit de bon cœur avant de renchérir.
« Paraît qu'il y a un bordel à Mason City, tu étais au courant ? C'est Pete qui me l'a dit. Il est juste à côté du Golden Corral. Tu as les bureaux du ministère de l'Agriculture d'un côté et le bordel de l'autre.
– Comment est-ce que Pete sait ça ?
– Les types qu'il a embauchés pour l'aider à repeindre la grange, l'été dernier, c'est eux qui lui ont raconté. »
Nous nous arrêtâmes devant les vitrines de chez Lundberg pour regarder les robes.
« On n'est pas obligées d'aller jusque-là pour scandaliser papa. Un peu de shopping devrait suffire, dit Rose.
– Ouf ! Quel soulagement. »
Nous entrâmes. Il ne m'avait pas échappé que Rose ne s'était pas acheté un seul vêtement depuis le diagnostic, et qu'elle s'était peut-être fort peu regardée dans la glace dans le même temps. Je fixai mon attention sur un portant de chemisiers, en tentant de relâcher un peu la vigilance qui me faisait vérifier les tailles qu'elle choisissait, le type de coupe qui lui plaisait ; quelle que soit la robe qu'elle essayerait en premier, je tenais à ce qu'elle fût

seyante. Quand elle passa en cabine avec les quatre cintres autorisés, je traînai à proximité en m'intéressant distraitement au rayon pulls. Elle resta longtemps à l'intérieur, non sans dire tranquillement en cours d'essayage : « Je vois tes pieds », ce qui me força à m'éloigner. Lorsqu'elle sortit, elle était de nouveau éteinte. Elle tendit aimablement les robes à la vendeuse, et se dirigea vers la sortie. Je fis mine de fouiller dans les ceintures, mais dès qu'elle franchit la porte, je la rejoignis sur le trottoir.

Nous regardâmes la vitrine suivante, un magasin de chaussures, puis celle d'après, un bazar de la chaîne *Five-and-Ten.* Elle s'attarda un long moment devant les humidificateurs.

« Tu as des nouvelles de Caroline ? dis-je.

– Non.

– A ton avis, qui va faire le premier pas ? »

Elle se tourna pour me regarder, et leva la main pour se protéger du soleil.

– Tu as déjà vu papa faire le premier pas, toi? Pour une réconciliation, s'entend.

– Non, effectivement. Pas avec nous. Mais là, il s'agit de Caroline.

– Les poules auront des dents, le jour où il fera le premier pas.

– Je la croyais un peu plus prudente. »

Rose se remit à marcher.

« Elle n'a pas besoin d'être prudente. Elle gagne de l'argent. Pour elle, être sa fille reste une chose abstraite, et je suis sûre qu'elle n'a pas envie qu'il en soit autrement. Écoute bien ce que je vais dire. Elle et Frank vont se marier, ils vont pondre un fils, et tout le monde va revoir ses positions pour la circonstance. Elle fait toujours comme ça l'arrange.

– Tu as l'air de lui en vouloir, toi aussi. Elle était sur les marches du perron. C'est papa qui lui a claqué la porte au nez.

– Mais on pouvait faire l'économie de tout ce cirque, éviter la brouille, les réconciliations, les grands drames. Le fond du problème, c'est qu'il faut toujours qu'elle se singularise par rapport à nous. Tu n'as jamais remarqué ? Quand on obtempère, elle se rebiffe, quand on se cabre, elle est douce comme un agneau.

– Peut-être.

– Merde ! Tiens, je me souviens, elle avait cinq ans tout au plus – en tout cas, maman n'était pas encore morte. Je faisais mes devoirs, assise à la table de la cuisine, pendant que maman préparait le dîner et que Caroline faisait des coloriages, et elle nous a regardées chacune à tour de rôle avant de lancer comme ça : “ Moi quand je serai grande, je ne serai pas femme d'agriculteur ”. Maman a ri et lui a demandé ce qu'elle voulait faire, alors, et elle a répondu : “ Je serai agricultrice ”. »

L'histoire me fit rire. Nous poursuivîmes notre chemin, en évitant d'un commun et tacite accord de parler de Caroline. Mon estomac se mit à gronder.

« Rosie, dis-je, allons déjeuner au Golden Corral, comme ça on aura peut-être l'occasion de voir des prostituées en tenue de travail.

– Je crois que j'aimerais mieux rentrer. J'ai de quoi manger à la maison.

– Tu es fatiguée.

– Oui. »

Je ne discutai pas. Avec Rose, je n'ai jamais discuté. Dans la voiture, elle dit :

« Tu sais, quand on est sorties de la clinique, et

qu'on a vu les massifs de fleurs qu'on n'avait même pas remarqués en arrivant ? C'était tellement inattendu, je crois que ça m'a mise dans un état d'euphorie. Après, j'ai eu l'impression que si nous pouvions faire sauter tous les verrous, parler sans retenue, manger sans retenue, acheter sans retenue, l'euphorie serait encore plus grande, plus agréable, définitive, même, mais j'avais oublié. Je n'en suis pas encore à pouvoir me déshabiller dans une cabine d'essayage. »

Elle eut un soupir. Je manœuvrai pour sortir du parking. Un peu plus tard, elle m'interrogea :

« La chose la plus difficile, pour toi, c'est quoi ?

– Je ne sais pas trop. Sûrement me sentir à l'aise avec des personnes étrangères à la famille.

– Comment cela ?

– Oh, tu sais bien. Ou bien je suis trop timorée, ou bien je tiens tellement à me faire un ami de l'autre que je me conduis de façon stupide. Je n'arrive jamais à croire que Marlene Stanley, ou qui sais-je encore, m'aime vraiment, tout en sachant sans doute que c'est pourtant le cas.

– Bon Dieu ! Tu parlais exactement de la même façon quand tu étais au collège. »

Je me raidis un peu.

« Et quelle a été mon expérience depuis ? dis-je. De toute façon, au collège, tu disais souvent : “ Tu n'aimerais pas être amie avec une telle ? Si on apportait des petits gâteaux, on pourrait lui en offrir, et après, elle sera peut-être notre amie. ” »

Grand rire de Rose, un rire joyeux.

« Et généralement, ça marchait, d'ailleurs », dit-elle.

Nous roulâmes quelques instants en silence.

« Tu sais quoi ? finit-elle par demander. Pour moi, la chose la plus difficile, c'est de ne pas toucher. Un des souvenirs que j'ai de quand j'étais petite, c'est maman me tapant sur les mains en me disant de ne pas toucher. Le pire, c'est ce cauchemar que je fais souvent, où je touche des choses qui me font mal, comme ce rasoir coupe-chou qu'avait papa, ou un flacon de poison qui se renverse sur mes mains. Je sais qu'il ne faut pas, je me retiens, mais c'est plus fort que moi.

– Moi je rêve que je fais la queue pour le réfectoire et que je suis toute nue. C'est toujours la dernière année de collège.

– Les rêves de nudité sont très courants.

– J'imagine. »

Le reste du chemin se fit en silence. Des deux côtés de la route, les champs se trouvaient sous un voile de brume éblouissant, et les rangées de maïs à peine germé se déployaient au loin comme autant de coutures à points minuscules et brillants dans un lainage sombre. Lorsque je la déposai à sa porte, Rose me posa un baiser sur la joue. En réalité, nous nous connaissions depuis toujours, mais nous ne nous étions jamais lassées d'être ensemble. Le lien qui nous unissait avait une fécondité particulière que j'avais la sagesse d'apprécier, et d'apprécier en silence, qui plus était. Rose n'aurait pas supporté le moindre sentimentalisme.

10

Caroline avait six ans quand notre mère est morte, et il fut d'abord question de l'envoyer vivre chez la cousine de ma mère, à Rochester, dans le Minnesota. La cousine Emma était administratrice du personnel soignant à la clinique Mayo, elle était célibataire et sans enfants, et je crois que cette « solution » au « problème » de Caroline fut envisagée pendant la maladie de ma mère. Je crois aussi que certaines dames de la paroisse, elles-mêmes nourries de littérature sur les orphelins et les orphelines depuis l'enfance, voyaient dans cette disposition une issue souhaitable et, qui plus était, romantique. La cousine Emma gagnait beaucoup d'argent, ce qui signifiait de jolies robes, et des études poussées en ville. Mais mon père, le moment venu, décréta simplement que Rose et moi étions assez grandes pour nous occuper de notre sœur, et le chapitre fut clos.

Caroline était une enfant agréable, facile à élever. Elle jouait avec ses poupées, qui avaient été les nôtres, mangeait ce qu'on mettait dans son assiette, obéissait quand on lui demandait de ranger ses vêtements de poupée ou de ne pas tacher sa robe. Elle ne manifestait aucun intérêt pour le matériel agricole – les bennes remplies de graines, les tarières, les tracteurs, les batteuses, les camions. Elle se tenait à l'écart des cochons, et même des chiens et des chats qui vécurent épisodiquement à la maison. Elle n'allait jamais s'égarer sur la route, ni hors de vue de la maison. Jamais, à ma connaissance, elle n'approcha la grille d'un puits absorbant. Nous eûmes de la chance, et cela nous permit de nous consacrer au chapitre de l'éducation des enfants que nous connaissions le mieux – coudre des robes et des vêtements de poupée, confectionner des gâteaux, faire la lecture, inculquer les règles de la propreté, apprendre à bien se tenir à table, à se coucher de bonne heure, à dire « bonjour madame » aux dames, « bonjour monsieur » aux messieurs, « merci » et « s'il vous plait » à tout le monde, à faire ses devoirs d'école. Nous n'avions d'autres principes que ceux dont on avait usé avec nous, mais il était exact, comme le disait souvent papa, qu'elle était beaucoup plus sage que nous, ni entêtée et renfrognée, comme moi, ni désobéissante et insolente, comme Rose. Il disait d'elle qu'elle était affectueuse, parce qu'elle embrassait ses poupées, et son papa aussi, quand il réclamait un baiser. Il lui suffisait de dire : « Cary, un bisou », à brûle-pourpoint et sur le ton qu'il utilisait toujours, entre l'ordre et la supplique, et elle sautait sur ses genoux, le prenait par le cou et lui posait un baiser sur les lèvres. Chaque fois que je la voyais faire, j'avais l'impression d'être de trop, comme si un gros caillou se mettait à bouger à l'intérieur de moi, celui de l'entêtement et de la mauvaise grâce à cause desquels ce n'était plus jamais à moi que l'on demandait.

Nous établîmes des principes plus sérieux lorsque se profila la première année de fac de Caroline. Il nous parut légitime de lui assurer une vie d'étudiante normale, avec des sorties, des amoureux, des activités de loisir. Pas question qu'elle fût esclave du car de ramassage scolaire. Elle allait se faire des amies chez qui elle aurait le droit de rester dormir quand elle serait invitée. Rose, qui travaillait à l'époque, lui donnait de l'argent pour s'habiller. Je lui versais une pension. Si elle était invitée à un anniversaire, nous lui donnions de quoi acheter un joli cadeau. C'étaient nos principes et ils étaient en contradiction avec l'opinion proclamée de papa pour qui on n'était jamais aussi bien qu'à la maison, qui estimait que les robes cousues main étaient bien suffisantes, et que si on payait pour le car scolaire, alors nom d'une pipe, c'était pour s'en servir ! Nous étions les alliées de Caroline. Nous lui servions de couverture et désamorcions les colères paternelles. Les deux dernières années, je parvins même à persuader papa de la laisser inviter un garçon pour le bal Sadie Hawkins. Rose lui paya l'abonnement à *Glamour* et devint une spécialiste du copiage des modèles qui, pour être simples, n'en étaient pas moins introuvables dans le comté de Zebulon.

Nous nous entendions bien avec elle. Elle était toujours aussi facile à vivre. Elle fit de brillantes études, nourrit de grandes ambitions, et termina comme nous l'avions prévu, loin de la femme d'agriculteur, et même de l'agricultrice, avec un métier brillant, pointu, plein d'avenir. Parfois, sans réfléchir, elle s'étonnait en nous regardant : « Mon Dieu ! Comment se fait-il qu'aucune de vous n'ait jamais songé à partir ? J'ai peine à croire que vous n'ayiez jamais eu d'autres projets! » Ce genre de remarque agaçait beaucoup Rose, mais moi, elles me faisaient plaisir. Elles étaient la preuve de notre fidélité sans faille à nos principes.

Je décidai de l'appeler après avoir déposé Rose chez elle, mais en passant devant chez papa, je vis le pick-up dans l'allée et lui, à sa fenêtre, assis bien droit dans son fauteuil, fixant l'horizon. Quelque chose dans ce spectacle effaça toutes les autres préoccupations que je pouvais avoir. Je n'eus pas le courage de faire demi-tour pour aller voir ce qui se passait, mais en arrivant à la maison, une ou deux minutes plus tard, je fus incapable de descendre de la voiture. Je voyais déjà le gros titre à la une du *Pike Weekly News* – UN AGRICULTEUR DU COMTÉ RETROUVÉ MORT DANS SON SALON. Si Rose m'avait interrogée sur ma manie la plus détestable au lieu de me demander ce qui m'était le plus difficile, je lui aurais sans doute cité ma manière de cultiver les scénarios catastrophe.

Je sortis de la voiture, claquai la portière, l'ouvris de nouveau, remontai, et retournai sur la route. Par les vitres, je voyais qu'il était toujours bien droit sur son fauteuil, mais je ne pouvais m'empêcher de penser que c'était peut-être parce que les accoudoirs le maintenaient en position verticale. Je le vis porter la main à son menton. Je m'engageai dans l'allée, soulagée et surprise – encore un coup qui n'était pas passé loin. Lorsque je franchis le pas de sa porte, il demanda :

« Que se passe-t-il ?

– Rien.

– Tu es passée sans t'arrêter, alors si tu reviens c'est avec une bonne raison.

– Je suis revenue pour voir ce que tu faisais.

– J'étais en train de lire un journal. »

Il n'y avait aucun journal, ni à côté de son fauteuil ni sur la table la plus proche.

« Je regardais par la fenêtre.

– C'est bien.

– C'est même très bien.

– Tu as besoin de quelque chose ?

– J'avais de quoi déjeuner. J'ai fait réchauffer au micro-ondes.

– Bien.

– Ça refroidit plus vite quand on réchauffe de cette façon. J'avais à peine fini de manger que ce qui restait dans mon assiette était archifroid.

– Première nouvelle.

– En tout cas, le fait est là.

– J'ai accompagné Rose chez le docteur aujourd'hui. »

Il changea de position dans son fauteuil. Je suivis son regard et vis Ty qui travaillait dans les champs, très loin à l'ouest. J'entendais le rugissement du tracteur John Deere, ramené à un simple ronronnement par la distance.

« Elle va bien ?

– Oui. Le docteur était très content de tous les résultats.

– S'il lui arrive quelque chose, c'est ses gamines qui seront en rade. »

Mon père avait l'art de faire des remarques auxquelles il n'y avait rien à répondre. Son but était-il d'exprimer ses réserves sur Pete ? Ou ses doutes sur mon aptitude à prendre le relais et assurer leur éducation ? Ou bien faisait-il référence à notre propre histoire après la mort de maman ? Ou encore portait-il un jugement sur les responsabilités premières de Rose ? A moins qu'il ne s'agisse d'une réflexion d'ordre général sur les lois de la reproduction dans l'espèce animale... Ty aurait dit qu'en fait il parlait de lui, de nous, qui serions bien embêtés, mais qu'il n'osait pas le dire. Je me disais parfois que nous étions fort naïfs de prêter des sentiments altruistes à notre père.

« Elle va bien, dis-je. Nous n'avons pas d'inquiétude à avoir.

– Dans ce domaine, peut-être. Mais nous avons bien d'autres sujets d'inquiétude.

– Ça, oui, bien sûr. »

Je cherchai une petite tâche domestique dont m'acquitter pour rendre aussi banal que possible mon retour sur mes pas. Une des caractéristiques de mon habitude de toujours-m'attendre-au pire était que j'en éprouvais de la gêne ; je ne voulais pas que les gens pussent soupçonner que j'avais imaginé leur mort. Mais hormis la cuisine, un peu de lessive, et le gros du ménage, mon père n'avait guère besoin d'assistance dans la routine quotidienne. Sa vaisselle du déjeuner était déjà lavée et posée sur l'égouttoir. La paillasse était nettoyée et le plancher balayé. En réalité, il avait toujours été une parfaite incarnation de la maxime : « Prière de laisser cet endroit aussi propre que vous auriez aimé le trouver ». Il n'y avait rien à faire. Je regardai de nouveau de son côté. Il contemplait le paysage par la fenêtre.

« Parfait, dis-je. Tiens, j'ai préparé de la tarte aux fraises et à la rhubarbe. Je t'en porterai un morceau pour ton dessert de ce soir. Certains de mes fraisiers commencent déjà à donner, je te l'avais dit ?

– Pourquoi est-ce qu'il s'occupe de ce champ ? Ils ont fini le soja ?

– Je ne sais pas. Presque, je crois bien. »

Il fixa sans rien dire le tracteur qui traversa de gauche à droite l'espace encadré par la vaste fenêtre.

« Papa ? Tu peux venir jusque chez nous pour dîner, si tu veux. Comme ça, tu pourras lui poser la question. »

Son visage vira au pourpre, il regardait toujours par la fenêtre.

« Papa ? »

Il ne m'accorda ni un regard ni une réponse, ne serait-ce que pour me signifier mon congé. Je me sentis devenir nerveuse à le regarder ainsi, et j'avais hâte de partir, comme si je voulais fuir quelque chose.

« Papa ? Tu n'as besoin de rien avant que je parte ? Je m'en vais. »

Je marquai un temps d'arrêt devant la porte de la cuisine, et contemplai pendant plusieurs secondes sa nuque inflexible. Lorsque je repassai en voiture devant la maison, il n'avait pas bougé. Je ne pus chasser la sensation que ce regard attentif contenait une menace pour Ty, cultivateur innocent et sans malice, qui n'avait d'autre souci que celui de ne jamais sortir des sillons dessinés devant lui. Le tracteur vert allait et venait, suivi par le regard de mon père comme par le canon d'un fusil.

Environ une heure et demie plus tard, Rose téléphona.

« Pourquoi papa reste-t-il planté à la fenêtre de son salon, le regard rivé à votre champ sud ?

– Il n'a pas bougé ?

– Il était là quand je suis partie à Cabot acheter le pain, et il y était encore quand je suis rentrée. Je me suis arrêtée au beau milieu de la route et je l'ai regardé. Mais il n'a pas bougé d'un pouce.

– Où est Pete ?

– Il est en train de souder quelque chose sur la planteuse. Il y était déjà lorsque nous sommes rentrées de Mason City.

– Et Ty, il travaille toujours dans le champ là-bas ? Il y a une partie que je ne vois pas, de chez moi.

– Quand je suis passée en voiture, il démarrait de la haie vive, juste en bordure de la route.

– Je suis sûre que papa le surveille. Sûre qu'il y a de la bagarre dans l'air. Il était furieux contre je ne sais quoi quand je suis passée, et il n'a même pas fait attention à moi.

– Tant mieux pour toi. Il ne t'aura pas confié de corvée.

– Tu ne trouves pas cela un peu bizarre ?

– Tu veux que je te dise ? Sa retraite, il va la passer comme ça, à avoir Ty et Pete constamment à l'œil, et à les critiquer a posteriori, quoi qu'ils fassent. Tu n'imaginais quand même pas qu'il allait aller à la pêche, non ? Ou s'installer en Floride ?

– Je n'avais pas réfléchi à si longue échéance.

– Arborer ce masque sinistre va devenir l'affaire de sa vie, dorénavant, alors autant s'y habituer au plus vite. »

Elle raccrocha.

Je ne pus m'empêcher de sourire à l'image de Rose arrêtant la voiture pour le regarder. Je l'imaginai en bas de la pente, les poings sur les hanches, cherchant à croiser son regard à lui. Et aucun des deux ne cédant à la pression de l'autre. Car ils étaient du même acabit, ça c'était une certitude.

J'appuyai sur le bouton du téléphone pour couper la communication tout en gardant la ligne, prête à former le numéro de Caroline, sauf que je fus envahie par un embarras inopiné, comme si existait entre nous deux un passif que je devais braver. On était jeudi, et j'aurais dû l'appeler dimanche soir, c'était d'une soudaine et criante évidence. Rose, je l'aurais appelée l'après-midi même, et tout le dimanche au besoin, jusqu'à l'avoir, mais avec Caroline, j'avais laissé traîner. Caroline, c'est tout juste si j'avais pensé à elle, préoccupée que j'étais par papa et Rose, et aussi, pour être tout à fait franche, un peu par Jess Clark. Certes, Caroline et moi n'étions pas intimes au point de tout nous dire. Les seules occasions que j'avais de parler avec elle se limitaient en fait à ces visites, un samedi sur trois, quand elle venait passer le week-end chez papa pour s'occuper de lui et lui faire à manger. D'une part, à la campagne, même en 1979, les gens se méfiaient relativement des communications interurbaines et n'avaient pas l'habitude d'avoir de longues conversations au téléphone – nous avions été raccordés sur une ligne partagée jusqu'en 1973, de sorte qu'il était encore considéré comme risqué d'aborder au téléphone des sujets trop intimes. D'autre part, Rose et moi avions depuis si longtemps l'habitude de discuter ensemble de papa et de Caroline que la perspective de discuter avec elle avait un côté incongru, pour ne pas dire franchement gênant. J'étais curieuse. Je me mêlais de ce qui ne me regardait pas. Je ne savais même pas ce que je voulais. Et puis, de toute façon, les appels personnels n'étaient pas appréciés sur son lieu de travail. Les lignes étaient contrôlées parce qu'on facturait les consultations téléphoniques aux clients. J'appuyai de nouveau sur le bouton du récepteur, puis je reposai le combiné sur son support. Je me fixai une date limite : dimanche. Si dimanche je n'avais pas de nouvelles, j'appellerais.

11

Je découvris que je guettais plus où moins un éventuel passage de Jess Clark. Quand on aimait le footing, à ma connaissance, on aimait aussi la routine, alors j'avais l'œil ouvert, dans la fraîcheur du matin, au cas où son itinéraire le ferait passer devant la maison. Sauf que j'ignorais tout de son itinéraire. Et qu'il se pouvait aussi que Harold eût prié Jess de participer au travail dans les champs, voire que Jess lui-même eût souhaité prendre part à ce travail. Le footing, et l'envie de parler, en l'occurrence, risquaient bien d'être les habitudes citadines dont Jess se déferaient très vite. Certes nos conversations, surtout la dernière, étaient pour moi une expérience unique en son genre, ce qui expliquait peut-être pourquoi elles occupaient tant de place dans mon esprit.

Je travaillais dans le jardin, où j'arrosais mes tomates, je me rendais compte que la matinée était déjà à demi écoulée, et la pensée de Jess revenait me tenailler, j'éprouvais une sensation physique, un frisson, une sorte de rétrécissement du diaphragme. Je prenais conscience que certains des pires malheurs que j'avais imaginés et redoutés lui étaient arrivés en vrai – la mort subite de sa fiancée, mais aussi celle de sa mère alors qu'il était impossible à joindre. Et à ce propos, n'avait-il pas été maudit et répudié, et ce qui était pire qu'un abandon – rayé de la carte par son père en guise d'entrée dans l'âge adulte ? Peut-être que superficiellement, nous semblions n'avoir rien en commun hormis une enfance à la campagne, mais je soupçonnais qu'il savait des choses que je rêvais d'apprendre depuis toujours. Et en dépit de cela, je n'étais pas exactement impatiente de le voir. J'avais plutôt l'impression de savoir que quelque chose d'important allait m'advenir, quelque chose d'autre que ma prochaine grossesse. En fait, l'idée me traversa même l'esprit que cette grossesse à venir serait le stade ultime, le point d'orgue, ou la récompense, lorsque j'aurais appris ce que Jess avait à enseigner, une sorte de prolongement naturel d'une juste vue sur les choses, à laquelle je n'avais pas encore accédé.

Un jour, lorsque Ty rentra à l'heure du dîner, Jess le suivait. Il était en jeans et T-shirt bleu clair, et il avait les mains sales jusqu'aux coudes.

« Bonsoir Ginny. J'ai réussi à mettre ce gars sur un boulot honnête, pour une fois, mais maintenant, il a faim, dit Ty en m'embrassant sur le front avant de descendre au sous-sol poser ses vêtements près de la machine à laver et se changer.

– Qu'est-ce qu'ils t'ont fait faire ? Nettoyer à mains nues les litières dans la porcherie ? dis-je en m'adressant à Jess.

– Nous étions en train de réparer le différentiel sur le vieux tracteur.

– Le Farmall ? Et ils ont l'intention d'en faire quoi ?

– J'ai été chargé de répandre du fumier derrière la maison de ton père.

– Tu as gagné le gros lot !

– Ça ne me dérange pas. Et puis, quoi qu'il en soit, je suis pour les engrais naturels, et à juger par la hauteur du tas de fumier d'une part, et l'état de l'épandeuse d'autre part, il n'a pas dû y avoir d'excès dans ce domaine au cours de ces dernières années. Ces quarante dernières années.

– Nous avons un bon rendement, cria Ty. Et de nos jours, c'est ce qui compte. Mais attends un peu que j'achète un *Slurrystore.* »Les marches craquèrent sous son pas lourd. « Il y aura épandage à volonté. Tu as l'intention de manger avec ces mains ? »

Je tendis une serviette à Jess qui sortit se laver les mains dehors et fit couler l'eau.

« Il y aura assez à manger ? chuchota Ty.

– Oui, mais il est végétarien, non ? répondis-je aussi bas. Je n'ai que du hachis de bœuf revenu avec des nouilles, des haricots verts et une salade.

– J'avais oublié ce détail. »

Il ouvrit le réfrigérateur. Lorsque Jess revint, il lui tendit une bière que ce dernier remit au frais pour se servir un Coca. Ils s'installèrent à la table de la cuisine.

« Oh, vous les agriculteurs, dit Jess, vous croyez toujours que la solution se trouve dans l'achat d'une nouvelle machine. »

Je l'observai. Le ton était incisif mais joyeux, et Ty prit la remarque comme une plaisanterie.

« Erreur, dit-il. Il faut l'achat de deux machines, et lourdes en plus. »

Je posai les plats sur la table, avec une jatte de fromage blanc, avant d'intervenir aussi :

« De toute façon, on saura bientôt où se trouve la solution, vu le nombre de nouvelles machines que nous avons commandées.

– Mmmm, fit Ty avec gourmandise.

– J'avais oublié que cette cuisine était aussi jolie, dit Jess. Il n'y avait pas un oiseau, du temps des Ericson ?

– Si, ils avaient un perroquet. Mais je crois qu'il restait toujours dans le salon. Tu te souviens, quand il commandait aux chiens ? » Et je précisai à l'intention de Ty : « A force d'entendre Cal pendant ses séances de dressage, je suppose, ce perroquet avait appris à donner des ordres, et dès qu'un des chiens entrait dans le salon, le fameux perroquet commençait à crier des injonctions, et les chiens obéissaient. Un jour que nous venions de dehors, nous avons entendu le perroquet grincer : " Assis ! Rouler ! ", et en arrivant dans le salon nous avons trouvé le colley tout essoufflé à force d'exécuter les figures demandées. Mrs. Ericson était obligée de mettre un torchon sur la cage du perroquet.

– Quand sont-ils partis ? demanda Jess.

– Oh, je suis sûre qu'ils étaient partis avant toi, en tout cas. J'avais quatorze ans quand papa a acheté ici.

– Tu veux dire quand il a volé l'affaire à Harold. »

Je fus obligée de baisser les yeux, à cause de ce regard insistant de Jess, encore une fois.

« Si tu veux. J'ai oublié. »

Ce que j'avais oublié, c'était le plaisir d'avoir un invité à dîner, quelqu'un hors du cercle familial, avec une courtoisie acquise loin d'ici. Tandis que nous nous servions, Ty relança la conversation.

« Et que pense-t-on de cette histoire de pénurie d'essence, là-bas dans l'Ouest ?

– Une arnaque des grandes compagnies pétrolières.

– Carter n'a plus qu'à venir leur manger dans la main, alors. »

Ty me guetta du coin de l'œil parce qu'il savait que j'avais un faible pour Jimmy Carter, ou du moins pour Rosalynn et Miss Lillian. Je fis les gros yeux.

« Le problème de Carter, c'est qu'il fait partie des réalistes. Il se renseigne au maximum. Il réfléchit mûrement avant de décider ce qu'il doit faire. Jamais on ne devrait envoyer un réaliste à La Maison-Blanche. Etre président, c'est trop d'angoisse pour un réaliste. »

Je ris et Ty précisa :

« Ginny l'aime bien. Et je dois dire que de mon côté, j'ai voté pour lui, bien que je ne connaisse rien à la culture des cacahuètes. Mais chaque fois qu'il y a un problème, il se tord les mains en se posant des questions.

– Non, rectifia Jess. Il se demande où est son devoir, alors qu'un président est là pour imposer sa volonté. La question pour lui est de trouver ce qui va le rendre heureux alors que dans l'immédiat il est très malheureux. Il fonctionne comme les agriculteurs, finalement, sauf que lui, les machines auxquelles il a accès sont des armes, ce qui fait une certaine différence. »

Ty souriait. Une fois le dîner terminé, je n'avais pas envie de voir Jess partir. Ty non plus. Il y eut un instant, après que j'eus ôté le couvert, où nous regardâmes tous la table. Puis Ty se leva et ouvrit de nouveau le réfrigérateur.

« Si on se reprenait une bière ? » proposa-t-il.

Je réagis en parfaite hôtesse.

« Il fait tellement chaud à l'intérieur ! Allons donc nous installer sur la véranda », dis-je.

Lorsque Jess se fut installé sur la balancelle et Ty sur la marche du haut, sa place habituelle, je fus submergée par une bouffée de luxuriante félicité. La soirée s'offrait à moi, je n'avais qu'à l'accepter comme un cadeau.

Jess inspira deux ou trois fois profondément. Les chaînes de la balancelle grincèrent et crissèrent. La saison des lilas était terminée mais j'avais coupé l'herbe autour de la maison dans la matinée et le parfum suave de la camomille flottait par-dessus celui plus âpre des plants de tomates mouillés que j'avais arrosés juste avant le repas. Il n'y avait pas de lucioles, pas encore, mais je voyais les ailes pâles d'une ou deux piérides se détachant à peine dans la verdure proche.

« Ça fait du bien, dit Jess. Exactement ce que je cherchais.

– Tu as l'intention de t'incruster dans le secteur ? »

Ty n'hésitait jamais à aller droit au but quand les autres se seraient contentés de procéder par allusions.

« On verra. Cela ne fait que, combien, dix jours. J'ai encore l'impression d'être en vacances, bien que Harold me pousse subrepticement vers un travail à plein-temps.

– Tu n'envisagerais quand même pas de t'installer à demeure avec Harold et Loren, dis-je abruptement. Pas après avoir eu une maison et une vie bien à toi pendant douze, treize ans !

– C'est une vie bizarre qu'ils mènent, non ? J'ai demandé à Loren qui était sa petite amie, et il a juste haussé les épaules, comme s'il n'avait pas envie d'en parler.

– Il m'a dit que les filles ne voulaient pas venir à la campagne, intervint Ty. Elles acceptent de sortir, elles viennent cueillir des choses du jardin, mais ça s'arrête là.

– Je suis certain qu'on fait mieux dans le genre soupirant empressé. Je crains que sa conception de la déclaration enflammée ne se résume à : " On pourrait, disons, se marier, par exemple. "

– En terminale, il est sorti avec Candy Dahl pendant un petit bout de temps, dit Ty.

– Elle était mignonne, non ? Mais elle n'avait aucune envie de rester à la campagne. Marlene m'a dit il y a déjà longtemps qu'elle avait très bien réussi, à Chicago. Je crois qu'elle présente la météo pour une chaîne de télé là-bas.

– Il va toujours chercher des filles comme ça. De l'ambition à revendre. Et bien habillées.

– Je me souviens d'une fille qu'il avait ramenée de la fac. C'était ce style-là. C'est un peu triste, dis-je.

– J'ai remarqué qu'il a tendance à ressembler de façon incroyable à Harold. Parfois, j'ai l'impression de voir deux robots identiques incarnant le parfait agriculteur. On laboure ! On sème ! On pulvérise ! On récolte ! On laboure ! Tous les matins, ils mangent exactement la même chose au petit déjeuner.

– Raconte, dis-je.

– Trois saucisses, deux œufs frits, une pizza surgelée avec poivrons et fromage en plus, trois tasses de café noir. »

Ty gloussa.

« Tu peux te moquer, dis-je. Tu manges toujours les restes de salade de la veille. De toute façon, Jess, tu n'as pas répondu à ma question, tu n'as fait que la rendre plus pertinente. Je n'arrive pas à croire que tu aies envie de vivre cette vie. Et pour ce qui est des filles, Loren n'a pas tout à fait tort.

– Je ne sais pas. Rien n'est décidé encore. J'ai résilié mon bail à Seattle et mis tous mes meubles au garde-meuble. J'ai trente et un ans. J'ai eu le sentiment qu'il était temps que je m'organise une vie, mais qu'il fallait d'abord que je tire certaines choses au clair. » Il s'adossa, tendit les jambes vers moi, la balancelle bougea d'un coup, et il continua : « J'ai fait comme ces personnages de dessins animés qui scient la branche sur laquelle ils sont assis, et restent suspendus dans les airs une seconde avant la chute de la branche. Sauf que pour moi, la seconde a duré quatorze ans. Je suppose que j'ai eu plus ou moins l'impression que si je réussissais à refixer la branche à son tronc, alors l'angoisse qui s'est toujours emparée de moi chaque fois que je risquais de me fixer et de m'organiser une vie disparaîtrait.

– Mais, est-ce que tu as envie de travailler la terre ? dit Ty. Parce que tu n'es pas obligé de vivre avec Harold pour y parvenir – tu pourrais louer ma maison et mes terres l'année prochaine. Soixante-cinq hectares, au sud par rapport à ici, à mi-chemin environ de Henry Grove. Il y a un gars qui l'exploite en ce moment, mais tu aurais de quoi commencer. »

Jess pivotait sur ses talons, faisant aller la balancelle. Ty me regarda et je lui souris. Il avait raison. Avoir Jess dans le voisinage valait bien un petit effort.

« Je ne sais pas, dit Jess. Il te faudrait ma réponse pour quand ?

– Il faut que je prévienne le locataire actuel par courrier avant le 1er septembre. »

Jess joua encore des talons.

« Et voilà, dit-il. C'est ça qui me rend dingue. Bien sûr que oui, je veux. Mais l'idée de faire venir toutes mes affaires, et d'emménager, et d'être ici et de dire : oui, je vais faire ça, je vais mettre en pratique ce que j'ai appris lorsque je m'occupais de ces jardins, et je vais me consacrer vraiment à la culture biologique et traduire mes croyances en actes. Ce n'est pas le travail. Le travail, je pourrais le faire. C'est le fait de dire : je me lance.

– Dans la culture biologique ? dit Ty.

– Hé ! se moqua Jess. A t'entendre, on croirait que j'envisage d'abattre ton chien ! Tu n'as qu'à te dire qu'il s'agit seulement de répandre du fumier à grande échelle, d'accord ?

– En tout cas, là n'est pas la question, dis-je.

– Parfois, je me dis que je devrais me marier, comme cela je serais bien obligé de prendre une décision », dit Jess.

Le silence s'installa entre nous trois. Le tonnerre se mit à gronder au sud-ouest.

« Un peu de pluie serait bienvenue, non ? dit Ty.

– Je ferais bien de faire la vaisselle, dis-je à mon tour.

– Tu crois que le tracteur va marcher, demain ? demanda Jess.

– C'est une question que je ne me pose jamais avant d'aller dormir », dit Ty en se levant.

Et de rire tous les trois.

Puis il y eut un long silence. L'obscurité était

devenue nuit noire – l'heure d'aller se coucher avait sonné – mais Jess et moi n'avions pas envie de quitter la balancelle.

« Je n'arrive pas à chasser ces gens de ma tête, dit Ty. Cette famille de Dubuque. Je n'ai pas cessé de penser à eux depuis deux jours.

– Tu veux parler de la fille qui a été tuée ? » dis-je.

Il s'agissait d'un crime impressionnant, encore que la presse ait tendance à traiter des crimes en détail. Un homme avait tenté de s'introduire de force dans la maison des parents de son ex-fiancée. En sortant pour se lancer à sa poursuite, le frère et le père laissent la porte de la maison ouverte derrière eux, ce qui permet à l'amoureux éconduit de pénétrer dans les lieux après leur avoir échappé. Il entre donc et la jeune fille se cache dans une chambre. Puis elle sort, espérant apparemment le calmer un peu, et il se saisit d'elle, et la traîne de force dans une autre pièce, claquant la porte derrière eux. Quand les parents et la police parviennent à forcer la porte (l'affaire de quelques secondes), il est en train de poignarder la jeune femme avec un grand couteau. La police l'abat d'une balle dans la tête.

« Le journal a donné beaucoup de détails, dis-je.

– Oui, mais il y a une telle succession de circonstances qui auraient dû être évitées, dit Ty. Je passe mon temps à réécrire l'histoire dans ma tête. Ne jamais oublier de fermer à clé derrière soi quand on sort, pour commencer.

– En ville, le verrouillage aurait été automatique, dit Jess.

– N'importe qui aurait pu se trouver dans la

situation de ce père. Et réagir en se lançant à la poursuite de ce type avec le sentiment qu'on va pouvoir le rattraper. Une vraie folie.

– C'est comme au cinéma, quand une personne réussit à vaincre tous ses ennemis avec une force surhumaine. Il n'y a pas une substance qui donne ce genre de force ?

– Si, l'adrénaline, dit Jess.

– Je n'ai pas pu chasser ces images de ma tête de toute la journée d'hier, dit Ty en s'appuyant contre la balustrade. Aujourd'hui pareil. Ce qu'ils ont dû voir en ouvrant la porte de la chambre. »

Nous méditâmes sur cette histoire. Je regardai Jess une fois, curieuse de savoir si nous paraissions candides de nous passionner à ce point pour un crime. Dans les villes, des crimes, il s'en commet en permanence.

« Je me demande à quoi elle pensait, en sortant pour le rencontrer », dis-je.

Jess se leva et s'étira. J'entendis ses épaules craquer.

« Je suis sûr qu'elle pensait que jamais il ne lui ferait de mal. »

Je me levai.

« Quelle drôle de façon de conclure une soirée si agréable », dis-je.

Ty me lança un regard un peu piteux et Jess sourit.

« Les choses sont comme elles sont », dit-il.

Après avoir dit brièvement bonne nuit, je rentrai à l'intérieur de la maison, et de fait, les adieux un peu rapides permettent de reprendre la conversation le lendemain ou plus tard. Lorsque Ty arriva après avoir fait son tour du propriétaire, avant d'aller se coucher, il dit ce que je pensais :

« En fait, ce serait plus drôle d'avoir Jess encore plus près de nous que s'il habitait mon ancienne maison.

– S'il était vraiment agriculteur, il aurait sûrement beaucoup moins de temps et d'énergie à consacrer aux amis.

– On verra. »

12

Le lendemain soir, Jess apparut encore, mais tout seul cette fois, et après dîner, puis Rose téléphona pour dire qu'elle s'occuperait du petit déjeuner de papa, vu que de toute façon elle partait de très bonne heure pour aller chercher Linda et Pammy à West Branch, ce qui représentait environ quatre heures de route. Je ne lui demandai pas si elle se sentait en état de conduire aussi longtemps, car elle ne m'aurait pas dit la vérité, et ma question l'aurait contrariée. En revanche, je lui proposai de venir nous rejoindre avec Pete. Nous évoquâmes la possibilité de jouer aux cartes, une partie de poker peut-être, ou un bridge, avec une personne qui ne jouerait pas, et puis Rose eut une autre idée et arriva avec un vieux jeu de Monopoly, et c'est ainsi que commença le fameux tournoi qui dura près de deux semaines et auquel aucun de nous ne parvenait à résister, malgré tout le travail à faire par ailleurs. Nous nous retrouvions chaque soir et jouions au moins quelques tours. Un soir, Ty s'endormit même à la table de jeu, mais à son réveil, il joua encore deux ou trois tours et acheta Pacific Avenue avant de monter se coucher.

Je me demande s'il existe une seule personne à qui la vue d'un plateau de Monopoly ne donne pas un coup de fouet, avec toutes ces couleurs, tous ces pions et figurines, toutes ces vastes perspectives. Jess avait la voiture de course, Rose le soulier, Ty le chien, et moi le dé. Pete était tiraillé entre la brouette, avec laquelle il avait gagné deux fois, et le cavalier, qui était en soi plus dynamisant, mais qui l'avait déjà fait perdre deux fois. Pete était résolu à gagner. Ce fut Pete, à vrai dire, qui proposa d'additionner les résultats de chaque partie, et d'ajouter des bonus pour récompenser certaines stratégies et certains coups de chance, le tout engageant un million de dollars en coupures de Monopoly. Il y aurait également un prix, de cent dollars, si nous mettions tous vingt dollars dans la cagnotte, ou un week-end à Minneapolis (et pourquoi pas à Los Angeles ?), ou deux jours de corvées agricoles à la mi-janvier. En ce domaine, Jess et Pete réagissaient de façon identique – en gars de la ville, aurait dit mon père –, cherchant plutôt le bénéfice potentiel que les ornières éventuelles liées à une situation. Rose, Ty et moi, nous jouions comme des paysans, guettant les pièges, les trous, les chausse-trapes, la petite chose qui va faire verser le tracteur, le casser, mordre sur votre temps, sur la récolte, sur les profits qui existent déjà dans votre tête, moins comme le résultat d'évaluations à long terme et de prévisions concernant les récoltes, que comme un idéal encore jamais atteint mais risquant de se concrétiser cette année.

Les discussions autour de la table de jeu étaient animées. Jess avait beaucoup d'aventures à raconter, et Pete aussi. Il parla de sa traversée du pays en auto-stop, en 1967, après les examens au lycée de Davenport, et avec l'espoir d'atteindre San Francisco où il comptait être engagé par le goupe Jefferson Airplane, ou au minimum par les Grateful Dead. Les choses se passèrent sans accroc jusqu'à son arrivée à Rawlins, dans le Wyoming. Il était riche (trente-sept dollars en poche) et il avait une guitare toute neuve (une Gibson J-200 à cent quatre-ving-quinze dollars, son cadeau pour avoir réussi à ses examens). Il fut pris en fin d'après-midi par un gars qui avait un ranch et lui proposa de l'héberger pour la nuit, puis de le conduire à Salt Lake City le lendemain matin. Le gars avait deux frères et une épouse. Ils lui servirent un morceau de steak pour dîner, puis ils le réveillèrent au beau milieu de la nuit et lui rasèrent le crâne et la barbe. Les deux frères le maintenaient immobile et la femme tenait la torche électrique. « En fait, dit-il, je n'ai jamais compris pourquoi ils n'avaient pas allumé les lumières. Il n'y avait pas de voisin à plusieurs kilomètres à la ronde. » Le lendemain, il eut encore droit à de la viande avec deux œufs frits, puis ils le conduisirent à la route goudronnée la plus proche. Lorsqu'il se rendit compte qu'il avait oublié sa guitare, il voulut retourner au ranch à pied et se perdit. Un des frères le trouva errant lamentablement et lui rendit la guitare, puis le déposa de nouveau sur le bord de la route. Le jour tombait presque, et la seule et unique voiture qui passa roulait vers l'est, alors il fit signe et le type l'emmena d'une traite jusqu'à Des Moines. « Quand je suis descendu de cette voiture, dit Pete, le gars a posé une main sur mon bras avant de me chuchoter à l'oreille qu'il espérait que ma chimiothérapie serait un succès.

– Ha ! » pouffa Rose. Et nous de rire comme jamais nous ne le faisions entre nous, sans Jess.

« Ecoutez celle-ci », dit Jess, et il raconta comment il avait confié à une femme, dans un bar de Vancouver, qu'il était insoumis. Elle l'avait alors prié de lui commander un autre verre, et quand il avait levé la main pour appeler la serveuse, il avait senti qu'elle lui enfonçait quelque chose dans les côtes. Elle marmonna qu'elle tenait une arme chargée, que son petit ami était mort au Viêt-nam, et que s'il ne disait pas le mot magique, elle allait le descendre. « J'ai donc fait signe à la serveuse qu'il y avait erreur, et j'ai réfléchi une minute, et puis j'ai dit : " Mon cul ! ". " C'était le mot magique ", a-t-elle répondu. Elle a retiré l'objet qui me rentrait dans les côtes, m'a gratifié d'un large sourire avant de demander : " Et ma *margarita* ? " Je lui ai commandé une *margarita*, et je l'ai même réglée. »

Lorsqu'il avait seize ans, dit Pete, et qu'il faisait régulièrement le trajet entre Davenport et Muscatine en stop pour répéter avec son groupe, il avait été pris un jour par un couple de New York qui voyageait en camping-car Volkswagen avec un lévrier afghan et deux chats. Cela faisait dix-huit mois qu'ils traçaient la route, en dormant dans leur VW. Ils lui demandèrent s'il avait déjà eu l'occasion de voir des juifs avant, « parce que nous sommes les premiers pour environ soixante-quinze pour cent des personnes que nous rencontrons ». Le mari écrivait des pièces inspirées par leurs voyages pour la troupe de théâtre de rue qu'ils fonderaient dès leur retour à New York, et une de ces pièces avait pour titre *Les Premiers Juifs*. Il demanda à Pete s'il aurait envie d'abandonner les études et de les accompagner à New York comme membre de la troupe. Ils s'arrêtèrent sur le bas-côté et fumèrent un joint avec lui, puis le mari reprit le volant, et la femme le fit monter derrière avec elle, et elle le séduisit pendant que le lévrier et les deux chats dormaient. Rose garda le sourire tout au long de cette anecdote, comme si elle était partie prenante avec Pete de l'aura d'insouciance qui en émanait.

Pete avait une stratégie très agressive en matière de Monopoly, construisant maisons et hôtels chaque fois qu'il en avait la possibilité, et laissant ses liquidités baisser dangereusement. Il se débrouilla pour prévoir à trois reprises son passage par la case départ, à temps pour acheter un hôtel, ce qui brisa l'arrogance de son rival le plus dangereux, Jess la première fois, et moi la seconde. Pete eut alors la certitude absolue d'être le gagnant. Mais Rose, à force d'accumuler l'argent lentement mais sûrement, n'investissant qu'une part congrue de son capital dans l'achat de biens immobiliers, et thésaurisant le reste, parvint à accéder au million de dollars sans jamais remporter une seule partie.

Ces soirées Monopoly eurent au moins comme effet de me faire réviser mon opinion sur Pete. Je savais depuis longtemps déjà à quel point il pouvait être drôle (lorsque j'en fis la remarque à Rose, elle dit qu'en l'occurrence, cela faisait très longtemps aussi qu'il ne l'était plus jamais, ni pour lui, ni pour les autres), mais il y avait autre chose – je me rendis compte qu'il avait certains pouvoirs. Au cours de ces soirées, il les exerça : il me taquina ; il conquit ses filles et les intégra dans le jeu, allant jusqu'à les laisser prendre des décisions stratégiques quand la partie allait mal pour lui ; il renchérit sur les histoires de Jess, et parfois le surpassa même dans la façon de raconter ; il chanta des couplets de chansons, tantôt familières, tantôt obscures, mais toujours amusantes, et surtout appropriées, de sorte que l'on prenait secrètement conscience, avec acuité mais sans pouvoir le dire autrement que bêtement, que tout ce qui se passait à ce moment semblait tomber merveilleusement bien. Il était là, le talent de Pete, et il m'administrait la preuve d'une intelligence dont je n'avais pas l'habitude de le gratifier. Dans la famille, le qualificatif d'inapproprié s'était toujours appliqué de façon spécifique à Pete.

Un soir, Jess nous apprit que Harold avait en tête un projet de réaménagement qu'il comptait mettre à exécution en profitant du moment de creux dans l'activité de l'exploitation que représentait le mois de juillet. Nous avions déjà le sourire aux lèvres lorsque Pete dit :

« Il me faut plus de détails.

– Il va décoller le linoléum de la cuisine et faire ôter le plancher en dessous. Il faut dire que la cuisine n'est pas construite sur cave mais sur simple vide sanitaire. Il a donc l'intention de couler une chape de ciment sur le sol, du ciment vert et légèrement en pente, avec une gouttière dans la partie basse, de façon à pouvoir nettoyer la cuisine au jet quand elle est sale.

– C'est une plaisanterie, dit Rose.

– Pas du tout. Il a même dit que si son truc s'avérait aussi efficace qu'il le pensait, il ferait la même chose dans la salle de bains du rez-de-chaussée. »

Tout le monde éclata de rire.

« Et Loren, il en pense quoi ? dis-je.

– Harold s'en moque bien. Il est chez lui, alors il peut bien faire ce qu'il veut. »

Je lançai les dés, arrivai à St. Charles Place, et payai le loyer dû à Rose. Elle partagea la somme entre sa pile à dépenser et sa pile économies, et je dis encore :

« A ce compte, il n'est pas près de se marier. Personne n'a envie de faire à manger dans une cuisine en ciment, équipée d'un caniveau pour les eaux usées.

– Harold croit qu'il tient là une idée qu'il pourrait breveter. Il se demande pourquoi personne ne l'a fait avant.

– J'ai hâte qu'il annonce sa trouvaille à Larry, dit Pete. Larry va être fou de rage.

– A moins qu'il ne veuille sa propre cuisine en ciment, dit Rose. Ou encore qu'il surcoupe sur Harold et fasse refaire tout le rez-de-chaussée, avec un revêtement en vinyle sur les murs, de façon à ce qu'ils soient également lessivables à grande eau. »

L'idée nous fit beaucoup rire, mais le lendemain, je vis le camion de la scierie de Pike passer devant chez nous et entrer chez mon père. Je vis ensuite que le conducteur appelait mon père, sans succès, et sortis alors pour voir de quoi il retournait. Il y avait un garde-manger, un évier, quatre éléments bas, deux hauts, plus deux mètres cinquante de plan de travail en laminé bleu layette, soit l'ensemble de base au rayon cuisine de la scierie, que mon père avait eu pour mille dollars, dit le conducteur (prix : $ 2 500, à en croire l'étiquette collée sur l'évier). Ni le bois, ni la forme des portes n'étaient assortis à ce que papa avait déjà – des meubles peints en jaune qui faisaient partie de l'équipement d'origine de la maison, avec les dessus en linoléum maintenus par une cornière métallique, mais le modèle en question n'était pas assez complet pour remplacer ce qui était déjà là. J'appelai papa dans toute la maison, et dehors du côté de la grange, mais, malgré la présence de son camion, il n'était pas là. Le chauffeur et son acolyte posèrent les meubles dans l'allée, et lorsque j'annonçai que je n'avais pas de chéquier sur moi, le premier dit que tout était réglé, et ils repartirent. Je ne pus que rire au souvenir de nos prophéties de la veille, puis je rentrai chez moi et cette histoire me sortit totalement de l'esprit jusqu'au moment où, en rentrant pour déjeuner, Ty dit qu'il avait proposé à papa de l'aider à rentrer les nouveaux placards dans la maison, mais que ce dernier avait répondu qu'il n'avait pas encore décidé de l'endroit où il allait les installer, et que, par conséquent, il allait les laisser où ils étaient. Pete obtint la même réponse à l'heure du dîner.

Malgré une légère perplexité, l'affaire des meubles de cuisine nous amusa plutôt, jusqu'au moment où, en nous levant deux jours plus tard, nous vîmes que la pluie menaçait sérieusement et tomberait certainement avant la fin de la matinée. Ty déjeuna rapidement, puis il descendit le bout de route avec moi pour aider papa à mettre les meubles à l'abri, sous la grange par exemple, pendant que je préparais le petit déjeuner. Papa buvait tranquillement son café, chez lui.

« On dirait qu'il va pleuvoir pour de bon, aujourd'hui, dis-je. Ils ont annoncé à la radio que cela risquait de durer jusqu'à demain soir.

– Pour le maïs, il aurait mieux valu que ça tombe la semaine dernière. C'est trop tard maintenant.

– Vraiment ?

– Pas si tard, non, intervint Ty. De toute façon, si

nous rentrons ces meubles dans la maison, Ginny aura juste le temps de mettre la table.

– Tu manges ici ? lui demanda papa.

– Non, j'ai déjà mangé.

– Alors tu ferais mieux de t'occuper du soja par là-bas, du côté de chez Mel, parce que c'est en contrebas, et tu ne pourras pas faire passer le John Deere dans ce champ cette semaine si tu attends qu'il ait plu.

– C'est ce que j'allais faire. Le tracteur est déjà sur place.

– Tu as laissé le tracteur là-bas ? »

Je regardai Ty. Il n'y avait rien d'extraordinaire à laisser le tracteur sorti quand on avait prévu de travailler là-bas, car il s'agissait du champ le plus éloigné de la grange et qu'il fallait plus de temps pour s'y rendre en tracteur, par la route, qu'en coupant à pied à travers champs. Il croisa mon regard et eut un petit haussement d'épaules avant de dire :

« Et pour ces meubles ? Je n'aurai plus le temps de vous aider après, et Pete doit aller à Zebulon Center pour des papiers dans la matinée.

– J'en ai assez qu'on me casse les oreilles avec ces foutus trucs de cuisine. Je m'occuperai de les rentrer quand bon me semblera.

– Papa, tu n'as pas envie que le bois joue après avoir reçu la pluie, si ? C'est du chêne massif. Ces meubles sont beaux et solides. »

Il avala son café et dit :

« Cesse de me dire ce que je dois faire ou pas », dit-il.

Il nous regarda d'un air furieux, et Ty finit par tourner les talons et sortir. J'aurais aimé que Rose soit là ; elle, elle savait comment lui répondre, mais je finis par lancer :

« A quoi ça rime de les laisser dehors sous la pluie ? Tu cherches à impressionner Harold, ou quoi ? »

Je m'étais fait une voix enjôleuse, la moins agressive possible.

« C'est mes affaires », dit-il.

Je préparai son petit déjeuner, en gardant délibérément le silence, mais apparemment, il ne remarqua même pas. Ensuite, il prit son camion, s'en alla, et je rentrai chez moi. Je surveillai tout de même le ciel, et quand la pluie se mit à tomber, dru, j'enfilai mon ciré et descendis jusque chez lui. Les meubles étaient tristement plantés sur l'allée de gravier, ruisselants. Je ne savais plus que penser.

Je trouvai la réponse le soir même. Rose laissait partir les plaisanteries comme les fusées d'un feu d'artifice. Son thème favori était que papa avait l'intention de se lancer dans l'élevage de lapins sur les étagères tournantes du garde-manger, et de faire du poulet dans les éléments de cuisine. Je savais qu'elle était furieuse, car rien ne pouvait la faire changer de sujet. Pete était également en colère, et il nourrissait sa rage. Ty finit par dire, avec son calme habituel :

« Ce n'est pas la première fois que Larry fait des bêtises.

– Mille dollars ! dit Rose. Jetés par la fenêtre ! Il ne les a achetés que pour surcouper sur Harold, et ensuite il a la flemme de les rentrer dans la maison.

– Il n'a peut-être jamais eu l'intention de les mettre dans la maison, dit Jess.

– Pourquoi irait-on mettre des meubles aussi beaux dans une buanderie ? La plupart des gens mettent leurs vieux meubles dans la buanderie et les neufs dans la maison. »

Le rythme de la partie de Monopoly suivit l'accélération de la conversation, et j'avais beaucoup de mal à ne pas perdre le fil de qui me devait quoi. Quand venait son tour, Rose jetait les dés sur la table et faisait claquer sa petite chaussure métallique sur les cases parcourues. Je commençais à me sentir tendue.

« Non, dit Jess. Ou plutôt, peut-être qu'il s'agit seulement d'un geste symbolique visant à dénigrer tout ce que fait Harold.

– Genre " voilà-ce-que-j'en-pense-des-cuisines ", dit Ty.

– Il est cinglé, dit Rose. Cela dit, Ginny, tu es à court d'argent et tu as encore tous ces loyers élevés à passer avant d'atteindre la case départ. Tu veux me vendre tes deux compagnies de chemins de fer ?

– Ne les lui vends pas, dit Pete, sur un ton qui ne semblait pas celui de la plaisanterie.

– Il est fou à lier, dit Rose. Il grimpe dans son camion tous les matins et il part sans dire à personne où il va. Il a aussi acheté un canapé. Il t'en a parlé ? Il n'a pas encore été livré parce qu'il est allé faire cet achat à Marshalltown et qu'ils n'ont pas trouvé le temps d'envoyer un camion jusqu'ici. Marshalltown doit être à deux heures de route, alors il ne se contente pas de rouler pépère sur les petites routes du coin. Qu'il aille aussi loin ne me plaît guère.

– Il l'a payé combien, ce canapé ? demanda Ty.

– Il a dit que je me mêlais de ce qui ne me regardait pas. Si je suis au courant, pour le canapé, c'est uniquement parce que j'ai vu la carte du vendeur sur la table de la cuisine et que je lui ai posé la question. Il était tout fier de lui !

– A notre avis, il a fait ça la semaine dernière, à

peu près en même temps qu'il a acheté les meubles de cuisine. »

J'atterris sur Park Place et tendis mes cartes B&O et Reading Railroad – mes chemins de fer – à Rose. Elle me remit en échange trois mille dollars. Il était manifeste que cette partie était perdue pour moi, et je tentai d'évaluer si je n'avais pas intérêt à abandonner pendant qu'il me restait encore un peu d'argent à inscrire à mon score total, mais j'étais prise dans le tourbillon de la conversation. Mille dollars et quelque, c'était beaucoup d'argent, mais pas encore assez pour expliquer la fureur de Rose. A l'opposé, Ty réagissait comme s'il ne saisissait pas que dépenser l'argent de cette façon était une grande nouveauté pour papa, et non pas une de ses « bêtises » habituelles.

Pammy vint me trouver à la table et je la pris par la taille.

« Je peux faire du pop-corn ? dit-elle.

– Bien sûr, dis-je.

– Tu veux bien m'aider ? »

Elle connaissait une des grandes vérités familiales, à savoir que les tantes acceptent toujours d'aider, alors que les mamans pensent qu'on apprend mieux en faisant les choses soi-même. De toute manière, je fus ravie de prendre le large.

Dans la cuisine, elle demanda :

« Est-ce que grand-père est fou ?

– Quel sens donnes-tu au mot fou ? dis-je.

– Quelqu'un qui crie, hurle, fait des choses bizarres. Et qu'on met à l'asile.

– Ta maman exagère un tout petit peu. Grand-père a fait certaines choses que nous ne comprenons pas bien. »

Elle agita soigneusement la casserole, désireuse, comme d'habitude, de bien faire. Puis elle ajouta :

« Maman nous défend d'aller chez lui. Et elle nous a dit de ne pas ouvrir s'il vient pendant qu'elle n'est pas là.

– Disons que cela ne me semble pas tout à fait indispensable, mais elle doit avoir ses raisons. »

Le pop-corn avait fini de souffler et je lui tendis le récipient. Pammy ôta le couvercle qu'elle posa sur un des brûleurs froids, puis elle versa le pop-corn dans le saladier. Elle était bien la fille de Rose dans la précision avec laquelle elle faisait les choses, et dans sa détermination à les faire bien, avec une différence cependant – chez Rose, la volonté de bien faire était toujours liée à une affirmation de soi. Pammy faisait bien les choses pour ne pas avoir d'ennuis. Linda, qui avait un an de moins, était plus désinvolte. J'aimais beaucoup Pammy, dont j'étais très proche. Pour Linda, qui était charmante et jolie, j'avais de l'admiration, et de l'affection, mais une certaine distance.

« Du beurre ? » demandai-je.

Pammy fit oui de la tête.

« Est-ce que grand-père te fait peur ? dis-je.

– Un peu.

– J'aurais voulu que tu le connaisses quand nous étions petites. Nous avions toutes sortes de cachettes, mais s'il criait notre nom, nous avions dix secondes pour répondre. Il est comme ça. Ta maman, elle n'a jamais eu peur de lui une seconde, tu sais, alors, il faut l'écouter, d'accord ? »

Pammy fit encore oui de la tête, et nous portâmes le pop-corn dans le salon. Rose était en train de dire :

« Il a peut-être la maladie d'Alzheimer.

– Est-ce qu'il a des trous de mémoire ? dit Jess. C'est le premier symptôme de la maladie d'Alzheimer.

– C'est exactement le contraire, dit Pete. Il se souvient de tout ce qu'on a pu lui dire, de chaque froncement de sourcil que l'on a eu, du moindre doute que l'on a émis au sujet d'un ordre qu'il nous a donné. C'est une maladie, ça ?

– Il aurait pu tenter de nous commander, dans le travail, dit Ty. C'est d'ailleurs ce dont j'avais peur, mais il se tient en dehors de tout, ou bien il demande s'il peut se rendre utile. Et si je dis que oui, il m'aide.

– Mais ce n'est pas ça qui fait cesser les récriminations, dit Pete. Il passe son temps à récriminer contre ce que nous faisons effectivement.

– J'aime encore mieux ça, dit Ty, que s'il intervenait sans arrêt. La moitié du temps, je ne les écoute même pas, ses récriminations.

– Mille dollars ! dit Rose. Je n'arrive toujours pas à y croire. Et je suis littéralement malade de voir ces meubles dehors sous la pluie. Enfin, il y a quelqu'un qui s'est donné du mal à les fabriquer ! Je trouve ça triste, finalement.

– J'ai eu la même réaction, dis-je.

– Il est incontrôlable, dit Rose.

J'avais bien envie de dire comme elle.

13

Le lendemain n'était que le 15 juin, mais il faisait chaud, trente-cinq degrés, avec du vent. Pammy et Linda arrivèrent chez moi aux alentours de dix heures – Rose les avait déjà expédiées dehors parce qu'elle détestait les jérémiades. Elle ressemblait assez à notre propre mère dans la rudesse avec laquelle elle les traitait. Je n'approuvais pas toujours ; je me disais que j'aurais sûrement été plus facile à rouler. Du moins Pammy et Linda savaient-elles où aller lorsqu'elles avaient quelque chose à demander. Je proposai de les emmener à la piscine à Pike, l'après-midi, si elles s'occupaient jusqu'à l'heure du déjeuner.

Lorsque nous étions petites, avec Rose, nous allions nous baigner dans l'étang en bas de l'exploitation, vers le coin de Mel. Cet étang, un ancien trou d'eau qui existait avant la ferme, nous semblait immense, avec un pneu installé en balançoire au-dessus de la partie la plus profonde. Peu de temps avant la mort de notre mère, papa avait asséché l'étang et arraché les arbres et les vieilles souches qui se trouvaient alentour pour pouvoir cultiver plus efficacement cette parcelle.

Il s'agissait de la première baignade de l'année pour les petites, et en toute logique, la perspective aurait dû les exciter, mais une fois dans la voiture, avec nos maillots, et alors que nous roulions vers Pike, elles se firent très silencieuses.

« Vous auriez voulu que votre maman vienne aussi ? » dis-je.

Pammy fit non de la tête.

« On va bien s'amuser. De toute façon, il fait trop chaud pour rester à la maison. »

Linda s'avança sur la banquette et se pencha par-dessus le dossier.

« Tante Ginny, on n'a plus d'amis là-bas, dit-elle.

– Mais si. Tout le monde va être ravi de vous voir. Vous allez être les petites nouvelles.

– Je ne vois pas pourquoi nous devons être en internat. Personne d'autre n'est pensionnaire.

– Votre maman a de bonnes raisons. Et puis d'abord, je croyais que vous vous plaisiez, là-bas.

– Ça peut aller, dit Pammy. Les professeurs sont sympathiques.

– Mais les élèves sont tous des enfants de la ville. Ils sont tous riches.

– Je ne peux pas croire qu'ils soient vraiment tous riches.

– Ils font comme si, dit Linda. Ils nous ont donné des surnoms. »

Je sentis une petite douleur vive au fond de ma gorge, comme la pointe d'un couteau.

« J'écoute », dis-je.

Pammy parla à regret, et je me dis que cette histoire de surnoms était peut-être une chose qu'elle avait l'intention de nous cacher.

« Oh, dit-elle, moi, on m'appelait Bergère parce

que dans un exposé, j'ai parlé des agneaux qu'on élève pour le programme éducatif 4-H, et Linda, c'était Mathurine à cause de la ferme à Mathurin.

– Nous on voulait être appelées Pam et Linda, c'est tout.

– Les autres enfants ont aussi des surnoms ?

– Certains. »

La question délicate restait à poser.

« Seulement les têtes de Turc ? »

Pammy resta silencieuse et Linda s'enfonça dans la banquette. Elle finit par dire :

« Non, pas exactement. Mais c'est surtout les garçons qui ont un surnom. Pas très souvent les filles.

– Enfin, dis-je, quand on donne un surnom, c'est qu'on aime bien. »

Linda me regarda.

« Pas chez les enfants, tante Ginny.

– En tout cas, coupa Pammy, aucun des enfants en question n'habite par ici. Ici, nous n'avons plus d'amis du tout.

– Personne ne vous a écrit ? »

Linda se pencha en avant pour dire avec sagesse et condescendance :

« Tante Ginny, les enfants, ça n'écrit pas ! »

Je dus bien rire.

Après avoir traversé Cabot, je dis :

« Je ne crois pas qu'il vous faudra beaucoup de temps pour vous refaire des amis. Au début, vous allez être un peu gênées, mais ce n'est pas un drame. Si vous êtes gentilles, les autres seront gentils. »

L'affirmation sonnait juste, mais en réalité, je n'y croyais pas moi-même. Vue sous un certain angle, ma vie avait des allures de lutte perpétuelle pour avoir des amis, et les inquiétudes des petites avaient pour moi des résonances familières, ces inquiétudes qui arrivaient par vagues, me harcelant parfois sans relâche jusqu'à me laisser dans l'incapacité de penser à autre chose qu'aux fêtes qui se donnaient partout dans le comté et auxquelles je n'étais pas invitée, avec la tentation de passer impromptu chez tous nos amis dans le seul but de découvrir enfin la vérité. Lorsque, adolescente, je me plaignais ainsi de n'être jamais invitée, après la mort de ma mère, papa disait toujours : « De toute façon, il faudrait que tu restes à la maison. Les gens feraient mieux de rester chez eux. » Je ne me plaignais pas très souvent. Ce n'est pas les garçons dont je regrettais la compagnie, mais les filles. J'aurais bien échangé tous les bals de l'école pour une invitation à dormir chez une amie. Rose et moi n'avions pas le droit de rester dormir chez une amie, mais peu importe, j'avais envie d'être invitée.

Rose sortait tout de même. Elle ne se donnait même pas la peine de passer par la fenêtre de sa chambre, puis par la véranda, ce qui aurait été faisable. Elle sortait par la grande porte et montait dans la voiture de qui venait la chercher. Elle n'avait pas non plus besoin de rendre les invitations pour continuer d'être invitée. Elle ne conduisait pas de voiture, n'organisait pas de fête, n'invitait pas à la maison, jamais. Elle était une récompense à elle seule, et ses escapades répétées contribuaient à sa légende. Lorsque papa la grondait, elle lui répondait, comme toujours. Les scènes n'étaient pas aussi fréquentes que les escapades, mais il y eut quelques affrontements violents que j'ignorai soigneusement.

La piscine de Pike, qui se trouvait à la sortie de la ville sur la rive ouest du Pike, était presque neuve, et les érables et les hêtres roux que l'on avait plantés autour étaient épais comme des battes de base-ball et atteignaient tout juste trois mètres de haut. Le parc de stationnement en gravier d'un blanc aveuglant était plein de grosses voitures américaines et de pick-ups. L'endroit était tellement venté qu'il fallait se protéger les yeux contre le sable. Tout autour, la terre était plate, à l'exception du bâtiment bleu en béton peint. Il existait un projet de transformation des terrains longeant le cours d'eau en parc public, dont la piscine serait le centre névralgique, mais les bénéfices tirés de l'actuelle baignade n'avaient pas encore fourni les fonds nécessaires, de sorte que les terres étaient toujours cultivées – cette année en soja.

Du temps que mon père était jeune homme, il y avait encore tant de lacs et de trous d'eau dans le comté de Zebulon que l'idée même de construire une piscine aurait semblé ridicule, mais à présent, toute ville se respectant en possédait une ou projetait d'en creuser une, et les journaux du comté citaient ces piscines ainsi que les golfs à neuf trous comme l'une des « innombrables possibilités de loisirs offertes par le comté de Zebulon ».

Nous nous changeâmes, passâmes sous la douche et installâmes nos serviettes avec un soin emprunté à environ un tiers du chemin nous séparant du petit bain. Pammy ouvrit son sac de plage, sortit une paire de lunettes de soleil aux montures noires à pois blancs, qu'elle posa sur son nez. Linda demanda :

« D'où viennent-elles ?

– Quand nous étions à Iowa City. Je les ai achetées avec mon argent.

– Fais-moi montrer.
– Montre-moi, dis-je.
– Montre-moi, s'il te plaît.
– Non. » Les lunettes regardèrent dans ma direction. « Enfin, tout à l'heure, on verra. »

Pammy s'appuya sur les avant-bras, et contempla la foule. A cet instant précis, on pouvait croire aisément qu'elle avait douze ans, presque treize, malgré sa petite taille et sa silhouette maigrichonne. Même la première épaisseur de chair tendre, sous la peau, n'avait pas commencé de se former. Linda fouilla dans son sac et sortit un *Teen* qu'elle posa ouvert sur sa serviette avant de se lancer dans une lecture attentive. Je lus par-dessus son épaule. L'article qui la passionnait était intitulé : « Jusqu'où peut-on se maquiller ? » et commençait ainsi : « Tous les matins, avant de partir en cours, Tina Smith, étudiante de première année, passe quarante-cinq minutes devant son miroir. »

Je souris intérieurement avant de regarder autour de moi. Il y avait deux femmes que je connaissais, toutes les deux de l'âge de mon père, avec leurs petits-enfants. L'une d'elles, Mary Livingstone, me salua de loin. Elle avait fait partie des amies de ma mère, avec qui elle s'était occupée d'œuvres paroissiales. Je sortis mon *Family Circle*. A condition de rester allongée et de cramponner solidement les pages de son magazine, le vent n'était pas si gênant.

Pammy dit :

« Tiens, Doreen Patrick est là. » Et de remonter les lunettes noires à pois blancs sur le haut du nez. « Elle a un maillot adorable. » Puis se tournant vers moi : « Si elle vient de notre côté, tante Ginny, est-ce que je peux aller me joindre à leur groupe ?

– Évidemment. Mais tu n'es pas obligée d'attendre qu'elle vienne par ici. Tu pourrais aussi décider de te lever et d'aller dire bonjour.

– Je ne connais pas les autres. Ce n'est pas grave. »

Je la regardai les regarder. Quelques instants plus tard, Doreen Patrick passa juste à côté de nous, avec une autre fillette, pour aller au snack-bar. Doreen eut un regard pour Pammy mais ne dit rien.

« Pam, personne ne risque de te reconnaître avec ces lunettes », dis-je.

Elle ne répondit pas.

Mary Livingstone vint alors nous rejoindre avec ses deux petits-fils qui devaient avoir quatre et cinq ans.

« Tiens, Ginny ! dit-elle. Comment va ton papa ? » Elle se pencha ensuite jusqu'à venir frôler ma serviette, ce qui n'était pas un mince effort. « Tu te souviens de Todd et Toby ? Les garçons de Margaret ? Ces jeunes filles doivent être Pammy et Linda. Vous avez fait votre année scolaire ailleurs, non ?

– Oui, madame, dit Linda dans un souffle.

– C'était bien ?

– Oui, madame, dit encore Linda.

– Eh bien Linda, emmène donc les garçons jouer là-bas. Ils ont des jouets, près de l'échelle. » Linda se leva d'un bond. »Allez avec Linda, les garçons. Elle va jouer avec vous. Mamie est fatiguée. »

Mary était comme mon père en ce qu'elle considérait comme un fait acquis que les enfants fussent au service des adultes, et elle pensait qu'il convenait de leur donner des consignes plutôt que de les prier de bien vouloir faire les choses. Je regardai du côté de Pammy. Elle semblait être rentrée un peu dans sa coquille. Mary poussa un grand « Houah » avant de me pétrifier sous son regard.

« Tu es au courant que nous vendons l'exploitation, n'est-ce pas, Ginny ?

– Apparemment, pas.

– Aux Stanley, le fils et les deux neveux. Nous resterons là jusqu'à la fin des moissons, mais ils ont acheté la récolte sur pied.

– La maison aussi ?

– La maison et tout. On a déjà une caravane à Bradenton, en Floride, pour l'hiver, et au printemps prochain, papa doit nous acheter une maison dans la région de Hayward, dans le Wisconsin. Pour la pêche. Un joli petit chalet au bord d'un lac, avec deux chambres, par exemple. Ils ont des trucs là-bas, avec deux ou trois petites maisons pour quand les petits-enfants viennent. » Elle étira ses deux jambes qu'elle contempla un instant. « Rien de très grand ni de très luxueux. On n'est que tous les deux.

– Nous serons tristes de vous voir partir.

– Je vais regretter certaines personnes. »

L'un des fils Livingstone avait été tué au Viêtnam, l'autre était mort dans un accident de voiture entre Pike et Zebulon Center. Je me demandai pourquoi la propriété ne tentait aucune des deux filles, vu l'augmentation du prix des terres agricoles, mais il s'agissait peut-être d'un problème délicat, et je préférai me taire. Mary me regarda.

« C'est Marv Carson qui nous a dit que c'était le moment idéal pour vendre. Nous voilà à la tête de plus d'un million de dollars à présent. Tu imagines ça ? Jamais je n'aurais cru voir ça un jour. On a gardé une partie pour se reloger et acheter une voiture neuve, mais on a placé le reste en bons du trésor. »

Mon regard suivit le sien pour surveiller ce qui se passait du côté de Linda et des garçons. Linda riait et les garçons aussi.

« On n'avait jamais eu d'économies avant. Une fois, pendant la Dépression, on s'est retrouvés avec un dollar en poche pour tenir toute une semaine. C'était juste après notre mariage, avant la naissance d'Annabeth. Tu sais que la fille d'Annabeth est étudiante à Grinnell, aujourd'hui ? Elle est très intelligente.

– Apparemment, vous avez beaucoup de bonnes nouvelles à annoncer, Mary.

– Oh, je n'en sais rien. L'avenir le dira. Comment va ton père ? »

Elle posa sur moi un regard perçant et je me demandai si elle l'avait rencontré au cours de l'une de ses odyssées. Je répondis qu'il allait bien.

« Et Rose ? J'ai entendu dire que Rose avait un cancer. »

Du coin de l'œil, je vis Pammy accuser le coup.

« Elle va très bien, dis-je. Elle a vraiment bien récupéré. »

Pammy ôta ses lunettes, replia les deux branches, roula le tout dans sa serviette qu'elle remit dans son sac. Puis elle dit d'une voix égale :

« Tante Ginny, je vais me baigner maintenant. »

Elle rejoignit le bord de la piscine, à trois mètres de Doreen Patrick et son groupe, et elle plongea.

« Ces petites sont au courant pour le cancer de Rose, n'est-ce pas ? Je ne voulais pas...

– Bien sûr qu'elles sont au courant, mais Rose a été très discrète sur le sujet. Je suis sûre qu'elle tient à ce qu'elles sachent, mais qu'elles n'y pensent pas trop.

– J'ai toujours été d'avis... j'ai toujours été d'avis qu'il faut que les enfants de la campagne apprennent très tôt à affronter les réalités. C'est le seul espoir pour eux, je crois. »

Nous regardâmes les gens qui nageaient et ceux qui prenaient le soleil. Je méditai ces propos. Avais-je affronté toutes les réalités ? Apparemment, la réponse était oui, mais à vrai dire, on ne connaît jamais, en faisant appel à sa seule mémoire, le compte exact des réalités que l'on était censé affronter. Et si l'endurance que l'on pensait avoir n'était qu'une aimable fiction due à l'indulgence de ceux qui ont vraiment affronté les réalités ? La troublante sensation que provoqua en moi cette perspective me fit frissonner dans le vent chaud.

« Nous risquons de ne pas vous voir avant notre départ, dit Mary. Papa ne tient pas à faire la tournée des adieux, et moi non plus, d'ailleurs.

– Il reste encore plusieurs mois. Je suis sûre...

– Il y a une chose que je tiens à te dire.

– Oh.

– Ce problème avec Rose m'y fait penser. Vous aviez à peu près le même âge, vous deux, quand votre maman est tombée malade. Elle m'appelait souvent, votre mère. Elle avait peur de mourir, tellement peur. »

Je ne savais pas quoi dire. Il s'agissait d'une remarque qui n'aurait pas dû m'ébranler – n'avons-nous pas tous peur de mourir ? – et pourtant je le fus, parce que je gardais de sa maladie et de sa mort le souvenir de moments très retenus, presque refoulés. Pour pleurer, Rose et moi, nous nous cachions toujours sous les couvertures, dans son lit ou dans le mien, et nous mordions notre oreiller. Ces larmes coulèrent surtout pendant le temps de sa maladie, et notre crainte partagée était que si elle nous voyait pleurer, notre mère serait inquiète et contrariée.

« Je lui disais que je serais là.

– Pardon ?

– Elle avait très peur pour vous, alors je lui disais que je serais là. Que je serais une véritable amie pour vous.

– On est toujours seul face à la mort... »

Elle me regarda. Puis elle dit :

« Ginny, ce n'est pas pour elle que ta mère avait peur. Elle n'a jamais eu peur pour elle. Elle avait une vraie foi. Elle avait peur pour vous. Peur de la vie qui serait la vôtre après sa mort. »

Dans le long silence qui suivit cette phrase, Linda et les deux garçons sortirent de la piscine et vinrent nous rejoindre. A côté de la corde, Pammy parlait enfin avec Doreen Patrick. Pendant que je regardais, Doreen sourit à une chose que dit Pammy, et Pammy sourit à son tour, de bon cœur mais aussi avec soulagement. Ses craintes ne s'étaient pas vérifiées et elle savourait sa joie. Lorsque Linda arriva près de nous, sans laisser à Mary le temps de réagir, je tendis deux dollars et dis :

« Ils vendent des *popsicles* au snack-bar. Vous voulez un *popsicle,* les garçons ? Emmène-les, chérie, et on verra ensuite ce qu'on fait. Et surtout n'oublie pas, il faut rester dans l'espace snack pour manger. »

Dès qu'ils furent assez éloignés, Mary continua :

« Elle connaissait bien ton père, même si je suis sûre qu'elle l'aimait. » Son regard se promena sur mon visage. Puis elle poursuivit : « D'abord, elle voulait que vous ayez la possibilité de choisir. Je sais qu'elle désirait que vous fassiez des études. Elle ne voulait surtout pas que tu te maries si jeune, sans avoir eu le temps de connaître d'autres lieux, d'autres choses. Elle disait toujours : " Les *Twin Cities*, on doit bien faire mieux. Ce n'est pas la Nouvelle Jérusalem ! " Puis elle basculait la tête en arrière pour rire. Elle avait un rire franc et massif, quand elle se laissait aller. »

Mary me regarda alors, et je suis sûre qu'elle vit les larmes dans mes yeux.

« Mon Dieu, Ginny, dit-elle, je n'aurais pas dû faire resurgir tout cela, mais j'avais fait la promesse d'être votre amie, et d'essayer de vous donner quelques-unes des choses que votre maman voulait vous donner, et puis Jimmy a eu cet accident, et je me suis trouvée quasi anéantie, j'étais, comment dire, bref, j'ai cru mourir. Alors j'ai laissé tomber. Il faut que je le dise avant de partir définitivement, quitte à te faire du mal. J'y pense chaque jour qui passe depuis des années et des années.

– Tout va bien, Mary. Je me demandais juste quelles réalités je n'avais pas affrontées. En tout cas, je ne pense pas que ma vie aurait tourné différemment si maman avait vécu. Papa ne m'a pas forcée à épouser Ty. C'est moi qui ai voulu. Et il est très gentil.

– Son père était un homme gentil, encore que je n'aie jamais eu l'occasion de connaître vraiment Ty. Il y avait encore une autre chose... »

Elle me regarda. Je demandai :

« Laquelle ? »

Nos regards se croisèrent, et ne se quittèrent pas.

« Oh, je ne sais pas, finit-elle par dire. Rien, en fait. »

Je me trouvai un peu déconcertée et dis :

« Rose a fait des études. Elle a eu la possibilité de choisir, comme le voulait maman, et elle a choisi la terre. Caroline a choisi la ville, et elle a été partout, New York, Washington. Alors, d'une certaine façon, le souhait de maman a été réalisé. »

Mary eut un sourire.

« Tu as peut-être raison, chérie. Elle était très inquiète pour toi. Elle disait toujours : " Ginny ne saura pas lui tenir tête ", mais si tu es heureuse, alors tout va bien. Je n'ai qu'une chose à dire, c'est que tu es quelqu'un de bien, pas une égoïste, et que tu seras récompensée. J'y crois vraiment.

– Merci, Mary. »

Je pris la serviette de Pammy et m'en frottai vigoureusement le visage. Linda était de retour avec les deux garçons, tout barbouillés de rouge à cause des *popsicles.* Mary se remit debout en disant :

« Allez, vous deux, on y va. Vous avez besoin de faire trempette dans l'eau de la piscine. » Puis elle sourit à Linda, un sourire de franche approbation, et dit : « Tu es très gentille, Linda. Dis-le à ta maman de la part de Mary. »

Et elle s'éloigna

« Toby est très mignon, dit Linda comme à regret.

– C'est très gentil de t'être occupée d'eux.

– Ça ne me dérange pas. Je voudrais bien que maman me laisse faire des baby-sittings – mais personne n'a de bébé dans le coin, et elle a dit que si elle devait faire le chauffeur, elle me ferait payer la course.

– A mon avis, c'était pour rire. »

Linda roula des yeux.

« Peut-être. Avec maman, on ne peut jamais dire. De toute façon, elle trouve que je suis trop jeune. »

Je me rendis compte que j'étais presque haletante, et je repris le contrôle de ma respiration. Linda scruta consciencieusement la piscine puis se plongea de nouveau dans son numéro de *Teen*.

« Je vais faire trempette », dis-je.

Elle opina sans lever les yeux.

L'eau était agréablement fraîche, et je sentis la pression de ma mère et de ses craintes comme une présence forte, prégnante. Ma mère était morte sans me laisser le temps de la connaître, de l'aimer, d'être assez grande pour qu'elle pût être elle-même devant moi. Comme mère, elle avait un comportement efficace, expéditif. Je la regardais souvent donner le biberon à Caroline et la changer, l'arracher au désordre et à la saleté. Elle s'acquittait de toute chose avec rapidité et ne perdait jamais de temps en vains attendrissements, même si elle savait se montrer d'humeur heureuse et taquine, capable de s'amuser avec un tout petit bébé sans connaissance. Elle nourrissait Caroline au biberon, et je suis sûre qu'elle avait fait la même chose avec nous, en dépit du fait que les femmes d'agriculteur ne sont jamais enclines à accepter des tâches supplémentaires, et je me souviens que son attitude, quand elle donnait le biberon, était plutôt impersonnelle. Elle ne faisait pas dans la fusion ni la symbiose charnelle avec l'enfant. Ses robes, même pour rester à la maison, étaient habillées et recherchées, avec des plis et des pinces, des boutons fantaisie et des broderies. Sa maternité fut de courte durée, une dizaine d'années, peu de choses en vérité, pas de quoi permettre une évolution. J'ai remarqué qu'une mère restée éternellement jeune par une mort prématurée finit par sembler aussi lointaine que l'enfant que l'on a été. Il est aussi facile de condamner les erreurs et les errements d'une telle mère que les siens propres, et de céder à une habitude de dénigrement, comme si tous ses sentiments étaient forcément la marque de la vacuité et de la platitude que l'on prête généralement à sa lointaine jeunesse.

Que cette jeune femme eût prévu ma vie avec tant de perspicacité me troublait, comme si une chose éminemment privée s'était subitement trouvée exposée et discutée par des gens que je connaissais à peine. Dans le même temps, je reconnaissais ce qu'avaient pu être sa frustration et ses craintes, et j'en étais émue. Autre cadeau d'un parent mort trop jeune, l'image qu'il laisse est d'autant plus enfantine et impuissante que l'on avance soi-même en âge.

Je n'avais pas vraiment fait le parallèle entre la situation de Rose et celle de ma mère, manifestement parce que pendant tout le traitement de Rose mes préoccupations avaient été surtout égoïstes – la compagne de tous les jours de ma vie, ma petite Rose, qui aurait toujours quatre ans en face de mes six ans, comme lorsque je pris vraiment conscience de son existence (comme lorsque j'accédai vraiment à la conscience). Mais bien sûr, en y réfléchissant, à bien des égards Rose ressemblait à ma mère – la manière d'être, le physique, et même, partiellement du moins, le nom (Ann Rose Amundson – tout en nageant, j'articulai silencieusement son nom de jeune fille). Virginia – un nom prétentieux pour notre famille, un nom lu dans un livre, comme Caroline.

Mais alors même que je sentais sa présence, j'éprouvais aussi l'habituelle stérilité du fait de penser à elle. Les images d'elle, qui tenaient pour partie de vrais souvenirs et pour partie de souvenirs de photos que j'avais vues d'elle, n'apportaient pas de nouvelles réponses à de vieux mystères. J'avais joué un temps avec l'idée magique que Rose, par sa personne, en ce qu'elle était une réincarnation de notre mère, allait fournir, en paroles ou en actes, les réponses. Je n'aurais qu'à me montrer attentive à la relation qui existait entre elles (secrètement attentive, comme personne d'autre ne pouvait l'être), et collecter les réponses, glaner dans un champ apparemment moissonné des bribes négligées. Mais non. Une enquête était envisageable – je pouvais faire la tournée des gens que nous connaissions, ou qui l'avaient connue, et les interroger. Je pouvais, peut-être, appeler son frère, en Arizona ou au Nouveau-Mexique, s'il était toujours en vie, si quelqu'un avait encore une vague idée du nom de la ville où il vivait. Je pouvais poser des questions à mon père. Je pouvais devenir sa biographe, être happée dans sa vie, amenée à lui trouver des excuses ou lui faire des reproches, mais toutes ces perspectives ne promettaient qu'un vain substitut, laborieux et impraticable, à ce qui m'avait fait défaut au cours de ces vingt-deux dernières années. J'étais, après tout, la fille de mon père, et je croyais automatiquement à la surface lisse du non-dit. Après sept tours de piscine, je me sortis de l'eau et restai encore dans le vent chaud. Je remarquai que Pammy avait abandonné le petit groupe de Doreen Patrick et rejoint Linda, ses lunettes noires à pois bien arrimées sur le nez.

Nous n'avions aucune raison de rentrer. La chaleur était torride et je n'étais pas pressée d'affronter la soirée de canicule qui nous attendait. Notre maison bénéficiait de l'ombre de quelques arbres proches, en revanche celle de mon père était fièrement plantée sur une petite hauteur, un mètre cinquante tout au plus, mais il n'y en avait pas d'autre à la ronde, à côté d'un non moins fier bouquet de conifères du meilleur effet, mais parfaitement inefficaces contre la chaleur. On voyait le toit, en tôle éclatante, de fort loin, mais s'il isolait de la chaleur, je ne m'en rendais pas compte.

Et pourtant, être tranquillement installée au bord de la piscine avait des allures de punition. Pammy ne dit pas un mot de Doreen Patrick, ni de quiconque, mais elle balayait constamment l'horizon du regard, s'arrêtant quelques secondes, le temps de bien scruter, avant de se détourner de nouveau. Une ou deux fois elle prit son livre, sans parvenir à fixer son attention. Linda termina son magazine et partit jouer toute seule dans l'eau. La luminosité m'empêchait de lire, je restai donc assise un moment au bord du petit bain, en balançant les jambes. Ce que nous faisions jadis dans notre mare, Rose et moi, lorsque nous nous laissions simplement flotter sur le dos pendant ce qui nous semblait durer des heures, absorbant la fraîcheur de l'eau et vivant dans le bleu du ciel, était impossible ici. Il y avait trop de corps qui s'agitaient. Et aucune solitude, pour s'adonner à l'immersion contemplative, une des grandes joies de l'été. L'énergie que nous avions en arrivant, l'espoir du plaisir attendu, ils s'étaient évaporés, aggravant notre indolente absence de hâte à rentrer à la maison.

Il était près de six heures lorsque nous reprîmes la voiture. Il y avait encore beaucoup de monde à la piscine. Pike était désert, les climatiseurs ronflaient, les volets étaient tirés. Par endroits, un barbecue expédiait quelques effluves enfumés vers l'est. J'étais à la fois assommée et amollie. Le dîner, papa, Rose se demandant quand les petites allaient rentrer, la patience de Ty, tout cela me semblait très loin. Les filles étaient silencieuses sur la banquette arrière. Les lunettes noires de Pammy avaient été soigneusement remises dans leur étui, qu'elle tenait à la main. Je savais que tous les enfants avaient ainsi des trésors qu'ils chérissaient particulièrement, des objets bizarres représentant pour eux le bonheur, mais la façon dont elle tenait cet étui serré dans sa main me parut poignante, emblématique de je ne sais quel terrible manque qu'elle éprouvait sans pouvoir le définir ni, peut-être, le reconnaître. Je dus pousser un soupir, car Linda se pencha en avant et dit : « On s'est bien amusées, tante Ginny. De toute façon, la prochaine fois, j'appellerai quelqu'un et on se donnera rendez-vous là-bas. »

14

A notre arrivée, Ty et Pete étaient occupés à installer un nouveau climatiseur dans l'une des fenêtres orientées au nord de notre living. Ils en étaient à le poser sur le socle qu'ils avaient fixé au bord de la fenêtre, et ils soulevaient, grognaient, se donnaient mutuellement des ordres. Je poussai les filles vers la cuisine, où je trouvai Rose occupée à égoutter la dernière laitue de la saison pour faire une salade.

« Jess passera à sept heures, dit-elle. Je me suis occupée de papa. Il s'était mis dans la tête de manger à cinq heures tapantes, quoi qu'il arrive et malgré mon invitation à venir ici dîner avec nous tous.

– C'est le jour où il dort chez toi.

– Oui, et voici la décision que j'ai prise concernant notre famille. Tu comprends, c'est complètement dingue de devoir faire rigoureusement la même chose, tous les vendredis, semaine après semaine, même menu, même heure. Il aurait été bon pour lui de... »

Elle me regarda. Je devais avoir une expression particulière car elle dit :

« S'il est rigide à ce point c'est parce que nous l'avons laissé faire. »

Puis d'ajouter :

« Il a mangé, non ? »

J'opinai.

« Et moi j'ai fait des hamburgers, dit-elle. Ils sont au frigo. Le barbecue est en route, on peut mettre à cuire quand on veut. »

Les petites ne la lâchaient pas et elle posa des baisers sur le haut de leur crâne.

« Il est neuf, le climatiseur ?

– Presque. Il y avait une publicité dans le journal. Ty a fait un saut en voiture jusqu'à Zebulon Center pour le prendre. Il a dit qu'il vous avait vues à la piscine, il vous a même fait signe, mais sans succès. »

Je dus paraître perplexe, car elle dit :

« Pas de commentaires, je te prie, ni sur les sinus, ni sur le fait qu'on finit par s'habituer à la chaleur, papa s'en charge. Les gens ne devraient pas avoir trop chaud. C'est mauvais et dangereux. »

Pammy se mit à picorer dans le saladier. Rose la laissa prendre une tomate-cerise avant de l'envoyer ailleurs.

« Va dehors te laver les cheveux au jet. Et mets du shampoing. Tu sens l'eau de Javel. »

Pammy sortit en traînant des pieds. Elle semblait être dans le même état que moi, à la fois épuisée et revigorée par cet exercice inhabituel, n'attendant déjà plus qu'une bonne nuit de sommeil.

« Elles ont été sages, dis-je. Nous avons rencontré Mary Livingstone qui est venue demander à Linda de... », mais je fus interrompue par la sonnerie du téléphone.

Rose ouvrit le frigo et sortit une assiette de petits pâtés. Je décrochai. C'était Caroline.

Le dimanche où je m'étais juré de l'appeler avait

passé, sans que je fisse rien. Pour commencer, je n'avais pas réussi à vaincre mes réticences à l'appeler au bureau. Ensuite, les soirées avaient été dévorées par les parties de Monopoly. Enfin, j'avais fini par me persuader qu'elle appellerait quand elle en aurait envie. Par trois fois, alors que j'étais au volant, je m'étais promis de téléphoner dès que je serais à la maison, mais ensuite, ma main avait apparemment refusé d'aller jusqu'au combiné. Autant de bonnes raisons qui vinrent me culpabiliser aussitôt que j'entendis sa voix. Pourtant, son « Bonjour ! » paraissait normal, et même joyeux.

« Tiens, Caroline, bonjour ! dis-je. J'ai essayé de te joindre. »

Du coin de l'œil, je vis Rose se raidir.

« Est-ce que papa va bien ? demanda Caroline.

– Bien sûr. Rose était chez lui il y a un instant pour le faire dîner. Et toi ?

– Nous allons bien. Sais-tu où était papa, hier ?

– Euh, non. Je ne le surveille pas...

– Eh bien, j'étais en déplacement à New York pour deux jours et en rentrant ce soir, j'ai trouvé une note sur mon bureau disant : " Votre père est passé vous voir à onze heures ".

– Est-ce que tu l'as appelé pour lui poser la question ? »

Il y eut alors un long silence à l'autre bout de la ligne. Rose, qui était sortie mettre les hamburgers sur le grill, entra en claquant la moustiquaire derrière elle, et je levai les sourcils. Elle articula :

« Qu'est-ce qui se passe ? »

Et dans le même temps, Caroline répondait :

« Oui, j'ai appelé. J'ai fait deux tentatives, et les deux fois il a refusé de me parler. La première fois, il a écouté quelques instants sans rien dire, la seconde, il a raccroché dès qu'il a reconnu ma voix. Ensuite, il n'a plus décroché, bien que j'aie laissé sonner trente fois. »

Elle semblait embarrassée.

« C'est vraiment bête, dis-je. Mais est-on bien sûr qu'il s'agissait de papa ? dis-je.

– Je suppose que oui, mais je ne pourrai interroger personne avant lundi.

– Une minute, s'il te plaît. »

Je posai ma main sur le récepteur et racontai toute l'histoire à Rose. Elle fit la moue et haussa les épaules, mais elle repartit dehors avec la spatule pour le barbecue sans dire un mot. Ty ouvrit la porte du living et cria :

« C'est prêt ! Où est la bière ?

– Quoi ? dis-je en m'adressant à Caroline.

– Est-ce que Rose et toi, vous avez signé les papiers ? »

Je restai un moment interdite avant de répondre :

« Quels papiers ?

– Les papiers de mise en société et de transfert de propriété.

– Ah. »

La froideur du ton me surprit. Elle ne dit rien de plus.

« Euh, bien sûr que nous avons signé, dis-je. C'est évident. Nous n'avions pas vraiment le choix. »

Il y eut un autre temps de silence, puis elle dit d'une voix égale :

« Je crois que si. »

Jess Clark entra par la porte du jardin, en claquant lui aussi la moustiquaire derrière lui, et Pammy réclama une serviette. J'entendais l'attente de Caroline, mais l'inertie d'une fatigue molle me rendait inapte à atteindre le niveau de subtilité requis par une éventuelle réponse de ma part.

« Caroline, finis-je par dire, on est dans une vraie maison de fous ici. Je te rappelle plus tard. Ou plutôt, appelle-moi pour me donner des précisions sur cette visite de papa.

– Entendu, dit-elle, avec la plus grande froideur.

– J'y tiens beaucoup, dis-je encore. N'oublie pas. »

Mais elle avait déjà coupé.

Jess entra dans le salon, et la porte du jardin s'ouvrit presque simultanément. C'était Rose, qui fit la moue.

« Qu'est-ce qu'elle avait encore à dire ?

– Est-ce que vous êtes fâchées, Caroline et toi ?

– C'est une question qu'il faut lui poser à elle.

– Je te la pose à toi. »

Une fois en passant, je savais faire valoir ma situation d'aînée.

« En ce qui me concerne, je l'ignorais.

– Jusqu'à ce que ?

– Eh bien, cela fait deux semaines que j'ai fait mon contrôle des trois mois, et elle ne s'est pas manifestée le moins du monde. Pas une fois elle n'a appelé pour prendre des nouvelles. En fait, je trouve depuis le début qu'elle fait preuve d'une certaine désinvolture.

– Elle a fait envoyer des fleurs et elle est venue te voir.

– Une fois, en profitant d'un week-end où elle avait prévu de venir de toute façon. Il s'est trouvé au moins trois ou quatre femmes ne faisant pas partie de la famille pour me témoigner plus d'attention.

– Elle est très occupée. »

Rose fit une moue plus que sceptique.

« Qu'elle dit.

– Il paraît que papa est passé à son bureau hier. »

Je pensais que cette remarque allait faire diversion.

« A quel sujet ?

– Elle n'en sait rien. Elle était à New York.

– Madame était à New York, railla Rose.

– Rose !

– Elle est toujours par monts et par vaux, non ? C'est elle qui a décidé de s'en aller, non ?

– Je croyais que nous étions contentes de son choix. L'agriculture ne l'intéresse pas du tout. »

Rose s'appuya contre le plan de travail et m'observa. Je la laissai faire. Puis sa main s'égara un instant du côté du sein absent, et elle la reposa sur le plan de travail, avant de saisir le saladier à deux mains.

« Quand on est bien sages et qu'on se contente du sort qui est le nôtre, finit-elle par dire, on est heureuses de surcroît. » Puis elle se dirigea vers la porte de la salle à manger qu'elle entrouvrit et dit encore : « Quand on n'est pas gentilles, ça nous met dans tous nos états. »

Je sortis surveiller les hamburgers. Ils étaient à point, un peu trop cuits en fait, et je commençai à les retirer du feu. Le vent et le soleil de juin étaient implacables. Les jeunes pousses de maïs qui se déployaient à perte de vue au-delà du jardin semblaient blanchies par l'incandescence de la lumière, et la terre entre chaque pied était sèche alors que l'année avait été assez pluvieuse. J'étais médusée par la poussée de colère qui s'était exprimée autour de moi au cours des dix dernières minutes. La chose n'était pourtant pas difficile à imaginer : papa qui débarque avec sa salopette et ses gros sabots chez Hooker, Williams, Crockett, le scandale, et ensuite, la grande frousse de Caroline quand elle apprend la nouvelle ; Rose qui attend sans rien dire que Caroline s'acquitte d'un devoir qu'elle est la seule à ne pas avoir oublié ; Caroline cultivant l'espoir que nous ne signions pas les papiers de transfert de propriété au point que son espoir devienne conviction. En tant qu'avocate, elle savait mener un contre-interrogatoire, et je me trouvai vite en position de défense :

C'est lui qui voulait, alors pourquoi aurions-nous dû ne pas le faire ?

Tu aurais pu ouvrir la porte et entrer, même si papa venait de la fermer (la claquer ?)

Je n'étais pas intéressée par l'exploitation, mais les autres si, et de toute façon c'est une idée de papa.

D'ailleurs on ne peut pas le surveiller vingt-quatre heures sur vingt-quatre. Il a son permis et deux véhicules.

Il faut bien s'attendre à une période d'adaptation, vu son changement de vie.

Nous devrions nous serrer les coudes au lieu de nous méfier les unes des autres.

« Tu comptes apporter ces morceaux de viande dans la maison ? Les gens commencent à se demander où tu es passée. »

Je bondis. C'était Jess Clark, qui souriait depuis la porte de la cuisine.

« J'étais à la fois dans les nuages et à la cuisson de la viande.

– Viens donc dans le salon. Tu vas avoir un choc.
– Il fait frais ?
– Par contraste, oui. »

Sa main prit mon avant-bras lorsque je franchis le seuil de la porte.

« Souviens-toi de ce jour, dis-je. Aujourd'hui, tous mes sujets de tracas se sont envolés.

– Vraiment ? »

Je voyais à son visage qu'il ne savait pas ce dont je parlais.

« C'est trop compliqué pour entrer dans les détails, dis-je encore. Souviens-toi seulement que j'avais tout prévu.

– Si tu le dis. »

En passant la porte, je pénétrai dans la fraîcheur sombre de la salle à manger. Tous les visages hilares se tournèrent vers moi, et je présentai le plat de viande. Dans cette fraîcheur apaisante, nous mangeâmes avec appétit, tout en plaisantant sur un mode qui était neuf pour nous. Pete riait et se donnait en spectacle, comme Jess semblait l'y inciter. Ty se transforma en hôte étonné, resservant chacun et taquinant Pammy et Linda qui mangèrent sans rechigner tout ce qu'on leur servait. Rose reprit deux fois de chaque chose – elle était trop occupée à parler pour remarquer ce que je posais dans son assiette, et tout ce qui s'y trouvait, elle le mangea. Pas de regards ennuyés, pas d'effort surhumain pour nier ma préoccupation. Parfait pour donner le change, cette convivialité d'un repas partagé, et elle fit long, très long feu. Nous étions encore à table, à bavarder, à dix heures. Je ne pus m'empêcher de regarder Jess, assis en bout de table. Il était beau, vivant, à croire qu'il s'amusait vraiment, et qu'il était content. Bien sûr, pour moi il était clair qu'il portait cette bonne humeur en lui. Lorsque viendrait le moment de son départ, il la remporterait avec lui, sur la côte Ouest.

Le dimanche, après l'office, lorsque nous nous retrouvâmes chez papa pour le déjeuner annuel de la fête des Pères, le contraste était manifeste. Papa était installé en bout de table, et il ne s'amusait pas du tout. Le carré de porc rôti, découpé pour moi par Shorty Humboldt dans la chambre froide, trônait lourdement sur la nappe blanche, entouré de condiments au vinaigre, de pommes de terre rôties, et d'une grande jatte de petits pois du jardin. Linda et Pammy réglaient des comptes houleux sous la table, et Pete était dans la cuisine où il cherchait une autre bière – j'entendis la porte du réfrigérateur s'ouvrir et se refermer.

« Tu veux que je découpe, papa ? Il suffit de passer le couteau entre les os, dit Rose.

– Je suis au courant.

– Je sais que tu sais.

– Alors ne me dis pas comment je dois faire.

– Je ne... » Elle croisa mon regard et se tut comme si je lui avais fait passer je ne sais quel message.

« Ces pommes de terre ont l'air fabuleuses, dit Ty.

– C'est quoi, les épines qui sont dessus ? demanda Linda.

– Du romarin, dis-je. C'est bon. C'est une herbe.

– Une fois de plus, Ginny a lu le journal, dit Ty.

– Maman mettait du romarin dans les pommes de terre, intervint Rose. Je m'en souviens, parce que le nom m'avait frappé. C'est bon sur la viande, aussi. »

Le seul fait de se tenir à table était épuisant, et

nous étions comme de petits aimants dont le pôle magnétique se trouvait toujours au centre du cercle. On éprouvait un soulagement tangible à capituler, à décrocher de la table, à filer à la cuisine chercher quelque chose, ou dans la salle de bains, pour ouvrir le robinet et s'asperger le visage.

La chose amusante était que ce sentiment d'inconfort n'était pas neuf, mais je ne l'identifiais que depuis peu de temps. Normalement, je l'aurais attribué à la chaleur, ou au travail pour réussir à servir un repas copieux à une heure pile, ou à une dispute entre Pete et papa, ou à la mauvaise humeur endémique de Rose. Je me serais accommodée de son caractère inévitable et j'aurais été ravie de rentrer à la maison pour entendre Ty dire : « Ça aurait pu être pire. On a bien mangé. C'est l'essentiel. » Normalement, j'aurais réagi avec la sagesse paysanne qui s'efforce de repérer de loin les trous et les ornières, et de prendre les choses avec une philosophie rétrospective. Nous ne faisions ce genre de chose que trois fois par an (à Pâques, nous participions au banquet paroissial).

Mais à présent, je voyais avec une conviction toute neuve que c'était nous, nous tous, qui étions dans l'erreur, et l'évidence de notre défaillance se lisait dans la façon que nous avions de manger, le nez dans l'assiette, goulûment, vite, parce qu'à table, il n'y avait rien d'autre à faire.

Papa prit la parole.

« Dans le comté de Story, tout le maïs a été haché par l'orage. »

Il y avait eu un orage monstrueux qui avait précipité des grêlons gros comme des balles de golf en fin d'après-midi, avant de tourner un peu dans les environs puis de revenir, par le nord-est, quelque quatre heures plus tard. Il était passé au sud de chez nous, de sorte que nous n'avions vu que les éclairs, dans le lointain. Mercredi. La même idée se fit jour simultanément en Rose et en moi, et nos regards se croisèrent.

« Vous avez horreur de dépenser de l'argent pour prendre une assurance contre l'orage, dit Ty, mais il doit y avoir des gars qui se mordent les doigts là-bas.

– On ne peut rien faire pour se prémunir contre un orage de cette violence. Le journal parlait de cataclysme hors du commun », dit Pete.

Papa posa son os de porc, s'essuya soigneusement les doigts sur sa serviette.

« Il est parfaitement inutile de tenter de se prémunir contre un orage d'une violence rare. Un simple orage de tous les jours suffit pour faire de beaux ravages s'il s'accompagne de grêle. »

Evidemment.

Le visage de Pete s'empourpra.

« Que faisais-tu dans le comté de Story, papa ? » interrogea Rose.

Papa se servit une bonne ration de pommes de terre et ajouta juste à côté une cuillerée de piments forts au vinaigre. Puis il prit une tranche de viande.

« Tu étais là-bas quand, jeudi ? dis-je. Cet orage, il n'est pas tombé mercredi après-midi ?

– Aucune loi n'interdit d'aller se promener de temps en temps, répliqua papa.

– Compte tenu de la pénurie d'essence, cela pourrait bien arriver un de ces jours, dit Rose.

– Mais ce n'est pas le cas dans l'immédiat, que je sache. »

Le ton était sec. Le regard assassin.

« Nous devrions économiser le carburant, dit Pete. On sera bientôt à la fin du mois, et Jimmy Carter n'a encore rien fait pour trouver une solution à cette grève des routiers. Si nous produisions de l'alcool, nous n'aurions aucune inquiétude à avoir.

– Mais on ne va pas se reconvertir dans l'alcool, dit papa en indiquant clairement que le chapitre était clos.

– Papa, repris-je, est-ce que tu as poussé jusqu'à Des Moines ?

– Parce que c'est interdit ? »

Cette fois, le regard meurtrier était pour moi. Sa brûlure me pénétra comme le rayon d'un soleil incandescent. Je restai sans voix.

« Caroline se posait des questions, c'est tout, dit Rose.

– Vous êtes bien bavardes au téléphone, quand vous téléphonez loin. »

Il ne supportait pas l'idée que nous parlions de lui, d'autant moins qu'il savait parfaitement que nous le faisions toujours, systématiquement, inévitablement.

« Elle se faisait du souci pour toi, c'est tout, dis-je.

– Je ne crois pas avoir dit que j'étais allé à Des Moines, sauf erreur de ma part.

– Effectivement, dis-je.

– Alors. »

Il se servit des petits pois.

Au moment de nous coucher, Ty dit :

« Vous autres femmes ne comprenez rien de rien à votre père. »

J'avais fait la lessive des draps, ce jour-là, et j'étais en train de refaire le lit.

« Tu veux bien border de ton côté ? » dis-je.

Il coinça le drap entre le sommier et le matelas, puis lissa les plis. Il était en petite tenue, prêt à se coucher. Il avait de larges épaules, musclées. Ses bras étaient bronzés de manière inégale, coupés en une moitié blanche et l'autre rouge doré. Ses poignets étaient aussi forts que ses avant-bras, qui étaient couverts de poils décolorés par le soleil. Il souriait.

« Nous avons donc une chose au moins en commun, dis-je, car il est clair qu'il ne sait pas où il en est.

– Il le sait parfaitement. Mais il a ses secrets, c'est tout.

– Et ces secrets, quels sont-ils ?

– Eh bien, je crois que l'un d'eux est que ses filles lui font peur.

– Celle-là, elle est bien bonne. »

Je pliai la couverture au pied du lit. A mon avis, nous ne risquions pas d'en avoir besoin. Ty se glissa dans les draps.

« Et de quoi pourrait-il avoir peur ? Il a tout le monde à sa botte dans cette maison.

– Plus maintenant.

– Tu fais allusion au transfert de propriété ? Nous savons tous qu'il s'agit d'une fiction juridique. Papa incarne ce lieu. Rose et moi tremblons comme des feuilles dès qu'il fronce le sourcil. Il n'a qu'à faire mystérieusement irruption dans le bureau de Caroline, et elle se précipite sur le téléphone, avec mille questions dans la tête. La plupart du temps, j'oublie même que les papiers ont été signés.

– Lui n'oublie pas.

– Dans ces conditions, il n'a qu'à annuler. Je m'en moque. »

J'étais en train d'enlever mon short. Le regard de Ty se posa sur moi, et y resta. Ce qui signifiait qu'il ne s'en moquait pas du tout, mais que la décision était de mon côté, et que finalement, il n'avait pas d'autre choix possible que celui de se tenir en retrait et de me laisser décider. Ce regard portait le poids de dix-sept années vécues avec la conscience tacite de s'être marié au-dessus de son rang et d'avoir dû faire la preuve que ses talents valaient, non pas soixante, mais quatre cents hectares.

« Je continue de penser que ce transfert de propriété est un coup génial, pour les impôts notamment, mais pas uniquement. Marv Carson dit que le coup est très bien vu. » Il y avait de la prudence dans sa voix. Je pliai mon short sur la commode et ôtai mon T-shirt. « Mais vous, les femmes, vous pourriez prendre les choses mieux. Le prendre mieux, lui. Vous n'êtes pas obligées de tout relever. Vous devriez laisser aller un certain nombre de choses. »

Je méditai un temps ces paroles.

« Tu as raison, dis-je. Je ne le comprends pas. Mais je crois que ce que tu appelles relever correspond en fait à un effort de notre part pour mieux le comprendre. J'ai toujours l'impression de me trouver sur un terrain mouvant. Je crois avoir les deux pieds sur la terre ferme, et puis je découvre que tout remue là-dessous. Il y a toujours du mystère. Il ne dit pas ce qu'il pense.

– Si, il dit ce qu'il pense. Toutes les deux, vous allez toujours chercher des choses derrière ses paroles. Rose, encore plus que toi. »

J'enfilai une chemise de nuit courte, en coton, et boutonnai un des boutons. Ty se redressa en prenant appui sur un coude et ouvrit le drap pour moi. Entrer dans son espace, dans ce cercle de force qui émanait de ses épaules et de ses bras était rassurant, apaisant. C'est un domaine où il avait toujours excellé – le désaccord pacifique. Nous étions meilleurs sur ce terrain que sur celui du sexe.

Ty se rallongea, attirant ma tête dans le creux de son épaule. Pendant quelques instants, je sentis que nous fixions ensemble le plafond.

« Il est irritable, dit-il. Il n'aime pas qu'on le défie, ni qu'on le coupe dans ses élans. Mais c'est un agriculteur de talent. Il jouit du respect et de la considération de tout le monde. Quand il émet une opinion, les gens écoutent. Il est capable du meilleur et du pire. C'est une qualité rare. »

A mon oreille, la voix de Ty prenait de la rondeur, de la profondeur. Un véritable enthousiasme. Nous regardâmes encore le plafond, collés l'un à l'autre, inséparables. En quelques secondes, il s'endormit.

Parfaitement éveillée, je tentai de rappeler le souvenir de mon père. La façon de voir de Ty n'était pas une surprise pour moi. Lorsque, en de rares occasions, il était en colère contre mon père, je lui tenais exactement le même genre de propos, pour qu'il n'oublie pas tout ce qu'il avait appris de mon père, notamment. Cela étant, me dis-je intérieurement, il y avait si longtemps que je vivais au contact permanent de mon père que je le connaissais de moins en moins bien au fil des années. Toutes les images importantes étaient brouillées par leur immersion dans le quotidien de notre vie, ruinant mes efforts pour prendre un peu de hauteur sur les événements. Ceux dont je me souvenais le plus aisément correspondaient à des choses dont je n'avais connaissance que par ouï-dire : quand il avait dix-sept ans, par exemple, et que la ferme était éclairée par un générateur à essence, mon père était descendu chercher quelque chose à la cave et il fut pris de malaise à cause des émanations. Il réussit à remonter plus ou moins les escaliers, juste assez pour s'affaler à quelques marches de la porte de la cuisine, une main en l'air, visible depuis la pièce. Le grand-père Cook, passant par là quelques instants plus tard, l'avait traîné dehors, à l'air frais.

Il y eut aussi l'épisode, alors qu'il avait dix ans, des garnements de l'école qui l'avaient poursuivi avec des badines de saule. Dès qu'il eut pris un peu d'avance, il se retourna pour faire face aux quolibets, ramassa un caillou de bonne taille et l'expédia en plein front du chef de bande qui fut assommé. L'instituteur prit le parti de papa, comme les autres gamins de la bande, impressionnés par la précision du tir, et le blessé eut droit à une exclusion de quinze jours.

Le jour où maman, qui était venue rendre visite à une amie de classe à Mason City, lui refusa une danse au bal paroissial, papa réussit à convaincre le gérant d'un magasin de vêtements pour hommes, dont il ne connaissait que le nom, de quitter le bal pour lui vendre une tenue complète, costume, chemise, sous-vêtements, chaussettes, chaussures et chapeau de feutre. Il était tellement fringant, ensuite, racontait maman, qu'elle ne dansa avec personne d'autre de toute la soirée.

Il était beau. De cela, je me souvenais.

Lorsqu'il souriait ou plaisantait avec Harold ou un autre cultivateur du coin, on était immédiatement attiré par lui.

L'accident de camion de Harold Clark me revint soudainement et clairement en mémoire. C'était un très vieux souvenir ; je devais avoir six ou sept ans. Je n'y avais sans doute plus pensé depuis des années, parce que les choses s'étaient passées comme se passent les choses concernant les adultes quand on est enfant – un phénomène irréel qui arrive sans crier gare et se termine sans explication. J'étais dans notre camion, toute seule, et je jouais avec mes poupées. Peut-être que papa ne savait pas que j'étais là. Toujours est-il qu'il sortit en courant de la maison. Maman était derrière lui, dans l'embrasure de la porte qu'elle tenait ouverte en lui criant quelque chose, et l'instant d'après, nous foncions à travers champs, avec moi, recroquevillée et ballottée dans un coin de la remorque. Nous rejoignîmes le camion de Harold, à l'élégance bleu marine, avec sa calandre pareille à de grandes dents blanches. Harold était couché sous son camion, dont la roue arrière, sur son corps, semblait vouloir le couper en deux au niveau des hanches. Le spectacle était terrifiant et je me mis à hurler, mais pour une fois, papa ne se fâcha pas contre moi. Du camion de Harold, il sortit une planche qu'il posa sur le sol, puis il me plaça à mon tour à un bout de la planche, me mit dans la main un flacon de whisky, et dit : « Tu marches sur la pointe des pieds jusqu'à Harold et tu lui donnes à boire, parce qu'il en a grand besoin, ensuite tu lui laisses la bouteille et tu reviens tout doucement ». Accident bizarre dont Harold sortit avec quelques écorchures : il avait voulu décharger un drain de son camion et le poser dans le fossé. Le fossé était plein d'une boue épaisse et fluide, et le camion s'était mis à reculer, renversant

Harold, qui était resté coincé dans la gadoue. Papa et d'autres cultivateurs, qui ne tardèrent pas à arriver, durent tracter le camion pour dégager Harold. L'histoire fit beaucoup rire par la suite, mais dans ma tête, je restai l'héroïne de l'aventure, avançant à petits pas sur la planche de quinze centimètres de large, avec mon précieux fardeau salvateur, et lisant le soulagement teinté de gratitude sur le visage de Harold tandis que papa disait : « C'est bien, ma fille. Encore un petit pas, encore. C'est bien, c'est très bien ».

Je fermai les yeux et sentis les larmes sourdre sous mes paupières. A présent que je retrouvais le souvenir de cette petite fille et de ce jeune homme plein d'allant, j'étais incapable d'imaginer ce qui avait bien pu leur arriver.

15

Harold Clark soignait la réputation d'inconscience bavarde qu'il avait dans le secteur. Alors que beaucoup, pour ne pas dire la plupart des cultivateurs de ma connaissance, se montraient laconiques et peu enclins à se plaindre, Harold parlait souvent de lui, et toujours comme s'il était deux personnes à la fois, ou presque, mais pas tout à fait – celui qui avait un tas d'« idées géniales » (Harold mettait lui-même des guillemets chaque fois qu'il utilisait l'expression) et celui qui doutait, qui savait qu'aucune de ces idées ne se réaliserait jamais. Une partie de lui passait son temps à tenter d'entraîner l'autre dans d'aléatoires entreprises, et cette autre partie était constamment en train de raconter des histoires aux dépens de la première. Le résultat de tout cela étant, selon Harold, que la situation de l'exploitation Clark frôlait en permanence la désintégration, alors que l'opinion générale donnait Harold pour le meilleur et le plus prospère des exploitants agricoles de la région. Mon père formulait les choses de façon plus succincte. « La carrosserie du camion de Harold est peut-être sale, mais le moteur est propre comme un sou neuf. Et lui, il ne veut pas qu'on le sache. »

La publicité inhabituelle autour de son nouveau tracteur, pendant le grand barbecue, fut rapidement suivie de récriminations dont Jess se fit le fidèle écho auprès de nous. Ils avaient passé trois jours à régler le ralenti et trois autres à tripoter le contact. Harold n'aimait pas la place réservée à la radio – en haut à gauche. Il aurait voulu l'avoir en haut, à droite. Ultime doléance, mais « doléance à vie », comme disait Jess, le système de transmission ne lui plaisait pas. « Il a raison, dit Ty. Ce système IH est vraiment démodé. S'il s'était renseigné ailleurs qu'auprès d'un concessionnaire IH, il aurait su que la boîte de vitesses du John Deere était un miracle de souplesse. Pour bouger le levier de vitesses de ces Harvester, il faut une force d'éléphant. » Il tendit sa main ouverte, et Rose qui venait de tomber sur North Carolina, avec deux maisons, paya le loyer dû.

« Ce n'est pas le problème, dit Jess en faisant tourner les dés dans la paume de sa main avant de les lancer. En réalité, cela lui convient parfaitement. Il en a pour les vingt années à venir à se gargariser sur la bêtise qu'il a faite en achetant ce tracteur.

– Papa lui donnera un coup de main, dit Rose.

– Harold sera ravi, dit Jess. Vous connaissez la conclusion de toutes leurs discussions, n'est-ce pas ? » Il posa bruyamment sa voiture de course sur la case départ, et Ty lui remit deux cents dollars. Il acheta une maison pour New York Avenue qu'il posa délicatement sur la bande orange. « Ils finissent toujours par convenir ensemble que Harold a fait une folie, ou bien que Larry avait raison depuis le début. Puis Harold laisse tomber un détail, sur le prix, ou la rentabilité, qui démontre qu'en dépit de sa soi-disant folie, il dispose d'une marge de manœuvre beaucoup plus grande que la moyenne des gens.

– Je n'avais jamais vu les choses sous cet angle, dis-je.

– Parce qu'il t'a eue toi aussi, dit Jess. Maintenant que je suis de retour, après toutes ces années passées au loin, je suis vraiment ébloui par l'art avec lequel Harold réussit à manipuler la façon dont les gens le perçoivent.

– Et qu'est-ce qu'il y gagne ? dit Pete. Il ne jouit pas du même respect que les autres cultivateurs. On se moque de lui. Quand tu es à la graineterie et que quelqu'un voit son camion arriver, c'est tout de suite : Tiens, voilà Harold Clark. Et ils rigolent à l'avance.

– Et il sort une nouvelle histoire, c'est ça ? Il va faire quelque chose de dingue, et de moche en plus, comme entourer la maison de balles de foin, de la cave jusqu'au toit, et couvrir le tout de bâches de polyéthylène tenues par des planches.

– Ou bien il va couler une chape de ciment sur toute la cour, de la maison jusqu'à la grange. Il a dit cela l'année dernière. »

Pete était hilare et je tombai sur Impôt sur les produits de luxe. Pammy était en train de lire un vieux Nancy Drew que j'avais retrouvé au grenier. Elle sentit mon regard sur elle et leva les yeux, puis sourit, avec un hochement de tête complice. C'était *Le Fantôme du château de Blackwood*, mon préféré d'autrefois. Linda s'était endormie le crochet à la main. Depuis une semaine, elle était en train de crocheter laborieusement un gilet de poupée.

« Non, dit Jess. Ces rires, c'est justement ce qu'il veut. S'il était respecté, sa vie privée en prendrait un coup. Tout ce cirque lui sert d'écran de fumée. Les gens baissent leur garde. En plus, ils se montrent généreux avec lui, car ils ont un sentiment de légère supériorité. Par exemple, il a des voisines qui une ou deux fois par semaine apportent un plat chaud pour lui et Loren. Cela dit, je ne suis pas en train de raconter qu'il se moque des gens derrière leur dos, ou qu'il se frotte les mains de bonheur à l'idée qu'il se paye leur tête. Le fait est qu'il est simplement plus malin qu'il veut bien le laisser paraître, et qu'entre le personnage qu'il joue et ce qu'il est vraiment, se trouve un grand espace de liberté.

– Pas mal, dit Rose, mais en attendant, je suis propriétaire de Park Place, et on dirait que tu me dois un paquet.

– Je te dois tout, Rose, se moqua-t-il.

– Ne me pousse pas trop. »

Elle riait. Je ne pus m'empêcher de regarder Jess, un peu surprise par l'analyse qu'il venait de faire de Harold. Elle n'était probablement pas conforme à la vérité, mais la vérité n'était pas ce qui me séduisait. C'était son côté plausible, la manière dont un tel plan pouvait parfaitement fausser la perception que les voisins avaient de vous. Et puis il était tellement joli, ce dernier mot, « liberté », un mot qui me donnait toujours un coup de jeune lorsque je l'entendais. Je ne pense pas qu'il occupait une grande place dans ma vie, ni dans la vie des gens que je connaissais – et pourtant, Harold en avait peut-être sa part. Une sensation de liberté, en tout cas.

« Au fait, dit Pete, j'étais aussi à la graineterie hier, quand Harold est arrivé avec une autre idée de génie. »

Sourires.

« Quelle était cette idée ? demanda Ty.

– Il a dit qu'il envisageait de modifier son testament. »

Il y eut un silence, très bref. Bref, mais total. Puis Jess fit : « Tiens, tiens, » avant de rire.

Nous savions tous ce que pensait chacun, que Harold allait changer son testament au profit de Jess (partant du principe que le présent document favorisait Loren, ce que Harold n'avait évidemment jamais dit, mais qui était devenu ce que les gens « savaient » que Harold avait fait), mais Jess continua : « Il va probablement léguer l'exploitation à la Protection de la Nature pour que les terres soient rendues à leur état initial de marécages.

– C'est quoi la Protection de la Nature ? demanda Ty.

– Ils achètent de la terre et la protègent. » Jess eut pour Ty un regard enjoué mais agressif. « Ils la mettent en jachère, vous savez bien.

– C'est pas Dieu possible ! » dit Ty.

La discussion sur le testament de Harold s'arrêta là, mais en toute fin de soirée, alors que Rose et Pete étaient rentrés chez eux avec Pammy et Linda, Jess s'attarda un moment sur le pas de la porte. « Au fait, cette parcelle que tu as du côté de Henry Grove, dit-il en s'adressant à Ty. Le gars, il y cultive quoi ?

– Rien que du maïs depuis quatre ans. Avant, il faisait un peu de soja.

– Il sème à l'automne ou au printemps ?

– A l'automne. Et il n'y a pas de maison. Je lui ai donné l'autorisation de raser les bâtiments et de combler le puits il y a environ sept ans. Mais tu pourrais vivre en ville. Henry Grove n'est qu'à trois ou quatre kilomètres.

– Il tire donc le rendement maximum de ce bout de terre ! »

Ty fixa longuement l'horizon, du côté des lumières de Cabot, à l'ouest, et passa l'index à l'angle de sa bouche. Je savais qu'il était vexé.

« C'est de la bonne terre, finit-il par dire. Michael Rakosi n'a rien fait là-bas que je n'aurais pas fait à sa place. Il aime que les champs aient bonne allure, c'est tout. »

Jess sourit, comprenant à son tour que Ty avait mal pris ses remarques, et précisa :

« Loin de moi l'idée de critiquer. Si je me lançais dans la culture, j'essayerais des trucs. Dont beaucoup ne marcheraient sans doute pas. Je serais sûrement toujours en train de te demander des conseils. Sûrement aussi que je ferais appel à ce que j'ai lu dans les livres. Dans le temps, c'était l'insulte suprême, pour Harold. " Ce type, disait-il, il a appris à cultiver la terre dans un livre. " Sauf qu'en ce qui me concerne, l'aventure n'aurait aucun sens si je n'essayais des choses que j'ai apprises là-bas, sur la côte Ouest.

– Qui sait ? » sourit Ty.

Au petit déjeuner, Ty se montra suave mais tenace. Il répétait constamment :

« Les gens ne se rendent pas compte qu'on ne peut plus se permettre de faire des choses qui risquent de ne pas marcher. C'est-à-dire, quand on n'a que ce que rapporte la terre pour vivre, et qu'il faut calculer l'essence, décider du moment pour faire une pulvérisation supplémentaire sur le soja, ou perdre dix pour cent de rendement brut. C'est très joli de parler de planter quatre hectares de noyers que l'on abattra trente ans plus tard pour vendre le bois en réalisant un bénéfice de dix mille dollars par arbre, mais à combien se monte le manque à gagner pour trente années de récoltes perdues ? Les choses sont plus compliquées que ne l'imaginent les gens qui s'arrêtent à ce qu'ils lisent dans les livres.

– Tu parles tout seul, ou tu t'adresses à moi ? », dis-je.

Il leva le nez de son assiette et me sourit.

« Bon sang, Ginny, la terre entière est contre moi, ce matin, dit-il.

– Il ne parlait pas contre toi. Tu n'as pas à te sentir attaqué.

– Oui et non. Il n'a pas l'impression de nous attaquer, et il veut être ami avec nous, mais il ne s'y prendrait pas comme nous, et même nous, il ne nous laisserait sans doute pas faire comme nous l'entendons, c'est garanti.

– Peut-être, mais il y a la place pour plusieurs conceptions, non ? »

Il s'adossa, s'essuya la bouche, puis repoussa sa chaise et se leva. Dehors, le jour se levait.

« C'est vrai, en principe, dit-il. Je me demande parfois ce qu'il devient, ce principe, quand il passe dans les faits. Cela dit, je vais la faire cette pulvérisation, sur le soja près de chez Mel, parce que c'est complètement envahi par les mauvaises herbes, là-bas. »

Après une petite pression sur mon bras, il sortit.

16

Après le départ de Ty, il me fallut une demi-heure pour me décider à aller chez mon père. J'avais mille petits rangements à faire, et en vérité, nos veillées tardives commençaient à avoir des répercussions sur mes matinées. Je savais que papa serait contrarié d'avoir à attendre son petit déjeuner. A présent que je ne faisais plus la cuisine chez Rose, il voulait être servi à six heures pile, même si aucune urgence ne requérait sa présence dans aucun champ. Je traînais. Et je ruminais l'idée que s'il se levait plus tard et déjeunait plus tard, il aurait moins de temps à meubler pendant la journée. Je laissais monter en moi une irritation contre lui, mais en fait, je cherchais surtout à repousser le moment de le voir. Le souvenir du coup de fil de Caroline, que je devais rappeler lundi, ce que je n'avais pas fait, m'avait arrachée au sommeil bien avant que Ty, l'oiseau du matin, eût quitté le lit pour aller voir les cochons.

Une chose était sûre : papa ne pouvait pas continuer à chercher des ennuis en courant le comté, voire l'état, au volant de son camion. Un agriculteur en retraite est censé passer son temps au café de la ville, à dispenser des conseils gracieux, ou bien il se lance dans les iris, les roses, les vaches jersey, etc. On attend de lui qu'il tienne le bureau de vote les jours d'élections, qu'il aille à la pêche, ou qu'il soit employé à mi-temps chez le quincailler local. Sauf que la seule idée d'imaginer papa s'adonnant à ces activités sociales, triviales, ou, pourrait-on dire, agréables, relevait de l'absurdité. Lui-même s'était toujours moqué des agriculteurs à la retraite, et exprimait du respect, voire de l'envie, pour le père de Ty, mort d'une crise cardiaque dans sa porcherie. Oui, il s'avérait manifeste qu'il s'était renié sur un coup de tête en se défaisant de l'exploitation. Cet aspect aussi me contrariait. J'envoyai balader mes pantoufles et enfilai mes Keds comme si je m'apprêtais vraiment à lui dire son fait.

Tandis que je descendais la route, je vis Pete sortir en marche arrière de l'allée et partir vers le sud au volant de son pick-up Ford. Je lui fis signe de la main, et son bras sortit par la vitre baissée, côté conducteur, en décrivant un grand moulinet pour répondre à mon bonjour. La plupart du temps, quand on croise un cultivateur sur la route, il vous adresse un très imperceptible salut – en levant un doigt sur le volant, ou même en dressant un sourcil. Pete avait le salut généreux. On le trouvait un peu trop désireux de plaire, tout comme son pick-up gris métallisé le faisait juger un peu trop frimeur. Pourtant, j'en étais venue récemment à apprécier ces côtés de Pete. Au lieu de le trouver, comme autrefois, moins compétent et moins fiable que Ty, trop superficiel voire un rien stupide, je considérais qu'il faisait son possible pour s'adapter et s'acquitter de sa tâche, et aussi que son relatif échec en ces domaines était en réalité, et avant tout, l'affirmation d'une différence de style. S'il avait été originaire du comté, si son père avait été dans l'agriculture et s'il avait hérité de l'exploitation familiale, son exubérance, comme ses talents musicaux, auraient été perçus par les voisins comme un motif de fierté, la preuve du génie local, plutôt que comme une dangereuse étrangeté.

Depuis ma conversation avec Jess pendant que je repiquais les tomates, le jugement que je portais sur les hommes de mon entourage avait subi un léger changement. J'étais moins systématiquement critique – certes, ils avaient tous commis des erreurs, et essuyé des échecs, mais aujourd'hui, je voyais qu'on pouvait aussi bien dire qu'ils avaient encaissé des revers, pris des coups, souffert tout court, point. Tout était là. J'aurais pu dire que Rose aussi avait incontestablement souffert, et moi aussi, et Caroline, et Mary Livingstone, et toutes les femmes que je connaissais, mais apparemment la souffrance des hommes avait une opacité muette, comme si, à l'instar des animaux, il leur était impossible de prendre du recul par rapport à elle. Ils nous avaient, nous, Rose et moi, quand ils souffraient, mais ils ne semblaient pas avoir ce que nous, nous avions entre nous, une sorte d'échange permanent et de commentaire sur ce qui nous arrivait, communication qui passait par nos conversations, nos regards, nos soupirs, nos plaisanteries, et nos agacements. Le résultat pour nous était que nous étions plus ou moins préparées aux coups qui tombaient – nous avions au moins à notre disposition l'étrange réconfort d'un : « Je savais depuis le début qu'une chose de ce genre allait arriver ». Les hommes, et Pete en particulier, semblaient toujours un peu surpris, et par conséquent un peu plus meurtris, et un peu plus entamés par les coups du sort – la mort d'animaux auxquels ils tenaient, les accidents, les colères et le mépris de mon père, les incursions dans des négoces déficitaires, voire, pour Ty, mes fausses couches. Bien sûr il refusait les nouvelles tentatives. Il avait misé sur chaque grossesse comme s'il n'y avait pas eu d'antécédents.

Et puis il y avait mon père. Lorsque je quittai la route pour entrer dans la cour devant sa maison, je sentis son regard réprobateur, mais sans lever les yeux, je continuai mon chemin jusqu'à la porte de la cuisine. Ses meubles de cuisine étaient toujours dans l'allée, et je n'avais pas eu de nouvelles du canapé qui devait être livré. Je me fis cette réflexion, en poussant la moustiquaire, que les spéculations concernant mon père n'étaient jamais tranquilles ni distrayantes, et qu'il valait toujours mieux les éviter. Il avait certes dû souffrir, mais mes préoccupations l'abandonnèrent pour retourner prudemment à Ty, Pete et Jess.

Il m'accueillit à la porte. « Il fait grand jour. »

Le ton était réprobateur. Il signifiait : J'ai faim, tu m'as fait attendre, et aussi : tu es en retard, tu es sotte, nulle.

« J'avais des choses à faire, dis-je.

– A six heures du matin ?

– J'ai fait un peu de rangement dans la maison.

– Hum !

– Excuse-moi. »

Il recula vers l'intérieur et je pénétrai dans le débarras où je pris le tablier qui était accroché à un clou.

« Personne n'a fait les courses. Il n'y a pas d'œufs.

– Ah zut ! Je voulais en apporter. Je t'en ai acheté hier, mais je les ai oubliés. »

Je le regardai dans les yeux. J'avais le choix entre le faire attendre, ou le priver de ses œufs. Il avait le regard froid, agressivement songeur. Non seulement il n'allait pas m'aider à prendre ma décision, mais cette décision était une mise à l'épreuve. Je pouvais passer en force, lui servir des toasts, des céréales et du bacon, un petit déjeuner dépourvu de centre de gravité, ou je pouvais courir à la maison chercher les œufs. Ma décision me révélerait à lui – soit j'étais égoïste et sans égard (pas d'œufs), soit j'étais incompétente (une agitation désordonnée au lieu d'une organisation rationnelle). Je le fis. Je souris bêtement, déclarai que je revenais tout de suite et repartis en courant. Tout le long du chemin, j'eus conscience de mon corps – inesthétique dans sa précipitation, inapte, haletant, ridicule jusque dans sa féminité. J'avais l'impression que mon père n'avait qu'à regarder par la fenêtre du salon pour me voir toute nue, le souffle court, les seins, les cuisses et les fesses ballottant, ma dignité irrémédiablement perdue. Plus tard, alors que j'avais fini de préparer le petit déjeuner et que lui l'avait mangé, je m'étonnai de n'avoir pas tout simplement traversé la rue et pris des œufs chez Rose, parce qu'il m'avait mise à l'épreuve et que j'étais tombée dans le panneau.

Lorsque je me vis en train de faire frire les œufs et le bacon en le regardant à la dérobée tandis qu'il surveillait par la fenêtre du salon ce qui se passait dans notre champ sud, mon intention de lui dire son fait m'apparut comme une idée idiote de plus. Je ne trouvais pas le ton qui convenait pour dire : « Tu étais à Des Moines jeudi, oui ou non ? » ou bien :

« Caroline pense que tu lui as raccroché au nez quand elle a appelé ». C'est une chose que je fais souvent, me répéter les phrases dans ma tête, en ôtant les affirmations et les questions directes pour ne pas offenser, de façon à les faire passer indirectement dans la conscience de l'autre sans que j'aie besoin de les formuler explicitement.

Une chose était, les soirs de Monopoly, de rester là à rire et déplorer certaines des choses dites ou faites par papa et Harold. Une autre était d'affronter le monolithe qu'il semblait être. L'attitude de Ty s'imposa à moi, apaisante, me conseillant de laisser couler les choses, comme l'eau, ou tout autre élément inoffensif mais puissant. Je le servis donc en gardant le silence, et en me disant intérieurement qu'il n'était pas sénile – qu'il serait insultant de le traiter comme un enfant en lui demandant des comptes sur son emploi du temps et son argent. Ma tâche restait ce qu'elle avait toujours été – lui donner ce qu'il demandait, et s'il manifestait du mécontentement, m'efforcer de trouver ce qui le contenterait. En cet instant, debout près des fourneaux et les bras croisés sur ma poitrine, prête à lui resservir du café, je trouvais la tâche facile et presque agréable.

Je dois dire que lorsque j'appelai Caroline, à neuf heures, elle ne partagea pas du tout mes vues. Oui, c'était bien papa qui était venu à son bureau (y avait-il vraiment eu doute à ce sujet ?) et l'hôtesse-standardiste qui l'avait reçu avait raconté qu'il avait un comportement bizarre. Certes elle n'avait que dix-neuf ans et s'était révélée incapable de donner des précisions sur ce qu'il avait d'anormal – il était sur le qui-vive, il dévisageait tout le monde, mais plus grave encore, il faisait de brusques mouvements de tête, à la façon d'un animal affolé ou désemparé.

« Écoute, dis-je à Caroline, on lui a demandé dimanche soir pendant le dîner s'il avait ou non été là-bas, et il a refusé de nous répondre. Il est toujours aussi buté et taciturne que d'habitude. Alors ce que dit ton hôtesse-standardiste n'a pas grand sens, en ce qui me concerne. » Puis, à cause de son silence sceptique, j'ajoutai : « Bien entendu, il avait bu. Il sera entré dans un bar, puis le décor lui étant inconnu...

– Il avait bu et il conduisait ?

– Euh, ben oui, je suppose. Enfin, je n'ai pas de preuve, mais il est probable que...

– Tu ne peux pas le laisser faire ça.

– Et je devrais m'y prendre comment pour l'empêcher ?

– Parle avec lui. Retire-lui ses clés au besoin. »

Je m'esclaffai.

« Il n'y a pas de quoi rire.

– Si, l'idée de lui confisquer ses clés est comique. C'est une grande personne. Et puis, il est censé faire quoi, toute la journée ? Regarder des feuilletons ? Il aime bien sortir et faire un tour en voiture.

– Tu as dit qu'il avait bu.

– J'ai dit que peut-être il avait bu. A cause de la description que...

– Pourquoi est-ce qu'il ne travaille pas ?

– Ty et Pete ...

– Je savais que cette histoire allait exploser. Dès l'instant où les deux autres auraient la direction des opérations... »

Cette fois, je l'interrompis.

« Ils ne lui interdisent pas de travailler. C'est lui

qui ne veut rien faire. Jamais il ne met les pieds à la grange, même pas pour jeter un œil. Ils font tout maintenant, et ce n'est pas de tout repos. »

Caroline resta muette un instant, puis avala une gorgée de quelque chose, qui devait être son café. Elle finit par reprendre la parole d'une voix patiente et teintée de regret.

« Il était évident pour moi que cette histoire de transfert de propriété était une affaire très délicate nécessitant beaucoup de doigté pour ne pas tourner au désastre. Ils ont dû lui faire comprendre qu'on n'avait pas besoin de lui. Tu aurais pu au minimum t'assurer que...

– M'assurer que quoi ? Il ne veut pas participer. Il en a marre de travailler la terre. Il s'est mis en vacances et il vit ses vacances à sa façon, qui est la seule qu'il connaisse. » Pas mal. Tente encore ceci, me dis-je. « Si tu penses pouvoir faire mieux avec lui, invite-le à passer un moment chez toi. Ça lui ferait de vraies vacances, et un agréable changement de décor.

– Tu sais parfaitement que c'est ridicule.

– Toute cette histoire est ridicule. » Je baissai d'un ton et pris une voix plus suave, comme si je parlais sérieusement en envisageant une invitation de papa chez Caroline. « Ce serait une bonne idée, qu'il passe un moment chez toi. Il pourrait apprendre à connaître Frank comme il connaît Pete et Ty. »

L'hypocrisie de cette dernière remarque était inhabituelle pour moi, mais je n'y apportai aucun correctif, comme si nous n'en comprenions ni l'une ni l'autre le véritable sens.

Il y eut un nouveau silence. Puis Caroline finit par se fâcher.

« Franchement, dit-elle, je n'arrive pas à suivre ce qui se passe. Il y a deux mois, papa exploitait avec bonheur la terre dont il était propriétaire. Aujourd'hui, il n'a plus rien et il erre lamentablement en essayant de se trouver une occupation. Vous avez tous fait un joli numéro avec vos soi-disant scrupules, mais les choses sont claires si l'on regarde à qui profite l'affaire. Tout ce baratin... » – sa voix monta d'un octave pour forcer la charge – « " C'est Marv Carson qui l'a poussé. Cette opération est une idée de Marv Carson ". N'empêche que le bénéfice n'est pas pour Marv Carson. Je suis certaine que ... ». Elle s'interrompit, sans doute effrayée par ce qu'elle allait dire.

« Continue. Dis-le. Autant dire clairement les choses.

– Je suis certaine que si Frank et moi étions sur place, les choses se seraient passées un peu différemment, voilà.

– Précise.

– Je ne pense pas que les intérêts de papa aient été prioritaires.

– Il a fait ce qu'il voulait. C'est moi qui ai insisté pour que tu ne prennes pas la mouche, pour que tu dises comme lui et que tu sois dans le coup. Tu aurais pu lui faire tes excuses ! Tu étais furieuse contre lui !

– Une simple prise de bec n'a pas ces conséquences démesurées s'il ne se passe pas autre chose en sous-main. Tout ce que je sais, c'est que papa a tout perdu, qu'il fait n'importe quoi, et que vous ne vous en souciez pas assez pour tenter d'y remédier ! »

Elle acheva sur cette exclamation retentissante.

« Caroline ... » dis-je, mais elle m'interrompit en raccrochant.

Je dois dire que pour Rose et moi, l'attitude de Caroline envers notre père avait toujours semblé alterner étrangement entre la loyauté et la manipulation. Lorsqu'elle venait s'occuper de lui, un week-end sur trois, elle se montrait patiente et pleine de sollicitude. Elle lui faisait du charme pour qu'il restât regarder la télévision avec elle, elle lui servait à table des choses nouvelles qu'elle apportait de Des Moines, elle l'emmenait même faire des promenades à pied... Elle lui apportait des revues ou des articles qui lui avaient plu dans *Psychology Today* et *The Atlantic*. Elle nous demandait conseil pour réussir à lui faire faire certaines choses – dîner au restaurant, aller au cinéma, acheter des vêtements neufs.

A l'université, où elle se spécialisa un temps en psychologie, elle ne tarissait pas de théories plausibles pour expliquer pourquoi il buvait, percer sa personnalité profonde, nous convaincre de lui faire passer le test de Luscher, ou de briser « les barrières de sa structure orale globale » (il était incapable de pleurer, donc d'exprimer sa souffrance, parce que, en fait, il ne pouvait pas mordre, puisqu'il avait sûrement été nourri au sein et qu'on lui avait interdit – un interdit très fort – d'en mordre le bout), ou bien on l'avait mis au pot trop tôt, ce qui avait provoqué chez lui un réflexe de rétention. On n'en finissait pas. Mais nous ne parvenions jamais au résultat qu'elle recherchait, car pour le changer vraiment, il aurait fallu obtenir sa participation volontaire, ce qui était impensable. Un jour, elle réussit à lui faire dessiner un bonhomme, et nous dit ensuite que le résultat était « la projection pure et simple de la façon dont il se voyait », mais une fois réalisé, le dessin ne fut d'aucune utilité, et en tout état de cause, lorsqu'il apprit qu'elle étudiait la psychologie, il cessa de payer les cours.

Rose se contentait de dire : « C'est un homme de la terre, Caroline, et cette structure mentale-là l'emporte sur toutes les influences de l'enfance ».

Mon père aurait dit exactement la même chose.

En fait, elle ne vivait plus avec lui depuis près de dix ans, de sorte que pour elle les problèmes de son père étaient les problèmes de son père, et pas les siens, que les solutions de ces problèmes semblaient relever de l'évidence, et que les conséquences d'un éventuel changement d'attitude avec lui paraissaient négligeables. Rose et moi avions pris l'habitude de ne pas tenir compte de l'avis de Caroline.

Mais elle ne s'était jamais exprimée comme elle venait de le faire au téléphone. J'étais parfaitement capable de le comprendre – elle était inquiète, de toute façon elle s'emballait toujours lorsqu'il s'agissait de papa, et puis elle n'était pas sur place.

Néanmoins, je tremblais en raccrochant le combiné, comme une feuille, des pieds à la tête. Je sentais de la furie en moi, mais avec une pointe de panique aussi, comme si ses critiques étaient à la fois injustes et justifiées, comme si la chronologie des événements qui était parfaitement inscrite dans ma mémoire n'était qu'une théorie, des arguments pour la défense, qu'un jury pouvait croire ou ne pas croire. Il ne servirait à rien de protester avec sincérité que les choses s'étaient passées comme de fait elles s'étaient passées. Tous les coupables le font. Rose ! J'allais parler avec Rose, lui raconter, et nous nous exclamerions ensemble. Ou à Ty. Mais c'était une mauvaise idée de se confier à quelqu'un. Quand on prend l'habitude de s'épancher auprès de quelqu'un, ce quelqu'un finit par endosser l'antagonisme dont on cherchait peut-être à se libérer. Mieux valait dans l'immédiat garder cette conversation pour moi.

17

Je passai la matinée à shampouiner la moquette du salon et de la salle à manger. Dans une ferme, vous pouvez bien faire attention, ôter vos chaussures et vous changer, la saleté se débrouille toujours pour passer. Et la saleté n'est pas le pire. Il y a la graisse, le sang et la boue. J'ai connu des femmes qui avaient du linoléum dans toutes les pièces et disaient avec fierté que l'on aurait dit « du vrai parquet ». L'idée de ciment de couleur de Harold n'était jamais que l'étape suivante, finalement. Mais dans l'ensemble, les femmes d'agriculteurs sont fières d'avoir des maisons où la campagne semble ne pas avoir droit de cité, avec des rideaux blancs immaculés et bien amidonnés, des moquettes propres, des rebords de fenêtres époussetés et des meubles en bon état, ou au minimum protégés par des housses (cousues de leurs mains). Tout comme les agriculteurs jaugent du regard leurs bâtiments respectifs, évaluant l'avance des réparations et l'âge des peintures, leurs épouses ne manquent jamais de passer les maisons au peigne fin pour déceler les moutons, les toiles d'araignée et les vitres sales. Et tout comme les agriculteurs encore ont un faible pour les nouveautés techniques, leurs femmes sont de fines connaisseuses en équipements domestiques : systèmes d'aspiration intégrée, fours à micro-ondes et cocottes électriques, coffres congélateurs, réfrigérateurs avec distributeur à glace, machines à laver professionnelles et sèche-linge, lave-vaisselle récurant les casseroles et friteuses électriques. Aucune de nous n'avait tout l'équipement dont nous pouvions rêver. Rose avait toujours eu envie d'une presse à repasser, par exemple, parce qu'elle aimait le linge bien repassé, serviettes de toilette et draps compris.

Toujours est-il que j'avais loué la shampouineuse « Rug Doctor » au Supervalu de Cabot, et à midi, j'étais en nage en dépit du climatiseur tout neuf. Les persiennes étaient tirées, et le ronronnement de la machine était une sorte de refuge où je pouvais me blottir, loin des caprices de papa, des fureurs de Caroline et de la vigilance de Rose. Je n'étais pas insensible aux vertus des larges bandes de propreté hautes en couleur tracées par la buse de l'appareil. On avait l'impression de moissonner un champ, sauf qu'on laissait derrière soi un terrain plus profond et plus fertile qu'auparavant, et non l'inverse. Je nettoyai sans relâche, et lorsque je pressai l'interrupteur, j'étais dans un état un peu second, ivre de bruit, d'effort et de sueur. Je me levai, m'étirai verticalement et horizontalement, et je poussai la porte de la cuisine, portant le réservoir d'eau usée. Jess Clark était planté au milieu de la pièce, sourire aux lèvres. Je sursautai, et renversai de l'eau.

« Tu es partante pour une petite promenade ? dit-il.

– Tu es là depuis combien de temps ?

– Une minute environ. J'ai appelé il y a un quart d'heure, mais tu n'as pas dû entendre la sonnerie. Tu viens faire un tour ?

– Je suis épuisée et en plus j'ai faim. Tu fais vraiment des apparitions-surprises, toi. Je l'ai déjà remarqué.

– Toi tu oublies tout. Je l'ai déjà remarqué. »

Je fus agacée.

« Oh », dis-je.

Je poussai la porte sur la cour que je traversai pour aller jeter l'eau sale aux cochons. A mon retour, Jess était toujours là.

« J'ai à faire et il fait chaud. Une autre fois, peut-être.

– Une demi-heure. J'ai besoin de parler à quelqu'un. »

J'aperçus mon reflet dans une vitre. Le cheveu en bataille, des taches noires sur les joues et le menton. L'agacement que j'avais exprimé s'évanouit sous l'influence du ronronnement et de la vertu.

« De toute façon, dit-il, j'ai vu Ty à Pike, au magasin de machines-outils. Ils faisaient un barbecue sponsorisé par John Deere. Il y avait des tas de gars, et il m'a dit de te prévenir de ne pas t'embêter avec le déjeuner. C'est cela que j'étais censé te dire quand j'ai appelé il y a un quart d'heure.

– Rose s'occupe du déjeuner de papa.

– Tu vois.

– On ne va pas se promener au soleil de midi.

– Je connais un endroit ombragé.

– Tu plaisantes, je suppose. »

Je lissai mes cheveux et m'aspergeai le visage au robinet. Très fort, son coup de dire qu'il avait besoin de parler à quelqu'un, laissant entendre qu'il ne s'était pas d'abord adressé à Rose.

Pour connaître un endroit ombragé, il connaissait. C'était la petite décharge tout au bout de l'exploitation, dans une sorte de faille derrière un buisson d'églantiers, utilisée par Harold, et par nous, pour les rebuts. L'ombre était fournie par une série de trembles et de caroubiers qui exhibaient de longues épines d'une dizaine de centimètres le long du tronc. La décharge était un endroit que je ne fréquentais guère, surtout depuis que nous devions payer une mensualité pour avoir accès au remblai qui se trouvait au nord de Pike. Lorsque je compris où nous allions, je ralentis le pas, mais Jess me pressa de continuer.

« Tu n'aimes pas la décharge ? J'y passais des journées entières quand j'étais gosse. C'est la troisième fois que j'y viens depuis mon retour. C'est toujours l'endroit le plus intéressant de toute l'exploitation.

– Tu veux rire.

– On va s'amuser, je te promets. Je vais te montrer toutes les plantes du pays que j'ai déjà identifiées. Et puis il y a des roses encore en fleur. Elles ont un parfum étranger à ce monde. »

L'objet le plus volumineux de la décharge était un châssis d'automobile tout rouillé ; il y avait aussi quelques fûts métalliques, une vieille tête de lit en fer forgé, un rouleau de barbelé brun rouillé et une lunette de toilettes en céramique blanche, fêlée. En toute hypothèse, nous étions les seules personnes à jamais avoir utilisé l'endroit comme décharge, mais je ne reconnaissais pas tout. A la campagne, les ordures attirent les ordures. Un jour, Rose trouva un vieux portemanteau en chêne agrémenté d'un métal qui, après nettoyage, s'avéra être du cuivre.

Elle en tira quarante dollars chez un antiquaire de Cabot, ce qui nous incita à passer deux ou trois fois la décharge au peigne fin avec l'espoir de trouver d'autres rebuts négociables, mais en vain.

« Je me demande toujours si d'autres personnes viennent clandestinement ici pour jeter des choses. Je ne reconnais rien dans ce que je vois, dis-je.

– Moi, je reconnais peut-être ce siège de voiture. Il me fait penser à la vieille Plymouth Valiant 1962 de Harold. Tu te souviens quand il l'a achetée ? La première fois qu'il achetait une voiture neuve.

– Je m'en souviens très bien. Elle avait une bande bleue sur le côté qui partait en oblique vers l'aileron arrière.

– Exact.

– Il n'a renoncé à la conduire que l'année dernière. »

Jess, qui était accroupi et fourrageait sous la tête de lit avec un bâton, leva les yeux dans ma direction. J'éclatai de rire.

« Tu as marché. En fait ça fait dix ans, ce qui est déjà quelque chose. Je voulais te taquiner. »

Il sourit. Puis il eut un regard panoramique sur le site. Les églantiers étaient presque aussi grands que moi et dissimulaient la décharge qu'on ne voyait plus de chez moi alors qu'on apercevait la maison et les granges de Harold à travers les frondaisons. Sur les branches les plus basses, des fleurs toutes simples étalaient leurs cinq pétales blancs comme la paume offerte d'une main minuscule. Je me mis à genoux pour sentir. Le parfum était fort et entêtant.

« Est-ce que tu viens jamais récolter les cynorhodons à l'automne ? Ils doivent être gros comme des cerises.

– J'ai entendu dire que c'était ton style.

– Une mine de vitamine C. Tu pourrais aussi faire des confitures de pétales de roses. J'adore ce parfum.

– Qu'est-ce que tu cherches avec ton bâton ?

– Le serpent.

– Pardon ?

– Le serpent. Rassure-toi, pas le genre serpent à sonnette. Je crois qu'il s'agit d'un serpent groin, bien que ce ne soit pas tout à fait la région. J'en ai vu un la dernière fois que je suis venu ici. Ils sont drôles, ces serpents. » Il se releva. « Pas de chance.

– Qu'est-ce qu'ils ont de drôle ?

– D'abord, ils ont un capuchon, comme les cobras, et s'ils ne réussissent pas à se débarrasser de toi en te faisant peur, ils se roulent sur eux-mêmes, et font le mort, langue pendante. »

Rire de ma part.

« Ils font partie de mes préférés.

– Je n'ai jamais songé à avoir des serpents préférés.

– Il y a pourtant des tas de serpents gentils dans le coin. Les serpents roi sont très beaux, et très rapides. Le serpent ratier grimpe dans les pieds de maïs et dans les arbres.

– Ceux-là, papa les a tués.

– Je n'en doute pas.

– Papa n'est pas un grand amateur de nature sauvage. Il a une peur bleue des guêpes et des frelons, tu sais. C'est une vraie phobie, chez lui. Il devient tout blanc et son visage est pris de tics.

– Oh ! »

A travers les barreaux métalliques de la tête de lit poussaient de longues herbes minces. J'en cueillis une que je mis entre mes dents. Jess fit de même.

« Du pâturin. A l'arrivée des pionniers, ces graminées atteignaient deux mètres de haut et plus.

– A l'arrivée des pionniers, ces terres étaient inondées.

– Je sais bien. Mais je parlais en général. » Il m'adressa un sourire. « Je me lançais dans une évocation bucolique. Bref, depuis qu'elles ont été asséchées, ces terres font un beau bout de prairie. Tiens, il y a du panic aussi, et là-bas, en bordure, c'est de la fléole. Ça, tu sais ce que c'est ? » Je me penchai et touchai les pétales blancs.

« A vue d'œil, on dirait de la fleur de pois, mais pas avec ces tiges.

– Du faux indigotier. Toxique, en plus.

– Et là ? »

Ce fut au tour de Jess d'observer attentivement des fleurs rose violacé, à tiges courtes.

« Je connais, dit-il.

– Alors ?

– Ciguë d'eau ?

– Bravo.

– Et tu faisais comme si tu ne connaissais rien à rien !

– Je connais la salsepareille, la carotte sauvage, et la houlque laineuse évidemment, plus la nielle, et la fétuque, et la scabieuse, et toute cette végétation nuisible que les cultivateurs doivent détruire, détruire, détruire. Tu ne connais donc pas les trophées de guerre de Ty ? Le bouillon-blanc spécial et l'oreille-de-lièvre géante ? »

Je souriais aussi, à présent, encore que l'éclat radieux de ces sourires ne fût pas vraiment à la mesure de notre conversation. J'avais la sensation prégnante que nous avions glissé dans une sorte d'audacieuse intimité et que le côté retiré de l'endroit où nous nous trouvions permettait cette intimité mais ne la créait pas. Il était aussi aventureux d'être ici à fourrager dans cette décharge, que de partir ensemble pour Minneapolis en sachant pertinemment qu'il n'y aurait pas de retour possible avant le lendemain matin. C'était, assez étrangement, aussi terrifiant. Mais nos regards respectifs étaient figés sur le visage de l'autre, et nous ne pouvions nous empêcher de vérifier la solidité de cette emprise en bougeant, en nous penchant, en nous tournant. Et l'emprise résista jusqu'au moment où je grimpai dans la benne, m'assis sur le siège de voiture crasseux, et regardai par-dessus les églantiers le sommet du toit vert de ma maison. Je respirais fort et je tremblais. J'avais très peur, mais en même temps cette peur semblait inhabituellement lointaine. J'inspirai profondément. Jess se remit à fourrager avec son bâton. J'entendais un *tchoc-tchoc* régulier ponctuant le murmure de la brise. La brise est éternelle dans le comté de Zebulon, et la vie y est marquée par les instants où l'on remarque sa présence. Je la remarquai. Et je remarquai aussi qu'il y avait un nid dans le caroubier, mais les oiseaux n'étaient plus là, et le nid était peut-être bien un vieux nid. De très loin monta, sous le bruit de la brise, le sifflement d'un démarreur de tracteur.

« Qui est la préférée de ton père ? » demanda Jess.

Je me tournai vers lui. Il me fixait attentivement, les poings sur les hanches. Sa silhouette se détachait en courbes contre les trembles.

« Ça a toujours été Caroline, je le sais.

– Qu'est-ce qui te fait penser ça ?

– Tu veux dire en particulier, maintenant qu'il l'a déshéritée ?

– Oui. Mais aussi avant. Qu'y a-t-il en elle qui lui donne plus de prix ?

– Déjà, elle est la plus jeune. Et probablement la plus jolie. Et celle qui a le mieux réussi. » Ce n'était pas un sujet dont j'avais envie de parler. « Peut-être tout cela est-il la conséquence de sa situation de préférée. »

Je posai mon menton sur ma main, laissai mon regard s'attarder sur la vieille tête de lit, et réfléchis un moment.

« Elle n'a jamais eu peur de lui. Quand elle voulait obtenir quelque chose, elle allait le trouver directement et le lui demandait. Il appréciait cette attitude, surtout après Rose et moi. Moi, j'avais très peur de lui quand j'étais petite, et Rose lui tenait tête si elle était obligée, mais elle se débrouillait surtout pour l'éviter. Avec Caroline, on aurait cru qu'elle ne savait même pas qu'il y avait des raisons d'avoir peur. Un jour, alors qu'elle avait environ trois ans, il s'est mis en colère contre elle, et elle a ri, comme si c'était pour jouer. »

Je transpirais.

« Ça t'ennuie que Caroline soit la préférée ?

– Ça ne lui a pas vraiment réussi, ces derniers temps, si ?

– Non. » Nouveau sourire. « Mais sérieusement.

– Est-ce que ça compte vraiment quand on est adulte ? Je crois que je n'y pense pas, en vérité. »

Je fis le sourire que l'on fait lorsque l'on désire que quelqu'un change un peu de sujet, tout en voulant qu'il ne le sache pas. « Qui est le préféré de Harold ? dis-je négligemment.

– Moi.
– Encore maintenant ?
– Encore maintenant.
– Mais Loren et lui sont comme les deux doigts de la même main. Ils ont les mêmes vues sur tout.
– Oh, je ne sais pas. Chaque fois que Loren fait une suggestion, ou simplement une chose qu'il a l'habitude de faire seul, comme décider de pulvériser ou de planter, Harold l'accuse de vouloir l'évincer. C'est de pire en pire. Loren régresse furieusement. Il en est presque à lui demander la permission de se torcher, mais dans la tête de Harold, il y a toujours un plan caché, et l'attitude de Loren n'est qu'une couverture pour dissimuler de noires visées. Il y a quinze jours, Harold disait des choses du genre : " Qui t'a dit de traiter le soja ? ". Aujourd'hui c'est : " Tu ne vas pas m'avoir comme ça ! Je sais ce que tu manigances. "
– C'est bizarre.
– Oh, pas tant que ça.
– Pourquoi ?
– Pour commencer, il y a vous autres. » Il cueillit un autre brin de pâturin avec l'extrémité duquel il se caressa la paume de la main. « Je sais bien que l'idée du transfert de propriété ne vient pas de vous, et je pense que Harold le sait aussi, mais les gens commencent à se poser des questions et se demander comment Rose et toi avez obtenu de Larry qu'il vous fasse donation de l'exploitation, alors que toute cette affaire le rend manifestement dingue.
– Nous avons été les premières surprises !
– Parce que cela ne ressemble pas du tout à votre père, raison pour laquelle les gens refusent de se fier aux apparences. »

Je sortis de la benne et fis face à Jess.

« Que disent les gens ?

– Des trucs du genre : “ Il y a autre chose derrière cette histoire, qu’on ne voit pas ”.

– Merde ! Harold était présent, non ? Il était là au moment précis où papa nous a annoncé ce qu’il voulait faire. C’était chez vous, et Harold a ri ! Je sais parfaitement qu’il pensait que papa était complètement fou.

– Peut-être bien. De toute façon, les ragots finiront par s’arrêter. Ça se passe toujours comme ça. A votre place, je ne me ferais pas de souci. Le vrai problème de Harold n’est pas là.

– Il est où ?

– C’est ma présence. Il veut que je reste, et je crois qu’il pense que son seul atout pour me retenir, c’est l’exploitation.

– Et c’est exact ? »

Mon cœur se mit à battre plus vite lorsque je posai cette question.

« Le problème, c’est que Harold est incapable de comprendre l’instabilité. Enfin, il comprend l’incertitude. Tous les cultivateurs savent ce qu’est l’incertitude, mais il s’agit d’une incertitude due à des circonstances extérieures – le cours des céréales, ou la météo –, pas d’une incertitude que l’on a en soi. Je serais bien étonné d’apprendre que Harold ait été une seule fois saisi par le doute. » Il se détourna, lâcha le brin d’herbe, ramassa quelques petits cailloux qu’il commença à jeter contre l’églantier. « Le problème, c’est que je suis incapable de savoir si devenir comme Loren est une maladie que je suis trop vieux pour contracter », finit-il par dire.

Je pouffai de rire.

« Sérieusement. Lorsque je suis parti à l'armée, la question de savoir si je reviendrais travailler sur l'exploitation ne se posait même pas. J'étais bon au 4-H et au programme fédéral de Formation agricole. Tu te souviens du jeune bœuf que j'ai élevé ? Je lui ai fait faire les marchés de tout l'état. Bob. Bob le bœuf, je l'appelais. Je l'aimais, j'aimais m'occuper de lui, j'ai bien aimé aussi l'argent que j'ai touché quand il a été abattu. J'étais le parfait cultivateur en herbe, psychologiquement parlant. Mon attachement à Bob était authentique, mais il avait ses limites. Dès l'instant où Harold m'a dit qu'il était à moi, Bob était bon pour la boucherie.

– Que s'est-il passé ?

– J'ai changé d'avis sur la viande, sur la façon dont on produit la viande dans ce pays, sur les effets de la viande sur notre organisme. J'imagine que Bob a eu une vie heureuse. Je lui prodiguais toute mon attention. Mais il est une exception. Il avait un nom. Est-ce que tu sais que les nouvelles espèces hybrides de volaille grossissent tellement vite que les poulets ne se tiennent même plus sur leurs pattes ? Certes, puisqu'ils vivent en cage après tout, ce n'est pas vraiment nécessaire, et je suppose que s'ils ont des problèmes de pattes, ils n'ont pas trop envie de sortir. Mais ça me dégoûte. Je ne veux pas en manger. Je ne veux pas en produire. »

Je m'approchai de lui.

« Mais Jess, personne ne t'oblige à être agriculteur, et si tu décides d'être agriculteur, personne ne t'oblige à faire de l'élevage. Tout cela me semble à côté du sujet. Tu parlais de Harold, et voilà que tu m'expliques pourquoi tu es végétarien. »

Il me regarda avec perplexité et se frotta le menton comme s'il avait de la barbe.

« C'est bon, c'est bon. Le problème c'est que Harold m'aime. Il est amoureux de moi. Je suis resté si longtemps parti qu'il n'a plus l'habitude de moi, il veut me conquérir, il pense pouvoir me conquérir avec sa terre, bien qu'il sache, à plusieurs choses que j'ai dites, que je n'exploiterais pas la terre à sa façon, que j'aurais d'autres conceptions. Et je ne suis pas très sûr de vouloir me fixer, non plus. Harold veut me fixer là, dans le comté de Zebulon. »

Il y avait de l'horreur dans sa voix.

« A t'entendre, on pourrait croire qu'il veut te faire subir le même traitement qu'à Bob le bœuf.

– Oh, dit-il en riant, tu n'es peut-être pas loin du compte. Je ne sais pas. Mais quand j'essaye de me projeter dans dix ans, je me demande si je dois envisager le couple Loren et moi, les frères Clark, Frick et Frack, dans leur maison en ciment, pliés en deux sur leur assiette et enfournant leur pitance à la louche trois fois par jour.

– Nous sommes là.

– Oui, si on veut. Vous avez construit votre famille, votre vie, bien à vous. »

Il y avait dans sa voix une envie profonde et sans fausse honte que jamais encore je n'avais rencontrée, chez personne. Je fus impressionnée, déchirée. Il y eut un long silence apparemment détaché, que je finis par rompre.

« De toute façon, qu'est-ce qui te fait penser que Harold envisage de te laisser l'exploitation ? Il te fait miroiter cette idée ?

– Une impression. Des signes. Après le soir où Pete a raconté que Harold avait parlé de modifier son testament, à la coopérative, je me suis mis à faire plus attention. Et les signes sont nombreux.

– Attends qu'il fasse quelque chose de concret.

– C'est ce que vous avez tous fait, et regarde ce qui est arrivé.

– Nous avons été pris au dépourvu, c'est ce que tu veux dire ? »

Jess rit, moi aussi, et l'espace d'un instant, tout nous parut loin et peu important. Je me demandai si telle n'était pas la bonne façon de voir les choses, depuis la décharge, avec le parfum des églantines, et en prenant du recul.

« Je me sens mieux, dit Jess. Plus j'en parle, moins tout cela semble avoir d'importance. Advienne que pourra. Merci. »

Il eut un sourire chaleureux pour moi, puis sa main serra mon bras, m'attira contre lui, et il m'embrassa. Étrange sensation, chute maladroite, trébuchante, le vaste monde ensoleillé ramené à la perspective restreinte et sombre de ses lèvres charnues contre les miennes. J'étais morte de peur, mais je sus alors combien j'avais attendu ce moment.

Livre III

18

Dans l'Ouest, et déjà pas plus loin que dans le Nebraska ou le Dakota du Sud, il existait des exploitations aux côtés desquelles la propriété de mon père était minuscule – des milliers d'hectares de blé ou de prés se déroulant à perte de vue, qui étaient la propriété d'un seul et même homme. En Californie, les rangées de tomates, de carottes ou de brocolis couraient sur des kilomètres, sous le contrôle de sociétés. Mais dans le comté de Zebulon, les quatre cents hectares possédés par mon père faisaient de lui l'un des plus gros propriétaires terriens. Non que les agriculteurs alentour fussent dépourvus d'ambition. Peut-être étaient-ils de ceux qui rêvaient de posséder des communes entières, voire tout le comté, mais l'histoire du comté de Zebulon n'était pas une histoire d'investissement rentable, elle avait pour héros de pauvres gens qui eurent la chance d'acheter des biens à de vils spéculateurs pour découvrir ensuite qu'ils avaient reçu en cadeau des richesses dépassant les mensonges les plus éhontés desdits spéculateurs – une terre dont la fertilité allait au-delà de tout espoir.

Pendant des millénaires, l'eau avait recouvert la

terre. Des générations incalculables de plantes aquatiques, d'oiseaux, d'animaux, d'insectes, avaient vécu, s'étaient défaits progressivement, étaient morts. Longtemps je me suis plue à imaginer leur lente dérive paresseuse dans l'eau tiède et trouble – feuilles, graines, plumes, écailles, chair, os, pétales, pollen – puis le mélange avec le sol gorgé, en dessous, jusqu'à devenir ce sol. J'aimais imaginer les millions d'oiseaux obscurcissant le soleil couchant, préparant les marécages pour une nuit, ou une saison des nids, avec le tintamarre de leurs cris et pépiements, le *shleush* du froissement de deux fois plusieurs millions d'ailes, le bruissement de leurs fines pattes ou de leurs palmes dans l'eau. Et ces marécages grouillaient de poissons : gardons, rémoras, poissons-lunes, poissons globe, vairons, rien d'extraordinaire, mais des poissons par millions et millions de millions. J'aimais les imaginer parce qu'ils étaient le sol, et que le sol ici étaient un trésor, plus riche, plus dense, plus vivant, grâce à une abondance de vie passée et future que n'importe quel autre sol.

Une fois découvert par les précieux drains, le sol avait produit aussi un trésor de plans et manigances. Chaque morceau d'hectare devint un objet de convoitise, une chose difficile à acquérir dont on ne pouvait jamais avoir assez. Chaque champ, chaque ferme était l'emblème d'une passion qui avait son histoire. Sur la route qui menait à Cabot, ou à Pike ou à Henry Grove, mon père pouvait nous dire à qui appartenait le plus banal des carrés de terre noire, et comment il avait été acquis, et ce qui en avait été fait, ou aurait dû en être fait, à qui il avait échu ensuite, par quel subterfuge ou trahison. Chaque histoire, quand nous étions petites, avait une morale – « il faut travailler dur » (les pionniers n'avaient pas de machines pour creuser les sillons de drainage ou semer leurs champs) ou « on doit le respect à ses aînés » (un vieil homme n'avait pas d'héritier et légua sa terre au gamin du voisin qui avait gentiment et docilement travaillé pour lui), ou « il ne faut jamais mêler les voisins à ses affaires », ou « la chance est une chose qu'on doit aller chercher soi-même ». La façon dont mon père et son père étaient parvenus à posséder quatre cents hectares d'un seul tenant est une histoire qui contenait la totalité de ces morales, et sans l'avoir entendue très souvent, nous en gardions un souvenir parfaitement clair. Elle se raconte facilement : Sam et John, et mon père après eux, avaient économisé leur argent et gardé l'œil ouvert, de sorte que lorsque leurs voisins n'avaient plus d'argent, eux en avaient et achetaient ce que ces voisins ne pouvaient garder. Notre propriété s'était étalée lentement sur le paysage, lentement mais aussi inexorablement qu'une tache d'encre sur une nappe en fil. Inexorablement et, nous le saurions bientôt, irréversiblement. C'était une histoire gratifiante.

Certains détails méritaient évidemment d'être médités, mais point discutés. Ma grand-mère Edith, fille de Sam, qui à seize ans avait épousé John, lequel en avait trente-trois, était de ceux-ci. Par ce mariage, les vingt-cinq hectares de John vinrent consolider les soixante-cinq de Sam. Edith avait dix-huit ans à la naissance de mon père, et après lui naquirent deux filles, Martha et Louise, qui moururent pendant l'épidémie de grippe de 1917. Edith avait la réputation d'être silencieuse et mourut à son tour en 1938, à l'âge de quarante-trois ans. Mon grand-père, qui était alors un fringant jeune homme de cinquante-neuf ans, lui survécut huit ans. Je me suis souvent demandé ce qu'elle pensait de lui, si son fameux mutisme, loin d'être un trait de caractère, était dû à la peur. Elle avait eu pour seule compagnie des hommes qu'elle connaissait depuis toujours, et la vaste étendue de terre si chère à leur cœur. Elle ne conduisait pas. Elle n'avait peut-être pas d'argent à elle. De ce détail, l'histoire ne faisait pas état.

Il y eut achat de terres à l'époque de sa mort. En fait, l'achat se fit en deux fois – d'abord les soixante-dix hectares de l'angle sud-ouest, et quelques mois plus tard, mais toujours en 1938, les quatre-vingt-dix qui se trouvaient juste à l'est des précédents. Mon père avait l'habitude de dire que la frugalité était le secret de toutes les réussites – son père était parvenu à économiser sur les machines, et lorsque des terres furent mises en vente, ils purent offrir deux dollars de mieux à l'hectare. Je découvris un peu plus tard que cette version ne valait que pour la première parcelle. Pour la seconde, les choses étaient un peu plus compliquées et leur rapport avec les préceptes énoncés moins évident. Le cultivateur s'appelait Mel Scott, et c'était un cousin par alliance des Stanley. Il ne s'était pas distingué par ses talents agricoles, mais il avait de la bonne terre et une superficie respectable pour l'époque. Malheureusement pour lui, il refusa toujours de chercher aide et conseil auprès de ses cousins, car il ne voulait pas leur révéler l'étendue du désastre où il était. Il interdit à sa femme de divulguer leur situation à sa famille, ce qui finit par une interdiction de fait de voir les siens, vu que ses vêtements et ceux des enfants tombaient en haillons. Plus d'église le dimanche, plus d'invitations lancées ni acceptées. Scott, dans le même temps, sollicita les conseils de mon grand-père, et emprunta de l'argent à mon père, ses voisins, ce qui était déjà honteux, mais rien en comparaison de l'humiliation de devoir affronter Newt Stanley ou les autres parents de sa femme, riches et puissants, qui sans s'opposer au mariage, ne s'étaient pas privés de ricaner un peu. Il n'emprunta pas une grosse somme à mon père ; il n'y avait pas grand-chose à emprunter.

Puis vint le moment de payer les impôts, et Mel Scott arriva tard un soir de novembre, frappa au carreau biseauté de la porte d'entrée de la grande *Chelsea* de Sears. J'imagine un de ces soirs de novembre dans les plaines, clair et sombre, lorsque l'espace lui-même paraît toucher le sol avec un frisson glacé. Un cultivateur vient de parcourir presqu'un kilomètre à pied, à travers champs, désespéré mais inquiet aussi, et rongé par le doute. Il frappe doucement à la porte, comme s'il souhaitait d'abord ne pas être entendu, puis il recommence, dans un sursaut de fierté (ce n'est pas un péché de se battre – tout le monde est obligé de se battre). Personne ne répond, il n'y a pas de lumière, que le bruit des gamelles et des auges pour les cochons et le bétail dans la grange. Alors il longe le porche et envisage peut-être de rentrer chez lui. Il fait tellement froid, de plus en plus froid, et le petit kilomètre prend des proportions de bout du monde. Il sera sûrement mort avant d'arriver. Il frappe donc de nouveau, plus fort, et il crie, et mon père qui dort dans une des pièces de devant s'éveille de son assoupissement de forçat du travail et descend. Mon grand-père se lève. On allume une lumière, on conclut un accord. Mon grand-père réglera les impôts en échange du titre de propriété sur les terres de Mel Scott. Lequel pourra continuer de les cultiver en compte à demi, et les racheter lorsque les cours seront plus favorables. La dette d'impôt n'est pas très élevée. Vingt ans plus tôt, n'importe qui aurait remboursé la somme sans problème. Les choses finiront bien par redevenir comme avant.

Tout le monde se serre la main, et un peu réchauffé par les dernières braises de la cuisinière, Mel reprend le chemin de sa maison. Il est sauvé, il a retrouvé l'espoir – il a ce qu'il veut. Mais le fait d'avoir ce qu'il veut fait tomber le rideau de panique qui le poussait à ne courir qu'un lièvre à la fois depuis quelques années, et il se rend compte qu'il ne veut plus vraiment ce qu'il voulait jusque-là, ce qu'il croyait vouloir depuis toujours. Le moment est venu, se dit Mel, de tout liquider et de partir en ville, à Minneapolis ou à St. Paul, pour prendre un travail. Comment passeraient-ils l'hiver de toute façon ? Quand il arrive chez lui, il est dans un état second à cause du froid, de l'air cristallin, des hautes pressions qui s'affairent sur le pauvre sein du continent tout entier, dans un état second, aussi, parce qu'il caresse un espoir transformant l'échec en succès, avec projets de voyage, de vie nouvelle, à l'heure de la ville. Le lendemain, il signait les papiers faisant de mon père et de mon grand-père les propriétaires de son exploitation, et il empruntait une petite somme supplémentaire pour couvrir les frais du déménagement. Mon père et mon grand-père prirent possession des terres, avec les quelques récoltes encore sur pied. Ils rasèrent les bâtiments à l'époque où j'étais adolescente, et il ne resta bientôt plus que des traces – la légère dépression pleine d'ombre de l'ancien étang et le cercle correspondant au puits, comblé – pour indiquer que des vies avaient été vécues à cet endroit.

Les frères Stanley furent fous de rage. Ils racontèrent que mon père avait tout manigancé, afin de mettre la main sur une propriété entière contre le prix des impôts, plus des poussières, l'indemnité, pourrait-on dire, correspondant à l'expropriation de la famille qui occupait les lieux. Il s'agit d'une transaction dont mon père ne parlait jamais, et dont je finis par avoir connaissance trente ans plus tard par la rumeur. Lorsque je repensais à toute l'affaire, je ne voyais pas en quoi elle devait être portée au discrédit de mon père ou de mon grand-père. Un marché est un marché, et les terres mitoyennes n'étaient pas nombreuses. Toutefois, je me demande aujourd'hui si le refus de papa de seulement parler de cette histoire ne participait pas d'un sentiment de honte. Je me demande si l'affaire lui était tombée toute cuite dans le bec, ou si toute la transaction est entachée de préméditation, manipulation, et utilisation de l'incompétence et de la pauvreté d'un homme. Au demeurant, l'une des devises favorites de mon père concernant les choses en général était la suivante : « Moins on en dit, mieux ça vaut ».

La mort de ma mère coïncida avec le départ de la famille Ericson, et l'achat, par nous, de leur propriété. En fait, je me souviens qu'après l'enterrement de ma mère – office religieux et mise en terre – puis la collation servie dans notre maison par Mary Livingstone et Elizabeth Ericson à ceux qui étaient venus, j'avais suivi Mrs. Ericson chez elle, de l'autre côté de la rue, pour l'aider à remporter des plats vides, et qu'après avoir mis ces derniers dans l'évier, j'étais entrée dans le salon. La cage du perroquet était couverte et les chiens dehors. Le reste de la famille se trouvait encore chez moi, et la maison des Ericson, que je devais appeler mienne plus tard, était celle où régnait un silence de mort. Poussant quelques livres et journaux, je m'assis sur le canapé. Le perroquet n'était pas parfaitement silencieux sous son torchon. Je l'entendais griffer le perchoir de ses serres et marmonner tout seul. Un chat traversa la pièce et distingua deux chaises pour se gratter l'échine en faisant le gros dos sous les barreaux. J'aimais bien le silence et la compagnie des animaux, et je fis ma première expérience consciente de la dignité tranquille des premiers temps d'un chagrin, lorsque le fait d'être encore en vie et capable de fonctionner ressemble de si étrange façon à la vie d'avant que l'on croie que tout va bien. C'est l'état des gens juste après un enterrement, lorsqu'on leur demande comment ils vont. « Je vais bien, disent-ils. Vraiment, ça va. » Ils expriment en fait qu'ils ne sont pas devenus autres au point de ne plus pouvoir se reconnaître. Bref. Au beau milieu de ce silence et de ce bien-être familiers, Mrs. Ericson entra dans la pièce, m'observa depuis la porte et vint s'asseoir à côté de moi. Elle portait un tablier avec un torchon à carreaux rouge et blanc cousus après, sur lequel elle s'essuya les mains tout en s'asseyant. Elle n'avait pas l'habitude de mâcher ses mots.

« Ginny chérie, dit-elle, j'ai encore une mauvaise nouvelle pour toi. Cal et moi avons vendu la maison et les terres à ton père, et nous repartons pour Chicago. On ne s'en sort pas ici. On n'est pas assez du métier. »

Je la regardai me regarder, et rétrospectivement, je crois que tout ce qu'il y avait de drôle, d'agréable et d'heureux s'effaça autour de moi. Il me semble que malgré mes quatorze ans et le fait que je n'avais pas l'habitude de porter des jugements sur ma vie ou mon père, ni d'exiger de notre monde plus qu'il n'offrait spontanément, je sus exactement ce qui m'attendait – l'implacable monotonie du passage des saisons, de l'isolement, de l'éducation de Caroline qui n'avait que six ans. Je ne pleurai pas alors. J'avais pleuré toute la matinée et j'étais arrivée au bout de mes larmes.

« Je voudrais bien partir avec vous, dis-je.

– Et moi je voudrais bien pouvoir t'emmener », dit Mrs. Ericson avant de se mettre à pleurer.

Puis des gens arrivèrent à la porte de la cuisine avec de la vaisselle et elle se leva.

« Tu veux bien enlever la housse sur la cage du perroquet ? »

Elle obtempéra. Quand elle fut sortie, je restai à contempler le dos vert du perroquet et son cou à la souplesse surnaturelle. Sa tête se levait, se baissait et pivotait comme un mécanisme bien huilé, et lorsque, enfin, très soigneusement, en s'aidant de son bec, il se retourna sur son perchoir et inclina la tête de côté pour me fixer, je dis : « Salut, Magellan ! » Et il répondit : « Assis ! Attrape ! » Et j'éclatai de rire.

Trois semaines plus tard, les Ericson étaient partis, et mon père mura soigneusement la maison pour la protéger du vent et de la poussière. Cinq ans plus tard, lorsqu'il ôta les planches parce que j'emménageais avec Ty, j'avais cessé de penser au passé – ma mère, les Ericson, mon enfance. J'aimai cette maison comme on aime n'importe quelle nouvelle maison, parce qu'elle contient le futur, un futur peuplé d'enfants qui l'empliraient de bruit, de désordre et de mille plaisirs affairés.

Rien dans la mort de ma mère n'arrêta le temps pour mon père, ni ne l'empêcha de faire le compte de l'actif et du passif de sa situation pour se déployer de plus belle dans le paysage. Aucun aspect de ses projets ne fut annulé, retardé, remis en cause. Combien de milliers de fois l'ai-je vu dans les champs, aux commandes de son tracteur ou de sa moissonneuse-batteuse, parcourant tranquillement, avec confiance, un champ sur toute sa longueur? Combien de milliers de fois ce spectacle a-t-il éveillé en moi un sentiment d'affection distante et amusée pour mon père, plus une propension au pardon alors que je ne nourrissais aucune rancune consciente? On se dit volontiers, en de tels moments, que ce qui est, est, et que ce qui est, est bien. En de tels moments aussi, on a l'esprit en paix, et cette paix-là paraît accessible par la volonté.

Mais si je regarde au-delà de la machine vrombissante qui fend le sol durci avec une inlassable monotonie, et si je vois le champ lui-même et les autres champs qui l'entourent, je me souviens que ces champs apparemment immuables sont dans un mouvement perpétuel qui les fait passer d'un cultivateur à un autre. Ce qui prouve, dirait peut-être mon père, qu'un homme obtient ce qu'il mérite en forgeant lui-même sa chance.

19

Les parties de Monopoly prirent fin lorsque tomba la nouvelle que Caroline et Frank s'étaient mariés civilement à Des Moines. Le paragraphe, publié dans l'hebdomadaire local *Pike Journal Weekly* en date du 22 juin disait : « Miss Caroline Cook, fille de Laurence Cook, demeurant route 2 à Cabot, et de feu Ann Rose Amundson Cook, a épousé Francis Rasmussen, de Des Moines, le jeudi 14 juin. La cérémonie s'est déroulée au Renwick Hotel, à New York City, New York. Les parents de Mr. Rasmussen sont Roger et Jane Rasmussen, de St. Cloud, Minnesota. Félicitations aux jeunes mariés ! La mariée, avocate à Des Moines, continuera de porter son nom de jeune fille – ce qui est de plus en plus courant, de nos jours ! »

Nous aurions aussi bien pu ne rien savoir si Rose n'avait pas emmené les filles à Pike pour leur acheter des tennis au bazar, et si elle n'avait pas pris le numéro fraîchement imprimé sur la pile de *Journal Weekly*, près de la caisse. Dorothy, tout en vérifiant ses achats, lui dit :

« Je vois que ta sœur s'est mariée. »

Et Rose, qui tombait littéralement des nues, de répondre :

« Oui, c'était une cérémonie très intime.

– Ça a son charme », commenta Dorothy.

Rose suivit les filles jusqu'à la voiture, cramponnant le journal pour lire et relire l'entrefilet. Une fois à l'intérieur de la voiture, Linda interrogea :

« Pourquoi n'avons-nous pas été invités au mariage de tante Caroline ?

– Je ne sais pas, dit Rose. Elle est probablement fâchée avec nous. »

Rose était plus que fâchée et carrément hors d'elle quand elle fit irruption dans ma cuisine et plaqua le journal, ouvert à la bonne page, sur le plan de travail et sous mon nez. J'étais en train de peler des pommes de terre pour les faire en salade. Je lus l'article.

« Elle n'a pas fait la moindre allusion à ça quand tu as parlé avec elle vendredi, si ? demanda Rose.

– Non.

– Ou mardi ?

– Eh bien, non. Elle avait d'autres choses à ...

– Ne dis pas ça ! Ne lui trouve pas encore une excuse ! Regarde les choses en face, et tire les conséquences !

– Je ne comprends pas très bien. Ce mariage, il a déjà eu lieu ? » Je vérifiai la date de parution, aujourd'hui, puis le libellé de l'entrefilet. « Tu ne crois pas qu'il y a une erreur ?

– Si tu veux appeler Mary Lou Humbolt pour lui poser la question... Comme ça, la semaine prochaine elle pourra passer un article sur le thème des sœurs Cook qui ne sont apparemment pas au courant des événements concernant Caroline.

– Peut-être qu'on devrait appeler Caroline.

– Pour quoi faire ? Cet article nous est destiné ! C'est sa façon de nous faire passer le message. » Elle me raconta ensuite ce qu'elle avait dit à Dorothy au bazar. « Il suffit de faire comme si nous étions au courant, ne pas laisser transparaître la moindre surprise. Et je vais lui envoyer un cadeau ! Un cadeau coûteux, avec une petite carte disant seulement : " De la part de Rose, Pete et leurs filles, qui pensent bien à vous deux ". »

Je ris, mais après le départ de Rose, je ressentis l'impact physique de l'insulte, comme une blessure interne. Et je me dis alors qu'il n'était pas dans les habitudes de Caroline d'envoyer des cartes d'anniversaire, ni de téléphoner pour faire un brin de causette, et que lorsqu'elle venait s'occuper de papa, elle ne prenait pas la peine de faire le chemin jusqu'à la maison pour dire bonjour, sauf si elle avait besoin de quelque chose. Je me dis encore qu'elle était comme ça, ce qui chagrinait beaucoup Rose, mais que je m'efforçais en général d'accepter. Je me dis enfin que nous aurions pu lui apprendre quelques rudiments de savoir-vivre, si seulement nous avions su que le savoir-vivre ne se limitait pas à dire oui monsieur, non monsieur, s'il vous plaît, merci et je vous en prie.

Les hommes ne virent rien de particulièrement insultant dans la conduite de Caroline. Le mariage, la noce, c'étaient ses affaires et celles de Frank, et ils ne souhaitaient probablement pas donner trop d'importance à l'événement. Ty, particulièrement, faisait preuve d'une indulgence agaçante. Pete répétait constamment : « Allez, on joue. Rose, c'est ton tour. J'en ai assez entendu sur ce foutu mariage pour la soirée. »

Il gagnait. Il avait toutes les rues vertes, les planches, et tous les chemins de fer. Les dés jouaient en sa faveur, et nous passions constamment sur ses propriétés. Chaque fois qu'il exultait d'une joie cupide, mon irritation montait d'un degré. Ty aussi me rendait dingue. Il n'arrêtait pas de grogner : « Ginny, du calme ». Je lui décochai deux ou trois regards assassins, mais il n'y prêta même pas attention. Mon regard croisa celui de Rose au moment précis où Pete et Ty parlèrent en même temps.

« A mon tour, je passe par la case départ, et j'empoche deux cents dollars ! Ouais ! dit le premier.

– Je pense que si chacun se concentre un peu sur le jeu, ce sera beaucoup plus amusant, commenta le second.

– Pourquoi ? Tu ne t'amuses pas, Ty ? » demanda Rose d'une voix mielleuse et pleine de fiel. Et Ty qui l'avait prise au sérieux de répondre :

« Eh bien, pas vraiment ... »

Le seul fait qu'il n'ait même pas su déchiffrer le ton de cette voix fut pour moi la goutte d'eau qui fit déborder le vase.

« C'est pas vrai ! » dis-je avec une exaspération évidente.

Je regardais Jess. J'avais regardé Jess toute la soirée. Tout en regardant ailleurs, j'avais un troisième œil rien que pour Jess, une sorte de téléobjectif capable de détecter la moindre expression sur son visage agacé. Au son de ma voix, stridente et acariâtre – oui, je reconnais qu'elle était les deux –, il eut une expression irritée, si immédiate mais fugitive que lui-même aurait sans doute oublié la spontanéité éphémère de cette réaction. Moi, pas. Lire cette expression sur son visage fut comme un coup de massue, la sensation de foncer la tête la première contre un mur de briques.

« Du calme, Ginny, dit Ty.

– A toi de jouer, Jess, dit Pete. Tu vas tout droit sur les planches, mon pote.

– J'en ai marre de ce jeu », dit Rose. Et attrapant la table par les pieds, elle renversa tout, pions, cartes et dés compris, sur les genoux de Pete.

Il y eut un grand silence. Pete devint écarlate et se mordit les lèvres. Les filles, sur le canapé, levèrent les yeux et restèrent bouche bée. Ty me regarda comme si tout cela était la conséquence de mon incapacité à me calmer, et Jess se baissa pour ramasser ses titres de propriété.

« Le capitalisme sauvage se solde toujours par une guerre, dit-il. Je crois que c'est une citation de Rosa Luxembourg. On fait le total des points ? »

Je regardai Pete. Il était furieux. Ma propre mauvaise humeur disparut et je sentis une angoisse poignante qui me tordait les tripes et commençait à me nouer la gorge. De fait, Rose ne s'était pas plainte qu'il eût levé la main sur elle depuis près de quatre ans – il s'était effectivement amendé après lui avoir cassé un bras et il n'y avait pas lieu de penser qu'il risquait plus de la frapper ce soir qu'aucun des autres soirs où Rose avait joué les provocations, au cours des quatre dernières années. Et pourtant, je m'affolai immédiatement, d'autant plus que Rose semblait transportée de bonheur par son geste théâtral. A propos de Rose, je dois bien dire qu'elle donnait souvent le sentiment d'ignorer la peur, voire la plus élémentaire prudence. Pendant les années noires de Pete, il ne lui était apparemment jamais venu à l'esprit de mettre une sourdine à sa vindicte, de ne pas toujours chercher l'affrontement, de se faire plus conciliante. La plupart du temps, elle ne voulait même pas se plier à l'obligation de réserve des bonnes épouses : « Ce qu'il ne sait pas ne risque pas de le blesser ». Non, il était censé savoir, approuver, ou au moins accepter. « C'est comme ça que je suis, moi, debout. Il faut qu'il s'y fasse. Si je le laisse me soumettre par les coups, à quoi ressemblera ma vie ?

– A quoi ressemble ta vie maintenant ? demandais-je.

– A une vie qui me permet au moins de me regarder en face », dit-elle.

Lorsqu'il lui cassa le bras, en la frappant ou en la poussant brutalement dans la salle de bains (je n'ai jamais été capable de me représenter la scène quand elle me la raconta) au point de la faire tomber sur le carrelage où elle se reçut sur le poignet, elle se montra intraitable. Elle passa huit semaines dans le plâtre et cousut une manche spéciale avec les mots CECI EST L'ŒUVRE DE PETE, inscrits en lettres de feutre rouge. Chaque fois qu'il levait la main, ou simplement la voix, elle menaçait de porter cette manche. Elle le fit une fois, pour montrer qu'elle n'avait pas honte et ne parlait pas en l'air. Pete, très intimidé, j'imagine, à l'idée des plaisanteries qu'il aurait à subir un peu partout en ville, changea radicalement. Il devint un peu plus susceptible avec tout le monde, ses affrontements avec papa se firent plus rudes, mais ce n'était pas un prix bien élevé à payer pour pareil revirement. Lorsque les médecins découvrirent son cancer, l'une des premières réactions de Rose fut de dire : « Je ne vais tout de même pas me mettre à mourir juste au moment où Pete et moi commençons à nous entendre ».

Sa théorie était que, provocation ou pas, quoi qu'elle fît ou dît, Pete n'avait pas à la frapper, et que s'il le faisait, il avait tort à cent pour cent, en conséquence de quoi elle était parfaitement libre d'agir à sa guise. Le résultat était que je vivais dans un état de peur constante pour elle. Un jour, elle me dit : « Si c'était toi qui étais battue, tu n'aurais pas peur non plus. Je te jure que tu serais furieuse. »

« Pete, si tu sortais fumer une cigarette ? Je vais faire un peu de déca. »

Les filles retournèrent à leurs occupations et je leur dis : « Si vous êtes fatiguées, les filles, vous pouvez monter vous reposer. » Elles déclinèrent en secouant la tête sans me regarder.

Jess avait remis la table sur ses pieds et récupéré tous les pions du jeu. Il en était à les ranger dans leur boîte. Ty faisait le total des points.

« Que sont devenus nos cent dollars ? demanda-t-il.

– Nous ne les avons jamais collectés. Et nous n'avons pas non plus décidé de ce que serait le prix, dit Jess.

– Il serait astucieux de le faire avant de savoir qui est le gagnant. »

Je jetai un coup d'œil à la feuille. Deux colonnes étaient nettement plus longues que les autres, mais je ne pus déchiffrer les initiales qui correspondaient à chacune.

« Nous avons joué, dis-je. C'était le... » et Rose arriva de la cuisine avec la cafetière, et Pete ouvrit la porte de devant pour rentrer après être sorti jeter son mégot, et le téléphone sonna, et Rose dit – je n'oublierai jamais – : « Qu'est-ce que c'est ? », comme si de sa vie elle n'avait entendu une sonnerie de téléphone.

Ty décrocha, écouta, et dit : « Oui. Oui. Entendu. Merci. Merci. Nous arrivons tout de suite. » La panique qui m'avait saisie un instant plus tôt, et qui s'était un peu apaisée, me submergea de nouveau. Ty reposa le combiné.

« Votre père a eu un accident avec son camion. Il est au service des urgences, à Mason City, mais apparemment, ils n'auront pas besoin de le garder, alors ils demandent qu'on vienne le chercher. Le camion se trouve dans un fossé, près du parc. Ils vont le récupérer demain matin avec une des dépanneuses du parc, et il sera sans doute confisqué en attendant les résultats de l'analyse de sang.

– Est-ce qu'il était ivre ? demanda Rose.

– Ils ne le sauront avec certitude que dans une dizaine de jours.

– Est-ce qu'ils l'ont mis en état d'arrestation ?

– Pas encore.

– Il serait temps, dit Rose.

– Est-il blessé ? demandai-je.

– Contusionné. Il a cogné le volant avec sa joue, et il s'est coupé. A leur avis, c'est tout.

– On ferait bien d'y aller, non ? »

Ty acquiesça et prit ses clés de voiture au crochet qui se trouvait au pied de l'escalier. Tandis que nous faisions le tour de la maison pour aller chercher la voiture, je vis Jess par les différentes fenêtres, en train de mettre de l'ordre. Il avait l'air chez lui.

Ma voiture était une vieille Chevrolet de huit ans ; habituellement, quand j'emmenais Rose à Mason City, nous prenions sa voiture, une Dodge, presque neuve en comparaison. Curieusement je crois, Ty et moi ne prenions jamais la Chevrolet quand nous étions ensemble. Pour aller au cinéma, ou dîner quelque part, nous préférions le pick-up, mais en l'occurrence, il se dirigea directement vers la voiture, et s'installa au volant. La ceinture côté passager était tout entortillée et raide à force de n'être pas utilisée. Je capitulai devant l'obstacle et, pendant tout le chemin, je ne pus m'habituer à cette sensation de danger, de désastre imminent, que j'éprouvais. Ty conduisait en douceur et sans rien dire. La voiture dévorait les routes non goudronnées et, comme un soc de charrue, semblait fendre et rejeter en les retournant champs et fossés de chaque côté de nous. Je bougeai la tête pour chasser l'illusion, mais en vain. C'était le fait de rouler si près du sol. Ty baissa sa vitre de quelques centimètres et l'air qui me fouetta le visage était chargé de peur. Je me sentais prisonnière de ces sensations – la voiture qui déchire la terre, le vent porteur de terreur – lorsque Ty prit la parole.

« Ginny, dit-il, Rose et toi ne réagissez pas bien à toute cette histoire.

– Comment cela ?

– Vous pourriez prendre les choses comme elles viennent. L'une après l'autre.

– Comme si la situation n'empirait pas de jour en jour.

– Je ne suis pas sûr qu'elle empire.

– Tu dois être aveugle.

– Et même si elle empire. Ce n'est pas cette attitude qui va arranger les choses.

– Quelle attitude ?

– Celle de Rose, par exemple. Grossir l'importance de tout ce qu'il fait.

– Il me semble qu'aller dans le fossé et se faire prendre pour conduite en état d'ivresse n'est pas un détail sans importance.

– C'est vrai. Je te l'accorde. Mais le reste... »

Ty me regarda du coin de l'œil, passa le pouce et l'index sur les deux coins de sa bouche, puis ralentit et se rangea sur le côté de la route. « Ginny, dit-il, je ne sais pas exactement ce qu'il faut faire, mais j'ai toujours pensé qu'avec ton père, la meilleure attitude consistait à rentrer la tête dans les épaules et laisser passer l'orage. Ça entre par une oreille et ça sort par l'autre. Bien faire et laisser dire. Ce genre-là. »

Je le regardai à mon tour. De très loin, avec ses joues plates et son visage carré, les pattes-d'oie au coin de l'œil, la visière de sa casquette. L'espoir sur le visage ordinaire d'un homme ordinaire. L'autre visage, celui de Jess, était toujours présent, plus mince, plus aigu, plus méfiant, moins affable. Le premier, on le voyait, on était regardé par lui, il était le visage impénétrable et presque simple de l'innocence. L'autre, plus on le regardait, plus il se dérobait. Jusqu'à ses traits qui semblaient insaisissables, prêts à dire quelque chose, une vérité peut-être, plus complexe et plus intéressante que tout ce que l'on avait pu imaginer auparavant. Je regardais toujours Ty. Dieu sait ce qu'il pensait. Mais moi, je me demandais quel visage était le plus vrai. Il sourit. Sa lèvre supérieure s'étira comme un arc bandé, le fameux sourire de Ty qui le faisait paraître beau et malicieux. Je lui rendis son sourire.

« Tu as raison », dis-je.

Il enclencha de nouveau la vitesse et reprit la chaussée.

La chose avait été assez facile à dire. Et il était vrai que je n'avais pas envie de faire des colères à la façon de Rose. Ty n'aimait pas, et Jess, lui aussi, pendant cet unique éclat autour de la table de jeu, avait laissé transparaître une sorte de dégoût viscéral qui me faisait peur. Il faut dire que les colères de Rose ! Je me revois la contemplant, sans pouvoir détourner mon regard, dans un de ses accès d'incandescente colère, et de tels instants comptent parmi mes plus vifs souvenirs. Même en connaissant parfaitement les règles pour éviter ses explosions, on ne pouvait les désamorcer à chaque fois.

Mason City était à un peu plus de soixante kilomètres de chez nous. Nous les parcourûmes dans une sorte de silence salutaire, portant avec nous toutes nos années de mariage, tout l'espoir et toute la tendresse contenus dans notre longue union. Avec, pour moi, l'impression d'être au catéchisme et de chanter *Je suis chrétien, voilà ma foi, mon espérance et mon soutien*, assise sur un petit banc, baignée par la lumière du soleil et entourée de beaux dessins, et de vivre les tout premiers accès de doute, sauf que le doute se présente seulement comme un surcroît de connaissance, une chose nouvelle, momentanément, à ajouter à ce qui est déjà connu. Comme s'il n'y avait pas de contradiction et qu'on pouvait croire à tout simultanément. Mon amour pour Ty, que je n'avais jamais mis en question, avait cette simplicité, la simplicité de la foi. Mais je croyais, avec la même limpide certitude, que j'allais faire l'amour avec Jess Clark.

20

Mon père était assis à l'extrémité d'un banc, et il était adossé contre le mur, les yeux grands ouverts. Un carré de gaze blanche était fixé sur sa joue par un morceau de sparadrap qui lui remontait dans les cheveux. Instinctivement, je suivis son regard, histoire de vérifier vers quoi le portaient ses pensées avant de le déranger. Ty, en revanche, se dirigea vers lui sans détour.

« Papa ? dit-il. Larry ? Ça va bien ? »

Ce dernier se leva et se dirigea vers la sortie de la salle des urgences, sans une parole, ni pour nous ni pour l'infirmière de service qui l'interpella.

« Mr. Cook ? Mr. Cook ? »

Elle me regarda. Je fis un pas en direction de son bureau et annonçai que j'étais sa fille.

« Oh ! fit-elle, encore déconcertée. Oh. Enfin, il a du Percodan en cas de douleur. Deux comprimés seulement. S'il a besoin de davantage, il devra s'adresser à son médecin traitant pour avoir une ordonnance. » Puis, sur le mode de l'excuse et pour une raison obscure elle ajouta : « Il n'y a pas eu de perte de connaissance. Il est resté parfaitement conscient, euh, tout le temps qu'il a été là. Nous l'avons gardé en observation pendant deux heures. » Elle me toucha le bras. « Il va bien.

– Comment s'est-il comporté ? »

Elle eut un sourire, et me regarda vraiment pour la première fois.

« Il n'est pas très bavard, hein ? Au tout début, quand il était aux mains des docteurs ? Bref, un médecin a dit qu'à son avis il était capable de parler, mais qu'il s'y refusait. Ce qui n'est pas très courant. »

Elle parlait avec vivacité.

« Dans son cas, si, depuis quelque temps, rétorquai-je. C'est tout ? Nous pouvons partir ? »

Elle baissa la voix.

« Allez-y, dit-elle. Mais je pense que vous allez avoir des nouvelles de la police. Cela dit, il faut compter une dizaine de jours avant qu'ils aient les résultats de l'analyse de sang.

– Vous faites allusion au taux d'alcoolémie ?

– En tout cas, estimez-vous déjà heureuse qu'il n'ait pas été blessé. Il s'en tire très bien. »

Elle retourna à ses dossiers.

Il était assis sur la banquette arrière, côté passager. Lorsque je fus montée devant et bien installée, Ty se retourna pour demander : « On y va, papa ? » mais il n'eut pas de réponse. Nous quittâmes le parking de l'hôpital pour nous retrouver sur l'avenue déserte, entre lumière et ténèbres, que nous avions quittée, l'instant d'avant. Chaque maison, imposante et proche de ses voisines, semblait éclore comme une fleur massive et discrète au milieu de sa pelouse impeccable, entre les arbustes compacts lui servant d'écrin. Il était près de minuit. Toutes les fenêtres de la longue et sage enfilade étaient éteintes.

Mon père était tellement tranquille qu'il eût été facile de penser que la leçon avait porté et qu'il ne serait même pas nécessaire de parler de clés ni de problèmes de boisson, pas utile d'avoir une discussion sur ce qui s'était passé. La situation. Il était aisé de croire qu'il se taisait parce qu'il était calmé, voire gêné. Ty aussi se taisait. Peut-être avaient-ils déjà parlé, conclu un accord, dont Ty me ferait part quand nous serions chez nous.

« Papa, tu as bien les médicaments que t'a donnés l'infirmière ? »

Ma question resta sans réponse, au point qu'elle avait des allures de question parfaitement inattendue et incongrue. Qu'il eût ou pas ces médicaments ne me regardait pas. C'était cela la réponse.

Compte tenu du silence ambiant, mes pensées purent facilement dériver, et la dérive les ramena sur Ty et Jess et mon avenir, sujets qui m'occupaient peu de temps – une demi-heure – auparavant. Avec mon père dans la voiture, ces conjonctures prirent une coloration nouvelle. Ce qui m'avait paru inquiétant, mais plaisant, et même innocent (après tout, il ne s'agissait que de pensées) prenait à présent une réalité, et choquait. Jusqu'au sentiment de sécurité que m'avaient donné Ty et ma solitude, tandis que nous roulions dans le noir, qui me sembla éphémère – un luxe. Je regardai de nouveau les maisons devant lesquelles nous passions, un peu moins cossues à présent que dans le quartier de l'hôpital, et j'y lus d'autres messages, à cause de leurs différences évidentes – quelques objets à trois sous sur telle terrasse, deux jolies voitures dans tel garage ouvert, une balançoire peinte de couleur ici, un bac à sable improvisé dans le jardin d'en face. Les familles qui vivaient dans ce quartier n'avaient de liens que très ténus. Chacune avait son style de vie, ses aspirations. Voilà ce qui faisait leur séduction, non pas, comme je l'avais cru lorsque j'étais petite, la proximité ou la convivialité, mais le caractère unique de chaque destin, la liberté pour chaque famille, chaque couple, de faire ou de trouver une chose les mettant à part les autres.

Mon père grogna. Je me figeai, en regardant droit devant moi.

« Vous avez mal quelque part, Larry ? Vous êtes sûr de vouloir quitter l'hôpital ? Je peux faire demi-tour, si vous le voulez. »

Ty non plus n'obtint pas de réponse. Nous pûmes continuer de penser que notre décision – celle de le ramener chez lui – correspondait à ce qu'il désirait. Nous roulions. Le capot de la voiture semblait plus élevé. Je me surpris à écouter le moteur, comme si nous traînions une remorque, comme si le fait de ramener mon père chez lui n'atteignait pas seulement ma sérénité.

Ty et moi échangeâmes un ou deux regards secrets, en coulisse, et il me fit un sourire. Un sourire qui me dictait ma conduite – de la patience, supporter, garder espoir – et je me demandai d'où il lui venait, cet inaltérable stoïcisme. Tellement lourd, et muet, et bon ! Et stupidement réceptif ! Quand deviendrait-il nécessité à force d'être accepté ? Peut-être était-ce déjà fait. Peut-être aussi que si nous avions mené nos vies différemment par le passé, si nous n'avions pas été aussi accommodants, aussi malléables – pourquoi donc tout le monde avait quitté la terre sauf nous qui étions restés sur place ? Pourquoi donc n'avais-je jamais seulement envisagé de faire des études, de tenter ma chance ailleurs, de partir à Des Moines, ou plus simplement à Mason City ? Alors venait l'image qui finissait toujours par resurgir, celle de mes cinq fausses couches. J'avais pris l'habitude de penser que si je réussissais à adopter une certaine attitude, il me viendrait un enfant, et cet enfant resterait avec moi. Les personnages que j'avais essayé d'incarner étaient évidents – je m'étais voulue réceptive à la conception, puis protectrice. Je voyais à présent mon erreur. Qui voudrait rester avec une mère qui se contentait d'attendre, qui acceptait si mollement les choses, qui disait si facilement : il va se passer quelque chose, nous aurons une autre chance ? Non ! L'heure était venue de se réveiller, de se bouger, de choisir ceci et pas cela ! La constance de Ty ne nous menait, ne me menait nulle part. Je remuai sur ma banquette et remarquai que nous empruntions la Cabot Street Road. Presque arrivés. Je me tournai et dis : « Papa ! »

Ses yeux qui étaient restés fermés s'ouvrirent d'un coup. Il se redressa sur son siège en grognant. La tête de Ty se tourna dans ma direction.

« Je sais que tu as mal et je suis désolée que tu aies eu un accident, mais il est temps maintenant d'en parler un peu. Tu ne vas pas tarder à avoir de très sérieux ennuis, lorsque la police va débarquer ici. Il faut que tu prennes cet incident au sérieux. Tu ne peux pas parcourir la planète tout entière au volant, surtout pas quand tu as bu. Ce n'est pas bien. Tu pourrais tuer quelqu'un. Ou te tuer toi-même, d'ailleurs. »

Il me regarda.

« Ils vont sans doute te retirer ton permis, mais

même s'ils ne le font pas, je le ferai, moi, si tu recommences. Je prendrai les clés de ton camion, et si tu recommences encore, je le vendrai. Lorsque j'étais petite, tu disais toujours qu'un avertissement suffit. Eh bien, tu as eu ton avertissement, et j'espère que tu en tiendras compte. Autre chose, tu es tout à fait capable de donner un coup de main pour le travail, et je vois bien que tu t'ennuies de n'avoir rien à faire. A partir de maintenant, tu auras ton petit déjeuner à l'heure normale, Rose ou moi nous en occuperons, et ensuite tu n'auras plus qu'à partir aux champs. Nous n'allons pas supporter que tu restes à traîner. Tu as l'habitude de travailler, et il n'y a aucune raison que tu ne travailles plus. Pete et Ty ne peuvent pas se mettre subitement à tout faire. »

Il fut tonifiant de parler à mon père comme s'il était mon enfant, plus tonifiant encore de le voir comme tel. Cette façon d'édicter des lois était une merveille. Elle créa en moi tout un avenir bien organisé, une perspective de jours tranquilles se succédant au pas cadencé, avec moi-même plantée au premier plan, massive et résolue. Je n'étais pas familière de cette manière de parler – je n'avais peut-être jamais parlé ainsi auparavant – mais je sus que je pourrais m'y faire en un quart de temps, que je venais de mettre le doigt sur une prérogative parentale à laquelle je n'avais encore pas songé – je n'avais jusque-là envisagé que mon exceptionnelle tendresse, mon affection, ma patience, mes talents pédagogiques. Je regardai le vieil homme.

« Je parle très sérieusement, pour le camion. Et Rose sera de mon avis. »

Il soutint mon regard et parla à voix basse, comme pour lui seul.

« Je n'ai rien à moi. »

Je pensai qu'il cherchait à m'attendrir.

« Il y en a assez pour tout le monde », dis-je. Et ensuite, me dis-je intérieurement, c'est toi qui t'es dépouillé. Mais je n'osai pas le dire tout haut. J'étais trop furieuse.

Ty monta le faire coucher, mais non sans me laisser le temps de préciser :

« Petit déjeuner à sept heures, papa. Ty t'attendra à la maison, et vous pourrez organiser quelque chose à propos de ce que tu as envie de faire demain. »

De retour chez nous, Ty dit :

« Peut-être serait-il prudent qu'il ne travaille pas demain. Nous ne savons pas quel genre de traumatisme il a subi.

– Donne-lui une tâche facile, qui l'occupe une heure ou deux. Sa vie n'a plus d'ossature. C'est bien là qu'est le problème. Le moment est venu d'y remédier, maintenant, alors qu'il a honte de sa conduite. »

Ty sortit de son pantalon qu'il avait laissé glisser le long de ses jambes, puis il s'assit pour ôter ses chaussettes. Je tournai en rond dans la pièce, prenant et reposant des objets. J'étais pleine d'énergie. Je fis une incursion dans la salle de bains et les deux autres chambres, l'une réservée aux invités qui ne venaient jamais, l'autre où l'on entassait les vieux meubles. Je regardai par les fenêtres, dans toutes les directions. C'était une plaisante nuit d'été, noire et fraîche. Quand je revins dans notre chambre, Ty était allongé sur le dos, les mains sous la tête.

« J'ai appris une chose, aujourd'hui, dis-je.

– Tu as appris à prendre les choses en main ?

– Oui, mais cela va plus loin. Il s'agit d'une chose physique, et pas seulement mentale. Une chose qui dépasse la simple leçon.

– Hum.

– Est-ce que tu me crois ?

– Oui, je te crois.

– C'est-à-dire ?

– Écoute Ginny, il est minuit passé. Tu as dit que le petit déjeuner de ton père serait servi à sept heures. Alors, si l'on commençait par vérifier que la chose que tu as apprise aujourd'hui vaut encore demain, hein ?

– Parfait. »

Il ferma les yeux. Je traversai le vestibule pour aller dans la chambre orientée à l'ouest, et je regardai par la fenêtre du côté de la maison des Clark, encore et encore, jusqu'à entendre la respiration de mon mari devenir plus profonde et plus lente.

Le matin, il y eut force grognements et jérémiades. J'étais immunisée. Je disposai le petit déjeuner de mon père – pain grillé, bacon, banane en rondelles et fraises, cafetière pleine – devant lui, et je lui tendis le sirop d'érable et le beurre, ainsi que le sucre pour son café ; puis je mis de l'ordre dans la cuisine. Je m'occupai bien de lui mais retins ma compassion. Que d'ailleurs il ne réclama pas. Il finit de manger, repoussa son assiette sur la table et se leva. Je me dirigeai vers la fenêtre lorsqu'il eut pris la porte, et le regardai parcourir le bout de route goudronnée pour aller chez nous, où l'attendait Ty, dans la grange. Normalement, il aurait pris son camion pour faire les quatre cents mètres, aussi marchait-il comme s'il était un peu perdu, surpris par le seul fait d'aller à pied. Il était raide. Ses épaules étaient voûtées. Il lançait les jambes de façon désordonnée. Encore une chose qui lui faisait défaut : l'exercice. Il ne se retourna pas, mais Rose attendit qu'il ne fût plus qu'un point sur la route pour la traverser et arriver de chez elle.

J'étais en train d'essuyer la cuisinière avec un torchon. La moustiquaire claqua, et Rose dit :

« Alors, il va bien ?

– En principe, il a une visite de contrôle avec le Dr Henry, à Pike, aujourd'hui, et il aura peut-être des comprimés pour la douleur. Ils lui ont donné deux Percodan, là-bas, mais je ne sais pas s'il en a pris. Je vais l'emmener cet après-midi. La police ne devrait pas venir avant une dizaine de jours, le temps que l'analyse de sang revienne du labo.

– Ils devraient le mettre en prison. Je ne comprends pas cette indulgence.

– Il n'y a pas eu de blessés, Rose. Les choses auraient été différentes si...

– Simple question de chance.

– Il faut bien prendre cette chance en compte, juridiquement, de même que si la chance est contre toi, et qu'il y a des blessés, il faut... »

Rose se planta au beau milieu du pas de la porte du salon, les mains sur les hanches.

« Bon sang, Ginny, tu n'en as pas marre de voir les choses de son point de vue à lui ? Tu n'as pas envie de prendre du recul et pour une fois de dire les choses comme elles sont, à son sujet ? Il est dangereux ! Il est impulsif, colérique, et il ne laisse pas aux autres le bénéfice du doute, alors que lui en profite !

– Je sais tout ça. Hier soir je lui ai fait un vrai sermon pour...

– J'en arrive à le détester parfois. Je sens des vagues de haine me submerger, et je voudrais qu'il meure, qu'il aille en enfer, et qu'il y reste pour toujours, à rôtir !

– Rose !

– Pourquoi est-ce que tu dis “ Rose ! ” comme si tu étais très choquée ? Parce qu'on ne doit souhaiter de mal à personne, ou parce que vraiment, tu ne le détestes pas ?

– Non, je ne le déteste pas. Franchement. C'est un ours, mais...

– Ce n'est pas un ours. Il n'a pas cette innocence... »

Je levai la voix pour parler plus fort qu'elle.

« Hier soir, je lui ai dit sans la moindre ambiguïté possible que s'il conduisait encore en ayant bu, je lui prendrais ses clés. Il a bien entendu. Il me regardait dans les yeux. Ty est en train de le mettre au boulot. Je pense que les choses vont s'arranger. Il est difficile à vivre... »

Rose pivota sur un talon et entra d'un pas pesant dans le salon. Je la suivis. Elle était à côté d'une petite bibliothèque. Une vingtaine de numéros environ de *Successful Farming* étaient empilés sur une étagère, avec des publicités sur le matériel agricole, quelques *National Geographic*, une Bible, deux *Reader's Digest*, et un livre de chants folkloriques américains. Elle contempla les deux *Reader's Digest*, en pianotant nerveusement sur la couverture du premier.

« Il arrive que je te déteste toi aussi », dit-elle.

J'attendis. Je songeai aussitôt à Pammy et Linda, leur façon de venir se confier à moi, parfois, plutôt qu'à leur mère, le plaisir que j'avais à leur donner des choses, les emmener à des endroits que Rose n'aurait pas appréciés si elle avait été au courant. Depuis des années, elles étaient le nerf de la guerre larvée entre nous, et je me sentais à la fois coupable et désolée qu'elle pût légitimement m'accuser de la supplanter auprès de ses filles, ou de désirer si fort qu'elles fussent miennes, parfois, que je ne pouvais m'empêcher de rêver à ce que serait la vie si elles l'étaient.

« Je te déteste parce que tu es le lien entre lui et moi.

– Lui, qui ? »

Elle eut un geste d'exaspération.

« Papa, évidemment. Ne fais pas l'idiote. Tu es tellement la bonne fille qui ne veut pas porter de jugement, c'est comme la bêtise. Ça me rend dingue. »

Je souris.

« Hier soir, je me disais exactement la même chose de Ty... »

Elle fit comme si elle n'avait pas entendu.

« Chaque fois que je prends une décision – partir d'ici, quitter Pete, reprendre l'enseignement pour gagner de l'argent – tu me freines. Quand j'étais petite, je veux dire vraiment petite, trois ou quatre ans, tu étais comme ce mur entre lui et moi, mais aujourd'hui, tu es la voie royale, tu ne le tiens pas à l'écart, tu lui ouvres grandes les portes. Il faut toujours que tu sois raisonnable, que tu prennes le temps d'essayer de voir les choses de son point de vue. Chaque fois tu arrêtes tout et tu réfléchis ! Moi, je n'ai pas besoin de réfléchir pendant des heures ! »

Je la regardai. Elle rejeta ses cheveux en arrière

d'une main et posa l'autre sur sa hanche en signe de défi. Sauf qu'en chemin ses doigts s'égarèrent sur le sein disparu, les muscles disparus. Elle me rendit mon regard, puis tourna la tête et regarda par la fenêtre.

« Je ne suis pas comme lui, dis-je. Je ne prends pas toujours sa défense. Et je ne peux pas dire que je lui fasse confiance pour accepter un compromis. Mais je crois qu'il est réaliste d'essayer de savoir le prendre, parfois. »

Bizarrement, je ne pris pas offense de sa diatribe contre moi, que j'acceptai, allant jusqu'à penser qu'en me disant qu'elle me détestait parfois, mais sur un ton particulier, gêné, elle devait trouver un soulagement. J'avais cru que les réactions hostiles de Rose s'exprimaient avec plus de conviction. Sa gêne correspondait à une sorte de remise de peine. Je fis quelques pas dans sa direction, animée de la sensation que j'avais déjà éprouvée la veille au soir, à savoir que l'on pouvait imposer des règles à mon père, qu'il pouvait être pris en main, contrôlé ; il nous fallait seulement nous entendre sur les règles et nous y tenir. Elle paraissait sceptique.

« De toute façon, dis-je, tu as raison, le fait est là : oui, tu as raison, nous l'avons laissé beaucoup trop agir à sa guise. Nous tous. Mais nous pouvons établir des règles, et je crois que ces règles peuvent être fort simples. »

Rose alla jusqu'à la fenêtre et me tourna le dos, pour regarder vers l'ouest, et les champs. Spectacle monochromatique en vert, en ces jours. Le maïs, qui pousse avec une uniformité mécanique un peu surréelle si l'on y pense, en était à six ou huit feuilles lancéolées par pied, déployées par paires successives, lisses, symétriques, en continu, suffisamment grandes à l'époque pour masquer presque totalement la terre noire des champs. Le maïs ressemble étrangement à l'homme – avec ses feuilles qui m'ont toujours fait songer à des épaules, ses quenouilles à des têtes. J'étais à côté de Rose et j'observais son visage. Elle finit par se retourner et me regarder.

« Ginny, dit-elle, dis-moi ce que tu penses vraiment de papa.

– Je ne sais pas trop. »

Sauf que je savais très bien.

Toutes sortes de pensées avaient été pour moi d'une clarté limpide pendant toute la nuit, mais à présent que la question m'était posée directement, à cause de leur simultanéité, j'étais incapable d'en privilégier une par rapport aux autres pour en faire ce que je pensais vraiment de papa. Je passai la langue sur mes lèvres. Rose mordit les siennes, et je me dis qu'elle voulait se retenir de rien dire qui pût m'influencer. Je fis le tri, sachant qu'elle attendait ma réponse. Je ressentais aussi la vivacité matinale des couleurs de ce que nous regardions, la marge d'ombre juste devant nous, puis le champ vert et le ciel bleu ensuite.

« J'aime beaucoup papa, dis-je. Mais il a tellement l'habitude de donner des ordres qui ne se discutent même pas. Tu sais. »

Elle me regarda.

« Plus le fait qu'il boit et tout ça. Je ne sais pas l'influence que cela peut avoir. »

Elle me regardait toujours.

« Je dirais volontiers qu'il boit depuis très longtemps, depuis que nous le connaissons. Je n'y ai pas vraiment réfléchi, mais je suis sûre que si nous prenions le temps de démêler... »

Son regard était encore sur moi.

« Rose, tu me fais perdre mes moyens. Que veux-tu que je te dise ? Quel genre de chose as-tu en tête ? »

Elle me regarda moi, puis dehors.

« Parce que maman n'était pas là pour nous dire quoi penser de papa. Je me demande s'ils étaient heureux. Si elle l'aimait. Si lui l'aimait. Tout en sachant que tout le monde aimait maman. Je pense à des tas de choses. »

Elle s'éclaircit la voix, et je compris qu'il fallait que je me taise.

« Fais chier, Ginny. »

Je ris. J'imagine que je m'attendais à ce qu'elle ouvre la bouche et fasse entendre une voix oraculaire, profonde et timbrée. Elle fit une espèce de moue, retrouvant rapidement l'expression de la Rose que je connaissais, que j'attendais. Elle roula des yeux, parut prête à lancer une plaisanterie aux dépens de papa, ou de moi. Ce qui aurait été aussi dans l'ordre naturel des choses.

« Je ne te déteste pas, Ginny, finit-elle par dire. Je sais ce que j'ai dit, mais pas ce que cela signifie, exactement. Ou plutôt, je ne sais pas te dire ce que cela signifie. Ni rien. Disons que la vérité, en l'espèce, c'est ce que tu penses. C'est un emmerdeur de première, on coupe la poire en deux. Peut-être qu'avec des règles, on s'en sortira. On peut toujours essayer.

– Je ne peux pas te décrire, rien que le fait de lui dire : Bon, il faut que tu fasses ceci, tu ne peux pas faire cela. C'est simple comme bonjour.

– Voilà le mot de la fin. »

Elle me prit par la taille, me serra fort, plus fort que d'habitude.

« Je t'aime, tu sais, dis-je d'une voix qui voulait jouer les dures.

– Moi aussi. Alors on fait front uni, d'accord ?

– D'accord. »

21

Ty et moi ne poursuivîmes pas notre conversation, préférant ne pas débattre de ce que j'avais appris, ni de la signification de cette leçon. J'agis avec plus de fermeté et énonçai des règles. Je percevais la désapprobation de Ty, mais il s'agissait d'un sujet délicat que j'avais peur d'évoquer parce que j'avais horreur des tensions avec Ty. Et puis il était facile de faire abstraction d'une opinion qu'il n'exprimait pas. Après tout, son père à lui était mort fort opportunément, au moment précis où le fils était juste en âge d'apprécier mieux ce que disait son père tandis qu'ils travaillaient encore ensemble et en bonne entente, avant que l'âge ne vînt rendre ce père vulnérable ou acariâtre. Ty adorait son père, un homme affable mais sans grande ambition, et il n'avait eu aucun mal à reporter sa tendresse filiale sur papa. Lorsque j'y pensais, d'autres choses s'éclaircirent en moi, concernant Ty et mon père et nous tous. Notamment que les colères de papa et de Pete donnaient à un travailleur tranquille et consciencieux comme Ty un immense pouvoir, non seulement parce que lui pouvait suivre tranquillement sa route pendant qu'eux se livraient à leurs grandes démonstrations, mais encore parce que bien souvent les deux tentaient de gagner son soutien. Il n'avait plus qu'à proposer une solution, la sienne. Une des raisons pour moi d'ignorer son désaccord, commençai-je à me dire, était le nouvel angle sous lequel je voyais son attitude de ces dernières années – une poursuite de ses intérêts personnels, sous couvert de faire aller, de s'adapter. J'en étais carrément furieuse, pour être tout à fait franche.

Et puis il y avait cet entêtement à voir le côté positif des choses, l'illusion entretenue que ces dernières finiraient par s'arranger alors que tout semblait annoncer le contraire. Si je m'en voulais beaucoup d'avoir accepté bêtement et systématiquement mon sort, j'en voulais aussi à Ty, parce que chaque fois que j'avais eu peur de me lancer dans l'inconnu, peur de résister, de susciter un conflit, il m'avait entretenue dans cette peur. J'associais cet état d'esprit à son père, dont la famille avait exploité pendant des décennies la même terre, sans perdre un hectare, mais sans en gagner non plus. Peut-être était-il impossible qu'une personne aussi timorée que moi pût donner l'image d'une femme potentiellement vive et impulsive, mais dans notre couple, l'élément de fantaisie venait de moi – la surprise imprévisible aussi, même si elle ne dépassait pas l'incursion dans la gastronomie chinoise, grâce à une recette empruntée à la rubrique « Aujourd'hui » du *Register* de Des Moines. Je me dis que ce que Rose et moi allions entreprendre avec papa n'était pas ce qui dérangeait Ty, mais qu'en revanche le seul fait que nous entreprenions quelque chose le chagrinait.

Je savais bien que j'avais tort d'en vouloir à Ty d'être ce qu'il était depuis toujours, patient, compréhensif, attentif, prêt à jouer les tampons avec mon père, mais j'étais pleine de colère contre lui.

Jess Clark pensait que Rose et moi avions choisi la bonne ligne de conduite.

Le fait est qu'une même succession de jours peut se raconter en plusieurs histoires différentes. D'une part, nous avions celle de mon père – les incidents récents étaient les manifestations de son comportement de plus en plus erratique, et ils ne manquaient pas : les meubles de cuisine en train de gondoler et gauchir dans l'allée, le camion confisqué et gardé là où la police juge bon de mettre ce genre de véhicules, avec l'aile avant-droite, comme on devait le découvrir plus tard, complètement écrasée contre la roue, le phare enfoncé, le pare-chocs tordu qui remonte sous la calandre, et jusqu'aux herbes folles du fossé prises dans les fentes. Il y eut encore le canapé, enfin livré, dont la housse de brocart blanc était vraiment l'idéal pour un salon de campagne. Suivirent les éléments d'explication de nos disputes avec Caroline à son sujet – une rafale de coups de téléphone, puis le numéro qui ne figurera plus jamais sur nos factures par la suite, l'article dans le journal qui sous ses airs innocents visait à nous humilier et y parvint, le tout suivi d'une note de plus de cent dollars, montant du prix du cadeau de chez Younkers commandé par Rose et expédié avec une petite carte non moins humiliante disant : « Avons appris la bonne nouvelle par le journal. Félicitations, Rose Lewis et les siens. »

Il s'agissait d'une histoire passionnante, terrifiante et riche en rebondissements, et en enseignements aussi – même s'ils ne concernaient que notre famille – empreinte de mystère, enfin, puisque papa se contentait d'agir sans jamais révéler ses motivations. Une histoire que les voisins devaient suivre avec délices, impatients de découvrir la vérité des événements et prêts à fournir souvenirs et interprétations susceptibles d'expliquer certains revirements incompréhensibles.

Mais la véritable histoire de ces jours-là fut celle de Jess Clark, par la coloration et la richesse et la singularité que sa présence dans le voisinage conférait à chaque instant éphémère. Lorsque je pense à lui, ou à cette époque, je vois très distinctement son visage, sa silhouette, je retrouve l'étonnement de voir quelqu'un aller quasiment nu, avec son short et pas de chemise, dans un monde où les hommes portaient des bleus de travail, des gros godillots et des casquettes, même les jours de canicule. Je pense aux muscles de ses jambes, sculptées par des années d'exercice physique en un entrelacs tortueux de discrètes tensions. Je pense à ses abdominaux, aux muscles des bras, du dos, des épaules, qui sont là chez tous les hommes mais de façon visible chez Jess, comme une manière de vertu. Mais la réalité est que je ne peux pas penser à lui seul, en dehors de tout le reste. Ce qui existait en lui à l'état concentré passait aussi dans le reste du monde. Je m'attendais toujours à le voir se manifester, à n'importe quel moment, parce que tout ce que je voyais autour de moi était devenu lui – souvenir, expression, promesse tournant autour de lui. Lorsqu'il surgissait, les choses atteignaient leur plénitude. Lorsqu'il ne se montrait pas, elles étaient en passe de s'accomplir.

Harold Clark se mit à parler ouvertement et fréquemment de modifier son testament. Harold était le genre d'homme à tirer gloire de connaître tout le monde, ce qui pour lui signifiait plaisanter familièrement avec hommes, femmes, filles et garçons pareillement. Peu de temps après l'accident de mon père, un après-midi, je conduisais Pammy et Linda à Pike. Je devais les déposer à la piscine, et Rose était censée les reprendre. Avant d'arriver à Cabot, je me rendis compte que la jauge à essence était à zéro, aussi m'arrêtai-je au Casey's de Dodge Street pour faire le plein. En descendant, je ne remarquai pas le camion de Harold, mais en allant payer, je trouvai Harold et Loren en train de faire des provisions de beignets et de pizzas. Loren réglait à la caisse et Harold était retourné au frigo pour prendre une boisson. Il riait et sa voix résonna dans la pièce.

« Ouais, Dollie, disait-il à la femme qui se trouvait derrière le comptoir, je suis bien coincé maintenant. Une ferme et deux fils. Deux bons gars, ça en fait un de trop, tu sais. Parce que ça fait vite deux femmes en plus, plus six ou huit gamins, et il faut être équitable. Or il n'y a pas de façon équitable de partager le gâteau. Une seule exploitation ne peut pas nourrir tout le monde, alors ceux qui ont la bougeotte s'en vont prendre un boulot en ville, mais c'est pas une raison pour les exclure, juste parce qu'ils ont eu un peu de cran. Et puis les femmes commencent à se chamailler. C'est toujours le même scénario, non ? »

Dans l'intervalle, il était revenu au comptoir et la fixait avec effronterie. Dollie avait été en classe avec Harold, aussi le regarda-t-elle droit dans les yeux avant de rétorquer :

« La connaissance que tu as des femmes mariées, Harold Clark, ne m'a jamais impressionnée. »

Il rit comme à un compliment et insista,

m'incluant dans son auditoire à présent qu'il m'avait vue.

« Mais le plus beau de l'histoire, c'est que je serai mort, à ce moment-là, et quand Notre Seigneur dira : “ Harold, regarde le désordre que tu as laissé derrière toi ”, je dirai : “ J'ai seulement essayé d'être juste. J'avais deux bons fils et j'ai suivi les Écritures, car n'avez-Vous pas dit Vous-même que chacun doit toucher le même salaire, quelle que soit l'heure à laquelle il est arrivé pour travailler à la vigne ? ” Et Il dira : “ C'est bien ce que J'ai dit ”, et je rétorquerai : “ Alors voilà le résultat, Vous n'avez à Vous en prendre qu'à Vous-même ”. »

Harold éclata d'un énorme rire, Loren sourit, et Dollie leva un sourcil à mon intention. Après le départ de Harold, elle dit :

« C'est très mal, la façon dont il parle devant ces garçons. Et uniquement quand ils sont présents. Quand aucun des deux n'est là, Ginny, il ne souffle pas mot de son testament, ni de ce qui se passera après sa mort, ni rien. Il parle d'acheter des choses comme s'il n'allait jamais mourir.

– Comment allez-vous, Dollie ?

– Ma petite-fille part en Russie soviétique grâce à un système d'échange organisé par la paroisse. Vous étiez au courant ? Six paroissiens, et six jeunes du programme 4-H. Elle est la plus jeune. Elle emmène un projet qu'elle a conçu sur la diarrhée du cochon. Bob Stanley a monté toute l'opération en passant plus ou moins par Marv Carson. Marv connaît le sénateur Jespen, grâce à une histoire de banque.

– Hum. »

Je dus paraître préoccupée. Elle lança un regard aigu lorsque je m'éloignai.

« Les fils Clark devraient savoir que Harold en dit plus qu'il n'en fait. Pas la peine qu'ils commencent à faire le compte des poulets. A mon avis, il n'a pas fait de testament du tout, et encore moins prévu d'économies pour payer les droits de succession. »

Je me dis que cette dernière remarque se voulait un coup de chapeau détourné à mon père, à toute notre famille, pour avoir su prévoir. Ou une insulte voilée. Il m'était difficile de savoir ce que les voisins pensaient de nous.

« Si je me trouve à parler avec Loren ou avec Jess, dis-je, et que la conversation porte sur ce sujet, je leur dirai, Dollie.

– Il faudrait bien que quelqu'un s'en charge. Mais vous savez, Loren est la réplique crachée de son père, et je ne suis pas très à l'aise avec l'aîné. Je le connais depuis qu'il est tout petit, mais quand il entre ici, je le prends toujours pour un touriste. Il a cessé d'être familier pour moi. »

Pammy ouvrit la porte et dit :

« Dépêche-toi, tante Ginny, on crève de chaleur. »

Puis le congélateur des Clark tomba en panne et Jess arriva avec des paquets entiers de steaks et de côtelettes pour qu'on les garde en attendant le passage du dépanneur de chez Sears. Ty était à table et prenait son petit déjeuner. Jess demanda des nouvelles de papa, du camion, et dit ensuite : « Tu ferais mieux de m'accompagner en bas, Ginny, pour me montrer où mettre tout cela, qu'on ne mélange pas avec ce qui est à vous. »

Pendant que nous étions penchés au-dessus du congélateur, il m'embrassa sur l'oreille et murmura :

« Viens me rejoindre à la décharge, demain après-midi. Harold emmène ton père à Zebulon Center pour regarder un projet d'agrandissement, et Ty les accompagne pour aller au magasin de pièces détachées automobiles. »

J'eus un mouvement de recul.

« Je suis au courant.

– J'ai besoin de te parler. »

Je m'éloignai du congélateur et montai l'escalier de la cave. La chance était avec moi. La cuisine était vide ; Ty était dehors et mettait le camion en route. Il me fit au revoir en rejoignant la route. Lorsque Jess arriva de la cave, je dis :

« Tu veux que je t'aide à apporter le reste ? »

J'entendis les hurlements de Harold dès que j'ouvris la portière pour descendre du camion de Jess.

« Qui t'a dit de laisser le pulvériseur dans ce champ ? » Question suivie de propos inintelligibles. Loren émergea de derrière la maison, et je me rendis compte que j'étais plantée à regarder la scène. Je souris et il me retourna un sourire penaud. Je suivis Jess à l'intérieur. Par une des fenêtres de la cuisine, je voyais Harold se diriger vers la grange, en flanquant des coups de pied dans la poussière ou le gravier, mais lorsque Loren réapparut, une clé à pipe à la main, Harold lui fonça dessus toutes griffes dehors, comme s'il s'apprêtait à le frapper ou l'étrangler. Loren posa son outil et réussit à le repousser. « Bon Dieu de merde ! » dit Jess qui sortit de la cuisine. Presqu'aussitôt je le vis rejoindre les deux autres et il cria : « Harold ! Papa ! Ho ! » Il attrapa Harold par un bras. Je trouvai un grand sac de papier kraft et me mis à l'emplir avec les paquets blancs de viande congelée qui avaient été entassés dans le réfrigérateur. Le congélateur était ouvert, écarté du mur, et exhalait cette odeur aigre de froid, mêlée de faibles relents de viande et de sang.

La porte s'ouvrit et Jess poussa Harold à l'intérieur de la cuisine. Le visage de Harold était cramoisi.

« Maintenant assieds-toi ! » dit Jess en le contraignant plus ou moins à obtempérer. Puis de continuer : « C'est moi qui lui ai dit de laisser le pulvériseur dans ce putain de champ. C'est moi qui ai fait la bêtise. Alors tu lui fous la paix ! »

Je pensais que la colère de Harold allait se retourner et exploser contre Jess, au lieu de quoi il renifla deux coups et le regarda longuement. Puis il finit par dire, sans me regarder, mais d'une voix aimable : « Ginny, je suis un peu sorti de mes gonds, c'est vrai. Je te présente mes excuses. »

Jess était en train d'emplir un sac avec les derniers paquets de viande, plus quelques blocs de *succotash* * et d'épinards achetés à l'épicerie. Il roula des yeux.

« Tu devrais aller dehors et t'excuser auprès de Loren, surtout. »

Harold sortit un mouchoir jaune et se moucha, puis il fourra de nouveau le mouchoir au fond de sa poche. Il me regardait à présent. J'étais debout avec le sac tout froid dans les bras, prête à m'en aller de là. Harold se pencha vers moi pour me confier :

« Je dois reconnaître, Ginny, que ces derniers temps, tout m'agace chez ce garçon. Je suis le premier à dire qu'il n'y est pour rien mais c'est plus fort que moi, rien que de le voir, je deviens dingue. Sa

* Mélange de grains de maïs et de haricots de Lima cuisinés ensemble avec de la tomate *(N.d.T.)*

façon de marcher, de parler. Et puis il grossit trop, en plus. Et sa façon de dire oui papa, non papa, de sauter quand je l'engueule. C'est ça qui m'énerve le plus. A cette époque, l'année dernière, il faisait tout bien, maintenant il fait tout mal. Je suppose que c'est la faute de Jess.

– Non, Harold, dit Jess. C'est de ta faute à toi, parce que tu veux bien. Si tu te rends compte de tes réactions, tu devrais te contrôler.

– Ginny, je reconnais que je ne suis pas très doué pour me contrôler. »

Il prononça ces mots comme si j'allais l'absoudre de son besoin d'agir ainsi par un sourire ou une plaisanterie. Harold avait du reste lui-même le sourire, à présent, et il me regardait dans les yeux.

« Je crois que je partage l'opinion de Jess, Harold. A mon avis vous pourriez vous contrôler si vous le vouliez vraiment. »

Harold se leva et se dirigea vers le salon, sans cesser de sourire.

« Cela dit, tu n'as pas d'enfants, tu ne sais donc pas ce que cela représente. »

Jess eut un mouvement de tête exaspéré et nous sortîmes de la pièce. Loren était parti avec son pick-up, pour aller chercher le pulvériseur, je suppose. Nous montâmes dans le camion de Harold et fîmes claquer les portières.

« J'aimerais bien savoir ce qui ne tourne pas rond chez Harold et papa, dis-je.

– Pour Larry, je ne sais pas, mais Harold fait son cinéma, comme d'habitude. Je me demande s'il est vraiment en colère contre Loren comme il le fait croire. Il aime bien donner le change pour le plaisir de donner le change. »

Il mit le moteur en route.

« Je commence à penser qu'il n'y a rien à gagner à encaisser tout cela.

– Une grande exploitation et la possibilité d'en faire ce que l'on veut, ce n'est pas rien.

– Tu rigoles. »

Il s'engagea sur la route.

« Non, écoute. J'ai reçu un truc par la poste. Tu savais qu'il y avait une association de cultivateurs biologiques dans cet état ? Des gars qui n'ont jamais utilisé de produits chimiques, ou ont cessé de le faire depuis dix ou quinze ans. C'est encourageant. Et malgré l'absence de publicité, les quolibets et une opposition radicale, il s'agit d'une association dynamique et en pleine expansion. Il y a un gars du côté de Sac City que j'avais l'intention d'aller voir, si tu veux m'accompagner. »

Je fis les yeux ronds. Jess se pencha contre moi en riant. Je sentais son parfum. Je pinçai les lèvres.

« Tu étais la proie du doute, il y a quelques jours.

– C'était avant que je ne fasse cette découverte. Ginny, c'est important ! C'est la possibilité de rassembler les deux moitiés de ma vie.

– Harold ne te laissera pas faire de la culture biologique tant qu'il vivra.

– On verra bien. Il m'a à la bonne en ce moment, et je ne me suis pas gêné pour lui dire quand je pensais qu'il se trompait. Il m'écoute. »

Nous nous arrêtâmes devant la porte de la cuisine. Il n'y avait personne alentour.

« Tu manques tellement de réalisme ! Je commence à penser que c'est une de tes vertus. » En passant la porte, il me pinça légèrement le derrière. Je ris, mais dis néanmoins : « Non, vraiment. Tu nous as tous changés. Tu as débarqué et tu nous as tous mis sens dessus dessous et c'est parce que tu fais uniquement les choses dont tu ne te rends pas compte. »

Je lui mis le sac que je portais dans les bras, et entrepris de débarrasser la table du petit déjeuner. Il resta là un moment, je sentais sa présence – puis il dévala l'escalier de la cave. La maison semblait flotter sur lui, sur sa personne. Se livrer à une corvée quotidienne et y prendre un plaisir, fait de piquant et de stimulation, donnait une signification aux assiettes que je passais sous le robinet et aux miettes que je mettais à la poubelle.

Les événements de ce jour et de la matinée suivante prirent alors des allures de publicité sur les murs du tunnel menant à l'après-midi du lendemain. Visite de mon père au cabinet du docteur, où ses plaies et blessures furent sans doute inspectées, mais je n'eus droit à aucun commentaire – je me contentai d'attendre dans la salle d'attente ; même la secrétaire médicale était absente. Déjeuner avec Ty, puis après-midi à la porcherie pour l'aider avec les récentes portées de jeunes cochons. Il fallait limer les canines supérieures, qui étaient pointues et risquaient de le devenir encore plus, et couper les bouts de queue pour éviter une éventuelle infection parce qu'elles étaient mâchouillées. Les truies n'aimaient pas trop que nous tripotions leurs petits, mais les tout premiers jours, elles étaient encore tranquilles, et somnolentes. Nous castrâmes une vingtaine de bébés cochons. Lorsqu'arriva l'heure du dîner, nous empestions et étions trempés de sueur, et la chaleur était telle dans la porcherie, malgré les ventilateurs, que je frissonnai en pénétrant dans le salon climatisé. Douche, macaronis et fromage pour le dîner, puis coucher de bonne heure.

Je restai éveillée dans la chaleur de la nuit, nue sous le drap. De temps en temps, je soulevais ce drap et contemplais, sous le tissu, la blancheur bleutée de ma peau, ma poitrine, avec les bouts des seins sombres, les triangles arrondis de mes jambes raccourcies par l'effet de perspective, mes pieds qui faisaient saillie. Je me regardais tout en imaginant des relations sexuelles avec Jess Clark, et je sentis l'électricité enflammer mon épiderme, se concentrer dans les bouts des seins, je sentis mon vagin s'amollir, offert, je sentis mes lèvres et les doigts de mes mains pleins d'une sensibilité qui les rendaient conscients de leur forme. Lorsque je me tournai sur le côté et que mes deux seins suivirent le mouvement, en frôlant le drap au passage, je me vis en train de me retourner, rien de plus, comme d'habitude. Je roulai encore pour me trouver sur le ventre, de façon à ne plus voir mon corps et pouvoir enfoncer mon visage dans l'oreiller tout noir. Ce genre de pensées ne me ressemblait pas, et elles me faisaient horreur en même temps qu'elles m'excitaient. Je sombrai dans l'assoupissement, peut-être pour échapper à des fantasmes que je ne parvenais pas à chasser.

Ty, qui dormait, se retourna et posa une main sur mon épaule, puis la main descendit lentement, tellement lentement que mon dos sembla aussi long et tendu que celui d'une truie, dessinant une courbe régulière de la base de mon cou trapu à l'extrémité de ma petite queue tronquée. Je m'éveillai en sursaut et songeai aux bébés cochons. Ty était tout contre moi. Il faisait encore chaud, et son membre en érection se nichait dans le creux de ma cuisse.

Habituellement, je détestais trouver Ty collé à moi quand je m'éveillais au milieu de la nuit, mais j'avais dû être mise en condition par mes précédents fantasmes, car la seule conscience de son sexe, là, à la fois pression insistante et image d'une forme lisse et lourde, me submergea comme une vague brûlante qui me laissa instantanément haletante. Je le pris dans ma main, et me tournai pour lui faire face, puis j'ôtai la main pour accentuer le contact de nos corps d'une pression dans le creux des reins. Mais pour une fois, je ne pus supporter de ne pas le toucher, de le savoir là sans le tenir dans ma main. Ty s'éveilla. J'avais le souffle rauque, et il fut sur moi dans l'instant. Et ce fut quelque chose : un plaisir profond et inachevé à la fois. La part de moi qui était restée truie désirait se vautrer, appuyer ma peau contre la sienne et me fondre en elle. Ty murmura : « N'ouvre pas les yeux », et je ne les ouvris pas. Rien ne m'eût arrachée à ce rêve inhabituel plus vite que le fait d'ouvrir les yeux.

Ensuite, lorsque nous nous éveillâmes pour de bon et redevînmes nous-mêmes, je vis qu'il n'était que dix heures et quart. Je m'écartai, pour trouver la partie fraîche du lit. « J'ai bien aimé, dit Ty. C'était bon. » Il posa tendrement la main sur ma hanche sans vraiment me regarder. Sa voix trahissait un minuscule frémissement de gêne. Ce qui pour nous était un succès. Puis j'entendis le vent se lever, les rideaux se froisser, et le bruit des mangeoires dans la porcherie, et l'écho d'une voiture accélérant au loin. La lune était pleine, des ombres de chauve-souris papillonnaient dans le clair-obscur. Je distinguai des cigales, les jappements d'un chien. Je m'endormis.

Avec Jess Clark, sur cette vieille banquette de pick-up dans la décharge, il y eut beaucoup plus de gêne. Mes bras, mes jambes, raides et encombrantes, cognaient contre le retour de roue, le plateau, rentraient dans les côtes de Jess, dans son dos. Ma peau avait la blancheur agressive d'une sorte de créature souterraine et aveugle. Lorsqu'il se pencha pour délacer ses tennis, je touchai mes joues. Moites comme la glaise. Jess me bascula en arrière. Je regardai ailleurs pendant qu'il défaisait les boutons de mon chemisier.

« Ça va ? » dit-il.

Je fis oui de la tête.

« Tu es sûre ?

– Je n'ai pas trop l'habitude. »

Il eut un mouvement de recul, reprit de la distance, soudainement circonspect, et son visage ne sourit pas.

« Oui, dis-je. S'il te plaît. »

Demander était humiliant, mais tant pis. Et puis c'était rassurant, d'une certaine façon. Il sourit. La récompense.

Après, je me mis à trembler, sans crier gare.

Il se retira et je boutonnai trois boutons de mon chemisier.

« Tu as froid ? Il ne fait que trente-cinq degrés !

– Morte de p-p-peur, plutôt. »

Mais c'était faux, ou plus vrai. Je ne tremblais plus que de désir. En même temps que je prenais conscience de ce que nous avions fait, mon corps réagissait comme il ne l'avait pas fait dans le feu de l'action – comme il ne l'avait en réalité jamais fait, me dis-je. Je me sentis foudroyée par le désir, irradiée, devenue transparente.

« Est-ce que ça va ? demanda Jess.

– Tiens moi un peu dans tes bras, et parle-moi. »

Il eut un rire chaleureux, agréable, complice, et dit un truc à propos du type de chez Sears qui passerait demain, enfin, et je ne fus plus qu'une frénésie de tremblements, des pieds à la tête. J'étouffai quelques gémissements au creux de son épaule, et il me serra à me fracturer les côtes, ce qui suffisait à peine à me contenir, me sembla-t-il. Il continua de parler. Harold était un peu penaud et préparait des gratins de nouilles aux champignons et au thon pour le déjeuner de Loren. Jess avait promis de mettre le plat au four à quatre heures et demie ; il était quelle heure, au fait ? Le cultivateur près de Sac City l'avait rappelé, près de cent quatre-vingt-dix hectares de maïs et soja, avec uniquement des engrais biologiques, le type s'appelait Morgan Boone, ce qui lui rappelait quelque chose. Est-ce que le nom ne me disait rien, à moi ? Il avait proposé à Jess de passer quand il voulait. Jess m'écarta de nouveau de lui, et il me contempla pendant une ou deux longues minutes. Je regardai les rides sous ses yeux, son nez aquilin, son air sérieux. Son visage m'était profondément familier, comme si j'avais passé ma vie à le regarder. J'avalai deux grandes goulées d'air et reposai la tête contre son épaule. Le ciel était d'un bleu métallique, le soleil jouait dans les feuilles dentelées du caroubier au-dessus de nos têtes. J'avais envie de dire : Et maintenant ? mais c'était une tentation incontestablement dangereuse à laquelle je résistai.

« Quelle heure est-il ? dis-je. Si on s'attendait à ça ?

– Trois heures et quart.

– Je suis partie de chez moi à une heure.

– J'ai l'impression que cela fait une éternité.

– C'est vrai ? » Mais je trouvais difficile à croire que ce genre d'intermède pût ne pas relever de la routine pour un garçon plutôt beau, vivant sur la côte Ouest. Je m'efforçai de paraître désinvolte. « Ce n'est pas la première fois que tu fais ça.

– J'ai déjà couché avec des femmes, oui. Mais je n'ai encore jamais fait ça.

– Moi je n'ai pas couché avec des hommes. J'ai couché avec Ty, dis-je.

– Je sais, Ginny. Je sais ce que cela représente.

– Peut-être. Ou peut-être pas. »

Je faillis dire : Hier, j'ai passé la nuit la plus formidable de notre vie, avec Ty. La nuit dernière, en rêvant que j'étais une truie. A quelqu'un comme Jess, qui était bien physiquement et avait de l'expérience, je pouvais demander ce que cela signifiait. Quelqu'un comme Jess saurait peut-être me dire.

Je me redressai et attrapai ma culotte. Le monde avait une étrange allure, comme si ce n'était pas vraiment le monde, mais une photo à trois cent soixante degrés du paysage. De nouveau je regardai Jess et de nouveau je vins nicher ma tête contre son épaule.

« J'ai confiance en toi, dit-il. J'ai eu confiance en toi dès l'instant où je t'ai revue le jour du barbecue. C'est en partie ce qui me fait venir ici.

– Oh, dis-je. Tiens donc. »

Jess rit mais n'insista pas. Je poussai un soupir, me demandai quand Ty et Harold et papa et Pete seraient de retour. Rose aussi était partie, à Mason City, avec les filles. Je sentais que je me détachais de Jess. Il s'agissait d'un phénomène naturel, involontaire, un reflux plus rassurant qu'autre chose dans la mesure où il semblait vouloir dire que je pouvais aussi bien être satisfaite que brûlante de désir. Mon nez me démangeant, je me redressai pour le frotter contre le bas de ma manche. Jess aussi se remit en position assise. Nous échangeâmes un sourire, nouvelle étape du reflux. Lorsqu'il se pencha pour récupérer sa chemise, il laissa sa main courir le long de mon tibia.

« Tu as de jolies chevilles. Je les remarque à chaque fois, dit-il avant d'enchaîner. Est-ce que je peux te poser une question ?

– Bien sûr.

– Tu es quelqu'un de très bien. Comment se fait-il que Ty et toi n'ayez pas d'enfants ?

– Il se trouve que j'ai fait cinq fausses couches.

– Oh, merde. Pardon, Ginny.

– Ty ne sait que pour trois. Après, il ne supportait plus, alors, disons que j'ai gardé pour moi nos tentatives suivantes. »

Une expression très dure s'inscrivit sur le visage de Jess, et j'eus encore un moment de panique. Je tendis la main en direction de mon jeans.

« Oh, bien sûr, je ne devrais pas faire les choses dans son dos. Je sais...

– C'est cette eau de merde.

– Quoi ?

– Vous n'avez jamais fait analyser l'eau du puits pour les nitrates ?

– Euh, non.

– Ton docteur ne t'a jamais dit de ne pas boire l'eau du puits ?

– Non. »

Il se leva et remonta son jeans, puis il se rassit

pour enfiler ses chaussettes sans dire un mot. Je voyais bien qu'il était furieux.

« Jess... », dis-je.

Il explosa.

« Cela fait dix ans au moins qu'on sait que la présence de nitrates dans l'eau des puits provoque des fausses couches et tue des bébés. Toi, tu n'es pas au courant que les engrais passent dans la nappe phréatique ? Je n'arrive pas à y croire.

– Ça n'a rien à voir. C'est juste que ça n'a pas marché. Rose a bu la même eau et...

– L'effet n'est pas uniforme. Tout le monde n'est pas affecté de la même façon et tous les puits ne sont pas également contaminés. Le vôtre doit se trouver plus près des puits absorbants.

– Je ne sais pas.

– Tu essayes toujours ? »

Nos regards se croisèrent et l'absurdité de la question, vu les circonstances, nous fit sourire.

« Pas aujourd'hui, dis-je. J'ai mis mon diaphragme.

– Hé... » Il plongea une main dans sa poche et ressortit une petite pochette en plastique bleu.

« Qu'est-ce que c'est ? dis-je.

– Un préservatif. Sauf que je ne me souvenais plus que j'avais pensé à l'apporter. »

Je le pris et le fis rouler dans le creux de ma main. Cette prudence préméditée était rassurante. Je lui rendis l'objet et il sauta de la benne, puis il m'aida à en faire autant. Nous échangeâmes un baiser, tendre et sérieux, comme le font peut-être ceux qui n'ont plus peur de s'embrasser, puis je contournai le buisson d'églantines et pris le chemin de chez moi, sans me retourner. J'étais calme, satisfaite et comblée, comme si je ne devais plus jamais avoir à en passer par là.

Pendant le dîner, après m'avoir raconté son expédition à Zebulon Center, les gens qu'il avait vus, et le comportement de mon père, Ty dit :

« Dis-moi, Ginny, tu avais pris des précautions, hier soir ? »

Je levai les yeux de mon assiette que je repoussai brutalement. Elle heurta le verre d'eau.

« Euh, pas exactement. Mais je sors juste de mes règles. Ça va.

– Tu es certaine ?

– Dois-je prendre cette question comme une mise en doute de mes connaissances ou de ma loyauté ? Eclaire-moi, rétorquai-je.

– Comme la confirmation qu'il y a des choses que je ne suis pas prêt à revivre, répliqua-t-il sur le même ton.

– Cela remonte à presque deux ans.

– Cela remonte à presque trois ans. »

Il avait raison. En fait je pensais à la quatrième. Je sentis mon visage devenir brûlant. Je montai d'un ton.

« D'accord, va pour presque trois ans. Tu ne fais qu'abonder dans mon sens. »

Il se leva et quitta la cuisine, non sans refermer soigneusement la moustiquaire derrière lui. Je le regardai, dehors, sans quitter la table. Il marcha jusqu'à la route et partit en direction de l'intersection de la 686 avec la Cabot Street Road. Je le regardai encore s'éloigner à grands pas, en écoutant le faible bruit de ses chaussures sur la surface goudronnée. Je restai assise un long moment, à regarder dehors, et je pris pour la première fois conscience de ce que j'avais fait, éprouvé et pensé au cours de cette journée, découvrant avec étonnement qu'aux yeux de toute personne extérieure ou presque, je donnerais l'impression d'être devenue ma propre ennemie et celle de toute ma famille et de tous mes amis. C'est à ce moment que la peur s'empara de moi pour de bon. J'attendis encore un peu, puis je montai, ôtai mon diaphragme, le rinçai, et le rangeai dans sa boîte.

22

L'attente n'était pas longue pour qui avait de l'argent à dépenser et la ferme résolution d'agrandir les bâtiments d'une exploitation agricole, en fait elle laissait à peine le temps de réfléchir à deux fois. Et il ne fallait pas longtemps non plus, une fois que l'on avait les catalogues, pour que le regard se fixât automatiquement sur ce qui se faisait de mieux en matière d'équipements – pour les truies avec leur portée, dans le domaine de la ventilation, des nourrisseurs et systèmes de vidange automatisés, des sols chauffants. Depuis cinq ans, Ty disait qu'il aimerait doubler notre production de porcs et passer de cinq cents à mille têtes par an, en travaillant un peu sur l'amélioration de l'espèce avec ce qu'il appelait un « espace verrat ». Loren Clark avait suivi une option biologie animale à l'université, et Ty et lui continuaient de se passer les articles concernant l'élevage porcin.

Lorsque nous mîmes le nez dans les catalogues d'équipements lourds concernant les porcheries automatiques, dans la semaine qui suivit la signature de la mise en société de l'exploitation, il devint très vite manifeste qu'une production de quatre mille têtes annuelles était l'objectif plus ou moins idéal, ambitieux mais réaliste, correspondant à ce qui pouvait susciter le respect des voisins. Le chiffre de quatre mille eut l'heur de plaire à Marv Carson – deux cents ou deux cent vingt truies reproductrices, trois gestations par an – et il eut aussi le don de faire rêver le revendeur de *Harvestores*. Le même chiffre fit les beaux jours des cafés en ville, impressionna les autres agriculteurs qui « savaient » qu'il représentait l'équilibre parfait, compatible avec une entreprise familiale, mais suffisant pour assurer du travail, une solvabilité, et un profit. Très vite, le projet de quatre mille porcs par an devint notre objectif, et Marv Carson nous ouvrit une ligne de crédit de trois cent mille dollars.

Le plan était de convertir ce qui restait de l'ancienne laiterie pour agrandir la partie réservée aux truies avec leurs petits, ajouter un bâtiment pour la gestation, un autre pour la croissance, un autre encore pour l'engraissage final, de construire un grand *Slurrystore* pour le recyclage des déchets, et monter deux petits *Harvestores* pour le maïs qui servirait à la nourriture des cochons. L'ensemble serait installé en bordure de la Cabot Street Road, en partant vers l'ouest à partir de chez nous, parce que l'étable se trouvait déjà là d'une part, mais aussi parce qu'il s'agissait d'une route plus passante, donc mieux entretenue que la 686.

Je pense que Ty, en dépit de l'expérience qu'il avait des contraintes matérielles de l'agriculture, où l'aspect pratique, le confort et même l'incongru passent avant tout souci d'apparence extérieure, imaginait l'étable transformée ainsi que les autres nouveaux bâtiments en les situant dans un environnement joliment ordonné, peut-être même parvenait-il à leur donner magiquement une position en surplomb qui les rendrait visibles de loin et les offrirait à l'admiration de tous, comme nous admirions les grandes exploitations près de Tama ou Cedar Rapids, plantées au sommet de collines et orientées plein sud. Pendant le petit déjeuner ou le déjeuner, Ty prenait quelques catalogues dans la pile rangée à côté du téléphone de la cuisine, et il les feuilletait, ou bien il examinait les plans que lui avait remis le revendeur de *Harvestores*, où figuraient le dessin de notre maison et de notre grange, la largeur de la route et des nouvelles allées prévues, le grand cercle du *Slurrystore*, tracé aussi précisément que possible, au compas, et ceux, plus petits, des *Harvestores* appuyés contre le bâtiment des truies en gestation. Après avoir lu et relu, il avait un petit hochement de tête incrédule, articulait un « Hum » de satisfaction, et disait parfois dans un souffle : « C'est quand même quelque chose ! »

Mon père devenant plus difficile, Ty voulait croire que nous serions sauvés par les nouveaux bâtiments, avec les superbes silos tout neufs, les nouveaux cochons, la nouvelle organisation, dont le *Slurrystore* serait à la fois le symbole et la réalisation extrême puisqu'il assurerait la récupération de tous les déchets et déjections des porcs et leur stockage, avant de pouvoir les retourner à la terre – pas de fuite, pas d'odeur, un fonctionnement en circuit fermé. Ty était certain que l'enthousiasme de mon père se manifesterait lorsqu'il verrait les constructions sortir du sol, malgré l'absence d'intérêt dont il faisait preuve pour les catalogues que Ty tentait de lui montrer. Personne ne résistait aux petits gorets, roses et pleins de vie, des goinfres qui montaient gentiment à l'assaut de la truie, cherchant à téter, jouant les uns avec les autres, couinant, regardant sans fin le monde à travers les barreaux des caisses – avec leurs petits yeux noirs brillants de curiosité. Si seulement il pouvait rester tranquille jusqu'au moment où la vie et l'animation reprendraient le dessus, mon père naîtrait, Ty en était certain, à une nouvelle vie de retraité heureux, occupé, comme disaient ceux du café, solvable et intéressé.

Le champ avait été semé en maïs avant que nous songions seulement à de nouveaux projets, de sorte que le jour où Marv Carson débarqua avec les permis de construire (dont il avait pu accélérer l'obtention grâce au président de la banque qui se trouvait être le beau-frère de l'inspecteur des services concernés pour le comté, et qu'il était venu nous porter à domicile un samedi), Ty sortit la charrue et laboura huit hectares de maïs dont les tiges lui arrivaient à la taille. Ce jour-là, papa travaillait avec Pete, et ils nettoyaient et huilaient la moissonneuse-batteuse, ce qu'on essayait toujours de faire en profitant du creux de l'été. Le lendemain, tout le monde manqua l'église. Le temps était crucial si Ty voulait avoir une nouvelle portée de ses truies et commencer de rembourser l'argent qui allait être dépensé incessamment. Le chef de chantier, qui venait du Kansas où nous avions commandé les bâtiments, le revendeur de *Harvestores* du Minnesota, l'entrepreneur de Mason City, et Ty, et Pete se rencontrèrent et commencèrent à prendre des mesures pour permettre un début des travaux le lundi, dès la première heure. Dimanche soir, la bétonnière arriva, et Ty était levé et présent sur le chantier à cinq heures et demie.

Je devais conduire papa à Pike, chez le chiropracteur qui devait lui remettre les vertèbres après le choc de l'accident.

« Emmène-le aussi faire des courses, dit Rose. Il doit bien avoir besoin de choses, des chaussettes ou que sais-je. Tu pourrais tenir toute la journée.

– On pourrait déjeuner au café.

– Excellente idée. Ensuite, demain, Pete et lui pourront se remettre à la moissonneuse-batteuse. Cela devrait prendre quelques jours. Si nous sommes réduites à l'occuper, autant faire en sorte qu'il soit occupé pour de vrai. »

J'approuvai. Nous étions sur le pas de la porte de ma cuisine, et par-dessus son épaule je vis Jess Clark qui arrivait à petites foulées sur la route. Il s'arrêta pour regarder les travaux. Rose se retourna, le vit, me regarda de nouveau, et me fit un tout petit sourire. Je me demandai si je m'étais trahie mais dis d'un ton léger :

« Tu fais quoi, aujourd'hui ?

– Linda s'est acheté du tissu pour une tenue de sport. J'ai promis de l'aider à couper. Tu sais ce que cela signifie.

– Des pleurs et des grincements de dents ?

– Tu as deviné juste. On peut évidemment acheter ce genre de tenue pour vingt-cinq dollars au Kmart de Mason City. Ils sont très bien. Mais Linda ne veut plus entendre parler de vêtements achetés chez Kmart. Est-ce que ta machine coud ce genre de tissu ?

– Je crois. Tu peux faire ça chez moi si tu veux.

– On verra. » Elle s'était retournée et contemplait le chantier. Elle me regarda de nouveau. « J'ai encore une faveur à te demander.

– Vas-y.

– Fais en sorte que le chiropracteur lui parle d'exercice physique. Je suis certaine que son problème vient de là beaucoup plus que de l'accident.

– Tes désirs sont des ordres.

– Vois ce que tu peux faire. » Une forte ironie perçait dans sa voix. Je ris et montai dans ma voiture.

Papa attendait à côté de ses éléments de cuisine, dans l'allée. Depuis le petit déjeuner, il avait quitté ses vêtements de travail et portait maintenant un pantalon propre de couleur kaki et une chemise bleu foncé. Je m'arrêtai, et il monta sans dire un mot. Lorsque nous tournâmes devant le chantier en pleine effervescence, il pivota sur son siège et continua de regarder par la vitre alors que tout était noyé dans un nuage de poussière depuis longtemps.

Je ne pouvais pas conduire avec papa dans la voiture, ni même me trouver dans la même pièce que lui, sans ressentir sa présence comme une espèce de menace, mais dès qu'il se tourna de nouveau sur son siège et se mit à regarder droit devant lui, je renouai avec mes pensées, devenues habituelles, et qui allaient à Jess Clark. Cinq jours avaient passé depuis notre rendez-vous à la décharge, deux jours de pluie, les autres occupés par le travail, les devoirs familiaux, et maintenant le chantier. Il était facile de prévoir que nous aurions une intimité au mieux réduite pendant peut-être plusieurs semaines. Depuis la fin des parties de Monopoly, Jess ne passait plus aussi régulièrement, et il ne me restait même plus le dangereux plaisir de m'exposer à l'éventuelle perspicacité des autres en lui tendant une tasse de café ou en lui posant des questions futiles sur Harold.

Je me disais que tout cela me convenait parfaitement, que cette proximité pouvait tenir lieu de vie, la seule vie possible peut-être car les autres voies, que mon imagination s'était empressée d'emprunter, étaient toutes pareillement impossibles. Nous voir vivre ensemble ailleurs, quelque part sur la côte Ouest, par exemple, c'était imaginer que nous n'étions pas ce que nous sommes, et d'une certaine manière, que nous n'avions rien à nous offrir mutuellement, puisque ce qui nous rapprochait effectivement semblait enraciné dans notre histoire mêlée, et attaché à ce lieu précis. Mais nous voir ensemble ici, c'était faire surgir des secousses et des explosions, des séismes ébranlant la terre que nous avions sous les pieds. C'était imaginer que tous ceux qui nous entouraient étaient morts, en fait. Ce que j'envisageais avec un frisson de terreur muette qui sous-tendait ma propension naturelle à imaginer le pire. Voir Jess parti, c'était inventer deux autres choses impossibles, à savoir qu'il n'était jamais revenu (mais il était revenu et il m'arrivait d'en prendre conscience avec une acuité qui ressemblait fort à du remords), ou encore que j'étais morte. Lorsque je me forçais à imaginer qu'il s'en allait, retournait à Seattle, se mariait, avait des enfants, la mort me semblait incontestablement préférable à un retour à la vie qui était la mienne avant lui.

« C'est joli, ici », dit mon père.

Je regardai à droite, mais nous avions déjà dépassé.

« Chez Ward LaSalle ? »

Ward était le petit cousin de Ken.

« Les champs sont vraiment impeccables.

– Je vois que tu as ôté le pansement sur ta blessure, papa. La cicatrice est belle, apparemment.

– Faut qu'elle prenne l'air.

– Aujourd'hui, peut-être. Mais tu ne voudrais pas t'occuper de la moissonneuse-batteuse avec une plaie vive, tout de même ! Est-ce que tu as une pommade antibiotique, chez toi ? »

Il ne répondit pas.

« On peut en acheter. »

Il était stupide de penser que Jess ne se marierait jamais. Ressembler à Loren était exactement ce qu'il voulait éviter.

« Qu'est-ce que tu as ? »

Je sursautai.

« Pardon ?

– Qu'est-ce qui te prend ? Ce semi-remorque vient de te doubler, et on aurait dit que tu allais sortir de tes gonds. »

Le semi-remorque, je ne l'avais même pas vu. L'évolution de mon état d'esprit au cours des cinq derniers jours était remarquable. Je gardais un souvenir précis du sentiment de force que j'éprouvai en m'éloignant de Jess, pliée sous les églantiers avant de marcher à pas pressés en direction de ma maison. J'avais eu envie de mettre une distance entre nous. J'avais, au sens littéral de l'expression, eu assez de lui, ras-le-bol, et tout en n'étant pas exactement heureuse ni transportée, j'avais l'impression d'être repue, rassasiée. Nous ne nous étions rien promis, nous n'avions même pas parlé d'avenir – ce que nous faisions ressemblait plutôt à un simple point d'orgue sur le passé.

Je ne sais pas pourquoi j'ai été surprise de découvrir la vitesse à laquelle s'estompaient ces sensations, le désir que j'avais de retrouver ce que j'avais cru capable de combler une vie entière.

Je ne sais pas pourquoi j'ai été surprise de découvrir que je m'interrogeais sur tous mes souvenirs de Jess, que je les passais au crible pour y trouver des clés donnant accès à ses sentiments et à ses projets. Il était tout ce qu'il m'avait dit – instable, angoissé, déchiré entre ce qu'il aurait appelé la voracité américaine et la sérénité orientale. Je savais ce qui se passait avec Jess, mais tout était subitement plein de mystère.

Je ne sais pas pourquoi j'ai été surprise de découvrir que tout changeait, puisqu'il était évident, rétrospectivement, que j'avais cherché à changer les choses.

Et j'ai été surprise de découvrir que ma raison méditait ces phénomènes, leur simultanéité. Je semblais, si l'on s'en tenait à la surface, me tenir de constants discours, me donner des instructions ou des avertissements, me demander ce que je voulais vraiment, faire des comparaisons, exercer avec zèle mes facultés rationnelles sur le moindre aspect de Jess et de mes sentiments pour lui, comme s'il y avait réellement une possibilité de choix. Sous cette voix, plus en douceur, s'écrivait l'histoire – ce qu'il avait fait, ce que j'avais fait, ce qu'il avait fait ensuite, ce que j'avais fait après – charme, rêve, histoire sans parole ou presque, qui se renouvelle sans cesse, puis se projette vers d'impossibles futurs qui me laissaient épuisée. Et encore en dessous, il y avait un animal, un chien qui vivait en moi, s'agitait, bondissait, aboyait, attaquait, avalait les choses avec la gloutonnerie de l'animal devant sa pitance.

« Leur laboratoire spatial, il va passer juste au-dessus de cette région, d'après le journal, dit papa

– Pardon ?

– Le truc qui tombe. Il passe toujours là au-dessus. Ça va être quelque chose, le jour où ça va tomber, c'est moi qui te le dis. »

Je regardai défiler un champ, plat et sans défense, et songeai un instant aux météorites et aux capsules spatiales, ces choses qui brillent dans l'atmosphère et font ensuite des grands trous dans le sol. Une peur viscérale m'étreignit. L'effet de sa voix, pensai-je.

« Ne te fais pas de mauvais sang. Tu risques de l'attirer », dis-je. Il tourna sa grosse tête et me regarda. Je souris.

« C'était pour rire, papa.

– Le problème, c'est que les gens ne prennent aucune précaution. Ils sont insouciants parce qu'on ne leur explique pas bien.

– On ne peut pas prendre de précaution quand il s'agit d'un laboratoire spatial, papa. Les morceaux sont trop lourds.

– Ils ont été légers d'un bout à l'autre dans cette affaire. Rien ne devrait tomber. Ça se retourne contre eux, non ?

– Je suppose que oui. » Puis après une seconde j'ajoutai : « Je croyais qu'il devait faire plus frais aujourd'hui. »

Nous entrâmes dans Pike en passant devant le silo qui se trouvait juste à côté des camions de fret. Le cabinet du chiropracteur était dans le premier immeuble en bas de Main Street. Je garai la voiture à l'ombre du balcon en surplomb. Quand il vit que je descendais, papa demanda :

« Où vas-tu ?

– Je vais marcher dans Main Street. Je reviens ensuite, et on ira déjeuner au Pike's Peak. »

Il prit l'air fâché.

« Je n'ai pas envie de rester à étouffer dans la voiture. Il fait une chaleur terrible.

– Et si j'ai fini avant que tu sois revenue ? Il faudra bien que je t'attende.

– Le cabinet est climatisé. Tu n'auras qu'à bavarder avec Roberta.

– Attends un peu. Tu peux faire du lèche-vitrines un autre jour.

– Alors on se retrouve au Pike's Peak.

– Je ne veux pas faire tout ce chemin à pied par cette chaleur. »

Je plissai les yeux pour voir l'horloge de la banque en bas de la rue : onze heures douze minutes, trente degrés.

« C'est à moins de deux pâtés de maisons, et il ne fait pas chaud à ce point, papa. Un peu de marche à pied te fera du bien. »

Cette discussion me laissa le souffle court, comme si j'avais un corset trop serré.

« Tu m'attends. Je veux y aller en voiture. »

Je jetai un coup d'œil en direction du cabinet du chiropracteur. Roberta Stanley, la secrétaire médicale, était à côté de la porte et nous regardait discuter.

« C'est ennuyeux de rester à attendre, papa. Je n'ai rien apporté, ni livre ni journal. »

Je détestai la note larmoyante qui perça dans ma voix. Où était-elle, cette force que j'avais sentie en moi quelques jours plus tôt seulement ? La force de dire au lieu de se laisser dicter des ordres.

Sautant sur cet accent de faiblesse, papa monta d'un ton.

« Tu m'attends ici. »

Je retournai à la voiture. Ce fut la présence de Roberta qui me fit céder. Papa tourna les talons et se dirigea vers la porte d'un pas lourd. Roberta quitta son bureau pour venir lui ouvrir. Quand il fut entré, elle s'attarda un instant et me sourit. Je lui fis un petit signe de la main, elle me rendit mon salut. Je me ratatinai sur mon siège. Tous les Stanley auraient sans doute vent de cette histoire, car Roberta était une horrible commère. Je détestais penser à l'opinion que les gens avaient de nous. Ce n'est pas leur opinion en tant que telle qui me chagrinait, ils pouvaient bien nous critiquer, se moquer de nous, voire nous plaindre ou nous aimer. La seule idée qu'ils avaient une opinion m'insupportait.

Il existait une chance infime que je rencontre Jess Clark à Pike. C'est souvent lui qui faisait un saut en ville quand ils avaient besoin de quelque chose, et puis il avait pris l'habitude de faire tout le ravitaillement parce que ni Harold ni Loren ne pensaient jamais à tenir compte de son régime végétarien. Quel bonheur, me dis-je, si je pouvais l'apercevoir en train de déambuler sur le trottoir, le regarder de loin, voir sa silhouette dans un de ses décors habituels. Un de ses nombreux décors habituels, à taille humaine. Il ne fit pas son apparition, mais le fait de penser à lui fit surgir des voix, auxquelles je m'abandonnai, m'enfonçant davantage encore dans mon siège. Cette sensation de lente glissade, d'abandon, devait avoir de légers pouvoirs suggestifs. Je fermai les yeux.

Papa commanda un déjeuner complet – rosbif, purée et sauce, haricots verts en boîte, glace et trois tasses de café. Je pris un fromage chaud sur petit pain complet toasté, avec frites et cornichons, plus un Coca. Nous nous assîmes l'un en face de l'autre et je le vis loucher sur mon assiette.

« C'est tout ce que tu vas manger ?

– Je n'ai pas vraiment faim.

– Hum.

– Toi, tu ne devrais pas manger autant. C'est trop. Avec la chaleur qu'il fait aujourd'hui.

– Tu as dit tout à l'heure qu'il ne faisait pas chaud.

– Papa, si tu faisais plus d'exercice, tu te sentirais mieux. Une petite marche à pied dans Main Street pour aller de chez le chiropracteur au café ne t'aurait pas fait de mal.

– Je peux marcher à pied. Mais je ne veux pas. J'ai assez marché dans ma vie, maintenant je veux rouler en voiture.

– Est-ce que le Dr Hudson t'a conseillé de faire de l'exercice ? C'est important... »

Il me pria de me taire d'un moulinet explicite de la fourchette.

« Dans ces conditions, j'espère qu'on ne va pas te retirer ton permis. »

Il avala une gorgée de café.

« Tu ne devrais pas me parler sur ce ton. Je suis ton père.

– Je m'efforce de faire preuve de respect, papa.

– Eh bien, efforce-toi davantage. Tu crois que sous prétexte que je vous ai donné l'exploitation à vous, les filles, vous n'avez plus besoin de me traiter avec égards ? Je sais ce qui se passe.

– Ce n'est pas vrai, papa. Nous faisons de notre mieux. » Je souris. « Tu n'es pas ce qu'on appelle facile à vivre, tu sais.

– Je n'aime pas quand les gens sont paresseux, ou

quand ils ne font pas attention. Ce n'est pas un boulot facile, il faut du courage. »

Je souriais toujours. La deuxième moitié de mon sandwich était sur mon assiette, et il me faisait envie, mais au lieu de le manger, je me forçai à dire :

« Je ne crois pas que tu puisses nous traiter de paresseuses. En tout état de cause, je ne crois pas que tu nous témoignes beaucoup de respect, papa. Je ne crois pas que tu essaies jamais de voir les choses de notre point de vue.

– Vraiment ? Je me crève la peau à trimer toute ma vie et je vous lègue une bonne terre à ton mari et à toi, avec une jolie maison, des revenus corrects, des hauts et des bas, et tu estimes que je devrais en plus passer mon temps à me soucier de – comment tu as dit ? – votre “ point de vue ” ? »

Je me sentis rougir jusqu'à la racine des cheveux, et je repoussai mon assiette.

« Je veux que les choses se passent bien, papa. Je ne veux pas de bagarre. Ne me cherche pas querelle.

– Tu sais une chose, ma fille, jamais je n'ai parlé sur ce ton à mon père. Ce n'était pas à moi de le juger, ni de le critiquer. Je vais te raconter une petite histoire de cette époque lointaine, et peut-être que tu comprendras mieux de quoi tu peux m'être reconnaissante.

– D'accord. »

Je souriais comme une démente.

« Il était une fois une famille qui avait une ferme dans le Sud. Le père était plus vieux que mon père, et quand il était arrivé, il avait asséché cette terre, avec ses fils. Il avait quatre fils, dont le plus jeune, quand il eut une douzaine d'années, contracta cette saleté de polio. C'était il y a très longtemps, du temps où je n'allais pas encore à l'école. Bref, le garçon en question était déjà infirme quand je l'ai connu, mais il ne restait pas à la maison, ça je te prie de le croire. Le vieux le faisait sortir et labourer comme les autres, et ses sillons devaient être bien droits, et il le corrigeait au fouet, histoire de lui montrer que les traitements de faveur n'existaient pas. Il y avait aussi deux filles, dont l'une quitta la maison à seize ans en traitant son père de tyran et de négrier, mais il n'empêche que ce garçon faisait sa part de travail, ce qui lui permettait de se respecter. C'était le rôle du vieux d'y veiller.

– Comment tu le sais ?

– Comment je sais quoi ?

– Comment tu sais qu'il se respectait, et que c'était ce dont il avait besoin ?

– Je l'ai vu ! »

Il commençait à éructer de colère.

« C'est bon, c'est bon, papa, dis-je. Je veux pas te contrarier. Allons au Supervalu. Tu as besoin de café, chez toi, et j'ai moi aussi des courses à faire. Je ne sais pas si ces ouvriers ont l'intention de manger avec nous ou pas.

– Vous devriez écouter ce que je dis.

– Nous allons faire encore un effort, papa. »

Il était facile, en étant assise en face de lui, de voir les choses à sa façon. Quel était notre mérite, après tout ? Il était là, solide, et il était la source vivante de tout, y compris de nous. Je me sentis mal à l'aise en me souvenant de mes pensées ingrates, du plaisir que j'avais éprouvé à le remettre en place. Quand il parlait, il me faisait cet effet. Bien sûr, il était stupide de parler de « mon point de vue ». Quand mon père affirmait le sien, mon point de vue à moi disparaissait. Même moi, je ne m'en souvenais pas.

23

Plus tard, quand je me remémorais les choses de cette journée, me revenait le souvenir du matin, avec la peur que Rose eût senti ce qui se passait entre Jess et moi, puis la dispute avec mon père pendant le déjeuner, et la présence constante de Jess Clark dans mes pensées, présence à la fois ensorcelante et assommante, au gré de cette espèce de petit jeu auquel je ne pouvais pas résister. L'après-midi s'était écoulé sans laisser de trace. De fait, lorsque nous étions passés près du chantier et que j'avais dit : « Tu veux rester un moment avec les ouvriers pour voir faire les fondations ? », papa ne répondit pas. Mais au cours de notre vie commune, nous avions eu le temps d'apprendre l'usage des silences éloquents. Lorsque je ralentis pour me garer près de chez moi, il me fit signe de continuer, d'aller jusque chez lui, et lorsque j'arrêtai la voiture à côté de sa maison, il descendit sans dire un mot. Je lisais évidemment le mécontentement dans son attitude, mais ce qui allait en naître après incubation, je ne pouvais pas le savoir, et je ne le savais pas.

A la maison régnait une atmosphère de digne réussite. Le revendeur de *Harvestore* accepta une tasse de café avant de repartir pour son Minnesota natal. Le chef de chantier originaire du Kansas était descendu au motel de Zebulon Center et il expliqua que malgré les usages de la compagnie qui interdisaient de prendre les repas chez le client parce que cela foutait en l'air les déductions fiscales pour frais professionnels, il aurait grand plaisir à faire une entorse à la règle en dînant avec nous le lendemain soir, si cela nous convenait. Je dis que nous ferions griller des côtelettes de nos cochons. Le lendemain était un mardi, je le savais, le soir de papa, mais peut-être se joindrait-il à nous si nous avions un invité. Ou peut-être pas. C'était un pari. L'homme du Kansas était un homme maigre, qui faisait une demi-tête de moins que Ty et avait en réalité grandi dans les champs de blé du Colorado. Il regardait constamment par la fenêtre, du côté des champs du sud.

« Si ce pays avait été celui de mon père, finit-il par dire, jamais je ne serais parti. Ce coin de terre, pour moi, c'est le paradis. Vraiment.

– Nous essayons de ne pas oublier notre chance », dit Ty.

Il le raccompagna à son camion. Un vent frais s'était levé, humide et porteur de pluie. L'homme du Kansas demanda :

« Vous pensez que ça va tomber ?

– Ça en a bien l'air », dit Ty.

Des nuages noirs s'accumulaient à l'horizon, vers l'ouest ; au-dessus de leurs crêtes bosselées, de grandes déchirures de lumière platine nous aveuglaient brièvement. « Il y a eu pas mal d'orages sérieux, cette année, mais dans l'ensemble, nous avons été épargnés, par ici. Je suppose que nous sommes dans le collimateur, cette fois.

– Quand j'étais gosse, on jouait à courir après les tornades.

– J'ai fait la même chose, autrefois. »

Je me tournai vers Ty et le dévisageai.

« Plutôt dangereux, mais les gosses de la campagne sont cinglés. »

Ils rirent ensemble. L'homme du Kansas monta dans son pick-up et rejoignit la route en faisant signe au revoir.

« Je n'ai pas l'impression que l'absence de cave dans le motel va le gêner, dis-je.

– Apparemment pas. »

Le présentateur de la météo annonça que l'orage passerait sur Mason City vers minuit. En fait, nous étions déjà en situation d'alerte. Je servis un poulet en sauce que j'avais préparé dans une cocotte en terre le matin même, et je mis brièvement Ty au courant de ce qui s'était passé près des silos, et ailleurs, en évoquant l'histoire du labo de l'espace, mais en passant sous silence la dispute avec papa, parce que je savais que Ty me critiquerait. Il me parla des progrès du chantier. J'attendais des nouvelles de Jess Clark, mais il ne dit rien. La soirée s'annonçait calme. Il est possible qu'à ce moment-là, pendant la conversation d'après-dîner et en faisant la vaisselle, j'entendis effectivement un camion s'arrêter au croisement, tourner, puis accélérer en direction de Cabot. Je peux avoir entendu, mais je peux aussi avoir ajouté ce détail dans mes souvenirs.

Toujours est-il que Rose appela vers neuf heures pour dire que le camion de Pete avait disparu et qu'ils pensaient que papa l'avait peut-être pris, car il avait toujours une clé, depuis l'hiver précédent, quand le sien était au garage. Cinq minutes plus tard, Rose et Pete tapaient à la porte de la maison, suivis de Linda et Pammy. Pete était fou de rage, et tout en essayant de le calmer, Rose était également furieuse.

« Je n'arrive pas à y croire, répétait-elle constamment.

– S'il casse ce camion, je le tue, serinait Pete. On devrait lui envoyer les flics, sinon la leçon ne servira à rien. »

Rose arpentait la pièce de long en large.

« S'ils l'avaient bouclé pour une ou deux nuits la semaine dernière, cela lui aurait remis les idées en place. Maintenant il a l'impression qu'il a tous les droits.

« Pourquoi je n'irais pas jusqu'à Cabot voir s'il est passé dans le coin ? dit Ty. Il a dû simplement aller à la Cool Spot.

– Sûrement qu'il parcourt le vaste monde. »

Au moment de repartir, Linda me demanda :

« Est-ce que grand-père a volé le camion ?

– Pas vraiment.

– Papa a dit que oui.

– Ton papa est très en colère. Mais les camions et le matériel appartiennent à toute la famille. Alors on ne peut pas voler ce qui nous appartient.

– Maman a dit qu'elle voulait qu'on vienne ici parce qu'elle n'avait pas envie qu'on soit toutes seules à la maison si grand-père revenait.

– Ta maman est très en colère, elle aussi. »

Rose ouvrit la porte moustiquaire et entra.

« On pourrait bien avoir un gros orage, dit-elle. Je n'avais pas remarqué. »

Elle avait les bras croisés devant elle. Elle nous regarda des pieds à la tête, Linda et moi. Pammy était allée dans la cuisine, et pendant l'instant de silence qui s'installa, j'entendis que l'on fermait la porte du réfrigérateur.

« Oui, je suis très en colère, dit Rose, mais à t'entendre, on croirait que je suis en colère pour rien, comme ça, pour le plaisir. Je suis en colère contre ton grand-père, Linda, parce qu'il a fait certaines choses, et pas parce que j'aime me mettre en colère.

– J'en suis tout à fait consciente, Rose, dis-je. Mais nous ne connaissons pas les circonstances. Il y a peut-être une bonne raison. Dès qu'il fait quoi que ce soit, tu commences par lui tirer dessus, tu poses les questions après.

– Nous étions à la maison. Nous l'aurions conduit où il voulait. Il a pris le camion sans demander. Il a fait son coup en douce. »

Ces paroles s'adressaient à Linda et constituaient une mise en garde, une leçon de morale.

« Rose, il croit qu'il a tous les droits. Il pense que tout ici lui appartient.

– Effectivement. »

Elle dit ce mot en toute bonne conscience, comme si l'erreur de jugement était évidente.

Pammy entra dans la pièce et je dis aux deux filles :

« Il y a probablement quelque chose à la télévision. La soirée risque d'être longue, entre l'orage et le reste. On ferait bien d'allumer le poste, de toute façon. »

Elles allèrent s'installer docilement sur le canapé et finirent par regarder le seul programme que nous pûmes capter : une retransmission du New York City Ballet, sur PBS.

Pendant les informations, elles s'assoupirent, Pammy s'effondrant sur l'accoudoir, la tête basculée en arrière et les cheveux dans les yeux, Linda appuyée contre Pammy et respirant fort, la bouche ouverte. Je posai mon tricot pour les observer en me disant qu'elles avaient souvent l'air ahuri, et je me demandai s'il en avait toujours été ainsi, et si, question qui me laissa ahurie à mon tour, je n'avais pas fini par trouver cet état normal.

« Montons les coucher, pour le moment en tout cas, dit Rose. S'il y a une alerte, il sera toujours temps de les réveiller et de les faire descendre à la cave, mais à mon avis, il va seulement pleuvoir des cordes. »

Après les avoir mises au lit, Rose redescendit et se posta devant la porte, d'où elle regarda l'orage couver en attendant le camion.

Une paire de phares quitta la route en virant, éclaira momentanément le mur du fond de la pièce, s'éteignit. Rose ne bougea pas d'où elle était et ne dit pas un mot. Je restai sur mon siège en me taisant. Après une longue minute de silence, ponctuée par le *bang bang* de deux portières de camion que l'on claque, la voix de Ty, basse et calme, dit :

« Ginny, viens voir s'il te plaît. »

C'était parti.

Rose poussa la porte moustiquaire et je la suivis. Notre père se tenait devant le camion. Ty était derrière lui.

« Larry a des choses à dire, dit-il. Je lui ai conseillé de les dire en personne.

– Exact », confirma papa.

Rose me prit la main et la serra fort, comme elle l'avait fait souvent lorsque nous étions des gamines prises en faute attendant la punition.

« Vous avez raison, dit mon père méchamment. Tenez-vous la main.

– Et pourquoi pas ? dis-je. Nous n'avons jamais eu personne d'autre sur qui compter. De toute manière, de quoi sommes-nous coupables ? Pourquoi est-ce que tu t'apprêtes à nous faire une série de reproches ? Nous n'avons rien fait de mal, à part nous décarcasser pour toi.

– L'orage va tomber. Et si je te ramenais chez toi plutôt, et que nous reparlions de tout ça demain matin ?

– Je me fiche de l'orage. Je ne veux pas rentrer chez moi. C'est vous qui me cloîtrez de force.

– On ne te cloître nulle part, papa, dis-je. Tu as une très jolie maison où tu vis depuis toujours.

– Allez, je te raccompagne. »

Le ton de Rose s'était fait câlin. J'insistai.

« La journée a été longue. Va avec Rose et demain on peut...

– Non ! J'aime mieux rester sous l'orage. Si tu t'imagines que je n'ai pas l'habitude, ma fille, tu vas avoir une surprise. »

Je cédai à une réaction d'exaspération et dis :

« Parfait. C'est comme tu veux. Tu n'en fais qu'à ta tête.

– Tu parles bien comme la garce que tu es !

– Papa ! » s'indigna Rose.

Il se pencha pour approcher son visage du mien.

« Plus besoin de faire le chauffeur pour moi, ni de t'occuper du petit déjeuner, et pas besoin de venir faire le ménage non plus ! » Sa voix prit le timbre du hurlement. « Et encore moins de m'emmerder à me dire ce que j'ai le droit de faire ou pas. Espèce de pute stérile ! Je connais ton petit jeu de salope, va !

Toute ta vie tu as courbé l'échine à essayer de t'attirer les grâces de tout le monde. Mais tu n'es pas une vraie femme, que je sache ! Je vais te dire ce que tu es, moi, une salope, une salope de putain au ventre stérile ! »

Je reconnais en avoir été pétrifiée ; oui, voilà ce qu'il pense depuis des années, pensai-je en moi-même, et il fallait bien que cela sorte. Dans un premier temps, le choc fut comme une fenêtre ouverte entre nous. Les postillons s'accumulèrent aux commissures de ses lèvres, mais s'ils volèrent, je ne sentis rien. Et je ne reculai pas non plus. Par-dessus l'épaule de papa, je voyais Ty, pétrifié lui aussi, immobile, les mains dans les poches. Puis Pete arriva à son tour au volant de son pick-up.

« Ceci dépasse les limites du ridicule. Tu ne penses pas le quart de ce que tu dis, papa. C'est de la sénilité, ou la maladie d'Alzheimer, ou les deux. Allez, Pete et moi, on te raccompagne. Tu pourras faire tes excuses à Ginny demain matin. »

Pete éteignit ses phares et descendit du camion, puis d'une voix plate et distante il dit :

« Qu'est-ce qui se passe ?

– N'essaye pas de me faire passer pour un dingue ! J'ai compris ton manège ! A ce petit jeu, l'étape suivante c'est l'asile.

– Je n'essaye pas de te faire passer pour un dingue, papa. Je veux que tu ailles chez toi, dans ta maison, et que les choses reprennent leur cours normal. Il faut que tu cesses de boire et que tu participes plus au travail de l'exploitation. C'est l'opinion de Ginny, et je fais plus que la partager. Je n'ai pas l'intention d'en accepter autant qu'elle. Nous faisons de notre mieux avec toi, et nous avons toujours été à tes côtés. Tu ne peux pas nous traiter comme des moins que rien. Tu es peut-être notre père, mais cela ne te donne pas le droit de dire n'importe quoi à Ginny ou à moi.

– C'est vous deux qui me rendez dingue ! Je vous ai tout donné et en retour, je ne reçois rien, à part des ordres pour me dicter ce que je dois faire, qui je dois être et comment je dois penser. »

Rose resta plantée comme un piquet, droite et impassible, les bras croisés sur la poitrine.

« Nous n'avons rien demandé. Nous n'avons jamais réclamé ce que tu nous as donné. En revanche, il était peut-être plus que temps que nous touchions la récompense de tout ce que nous t'avons donné, nous. Tu dis que tu connais parfaitement le jeu de Ginny, eh bien moi, papa, je sais tout du tien, et tu sais que je sais. Nous avons dit ce que nous avions à offrir, la vie comme elle est en ce moment, ni plus, ni moins. Si tu n'en veux pas, tu n'as qu'à aller voir ailleurs. Trouve quelqu'un qui s'occupe de toi, parce que moi, pour commencer, j'en ai assez. »

Elle avait parlé bas mais avec un sérieux glacial et pénétrant qui faisait froid dans le dos.

Il se tourna de nouveau vers moi.

« Non mais, tu l'entends ? Elle me parle encore plus mal que toi. »

Il paraissait un peu plus conciliant, comme s'il croyait pouvoir diviser pour régner de nouveau. Je reculai d'un pas. Brutalement me revenait le souvenir limpide d'un jour où, alors que nous avions neuf et onze ans, Rose et moi l'avions fait attendre devant l'école après une fête pour Halloween à laquelle il avait commencé par refuser de nous laisser aller. J'avais perdu une chaussure dans le vestiaire, et Rose et moi avions cherché désespérément partout pendant que les autres enfants mettaient leur manteau pour partir. Impossible de la retrouver et nous étions sorties les dernières, cinq à dix minutes après tout le monde. Papa attendait dans le pick-up. Rose monta la première, dans son costume de princesse, et je me tassai contre la porte, en prenant soin de cacher mon pied en chaussette. Papa écumait de colère, et nous savions à quoi nous attendre, rien qu'à cause du retard. Alors s'il découvrait pour la chaussure ...

Je fus trahie par maman. Lorsque je franchis le pas de la porte, elle dit :

« Ginny ! Où est passée ta chaussure ? »

Et papa, qui se retourna pour regarder mon pied, parut s'enflammer littéralement sur place. Il se précipita sur moi et se mit à me frapper du plat de la main, sur les fesses et les cuisses. Je réussis à battre en retraite pour me réfugier entre la fenêtre et le fourneau, et j'entendis la voix de maman : « Larry ! Larry ! Tu es fou ! ».

Alors il se tourna vers elle.

« Tu es de son côté ? demanda-t-il.

– Non, mais...

– Alors demande-lui de sortir de sa cachette. On ne peut pas être dans deux camps à la fois, ici, alors tu as intérêt à ne pas te tromper. »

Il se fit un long silence. Rose était invisible. J'entendis Caroline se mettre à pleurer, là-haut, puis se taire. Le visage de maman regarda vers le premier d'où venaient les pleurs, puis revint vers moi.

« Dis-lui, dit-il.

– Virginia, demanda-t-elle, sors de là. Viens au milieu de la pièce. Il a raison. Tu n'aurais pas dû perdre ta chaussure. »

Je fis ce qu'elle demandait. Cinq pas. Les yeux baissés, le regard sur les franges de mon pantalon de clochard que nous avions coupées le matin. J'avais les mains barbouillées de maquillage pour m'être frotté le visage, ce qui leur donnait une étrange couleur rouge et noire. Quand je fus au milieu de la pièce, il m'attrapa par le bras, me tira jusqu'à la porte contre laquelle il me plaqua avant de me fouetter avec son ceinturon jusqu'à me laisser effondrée sur le carrelage. Telle était sa conception du front uni.

« Papa, dis-je, si tu trouves que nous te traitons mal, tu serais carrément surpris du traitement que tu mérites vraiment. Parce que tu ne mérites pas l'attention que nous te portons. En ce qui me concerne, à partir d'aujourd'hui, tu te débrouilles tout seul. »

Rose me lança un regard, où se lisaient la perplexité et la solidarité mêlées.

« Ta maison se trouve au bout de la route. Tu connais le chemin, et tu peux y aller tout seul. Moi je rentre, je me mets à l'abri.

– Comment oses-tu traiter ton père de cette façon ? J'étais encore trop gentil en te traitant de garce ! Tu cherches à me pousser où, là ? Je vais arrêter ces travaux ! Récupérer ma terre ! Et je vous flanquerai dehors toutes les deux, comme deux putains que vous êtes. Vous allez voir ce qu'il en coûte de traiter votre père comme vous le faites. Soyez maudites ! Toi, Ginny, tu n'auras jamais d'enfant, c'est sans espoir. Quant à toi, tes filles sauteront de joie le jour de ta mort ! »

Rose me tira à l'intérieur de la maison et claqua la porte derrière nous. Ty et Pete restèrent dehors. Par la fenêtre, je les vis tenter de convaincre papa de monter dans le camion, mais il refusa en faisant de grands gestes, et Pete reçut un coup de poing dans la joue. Il leva les mains, fit demi-tour et entra dans la maison en crachant : « Quel connard ! C'est terminé ! Cette fois, c'est vraiment terminé ! » Papa titubait à présent sur la route. Ty le suivait plus ou moins, à distance. Il y eut un éclair suivi de grands coups de tonnerre. Rose mit la télévision comme si l'évolution des conditions météo l'intéressait plus que ce que nous allions faire, ou penser, ou devenir après ceci, mais sa main tremblait si fort qu'elle parvenait à peine à manipuler la télécommande. Je regardai de nouveau par la fenêtre. Au moment précis où je me disais que Ty s'éloignait beaucoup, le ciel lâcha un vrai déluge, non pas des gouttes ni des cordes, mais des trombes d'eau sous lesquelles disparurent totalement Ty et papa, de même que les deux camions garés à moins de trois mètres de la fenêtre.

L'électricité sauta.

De l'étage, deux petites voix se mirent à appeler : « Maman, maman, viens ! »

Pete jura.

« Merde !

– Qu'il crève ! » dit Rose.

A la lumière des éclairs, je la vis marcher à tâtons en évitant les meubles pour aller jusqu'à l'escalier.

Deux hurlements stridents parvinrent de là-haut.

Rose cria d'une voix sévère :

« J'arrive ! Inutile de crier ! »

Pete demanda : « Tu as des lampes à pétrole ? Ça risque de durer toute la nuit. »

Ty franchit la porte d'un pas chancelant, ses

chaussures pleines d'eau, ses vêtements trempés jusqu'au dernier fil, le visage et le menton ruisselant de pluie.

« Je l'ai perdu, dit-il. Je l'ai complètement perdu. Je suis même surpris d'avoir retrouvé mon chemin jusqu'ici. »

24

Pour finir, nous nous fixâmes comme ligne de conduite qu'en attendant la fin de l'orage Rose et les petites resteraient chez nous, que Pete rentrerait chez eux pour vérifier que tout allait bien, et que Ty passerait chez papa où il attendrait si ce dernier n'était pas encore rentré. Après l'orage, nous ferions une ronde dans les alentours, et si papa n'avait pas été retrouvé dans l'heure, nous appellerions le shérif.

Il y avait une certaine gêne entre Ty et moi. Moi, j'attendais une parole de lui pour me dire qu'il ne croyait pas un mot de ce qu'avait dit papa, qu'il ne prêtait pas foi au point essentiel et implicite dans sa diatribe, à savoir que je ne valais rien, même pas la peine d'être aimée. Il ne fit pas le moindre commentaire, peut-être parce que le seul fait d'en parler aurait donné plus de poids à des propos qui ne le méritaient pas. J'avais envie de l'entendre dire que pendant tout le trajet pour ramener papa, il n'avait rien su de ce que papa voulait me jeter à la figure, mais il ne le dit pas non plus, et je conçus l'irrésistible tentation d'imaginer que papa parlait au nom de Ty autant qu'en son nom propre, qu'ils s'étaient mis d'accord sur tout cela avant. Je lui trouvai des chaussettes sèches et son poncho.

Evidemment, je me demandais pourquoi papa avait choisi précisément ces termes pour me définir – salope et putain. Bien sûr, la conviction qu'il avait quelque intelligence de mon intermède avec Jess Clark prit corps, cohérente et inattaquable dans ma certitude nouvelle. Peut-être avait-ce été là le sujet de conversation entre Ty et lui pendant le trajet du retour. Peut-être était-ce là, à cet endroit, que l'histoire de papa confluait avec celle de Jess Clark. Sans doute une enfant qui comme moi avait grandi en connaissant l'exacte mesure du pouvoir de son père ne pouvait s'étonner que même en l'absence apparente de source d'information il connût son secret le plus cher. N'avait-il pas toujours tout su ?

Je restai dans le noir après le départ de Pete et de Ty. Rose était au premier, où elle parlait à Linda et à Pammy pour les endormir envers et contre tout, vu que dans ce contexte, leur présence inquisitrice et apeurée avait un aspect insupportable. J'étais toujours sous le choc, ou plus exactement, dans un état second, en attente d'un catalyseur. Il était très clair, subitement, que ma vie jusqu'à ce jour avait été pour le moins prévisible et bien connue. Ce que j'avais eu à faire, je savais que je pouvais le faire, même si je préférais éventuellement ne pas le faire.

Rose redescendit, avec la lampe à pétrole qu'elle posa sur le noyau d'escalier, tout au bout.

« Voilà, cria-t-elle. Vous voyez une petite lumière. Elle est juste en bas de l'escalier, comme promis. »

Il y eut un faible « d'accord », à peine audible sous le bruit de l'averse. Elle vint s'asseoir en face de moi. Il n'y avait rien à faire, puisque nous avions déjà débranché les prises des appareils ménagers et de la télévision. Il était clair que nous allions bien devoir parler. Je me demandais comment elle allait lancer la conversation.

Je m'interrogeais aussi sur la réaction de Jess Clark. Apparemment, rien ne pouvait m'arracher à cette angoisse. Des impossibilités, parées des couleurs du possible, surgissaient des profondeurs – Jess a dû raconter, Jess a dû tout dire à Harold et Loren, et Harold a répété à papa, et même si Jess n'a rien dit, il pense certainement de la même façon, non, il ne pense pas du tout de cette façon, il resterait avec moi si je le lui demandais...

« Bien, dit Rose, le tout-puissant a parlé. Tu trembles déjà ? »

La voix était lasse, blasée.

« C'est toi qui tremblais. Tu pouvais à peine allumer la télé tout à l'heure.

– Merde, Ginny, je tremble encore. Si seulement je n'avais pas arrêté de fumer. Putain, que j'ai envie d'une cigarette !

– Moi j'ai envie de vomir.

– Mon pauvre chou.

– Il faut tenir bon, sinon, on va pleurer.

– Moi je ne vais pas pleurer, et toi non plus.

– Dis : “ Il est dingue ”.

– Il est dingue. Fou à lier. Le diagnostic est évident quand ils se mettent à imaginer sans cesse qu'on complote contre eux. Ou quand ils parlent de sexe. Lorsque le sexe vient sur le tapis, c'est un signe certain.

– C'est ça que tu appelles la bave aux lèvres ?

– Tu te souviens du gars qui pilotait l'avion quand papa faisait pulvériser les récoltes par avion ?

Il paraît qu'il est devenu carrément fou en vieillissant. On le retrouvait dans le vide sanitaire, sous la cuisine. Il se cachait.

– Qui t'a raconté ça ?

– Marlene Stanley l'a su par Bob qui connaissait la famille, près de Mason City. Et il avait ces terribles plaques rouges. Ils ne savaient pas si c'était une réaction à tous ces produits chimiques, ou si c'était à force de ramper sous la maison.

– Tu crois que papa fait une réaction aux pesticides ? »

Elle haussa les épaules.

« Tu te souviens Noël dernier, quand Harold Clark répétait constamment qu'à son avis il n'avait pas plus de cinq ans à vivre, alors que son père est mort à quatre-vingt-douze ans ? Si tu fais le tour de la question, tu peux passer toutes les maisons en revue. Quatre-vingt-dix, quatre-vingt-sept, et quatre-vingt-treize plus quatre-vingt-douze pour ce couple. Mais c'était une autre génération.

– Le grand-père Cook n'avait que soixante-six ans. Papa a deux ans de plus. Et le grand-père Davis en avait soixante-dix.

– Oh, je ne suis pas sûre qu'ils étaient comme les autres. Tu ne te demandes pas s'ils n'ont pas simplement implosé ? D'abord leurs femmes meurent à la tâche, puis ils tirent la corde tant qu'ils peuvent avec leurs enfants, et après ils arrivent au bout du rouleau. Je me suis souvent persuadée que maman s'était enfuie, qu'elle avait pris un autre nom, et qu'un jour elle reviendrait nous chercher. Tu veux que je te raconte la vie que je nous avais choisie ?

– Bien sûr.

– Elle travaillait comme serveuse dans un hôtel

chic, et nous vivions avec elle dans un appartement hollywoodien, tu sais, entrée particulière, deux étages, deux chambres avec salle de bains en haut et cuisine-living en bas. Jolie moquette épaisse, murs blancs, bruits discrets des voisins de chaque côté, accès au palier de service par porte coulissante. Indispensables, les voisins des deux côtés. Dans ma tête, il aurait été dangereux d'habiter en bout d'immeuble.

– Je crois bien que je n'ai jamais envisagé de ne pas vivre ici. C'est drôle, non ? J'aurais voulu que certaines choses soient différentes, néanmoins.

– Ginny, tu as l'air tellement indulgente. Tu n'es pas furieuse ?

– A quoi ça servirait ? Si c'est une réaction aux pesticides, à quoi cela m'avancerait-il d'être furieuse ? Le problème ne sera pas résolu pour autant.

– La chimie n'était pas responsable il y a vingt ans.

– Je reconnais qu'il a toujours eu des accès de colère. J'aurais peut-être été plus conciliante ce soir si je ne m'étais pas souvenue brutalement... »

Le téléphone sonna et je répondis, en dépit du fait que l'on ne devait pas décrocher pendant un orage. Ty voulait savoir si papa avait fait sa réapparition, si à mon avis l'orage était en train de passer.

« Non, aux deux questions, dis-je. Il n'est pas là-bas non plus, donc ? »

Rose me rejoignit et s'assit à côté de moi sur le canapé. Je raccrochai. La lumière de la lampe à pétrole éclairait merveilleusement bien à présent que je m'y étais habituée, et le visage de Rose semblait la capter et la réfléchir, sa peau prenant la nuance chaude et éclatante de la lumière qui l'éclairait. Dans ce halo bienveillant, les angles imprimés par la chimiothérapie devenaient juvéniles, la profondeur du regard des deux grands yeux acquérait de la beauté. Lorsque j'eus raccroché, elle chercha mon regard et dit d'une petite voix tendue :

« Ginny, tu ne te souviens pas comment il était toujours après nous, si ?

– Je me souviens de la chaussure perdue. Je le revois me hurlant après, et la façon dont maman...

– Je ne fais pas allusion aux fessées ni aux corrections.

– Tu as dit " était après nous " ?

– Quand nous étions adolescentes. Comment il venait dans nos chambres. »

Je passai la langue sur mes lèvres et croisai mes jambes dans l'autre sens, jambe droite sur jambe gauche.

« Nous dormions dans la même chambre pendant que maman était malade.

– Et puis à Noël, nous nous sommes installées dans des chambres séparées. Il a dit qu'il était temps que nous ayons chacune notre chambre. »

Il était vrai que nous avions eu alors chacune notre chambre. La mienne était jaune, notre ancienne chambre à nous deux, celle de Rose était rose, l'ancienne chambre d'amis. En fait, je ne me souvenais pas du déménagement, ce qui était étrange, et je ne me rappelais pas non plus avoir désiré une chambre à moi.

« Bien sûr que je me souviens que nous avions chacune notre chambre, dis-je. Mais je ne me souviens plus pourquoi.

– Il allait dans ta chambre le soir.

– Pour quoi faire ? Je ne me souviens plus de ça du tout.

– Comment peux-tu ne pas te souvenir ? Tu avais quinze ans !

– Je suis sûre que j'étais endormie. Notre grand-père Cook avait l'habitude de rôder ainsi partout en catimini. Un peu comme on passe vérifier que tout va bien. A la porcherie pour les cochons, par exemple.

– Sauf que papa avait tout autre chose en tête qu'une visite de contrôle à la porcherie.

– Qu'est-ce que tu es en train de dire, Rose ?

– Tu sais bien.

– Je te promets que non. »

Et de fait, je ne savais pas. Mais j'avais peur, de toute façon. J'étais prisonnière de son regard, que je soutenais.

Rose inspira un grand coup, retint l'air dans ses poumons et se lança.

« Il faisait l'amour avec toi.

– Ce n'est pas vrai !

– Je l'ai vu entrer ! Et il restait longtemps !

– Le temps paraît toujours plus long au milieu de la nuit. Il devait fermer les fenêtres, ou je ne sais pas moi. »

Ma voix cherchait la conciliation.

– Je regardais mon réveil. »

Elle donna l'impression de rougir.

« Oh Rose ! Comment puis-je croire qu'il y a vingt et un ans tu t'es réveillée en pleine nuit, que tu as vu papa entrer dans ma chambre, que tu as regardé l'heure sur ton réveil, que tu l'as vu ressortir plus tard, que tu as encore regardé l'heure, ,et que tout cela constitue la preuve que... » Sans cesser de la regarder, je fis l'impasse sur la fin de la phrase. Avec ce qu'il faut de scepticisme, du moins l'espérais-je, je dis encore : « De toute façon, papa est peut-être un alcoolique et un colérique, mais il va à l'église...

– C'est vrai. »

Le ton de la voix s'était fait bas, pénétrant, d'une conviction emportant l'adhésion. Mais j'étais muette autant que désemparée. Après un long moment je dis :

« D'accord, admettons que ce soit vrai. Est-ce que j'en ai jamais parlé à l'époque ?

– Il te menaçait. Il faisait en sorte que tu ne dises rien.

– Comment ? Je te disais toujours tout.

– Il te disait que si tu me mettais au courant, je serais très jalouse et que je ne t'aimerais plus. Tu avais quinze ans. Tu n'étais pas un foudre de guerre. Tu l'as cru.

– Je t'ai raconté tout ça à l'époque ?

– Tu ne m'as rien raconté du tout à l'époque.

– Alors ? »

Je reculai sur mon siège, échappant à son regard pour tenter de retrouver un peu de l'autorité de l'aînée. Et je dis, en m'adressant à la cantonade car j'avais peur de croiser son regard :

« Pourquoi est-ce que tu dis cela ?

– J'ai compris que tu ne te souviens de rien l'autre jour, dans le living de chez papa. »

Je retins mon souffle dans un léger sursaut de colère et de frustration.

« Mais il ne s'est rien passé.

– Oh, si.

– Alors pourquoi est-ce que je ne me rappelle pas ? Tu crois que je mens ?

– C'est comme cela que les choses se sont passées avec moi. » Elle aurait tout aussi bien pu énoncer la recette des cornichons au vinaigre tant le ton de sa voix était neutre. J'étais sûre d'avoir mal entendu.

« Pardon ?

– Parce qu'après avoir cessé d'aller dans ta chambre, il a commencé à venir dans la mienne, et que ce sont les choses qu'il m'a dites, et les choses que nous avons faites. Oui, nous faisions l'amour dans mon lit.

– Tu avais treize ans !

– Puis quatorze, puis quinze, puis seize.

– Je ne peux pas y croire ! »

Elle me regarda de très, très loin.

« Je croyais que tu savais. J'ai cru pendant toutes ces années que nous savions toutes les deux, une sorte de secret partagé, enfoui sous tout le reste. Je me disais que si, après cela, tu réussissais à le supporter et à le traiter normalement comme tu le fais, alors on pouvait bien tirer un trait sur cette histoire. »

Je la regardai dans les yeux.

« Et Caroline ? »

La réponse se fit attendre un peu.

« Je ne suis pas sûre. Enfin, il me disait que si j'étais gentille avec lui, il ne s'intéresserait pas à elle. Il présentait la chose comme une sorte de réalité biologique. Je pense qu'il n'a jamais rien tenté sur elle, essentiellement parce qu'elle se conduit comme si elle n'avait pas les mêmes sentiments que nous pour lui. Elle le ménage, elle compatit avec lui. Il ne l'écrase pas comme il fait avec nous.

– Mais toi, il ne t'écrase pas non plus ! Tu lui tiens tête !

– Il aime ça. Toutes mes fugues et mes histoires de cœur quand j'étais au lycée ? Ça le confortait dans l'idée qu'il devait me soumettre. Il aimait bien.

– A t'entendre, j'ai l'impression que tu essayais de maintenir l'intérêt qu'il avait pour toi !

– Euh, j'avais peur qu'il tente quelque chose sur Caroline qui n'avait que huit, dix ans. Mais j'étais aussi flattée. Je me disais qu'il m'avait choisie moi, que j'étais sa favorite, et pas toi, ni elle. En surface, je me disais que c'était normal, que c'était forcément normal, vu que c'était lui qui faisait les lois. Il ne m'a pas violée, Ginny. Il m'a séduite. Il disait qu'il n'y avait pas de problème, que c'était bien de lui faire plaisir, qu'il en avait besoin, que j'étais spéciale. Il disait qu'il m'aimait.

« C'est trop, je ne peux pas. »

Rose ne bougea pas et continua de me regarder. Il y eut trois brefs coups de tonnerre, et la persistance de la pluie contre la maison. Je me concentrai sur ces bruits.

« Ginny.

– Oui ?

– Il allait dans ta chambre. Je l'ai vu.

– Peut-être que j'étais endormie. Peut-être qu'il a seulement envisagé la chose et qu'il a fini par renoncer. Peut-être que tu étais plus jolie.

– Les choses ne fonctionnent pas comme ça. J'ai lu un peu sur la question. Le fait d'être plus jolie ne change rien. Tu étais autant à lui que moi. Il n'avait aucune raison d'affirmer davantage son emprise sur toi que sur moi. Nous lui appartenions, au même titre que l'étang, les maisons, les cochons ou les récoltes, et il était libre de faire ce qu'il voulait de nous. Caroline aussi lui appartenait. C'est pourquoi je ne sais pas trop pour elle. »

Évidemment, je ne la quittais pas des yeux, enregistrant les changements d'expression sur son visage, et le reflet des vacillements de la lumière. Évidemment, je me demandais si elle pouvait me mentir. Quand nous étions petites, vraiment petites, entre sept et neuf ans, elle mentait beaucoup. Moi je me vendais tout de suite, me trahissant par étourderie. Elle était plus calculatrice, allant jusqu'à me dire un jour : « Pourquoi est-ce que tu réponds à toutes les questions que l'on te pose ? Tu n'as qu'à leur dire ce qu'ils ont envie d'entendre et après tu auras la paix. » Elle soutenait avec détermination mon regard. C'est moi qui finis par m'adosser brutalement dans le canapé avant d'exploser :

« Rose, tu es trop calme. Tu es tellement calme que l'on dirait que tu mens plutôt que tu n'exhumes des horreurs passées.

– Je suis calme. Pour toi, il s'agit d'une surprise, puisque tu le dis. Mais pour moi, ce n'est pas nouveau. J'y pense depuis des années. J'en ai parlé à Pete, aussi, après ma fracture du bras.

– Est-ce qu'il t'a cru ?

– Pour Pete, papa est capable de tout. Son attitude vis-à-vis de moi est plus complexe. Il sait ce que devrait être sa réaction et s'efforce de se comporter en conséquence. Le fait d'avoir des filles nous aide. Si papa tentait quoi que ce soit sur elles, Pete le tuerait. C'est une des raisons qui me font rester mariée avec lui. »

Je regardai du côté des escaliers, avec la certitude soudaine que Linda et Pammy étaient assises sur la dernière marche et entendaient tout. L'escalier était vide.

« C'est pour cela que tu les tiens à l'écart de papa.

– Et pour cela aussi qu'elles sont en internat. Ce qui ne m'a pas empêchée d'avoir un frisson d'appréhension en le sachant sur les routes, du côté de Des Moines par exemple. Je ne suis pas certaine que l'école les empêcherait de sortir avec lui. »

Il me fallut un moment pour me libérer de ma question suivante. A croire que la peur m'avait littéralement bourré la bouche de coton. Je finis par me lancer :

« A-t-il jamais...

– Pas que je sache. J'ai acheté des livres et nous avons fait tous les tests et questionnaires. Je les ai préparées sans faire allusion à papa. Et j'ai toujours eu l'œil. C'est que nous étions à peine adolescentes.

– Moi il ne m'est rien arrivé, Rose. »

Elle haussa les épaules.

Je parlai sur le ton de la colère, tout à coup, et j'en fus surprise moi-même.

« Je ne sais pas quoi dire ! Tout cela est d'un ridicule ! » Et je me mis brutalement à pleurer. « Le plus étrange de l'histoire, c'est que je me sens idiote, naïve, stupide. Bon Dieu, je suis tellement triste qu'il ait fait ça. »

Rose garda son calme, presque impassible.

« Je ne veux pas m'apitoyer sur mon sort. C'est le plus dur. Plus je suis furieuse, mieux je me porte.

– D'accord, d'accord, d'accord. »

Elle se rapprocha et me prit par l'épaule. Nous restâmes ainsi en silence plusieurs minutes. J'essayais de ne plus pleurer, mais j'avais l'impression d'avoir été réduite en compote et de ne plus parvenir à me reconstituer. Puis, au creux de mon oreille, j'entendis sa voix.

« Il ne l'emportera pas au paradis, Ginny, disait-elle. Je ne le laisserai pas s'en tirer. Je le jure. »

25

L'orage faiblit après minuit, malgré une pluie encore violente. Ty et Pete revinrent puis repartirent. Juste après deux heures, Rose et moi étions allongées sur mon lit, et je crois que Rose s'endormit. Je me levai pour aller voir les petites, qui avaient repoussé leurs couvertures. Tout le monde semblait avoir cherché refuge dans ma maison.

La jambe de Linda chevauchait celle de Pammy et leurs mains reposaient côte à côte : elles avaient dû se tenir par la main, mais leurs muscles respectifs avaient dû se relâcher dans le sommeil. Je les connaissais depuis leur naissance et bien souvent j'avais soulevé ce poids à l'étonnante densité qu'est celui d'un corps de bébé ou de petit enfant. Les moments innombrables que j'avais passés avec chacune d'elles avaient pour moi un goût d'éternité – Pammy avait environ dix-huit mois et nous étions tous assis autour de la table du repas : elle lève ses petites mains au-dessus de sa tête en disant « En l'air ! », alors nous levons tous les mains au-dessus de nos têtes en disant « En l'air ! En l'air ! », jusqu'au moment où Pammy laisse retomber ses petites mains qui claquent contre la table et crie

« Baissez » en éclatant de rire. Quand elle était petite, Linda écrasait tous les aliments dans son petit poing fermé et c'est seulement lorsque la nourriture lui dégoulinait entre les doigts qu'elle consentait à l'avaler. Qui pourrait s'approcher d'elles avec de mauvaises intentions ? Qui pourrait avoir envie, non pas de les protéger mais de leur faire du mal, surtout dans ces circonstances, au beau milieu de la nuit, en voyant leurs corps endormis, livrés sans défense ?

En l'occurrence, il ne s'agissait pas de leurs corps, mais des nôtres, ou plus exactement de celui de Rose. Et du mien aussi, s'il entrait dans ma chambre, même s'il se contentait de fermer la fenêtre, même s'il se contentait de vérifier que j'étais endormie.

J'étais étendue, abandonnée comme elles en ce moment, emberlificotée dans ma chemise de nuit, les cheveux dans les yeux. Et le fait est que si je ne parvenais pas à imaginer mon père en train de faire ce que Rose disait, je ne parvenais pas mieux à l'imaginer en train de faire ce que je faisais en ce moment, contempler ses filles avec tendresse et fierté, en éprouvant pour elle toute l'affection que j'avais pour Pammy et Linda. Prise d'un soudain frisson, je remontai soigneusement la couverture sur elles, et quittai la pièce à reculons. J'étais toujours habillée, mais je me mis au lit à côté de Rose qui était étendue par-dessus les draps, la tête sous le couvre-lit. Je dus m'assoupir.

La silhouette qui se trouvait dans l'encadrement de la porte, lorsque je m'éveillai, était celle de Jess Clark. Lorsqu'il me vit bouger, il se pencha au-dessus de moi et dit : « Ton père est chez Harold. Ils ne savent pas que je suis ici ». Ces paroles me dirent tout ce que je voulais entendre sur le secret, la complicité, le danger. Je me laissai tomber hors du lit sans éveiller Rose et le poussai devant moi vers les escaliers. Il était quatre heures dix à la pendule de l'entrée.

Les deux camions étaient toujours absents.

La pluie avait cessé et les fenêtres commençaient juste à s'éclairer.

Je me souvins des paroles de Rose.

Je regardai Jess Clark et fondis en larmes.

Il m'emmena vers la cuisine, alluma, fit du café, me prit la main et scruta mon visage en me parlant.

D'après les renseignements de Jess, papa avait erré pendant quarante minutes ou une heure avant de se retrouver à côté de la grange de Harold Clark. Au lieu d'entrer, il avait continué d'arpenter plus ou moins le secteur en parlant et criant tout seul, et c'est ainsi que Loren Clark l'avait découvert alors qu'il rentrait tard d'une séance de cinéma à Zebulon Center. Loren le fit entrer chez eux et ils tentèrent de lui faire quitter ses vêtements mouillés, sauf que papa voulait à tout prix appeler Ken LaSalle et Marv Carson avant d'accepter de se changer. Harold céda et les deux autres affrontèrent l'orage pour venir le rencontrer chez Harold.

« Il était fou de rage, dit Jess, et Harold avait un sourire en coin. Il adore quand les gens sont sous pression.

– Ils sont tous pareils ! C'est affreux. Toute la ville va être au courant à l'heure du petit déjeuner. Les gens vont même apprendre la nouvelle en prenant le petit déjeuner, vu que Marv Carson déjeune au café tous les matins.

– Laisse tomber. Qu'est-ce que ça peut te faire ? Raconte-moi ce qui s'est passé. »

Je lissai un peu mon chemisier, passai la main dans mes cheveux, qui étaient apparemment coiffés. En fait, il s'était passé tant de choses qu'elles me tombaient dessus une par une depuis que j'étais réveillée. Je ne savais pas où était Ty et me demandai s'il avait prévenu le shérif. J'ouvris la bouche pour parler, et j'avais trop de choses à dire, trop de façons de les dire, surtout à Jess Clark. Il fallait que je trouve les mots justes. Je regardai son visage douloureusement étrange et familier et je sentis instantanément que tout se dissolvait dans une puissante solution de honte, même ce que j'avais fait avec Jess et qui, je m'en rendis compte, avait jusqu'à présent bénéficié d'un traitement à part et privilégié. Mon regard glissa sur la toile cirée rouge et blanche.

« Qu'a dit papa ? finis-je par demander.

– Il a dit que ses deux putes de filles l'avaient jeté dehors dans l'orage et qu'il regrettait bien de ne pas avoir eu des fils.

– C'est faux ! Nous avons tout fait pour le convaincre de se laisser raccompagner chez lui ! Il nous a insultées, maudites ! Et quand... »

Il serra ma main dans la sienne.

« Je ne l'ai pas cru, Ginny. Je savais bien qu'il ne fallait pas prendre tout pour argent comptant.

– Je sais qu'il avait bu. Je me laisse toujours prendre parce que, quand il a bu, son humeur change, et c'est tout. Il ne titube pas, ne bafouille pas, ni rien. Alors je me fais avoir. J'oublie qu'il a bu.

– Je ne crois pas que le fait d'avoir bu l'excuse. »

La honte est un sentiment très particulier. Je ne

pouvais pas regarder mes mains tenant la tasse de café, ni entendre mes propres lamentations sans être prise d'effroi, sans éprouver un violent désir de ne plus parler, de devenir toute petite. Pire, je prenais désagréablement conscience de tout mon corps, depuis la façon étrange dont les mèches de mes cheveux se dressaient sur la peau de mon crâne, jusqu'à mes pieds que je trouvais sales et frigorifiés. J'avais l'impression permanente de sentir ma peau de l'intérieur, comme si elle était décollée de ma chair, séparée d'elle par un millimètre d'espace mortifié. J'écoutai attentivement les paroles de Jess que je trouvais incontestablement sensées et pleines de sympathie jusque dans leur moindre vibration, mais elles ne me rassuraient pas. Mon corps me disait que ma honte était une réalité en attente de révélation.

« S'il te plaît, dit Jess, raconte-moi ce qui s'est passé. »

Il sourit et soudainement, tardivement, mon désir pour lui s'éveilla, sauf qu'il était à présent lié comme un siamois à ma honte, et que le désir lui-même était désormais déjà et totalement honteux, et je me souviens que j'ai pensé à nos discussions, revu notre étreinte, l'acte d'amour entre nous, et je me suis dit que le meilleur était déjà derrière nous.

Je trouvai une voix neutre, posée pour parler, et je l'adoptai. J'ai raconté comment papa avait pris le camion de Pete et ce qui s'était ensuivi ; ce qu'avait dit papa et la réponse de Rose ; j'ai même raconté ce que Rose m'avait dit plus tard et que j'avais refusé de croire, sans réussir à ne pas y croire non plus. Il me regarda attentivement, son visage habituellement expressif, cette fois, sérieux et immobile, mais je sentis le feu de son regard brûlant. Sans dire un mot, il me vida de tout, et je sus ensuite que j'étais à sa merci, non pas à cause d'un quelconque pouvoir qu'il aurait exercé sur moi mais parce que, en dépit de ma honte, j'avais baissé la garde devant lui et m'étais exposée nue.

Il vida sa tasse et dit :

« Oh Ginny ! Oh Ginny, ils ont essayé de nous détruire et je ne sais pas pourquoi. »

Prise par mon propre catalogue de doléances, j'avais oublié ses vieux griefs contre Harold et contre sa mère.

« Peut-être qu'ils ont essayé, Jess, dis-je. Et peut-être qu'ils ont atteint leur but. »

Ty arriva à cinq heures trente. Le soleil était déjà haut à cette heure-là, et le ciel clair et cristallin. Sans lui laisser le temps de poser des questions sur la présence de Jess Clark, je dis :

« Jess, dis à Ty. »

Et il lui raconta où était papa, et qui était avec lui.

« Je me demandais où il avait atterri, dit Ty. J'ai fait toutes les petites routes, les chemins à tracteurs et jusqu'à la moindre voie à peu près carrossable entre ici et Cabot. Il n'en restait pas tellement après l'orage. »

Je me levai et lui servis une tasse de café.

– Tu as jeté un œil sur les cultures ? dis-je.

– Ça a l'air d'aller, mais c'est sûr que c'était un sacré déluge.

– Où est Pete ?

– Je ne sais pas. On a eu un petit désaccord. »

Ce dernier point m'inquiéta.

« Ce qui veut dire ?

– Pete a dit que Larry finirait bien par revenir, qu'il n'avait pas envie de perdre son temps à le chercher. C'est comme cela que ça s'est terminé.

– Alors sur quoi portait le désaccord ? dit Jess.

– Pete voulait le descendre. »

Je souris, pensant qu'il s'agissait d'une plaisanterie, mais Ty ne riait pas.

« Tu veux dire le descendre pour de vrai ?

– Oui, le descendre pour de vrai. Mais je pense que ce " pour de vrai " n'a duré qu'une ou deux minutes. Pete en a plus que marre. Heureusement, il n'a qu'un 22 Long Rifle. »

Ce genre d'ironie était surprenante chez Ty, mais je ne relevai pas dans l'immédiat... Jess se leva et prit son poncho au crochet de l'entrée. Ty ne dit rien, et Jess se contenta d'un sourire et d'un sourcil levé pour me dire au revoir.

Je m'adressai à Ty :

« Est-ce que tu as dormi un peu ?

– Non, pas vraiment. »

Il se frotta le visage à deux mains, faisant crisser la barbe naissante. Autre chose me revint en mémoire – c'est que je ne savais toujours pas si Ty était d'accord avec les choses que papa m'avait dites. Je me levai et quittai le bout de table pour ouvrir le réfrigérateur.

« Tu veux deux œufs au plat avec quelques petites saucisses ? dis-je.

– Parfait », dit-il.

Le ton était froid. Ty était assis sur sa chaise, avec une expression distante et hostile. Il regardait surtout par la fenêtre. Passer en revue tout ce qui n'allait pas entre nous exigeait un courage que je n'avais pas à ce moment-là, je ne passai donc rien en revue, et je pense qu'un nouveau type de relations formelles s'installa dès lors entre nous, correspondant à une période de recherche sur notre situation et notre devenir commun à la lumière de nos conceptions respectives du devoir et de la loyauté, période qui nous permit de mesurer la distance qui nous séparait en ces deux domaines.

Après avoir terminé son déjeuner, Ty dit :

« Je crois que je ferais bien de commencer par faire une tournée des champs. J'ai promis d'aider à achever ces fondations ce matin, mais Dieu sait si avec cette pluie... »

Sa voix le suivit lorsqu'il sortit. Rose descendit pendant que le camion s'éloignait dans un vrombissement de moteur. Elle portait un jeans à moi et une vieille chemise de Ty.

« Je cours jusqu'à la maison pour prendre les vêtements des filles avant qu'elles ne se réveillent. »

Elle était plutôt guillerette, ce qui était son humeur du matin.

« Papa est chez Harold, dis-je. Il a convoqué Ken et Marv en pleine nuit.

– Grand bien leur fasse, dit-elle en haussant les épaules. De toute façon, ce que Dieu a fait, l'homme ne saurait le défaire *. »

Et de franchir la porte tandis que je mettais quelques saucisses dans la poêle pour elle et les filles. Pendant qu'elles cuisaient, je sortis voir à quoi ressemblait mon potager. Une chose qui m'a toujours stupéfiée est bien la vitalité des plantes. Mes pieds

* En réalité, Rose cite les deux derniers vers d'un quatrain de *De l'autre côté du miroir* de Lewis Carroll, reproduit ici dans la traduction de Henri Parisot.

« Heumptey Deumptey, tombé du haut d'un mur,
Heumptey Deumptey s'est cassé la figure.
Ni les chevaux du Roi, ni les soldats du Roi,
N'ont pu soulever Heumptey Deumptey pour le remettre droit. » *(N.d.T.)*

de tomates ne semblaient pas avoir souffert des assauts de l'orage, ils n'étaient même pas boueux puisque j'avais pris soin de les pailler avec du papier journal et du foin. Quelques soucis plus fragiles que les autres avaient été couchés par l'intempérie, et l'espalier des pois s'était partiellement détaché, mais toute la verdure brillait d'un vie nouvelle. Je ne touchai rien, évitai de marcher dans les sillons, mais debout juste en lisière, je contemplai mon jardin comme une promesse lointaine.

Le fait est que j'étais déjà épuisée par tous ces tracas, déjà désespérée, que j'avais déjà en mémoire les mois qui suivirent immédiatement la mort de ma mère, comme s'il ne s'était rien passé entre-temps, et ces souvenirs faisaient resurgir l'immensité de la tâche, une tâche aussi impossible que celle de s'élever dans les airs à la force du poignet lorsque l'on est bien installé dans ses bottes. Je me souvins qu'on n'est jamais la même, mais qu'on arrive à un stade où le soulagement suffit. Je sentis un autre animal en moi, un cheval attaché dans un box trop petit, donnant des coups de tête et tapant du pied, mais les planches et les barreaux et le licou tenaient bon, et le cheval se fatigua et finit par accepter les entraves qu'un instant plus tôt il trouvait insupportables. Je rentrai et servis les saucisses. Pammy et Linda sommeillaient encore à demi devant leur assiette.

26

La plupart des problèmes d'une exploitation agricole se résument au souci de sauver les apparences. Les agriculteurs ont tôt fait d'extrapoler de la ferme au fermier. Un fermier ressemble à ce qu'il est quand il va au café, mais il ressemble aussi à son exploitation, que tout le monde a pu voir depuis la route en venant en ville. L'allure de cette exploitation se réduit à des questions de caractère. Les agriculteurs sont prompts à invoquer le temps, la chance, les fluctuations des cours du marché et les réglementations gouvernementales, mais quand ils sont entre eux, ces arguments ne font pas long feu. Un bon agriculteur (un gestionnaire avisé, quelqu'un qui est doué avec les animaux et les machines, un homme décidé à travailler constamment et qui a élevé ses enfants dans la même tradition) aura une bonne exploitation. Une exploitation qui a piètre allure reproduit les échecs personnels de l'agriculteur. La plupart des agriculteurs voient le travail de la terre comme un mode de vie qui ne pardonne pas, et eux-mêmes ont la dent très dure contre les champs mal tenus, le matériel graisseux, les enfants qui traînent, les animaux mal soignés, une maison qui ressemble à une grange. Les choses sont peut-être différentes ailleurs, mais dans le comté de Zebulon, qui fut colonisé essentiellement par des Anglais, des Allemands et des Scandinaves, une apparence satisfaisante est l'origine et le signe d'autres éléments positifs.

Il était impératif que les dissensions grandissantes au sein de notre famille fussent minorées. Le signe que mon père n'était réellement pas dans son état normal se lisait dans cette façon qu'il avait de porter son différend avec nous sur la place publique. Mais nous ne risquions pas de tomber dans le panneau – nous étions stylés. Nous connaissions notre rôle et notre stratégie sans hésitation ni discussion. La valeur suprême d'une belle apparence n'est pas une chose à laquelle on renonce en une seule nuit. Après celle que nous venions de passer, cette belle apparence était en fait une bouée de sauvetage, la planche qui va servir de radeau après le naufrage du navire.

Nous savions que l'urgence et la priorité étaient de gagner du temps, mais j'étais bien certaine que nous aurions été en désaccord sur l'usage à en faire. Ty pensait probablement que toute cette histoire allait retomber comme un soufflé, ou au moins que les travaux seraient assez avancés pour interdire tout retour en arrière – le monde nouveau serait là, plus difficile à faire disparaître qu'à conserver. Il pensait à Marv Carson. Rose se disait sans doute qu'avec un peu de temps nous reprendrions le contrôle sur papa. Elle reprendrait le contrôle. Linda et Pammy durent avoir le sentiment que tout allait rentrer dans l'ordre si nous, ou elles au moins, affichaient un profil bas et faisaient comme si tout allait bien. Peut-être Pete eut-il à se faire violence, temporiser avec ses humeurs dans l'espoir d'être ramené bon gré mal gré à moins de fureur. J'ai toujours eu dans l'idée que Pete ne songeait pas à mal, et que même lorsqu'il perdait le contrôle de ses actes, il espérait que rien de fâcheux ne s'ensuivrait. Moi aussi, je jouais le temps, sans nourrir l'illusion que le temps résoudrait d'un iota nos problèmes, mais parce que j'aurais fait n'importe quoi pour retarder l'avenir.

Si aucun de nous ne se montrait en public, l'hypothèse que nous avions quelque chose à nous reprocher deviendrait certitude universelle. Rose fit plus d'achats à Cabot et à Pike qu'elle n'en avait faits en un an, dévalisant les rayons d'articles en promotion et rapportant pour cent dollars d'épicerie, après avoir déploré (mais avec une indulgence pleine de respect filial) le penchant de mon père pour la bouteille devant une demi-douzaine de femmes curieuses, dont la mère de Marv Carson.

Pete passa l'après-midi à traîner du côté du magasin de graineterie de Pike, puis dans le secteur du concessionnaire John Deere de Zebulon Center, officiellement pour faire des courses, mais en réalité il se livra au même manège que Rose.

Ty travailla, plaisanta, bouscula les ouvriers.

Je fis deux cafetières de café frais pour Ken LaSalle et passai un peu de temps avec lui dans notre cuisine, pour lever chacun de ses doutes et chacune de ses inquiétudes concernant papa, et calmer tous les soucis que pouvaient lui donner notre exploitation et notre situation familiale.

Marv Carson frappa à la porte vers midi. Il avait un pack de six bouteilles de Perrier importées de

France, achetées à un distributeur automatique. Je lui offris de déjeuner – nous avions mangé des macaronis au fromage.

« Oh Ginny, dit-il. Pas de fromage. Jamais de fromage. Une horreur pour le mucus, le fromage. Vous n'avez jamais remarqué ?

– Je croyais qu'il fallait manger de tout mais veiller à l'élimination.

– C'est un sage principe de base, mais j'ai dû revoir certains détails de mon alimentation au cours de l'été. Auriez-vous du beurre de cacahuète ? »

Je sortis le pain et le beurre de cacahuète ainsi que la gelée de reinette sauvage. Puis je descendis un bocal encore fermé de marmelade de piments. Il choisit ce dernier et se fit un sandwich. J'étais encore en train de terminer ma salade. Il ouvrit deux bouteilles de Perrier et en posa une devant moi.

« Je ne vous cacherai pas que je suis inquiet, Ginny. Extrêmement inquiet. Tout le monde à la banque se fait du souci à cause de cette histoire avec votre père. »

Je fronçai le sourcil et offris une moue sceptique, enjouée. Ces inquiétudes étaient absurdes. Elles ne nous avaient même pas effleurés avant la visite de Marv.

« Il s'agit d'un prêt important, Ginny. L'un des plus élevés de notre portefeuille, en ce moment, bien que je ne sois pas censé vous le dire. Et honnêtement, il n'y a pas autant d'argent en caisse que vous semblez le croire. Les banques en zones rurales courent après les liquidités, ce printemps. Lorsque les financiers ont examiné votre dossier, je peux vous dire qu'il y avait beaucoup d'autres candidats. »

Je souriais. Je n'avais pas cessé de sourire depuis qu'il avait franchi le seuil de la porte.

« Rien n'a changé dans la situation de l'exploitation, sauf que Ty, Pete, Rose et moi avons plus de pouvoir qu'auparavant. Ce qui ne peut jouer que positivement, n'est-ce pas ? Est-ce que Ty... » Je fis un geste vers la fenêtre. « Regardez-le. Il est solide comme le roc. Ne compte-t-il pas parmi les plus robustes du coin ? Est-ce que ce n'est pas ce qui se dit partout ?

– Personne ne le dit plus, Ginny... » Marv laissa monter et s'exprimer un gigantesque rot avant de dire. « J'aime bien ne pas être pris au dépourvu. Prendre mes précautions. Ce que j'entends à propos de votre père ne me plaît guère.

– Il est en rogne pour je ne sais quelle raison, en ce moment, mais cela lui passera. L'exploitation continue de tourner. Ty et Pete n'ont pas chômé pendant tout le mois de juin. Demandez à Loren Clark.

– C'est effectivement ce qui apparaît. »

Il ouvrit deux autres petites bouteilles vertes et but la sienne très vite. Comme je le regardais faire, il dit :

« C'est pour vidanger le système. Vous devriez en faire autant. Tout le monde devrait. Si vous pratiquiez cela plus souvent, vous auriez le cheveu plus brillant.

– Ne soyez pas inquiet, Marv. Promettez-moi de ne pas être inquiet. Tout va bien, vraiment.

– Vous auriez une petite cuiller de sucre ? »

Je lui tendis une cuiller à café avec le sucrier. Il consulta sa montre, et à douze heures trente précises, il absorba une cuillerée de sucre. Notre conversation connut une interruption pendant qu'il se chronométrait. De nouveau il consulta sa montre.

« Tout le monde dans cette ville est l'ami de tout le monde, Ginny. Même ceux qui sont ennemis le sont depuis si longtemps que cela en fait pratiquement des amis. Les temps que nous vivons sont tellement agités que je suis un peu nerveux. Les taux d'intérêts s'envolent un peu partout. Les vieilles règles n'ont plus cours. On se croirait à l'époque de la Dépression. On peut se faire beaucoup d'ennemis dans ce genre de période.

– Nous ne serons jamais vos ennemis, Marv. » Je me fis une voix douce, apaisante. « Ne vous en faites pas pour papa. Il va se calmer.

– Je ne demande qu'à vous croire, Ginny. » Il se leva. « Je retourne à mon bureau, maintenant. J'ai des choses à faire à une heure, et j'ai oublié mon tabasco. Je repasserai. »

Je le suivis aussitôt, souriante, et le dirigeai vers la porte.

Une heure plus tard je reçus Harold, mais le seul fait de le voir descendre d'un saut guilleret de son camion et arriver devant ma porte en sautillant, l'image du bonheur radieux, me rendait folle de rage.

« Tu as un problème, ma petite », s'exclama-t-il dès qu'il m'aperçut.

Je lui tins la porte pour le laisser entrer.

« Vraiment, Harold ?

– Je le sais. » Il vit la cafetière. « J'en prendrai un peu.

– Je vais en faire du frais. »

Il s'assit à la table.

« Ton père ne veut plus remettre les pieds ici, il ne veut plus jamais vous voir, ni les uns ni les autres.

– Je suis sûre qu'il dit tout et n'importe quoi sur nous.

– Le problème avec les filles, c'est qu'elles ne veulent en faire qu'à leur tête.

– Vous ne croyez pas que Jess et Loren ont leurs idées ?

– Jess est passé par là, hein ? » Grand sourire de Harold. « C'est lui qui est venu me chercher, moi je ne lui ai rien demandé.

– Vous saviez où le joindre ?

– Pour tout dire, je n'aurais pas fait le premier pas, et il le savait.

– Harold, cela fait des années que nous traitons papa parfaitement bien et vous le savez mieux que personne.

– Je sais.

– Alors dites-lui de rentrer chez lui, n'allez pas dans son sens. Je sais bien que vous aimez le provoquer un peu. »

Le café se mit à bouillir et j'en servis une tasse à Harold.

« Il est entêté. Je peux dire ou faire ce que je veux. Il n'aime pas qu'on lui dise qu'il a tort, surtout lorsque les choses ne sont pas parfaitement claires. »

Je croisai les bras devant moi.

« Très bien, vous lui dites quoi ?

– Je lui dis d'attendre et de voir venir. Je lui dis que c'est à vous, les filles, de venir le chercher. Voilà ce que je lui ai dit.

– Je suis sûre que Rose ne partage pas votre avis, Harold. Il a volé le camion de Pete ! Il nous a menacées, maudites ! Et pour couronner le tout, un de ces jours, un gars de la police va débarquer pour l'arrêter. A l'hôpital, ils ont dit que les résultats de la prise de sang seraient là dans une dizaine de jours. Il est sorti dans l'orage parce qu'il l'a voulu. On aurait dit un gosse en train de hurler qu'il allait faire ceci et pas cela. Un vrai gosse !

– Je sais.

– Combien de temps allez-vous le garder ?

– Il a le droit de rester. Nous sommes amis depuis soixante ans et quelque.

– Parfait.

– C'est bien la façon de parler des bonnes femmes, ce " parfait ". Tu sais bien que ce n'est pas parfait. Mais toi tu dis " parfait ", et tout le monde est furieux, et tu sais bien que tout le monde va être furieux.

– Que voulez-vous que je dise, Harold ?

– Je veux que tu dises que c'est votre père, et que même si c'est un incroyable emmerdeur, tu lui dois beaucoup. De même que Rose. Tout ce que vous avez ici, c'est lui qui l'a construit, avec John Cook. Si cette terre n'est pas la plus belle du comté, alors je ne sais pas quelle exploitation mérite ce titre. Ça fait des lustres que les fils Stanley rêvent d'avoir un bout de cette terre, et ils ont déjà près de mille hectares. Mais aucun de leurs hectares ne tient la comparaison avec cette terre, et ils le savent. Voilà ce dont tu es redevable à Larry Cook, ma petite.

– Il n'y a pas que la terre dans la vie, Harold.

– Oh, mais ça compte beaucoup, non ? Plus qu'une personne en tout cas. Alors une personne ne brise pas ce que des tas de gens ont sué sang et eau pour construire. » Harold commençait à bouillir de colère. « Si vous aviez été des fils, vous l'auriez compris. C'est une chose que les femmes ne comprennent pas. » Il se leva, se dirigea vers la porte, l'ouvrit, et cracha dehors. A son retour, il était un peu calmé. Il aplatit ses cheveux sur son crâne, se rassit, contempla l'intérieur de sa tasse.

« Rose ne lui doit rien, dis-je.

– Je veux bien croire que c'est ce qu'elle prétend. Soit dit entre nous, Rose a toujours été une empêcheuse de tourner en rond.

– Peut-être que vous devriez la boucler un peu, Harold. »

Sa tête pivota brutalement dans ma direction, et je vis bien qu'il était interloqué, mais le fait est que j'écumais d'une rage soudaine. J'avais du mal à rester droite sur mon siège, tellement j'étais furieuse. Je cramponnai la table pour tenir le choc.

« Exactement, Harold. Fermez-la. Fermez-la en ce qui concerne Rose et papa. »

Si la cafetière avait été sur la table, je lui aurais jeté le café chaud à la figure. Elle était sur la paillasse, à l'autre bout de la cuisine, et je mourais d'envie de me lever, de la prendre, et de le faire, comme on peut avoir envie d'eau fraîche quand on a très soif, ou de s'écrouler dans son lit quand on est épuisé. Je ne lâchai pas la table.

« Je vais te rendre un grand service.

– Vraiment ?

– Voilà ce que je vais faire. Je vais emmener ton père au dîner paroissial dimanche. Et vous, les jeunes, vous allez vous pointer et manger gentiment. Parce que je crois que vous devriez réfléchir à la question. Vous avez votre point de vue, Larry a le sien. Ça, je sais. » Il chercha mon regard et sourit. « Je te connais depuis toujours, Ginny. Je sais de quel côté tu es, et je sais aussi que vous avez peut-être raison. Mais si tu réfléchis bien, vous pouvez baisser pavillon et faire que cette exploitation vive encore cinquante ans. Ça vaut bien un effort, non ? » Il parlait lentement, calmement, comme Jess Clark, et sous le léger chevrotement et l'expression un peu rustre, c'était la voix de Jess. Je me laissai fléchir, à cause de cela. J'acquiesçai de la tête.

« Alors, d'accord », dit Harold.

Le gars du Kansas resta dîner. Je fis griller des côtes de porc à la braise et épluchai une laitue de notre jardin, avec des pommes de terre nouvelles du jardin de Rose et des petits pois.

« Bon Dieu, pour moi c'est le paradis, ce dîner, dans ce cadre, dit-il.

– C'est bon, hein ? dit Ty.

– Ty, chéri, tu as l'air exténué ».

Et le gars du Kansas de s'exclamer sur le travail qu'ils avaient abattu.

« L'entreprise n'aime pas trop que j'impose des heures supplémentaires, dit-il, mais j'ai vu qu'on pouvait finir ce soir si on continuait un peu.

– Est-ce que vous reviendrez après le 4, dans ces conditions ?

– Non. J'étais en train d'expliquer à Ty qu'il faut attendre au moins quatre jours, et que je donne deux jours de congé à tout le monde. »

Je regardai Ty, mais lui regardait par la fenêtre. Son assiette étant vide, je lui demandai :

« Chéri, tu en veux un peu plus ? »

Il me considéra brièvement, puis se leva de son siège.

« Si je veux rattraper mon sommeil en retard, je ferais bien de m'occuper des cochons. »

Le type du Kansas avait envie de parler, je l'écoutai donc en préparant du café et fis en sorte de ne pas regarder Ty quand il rentra plus tard et qu'il ôta ses chaussures, se lava les mains et traversa la cuisine sans articuler un mot. Le type du Kansas le regarda, puis il me regarda moi et il sourit. Ensuite, il me raconta longuement son enfance et l'exploitation de son père et les différences entre le Colorado, l'Iowa et le Kansas, puis il parla de son divorce, de son fils adolescent qui était très difficile, et de l'orage qui avait fait sauter l'électricité au motel juste pendant qu'il regardait la télévision. Je me débarrassai de lui à vingt-deux heures quarante. Ty dormait profondément lorsque je montai. C'était la première nuit.

Je dois dire que nous nous évitâmes tous au cours de ces quelques jours, bien que dans mon cas, le besoin d'être seule se doublât d'une étrange frustration, la présence de ceux que je n'avais pas besoin d'éviter me manquait, et j'évitais ceux dont la présence me manquait. Je n'avais même pas envie de voir Jess. Le mercredi matin, qui était le 4 juillet et s'annonçait comme une journée douce et cristalline, je partis à travers champs en choisissant la direction opposée à celle de la décharge qui, désormais, pour moi symbolisait Jess, et je marchai donc vers le coin de Mel. J'explorai les lieux, en quête de traces de l'ancien étang, mais je ne pus même pas retrouver l'emplacement – les rangées de maïs étaient tirées au cordeau sur la terre noire et uniforme comme l'asphalte. L'étang, mais aussi la maison, le jardin, le puits, les fondations de la grange, tout était effacé. Non que cela fût pour moi un mystère – je me souvenais parfaitement de l'arrivée du bulldozer, de la démolition des bâtiments, des ruines brûlées. Il était assez banal, au début des années 60, à l'époque des nouveaux tracteurs, plus grands, qui roulaient donc plus vite et avaient un rayon d'action plus étendu, d'abattre les haies pour constituer des champs plus vastes. Le travail des bulldozers était un spectacle que je regardais depuis la fenêtre de ma chambre avant de retourner à mes devoirs d'algèbre, ou mes essais de coiffure crêpée. Ce qui, aujourd'hui, n'empêchait pas ma nouvelle vie de s'inscrire sous le signe de la consternation, fût-elle provoquée par un changement aussi ancien que ce dernier. Combien de fois avais-je parcouru ce chemin en short et T-shirt (maman ne voyait pas l'utilité d'un maillot de bain simplement pour se baigner dans l'étang), avec le projet d'une baignade en toute confiance, en sachant exactement où j'allais et quels plaisirs j'allais trouver ? Mais entre les rangées feuillues de pieds de maïs, je ne retrouvai même pas l'humidité révélatrice d'un vieux trou d'eau pour m'orienter.

27

Après avoir bavardé comme si de rien n'était avec les uns et les autres, nous commençâmes à nous sentir plus calmes. Ou du moins, je commençai à me sentir plus calme. Parler de papa comme si ses excentricités allaient cesser d'elles-mêmes m'encourageait à penser qu'elles cesseraient effectivement. Le fait de ne pas trop parler à Rose, ni à Pete, ni à Ty me permit d'imaginer qu'ils étaient dans le même état d'esprit que moi, secoués par les événements, mais tenant le coup. Manifestement, papa relevait d'une assistance psychologique, il en avait même besoin depuis longtemps, et Rose avait de son côté besoin de le confronter à certains souvenirs. Pete aussi devrait être partie prenante, et Ty, bien sûr, devrait être mis au courant, ainsi, peut-être, que les petites. Je nous imaginais aisément après toutes ces confrontations, au terme d'un certain nombre de visites à un cabinet de psychiatre (qui dans ma tête ne devait pas être différent du cabinet du chiropracteur de Pike). Je voyais une reprise de notre ancienne vie, mais dans un esprit différent, avec d'autres courants souterrains – moins de colère et de sentiment d'insécurité, plus d'affection, ou du moins d'acceptation, et de paix. Et je ne penserais plus à Jess Clark.

Je m'accordai le rêve, deux fois seulement, d'un bébé, un petit enfant qui transformerait mes fausses couches et tout le reste en bonne fortune, un petit enfant dont la naissance, après l'avènement de la lucidité (celle de papa, surtout, mais la nôtre également), marquerait le temps du bonheur.

Le psychiatre prendrait évidemment notre parti, enfin, le parti de Rose. Lorsque nous serions tous assis dans son cabinet baigné de soleil, il prendrait place au milieu de nous, entre papa et nous, et il formulerait nos accusations, les accusations de Rose, de façon parfaite. Elles s'infiltreraient en douceur dans les colères et les défenses de papa, elles feraient fondre les joints de ciment comme neige au soleil, et même les briques de l'édifice en seraient désintégrées. Il n'y aurait ni cris ni hurlements, parce que le psychiatre ne le permettrait pas. Peut-être les choses ne seraient-elles jamais parfaites, mais Harold avait-il entièrement tort ? Ce qui avait été construit méritait bien un petit effort. Ce qui m'était insupportable, c'était la perspective de voir tout voler en éclats.

Je cherchai la rubrique « Psychiatres » dans le répertoire téléphonique de Mason City. Il y avait deux listes, l'une correspondant à une clinique de Des Moines, l'autre à un établissement de Rochester, dans le Minnesota. Je fis le numéro de Rochester et demandai à parler à un docteur. Il me fut répondu qu'il s'agissait de thérapeutes et pas de docteurs. Tout en téléphonant, je regardai par la fenêtre, du côté de la maison de Rose et de la route menant chez papa. Je pensai aux trois heures de route pour aller à Rochester. Je nous vis prendre nos tours de parole pour raconter notre histoire : l'impatience de papa, le scepticisme de Ty, le mutisme de Pete, la volubilité vengeresse de Rose, ma propre angoisse me tournant l'estomac, la peur de Pammy et Linda. Je me vis signer des chèques sur le compte de papa, pour de grosses sommes. Je pensai aux trois heures de route pour revenir. Un thérapeute me prit en ligne et je sus que dans les trois minutes j'allais m'engager dans le scénario que je venais d'imaginer, un scénario impossible. Je raccrochai sans dire un mot.

Alors me vint l'idée de Henry Dodge, notre pasteur. Je n'aurais jamais prétendu, même en mettant les choses au mieux, que j'étais très intime avec Henry Dodge. Je doute d'ailleurs que quiconque, y compris son épouse Helen ni aucun de leurs enfants, eût pu avoir pareille prétention. Ils avaient un jour débarqué de Fargo, dans le Dakota du Nord, bien que le précédent ministère de Henry, jusque vers le milieu des années 70, se fût trouvé à Denver. Henry Dodge nous raconta comment il avait atterri chez nous, muté à la cinquantaine depuis une grosse paroisse de banlieue à notre petite ville, et lorsqu'il nous expliqua (mésentente avec le pasteur, incompatibilité d'humeur avec une partie des fidèles, plus ses propres doutes sur l'harmonie entre ses ambitions de jeunesse et sa foi), le ton de sa voix avait trahi sans ambiguïté le bouleversement qu'avait provoqué en lui la crise qui avait eu pour résultat son arrivée parmi nous, ce qui n'empêcha pas ses confidences d'avoir pour véritable effet une gêne générale, et rien qui pût passer pour de l'amitié normale. Selon papa, il aurait dû garder ce genre de choses pour lui, et je suis certaine que les autres agriculteurs de sa génération avaient eu la même réaction. Sans doute les gens de mon âge furent-ils moins déconcertés, ce qui permit à Henry de penser qu'il avait notre sympathie.

Ses façons de faire et ce qu'il faisait nourrissaient souvent les discussions ; il était payé par la paroisse ce qui, après tout, nous donnait le droit de discuter à volonté pour savoir si nous en avions pour notre argent. La plupart des gens en fait l'aimaient bien, mais peut-être pour des choses comme sa silhouette anguleuse, son élocution lente, sa compréhension intime du tact avec lequel il faut parler à des agriculteurs dont les origines sont inscrites dans l'Europe du Nord, sa tendance aux grands coups de spleen, héritée sans doute d'une mère qui était la seule fille d'une longue lignée de paysans norvégiens. Ses six oncles étaient encore agriculteurs du côté de Fargo ; les gens l'aimaient aussi pour cette raison. Mais le combat qui occupait la première place dans son esprit, et pour lequel on avait toujours l'impression qu'il s'accordait un tout petit peu de crédit, personne ne s'en souciait.

Dès que j'eus pensé à Henry, mon besoin de parler à quelqu'un, n'importe qui, se fit si pressant que je courus jusqu'à ma chambre où je troquai mon short contre une jupe écossaise. Je prenais mon après-midi, en quelque sorte. J'avais eu l'intention de faire une tarte aux pêches et de désherber le jardin, mais jusqu'à l'heure de m'atteler à la préparation du dîner, je pouvais m'absenter sans encourir de commentaires de quiconque. On était vendredi après-midi. J'estimai que la formule la plus anodine était de ne pas prévenir et de passer à l'improviste, comme si je rentrais de faire des courses et m'arrêtais en chemin. Je n'étais pas attirée par la personne de Henry Dodge. Me confier à lui risquait de ne pas être facile en fait. Mais ce mot, « pasteur », était prometteur d'une patience et d'une capacité de compréhension qui étaient exactement ce que je voulais. Nous pourrions amener papa dans le bureau de Henry. Ce n'était pas loin, et la consultation était gratuite. Ty aimait Henry plus que moi, et il qualifiait parfois ses sermons de « très brillants ». En passant devant le chantier, je vis les ouvriers embauchés par l'entreprise de construction, plus Ty, à quatre pattes, en train de lisser du ciment. Ils étaient six, absorbés par leur ouvrage, progressant à reculons. Je trouvai le spectacle comique et ris pour la première fois depuis ce qui me parut des journées entières.

En arrivant dans Cabot, j'aperçus Henry qui était encore dans son bureau, en costume marron. Un losange de soleil devait être posé sur la moquette rousse, et les coussins de la banquette installée dans le bow-window seraient d'un vert poussiéreux et confortable. La voix de mon pasteur serait grave et profonde, l'endroit idéal pour enfouir mon histoire. Pendant même que je la raconterais, le réconfort de ses murmures m'entourerait. Et puis il me dirait quoi faire – comment parler à papa et à Rose et à Ty. Le résultat, parce qu'il y aurait miracle, serait le même qu'avec le « thérapeute ». C'est bien ce que je voulais, non ? Ce sentiment de honte qui vibrait encore dans ma chair avec un malaise et une précision agaçantes – il y aurait de quoi le dissiper.

Henry n'était pas dans son bureau, mais il était quelque part – la porte était ouverte et la chaise tirée par rapport à la table de travail. Pas de rayons de lumière – les fenêtres étaient orientées à l'est et au nord. La moquette était beige, et les banquettes du bow-window, je m'en souvins alors, se trouvaient dans la sacristie. Eux aussi avaient depuis longtemps été recouverts en beige par le Club de couture des dames de la paroisse. Le bureau de Henry était petit et désordonné. Des piles de dossiers encombraient les deux sièges où j'aurais pu m'asseoir.

J'attendis cinq minutes dans le vestibule. Pendant ces cinq minutes, le téléphone sonna quatre fois, six sonneries au moins à chaque fois. Dehors, la tondeuse vrombissait en tournant le coin de l'église. Les portes battantes du vestibule étaient vitrées. Je vis le visage de la secrétaire, que j'avais évitée en entrant, prendre note de ma présence.

Tout le problème était là. Henry n'était pas seulement mon « pasteur », il était Henry. Sa voix n'était pas un doux murmure, elle était plate, plutôt monocorde, avec une pointe d'émotion vainement contenue. Il avait cinquante ans mais en faisait trente, et il avait tout du débutant, comme si l'expérience ne lui avait rien appris.

Je regardais autour de moi, en quête d'un moyen de sortir de là sans être vue de personne, lorsqu'il arriva par les portes battantes. Il portait un short taché par l'herbe, et je remarquai que la tondeuse s'était tue. C'était Henry qui était en train de tondre la pelouse. Il s'avança vers moi avec un sourire engageant. Son visage était rouge et la transpiration perlait sur sa lèvre supérieure. Je reculai, appuyant mes omoplates contre le mur de béton brut. Henry continua d'avancer.

« Ginny ! » dit-il lorsqu'il fut juste devant moi.

Il sembla vouloir m'entraîner vers la porte de son bureau.

J'avais l'impression qu'il me forçait, mais peut-être était-ce seulement une résistance de ma part.

« Ginny, dit-il, il ne faut pas vous inquiéter. Harold Clark... »

Au même moment le téléphone sonna, et il se pencha sur la table pour décrocher. Il me tournait le dos. Je marchai d'abord, puis je courus, vers la sortie. Je ne pouvais pas. Il était trop lui-même, trop petit pour la position qu'il occupait, trop angoissé pour trouver sa place dans notre communauté, trop négligé, trop sale, et puis il transpirait et manquait de discernement. Je mis le contact et sortis du parking. Dans mon rétroviseur, je le vis me faire de grands signes depuis la porte que j'avais empruntée pour sortir.

Le soir, après dîner, j'appelai Rose et la persuadai de me rejoindre sur le perron de chez papa. Nous nous assîmes sur la marche du haut et il me fallut un certain temps pour articuler une parole. De longues guirlandes de nuages flottaient très haut au-dessus de l'horizon à l'ouest, et de l'autre côté de la route, le champ de maïs courait, courait à sa rencontre. Une traînée rose pâle s'élevait de la partie inférieure du ciel, enfermant les nuages dans un cadre de feu. Au-dessus, le bleu pâle prenait un ton de lavande. Rose se pencha pour chasser un peu de terre à l'angle de l'avant-dernière marche.

« Rose, tu ne crois pas que nous devrions parler encore un peu ? Qu'est-ce qui va se passer, maintenant ?

– On verra.

– J'ai peur de voir.

– Tu as peur de quoi ?

– Je suppose que j'ai peur de tout ce qui a rapport à papa, à vrai dire. »

Rose rit avant de riposter.

« Est-ce que nous l'avons mal traité ?

– Je sais que c'est ce que croient les gens.

– Oui, mais est-ce le cas ? Selon toi. »

Je pensai à l'orage, à la dispute, à sa malédiction, et puis, avec une limpidité absolue, je revis ce moment précis où il s'était approché de moi et, parlant plus bas, avait essayé de m'enjôler. Même après cinq jours, j'en eus encore le frisson, comme si de l'eau me coulait le long de la colonne vertébrale. Les menaces, j'avais l'habitude, mais cela...

« Non, je ne crois pas, dis-je.

– Alors. Tu n'as qu'à t'en tenir à la vérité.

– Quelle est la vérité ?

– Il est sorti dans l'orage parce qu'il est buté et puéril. »

Les nuages qui étaient descendus plus près de l'horizon s'embrasaient à présent que le soleil s'enfonçait en leur sein.

« Je ne comprends pas papa, dis-je. Je ne comprends rien.

– Tu n'es pas censée comprendre, tu ne saisis donc pas ? Qu'y a-t-il de drôle à être compris ? Laurence Cook, monsieur MOI-JE. »

Nouveau gloussement.

« J'ai envie.

– Pas moi. De toute façon, je le comprends parfaitement. C'est toi qui compliques trop. C'est pourtant simple comme bonjour. Je veux, je prends, je fais.

– Cela ne me suffit pas. Je ne peux pas croire que les choses soient aussi simples.

– Elles le sont.
– Je n'arrive pas à imaginer. Nous sommes ses enfants !
– Je vais te dire, si tu tournes et retournes le problème en essayant de comprendre, tu n'en sors pas. Tu recommences à voir les choses de son point de vue à lui, et tu es paralysée. » Sa voix baissa d'un ton. « C'est comme ça qu'il me tenait, Ginny ! Pendant toutes ces années de merde ! Il parlait. Il m'amenait à voir les choses de son point de vue ! Il avait besoin de quelqu'un ! Il avait besoin de moi ! Il me trouvait tellement bien ! Il m'aimait, moi, mes cheveux, mes yeux, et même le cran que j'avais, et qui le mettait pourtant hors de lui, tiens, ça aussi je le comprenais, je comprenais qu'il était obligé de se mettre en colère contre certaines choses que je faisais ! Ginny, tu n'as pas besoin de comprendre, ni d'imaginer. C'est pas la peine, pas la peine, pas la peine. »

Mais, moi j'avais envie.

« Il faut que nous lui en parlions », dis-je.

Rose s'étouffa.

Je tentai de retrouver un peu d'autorité, mais ma voix tremblait.

« Je parle sérieusement.
– Sois réaliste, dit Rose.
– Il faut que j'écoute ce qu'il a à dire. »

Le haut du ciel était noir à présent, mais le bas conservait une frange de lumière.

Je réfléchis à ses paroles. Elles ressemblaient étrangement à papa et projetaient une crédibilité rétrospective sur tout le reste. Mais je ne changeai pas d'avis.

« Il faut quand même que j'écoute ce qu'il a à dire. »

Il faisait noir sur le perron. Je ne voyais plus Rose, ce qui explique peut-être que je sentis qu'elle ruminait mes paroles.

« C'est bon, finit-elle par dire. On verra bien ce qui se passera au dîner de la paroisse. Peut-être que nous trouverons une bonne occasion, ensuite. »

28

La paroisse organisait un banquet tous les ans le dimanche qui suivait le 4 juillet, pour célébrer l'anniversaire de sa fondation en 1903. Nous passâmes une tenue simple mais de bon goût, nous préparâmes notre sauté de bœuf aux pâtes, nos gâteaux au chocolat, et nous partîmes ensemble, à deux familles. Rose nous fit aligner pour nous passer en revue avant de nous laisser monter en voiture. « Tenue impeccable », déclara-t-elle.

Je dois avouer que la vue de papa me fit un choc. En cinq jours, il était transformé. Le fait de l'apercevoir me paralysa net sur le pas du porche de l'église, au point que Rose, qui arrivait derrière moi, me percuta.

« Regarde-le, dis-je.

– Ecoute, je n'espérais pas que Harold allait lui laver et lui repasser son linge comme nous le faisons. Il porte manifestement les mêmes vêtements depuis lundi soir.

– Mais il a les cheveux dressés sur la tête. Harold n'a pas un peigne à lui prêter ? »

Rose vint se planter devant moi.

« En l'occurrence, ils peuvent très facilement faire

un saut en voiture jusque chez papa pour prendre certaines de ses affaires. Ce n'est pas notre problème. Mais c'est très révélateur.

– Révélateur de quoi ?

– De ce que nous faisions effectivement pour lui. En clair, tout. »

Il y avait une pointe de triomphe amer dans sa voix, et elle pénétra dans le vestibule avec son plateau de gâteaux au chocolat, saluant et gratifiant d'un sourire toutes les personnes présentes dans la pièce.

Mais il ne s'agissait pas seulement des vêtements. Au début, j'ai cru qu'il avait perdu du poids, ou qu'il était tombé malade d'être resté sous l'orage, mais non. Sa façon de se tenir, son allure, son attitude, tout semblait en retrait, presque docile. Aucun rapport avec rien de ce que j'avais pu voir ou imaginer concernant papa. Ty arriva après avoir garé la voiture.

« Regarde papa, dis-je. Est-ce qu'il a l'air différent ? »

Ty l'observa un moment.

« Il fait bien son âge, si c'est ce que tu veux dire », lâcha-t-il avec un regard glacial pour moi, avant d'aller rejoindre quelques membres de la famille Stanley du côté des boissons non alcoolisées.

Harold Clark parlait à Mary Livingstone. Je vis son œil se poser sur Rose, puis il tourna la tête et chercha parmi les présents. Quand il m'aperçut, il me sourit. Je lui rendis son sourire. Un instant plus tard, Harold rejoignit papa et resta avec lui, parlant aux personnes avec qui parlait papa – Henry Dodge, Bob et Georgia Hudson. Je remarquai Pete, seul contre un mur, en train de boire un Coca. Il avait la mine de quelqu'un qui préférerait boire une bière. Je me rappelle que ses yeux scrutaient la foule avec une indifférence prédatrice, encore que, sur le moment, je me fusse seulement demandé qui il cherchait ainsi. J'allai poser ma cocotte sur la table, ôtai le couvercle, plaçai une cuiller pour servir. La table croulait comme d'habitude, et de façon disproportionnée, sous les desserts. Quelqu'un avait fait des espèces d'éclairs au chocolat décorés de cerises fraîches. Le plat le plus ambitieux du lot.

Papa passa de groupe en groupe, prononçant quelques paroles avec un air de respectueuse affabilité. Je n'arrivais pas à détacher mon regard de lui, et je crevais d'envie d'entendre ce qui se disait. Harold le suivait, jouant les protecteurs. Papa n'avait jamais été particulièrement sociable. Il se mettait toujours dans un coin pratique (pratique pour la nourriture) et attendait que les autres agriculteurs viennent le trouver pour lui demander un conseil, chercher à l'impressionner, ou entonner avec lui un duo rituel sur le thème de la météo ou du gouvernement. Je le regardais, mais lui continua de m'ignorer. Rose eut plus de culot. Elle se joignit à l'un des groupes et l'écouta parler en souriant. Elle ne bougea pas d'un millimètre jusqu'au moment où Harold la fusilla littéralement du regard. Un peu plus tard, nos chemins se croisèrent.

« Écoute ça, dit-elle.

– Je suis tout ouïe.

– Il s'agit d'une citation, mot pour mot.

– D'accord.

– " Conditions épouvantables. Leurs enfants les mettent là. Je l'ai vu de mes yeux vu. Leurs enfants les mettent là. Leurs enfants les mettent là ".

– De quoi parlait-il ?

– De la maison de retraite. Vu que la mère de Marlene Stanley, qui a quatre-vingt-seize ans, vit dans cette maison de retraite depuis dix ans, j'ai trouvé très délicat de la part de papa de tenir ces propos.

– Tout le monde, ici, a un parent à la maison de retraite.

– C'est pourquoi ils ont l'œil un peu vitreux. Il enfonce le même clou sans arrêt. Six phrases qu'il martèle inlassalement.

– A part cela ?

– Il y a aussi le thème des enfants voleurs de propriété. »

Elle roula des yeux et haussa les épaules. En levant la tête, je surpris le regard de papa qui nous observait comme s'il nous voyait pour la première fois. J'en informai Rose qui se retourna et soutint son regard.

« Il ne faut pas, dis-je.

– Il ne faut pas quoi ?

– Il ne faut pas donner l'impression de comploter contre lui.

– Pourquoi pas ?

– Ça me met mal à l'aise. Il faut que je lui parle.

– Eh bien, va le faire.

– D'accord. »

Je fis un pas ou deux dans sa direction, et il se détourna, pour regarder une des dames de la paroisse qui lui tendait un verre. Il lui sourit et la remercia, en inclinant la tête comme s'il était vraiment reconnaissant. J'étais stupéfaite. Je fis encore deux pas, mais il battit clairement en retraite. Je compris que j'allais devoir le coincer par surprise.

Il y avait du monde près de la table des boissons non alcoolisées, et je me joignis à leur groupe, juste le temps d'échapper au regard de papa. Puis je me faufilai le long du mur et me cachai dans un vestibule. Je vis Rose, près d'une des tables de devant, qui cherchait dans la foule, mais elle ne me remarqua pas. J'attendis. Après plusieurs minutes au cours desquelles je souris en saluant les quelques personnes qui remarquèrent ma présence, Papa s'approcha. Je sortis de mon coin pour me glisser à côté de lui.

« Papa ! »

Il se figea, sans me regarder, mais fit mine de chercher quelqu'un dans l'assemblée. Il commençait à faire chaud. Quelques hommes grimpèrent sur une chaise pour ouvrir grandes les fenêtres. Henry apporta un autre ventilateur qu'il brancha après l'avoir installé sur une chaise.

Papa finit par poser son regard sur moi. J'étais préoccupée par la formulation que j'allais donner à ma question – Rose a dit : ou bien est-ce que tu, ou bien il faut que je sache... – mais je ne parvins qu'à articuler un autre « Papa », et il m'interrompit en disant :

« Leurs enfants les mettent là. Et les conditions sont épouvantables. »

Sa voix n'avait pas l'habituelle agressivité cassante, mais une sorte de platitude, de douceur, de timidité. Je le regardai dans les yeux pour la première fois. Il détourna aussitôt le regard, mais non sans me laisser le temps d'apercevoir une expression abattue, interrogative. Ma voix s'étrangla.

Je m'éloignai. Au bout de quelques minutes, j'utilisai les toilettes des dames, puis je me mis en quête de Rose.

Dès qu'elle me vit, elle dit :

« J'en ai une qui va t'intéresser. Mary Livingstone est allée deux fois chez Harold. Elle pense que papa a perdu la tête.

– Je viens de lui parler. Il...

– Ça me rend folle de rage, grommela Rose.

– Quoi donc ?

– Ce tour de passe-passe.

– Rose, il... »

Elle baissa la voix, m'attrapa par la chemise et m'attira près d'elle.

« Je connais ce truc. Je sais que son visage est un océan de ténèbres et qu'il y a toujours, toujours, toujours, toujours la tentation de s'y laisser sombrer. Plonger et s'abandonner. Il faut résister, soutenir le regard. Il faut te rappeler qui il est, ce qu'il fait, ce qu'il a fait. Papa pense que l'histoire s'écrit chaque jour, chaque minute, que le temps lui-même commence avec ses sentiments de l'instant. C'est ainsi qu'il ne cesse de nous trahir, c'est ce qui lui permet de tonner contre nous avec tant de conviction. Il faut tenir bon et nous dire, au moins intérieurement, que ses actes antérieurs, nous les portons encore en nous, qu'ils sont là, dans cette pièce, et qu'ils resteront présents tant qu'il n'aura pas exprimé un vrai remords. Rien ne pourra aller avant.

– Il a l'air tellement, je ne sais pas, affaibli.

– Affaibli ne suffit pas. Détruit ne suffit pas. Il doit se repentir, faire l'expérience de l'humiliation et du regret. Je ne serai pas contente tant qu'il ne saura pas qui il est.

– Est-ce que nous savons qui nous sommes, nous ?

– Nous savons que nous ne sommes pas lui. Nous le savons au point de ne pas mériter encore les pires feux de l'enfer. »

Entendre parler Rose de cette façon était pour moi incroyable, mais enivrant aussi, avec un goût suave de fruit interdit que je ne connaissais pas encore. Je ne pus lui résister.

« Rosie, dis-je, je comprends. Je suis avec toi. »

Elle posa un baiser sur ma joue et lâcha ma chemise. Je vis que certaines personnes nous regardaient, dont Ty, suspicieux, et Pete, amusé, de divers coins de la pièce.

Certaines des dames de la paroisse commencèrent à clamer qu'il était temps de manger et qu'il fallait se mettre en rang. Au même moment, Jess Clark fit son entrée. Harold le remarqua aussitôt et lui fit signe de loin. Très vite, Jess vint nous rejoindre, Rose et moi, avec un sourire auquel je m'accrochai désespérément, comme on s'accroche à une échelle de corde pendue à une fenêtre pour échapper à une maison en flammes.

« Harold s'est mis dans la tête, dit-il, de nous faire tous asseoir à la même table, avec votre père.

– Eh bien, je vais rassembler tout le monde, dit Rose.

– Je suis très sceptique. Je demande à voir.

– Pourquoi ?

– Harold n'est pas un messager de paix. Je crois qu'il a un truc dans sa manche. » Il haussa les épaules. « Mais j'ai toujours des soupçons, avec Harold, et il est souvent parfaitement innocent.

– On ne devrait pas attendre Loren ? dis-je.

– Il est allé à Mason City. Je ne sais pas pourquoi. Il est parti pendant que j'étais à Sac City. » Il se tourna vers moi. « Ginny, je suis allé voir ce type, celui de la culture biologique. J'en reviens tout juste. C'était stupéfiant. Il n'a pas utilisé d'engrais chimiques sur ses terres depuis 1964. Il a soixante-douze ans et il en fait cinquante. Ils ont des vaches laitières, des chevaux et des poules pondeuses, mais sa femme ne fait que de la cuisine végétarienne. Ils font des récoltes superbes. En utilisant exclusivement des engrais biologiques. Le potager ressemble à un musée des espèces non hybrides. Nous avons mangé du gâteau de carottes, et du porridge fait avec de l'avoine de leur propre production pour le petit déjeuner, bu du jus de carottes, et il avait vingt variétés de pommes dans son verger. Écoute, c'est aussi fort que rencontrer Bouddha. Ils avaient l'air tellement heureux ! Je voudrais bien que tu viennes. »

Je ne dis pas que j'avais de quoi occuper mes journées ici.

« J'ai maintenant la certitude que Harold doit changer d'avis. Sinon, j'aurais l'impression d'avoir accédé aux portes du paradis et fait demi-tour. Ce qui me semble impossible.

– C'est ce que font les gens sans arrêt.

– Vraiment ? Tu crois qu'ils font vraiment cela ? »

Je ne répondis pas. Nous prîmes place dans la queue.

« Oui, je crois bien que je l'ai fait, moi, poursuivit-il. Du temps où je buvais. Hum. »

Mais tout dans son comportement disait que ce temps était révolu, totalement. Je ris de sa bonne humeur.

Gâteau de carottes et porridge auraient peut-être été les bienvenus au milieu de ce buffet. Il y avait des travers grillés, des rondelles de pommes de terre au jambon, trois salades de pommes de terre différentes, quatre viandes en sauce, des haricots verts à la crème en trois versions, deux sortes de salades de maïs, de la gelée de citron vert aux bananes, de la gelée de citron vert avec des cerises au marasquin, une belle salade verte, mais avec assaisonnement sucré. Jess prit des haricots et quelques feuilles de salade, puis succomba à un mélange carottes râpées-raisins secs dont il liquida la moitié. Il sauta les desserts.

Papa était déjà installé à table. Son assiette ressemblait à la mienne – travers de porc, salade de pommes de terre, maïs, macaronis, steak haché, et encore un peu de travers.

« Tiens, papa, dis-je d'une voix aimable, on dirait qu'on a fait les mêmes choix. »

Il m'ignora.

Je m'assis entre Pammy et Jess, en face de papa et loin de Ty. Rose était de l'autre côté de Jess, et Pete en bout de table. Dès que je fus assise, mon cœur se mit à battre la chamade. Des personnes que nous ne connaissions pas commencèrent à tirer des chaises pour s'installer, puis voyant le regard de Harold, battaient en retraite. Malgré le sentiment de malaise qui nous arrachait quelques sourires incertains, nous prîmes nos aises et nous intéressâmes à nos assiettes. Je jetai un regard vers Ty, vers son assiette, en épouse habituellement attentive à ce que mange son mari. Lui aussi avait pris des carottes râpées. Je regardai ma propre assiette, les travers étaient appétissants, mais malcommodes à manger. Je piquai ma fourchette en plastique blanc dans le maïs. Tous ces détails me reviennent avec clarté, comme s'il s'agissait de mes ultimes souvenirs avant une attaque d'amnésie. La voix de Harold se leva au-dessus des bruits de la foule.

« Ho ! » fit-il.

Le pied de Jess Clark vint se poser contre le mien sous la table ; il releva le nez.

J'eus un regard panoramique. Je ne l'avais pas remarqué auparavant, mais la table que nous avait choisie Harold se trouvait en plein centre de la pièce.

Harold prit la parole, comme pour faire une déclaration très attendue.

« Regardez-les bâfrer comme si de rien n'était. Après avoir chassé un homme de sa propre maison, un soir d'orage à ne pas mettre un chien dehors. »

Aux autres tables, les gens firent mine de ne pas entendre, sauf Henry Dodge qui semblait ne pas réussir à décider s'il devait se lever ou pas.

« Et pas la peine d'espérer un mot d'excuse, rien. Deux belles garces, tiens. Je parle évidemment de Ginny et Rose Cook. »

Le pasteur jugea opportun de reculer sa chaise. De l'autre bout de la salle s'éleva la voix de Mary Livingstone.

« Boucle-la un peu, Harold Clark. Tu racontes n'importe quoi, comme d'habitude. »

Henry Dodge se leva. Harold Clark ne dit plus rien pendant une minute ou deux. Henry Dodge se rassit donc. Puis Harold lança :

« J'ai compris leur manège. On ne me roule pas dans la farine, moi. » Il se pencha vers moi. « Sale garce ! Salope ! »

Le bras de Jess se détendit, et de sa main ouverte il repoussa la tête de Harold. Un geste étrange, violent et retenu à la fois. Harold avait des années de travail derrière lui, il était costaud, et il ne fallait pas le bousculer trop fort. Le visage vaguement ébahi, papa ne bougeait pas. Profitant d'un moment d'éphémère silence, il dit :

« Leurs enfants les mettent là. Je l'ai vu de mes propres yeux. »

De l'autre côté de Jess Clark, Rose se dressa sur sa chaise et dit :

« Papa, tais-toi maintenant. La plaisanterie a assez duré. »

Pammy me prit la main.

Henry Dodge se leva de nouveau.

Harold bondit littéralement, renversant sa chaise qui tomba en arrière à grand bruit. Tendant le bras par-dessus la table, il attrapa Jess par les cheveux et l'extirpa de sa chaise, puis de l'autre main il agrippa le col de sa chemise.

« Merde ! » dit Jess.

Et Harold de le secouer par-dessus la table. Et les gobelets en polystyrène pleins de soda de se renverser à chaque secousse.

« Toi aussi, je t'ai vu venir, espèce de déballonné. Tu louches sur mes terres, salopard, et ça fait un mois que tu me fais du gringue en croyant que je vais te les donner. Tu me prends pour un con, ou quoi ? » Sa voix monta de registre, sarcastique. « Et tu devrais faire ci, Harold, et tu devrais faire ça. Les engrais naturels ! La culture biologique ! Et la luzerne à la con ! Non mais, pour qui tu te prends, espèce de déserteur ! Ce rigolo n'a même pas les couilles de servir son pays, et il vient nous servir son baratin... »

Entre-temps, le pasteur avait trouvé le moyen

d'arriver juste derrière Harold, qu'il maîtrisa. Jess flanqua un coup de poing dans la figure de son père, et Harold s'écroula dans les bras du pasteur. Papa se poussa sur sa chaise pour faire de la place et me regarda droit dans les yeux. Son visage exprimait la fausse vertu outragée.

Lorsque nous partîmes, Rose et moi, tenant Pammy et Linda par la main, et laissant derrière nous Pete et Ty sans voiture, j'eus la sensation de prendre la fuite. Je répétais constamment : « Où allons-nous ? Où allons-nous ? », certaine qu'il existait une réponse. Mais nous rentrâmes directement à la maison, comme s'il n'y avait aucune autre issue, comme si le drame que nous venions d'entamer était une pièce sans fin. Je me suis souvent dit depuis que nous aurions pu suivre notre propre conseil, rouler jusqu'aux *Twin Cities* et prendre un travail de serveuse, vivre notre vie ensemble dans un appartement terrasse, les filles dans une chambre, Rose et moi dans l'autre, anonymes, esquivant à jamais un destin que nous n'avions jamais voulu, un cadeau offert par notre père.

Livre IV

29

Je ne veux pas en faire trop au sujet de notre mère en prétendant qu'elle était particulièrement belle, ni qu'elle avait une fortune ou une intelligence hors du commun. La vérité est qu'elle était intégrée. Elle faisait partie de clubs, elle allait à l'église, elle échangeait des patrons de robes avec les autres femmes. Elle tenait la maison parfaitement et nous élevait comme les voisins élevaient leurs enfants, ce qui signifie qu'elle faisait respecter l'autorité paternelle et n'était pas spécialement tendre, ni attentive à nos sentiments. Elle se souciait beaucoup de ce que nous faisions ou oubliions de faire – les devoirs, les corvées, notre part de ménage et de cuisine – et elle n'était pas surprise par les fluctuations de notre enthousiasme pour ces choses, attribuant ces variations aux caprices d'une sorte de baromètre de l'enfance, des « phases » dont elle ne tenait aucun compte.

Il nous était clairement signifié que la maison lui appartenait dans ses moindres détails – qu'elle en avait la responsabilité –, mais aussi que porter atteinte à la maison c'était lui porter atteinte à elle. Je me souviens qu'un jour, Caroline, qui avait alors trois ans, ayant mis la main sur un bâton de rouge à lèvres, avait dessiné de grands ronds sur le mur du palier. Ma mère ne montra aucune indulgence pour le jeune âge de Caroline, ni ne se sentit la moindre responsabilité pour avoir laissé traîner le rouge à lèvres. Elle flanqua une solide fessée à Caroline en répétant : « On ne touche pas les affaires de maman ! On ne dessine pas sur les murs de maman ! Caroline est une vilaine fille ! » Même nos affaires lui appartenaient, et lorsque nous cassions nos jouets ou déchirions nos vêtements, nous étions punies. Les punitions, j'imagine qu'elles étaient censées nous servir de leçon, et nous apprendre à nous maîtriser. Une faute par inattention était aussi répréhensible qu'un acte de désobéissance ou une méchanceté délibérée.

Elle avait une histoire derrière elle – elle était allée au lycée à Rochester, dans le Minnesota, et elle avait étudié une année à Cedar Falls – mais pour nous cette histoire se trouvait dans sa penderie. La penderie était étroite et longue avec un œil-de-bœuf à petits carreaux tout au fond. La tringle courait sur toute la longueur, et il n'y avait qu'une seule étagère, très haute, au-dessus de la fenêtre. Le mur mitoyen entre cette penderie et celle de la chambre voisine bizarrement ne montait pas jusqu'au plafond, mais il était agrémenté d'une espèce d'inutile moulure en chêne. Un porte-chaussures rose était suspendu à la porte et claquait contre cette dernière chaque fois que l'on ouvrait ou fermait. Dans chacune des multiples poches de ce porte-chaussures était rangée une seule chaussure, le talon tourné vers l'extérieur. Il y avait sept paires de hauts talons que Rose et moi comptions chaque fois que nous ouvrions la porte de la penderie. Sur le plancher se trouvaient deux cartons à chapeaux contenant entre huit et dix couvre-chefs, certains garnis de fleurs ou de fruits, et la plupart agrémentés d'une voilette. Également dans les cartons à chapeaux étaient rangées quatre ou cinq boutonnières, avec des épingles, à tête en perle, piquées dans les tiges recouvertes de satin. Nous admirions ces gracieux bouquets que nous aimions toucher et poser sur notre poitrine en sachant parfaitement que si nous nous piquions, nous n'aurions qu'à nous en prendre à nous-mêmes.

Le tissu des robes était frais, et lorsque nous nous placions juste sous la tringle, la douceur vaporeuse des jupes nous caressait le visage dans un parfum entêtant de poussière, de naphtaline, d'eau de Cologne et de sels de bains. Bien que le présent s'inscrivît pour elle dans une succession de tabliers – elle en mettait un propre chaque matin –, son passé comptait jupes droites, jupes à godets, jupes larges, drapés, plissés, poches passepoilées contenant de minuscules mouchoirs de douze centimètres de côté, épaulettes, plastrons à col officier, ceintures et boucles assorties, boutons tailleur, plus un catalogue de mode où les mots étaient aussi fascinants pour Rose et moi que les articles montrés. Les vêtements dans la penderie – déjà démodés, trop étriqués et trop guindés pour le « New Look » de l'après-guerre – nous persuadaient de l'existence de possibilités, non pas pour nous, mais pour notre mère, des possibilités perdues, certes, mais qui d'une certaine façon gardaient une réalité lorsque nous pénétrions dans la penderie dont nous refermions la porte avant de nous asseoir en tailleur, dans le rond de soleil mité que laissait filtrer l'œil-de-bœuf. Ces choses qui lui appartenaient, notre mère nous laissait jouer avec. Nous lui fichions la paix et nous les traitions avec soin, comme les reliques sacrées qu'elles étaient. Aujourd'hui, lorsque je cherche à aimer ma mère, je me souviens de sa penderie et de cette indulgence qui lui était attachée. Évidemment, évidemment, je me souviens aussi de Rose, ma compagne fidèle sous les jupes suspendues, Rose sur le corsage de qui je piquais prudemment les boutonnières, sur la tête de qui je posais les chapeaux, avec qui je circulais parmi toutes ces robes en jouant à la dame dans une boutique.

Après le dîner paroissial, Jess avait besoin d'un endroit où rester en attendant que les choses fussent plus calmes. Rose proposa la maison de papa, non pas dans sa chambre, bien sûr, mais dans une des autres pièces. Il avait quatre chambres après tout, dont trois ne servaient à rien, vu les circonstances. Après cette proposition, l'occasion sembla bienvenue pour aller jeter un coup d'œil à la maison, ranger un peu, mettre quelques affaires de papa dans un petit sac, au cas où il en aurait besoin.

Je me déplaçai un matin, après avoir préparé le petit déjeuner, partagé le repas silencieux de Ty, puis l'avoir entendu réciter son programme de la journée et me signaler incidemment qu'il ne rentrerait pas à midi. Il ne m'interrogea pas sur mes projets. « Parfait », dis-je, réponse lapidaire qui ne provoqua aucune réaction. J'attendis son départ, au volant du pick-up, puis je pris le chemin de la maison paternelle. Ty ne savait peut-être pas que Jess se rapprochait, qu'il faisait de l'occupation illégitime des lieux chez papa. Il n'était pas au courant, et cela aussi était parfait. S'il avait dit quelque chose, je lui aurais dit que tout était possible désormais.

En approchant de la maison, j'avais le sentiment que le départ de papa me donnerait toute latitude pour retrouver ma mère. Je n'avais pas pour autant oublié que j'étais venue là tous les jours de ma vie. Je le savais. Mais à présent qu'il était parti, je pourrais regarder de plus près. Je pourrais visiter les penderies ou le grenier, soulever les choses pour voir ce qui se cachait en dessous, retourner dans les placards et visiter les bouts d'étagères. C'est là qu'elle serait, si elle devait être quelque part, avec son écriture, les vestiges de son travail, ses habitudes et, peut-être, son odeur. Ne pouvait-il se trouver un seul tiroir oublié, resté fermé pendant vingt-deux ans, qui offrirait une unique et éphémère bouffée parfumée ? Elle qui le connaissait – qu'aurait-elle dit ? Comment aurait-elle intercédé ? N'existait-il pas un détail à connaître de lui qu'elle connaissait et qui se manifesterait à moi, si je retrouvais un peu d'elle dans la maison ? L'espoir suffit à me faire presser le pas. Je passai devant le mobilier de cuisine dans l'allée, devant le canapé en brocart blanc arborant toujours son étiquette et dressé sur la véranda de derrière. J'ignorai la familiarité déprimante de ces lieux où Rose et moi avions fait chaque année le grand nettoyage de printemps. C'était forcément quelque chose.

Déjà le grenier était surchauffé. Il n'avait jamais été isolé et le toit métallique n'était pas très efficace, pour ne pas dire parfaitement inapproprié pour lutter contre le soleil estival. La voie avait été dégagée pour permettre d'accéder à chacune des quatre lucarnes, celles qui donnaient à l'est et à l'ouest étant ouvertes pour une meilleure ventilation de la maison. Compte tenu du fait que la famille habitait cette maison depuis soixante ans, il n'y avait pas trop de vieilleries accumulées – un rouleau de moquette quasiment neuve, havane, que papa avait dû récupérer quelque part – et qui n'avait jamais été posée. Trois lampadaires avec ces vieux cordons torsadés et une prise ronde en bakélite. Un matelas plié en deux. Trois caisses de vieux numéros de la revue *Successful Farming*. Une autre de vieux *Wallace's Farmer* datant du début des années 70. Un vieux ventilateur à pales noires sans grille protectrice. Sous la partie mansardée étaient rangées de vieilles boîtes qui contenaient des journaux de la Seconde Guerre mondiale, dont le numéro du *Register* de Des Moines daté du jour de la victoire. Au milieu de tous ces papiers se trouvait une invitation, adressée à ma mère, pour un mariage à Rochester, de gens dont je n'avais jamais entendu parler. Je sentis le carton. Il avait l'odeur du papier journal. Tout au fond de la boîte, des recettes datant de 1945. Les autres boîtes aussi contenaient des recettes et fiches de jardinage, ainsi que plusieurs numéros de *Life*. Rien d'autre. Je revins vers le centre. Mon chemisier plein de poussière me collait à la peau.

Les placards de l'étage étaient exactement tels que je les connaissais – pleins de chaussures et de vêtements appartenant à mon père, soit pour l'essentiel des bleus et des pantalons kaki. A vrai dire, deux placards seulement étaient pleins. Les autres n'abritaient que des cintres. Dans la chambre de mon père, je regardai les photos accrochées au mur – mes grands-parents Davis posant pour un portrait de circonstance à la veille de leur départ d'Angleterre. Leur toute dernière photo d'ailleurs. Mes grands-parents Mason avaient fait faire une photo de mariage à Mason City et il y avait également une photo du grand-père Cook à côté de son premier tracteur, un Ford avec des roues à rayons et sans pneus. La photo de fiançailles de ma mère, telle qu'elle fut publiée dans le *Post-Bulletin* de Rochester, que j'avais vue mille fois. Je la scrutai plus attentivement cette fois, mais sans rien trouver. Le visage impénétrable d'une jeune fille pleine d'avenir, vêtue de l'uniforme peu parlant de l'époque ; elle avait le maintien résolument vertueux. Sur le mur aussi était accrochée une photo en noir et blanc d'un bébé avec un chapeau sur la tête, qui aurait pu être n'importe laquelle de nous trois. Je l'avais vue souvent, mais on mesurera la distance qui me séparait de mon père en apprenant que jamais je n'avais reconnu devant lui ne pas savoir qui était sur la photo. Peut-être aurait-il dit qu'il n'en savait plus rien non plus. C'était une photo de nous, donc, progéniture interchangeable. Je regardai sous le lit : une chaussette, un tube d'aspirine vide, des moutons de poussière.

J'ouvris immédiatement les tiroirs où étaient rangés ses gants blancs pour l'église, son porte-jarretelles, ses jarretelles, ses bas, ses combinaisons, longues et courtes, ses soutiens-gorge, ses chemises de nuit, sa liseuse rose fermée par trois brandebourgs argent qu'elle portait toujours au lit quand elle était malade, et garda en permanence sur elle avant de mourir. A présent ne restaient que des shorts de vieil homme, des gilets de corps, des bandanas, de grosses socquettes blanches, des chaussettes de laine, des mi-bas noirs (trois paires) pour sortir. Des sous-vêtements Thermolactyl. C'est moi qui avais tout rangé dans le même tiroir, alors je savais bien qu'ils s'y trouvaient. Le journal qui avait servi à tapisser le fond des tiroirs était daté du 12 avril 1972, trop tard, trop tard.

Sa collection d'assiettes décoratives faisait le tour de la salle à manger, juste sous le plafond, posées verticalement sur une étroite tablette de chêne. Je les avais époussetées au printemps de l'année dernière, mais pas au printemps passé qui correspondait à la maladie de Rose. Il n'y avait pas la moindre marque de jaunissement sur aucune d'elles. Le buffet de la grand-mère Edith ne contenait que du linge de table propre, des plats propres, de l'argenterie propre. Comment étions-nous devenues à ce point stylées, Rose et moi, que nous ne négligions jamais un coin sombre, que nous ne laissions jamais traîner le ménage, et que nous retournions la maison systématiquement une fois par an ?

Tout à coup, je me souvins de ce qui avait provoqué la disparition de notre mère. C'était l'œuvre de Mary Livingstone. Papa avait dû la solliciter. Toujours est-il que plusieurs semaines après la mort de maman, en rentrant de l'école, Rose et moi trouvâmes toutes les dames de la paroisse occupées à vider ses affaires, emballer ses vêtements, ses coupons, ses patrons, et ses livres de cuisine pour les porter aux pauvres de Mason City. Il s'agissait du sort normal réservé aux affaires des défunts, et nous ne protestâmes pas. Ces luthériennes furent évidemment aussi radicales dans leur action que l'eût été maman.

Après ce souvenir, je montai à l'étage, avec l'intention de préparer un lit pour Jess Clark dans l'une des chambres, et la seule sensation consciente de la présence d'un chagrin, ressuscité par cet instant de passé resurgi, fut une sorte de distance gênée que j'eus par rapport à mon corps qui montait l'escalier. Sur la rampe, ma main sembla étrange et blanche, mes pieds curieusement prudents, comme s'ils comptaient les marches. Lorsque j'atteignis le palier, le rez-de-chaussée parut se dissoudre tandis que l'étage me sautait dessus. J'installai Jess dans mon ancienne chambre. Les draps se trouvaient dans l'armoire à linge, avec leurs fleurettes jaunes, ceux-là mêmes dans lesquels j'avais dormi pendant quatre ou cinq ans.

Le passé, je le retrouvai dans l'armoire à linge, pour la bonne raison que Rose et moi ôtions toujours les draps du lit de papa pour les laver, et que nous les remettions directement ensuite, et que semblablement nous remettions immédiatement en service les serviettes de toilette que nous prenions dans le panier à linge sale de la salle de bains. On peut imaginer que l'armoire à linge n'était pas ouverte plus d'une fois par an. Il y avait des draps, des serviettes de toilette et des taies d'oreillers ainsi qu'une boîte de savonnettes, jamais entamée. Derrière la pile de serviettes, absolument dissimulée à la vue, se trouvait une boîte à demi pleine de serviettes hygiéniques Kotex, et dans la boîte était restée une ceinture élastique comme personne n'en portait plus depuis des années. Il ne s'agissait assurément pas d'objets ayant appartenu à ma mère mais à moi. Je sortis les draps et la taie, en me disant simplement que c'était intéressant. Si Rose avait été présente, elle aurait affirmé que papa avait vu mille fois ces Kotex sans oser les toucher. Je souris.

Les draps étaient bien lisses dans le lit d'une personne de la chambre jaune. Je rabattis le parement du drap de dessus sur la couverture, arrangeai joliment l'oreiller. Je me dis que Jess allait dormir là et m'étendis à l'endroit où il s'allongerait. La coiffeuse se trouvait à côté de la fenêtre ; la porte de la penderie était entrouverte ; la peinture jaune de la commode vide s'écaillait ; il y avait des ronds de bronze sur le miroir ; une tache d'humidité s'était formée sur le plafond. Allongée sur ce lit, je sus qu'il m'avait prise là, que mon père avait couché avec moi dans ce lit, que j'avais regardé le sommet de son crâne, sa calvitie naissante au milieu des cheveux poivre et sel, tandis que je le sentais mordiller mes bouts de seins. Ce souvenir fut le seul que je tolérai avant de sauter hors du lit, en larmes.

Tout mon corps tremblait et des gémissements s'échappaient de mes lèvres. Le jaune de la pièce avait l'éclat agressif d'une lumière de stroboscope dont les intermittences auraient été réglées sur le martèlement du sang dans mes tempes. Ce souvenir était associé à celui des affaires de ma mère, portées aux pauvres de Mason City, à la vision des dames de la paroisse, dans leurs voitures, avec les robes de ma mère sur la banquette arrière, au visage de Mary Livingstone me regardant avec une affection contenue, en me demandant si je voulais garder quelque chose, question à laquelle je répondis non. Je m'étendis sur le parquet du palier car je sentis que j'étais sur le point de m'évanouir et de tomber dans l'escalier.

Rose était censée venir me rejoindre, et je commençai par me contenter de répéter son nom : « Rose, Rose, Rose », avec l'espoir de la voir se matérialiser en haut des marches en dépit du fait qu'aucune porte n'avait claqué et aucune voix ne m'avait appelée. Si elle avait été présente, je lui aurais dit et redit qu'accepter de savoir cette chose, de la savoir en permanence, tous les jours qui me restaient à vivre, était tout simplement au-dessus de mes forces. Et sûrement que je ne savais pas tout. Derrière cette image, d'autres étaient tapies, protubérances mystérieuses au fond d'un sac noir, invisibles encore, mais sensibles. Je les sentais et elles m'effrayaient. J'avais peur parce qu'il me faudrait les ranger dans un coin de ma tête, comme des bâtons d'explosif ou des déchets radio-actifs qui pouvaient se transformer, voire effacer tout le reste. Si Rose avait été là, je me serais débrouillée pour lui confier ces images, les lui faire garder à ma place. Elle n'était pas là.

Je me mis donc à hurler. Hurler comme jamais auparavant je n'avais hurlé, à pleine gorge, douloureusement, des hurlements de quand on se moque de faire du scandale et d'attirer l'attention, et je m'obligeai à me concentrer sur eux, au point de n'être plus que bouche, langue, vibration.

Le coup réussit. Les hurlements m'épuisèrent, me firent éprouver une souffrance physique qui me ramena au présent, à cette maison, ce parquet, cet instant. Puis je pus me lever et reprendre consistance. Comme j'avais gagné une migraine, je me rendis dans la salle de bains où j'avalai quatre aspirines. Rose ne vint jamais. A mon retour chez moi, il était presque neuf heures. Seulement neuf heures. Ma nouvelle vie, encore une nouvelle vie, avait commencé de bonne heure.

30

Dans les jours qui suivirent le dîner paroissial, je guettai la venue de Jess Clark. Apparemment, nous avions beaucoup de choses à discuter, mais finalement, je ne le vis que deux fois. Encore fut-il silencieux et inaccessible. La candeur de nos premières conversations, qu'inconsciemment je rêvais de retrouver, avait disparu. « Je suis étonné de me sentir à ce point perdu », « dire que j'étais tellement sûr qu'il avait changé », « je ne sais vraiment pas où aller, à présent » : c'est tout ce qu'il disait. Ces trois remarques ne suscitaient aucun vrai commentaire. Quand je répondais, mes réponses restaient suspendues entre nous deux – avant même que j'eusse fini de parler, Jess était déjà, et de nouveau, plongé dans ses propres inquiétudes. Son comportement aussi changea. Cette grâce d'autrefois, toute en fluidité, cette ouverture permanente à l'évolution et à la mobilité qu'il portait en lui, tout cela s'était raidi. Lui aussi s'était raidi.

Le voir me faisait mal et m'intimidait. Je me risquais à lui témoigner un peu de sympathie sans pour autant parvenir à adoucir son attitude. Je savais que, comme d'habitude, il disait la vérité. Il était perdu.

Je ne lui parlai pas de la révélation que j'avais eue, allongée dans le lit où il dormait chaque nuit, et pourtant il m'était impossible de penser qu'il dormait dans mon ancienne chambre sans que revînt la terrible vision. Je n'en avais pas parlé non plus à Rose, mais j'avais bien failli. D'une part, j'avais été tellement certaine qu'elle se trompait – doute et rejet quant à ses souvenirs. D'autre part, il était plus facile de lui apporter soutien et compassion que de partager avec elle le statut de victime. Et puis elle me rappellerait certainement des incidents dont je ne supporterais pas le souvenir. Aussi sûrement que le soleil se lève, la discussion ouvrirait le terrible sac d'ombre, y projetterait un rayon de franche lumière, et puis Rose me bousculerait et je serais incapable de lui résister, et je serais avalée à mon tour par le drame et la colère, je serais prise d'une obsession croissante de la mémoire, obsession qui enflerait en moi, m'habiterait, me ferait vivre dans un état de danger que je ne pourrais pas supporter.

Nous parlâmes de ce qu'avait fait Harold lors du dîner paroissial. Mon avis était que la visite de Jess à cet agriculteur biologique, suivie du concert enthousiaste sur ce qu'il avait vu, avait eu un peu l'effet de la goutte d'eau qui fait déborder le vase. Je n'avais jamais imaginé que Harold pût voir d'un œil sympathique cette idée de culture biologique, mais je croyais qu'il était partagé quant à Jess lui-même. Rose avait un point de vue beaucoup plus radical : Harold méditait depuis fort longtemps d'humilier Jess publiquement – depuis le jour de son retour peut-être – et il avait joué Jess contre Loren, il l'avait encouragé avec son histoire de testament, dans le seul but de lui donner de faux espoirs.

C'était le Harold dont nous avions discuté pendant nos parties de Monopoly, le Harold qui dissimulait des visées calculatrices sous ses coups de folie. Je racontai l'incident auquel j'avais assisté en aidant Jess à transférer les surgelés de leur congélateur au nôtre – cette façon qu'avait eue Harold de passer de la rage à l'humour sans la moindre transition. « Est-ce que ce n'est pas la preuve, dit Rose, que chez lui, tout est du cinéma ? Que tout ce qu'il fait procède d'un savant calcul ? Il se débrouille pour que les gens rient de lui, mais lui ne rit pas du tout. »

Puis Harold Clark se mit en tête de traiter son maïs, pour le plaisir, peut-être, de sortir encore une fois son nouveau tracteur. Ce n'était pas une chose qu'il faisait chaque année, et pour ce que je voyais, le maïs montait bien, partout dans la région. On n'avait certes pas manqué de pluie – notre maïs était d'un vert vif et vigoureux. Mais pourquoi pas ? avait dû se dire Harold. Une assurance supplémentaire sur la récolte, et le plaisir de conduire cette belle machine rouge flambant neuve le long de la haie en bordure de la Cabot Street Road.

La seule information donnée par Harold, après coup, concernait une lame extérieure apparemment bloquée. Il avait dû tirer la corde fermant la valve du réservoir. Peut-être était-il pressé, car il descendit ensuite de son tracteur dont il fit le tour pour aller voir la lame qui fonctionnait mal et mordait de quelques centimètres dans le sol. Personne ne sait pourquoi il toucha au tuyau. Peut-être ne fit-il que l'effleurer en se baissant, de la manche ou du coude. Toujours est-il que le tuyau se libéra brusquement et, à cause du résidu de pression, il prit tout dans le visage. Il ne portait pas de lunettes de protection.

L'ammoniaque anhydre n'est pas « attiré par les yeux » à cause de leur humidité, comme disent parfois les gens, il s'agit seulement d'une impression due à la réaction de l'humidité de l'œil au contact des vapeurs d'ammoniaque, donnant immédiatement un puissant alcali.

Malgré la douleur, Harold se précipita vers le réservoir d'eau qui se trouvait au-dessus de celui d'ammoniaque, sachant que son seul espoir était d'asperger ses yeux à temps pour neutraliser le produit. Le réservoir d'eau était vide. A ce stade, Harold était vaincu et n'eut plus qu'à s'écrouler dans le champ. C'est Dollie qui le vit, en revenant de son travail chez Casey's, à Cabot. A genoux au milieu du maïs, il se balançait d'avant en arrière, le visage dans les mains. Il n'y avait pas une goutte d'eau dans les environs. Elle le ramena à la maison et l'aida à se mettre le visage sous le robinet de la cour. Puis Loren rentra et conduisit Harold à l'hôpital de Mason City.

Jess était parti courir.

Pete était allé à Pike acheter du ciment.

Rose aidait Linda à se faire un short à pois et un dos nu.

Papa était installé dans la balancelle devant chez Harold et parlait à Marv Carson de son projet de récupérer ses terres.

Ty travaillait perché sur l'un des nouveaux *Harvestores* avec l'équipe des trois ouvriers du Minnesota.

J'avais pris la voiture pour déposer Pammy chez Mary Louise Mackenzie, à Cabot.

Je vois la nouvelle fondre sur chacun de nous comme un nuage de poussière par une belle journée d'été, tellement inhabituel que la curiosité vient avant la peur, et qu'avec la distance il semble plutôt petit, plus petit en tout cas que l'immensité du ciel que nous scrutons généralement pour découvrir l'imminence du danger, mais où le soleil continue néanmoins de briller avec un éclat amène. On dit pourtant que pendant les années 30, les tempêtes de sable étaient calamiteuses, parce que le sable pénétrait partout, indifférent aux fenêtres et aux portes hermétiquement closes, aux yeux bien fermés, aux couvertures que l'on se mettait sur la tête. Ainsi l'accident de Harold et ses conséquences entamèrent-ils tout, les amitiés les plus sûres, les croyances les plus fermes, les fidélités les plus solides, les certitudes les plus profondes que l'on avait au sujet de personnes que l'on connaissait depuis presque toujours.

Le problème de l'anhydre est que le dommage occasionné est quasi instantané. Après deux minutes environ, les cornées sont irrémédiablement détruites. Les médecins ne peuvent pas faire grand-chose, hormis des greffes dont le résultat n'est pas très bon. Ils gardèrent néanmoins Harold pendant une semaine à l'hôpital, avec des pansements sur les yeux, pour soulager la douleur.

L'événement se serait produit le jeudi suivant le dimanche du dîner paroissial, trois jours après l'installation de Jess Clark dans la maison de papa. Les passions étaient encore fortes. A mon retour de Cabot où j'avais déposé Pammy, je trouvai Ty debout dans la cuisine. Il pivota d'un coup sec et me lança : « Harold Clark a eu un accident avec de l'anhydre. Il est aveugle, maintenant ». Comme s'il supposait que la nouvelle devait me faire plaisir.

« Mon Dieu.

– Il ne pourra plus travailler la terre, ça c'est sûr et certain.

– Comment as-tu su ? Que s'est-il passé ?

– Dollie nous a fait descendre du *Harvestore*. Loren l'a emmené à l'hôpital.

– Alors on n'est pas sûr que...

– Merde, Ginny ! me cria-t-il dans la figure. On est sûr et certain ! Le réservoir d'eau était vide !

– Peut-être que les docteurs...

– Arrête !

– Arrête quoi ?

– Arrête d'être comme ça, raisonnable et calme ! Tu t'en fiches ou quoi ? Le réservoir d'eau était vide ! Tu sais aussi bien que moi ce que cela signifie !

– Cela signifie qu'il est aveugle, dis-je d'une voix égale.

– Et alors, ça t'est égal ? C'est un de nos amis ! Mais qu'est-ce qui t'arrive ? Je ne te reconnais pas. »

Il se dirigea vers la porte. Je le suivis et haussai le ton.

« Qu'est-ce qui ne va pas ? Qu'est-ce que j'ai dit de mal ? »

Il monta dans son camion et démarra, en faisant crisser les pneus sur l'asphalte.

La réalité est que j'étais trop abasourdie pour avoir la moindre pensée. L'imagination fonctionne d'abord sur le physique, n'est-ce pas, de sorte que, en tout état de cause, on commence par reculer devant la douleur, on se voit aveugle, les tissus sous le choc de ce qui vient de se produire. Je ne me souviens franchement pas de la représentation que je me fis de l'accident sur le moment, avant d'en connaître les circonstances, mais il est entré dans ma vie comme un cataclysme et je revois mes mains trembler si fort tandis que j'essayais de laver la vaisselle, qu'un plat se brisa contre le robinet et que je dus abandonner et m'asseoir. Puis je me rappelle avoir pratiquement vomi sur place.

Je bondis de ma chaise et courus chez Rose. Je fis irruption chez elle avec la nouvelle, et Rose expédia immédiatement Linda jouer dehors, guetter Pete, et regarder si elle n'apercevait pas Jess sur la route.

« Il est parti courir, me dit-elle tandis que Linda sortait. Je l'ai vu sortir il y a environ une demi-heure.

– Mon Dieu ! Tu te rends compte ? » dis-je. J'enjambai le patron épinglé sur la pièce de tissu, par terre, avant de m'effondrer dans le fauteuil.

« Rose ?

– Quoi ? »

Elle avait l'air ennuyé. Je n'osai rien ajouter. Je suppose que dans ma tête, je pensais l'avoir offensée. Je me sens toujours un peu coupable quand j'annonce une mauvaise nouvelle à quelqu'un, parce que l'espèce d'énergie que l'on ressent à connaître une chose que les autres ignorent à tendance à vous gonfler d'orgueil. Elle prenait les épingles sur sa pelote en forme de coussin et les piquait dans le papier de soie, puis elle s'assit sur ses talons et inclina la tête pour contempler le morceau de tissu. Elle avait les cheveux coiffés en queue-de-cheval. Elle leva les bras et libéra mollement un flot de cheveux bruns de l'élastique, avant de refaire la queue-de-cheval, plus serrée. L'échancrure de son chemisier révéla qu'elle n'avait pas pris le temps de mettre sa prothèse, ce matin-là.

« Et alors ? dit-elle.

– Eh bien, ça m'a fait un choc, c'est tout. C'est le cauchemar de tous les agriculteurs. J'ai failli en vomir.

– L'événement en soi est terrible. Je reconnais. »

Elle prit les ciseaux et me regarda. « Mais comme je te l'ai dit l'autre soir, moi je ne me laisse pas attendrir. Je me moque qu'ils souffrent. Quand ils souffrent, ils sont persuadés que cela leur redonne l'innocence. Tu ne penses pas que Hitler a dû avoir peur et souffrir au moment de mourir ? Ça te gêne ? S'il est mort en pensant que sa cause était juste et bonne, que tous ces Juifs et les autres méritaient d'être exterminés, qu'il aurait dû vivre assez longtemps pour mener à bien l'œuvre de sa vie, tu ne te serais pas réjouie de sa souffrance en lui en souhaitant davantage encore ? Il faut qu'il y ait repentir. Il faut avoir demandé pardon à ceux que l'on a détruits, autrement les comptes ne seraient pas à jour.

– Mais il s'agit de Harold et pas de papa.

– Où est la différence ? Tu sais ce que m'a raconté Jess ? Un jour, quand Jess était petit, Harold était aux commandes de la moissonneuse, et il y avait un faon couché dans le maïs, eh bien Harold a continué tout droit plutôt que de faire un détour, ou de laisser une rangée sur pied, ou plus simplement de s'arrêter et de le chasser.

– Il n'avait peut-être pas vu.

– Après être passé, il ne s'est pas arrêté non plus pour l'achever, il l'a laissé mourir.

– Oh, Rose ! »

Je fondis en larmes.

« Papa tuait des animaux tous les ans, dans les champs. Sauf que c'étaient des lapins ou des oiseaux, pas des petits faons – je ne sais pas, moi. » Elle me regarda avec un semblant de sourire. « Quand Jess m'a raconté, j'ai pleuré moi aussi. Puis le lendemain, j'ai aidé Pete à charger les cochons pour aller les vendre. J'ai pensé à papa quand il disait : " C'est la vie ". " C'est ça, l'agriculture ". Alors moi, je dis à Harold : " Putain, Harold, il fallait vérifier le réservoir d'eau. C'est ça l'agriculture ". Ils nous ont édicté des lois. Qu'ils les observent, eux aussi. »

Je regardai dans la pièce. Encore une fois, je trouvai un apaisement dans ses paroles, une rassurante simplicité.

« Est-ce que tu dirais ces choses aux filles ? »

Les ciseaux crissèrent deux fois en coupant le tissu de coton. Elle les lâcha et me regarda.

« Si papa s'en prenait à elles ou leur faisait le moindre mal, dit-elle, je les aiderais à découvrir la notion de mal et la punition. S'il ne leur fait rien, je leur accorderai le luxe de connaître la miséricorde et le bénéfice du doute.

– A t'entendre, tout a l'air simple. » Je réfléchis un instant. « Non, ce n'est pas ce que je veux dire. Tout a l'air facile.

– Ginny, je sais ce que je pense parce que j'y réfléchis depuis très longtemps. J'y ai réfléchi à l'hôpital après mon opération. Tu sais, la mort de maman, et puis papa, et Pete qui n'est qu'un sale ivrogne, et moi obligée d'éloigner les petites avant de perdre un bout de mon corps pour couronner le tout. Quand on est confronté à tout cela, si l'on n'a pas des règles, qu'est-ce qu'on fait ? Il faut qu'il y ait quelque chose, un ordre, une morale. Une justice, nom de Dieu. » Elle coupa la partie la plus longue du chemisier. « Écoute, je ne peux pas te dire ce que ça me fait de voir papa se réfugier dans la folie, maintenant. Tu sais qui l'on critique, n'est-ce pas ? Mais ce n'est même pas le problème.

– C'est quoi ?

– Maintenant, je n'ai même plus une chance de pouvoir le regarder en face et faire en sorte qu'il sache ce qu'il a fait et connaisse les conséquences de ses actes. Tant qu'il joue au fou, il s'en tire. »

Linda ouvrit la porte d'un coup et entra, traînant Jess dans son sillage.

« J'ai couru jusqu'au chemin non goudronné, maman », dit-elle.

A la couleur du visage de Jess, gris sous le hâle, je vis qu'elle l'avait mis au courant. Je me redressai sur mon fauteuil et posai les pieds par terre. Jess regarda Rose puis moi, moi puis Rose, avant de s'essuyer le visage dans son T-shirt, révélant des pectoraux et des abdominaux parfaits. Rose plia soigneusement le tissu et les morceaux découpés selon le patron en un petit carré, et Jess entra dans la pièce.

« Linda, dit Rose, sers une citronnade à tout le monde, et puis retourne dehors, car nous avons à parler entre grandes personnes. » Linda résista un tout petit moment, en ne bougeant pas. « Nous coudrons ça cet après-midi, dit encore Rose.

– Quoi qu'il arrive ?

– Quoi qu'il arrive, on en fera au moins un peu.

– Je me fais des sandwiches et je les emporte dehors.

– D'accord », finit par dire Rose. Je détournai les yeux, trouvant la brusquerie coutumière de Rose particulièrement irritante compte tenu des circonstances.

« D'accord », dit à son tour Linda, qui ne bougea cependant pas, comme prise d'incertitude sur la conduite à tenir, à présent qu'elle avait obtenu la permission de faire ce qu'elle voulait.

« Allez, dit Rose. J'ai soif. »

Jess était assis, la tête renversée en arrière contre le mur qui se trouvait derrière sa chaise, fixant apparemment les moulures du plafond.

Linda apporta les verres de citronnade sur un plateau, dans les règles, en se présentant successivement devant chacun de nous avec un petit : « Tu veux un verre de citronnade, tante Ginny ?

– Merci Linda. »

Je lui adressai un sourire particulièrement chaleureux, qu'elle me rendit, un peu plus détendue.

« De rien, tante Ginny.

– Tu en as renversé sur le plateau. Fais attention », dit Rose.

Elle repartit vers la cuisine et la porte ne tarda pas à claquer sur elle. Je bus à petites gorgées.

« Ce n'est pas tes affaires, Jess. Reste en dehors de tout ça. »

Jess ne dit rien.

« Il t'a humilié. Pire, cette humiliation, il l'a mijotée pendant des semaines. Il voulait nous humilier nous, et il voulait t'humilier toi, et que ça se passe en public. Le fait qu'il ait eu un accident ne change rien.

– Je sais. »

Rauque, basse, la voix de Jess m'était tellement peu familière que je ne sus comment en interpréter le ton.

« Je sais ce que tu ressens, dit Rose. Je le sais, même si toi tu ne le sais pas. Tu crois que tu regrettes pour lui, mais en fait tu as le sentiment que tu vas pouvoir l'atteindre, qu'il va s'adoucir avec toi. Si tu l'aides, il te sera reconnaissant et te donnera ce que tu veux. Eh bien, cela n'arrivera jamais.

– Je ne sais pas... », dis-je.

Elle continua de s'adresser à Jess.

« Ginny est une incurable optimiste, tu sais. Elle n'est pas du genre à reprendre ses billes pour limiter la casse. Elle croit toujours que les choses peuvent s'arranger.

– Il est possible que Harold s'arrange, dis-je. Il pourrait être pris de remords par exemple. Ce genre de revirement se produit parfois quand, tu sais, quand les gens perdent quelque chose. » J'avais failli dire : « cessent d'être aveugles ».

Je me sentis rougir.

Elle regardait toujours Jess et continuait de ne s'adresser qu'à lui.

« Pas si tu es le premier à pardonner. Pas si tu fais le premier pas. Pas si tu agis comme ta mère, Jess.

– Rose... », dis-je.

Lorsqu'elle se tourna brusquement vers moi, la conviction illuminait son visage.

« Il faut qu'il sache comment ils étaient ensemble, parce que cela en dit long sur qui est Harold, et qui il continuera d'être.

– Je sais comment ils étaient ensemble, murmura Jess. Elle a eu beaucoup de patience.

– Elle s'excusait toujours, s'exclama Rose. Même quand Harold avait tort ! Même lorsqu'il lui avait hurlé dans les oreilles ou avait piqué une crise sans raison ! C'est elle qui s'excusait. Un jour elle m'a dit : “ Rose, ça ne sert à rien de lui tenir tête. Il peut tenir plus longtemps que moi. Et puis il le dit à tout le monde. Il raconte à qui veut l'entendre que je ne lui adresse plus la parole, et il me ridiculise. Je crois que mieux vaut attendre qu'il revienne à la raison et réfléchisse à ce qu'il fait. " Sauf qu'il n'a jamais réfléchi ! Elle ne l'obligeait pas, alors pourquoi se serait-il donné cette peine ? Pour ne pas se sentir coupable ? »

Jess la regardait avec de grands yeux.

Je trouvais que Rose devrait se calmer un peu, mais elle ne disait rien qui ne fût pas vrai. Elle n'exagérait même pas.

« Il ne se comportait pas vraiment comme s'il avait de l'estime pour elle, Jess. Quand elle a appris mon mariage avec Ty, elle m'a dit : " Il faut savoir te faire désirer, Ginny. Si ta mère était en vie, elle te dirait la même chose. Je ne me suis jamais fait désirer, et je le regrette. Même avec les jeunes gens. Il faut que tu trouves le moyen de te faire désirer, même par ton mari ".

– Ce n'est pas la même chose, dit Jess.

– Vraiment ? » dit Rose. Sa voix s'était faite basse mais convaincante. Son regard était comme une petite pièce dont il ne pouvait absolument pas sortir. En dépit de tout, une partie de moi observait avec un détachement intéressé la façon dont elle l'encerclait et gagnait de haute lutte son approbation. Je savais reconnaître cette intensité pour l'avoir subie pendant des années. « Il t'a rejeté. Il t'a chassé. Il rumine contre toi depuis quatorze ans, il veut te rendre la monnaie de ta pièce. Il t'a mis sur un piédestal quand tu es arrivé, et puis il a pris sa revanche. Qu'est-ce que ça veut dire ? Si tu crois vraiment qu'il va changer d'avis et avoir des remords, alors laisse-lui le temps de la réflexion.

Laisse au remède le temps d'agir. C'est mon conseil. Tu peux courir à son chevet, plein de pitié et de compassion, mais la pitié et la compassion n'ont jamais suscité le respect de Harold par le passé, et si tu ne gagnes pas son respect, il finira par t'humilier de nouveau, délibérément.

– Et merde ! » dit Jess.

Rose posa son verre sur la table basse, se leva, vint se placer devant son fauteuil, puis elle se pencha sur lui en s'appuyant sur les deux accoudoirs. Il la regardait dans les yeux. Elle parla doucement, en l'attaquant directement.

« C'est bien toi qui dis toujours que leur but est de nous faire mal ! C'est toi qui répètes qu'ils nous ont soumis à tous les principes, les caprices et les désirs du moment ! Tu m'as dit que c'était la grande leçon de ta vie, celle de toute la guerre du Viêt-nam ! Tu disais : " Chaque vétéran du Viêt-nam que tu croises est la preuve de jusqu'où ils sont capables d'aller ! " C'est ce que tu disais !

– Je sais, dit-il. C'est ce que je crois. Mais... »

Elle nous réunit dans un même regard.

« Vous semblez croire, tous les deux, qu'on joue à un jeu, qu'on peut décider de jouer ou pas, qu'on peut obéir à nos sentiments une fois en passant et laisser tomber quand le jeu a cessé de nous plaire. C'est peut-être possible pour vous. Pour moi, c'est une question de vie ou de mort. Si je ne trouve pas le moyen de me sortir de ce que papa m'a fait avant de mourir... » Elle marqua un temps d'arrêt. Son visage était blême et déterminé. « Je ne peux pas me résoudre à accepter que ma vie, ce soit ça, dit-elle, seulement ça. Je ne peux pas. Je pensais avoir plus de temps, assez de temps pour guérir. Je croyais que je vivrais plus longtemps que lui, putain, et que les choses pourraient se terminer ainsi : la moitié de ma vie pour lui, l'autre moitié pour moi. Mais aujourd'hui, je parie qu'il vivra plus longtemps que moi. J'ai l'impression qu'il va m'étouffer, me mettre un couvercle, comme si j'étais toujours à lui, que je ne m'appartiendrais jamais... »

Sa voix s'étrangla. Jess et moi évitâmes de nous regarder.

Je me consolais à l'époque en me disant que sa façon de parler était tout simplement vraie, comme si nous découvrions la structure atomique des choses, aussi dure que fût l'opération. Je voyais bien que la même chose poursuivait Jess, que l'incident pendant le dîner paroissial l'avait désorienté, et que la vigueur résolue de Rose le remettait manifestement sur les rails.

Le résultat fut que notre petit groupe, nous trois, et Pete aussi, se tint à distance de Harold, s'abstint d'aller à l'hôpital, ne lui rendit pas visite et ne lui porta pas des repas chauds quand il fut rentré chez lui, ne demanda de ses nouvelles à personne, sauf si les gens abordaient le sujet. Je suppose qu'on pouvait dire que Rose, Jess et moi, nous nous cachions. Avec Pete, on avait le sentiment irritant qu'il se passait autre chose, mais l'habitude aidant, il fut facile d'éluder le problème. Nous savions globalement comment allait Harold. Lorsque je butai dans Loren, à la banque de Pike, nous échangeâmes deux mots, mais rien de plus. Je voyais bien qu'il était épuisé et furieux, mais pour autant, je ne pouvais déroger à l'adéquate froideur de notre attitude. Question de dignité et d'assurance. Ty et moi observions la même attitude entre nous, ce qui permettait à la vie de continuer, et aux passions de retomber. Tel était le leurre inhérent aux apparences, la façon qu'a la manière de sembler contenir la chose, la rendre, sinon tout à fait vivable, du moins claire et solide.

Le temps se fit plus chaud, nous suivions la trace des orages à l'horizon. J'avais des tomates vertes sur mes pieds de tomates, mes poivrons étaient jaunes, les pousses vertes des oignons étaient grosses comme quatre doigts et presque assez hautes pour retomber, les gousses des haricots à écosser pendaient entre les feuilles en forme de cœur, et les concombres commençaient à avoir des vrilles. Je passais la plupart de mes matinées dans mon jardin.

Le 7 juillet, j'entendis une voiture freiner devant la maison. Il ne devait pas être plus de huit heures du matin et j'étais en train d'arracher l'herbe à cochons autour des pieds de haricots. Je m'essuyai tant bien que mal les mains sur mon short et allai voir devant la maison. Sur le perron, Ken LaSalle essayait de regarder à l'intérieur, par la fenêtre à côté de la porte.

« Puis-je faire quelque chose pour vous ? » demandai-je d'une voix froide et polie.

Ken se retourna très vite et tendit des papiers. « C'est pour vous. C'est adressé à vous, Ty, Rose et Pete. »

Je montrai mes mains maculées de terre.

« Peut-être pourriez-vous me dire ce dont il s'agit.

– C'est que, Ginny. » Il hésita un instant à utiliser mon diminutif. « Votre père vous intente un procès pour récupérer ses terres. Votre sœur Caroline se porte partie jointe. Vous auriez intérêt à vous trouver un avocat.

– Je pensais que vous étiez notre avocat.

– Je ne peux pas. C'est une question d'éthique. » Puis il me regarda dans les yeux. « De plus, je dois dire que je ne le désire pas. Je ne pense pas que vous ayez traité votre père correctement, pour être franc.

– Nous n'avons pas revendiqué les terres.

– Je ne pense pas pouvoir discuter du problème. Trouvez un avocat de Mason City ou de Fort Dodge, ou d'où vous voulez. C'est la meilleure solution. »

Il posa les papiers sur la balancelle, descendit les marches et passa devant moi sans un regard. J'eus le sentiment d'avoir pris une gifle.

31

Lorsqu'elle avait environ quatorze ans, que j'en avais vingt-deux et que j'étais mariée depuis déjà près de trois ans, Caroline vint me trouver un soir après dîner pour me dire qu'elle avait décroché le rôle principal, devant toutes les filles plus vieilles qu'elle, dans la pièce de théâtre jouée pour la fête du lycée. Elle devait interpréter le rôle de Maisie dans *The Boyfriend.* Maisie était une garçonne, censée chanter, danser, et porter des robes sans manches à la mode des années 20. Caroline ne pensait pas que papa apprécierait. J'acceptai de couvrir les répétitions et d'aller la chercher à l'école deux heures après le départ du bus scolaire. Je racontai à papa qu'elle travaillait sur un projet spécial pour le cours de littérature, ce qui n'était pas très éloigné de la vérité, vu que l'un des professeurs de lettres animait aussi le groupe de théâtre, et je l'aidai à s'acquitter de ses corvées quand elle était en retard. Pendant les répétitions, je pris l'habitude de partir la chercher en avance et de m'asseoir un quart d'heure dans la salle, pour la regarder.

Elle était très mauvaise. Elle avait manifestement été choisie à cause de sa voix – c'est elle qui chantait la plupart des chansons et toutes les autres filles de la distribution avaient une voix nasillarde, et en plus, elles chantaient faux à côté de Caroline, qui réussissait au moins à tenir le ton et avait un minimum de coffre. Malheureusement, elle débitait ses répliques sans talent et ses numéros de danse – deux charlestons et une valse – me firent grimacer. Une fois, au moment où elle embrassait le jeune premier, un fil de salive se tendit entre eux tandis qu'ils se séparaient. Ce fil attrapa la lumière, provoquant les gloussements de tout le monde, et le garçon devint rouge comme une pivoine. Caroline était sauvée par sa belle dose d'inconscience. En revanche, elle ne s'améliora pas. Pendant toute la répétition en costumes, elle dansa avec raideur et sa voix montait dans les aigus à la fin de chaque réplique, comme s'il s'agissait à chaque fois d'une forme interrogative. Je redoutais terriblement le soir de la première et je me félicitai de n'avoir rien dit à personne, même pas à Ty. Ce soir-là, j'appelai Rose à l'université et nous frémîmes à l'unisson en évoquant à mots couverts l'horreur de l'humiliation à venir.

Le lendemain, Caroline eut un comportement absolument normal – pas de trac, pas d'angoisse. Elle passa avant les cours prendre la robe que j'avais retouchée, une robe bleu-vert avec des plumes sur les épaules et des strass à l'ourlet, elle grignota des bouts de toasts volés dans mon assiette qu'elle trempait ensuite dans la gelée, elle parla négligemment d'un garçon qui ne jouait même pas dans la pièce. Puis elle partit prendre le bus scolaire, sa robe de scène sur l'épaule. Mon intention était de me faire accompagner par Ty au dernier moment, mais je décidai d'y aller seule. Je m'assis dans les derniers rangs, près de la sortie. La salle était pleine – beaucoup de casquettes – et notre nom était écrit en gros sur le programme, visible par tous les agriculteurs, et leurs femmes, et les autres habitants de la ville.

Mais le public la galvanisa. Elle sentait notre présence sans nous voir, elle sut exactement doser les sourires, les effets de jambes et la séduction. Elle sut même embrasser le jeune premier devant nous, et faire que la maladresse de son baiser fût attribuée à la passion plutôt qu'à la jeunesse. Elle se donna à fond, chanta gaillardement et reçut un tonnerre d'applaudissements. Après coup, je succombai un peu au plaisir de cette image inattendue de Caroline. Nous allions amener papa. Ty et moi allions enlever papa, l'amener, l'installer dans la salle, et lui faire la surprise. Caroline ne se départit pas de son calme habituel. Ty pouvait venir, dit-elle, mais seulement lui. Papa ne devait toujours pas savoir. Je ne partageais pas son pessimisme quant à la réaction paternelle. Je pensais qu'il serait pris dans l'enthousiasme général, conquis par l'évidence de son talent et de son dynamisme. Mais rien à faire. Elle voulait garder ce coin de vie pour elle et me fit jurer le secret.

L'année suivante, elle joua encore dans une autre pièce, *Les Sorcières de Salem*. Elle interprétait la seconde des accusatrices et n'avait pas à chanter. Une fois encore, son jeu fut mauvais jusqu'à la première, riche et aisé ensuite. Mais le stress des répétitions et des représentations secrètes était trop fort – avec le risque permanent que quelqu'un, à l'épicerie ou au bazar, signalât à papa qu'il avait vu sa fille sur scène. Elle se mit donc à participer à des débats, ce que papa jugeait incongru mais respectable. Chaque fois qu'il lui posait la question, elle répondait qu'un débat était prévu à Des Moines, ou Iowa City ou Dubuque. Une fois de plus, elle esquivait son éventuel regard, comme si la substance même qui nourrissait ses interventions pertinentes et documentées eût risqué de se volatiliser s'il avait été présent dans le public. A l'époque, elle disait qu'il s'agissait d'une sorte de superstition, comparable à celles des joueurs de base-ball. Je fus sa complice.

Elle avait de bons résultats scolaires, surtout en anglais, en histoire et en langues, et elle était encore meilleure lorsqu'à l'exercice s'ajoutait une petite performance. Elle ne brillait guère dans les disciplines scientifiques, surtout quand elles impliquaient des expériences et des comptes rendus d'expériences. Même en mathématiques, les démonstrations qu'elle devait faire au tableau étaient toujours exactes, alors qu'elle était susceptible de commettre une ou deux fautes d'inattention dans le même exercice exécuté péniblement, la veille au soir, à titre de travail à la maison.

Je fondais de si grands espoirs en elle, j'étais tellement certaine que le jour où elle se lancerait, en quelque domaine que ce fût, elle réussirait, grâce à un dynamisme et une assurance qui mystérieusement n'appartenaient qu'à elle. Si nous la gardions à la maison, elle se languirait, échouerait, ne sortirait pas du rang. M'intéresser à son avenir dépassait la charge de la vêtir, de la nourrir et de la protéger, et je collaborais avec elle, je la soutenais dans ses projets. Elle me parlait librement de toutes sortes de choses, apparemment, mais la grande question restait : Et après ?

Rose et moi estimions avoir toujours agi pour son bien, lui avoir évité les ornières et l'avoir lancée sur la route du succès.

Je me lavai les mains à l'intérieur et sortis prendre les papiers. Ils stipulaient que mon père avait décidé de se prévaloir de la clause de résiliation prévue au contrat de mise en société qui envisageait la possibilité d'annulation de mes parts et des parts de Rose en cas d' « usage abusif ou mauvaise gestion ». Je ne me rappelais que très vaguement avoir lu cette formule dans le contrat d'origine. Je me souvenais en revanche très bien de la réaction de Ty disant :

« Nous avons appris le métier avec Larry, et nous avons exactement la même pratique que lui, alors je ne vois pas en quoi cette clause pourrait nous gêner ». Je me souviens aussi combien j'étais pressée d'en finir, combien j'avais hâte de courir à la porte voir si Caroline était vraiment repartie. Ce transfert de propriété n'avait pas été pour moi un jour de joie, que je sache.

Caroline se portait partie jointe dans la requête de mon père invoquant la clause résiliatoire. Il fallait bien rentrer ces papiers à l'intérieur de la maison, je le savais, mais le geste fut difficile à accomplir, comme une pilule amère et trop grosse à avaler. Je me rendis compte que j'avais omis de demander si Rose allait recevoir une notification personnelle ou si je devais lui transmettre le dossier. Finalement, c'est bien ce qui me répugnait le plus dans cette affaire, toutes ces explications à fournir, et à entendre. Surtout, Rose m'apparut comme un sauveur, celle qui me montrerait le moyen de sortir de ce bourbier où nous étions, mais parfois elle avait sur moi l'effet de ces chiens qui aboient constamment, incapables de trouver le repos au milieu de tous les dangers à signaler. Et le chien que j'avais en moi appartenait à cette autre espèce, moins vigilante mais fort excitable, qui ne pouvait s'empêcher de rejoindre les premiers en déployant une égale vigueur.

Je lus les papiers que je posai sur la table de la salle à manger à l'intention de Ty, en posant sa tasse à café dessus en guise de presse-papiers. Encore un sujet à ne pas aborder.

Il faisait très chaud, mais en composant le numéro de téléphone je fus prise de tremblements. Lorsque la standardiste répondit, je pus seulement tenter de contrôler ma voix qui sortit comme si je claquais des dents, ce qui était le cas. Je cramponnai le combiné, résolue à ce que Caroline me prît en ligne, et lorsqu'elle le fit, je fus tellement ébahie que je pus tout juste articuler :

« Ah, bonjour.

– Bonjour.

– Qu'est-ce qui se passe ? »

Ces façons de parler, qui n'étaient ni conciliantes ni circonspectes, me venaient brutalement aux lèvres au moment précis où il eût fallu faire preuve de diplomatie.

« Ce serait plutôt à moi de poser la question, dit-elle.

– Dommage que tu ne l'aies pas fait avant. Mais ma question à moi est beaucoup plus immédiate. Qu'est-ce que c'est que cette histoire de procès ?

– Je refuse d'en parler. Si tu tiens à aborder ce sujet, je raccroche tout de suite. »

Je résolus de ne pas faire de commentaire sur le thème de l'ingratitude, parce qu'elle n'était que trop flagrante, et que le ton de sa voix la rendait encore plus évidente.

« Tu n'étais pas impliquée. Ce ne sont pas tes affaires, dis-je.

– Très franchement, pour moi il ne s'agit pas d'affaires. A la différence de toi, maintenant que tu as le contrôle de l'exploitation.

– Ce n'est pas moi qui fais un procès ! Ce n'est pas moi qui sors du cadre personnel en choisissant de faire de la procédure !

– Je t'ai dit que je ne pouvais pas parler du procès.

– C'est pourtant bien le nœud de l'affaire, non ? La chose qui efface tout le reste !

– Pas dans mon esprit. Ce qui dans mon esprit efface tout le reste, c'est l'image de papa dehors sous cet orage.

– C'est lui qui est sorti ! Il est parti ! On n'allait quand même pas l'attacher pour l'empêcher de s'en aller ! »

J'entendais sa respiration au milieu d'un silence sceptique.

« Tu n'étais pas là, dis-je. Tu ne sais pas ce qui s'est passé, ni comment c'est arrivé. »

J'avais essayé de parler sur un ton plus calme, moins strident.

« Papa était présent. Ty était présent.

– Ty ?

– Oui, il a assisté à toute la scène.

– Tu as parlé avec Ty ? »

Elle ne répondit pas à cette question mais il était évident que la réponse était positive. Mon champ visuel parut momentanément occulté par une accumulation de nuages rouges et noirs. Lorsqu'il s'éclaircit de nouveau, je dis :

« Nous avons tout fait pour toi ! Nous t'avons nourrie, habillée, nous t'avons appris à lire et nous t'avons aidée à faire tes devoirs ! Nous nous sommes débrouillées pour que tu aies tout ce que tu voulais !

– Ce n'est pas de cela qu'il est question en l'occurrence.

– Nous t'avons protégée contre papa ! Nous avons fait en sorte que tu disposes d'un espace que nous n'avons jamais eu ! Rose ... il... »

Je dus m'arrêter à force de bafouiller.

« Parce que j'avais besoin d'être protégée contre papa ? Contre mon propre père ? Il y a un certain nombre de menus détails concernant mon éducation dont nous pourrions reparler un jour, Ginny. Pour l'instant, je ne fais aucun reproche à Rose ni à toi sur la façon dont vous m'avez élevée. Franchement. Je serais vraiment ravie d'en discuter plus avant un de ces jours. Je crois que ce serait salutaire, mais dans l'immédiat, il s'agit d'une conversation d'ordre personnel, et j'ai un rendez-vous, et du travail. »

Elle raccrocha.

Je gardai le combiné un instant dans la main avant de le reposer sur le récepteur.

32

J'avais l'impression d'avoir la grippe, au point que je montai prendre ma température. Elle était normale, mais j'avalai deux aspirines, au cas où... Je désirais un soulagement physique ; certes je n'avais pas de fièvre, mais j'avais chaud et je respirais mal. Je décidai d'aller me baigner. De prendre la voiture et d'aller me baigner.

L'ennui est qu'en arrivant près de Pike, une apparente horreur de la ville me saisit tellement que ma voiture se mit à refuser d'avancer, refuser d'aller plus loin, comme pour me protéger. Tout le sentiment de malaise qui me paralysait à intervalles réguliers depuis des années, tantôt soulagé par l'amitié de certains, tantôt aggravé par les marques de mépris que je soupçonnais, sembla resurgir d'un coup. En dépit du soulagement auquel j'aspirais très fort (en cet instant, seule l'eau, une immersion, totale et rafraîchissante dans l'eau semblait capable de me laver l'esprit), la perspective de mettre un maillot de bain et de traverser le dallage plat et exposé de la piscine était au-dessus de mes forces. Je tournai vers le nord et roulai en direction d'une carrière désaffectée près de Columbus où je n'étais plus allée, et que j'avais totalement oubliée depuis dix ans.

Il fallait un petit moment pour aller à la carrière, mais c'était la plus grande pièce d'eau des environs, d'un bleu étincelant au soleil, dans mes souvenirs du moins. Les gamins du lycée en avaient toujours fait leur domaine ; le shérif les en chassait deux ou trois fois par an, et quelqu'un réparait la barrière anti-tornade qui l'entourait. On n'y extrayait plus de pierre depuis longtemps ; même la société propriétaire avait disparu et personne dans le comté ne savait qui était en charge du lieu. Il existait, créé par la main de l'homme mais naturel aussi, seul endroit où la mer qui se trouvait à l'intérieur de la terre apparaissait au grand jour.

Sauf qu'en arrivant, je trouvai une eau brune et trouble. Des chardons et des hautes herbes sauvages (Jess Clark aurait parlé de « pâturin », « d'herbe indienne » et de « panic ») dissimulaient presque la clôture rouillée, et couraient jusqu'au bord en éboulis. L'eau opaque arrivait pratiquement à hauteur et j'avais oublié où se trouvaient les hauts-fonds et les bas-fonds. On ne pouvait en tout cas pas plonger – j'avais en mémoire les objets rouillés que nous retirions de l'eau avec une curiosité sans malice, enjoliveurs, boîtes de conserves, bidons à essence cabossés. Je voyais aujourd'hui les choses avec un regard assombri. Impossible de dire ce qu'il y avait dans ce trou d'eau.

Pourtant, pas question de rentrer à la maison, ni d'aller à Pike ou à Cabot, ni de partir encore plus loin. L'eau turbide était immobile ; pas même l'ombre d'une brise. Une partie des rebuts à demi ensevelis sous la végétation étaient là depuis si longtemps que des sentiers les contournaient, et j'en empruntai un, qui menait à un bouquet de micocouliers et d'aubépines. Des rosiers sauvages poussaient çà et là et les fleurs avaient laissé place à des cynorhodons au duvet doré. Des liserons couraient partout, leurs corolles nacrées commençant à se refermer dans le soleil de l'après-midi.

A la maison, il était exaspérant de penser que les autres bavardaient à notre sujet, désagréable d'imaginer leur désapprobation ou leurs quolibets, mais pire encore de se dire que nous leur servions sans doute de distraction, que ce malaise agaçant, tenace, persistant qui m'empêchait jour après jour, minute après minute, de trouver le répit était pour eux quantité négligeable, un détail qui leur était étranger et dont ils n'avaient pas seulement idée. Tous ces voisins, ils étaient assez proches pour connaître nos affaires, mais infiniment trop loin de nous pour ressentir le quart de ce que nous éprouvions, eux-mêmes étant d'abord et avant tout animés par la curiosité. Loin de la maison, néanmoins, il n'y avait pas de problème. Leur indifférence était l'objectif visé, la promesse que la vie, ma vie, la vie de notre famille était plus grande, plus longue, plus solide que les difficultés dans lesquelles nous étions englués. A la carrière, il était plus facile de sentir que la qualité déterminante était la simple endurance.

Loin de la maison, on imaginait plus aisément comment les gens survivaient à ce genre de problème, on pouvait voir la vie comme une corde solide, avec quelques nœuds. Toutes les vies que je connaissais dans le comté de Zebulon portaient la marque du conflit et de la perte. Nos conversations préférées ne tournaient-elles pas autour de ces sujets – sinon la résolution en cours d'un imbroglio, du moins la façon dont les situations inextricables d'antan constituaient une préfiguration du monde présent et avaient fait de notre comté ce qu'il était actuellement ? Et ces conversations ne débouchaient-elles pas toujours sur cette conclusion que notre prospérité, ou le simple fait que nous nous en sortions, voire la seule sensation d'une vie forte à l'intérieur de notre chair, prouvaient que tous les événements antérieurs avaient créé l'instant présent, qu'ils étaient plutôt positifs, qu'ils en valaient la peine ?

J'arrivai au bosquet d'arbres et restai dans l'ombre imparfaite. Alors précisément, je me rendis compte que j'avais senti une autre présence, entendu des pas peut-être, ou le silence des oiseaux de prairie. De façon inexpliquée, lorsqu'une silhouette d'homme marcha jusqu'au bord de l'eau et y jeta une poignée de cailloux (j'entendis le clapotis en dépit de la distance), je ne fus pas surprise de reconnaître Pete. Je restai à couvert des arbres, cependant, peu désireuse de voir s'envoler ma solitude. Il contempla l'eau plusieurs minutes, puis changea de cap et vint vers moi. J'envisageai la fuite.

Mais je n'en fis évidemment rien. La leçon que je ne pouvais apparemment pas assimiler, c'était l'art et la manière de refuser les cadeaux que l'on ne manquerait pas de me faire.

Les sentiments que m'inspirait Pete n'avaient rien perdu de la superbe laissée par les parties de Monopoly. Bien au contraire, il était facile de voir à présent combien les réactions de Pete par rapport à papa étaient plus honnêtes que celles de Ty, destructrices mais sans ambiguïté, apolitiques mais passionnées, vindicatives mais jamais intéressées, non dépourvues d'une certaine noblesse depuis les quatre dernières années, après les révélations de Rose sur ce que papa lui avait infligé. Le seul fait que Rose avait parlé à Pete n'était-il pas en soi une référence pour ce dernier ?

Il me vit, s'arrêta, me sourit, avança vers moi. Lorsqu'il fut suffisamment près, je l'interpellai :

« Alors on fait l'école buissonnière ? »

Il me rejoignit en disant :

« J'ai pris le chemin des écoliers en revenant de Mason City. Je suppose que tu te baignerais bien si tu osais risquer ta vie. »

Nous fîmes demi-tour ensemble pour refaire en sens inverse le chemin que j'avais parcouru et retrouver ma voiture.

« Où est le camion ? Je n'ai rien vu en arrivant.

– Il y a un vieux chemin d'accès à la carrière qui passe du côté nord. La grille est ouverte, alors tu peux suivre la route jusqu'au moment où elle disparaît dans l'eau. C'est sûrement par là qu'ils emportaient la pierre autrefois.

– Un jour, au lycée, un gars de la classe de Ty est tombé en voiture au fond de la carrière.

– Hum. Des tas de choses sont tombées au fond de cette carrière au fil des années. C'est comme les carreaux dans les bâtiments abandonnés. On ne supporte pas que la surface échappe à la destruction.

– Que fait Rose, aujourd'hui ?

– Tu n'as pas eu l'occasion de parler avec elle ? Elle fait des choses avec les filles. Je ne sais plus quoi. Mais tu fais quoi, ici, au fait ? Je ne t'avais encore jamais vue dans le secteur. »

J'aimais bien bavarder avec Pete de cette façon, en m'intéressant, comme si nous étions amis. A la maison, nos relations étaient limitées par le travail, entre autres, j'imagine.

« Je cherchais seulement un endroit avec de l'eau. J'avais gardé un autre souvenir de ce lieu, cela dit. Je voyais du bleu.

– L'eau est bleue certains jours. Mais il y a beaucoup de séquelles des pluies. Cela dit, je ne me baignerais pas davantage si l'eau était bleue. Je suppose que la concentration en bactéries est plutôt élevée. La pâture, là-bas, près du ruisseau, est à Jack Stanley. »

Il désignait l'horizon nord-ouest.

« Les gamins du lycée se baignent ici.

– Hum. Glou-glou. Alors c'est qu'elle est bonne. »

Je ris. Mais la raison de ma présence ici concernait aussi Pete, finalement. Il était cité dans le procès, non ? Je sentis revenir cet abominable malaise, effaçant le bien-être fugitif que je venais de vivre. La corde de ma vie s'entortillait pour faire un nœud au sortir duquel elle ressemblait plus encore à un fil, prêt à casser. Même si je ne parlais pas à Pete du papier timbré, cet instant de bien-être était passé.

« Je fuyais le procès, à vrai dire.

– Quoi ?

– Caroline... euh... je veux dire, papa fait un procès pour récupérer ses terres. La clause d'usage abusif ou mauvaise gestion.

– Hum. »

Il semblait dubitatif, à peine intéressé. Nous marchâmes encore un peu, au-delà de ma voiture, en prenant vers l'ouest, au sud de la carrière.

« Ça m'a mise hors de moi, dis-je. Il fallait que j'aille quelque part. J'avais l'impression d'être prise de fièvre avec toute cette histoire. »

Il ne dit rien. Nous parcourûmes le chemin, qui longeait la clôture. Les liserons disparurent, remplacés par les amours en cage. Des touffes de laiterons épanouissaient leurs corolles blanches le long de la haie.

« La façon dont cette histoire a éclaté, je n'arrive pas à y croire. Parce que d'emblée je n'ai pas été emballée quand papa a sorti cette idée, mais de là à prévoir la suite... »

Nous marchions. Je m'arrêtai une seconde pour essuyer la sueur de mon front avec un pan de ma chemise. Nous étions en plein soleil à présent. Je rattrapai Pete.

« A ton avis, Ginny, elle veut quoi, Rose ? demanda-t-il.

– Je ne sais pas. »

Je voulais dire en fait que je croyais savoir, je pensais même que c'était évident, jusqu'à ce qu'il soulevât la possibilité d'un doute. « Avoir quelque chose bien à elle. Une vie dont elle puisse dire que c'est sa vie, peut-être. C'est assez clair. Et assurer le bonheur des petites, aussi.

– Toi, tu veux quoi ? Tu es l'aînée, mais on a toujours l'impression que c'est Rose la plus vieille.

– Qu'on en finisse avec tout cela, dis-je. Rien de plus, en ce moment. Je veux que cela cesse.

– Hum. »

Le chemin se fit plus étroit et il ouvrit la marche. Il portait des santiags, comme toujours quand il était de sortie. Il en avait deux ou trois paires, et les talons hauts lui allongeaient la jambe. Il était en meilleure forme que Ty, sans pour autant échapper à un certain empâtement du côté de la taille. Lorsque le chemin retrouva sa largeur, je fis quelques petites foulées pour marcher de front avec lui.

« Pourquoi est-ce que tu poses la question ? » dis-je.

Il me regarda comme s'il se demandait d'où je sortais.

« Pete ? Pourquoi est-ce que tu demandes ce que veut Rose ? Elle est plutôt claire sur la question.

– Tu trouves ? »

La liberté que nous avions au début de notre conversation avait apparemment disparu et je ne dis rien. Il me fixa encore quelques instants puis se remit à marcher. Nous allions d'un bon pas et approchions de l'angle sud-ouest de la carrière, où un vieil outil aux allures de herse émergeait de l'eau. Pete s'immobilisa, ramassa deux ou trois cailloux, et le premier qu'il lança alla cogner la dent métallique en faisant *ping*. Je continuai en direction d'un autre bouquet d'arbres, puis je revins sur mes pas. Pete s'était avancé jusqu'au bord de l'eau. J'avais dans l'idée de lui annoncer que je devais passer chez l'épicier. Je consultai ma montre. Il était presque trois heures. Ty, en cherchant son déjeuner, devait avoir vu les papiers, maintenant.

« Parfois, dit Pete, j'ai envie de faire mal à quelqu'un. Comme ça, sans raison.

– C'est compréhensible, quand on a souffert.

– Peut-être. Tu sais ce que dit Ty quand les cochons commencent à se battre et que celui qui a le dessous ne cherche pas une revanche mais un plus petit que lui à attaquer ? Ty dit : “ La merde tombe toujours vers le bas. ” »

Je souris.

Le regard de Pete se perdit derrière moi. Un petit vent s'était levé, froissant la surface de l'eau en éclats de lumière.

« Pete, ça va bien ? dis-je. Quand je prends un peu de distance, je me dis que tout finira par s'arranger. Les choses ne seront plus jamais ce qu'elles étaient, mais ça ira. C'est peut-être ça, le sens de l'expression " ça ira ". Jess dit que le changement est un bien. »

Je fis en sorte de prononcer ce nom d'une voix neutre, contente qu'il ne fût pas venu avant dans la conversation. Il était important, dans tous les cas de figures, de ne pas le prononcer trop souvent.

« Oh, Jess.

– Tu n'aimes pas Jess ?

– Mais si, bien sûr. »

Une véritable gêne s'était installée entre nous maintenant, Pete qui faisait rouler les cailloux dans sa main en contemplant la surface de l'eau, et moi, encombrée de mes abattis et regardant le toit blanc de ma voiture, au loin. Il était visible que Pete était lui aussi au courant de mes sentiments pour Jess, que l'information avait dû m'échapper en dépit de tous mes efforts pour ne rien laisser paraître. Pete n'était pourtant pas très observateur, et ne s'intéressait pas trop à moi non plus. Penser que j'étais à ce point transparente, lisible, était terrifiant. Je me souvins à ce moment précis que maman disait toujours que Dieu voyait au fond de chaque âme, que pour Dieu, une âme était limpide comme l'onde claire. L'implication étant, et je le savais déjà à l'époque, que ma mère pouvait en faire autant. J'avais les lèvres sèches et brûlantes et j'envisageai alors de demander à Pete ce qu'il savait exactement, comment il avait appris – par Ty, par Rose, par papa ou par Jess en personne. Ne serait-ce pas un soulagement de tout mettre au grand jour pour une fois ?

Mais la réponse à cette question était facile, elle aussi. C'était non. Les dernières semaines avaient bien montré à tout le monde que la seule chose intolérable dans notre famille, et peut-être était-elle intolérable dans toutes les familles, c'était que l'on agît au grand jour. Je ne posai donc aucune question à Pete.

« Je ferais bien de filer à l'épicerie, dis-je. Il sera bientôt l'heure de dîner. Ty va se demander où je suis.

– Moi aussi, j'ai des choses à faire. Pourtant, j'ai de plus en plus de mal à résister à l'envie de m'arrêter ici. C'est un lieu tellement étrange. »

Nous fîmes demi-tour en direction de ma voiture. Un serpent surgit, disparut, laissant dans son sillage le bruit sourd de l'herbe froissée. Je m'immobilisai. Pete me percuta. Si proches l'un de l'autre, nous avions beaucoup de choses à nous dire, mais l'habitude, ajoutée sans doute à la peur, nous en empêcha. Plus tard, le souvenir de ce corps contre moi était étrange, une impression de solidité ; l'odeur de sa transpiration mêlée à celle des plantes et de l'eau. Son visage vu de si près, avec les yeux gris-bleu aux longs sourcils pâles qui se posent sur moi, me captivent, puis m'abandonnent.

« Un serpent ! m'exclamai-je.

– Hum », fit Pete, toujours avec la même étrange absence d'intérêt, comme si, je le vois à présent, il n'avait d'autre souci que d'attendre la suite des événements.

33

Il était visible que Ty avait mangé et qu'il était reparti – vaisselle sale dans l'évier, os de poulet dans la poubelle, cafetière encore chaude sur le réchaud. Il avait apporté le papier timbré sur la table de la cuisine. Je relus une fois encore les documents avant de chercher un endroit où les ranger. Finalement, j'ouvris l'écritoire et les fourrai là avec les reçus des impôts. Il y avait des registres à tenir – nous avions du retard en ce domaine. Le dernier jour de juin était passé et nous n'avions pas tenu notre séance de comptabilité habituelle, même si j'avais réglé les factures courantes. Je ne pouvais rien avaler, aussi entrepris-je de faire un peu de ménage. Cela ne me tint pas longtemps occupée – il s'agissait là d'une de mes compétences.

Les ouvriers du bâtiment venus de Mason City avaient passé la semaine à couler la chape de ciment spéciale sur laquelle seraient posées les lattes métalliques, dans la porcherie. Un système d'évacuation automatique installé dans le soubassement assurait le nettoyage et entraînait les déchets jusqu'au *Slurrystore*. De la maison on ne voyait pas le chantier – caché par l'ancienne étable qui serait elle-même reconvertie pour accueillir les truies en gestation. Les *Harvestores* étaient en place, bleus et prêts à fonctionner, avec leurs courbes lisses et nettes, juste au sud de l'ancien bâtiment, côte à côte. Une bétonnière était stationnée en permanence sur l'accotement de la Cabot Street Road, n'attendant que de prendre du service pour les soubassements des salles réservées aux cochons adultes. Une autre équipe d'ouvriers avait passé la semaine à détruire les stalles de l'ancienne étable. Les cochons étant infiniment plus aventureux et destructeurs que les bovins, le projet prévoyait des cloisons en béton à hauteur d'un mètre cinquante, et du bois ensuite.

Quand tout serait terminé, chaque cochon disposerait d'une stalle en alliage avec chauffage par le sol, auge alimentée automatiquement, et équipement approprié pour les gorets non sevrés. Il y aurait, selon la brochure, « plusieurs zones de confort correspondant aux diverses tailles de cochons ». L'achèvement des bâtiments devait demander six mois au moins et huit ou neuf mois au plus, mais il était prévu d'installer les dix premières truies en gestation au début du mois d'août. Ty avait déjà signé deux chèques – vingt mille dollars pour l'entreprise qui avait installé les *Harvestore*, et vingt-sept mille cinq cents à titre d'avance pour les bâtiments eux-mêmes. Le 1er août, il ferait un autre chèque de vingt mille dollars à *Harvestore* et verserait vingt pour cent du solde dû au deuxième entrepreneur, soit quarante-neuf mille trois cents dollars. Si le cours du porc restait stable, et que les truies ne souffraient pas du changement de cadre ou du bruit des travaux, et s'il obtenait une moyenne de six cochons adultes par portée, avec un poids moyen de deux cents livres par tête, il pouvait espérer encaisser un premier chèque de vingt mille dollars à la fin de l'hiver. Mais entre-temps, il aurait encore signé deux autres chèques de quarante-neuf mille trois cents dollars, conformément à l'avancement des autres travaux. En des temps plus sereins, ces chiffres m'auraient laissée pantoise, j'en aurais eu des insomnies, j'aurais épluché les livres de comptes pour gratter un peu ici et là. Avec tout ce qui se passait par ailleurs, c'est à peine s'ils me donnèrent le vertige.

L'effet des papiers sur Ty fut aussi fort – il avait installé des ampoules autour de la chape de ciment, et il travailla avec toute l'équipe jusqu'à près de onze heures du soir. Ils revinrent le lendemain, qui était pourtant un samedi, et le surlendemain, dimanche. Ils faisaient entre douze et quatorze heures par jour, et après le départ des ouvriers, Pete et Ty restaient encore sur le chantier jusqu'à la nuit. A intervalles réguliers, je sortais faire un tour et regardais les travaux quelques minutes, mais Ty et moi ne faisions aucun commentaire. Il ne parla pas davantage du procès, pas même pour dire s'il était au courant. J'étais sûre qu'il savait. Lorsque je le dis, il se contenta de continuer à enfoncer ses clous à coup de marteau comme si de rien n'était.

Pendant le week-end, ils terminèrent le *Slurrystore*, jetèrent les bases du bâtiment pour les jeunes cochons, et dégagèrent tout l'intérieur de l'ancienne étable. Je servis trois grands repas vendredi, deux samedi et trois dimanche parce que, en ville, le café n'était pas ouvert pour le petit déjeuner. Personne n'alla à l'église. Rose passa chaque jour et m'aida aux fourneaux. Eux aussi avaient reçu du papier timbré mais il n'en fut pas question ; il y avait trop à faire, et peut-être trop à dire. De toute façon, la cuisine était comme une étuve, il faisait trop chaud pour s'énerver.

L'après-midi du dimanche, j'étais en train d'arroser la dinde du dîner dans le four et de faire la vaisselle lorsque Ty arriva de la cour et jeta des espèces de hardes sur le sol.

« Qu'est-ce que c'est ? dis-je.

– C'est à toi de me le dire. »

Je regardai de plus près. Des rayures roses. Ma chemise de nuit, de la lingerie. Je n'eus pas besoin de regarder deux fois pour identifier les taches brunes. Je ne les avais pas vraiment oubliées ; c'est plutôt que je n'avais pas eu l'occasion de les enterrer, et vu l'agitation ambiante, il ne m'était pas venu à l'esprit que ce plancher risquait d'être démonté aussi vite.

« Où était-ce ? demandai-je.

– A ton avis ? »

Nos regards se croisèrent, je soutins le sien en me demandant si je pouvais lui donner le change en niant tout, purement et simplement, puis je me demandai si cela valait bien la peine. Je m'essuyai les mains avec un torchon, passai un bon moment à frotter le plan de travail avec une lavette.

« Sous le plancher de l'étable ? dis-je enfin.

– Je ne pensais pas que tu avouerais.

– Eh bien, si.

– Dans ces conditions, je suppose que nous aurons une petite conversation ce soir.

– Et moi, je suppose que non. »

Mais il était déjà ressorti. Bien qu'il eût certainement entendu, il pouvait faire comme si. Je ramassai la chemise que je jetai à la poubelle. S'il l'avait trouvée six mois plus tôt, cette chemise aurait été bien innocente, testament d'un espoir qui ne veut pas mourir, preuve que je pouvais être brave bien que cachottière, et que je croyais à notre avenir commun. Pour un homme aimant et enclin au pardon, ces bouts de tissu auraient eu un goût de tragédie au pire, mais pas un instant il n'y aurait vu une faute ni une insulte. Sauf que Ty était fait autrement. Il savait se faire une opinion, et il n'en changeait plus. Du pied, je tassai la chemise avec les épluchures des fraises et les abattis de la dinde. Pour moi aussi, la situation était différente. S'il avait fait cette découverte six mois plus tôt, j'aurais eu honte de mon subterfuge. A présent, j'étais seulement furieuse d'avoir oublié de régler le problème.

Sans la fausse couche, le bébé aurait une ou deux semaines aujourd'hui, pensée qui me fit un drôle d'effet. J'aurais été enceinte de huit mois pour le retour de Jess Clark, ma pesanteur aurait nourri les traits d'humour pendant toutes nos parties de Monopoly. On aurait sans doute mis un frein à mes ardeurs, à celles de Ty, voire à celles de mon père. Avec l'avenir visible, s'amplifiant et s'apprêtant à se manifester (et qu'on eût imaginé sous les traits d'un garçon jusqu'au dernier moment), il aurait été peu avisé d'interroger le passé, de tenter le destin. Il n'y aurait pas eu de travaux d'agrandissement parce que nous aurions opté pour une politique fiscale conservatrice. Nous aurions cherché à donner l'image inverse : cinq générations sur la même terre. En l'honneur de mon fils, n'aurais-je pas fondu d'enthousiasme pour pareil tableau ? A l'instar de toutes les mères dotées d'un fils dans le comté de Zebulon.

Le fait était, en théorie, encore possible. Si Jess avait raison et que l'eau de notre puits était fautive, je pouvais utiliser de l'eau en bouteille pour boire et cuisiner. Et il y aurait un petit-fils. Tous nos voisins qui entretenaient la colère de mon père par des petites phrases du type : « Il y a des choses qui ne sont pas correctes », diraient « Il faut oublier le passé ».

Sauf que nous étions enfermés dans nos sentiments comme à l'intérieur de remparts et que nous ne pouvions pas faire abstraction de ce que nous savions. A commencer par Ty qui pensait manifestement que Rose avait révélé des aspects inacceptables de sa vraie nature, et que j'avais été contaminée. J'étais certaine que ses vraies fidélités allaient à papa, et je le voyais très bien engagé dans de longues conversations téléphoniques avec Caroline, un peu mal à l'aise, éventuellement, mais sûr de son bon droit. Je rechignais à lui parler – la confiance qui autorise les confidences s'était noyée dans une courtoisie de surface. Par ailleurs, nous n'avions plus fait l'amour depuis avant que me fût revenu le souvenir concernant mon père. Nos relations sexuelles, qui ne m'avaient que rarement, sinon jamais, procuré du plaisir, semblaient désormais trop proches de ce souvenir pour m'apporter seulement un réconfort.

Je méditai ce genre de pensées tout l'après-midi, en arrosant la dinde, en pelant les pommes de terre et les carottes, en épluchant les haricots, en glaçant le gâteau aux pommes préparé par Rose, en mettant une carafe de thé à rafraîchir au congélateur. Les ouvriers du chantier étaient polis. Ils me remerciaient pour tout et me servaient du « madame ». Ils multipliaient les plaisanteries aux dépens les uns des autres et il finit par se révéler, à table, que Ty les payait au tarif triple depuis le samedi matin. Ils étaient quatre. A cent dollars de l'heure, douze heures par jour pendant deux jours, l'addition se montait à deux mille quatre cents dollars. Je dis d'un ton suave :

« Je croyais que vous étiez payés par l'entreprise.

– Normalement, oui, madame, répondit l'un d'eux, mais c'est une idée de Ty de nous faire travailler pendant le week-end, alors c'est lui qui paye l'addition. Moi, je serais en train de picoler quelque part, alors le supplément de fric, je ne m'en plains pas.

– J'imagine.

– Nous avons bien avancé, cela dit. L'entreprise vous remboursera sûrement une partie. »

Ty posa sa fourchette.

« Nous avons du temps. Alors autant en profiter. Plus nous aurons avancé avant les moissons, mieux ce sera pour nos finances. »

Il évitait mon regard. Après un moment, il reprit :

« Bon les gars, une cigarette et on y va. Nous avons encore quatre heures de lumière. Demain, vous pourrez reprendre le rythme de croisière pour lequel vous êtes payés par l'entreprise.

– Ouais, dit un des types. J'aurai peut-être le temps de prendre une douche.

– Tu te fais vieux, Dawson ! lui cria un de ses pairs en sortant. Et merci pour le dîner, madame. En tout cas vous serez au moins contente de nous voir partir. »

J'étais en train de lire au lit lorsque Ty rentra. Je l'entendis se servir une tasse de café en bas et manger un morceau de gâteau. La chaise crissa sur le lino lorsqu'il la tira. Il fit couler de l'eau dans l'évier pour rincer son assiette. Il y eut ensuite un long silence avant qu'il montât l'escalier. Je tournai la page de mon *Good Housekeeping* pour lire un article sur les desserts à la fraise intitulé « A part la tarte aux fraises », et j'en étais là lorsqu'il entra dans la chambre.

Il était soigneux. Je n'avais jamais eu à me plaindre en ce domaine. Il jeta ses chaussettes et ses sous-vêtements dans le panier à linge, ses vêtements de travail dans le coffre spécial. Il tourna en rond une ou deux minutes dans la pièce, mais je ne sais pas s'il me regarda car j'avais le nez dans mon magazine. Quand il passa dans la salle de bains, je tournai la page et tombai sur l'article intitulé « Du nouveau ! Comment réussir un quilt sans peine ». J'entendis couler la douche. La première ligne de l'article disait : « Vous aimez les quilts, mais vous avez horreur de couper tous ces petits morceaux de tissu un par un ? » Je lus consciencieusement, en me concentrant sur chaque mot. Dont aucun n'avait de sens. La douche cessa de couler. Les pas de Ty le ramenèrent vers la chambre. Il y eut un bruit de tiroir, ouvert, puis fermé. La phrase suivante était : « Une nouvelle technique, utilisant un couteau à pizza, transforme ce travail jadis ardu en partie de plaisir. Les fans de quilt de tout le pays ... » Le poids de Ty souleva ma moitié de matelas. Sa peau irradia la fraîcheur de la douche qu'il venait de prendre et il sentait bon la savonnette Right Guard. « ... sont enthousiastes. J'appréhendais... »

« Nous sommes prêts à couler la chape de ciment dans l'ancienne étable et monter les murets intérieurs, dit-il. J'ai également appelé l'entreprise. Ils viendront prendre le bois des cloisons que nous avons retirées demain à six heures. Le camion est déjà chargé.

– C'est une bonne nouvelle.

– Effectivement.

– Nous ferions bien de dormir, alors. »

Je redressai la tête. Il fit bouger le lit en se couchant.

« Quand as-tu enterré ces trucs ?

– Ça remonte à Thanksgiving, je crois. Le lendemain.

– En quel honneur ?

– Je ne sais pas. »

Un raccourci pour : " c'est trop compliqué à expliquer ".

« Et ces taches de sang ?

– Euh, j'ai fait une fausse couche. »

La ligne suivante de l'article que je continuais de lire pour ne pas le regarder disait : « la partie découpage, surtout les losanges, à cause de la difficulté pour... »

« Que de secrets ! »

La remarque avait été faite sur un ton tellement suave que je le regardai dans les yeux.

« Ça fait la cinquième, non ?

– La cinquième ?

– Après la quatrième, pendant la foire de l'état, dont Rose m'a dit que je ne devais pas te dire qu'elle m'avait dit.

– Je suis étonnée que Rose ait trahi mon secret.

– Tes désirs ne sont pas le souci prioritaire de Rose, Ginny.

– Quel est son souci prioritaire ?

– Je me le demande moi-même.

– Je sais que tu penses que Rose et moi complotons ensemble, mais c'est faux.

– Je pense surtout que tu ne fais pas le poids face à Rose. Elle te lamine à chaque fois. »

Je ne pouvais toujours pas le regarder. Je regardais par la porte de la chambre, de l'autre côté du palier, le pied du lit de la chambre d'ami.

« Et tu fais la même chose, et papa aussi. Tu veux savoir pourquoi j'ai gardé le secret sur les grossesses et les fausses couches ? Parce que je n'étais pas d'accord avec ta décision d'arrêter, mais toi, tu avais tiré un trait. Moi, je n'ai jamais voulu tirer un trait. Je voulais essayer encore, toujours, mais je ne pouvais pas aller contre ta volonté. A côté de tout ce qu'on peut dire sur Rose, c'est ça qui compte. Les gens font des secrets quand les autres refusent d'entendre la vérité.

– Je ne pouvais plus supporter, l'espoir, les projets et tout, qui s'écroulent. Je croyais que tu comprendrais.

– Mais moi, je pouvais supporter. Moi, je voulais supporter. Supporter ça, c'était mieux que ne plus essayer du tout, renoncer. Toi, tu renonces toujours ! Tu penses que quoi qu'il arrive, il suffit de patienter un peu et que les choses vont s'arranger ! Je ne peux plus vivre de cette façon !

– Je crois effectivement que la patience est une vertu. »

Le ton de sa voix semblait indiquer qu'il considérait cette remarque comme un de ses mots intéressants.

« Je crois surtout que tu penses que la patience est la solution à tout ! » Je me tournai dans le lit pour lui faire face. « J'ai l'impression de me réveiller d'un rêve ! Un rêve où on avance, on avance, et il peut bien se passer n'importe quoi, on n'est jamais que spectateur, on n'a prise sur rien ! Rose, au moins, est différente. Rose au moins, quand elle veut, elle prend. Parce que tu sais, Jess m'a dit que la cause de mes fausses couches est probablement l'eau du puits. Des produits qui passent dans l'eau du puits. Il dit que les gens sont au courant depuis des années ! Nous ne nous sommes jamais renseignés sur le sujet, nous n'avons jamais regardé dans un livre, ni même dit à personne que j'avais fait des fausses couches. Nous avons tout tenu secret ! Tu te rends compte si dans tout le comté il y a des femmes qui ont fait des tas de fausses couches, si elles comparaient... mais non, il ne faut surtout pas en parler !

– Jess. Il a toujours des idées à la noix.

– Tu n'en sais rien ! Tu n'as pas lu les livres qu'il a lus ! Tu n'en sais fichtre rien !

– J'en sais bien assez ! Je suis les instructions ! Je suis scrupuleux !

– Parce que les drains, ils ne vont pas dans les puits absorbants qui communiquent avec la nappe phréatique qui alimente directement le puits ?

– Le sol filtre tout !

– Qui dit cela ?

– Tout le monde le sait ! L'eau de puits est la meilleure à boire.

– Si j'étais de nouveau enceinte, je ne la boirais pas. »

Nous nous faisions face, quinze centimètres à peine séparant nos fronts. Dans un ensemble parfait, nous nous rendîmes compte que parler d'une éventuelle grossesse était s'engager sur un terrain dangereux. Je me penchai sur le bord du lit pour récupérer mon magazine dont je lissai les pages.

« Tu m'as caché des choses, dit Ty. Tu m'as menti. Le fait est là, et tu essayes de l'habiller. Tu as menti, point final. Je pense que la cause est entendue. »

Peut-être qu'il ne connaissait pas que la moitié de la vérité. Peut-être qu'il était au courant. En tout état de cause, l'accusation, parce qu'elle était justifiée, m'intimida. Je sentis la chaleur envahir mon visage, une démangeaison dans le cuir chevelu, mes vieux symptômes de culpabilité. Je me souvins du catéchiste que nous avions eu au collège, pendant quelques mois seulement, et qui nous faisait répéter en chœur : « Un péché amène l'autre. Les péchés s'additionnent. Dieu me garde de commettre le premier péché. » Le péché, le péché, le péché, le péché. Un mot puissant et effrayant. Qui obligeait à prendre son souffle. Et Caroline ? Il n'avait pas un secret avec Caroline ? Cette accusation me trotta longuement dans la tête, ne demandant qu'à sortir. Ty se rassit. Je le regardai. Il était clair pour moi que nous pouvions nous affronter à un niveau plus profond, un niveau où rien ne pourrait être retenu, où s'exprimerait la véritable importance de nos loyautés respectives et conflictuelles. C'était à moi de tirer le coup suivant, et il attendait. Mais il s'agissait d'un monde nouveau pour moi, pour nous. Nous avions passé notre vie commune à pratiquer la courtoisie, mettre en avant la face positive, entretenir des secrets. L'idée de renoncer à ce mode de relations, d'emblée, par ma prochaine remarque, était terrifiante.

Je me fis donc une voix ferme pour lancer enfin :

« Si j'étais toujours parfaitement honnête et sincère, cette belle certitude qui te permet de croire que je suis d'accord avec toi sur tout aurait déjà volé en éclats, non ?

– Il fut un temps où je croyais que nous étions d'accord sur tout. »

Il fit cette remarque d'une voix tranquille, qui me parut un peu mélodramatique.

– Tu me traites avec condescendance.

– Je veux rester avec toi, Ginny. C'est une des vertus que manifestement tu t'es mise à détester en moi, mais c'est la vérité. Je crois que tu vas me revenir. Je crois que nous allons retrouver nos relations d'avant. Je n'ai jamais rien désiré d'autre.

– Eh bien moi, si, et je n'ai pas envie de revenir en arrière. »

Je prononçai ces mots avec la sensation de lever un couvercle, juste pour voir, pour apprécier la tentation.

« Est-ce que tu me détestes vraiment à ce point ?

– Oh, arrête. Je ne te déteste pas. »

Mais le seul fait de le dire sema un doute inopiné. Ne l'avais-je pas un peu détesté, récemment, pour avoir parlé à Caroline derrière mon dos, pour ne pas avoir pris ma défense lorsque papa nous avait accusées, pour n'avoir jamais pris la peine de me dire qu'il ne partageait pas l'opinion de papa, et à l'instant encore, pour avoir tenté de miner la confiance que j'ai en Rose ? Et je me détestais de continuer pour que les choses pussent durer. Alors est-ce que je ne le détestais pas lui aussi ? Le fait est que je n'éprouvais aucune haine à cet instant précis. Si tel avait été le cas, j'aurais été prête, je crois, à dire n'importe quoi, faire n'importe quoi, tout révéler de moi. Mon sentiment le plus solide, dans l'immédiat, était que cette situation, qu'apparemment il croyait extrêmement simple, était trop compliquée pour que je fusse capable de l'exprimer par des mots, ce qui ressemblait à une forme de mensonge, une forme de contrainte. Mon catéchiste aurait peut-être parlé de salaire du péché.

La voix soudainement hérissée de rancune, il dit :

« Tu as peut-être l'impression de te réveiller d'un rêve, mais moi j'ai l'impression d'être dans un cauchemar. J'étais tout content pour la porcherie automatique ! C'était mon rêve, et mon rêve se réalisait ! J'ai travaillé ton père au corps ! Je le persuadais petit à petit. Je n'avais jamais pensé que les choses seraient faciles, mais je croyais progresser, et vous, les bonnes femmes, vous avez tout gâché, vous l'avez mis hors de lui ...

– Il avait un comportement de fou !

– Mais fondamentalement inoffensif. Il achetait des trucs. Et après ?

– Il a eu un accident.

– Nous aurions pu continuer de l'amadouer, mais il a fallu que Jess Clark arrive...

– Ne mêle pas Jess Clark à cette histoire ! De toute façon, tu as dit que tu t'étais amusé.

– C'était amusant, mais... et puis merde. A quoi bon ? « Il se laissa glisser sous les draps. « Quelle heure est-il ?

– Onze heures passées.

– Le récupérateur sera là à six heures. »

Il éteignit.

Dans l'obscurité il dit encore :

« Si tu voulais prendre un travail en ville, tu aurais dû le dire. »

Je restai longtemps immobile, haletante de soulagement mais aussi de la déception que la vérité n'eût pas éclaté, médusée à distance que telle fût la leçon qu'il tirait des cinq derniers mois, de l'opération de Rose, de la mise en société de l'exploitation, de Jess Clark, des révélations de Rose et de mes souvenirs récents.

« Je n'ai pas voulu cela », dis-je.

Ty grogna un grand coup avant de se retourner.

Lorsque j'eus la certitude qu'il dormait, je sortis du lit et enfilai un short. Mes tennis, que je mettais sans chaussettes, étaient à côté de la porte, en bas. Très vite je me trouvai sur l'asphalte, les yeux fixés sur la maison de papa. Dans l'immédiat, je ne pouvais pas aller plus loin. La lune éclairait les pointillés de la bande centrale et les éclats de lumière qui ressemblaient à du mica se mêlaient à l'asphalte. A gauche et à droite, les pieds de maïs battaient sous le vent perpétuel et ce raffut signalait leur croissance – ils atteignaient la taille d'un homme en une minuscule fraction de la durée d'une vie humaine, aspirant l'eau du profond de la terre pour la restituer en un vaste souffle, lent. Mon regard chercha la maison de papa. Tout était éteint, sauf une lumière à la fenêtre de mon ancienne chambre. Le cube qu'était cette maison sembla s'épanouir et vibrer de la présence de Jess Clark.

Que tout ce qui se rapportait à lui fût devenu cause de honte et de gêne pour moi ne signifiait pas que l'aiguillon du désir eût quitté ma chair. Jusqu'à présent, j'avais réussi à me contenir, ou plus exactement, la peur avait réussi à me contenir – la peur d'être surprise par Ty ou papa autant que celle de paraître directe et stupide à Jess. Ou laide. Ou peu désirable. En regardant cette lumière qui certainement contenait Jess à l'instant même – peut-être lisait-il ? –, je sus que j'avais peur de lui aussi. De lui surtout. Une peur surgie en même temps que la honte, non ? Désir, honte, peur. Une monstruosité, comme une femme à trois jambes, mais une monstruosité qui était mienne, que je reconnaissais des jours anciens, au lycée et après, lorsque le moindre soupirant avait le don de me paralyser. Ma façon de faire cesser cette paralysie, à l'époque, était de poser des lapins aux garçons qui me plaisaient vraiment. La chance de Ty fut d'avoir plu à papa. Je vis qu'il était correct et poli et connu et bien sous tous les rapports. Ce qui permit à la femme à trois jambes de marcher, avec précaution, lentement, mais avec dignité.

La femme à trois jambes, elle se trouvait maintenant sur le bitume au clair de lune, et chacune de ses jambes tirait dans un sens différent. A vrai dire, mettre un pied devant l'autre, m'approcher de plus en plus près de quelqu'un pour qui je défaillais de désir, ce que je faisais, ressemblait à une illusion. Illusion qui ne tarda pas à me mener jusque sous sa fenêtre, puis je fis le tour de la maison, sans bruit, pour me trouver sous l'autre fenêtre, où je vis ce que je cherchais, Jess Clark, son dos, le derrière de sa tête, sous la chemise blanche la courbe des épaules, l'angle du cou, et jamais je n'avais eu vision plus évocatrice, plus prometteuse. Lointaine, cependant, et irréelle, comme une image sur un écran de télévision, irréelle comme ce moi imaginaire en mouvement qui avait laissé sur l'asphalte de la route le vrai moi, immobile. Et c'est le moi imaginaire qui à présent criait : « Jess ! Ho, Jess ! Jess Clark ! » Magiquement, la silhouette se retourna et vint près de la fenêtre, souleva la vitre et se pencha.

« Salut ! Qui est là ?
– C'est, euh, Ginny. »

Autour de moi la peur et la honte s'élevèrent comme un nuage.

« Ho ! dit-il. Qu'est-ce que tu fais ? Tu as frappé ? J'avais la radio. »

Malgré le contre-jour, la lumière se trouvant derrière lui, je vis l'éclair blanc de son sourire. Je dis :

« Ça fait un moment que je ne t'ai pas vu, hein ?
– Il se passe tellement de choses. Tu me manques. »

Sa voix était plus douce. Il n'aurait pas dû dire ces mots. Il n'aurait pas dû, parce qu'ensuite je dis :

« Je t'aime. »

Et il dit :

« Oh Ginny ! »

Et ce que j'entendis dans sa voix était du remords, pur et limpide, qui résonna dans le silence comme la note d'un carillon pour me dire tout ce que j'avais besoin de savoir à propos des questions qui flottaient dans l'air depuis le début de l'été.

« Je descends, reprit-il après une minute. J'arrive tout de suite. »

Mais je n'allais pas attendre. Je connaissais le chemin pour rentrer chez moi, non pas visible et exposée en empruntant la route, mais en passant entre les rangées de maïs, à couvert. Ni excuses, ni gentillesse, ni clarifications humiliantes de ses sentiments ne me poursuivraient là.

J'étais à la vaisselle à six heures. Ty arpentait l'accotement de la Cabot Street Road. A sept heures, les ouvriers du chantier arrivèrent, après avoir pris leur petit déjeuner au café. Je mis une lessive en route et sortis avec une autre que j'étendis sur les cordes à linge. Il s'agissait d'une grande lessive, et bientôt les draps et les chemises me cachèrent la vue sur le chantier, aussi ne vis-je pas deux voitures s'immobiliser derrière le camion. Ce que je vis en revanche, un peu plus tard, alors que je revenais avec le panier vide, c'est le camion chargé et toutes les voitures – dont la grosse Pontiac marron de Marv Carson et la Dodge bleu ciel de Ken LaSalle – reprendre la route et s'éloigner en cortège. Debout sur le bas-côté, Ty les regardait partir. Il ôta sa casquette, essuya la sueur sur son visage du revers de sa manche, puis remit sa casquette. Il resta longtemps à les regarder s'éloigner.

Je n'avais pas besoin de ses explications pour savoir que Marv et Ken lui avaient fait arrêter les travaux, ni de ses aveux pour comprendre qu'il avait financé les travaux pendant le week-end dans le futile espoir que le chantier aurait atteint un point de non-retour. Je perçus vaguement, en l'observant, l'ineptie de ses efforts, l'argent gaspillé, le coup d'accélérateur à la catastrophe dont il aurait pu s'abstenir, mais sur le moment, je vis surtout le couronnement de l'échec de notre couple.

34

Deux matins plus tard, j'étais en train de sortir l'aspirateur. Ty était parti s'occuper de la porcherie, et nous avions échangé très peu de paroles depuis notre dispute.

« La récolte s'annonce fantastique. »

Je sautai.

Henry Dodge, notre pasteur, était devant la porte, une main sur la poignée.

« Un sacré boulot qui se prépare, dis-je. Pourvu que septembre soit sec.

– M'inviterez-vous à entrer ? »

Je me redressai. J'avais de la mousse sur les mains. Je les essuyai.

« Mais bien sûr. Une tasse de café ? »

Il exerça une pression des doigts sur la poignée et ouvrit la porte avec une douceur agressive, à croire que, me dis-je méchamment, il avait l'habitude de profiter des petites ouvertures. Je me souvins qu'il avait été missionnaire, autrefois, quelque part en Afrique, ou bien aux Philippines.

« Ginny, dit-il, je croyais que nous étions amis.

– Tenez, asseyez-vous. Il reste du gâteau d'hier soir.

– Il est un peu tôt pour manger du gâteau.
– Ty aime bien. Il préfère quand même la tarte au petit déjeuner, cela dit. »

Je l'observai en versant le café. Le mot « amis » flottait dans l'air où il prenait de la complexité au fur et à mesure que je regardais Henry Dodge.

« Peut-être, dis-je.
– Peut-être quoi ?
– Peut-être que nous avons été amis. Si vous pouviez être plus précis sur la définition de ce mot. »

Il rit comme si j'avais dit une chose drôle.

« Vous êtes passée, il y a quelque temps, reprit-il.
– Euh, oui, effectivement. Mais c'est sans importance. » Cette remarque éveilla un regard inquisiteur qui me déplut. « J'aurais peut-être dû vous appeler après le dîner paroissial, dis-je. Quel scandale ! »

Je roulai des yeux.

« Je crois que c'était à moi de vous appeler. C'est en partie la raison de ma visite. »

Je le scrutai.

« Peut-être que nous avons été amis. Donnez-moi une définition précise de ce mot, et je vous dirai. »

Il rit encore. Je percevais vaguement ce que mes reparties pouvaient avoir de piquant ou d'ironique, mais j'étais totalement sérieuse. Henry s'assit et remua dans tous les sens sur son séant, comme s'il voulait faire son trou dans l'herbe drue. Il prit une gorgée de café.

« Je me crois assez bon pour voir les choses de haut, mais en l'occurrence, j'aimerais surtout que vous me parliez.
– Ce dîner paroissial était très embarrassant, concédai-je.

– Tout le monde n'a pas jugé que Harold avait le droit de parler comme il l'a fait. »

Je méditai cette information.

« Voulez-vous dire que quelques personnes ne partageaient pas l'avis de Harold, ou bien était-ce la majorité, bref, combien ?

– Euh...

– A vrai dire, j'ai peine à croire que quiconque ait donné raison à Harold, vu les propos qu'il a tenus. » Je sentis l'indignation monter en moi. « Il a tout manigancé ! Il est venu ici spécialement pour monter son coup, et il jubilait de l'effet produit...

– Compte tenu du malheur qui le frappe, je ne pense pas... » Il tourna l'anse de sa tasse de mon côté avant de reprendre. « J'aimerais servir de conciliateur.

– Pourquoi ? »

J'avais posé la question sur un ton aussi platement naïf que possible, mais il y vit une accusation.

« Personne d'autre visiblement ne s'en est soucié. En tant que pasteur, le vôtre et celui de votre père...

– Je veux dire, quel est le but recherché par cette conciliation ?

– Oh. »

La question sembla le prendre au dépourvu. Je lui laissai le temps de trouver une réponse.

Finalement, et après m'avoir regardée à deux ou trois reprises, il dit :

« Est-ce que ce n'est pas votre vœu aussi ? Je suis suffisamment votre ami pour savoir que vous vous épanouissez dans une atmosphère plus sereine. Je ne vous ai jamais vue rechercher l'affrontement. Cela ne vous ressemble pas. » Le couplet devait lui plaire car il s'animait au fur et à mesure qu'il parlait.

« On voit bien que vous êtes malheureuse. Vous avez l'air triste et lasse. »

Irréfutabilité de la preuve par l'apparence.

« Est-ce que vous nous observez ? Il ne faut pas se fier aux apparences. »

Il rit encore, puis retrouva son sérieux. Sa voix se fit solennelle pour déclarer :

« Il n'est pas nécessaire de regarder pour voir. »

Mon ami ? Pouvais-je lui faire confiance pour voir ce que je voyais dans notre famille, notre père, Rose et moi-même ? Ce qui semblait le seul vrai test de l'amitié.

« Il est mieux que les familles soient unies. Qu'elles travaillent ensemble, dit-il.

– Faut-il en faire un absolu ? »

Il prit le temps de passer en revue les familles qu'il connaissait, en buvant son café, avant de répondre.

« Peut-être pas à cent pour cent, si on parle en termes d'absolu. » Il sourit. « Mais les exceptions sont extrêmement rares. Je sais que je suis très conservateur en la matière, Ginny, ce qui n'a pas toujours servi mes intérêts. Mais dans toutes mes années de ministère, je n'ai vu qu'un seul divorce que je pouvais approuver. Un seul cas de famille brisée. » Il marqua un temps d'arrêt comme il aimait à le faire dans ses sermons, quand il s'apprêtait à enfoncer un clou auquel il tenait particulièrement. « Le mode de vie que mènent les gens de ce comté devient de plus en plus rare, dit-il. Trois générations vivant et travaillant ensemble sur la même exploitation, c'est une chose qui mérite d'être protégée.

– C'est théoriquement vrai.

– Helen et moi avons choisi de venir ici en partie

parce que nous avons le désir de contribuer à protéger un mode de vie auquel nous croyons. Je compte parmi mes meilleurs souvenirs le temps où je faisais les foins avec mon grand-père, quand mes oncles étaient encore de jeunes gens. Ils travaillaient comme un seul homme, tellement ils étaient proches.

– Est-ce qu'ils s'entendent toujours aussi bien ? »

J'eus un sourire franchement ironique.

« Pour l'essentiel, oui.

– Comment cela, pour l'essentiel ?

– Eh bien, il y a évidemment quelques accrocs. L'homme n'est pas parfait. Et peut-être a-t-on du mérite à fonctionner avec ses ennemis. Les occasions d'apprendre à les aimer sont plus fréquentes. »

Il rayonnait, ravi d'avoir déjoué le piège que je lui tendais.

« Combien ne se sont pas parlé depuis plus de dix ans ? »

Henry passa la langue sur ses lèvres.

« Je ne sais pas. Attendez...

– Allez, Henry, crachez le morceau.

– Vous me demandez s'il n'y a que des saints dans ma famille, comme si seule la perfection de ma vertu pouvait m'autoriser à vous donner des conseils. Cette idée fallacieuse est assez largement répandue, au point que certains pasteurs y souscrivent, mais...

– C'est seulement que je ne sais pas ce que vous faites ici. Qui vous a envoyé, ce que vous espérez de moi, ce que vous croyez que j'ai fait, pourquoi vous êtes venu me trouver moi plutôt que Rose. Sommes-nous amis ? Est-ce que vous nous avez invités à dîner chez vous ? Est-ce qu'il vous arrive de passer bavarder avec moi de temps en temps ? Sollicitez-vous mes conseils à propos de vos problèmes ? Non, non à toutes les questions. Je ne veux pas vous voir en service commandé. Je ne veux pas être sur la liste de vos visites.

– Il existe des devoirs pastoraux... »

Les problèmes. Les invitations à dîner. Bavarder. Il y avait tout de même une chose que j'attendais de lui, non ? Mon cœur se mit à battre plus vite, mes mains devinrent moites.

« Racontez-moi seulement ce qui se dit de nous.

– Ginny.

– Je veux savoir. J'y tiens beaucoup.

– Les gens bavardent moins que vous ne semblez croire.

– Mais si.

– Pas avec moi. » Son visage était impénétrable. Il dit encore. « Je ne peux donc vraiment pas vous atteindre ? Je le voudrais tant. »

Le ton et la manière étaient empreints d'une chaleureuse compassion, et je me rendis compte qu'autrefois je me serais laissée fléchir, à l'époque où j'aurais été ravie de le dire mon ami pour la simple raison que j'aurais été flattée de reconnaître publiquement pareille amitié. A présent, tout cela semblait suspect. J'étais incapable de dire si je me défiais de son ministère ou de lui, mais dans les deux cas, les confidences étaient exclues. Je posai ma tasse de café sur la table, me levai, allai jusqu'à l'évier où je pressai une éponge sous le robinet d'eau chaude. Je me mis à nettoyer la table.

« Soulevez votre tasse. »

Il souleva sa tasse.

« Continuez au moins de fréquenter l'église le

dimanche. Laissez la porte ouverte à Dieu. Il est infiniment miséricordieux. Plus que nous ne le sommes. »

La porte s'ouvrit. Ty vit Henry, entra, le salua respectueusement. Ces deux-là, me dis-je, sont d'accord sur tant de choses que leurs opinions prennent automatiquement des allures de réalité. Ils vivaient dans un monde petit, très petit, voué à tourner toujours sur lui-même. Leurs voix se détendirent, ils parlèrent plus bas, et leur monde me parut très lointain.

Cet après-midi-là, quand Ty partit conduire une paire de cochons à Mason City, je me changeai parce que j'étais sale de l'avoir aidé à charger les animaux dans le camion, et je me mis en route pour Cabot. La réticence de Henry refusant de me dévoiler les bavardages m'avait énervée. J'avais l'impression que j'apprendrais ce qui se disait de nous à la façon dont on me regarderait et dont on me parlerait. J'envisageai un moment de demander à Rose de m'accompagner, pour avoir une autre paire d'yeux attentifs, mais Rose avait toujours eu le plus souverain mépris pour ce genre de préoccupations, de sorte que lorsqu'elle m'appela pour me demander ce que je prévoyais pour dîner, je ne lui dis même pas que je sortais.

Cabot était une ville sans séduction particulière, mais à cause de sa situation sur la seule route reliant directement Mason City à Sioux City, elle comptait deux antiquaires, un magasin de vêtements et de tissus, en plus du café, du quincailler, du distributeur de glace, de la graineterie. L'endroit était plus joli que Pike ou Zebulon Center. Ces deux agglomérations avaient nourri l'une et l'autre certains espoirs et prétentions, dont il leur restait une rue principale à quatre voies, très large : l'ombre portée des façades des boutiques parvenait à peine à assombrir le quart des vastes étendues de macadam brillant. Cabot en revanche s'était construit au nord de la Cabot Street Road, et la rue principale y était bordée d'érables offerts par Verlyn Stanley quand tous les marronniers moururent. Les pelouses de Cabot étaient grandes et les maisons jolies – style victorien, soit vingt ans de plus en moyenne que les maisons de Pike ou Zebulon Center, mais bien entretenues. Nombres de couples d'agriculteurs aspiraient à s'y installer si un jour ils devaient vendre leur exploitation par adjudication et venir en ville.

La boutique Old Cabot Antiques étant celle où Rose avait vendu le portemanteau trouvé dans notre décharge, je commençai par elle. Dinah Drake pratiquait des prix très élevés. Elle ne comptait pas sur la clientèle de la ville, et bien qu'on ne vît jamais personne dans le magasin, on racontait qu'elle avait des contacts dans les *Twin Cities* et à Chicago, où elle vendait ses plus belles pièces. Elle était commerçante et montrait volontiers ses récentes acquisitions. Une discussion sur les anciens propriétaires d'une pièce déviait toujours sur la manière dont cette pièce avait fini entre ses mains. Son ton habituel était celui de la stupéfaction – qu'une personne sensée de Zebulon Center pût ainsi laisser filer une pièce du patrimoine familial, ou encore, que telle autre personne venue de la ville acceptât d'en payer le prix demandé par Dinah. Des imbéciles au deux bouts de la chaîne et Dinah au milieu, faisant l'article.

Dinah me repéra directement.

« Tiens, bonjour Ginny. Comment allez-vous ? »

Le ton était suave et je fis la réponse convenue.

« Je ne sais pas. Pas trop mal, je crois. »

Je m'engageai dans l'allée centrale, mais je m'arrêtai presque aussi vite pour regarder des figurines posées sur une commode au dessus de marbre. J'en retournai une.

« Royal Copenhague, dit Dinah. Incroyable, non ? Et très ancien. Quand je ferme le soir, je les mets de côté. »

La figurine que je tenais à la main représentait une bergère dont la modeste robe était agrémentée de délicates dentelles de porcelaine. Dinah semblait attendre un commentaire de ma part, mais je savais que je pouvais pousser l'avantage en gardant le silence. Je pris un plat en argent.

« Celui-ci est en métal argenté. Je suis certaine qu'il vient du catalogue Montgomery Ward. Assez joli cependant, vous ne trouvez pas ? »

Elle sortit de derrière le bureau à cylindre qui lui servait de comptoir.

« Mais ce Royal Copenhague, tout de même. Vous connaissez Ina Baffin, de Henry Grove ? »

Je hochai négativement la tête.

« Elle avait cent quatre ans. Elle tenait ces figurines de sa grand-mère qui les lui avait offertes quand elle était petite, et sa propre petite-fille a décidé qu'elles n'étaient pas intéressantes. Ina les adorait, je suis sûre. La petite-fille en question les trouvait mièvres. Mièvres ! Des objets de cette valeur. »

Elle souleva une autre figurine, un petit joueur de flûte, qu'elle contempla avant de le reposer. Je continuai dans la même allée, sourire poli aux lèvres, touchant diverses choses, les regardant. Dinah prit un chiffon à poussière et se mit à épousseter d'un air songeur. Il y avait quelques *Saturday Evening Post* dans un porte-revues. J'en feuilletai un. Dinah s'attarda un moment à l'avant de la boutique avant de venir me rejoindre, tranquillement. Elle essuya une à une les pièces d'un service à vin en verre rubis, posé sur une desserte en bois sombre.

« On dit que votre père va s'installer à Des Moines.

– Hum. »

Je restais prudente.

« Vous savez, il y a des gens qui me demandent de venir voir certains objets ou meubles anciens chez eux, juste pour savoir s'il y a un marché. Le marché change constamment... » Sa voix fléchit, puis se raffermit. « Aujourd'hui, je voudrais bien avoir toute cette verrerie des années de la Dépression que j'ai vue passer dans les ventes aux enchères autrefois, et dont personne ne voulait à l'époque. Ça leur rappelait la crise ! » Elle rit. « Je me dis toujours que je devrais tout acheter et stocker, parce que tôt ou tard, ce sera à la mode.

– Je n'y avais jamais pensé.

– Oh, vous savez... »

Elle s'éloigna.

Je pris une pile de vieilles têtières au crochet. Pas à la mode. La plus chère du lot coûtait six dollars, avec un très joli motif ananas, dans du fil très fin. Je la tins devant moi et songeai à la somme de travail qu'elle représentait. Six dollars. J'en fus toute triste. Dinah se rapprocha de nouveau.

« En fait, quand je me trouve dans une maison, ce que je fais, c'est que je donne des idées pour tout ce que je vois. Et il y a toujours une masse de choses. Vous n'imaginez pas ce que les gens peuvent accumuler au fil des années. Je suppose que votre père ne travaillera plus la terre. Vous n'êtes peut-être pas au courant, mais il existe un marché des outils de ferme anciens... » Elle laissa son regard s'attarder sur mon visage. Je fis de même avec elle. « Il peut s'agir d'une situation délicate. Mais quand ils s'installent dans un appartement... même les vieux vêtements, les vieilles chaussures. On n'est pas obligé de tout laisser aux pauvres de la paroisse, ou à l'Armée du Salut.

– J'en parlerai à Rose. Et à Caroline, évidemment. »

Elle eut un frémissement de sourcils à ce nom. Je lui tendis le morceau de dentelle.

« Je voudrais ceci. C'est très joli. »

Elle se tourna et se dirigea vers le bureau à cylindre. J'ouvris mon porte-monnaie pour prendre de l'argent. Je remarquai que ma main tremblait.

Au café, Nelda me servit une tasse de café et une part de toast à la cannelle avec la plus indifférente des politesses, comme si elle était fâchée contre moi mais tenait sa langue. Encore un signe, me dis-je.

Chez Roberta, le magasin de tissus et vêtements, il me sembla que je pourrais acheter de la lingerie, ou une ceinture, ou des bas. Roberta n'était pas là en personne, aussi m'adressai-je aimablement à sa nièce, Robin, qui était encore au lycée. Apparemment, Robin n'était au courant de rien ou n'avait en tout cas pas d'opinion. Les marchandises étaient exposées sur les mêmes grands présentoirs en bois que du temps de la mère de Roberta, Doris, quand j'étais petite et que la boutique s'appelait « Chez

Doris ». Il était facile de circuler de présentoir en présentoir, de retourner les étiquettes au passage, et de déplier les vêtements, juste pour voir.

Comme beaucoup de boutiques en zone rurale, celle de Roberta avait été jadis la moitié de ce qu'elle était aujourd'hui, puis elle s'était agrandie en abattant une vieille cloison. La boutique de Roberta avait maintenant deux portes, et les jours d'été, les deux restaient ouvertes ainsi que celle de derrière. Il n'y avait pas de climatisation ; Roberta s'en remettait aux courants d'air pour le confort moderne. Je me trouvais du côté femmes, tenant deux chemisiers que je voulais essayer, lorsque je vis Caroline entrer par la porte la plus éloignée, suivie de papa, suivi de Roberta, suivie de Loren Clark. Caroline se retourna pour aider papa à gravir les marches, papa regardait ses pieds, et le regard de Roberta croisa le mien. Elle se raidit et je disparus à la hâte dans une cabine d'essayage. Je n'essayai pas les chemisiers. Je restai plantée sur place, paralysée.

Il ne fut pas difficile de les entendre se rapprocher. Caroline parlait à papa, très fort, qui répondait aussi fort. Comme si chacun des deux pensait que l'autre était sourd. Loren dut partir car je l'entendis dire :

« Je suis de retour dans un quart d'heure.

– Y a-t-il quelque chose de précis que vous désireriez, Caroline ? demanda Roberta.

– Papa a besoin de choses. Papa ? Essentiellement des chaussettes et d'autres articles du même genre. Il a une liste. Papa ? Tu as ta liste ?

– Je l'ai. »

Il y eut un moment de silence.

« Puis-je la voir ? demanda-t-elle. Papa, puis-je voir la liste ? »

Long moment de silence.

« Tu as de l'argent ? finit-il par demander.

– Oui, papa.

– Montre-moi.

– Il est dans mon porte-monnaie. J'en ai beaucoup. Ça va. » Je vis les pieds de Roberta passer devant le rideau de ma cabine, s'arrêter, tourner, s'arrêter, continuer.

« Voyons les chaussettes. Tu aimes le blanc, papa ? Ces lots sont une bonne affaire. »

Sa voix était faussement enthousiaste, comme la mienne l'était toujours. Pour faire avancer, essayer d'éviter que cette petite affaire ne s'enlisât. Puis deux minutes plus tard, elle insista.

« Celles-ci sont très bien, papa. Le talon est renforcé et elles sont cent pour cent coton. Elles seront confortables aux pieds.

– Asseyons-nous. »

Il y eut un bruit de pas, de semelle qui traîne, de siège que l'on tire.

« Viens t'asseoir ici. »

Le ton était à la fois autoritaire et suppliant. Moitié, moitié. J'en eus le frisson. Je remarquai les deux chemisiers que j'avais pris sur les cintres. Je les cramponnais encore dans mon poing serré. Je les pendis au crochet, secouai ma main.

« Papa, il faudrait..., commença Caroline.

– Tu ne veux pas t'asseoir ? A côté de moi. »

Elle eut un petit rire avant de répondre.

« C'est d'accord. »

Je regardai par la fente du rideau. Les chaises qu'ils avaient trouvées étaient entre la porte et moi. Je me repliai dans l'obscurité de la cabine. Il n'y avait pas de siège, et l'espace entre le bas du rideau et le sol m'interdisait de m'asseoir par terre si je ne voulais pas être vue. Je m'appuyai contre le mur.

« Tu étais mon petit oiseau chéri, dit-il. Tu te souviens de ce petit manteau marron que tu avais? Avec un petit chapeau assorti. Tu en étais très fière. Du velours, je crois.

– Velours de coton, dit Caroline.

– Je t'appelais mon petit oiseau. Tu ressemblais à un roitelet.

– C'est vrai ?

Je pinçai mes lèvres.

« Ça ne te plaisait pas du tout. Tu ne voulais pas être habillée en marron. Tu voulais du rose ! Rose bonbon. Tu t'étais mis cette histoire de velours rose dans la tête, alors tu as barbouillé le fameux manteau au crayon rose ! » Il partit d'un rire franc, heureux. « Ta maman a été obligée de te donner une fessée !

– Je ne me souviens plus du tout. Je me rappelle un truc rouge, moi... une veste avec des petits cœurs autour du... »

– Impossible de te tenir à l'écart des puits absorbants ! Aucune punition n'y faisait, on pouvait bien te corriger, deux jours après, tu traversais la route et tu allais jeter des petits objets par les trous de la grille ! Comme un insecte attiré par la lumière du feu. Ta maman te disait toujours : " J'espère que cette fois tu as compris " et toi tu répondais : " Oui, maman ", et tu y retournais. J'avais serré très fort les boulons. J'avais beau savoir que ces grilles pouvaient supporter le poids de trois adultes, je n'étais pas tranquille, alors j'ai racheté une série de boulons supplémentaires, des cavaliers, que j'ai revissés encore pour plus de sécurité. Je n'avais plus qu'une obsession, c'était que tu traverses la route. »

Ils rirent.

Je sentis un étau se fermer sur ma tête, tous les murs blancs de la cabine changèrent de couleur.

« Il faut que nous ayons une conversation avec Ginny et Rose aujourd'hui, papa », dit Caroline.

Il ne dit rien.

« C'est nécessaire. Je veux leur parler. Je veux leur dire que...

– On n'a pas besoin d'elles, plaida-t-il entre ses dents.

– On n'a pas besoin d'elles, je sais, papa, mais...

– On est bien comme ça. »

Je posai mon front contre la cloison fraîche et rugueuse.

« Mais je crois que... »

Il parlait bas, d'une voix chaleureuse.

« Elles vont être jalouses. Tu sais comment elles sont. Tu me suffis. Allez, rentrons chez Harold. Tiens, voilà Loren.

– Tu n'as pas...

– Prends celles-ci. Elles sont très bien. »

Les chaises grincèrent et la voix de Loren dit : « Prêts ?

– Voilà un bon garçon », dit papa.

Dix minutes plus tard, j'étais dans ma voiture et je roulais vers l'est. Ma tête menaçait d'éclater, je savais à peine où j'allais. J'avais une impression de canicule alors que je me souvenais qu'il faisait plutôt frais. Et pourtant. Je gardai ma fenêtre fermée pour pouvoir appuyer ma tête contre la vitre par moments. Je vis Loren et son camion dans la cour de Harold. Les autres devaient être déjà à l'intérieur. J'appuyai sur l'accélérateur en passant, et il ne me salua pas.

Rose était à sa machine à coudre. Les petites n'étaient apparemment pas dans les parages, mais de toute façon, je serais entrée comme une fusée avec ma question.

« Rose, de quelle couleur était le manteau que tu portais quand tu avais cinq ans ? »

Rose, qui ne se démontait jamais, termina sa couture, leva le pied de la pédale, souleva le pied-de-biche, coupa les fils. Puis elle dit :

« Le seul joli manteau que j'aie jamais eu était ce truc en velours marron que maman avait récupéré d'une cousine de Rochester. Avec un petit bonnet à visière assorti. Je détestais.

– Tu avais envie d'un manteau de quelle couleur ?

– Rose, probablement. J'ai eu une adoration pour le rose pendant des années.

– Est-ce que ce manteau est passé à Caroline ?

– Non. Maman en a fait des chiffons pour les vitres parce que j'ai vomi dessus et que la tache n'est jamais partie. » Elle me regarda. « Tu en fais une tête, Ginny. »

Je me laissai tomber dans un fauteuil.

« J'étais chez Roberta, dis-je, et papa est entré avec Caroline. Je ne peux pas te décrire sa voix quand il lui parlait. Tout sucre tout miel, mais avec autre chose aussi que je ne peux pas dire. J'ai cru que j'allais me trouver mal. »

Elle posa sa couture et se leva. Il y avait un ventilateur sur le poste de télévision, et chaque bouffée d'air qu'il m'envoyait sur le visage me calmait un peu. Rose me contemplait avec un visage tellement grave, les yeux profonds et noirs, la bouche taillée dans le marbre.

« Dis-le.
– Dis quoi ?
– Dis-le.
– Ça s'est passé comme tu as dit. J'en ai pris conscience pendant que je faisais le lit pour Jess Clark dans mon ancienne chambre. Je me suis allongée, et tout m'est revenu. »

Elle retourna à sa machine à coudre. Elle ne parla pas, mais la façon dont elle assembla méthodiquement ses morceaux de tissu qui se transformèrent en pantalon ocre était une forme de réconfort.

Livre V

35

Lorsque j'avais trois ans et demi, Ruthie Ericson me fit avaler vingt-sept aspirines pour enfants pendant que j'étais assise sur la lunette des cabinets. Je sais que les comprimés avaient la forme de cubes, qu'ils étaient jaunes, sucrés, et je sais que j'étais allongée sur le dos et qu'on me roulait sous des lampes circulaires qui devaient être celles de l'hôpital de Mason City. Ce dont je garde un souvenir précis, c'est que je me doutais bien qu'il était interdit d'avaler ces comprimés. Ce devait être l'été; je me rappelle le jaune de mon petit haut décolleté, mon ventre rose en dessous, le V que dessinaient mes cuisses sur le trou sombre de la lunette, et l'arc de cercle blanc entre mes deux jambes. J'avais des tennis bleu foncé aux pieds. Les pointes rondes en caoutchouc se balançaient au-dessus du lino gris chiné. Mon short gisait sur le sol, sous mes pieds. Je me demande si le fait d'être si manifestement mal dans ma peau était mon état normal, ou bien l'effet des comprimés défendus qui s'inscrivit ensuite dans ma mémoire.

Lorsque je m'attarde sur ce souvenir, je me sens très près de retrouver la mémoire de l'enfance, avec cette immédiateté des sensations physiques qui la caractérise, et aussi cette étrangeté familière des parties du corps – les pieds et les mains surtout, mais encore la poitrine, les genoux, le ventre. Je crois me souvenir que je méditais sur ces objets attachés, que je les regardais, que je les touchais, que je sentais de l'extérieur et de l'intérieur, que je m'interrogeais sur eux parce qu'il y avait lieu de s'interroger, et non parce qu'il y avait des réponses à trouver.

Il devait bien entrer une part d'angoisse dans cette interrogation, parce que l'on me répétait quotidiennement qu'on « ne pouvait plus me tenir ». C'était l'expression de mes parents. Papa disait à maman qu'on ne pouvait plus me tenir, ou maman me le disait à moi. Je savais aussi qui ne pouvait plus me tenir, tout comme je savais ce que voulait dire être tenue par elle. Si maman n'était pas là, j'étais tenue par papa. On nous disait, quand nous avions été « vilaines » – désobéissantes, étourdies, désordonnées, quand nous avions cassé, été méchantes avec les autres, rebelles –, qu'il nous fallait une leçon, et je crois que mon sentiment de malaise était peut-être la conséquence de cette nécessité. Je pense que je devais essayer de tenir la bride à ces parties incontrôlées de moi qui ne cessaient de s'égarer dans les vilenies.

Je me souviens de mon apparence parce que j'étais différente de maman et surtout de papa. Je ne voyais jamais papa sans ses vêtements de travail, généralement des bleus, et maman portait toujours une robe. Dans l'intimité de mon lit, sous les draps, en regardant sous ma culotte de pyjama ou en déboutonnant la veste, je voyais que j'étais nue à l'intérieur de mes vêtements, et l'un des souvenirs précis que j'ai de l'enfance, c'est cette sensation que l'on a de soi à l'intérieur de ses vêtements. Des chaussures qui font mal, une combinaison qui gratte, une robe qui serre aux emmanchures ou aux poignets, des socquettes qui plissent au talon. Maman et papa ne se plaignaient jamais de leurs vêtements, alors que les miens étaient une torture perpétuelle. Le jour de la rentrée, en dernière année d'école élémentaire, la robe que m'avait faite maman était trop courte et trop serrée à la taille. Chaque fois que je levais un bras ou que je me penchais en avant, la ceinture remontait jusque sous les côtes. A la dernière récréation, lorsqu'un des garçons refusa de me laisser la balançoire, je lui mordis le bras au sang. Il dut aller chez le docteur se faire injecter un sérum antitétanique. A la maison, je fus corrigée et l'on m'obligea à rester assise sur une chaise pendant une heure sans bouger. La robe m'avait mise hors de moi. Je me souviens que je sentais ma peau sur mon corps, que j'avais une conscience précise de la surface de ma peau en contact avec le monde.

Ty et moi avions passé notre nuit de noces au Savery Hotel, à Des Moines. J'avais dix-neuf ans. Je n'avais jamais touché mes seins sauf pour les mettre en place dans les bonnets de mon soutien-gorge ou pour les laver avec un gant de toilette. Pour ce que je savais alors, mes mains et mon corps n'avaient jamais été en contact autrement que par le truchement d'un gant de toilette. Chez nous, on passait beaucoup de temps à se récurer; les gants étaient rêches et les savons décapants. Tout comme il n'était pas question d'introduire la vie agricole dans la maison, il ne s'agissait pas davantage de la porter sur son dos, surtout en ville. On s'en faisait même une fierté. Mais la propreté allait plus loin. On se récurait l'intérieur des oreilles, derrière, tout le cou, le visage, les phalanges, les ongles, les aisselles, le dos, là où il était impossible d'aller, et puis en dessous. J'imagine que ma grande crainte était celle d'une éventuelle odeur. Je n'en supportais même pas l'idée. Je m'étais récurée de fond en comble avant mon mariage, sachant qu'en arrivant à Des Moines, quand ma robe serait retirée, Ty aurait une réaction de dégoût si je n'étais pas parfaitement propre et exempte de toute odeur.

Il ne fut pas dégoûté, mais évita de se montrer trop curieux, ce qui signifie que nous nous déshabillâmes lumières éteintes, et nous limitâmes, pour cette première fois, à des caresses, des baisers, et une pénétration qui sembla tenir avant tout de la pratique et de l'hygiène. Pendant l'action, je fis une courte prière pour ne pas voir mes règles se déclencher d'un coup, en plein milieu de cycle, en réaction à la défloration. Il y aurait quelques gouttes de sang, à ce que j'avais entendu dire, aussi préparai-je une des serviettes de l'hôtel que je gardai près du lit et plaçai entre mes jambes dès qu'il se fut retiré. Il n'y eut pas de gouttes de sang, seulement l'humidité de nos liquides mêlées, mais je réussis à en préserver les draps. Le lendemain, je me débarrassai de la serviette dans le vide-ordures, au fond du couloir. Je me souviens de cette serviette, preuve manifeste que mes expériences nocturnes avec papa s'étaient effacées de moi, sans laisser de trace dans ma mémoire.

Le sexe néanmoins déclencha en moi certains caprices. Sous forme de petits rituels contradictoires. Il fallait que la pièce fût un peu éclairée, ne fût-ce que par la lumière du couloir. J'aimais mieux le jour que la nuit, et pas les surprises. Je portais toujours une chemise de nuit. Lorsqu'il la retroussait, je fermais les yeux. Quand il me pénétrait, en revanche, mes yeux étaient grands ouverts et fixaient son visage. J'avais horreur qu'il détournât les yeux ou baissât les paupières. Je n'aimais pas qu'aucun de nous deux parle. Il faisait au mieux, je ne le repoussais jamais.

Je ne voulais pas voir mon corps.

Je supposais que tout cela était normal, identique pour tout le monde. Il allait de soi que les corps tombaient en permanence dans la catégorie des choses dont on ne parle pas. Je ne pense pas que la communication eût été beaucoup plus grande si notre mère avait vécu – encore qu'elle m'eût effectivement recommandé de ne pas porter de « soutien-gorge à bonnets pointus » ; c'était « trop provocant ». Elle me déconseilla également les petites culottes en nylon, « glissantes », parce qu'elles faisaient « un drôle d'effet ».

Une chose que papa me vola en venant me rendre visite la nuit dans ma chambre, c'est la mémoire de mon corps.

Je n'ai qu'un seul souvenir de mon corps d'adolescente. J'avais quatorze ans, j'étais au collège, c'était un samedi soir. J'allais me coucher. Je m'assis pour ôter mes sous-vêtements, et en faisant glisser le coton froissé sur ma jambe droite, je m'avisai que cette jambe était fine et conforme à ce que les magazines fixaient comme canon. Récemment, pendant le cours de gymnastique, Rita Benton s'était lamentée à cause de ses jambes en les qualifiant de poteaux. J'avais bien perçu sa déception, mais sans faire le rapprochement avec moi. Je voyais à présent que j'avais plus de chance que Rita, ma jambe était mince de la cheville à l'aine. Je me débarrassai du caleçon, glissai mes jambes sous les draps avec reconnaissance. Je me promis de ne jamais tirer vanité de mes jambes. Je ne regardai même pas l'autre jambe ; je détournai les yeux, et concentrai mon attention sur un problème de maths pour m'endormir.

Et mon père vint me rejoindre et eut un rapport avec moi au milieu de la nuit. Je me souviens que je faisais semblant de dormir, mais que je savais qu'il était sur le pas de la porte et se rapprochait. Je me souviens de ses paroles : « Chut, petite. Inutile de résister. » Je ne me souvenais pas d'avoir jamais résisté, mais en toutes circonstances, il était prêt à détecter une velléité de résistance. Je me souviens de son poids, du contact de son genou forçant le passage entre mes jambes que je faisais les plus lourdes possibles sans paraître le défier. Je me souviens qu'il portait des chemises de nuit qui étaient pâles dans la pénombre, et des chaussettes. Je me souviens que ses mains étaient calleuses et raclaient contre le drap. Je me souviens qu'il amenait avec lui de multiples odeurs – whisky, fumée de cigarette, senteurs âcres et doucereuses du travail de la terre. Je me souviens, encore et encore, à quoi ressemblait le haut de son crâne. Mais je ne me souvenais jamais ni de pénétration, ni de douleur, ni même de ses mains sur mon corps, et je ne pus jamais faire le compte du nombre de fois. Je me souviens de ma stratégie, qui fut celle de l'inertie en désespoir de cause.

Les souvenirs que j'avais de papa ne prenaient pas corps pour dessiner un personnage entier, ils restaient toujours à l'état de fragments de sons, d'odeur, de présence. La capacité qu'avait Rose de se souvenir, de savoir, de juger, comme si elle voyait constamment notre père par la mire d'un viseur de bombardement, était son talent spécial et personnel, et ce talent, je ne l'avais pas reçu.

36

L'avocat à Mason City, Jean Cartier, dont la plupart des gens prononçaient le nom à l'américaine, avait un cabinet au luxe surprenant. Il était situé dans un de ces petits immeubles de bureaux en brique claire, avec de hautes fenêtres étroites et nettes, mais l'intérieur était lambrissé en bois véritable, étranger à Mason City, et le sol était recouvert d'une épaisse moquette verte. Sous son bureau se trouvait ce qui semblait être un authentique tapis d'Orient. Mr. Cartier, que je ne pus jamais appeler par son prénom, ni en le prononçant à la française, ni en l'américanisant en « Gene » comme sa secrétaire, était originaire de Montréal. Il avait épousé une citoyenne de Mason City. Une photo d'elle et de leurs quatre enfants était posée sur son bureau, dans un cadre d'argent. Ty lui avait apporté les papiers et l'avait prié de suivre l'affaire pour nous. A la fin du mois de juillet, il avait téléphoné et souhaité nous recevoir tous les quatre pour une consultation.

Ty et moi prîmes une voiture. Rose et Pete une autre. Les petites avaient été déposées à la piscine publique de Mason City.

Nous nous installâmes autour de la table en merisier comme des clients dans un club dont ils ne sont manifestement pas membres. Mr. Cartier se présenta à chacun de nous personnellement, cherchant notre regard et nous gratifiant d'un sourire grave. Il dut en profiter pour évaluer notre intérêt respectif, car il s'adressa ensuite à Pete et à moi, une fois sur quatre environ par rapport à Rose et Ty.

Il posa une foule de questions très précises concernant l'exploitation, papa, les méthodes de cultures pratiquées par Ty et Pete, le chantier, les emprunts, Marv Carson, Ken LaSalle, Caroline, et Frank, son mari. Il explora le désaccord familial avec la méticulosité résolue d'un chirurgien examinant une blessure, sans charcuter ni trancher dans le vif, mais en écartant une première couche pour avoir accès à ce qu'il y avait dessous. Il sourit plusieurs fois. Il procédait par ordre et chaque question ne le faisait progresser que d'un pas ou deux par rapport à la précédente. Apparemment, il ne négligeait rien. A côté de lui, Ken LaSalle était un aimable trublion.

Ty était assis en face de Rose. Pendant la première heure de la consultation, Ty resta droit sur sa chaise, les jambes rentrées sous le siège, contre les barreaux. Deux ou trois fois, il s'étira, et dut une fois rencontrer la jambe de Rose, car il fit un bond comme s'il venait de s'ébouillanter et replia vite ses jambes. Il fuyait son regard, et chaque fois qu'elle répondait à une question, il retenait son souffle et expirait d'un coup quand elle avait fini. Elle lui lança quelques regards agacés, mais il ne dit rien. Mr. Cartier lui demanda deux fois s'il avait quelque chose à ajouter. Chaque fois, Ty hocha négativement la tête.

Il est difficile de savoir si une bonne ambiance précède ou suit le succès. Mais il est en revanche certain qu'après être entrés dans le monde de Jean Cartier, nous commençâmes à voir nombre de choses différemment, avec moins d'impossibilités qu'auparavant. Rien ne changea, mais tout coexistait plus agréablement, comme si la marche du temps qui allait bientôt provoquer l'effondrement général était suspendue.

Pendant la seconde heure de notre consultation, Ty étira de nouveau ses jambes, et lorsqu'elles effleurèrent celles de Rose, il se contenta de les dévier un peu après une rapide excuse. Rose regarda plus souvent en direction de Pete, comme si elle s'en remettait à son avis, ce qui ne lui ressemblait pas vraiment. Pete rapprocha un peu sa chaise d'elle. Mr. Cartier fit porter du café par sa secrétaire. Je sortis mes pieds de mes talons hauts, qui me blessaient, et frottai la plante de l'un contre les orteils de l'autre. Mr. Cartier revint à papa.

« Si je comprends bien, dit-il avec un sourire, Mr. Cook a l'habitude de faire ce qu'il veut.

– Vous voulez bien répéter, dit Rose.

– Et il a aussi l'habitude d'exiger des autres qu'ils procèdent comme lui ?

– Plus ou moins, dit Ty.

– Ha ! dit Pete.

– Je vois dans le dossier qu'il a été arrêté pour conduite en état d'ivresse à la fin juin ?

– Oui, dit Rose. Il a eu le papier très peu de temps après être parti de chez nous. »

Dans le feu de l'action, j'avais oublié ce détail, mais Rose apparemment n'oubliait jamais rien.

Mr. Cartier consulta ses papiers avant de dire :

« Une amende importante semble avoir été réglée par Miss Cook ?

– Ce qui est plutôt logique », dit Rose. Puis elle renifla.

Après nous avoir observés successivement tous les quatre, Mr. Cartier dit :

« Si je me réfère à mon expérience, la transmission d'une exploitation agricole est toujours difficile. Tantôt il n'y a pas assez de fils, tantôt ils sont trop nombreux. Ou bien on ne peut pas faire confiance à la belle-fille. Qui pense trop à s'amuser. » Il sourit encore une fois. « Tous les propriétaires d'une exploitation agricole évoquent le jeune homme exceptionnellement sérieux et travailleur qu'il était. »

Rose toussa, agacée.

« Bien que les problèmes ne soient pas précisément les mêmes dans le cas qui nous occupe, il est bon de rappeler que la période de transition est toujours, toujours difficile. » Il regarda Rose dans les yeux. « Et que, dans la plupart des cas, une fois la passation effectuée, et la situation de la génération précédente réglée, les choses peuvent reprendre leur cours normal, pour une vingtaine d'années.

– Dieu nous en garde », dit Rose.

Le sourire de Cartier se teinta d'une trace d'incertitude. Pete intervint alors d'une voix plutôt suave.

« Si vous me permettez, j'ai le sentiment que ce qui compte vraiment, c'est de régler une fois pour toutes les problèmes de propriété. C'est la base qui déterminera tout le futur, dans tous les cas de figure.

– Oh, mais ils seront réglés, dit Cartier. Cela ne fait pas le moindre doute. »

Je ressentis un pincement de cœur à cette dernière remarque, comme si, dussions-nous obtenir gain de cause, papa allait être condamné à errer sous la pluie pour le restant de ses jours. Puis je réfléchis et me demandai ce que diable nous pourrions bien faire de lui.

Comme pour répondre à cette peur, Mr. Cartier dit :

« Cela dit, chaque chose en son temps. » Il consulta son dossier. « Vous souhaitez tous les quatre vous consacrer à l'exploitation de cette terre ?

– Bien sûr, dit Ty.

– N'est-ce pas le cœur du problème ? dit Rose.

– Nous verrons », dit Pete. Rose le regarda avec surprise.

« Je ne sais pas », fut ma réponse, mais l'expression de ce doute passa inaperçue dans le flot des espérances de chacun.

« Bien », dit Mr. Cartier, qui consulta sa montre et referma ses dossiers. « Une chose à la fois. La clause de " mauvaise gestion ou usage abusif " de l'accord préliminaire est très mal définie. Si je juge d'après ce que vous me dites, ils ne pourront certainement pas prouver l'usage abusif et probablement pas la mauvaise gestion, mais il va vous falloir être des agriculteurs modèles jusqu'à la date du procès. Ce qui signifie travailler ensemble, vous faire aider, terminer les moissons dans les temps. » Il se tourna vers Rose et moi en souriant. « Quant à vous, mesdames, il faudra être habillées et coiffées tous les jours, avoir des pelouses parfaitement tondues, et une véranda impeccable.

– Vous plaisantez ? dit Rose.

– Un peu. Mais les apparences sont déterminantes dans ce genre de clause. Si besoin est, je ferai citer certains de vos voisins pour attester vos talents, et leur avocat appellera d'autres voisins pour dénoncer vos manques. Si les apparences sont en votre faveur, vous serez intouchables.

– C'est parfaitement ridicule, dit Rose.

– Il y a des millions de dollars à la clé, dit Mr. Cartier. Quand on parle en millions de dollars, rien n'est ridicule. » Il ouvrit pour nous la porte vitrée. « L'audience n'est pas encore fixée, mais elle interviendra certainement après les moissons, alors tâchez d'en tirer avantage. »

Et nous passâmes sans transition de son monde à l'asphalte brûlant du parc de stationnement de l'immeuble de bureaux Houston Avenue Professional Minimall. La porte voisine annonçait la raison sociale d'une société de messagerie, United Parcel Service.

Ty ouvrit la portière de mon côté, puis fit le tour de la voiture pour monter de son côté. Je regardais Pete. Il portait une jolie chemise – en twill de coton vert mousse de coupe impeccable, avec une cravate gris clair dont il desserra le nœud en marchant avec Rose en direction de leur camion gris métallisé. Rose le devançait d'une demi-foulée, sans le regarder, bien qu'il fût grand et blond, bel homme et méritant largement un regard. Il ne portait pas de casquette comme le faisait Ty – jamais en ville – et il passa les mains dans ses cheveux. Etonnantes, ces mains, larges, les veines marquées, hâlées, avec de longs doigts. En les contemplant, je trouvai presque visible la connaissance qu'elles avaient des mélodies, harmonies, et autres mystères de la musique. Mon regard quitta les mains pour revenir au visage. Ni confiance ni compétence ne s'y lisaient.

« Il est quatre heures passées, dit-il. Je voudrais m'arrêter quelque part prendre un verre.

– Oh, je t'en prie, dit Rose. Les filles attendent depuis trois heures.

– Elles sont très bien. »

Ils montèrent dans le camion.

Lorsqu'enfin je m'installai sur mon siège, Ty demanda :

« Tu as besoin de quelque chose au Supervalu ? »

Je fis non de la tête.

« Sacrée chaleur après cette climatisation, hein ? dit-il.

– Hum.

– Il fait au moins trente-cinq. »

Il s'engagea sur la chaussée. Pete et Rose avaient disparu.

« Quelle heure est-il ?

– A peu près quatre heures et demie.

– Déjà ? J'ai l'impression de sortir de table.

– Faut dire que c'est un autre monde, non ?

– Je me suis dit la même chose. »

Nous passâmes devant l'hôpital et les belles maisons du quartier.

« Pete ne va pas avoir grand-chose à dire de plus dans la conduite de l'exploitation, si ? dis-je.

– Je n'en ai pas l'impression. »

Et pourtant, cet après-midi au cabinet de Mr. Cartier porta ces fruits.

Je fis ce qu'il avait dit. Je balayai devant la porte, tondis la pelouse, ôtai les mauvaises herbes dans le jardin, fis des conserves de tomates, mis des poivrons et des oignons au vinaigre, lavai, brossai, lessivai, époussetai, et portai des robes plutôt que des shorts malgré la chaleur. Je servais les repas à six heures, onze heures trente et cinq heures précises, comme si Ty était un train entrant en gare. Je guettais le passage de Jess Clark faisant son footing sur la route, mais seulement comme on guette un rêve récurrent en espérant qu'il va se répéter. Je décrochai les rideaux, comme je le faisais chaque automne, mais généralement après la moisson, et je les lavai, les blanchis et les repassai.

J'étais comme un poisson dans l'eau dans cette discipline qu'exigeait l'attention aux apparences! J'avais l'impression de retrouver l'école, ou le catéchisme, après une longue absence. De la mesure et des rites. Les tâches étaient légion. Quand on se fixe pour but d'avoir une apparence irréprochable, on peut se lancer dans des choses comme le rangement des couverts dans le plateau à argenterie lavé et essuyé de frais, en veillant à ce que les manches fussent tous du même côté. On peut passer une ou deux heures à manier l'aspirateur sur toutes les plinthes de la maison avec un soin totalement inédit, puis repasser une autre fois avec une éponge trempée dans une solution ammoniaquée, et terminer par un coup d'encaustique. Il y a des choses dans la salle de bains que l'on peut nettoyer avec une vieille brosse à dents, entreprise que l'on eût autrefois trouvée repoussante. Il existe dans la maison des coins, des angles et des recoins que l'on doit atteindre. L'extérieur aussi peut être briqué, en montant sur une échelle, et en ayant recours au tuyau d'arrosage et à la brosse à chiendent. On peut laver l'extérieur des fenêtres de l'étage. On peut tailler l'herbe, ratisser, passer le rouleau pour obtenir l'approbation du grand œil inquisiteur et invisible des voisins. Les camions et les voitures peuvent évidemment être lavés quotidiennement. Il n'est pas de limite à ce genre de programme. Bien que l'on ait fait la vaisselle des plats du dîner en préparant le repas, on peut bondir de sa chaise dès qu'un plat est vide pour le laver, l'essuyer et le ranger sans attendre d'avoir fini son assiette. On peut suivre son mari de la porte à l'évier, ramasser la terre de ses chaussures à la balayette et l'avoir jetée à la poubelle avant même qu'il eût fini de se laver les mains, puis se précipiter sur la serviette qu'il a utilisée pour s'essuyer et courir au sous-sol la mettre dans la machine à laver pendant qu'il s'installe à table.

Je découvris avec stupéfaction que je n'avais plus le temps – de lire, de coudre, de regarder la télévision, de bavarder avec Rose, de parler à Ty, de marcher sur la route, de m'éloigner de ma liste de courses, d'emmener les petites en promenade. Cet œil était toujours là, jour et nuit, même lorsqu'il n'y avait pas de voisins à l'horizon. Même en l'absence de toute personne susceptible de témoigner pour ou contre moi à des kilomètres à la ronde, j'avais toujours le sentiment familier de faire provision de vertu pour plus tard. Les jours passaient.

Aux alentours du 1er août, Pete se soûla, partit avec un fusil jusque chez Harold Clark et menaça Harold, qui était assis sur le pas de sa porte et ne cessait de hurler : « Pete, tu ne crois pas que je te vois, mais je te vois très bien, alors file d'ici avant que Loren n'appelle le shérif ! Allez, va-t'en. Je te vois très bien », en regardant systématiquement dans la mauvaise direction. Puis, après avoir terrorisé Harold, il monta dans son beau camion gris métallisé et roula jusqu'à la carrière, où il se noya, sans que personne ne sût s'il s'agissait d'un accident. Son taux d'alcoolémie indiquait qu'il n'était pas assez conscient pour prendre le volant, moins encore pour ne pas quitter la route.

37

Il devait être environ six heures. Ty avait fini de déjeuner et se dirigeait vers la porcherie. J'étais montée pour faire les lits et ne vis donc pas passer la voiture du shérif, mais lorsque je sortis pour étendre les couvertures sur la corde à linge où je comptais les laisser prendre l'air, je vis Rose arriver en titubant sur la route. Le plus bizarre était qu'elle ne semblait vraiment pas savoir où elle allait. Je fus tellement frappée par l'étrangeté de son comportement que je ne sortis pas à sa rencontre, et attendis.

Je crois que ce fut la seule fois où je vis une hésitation chez elle. Elle marchait d'un pas chancelant et, lorsqu'elle fut à deux ou trois mètres de moi, mais encore sur la route, elle dit :

« Ginny, Pete s'est noyé à la carrière, les petites dorment encore, et je ne sais pas ce que je vais leur dire. Est-ce que tu peux y aller ? »

Il s'avéra que le shérif devait repasser la prendre pour l'emmener à la carrière. Elle ne savait pas s'il avait retiré le corps de l'eau ou pas. Son visage était blême et ses yeux ressemblaient à deux trous de brûlure sur une feuille de papier.

« Il y a du café chaud, dis-je, tu...

– Je vais en prendre, mais vas-y. Va vite là-bas. »

Je laissai tomber les couvertures en tas et courus vers sa maison. Une seule fois je m'arrêtai et me retournai pour la regarder, et je la vis debout à l'endroit où je l'avais laissée, les bras ballants, les pieds écartés pour garder l'équilibre. Ce fut aussi la seule et unique fois que je la vis flancher.

Elle était en train de faire des *muffins*. Le lait, les œufs et le beurre étaient dans le bol à mixer. La farine était dans le tamis pour être mesurée. Par terre se trouvaient une pomme et un bol à mesure qu'elle avait laissés tomber ou jetés volontairement. Je ramassai le tout et achevai la confection des *muffins*. Pas un bruit venant des filles qui étaient autorisées à dormir jusqu'à huit heures pendant les vacances d'été. Les vêtements de travail de Pete, avec deux casquettes et un sweat-shirt orange fluorescent pour la chasse, étaient accrochés près de la porte. Une chope marquée à son nom et pleine d'eau se trouvait dans l'évier. Je ne pouvais détourner mes yeux de ces rappels.

Je m'assis à la table et, si ce n'est pour aller sortir les *muffins* lorsque le minuteur sonna, je ne bougeai pas de cette place. Je laissai les filles dormir. Leurs chambres étaient près de la cuisine. A huit heures et demie, j'entendis Linda bouger. Elle s'agita et se mit à parler toute seule. A huit heures quarante, Pammy se leva, alla à la salle de bains, puis retourna dans sa chambre dont elle ferma la porte. Le temps passait.

A ce moment-là, je n'étais évidemment pas au courant pour Harold ni pour le taux d'alcoolémie. Je ne savais même pas que Pete n'était pas rentré le soir précédent, et qu'il avait bu à Mason City, et qu'il avait conduit pendant plus de cinquante kilomètres en sortant du bar. J'étais assise à la table. J'eus envie de me lever et d'aller dans le living pour regarder la photo de Pete sur le piano – Pete quand il était jeune, en fait – le beau Pete d'autrefois, séduisant et drôle comme les aiment les mères, débordant d'idées, de joie de vivre, de talents, d'énergie, et dont la face sombre ne s'était pas encore manifestée. Mais je ne le fis pas.

Pammy sortit de sa chambre, vêtue de pied en cap, avec ses chaussures et ses socquettes. Elle ne sembla pas surprise de me voir. Elle s'assit à sa place, prit un *muffin* qu'elle commença à beurrer.

« Tu as bien dormi ? dis-je.

– Oui, très bien.

– Maman devrait être de retour dans un instant.

– D'accord. »

Puis elle demanda :

« Est-ce qu'il y a du jus de fruit ?

– Et si tu allais voir ? »

Elle se leva, ouvrit la porte du réfrigérateur, sortit le jus de fruit et le lait. Elle grimpa sur le plan de travail, attrapa deux verres, versa du jus de fruit dans l'un, du lait dans l'autre, les deux pour elle. Elle les apporta jusqu'à la table. Le temps passait.

« Il paraît qu'il va faire très chaud, aujourd'hui, tante Ginny. Tu crois que tu pourras nous emmener à la piscine ? On ne s'est pas baignées depuis trois jours.

– On verra.

– Doreen Patrick m'a appelée hier pour que je vienne, mais maman a dit non.

– Tu es amie avec Doreen, maintenant ?

– Je ne sais pas. Elle a un petit ami.

– Qui est-ce ?

– Joshua Benton. Il va encore au collège, mais il conduit déjà.

– Seulement pour aller à l'école, non ? Il doit avoir ce permis spécial pour les scolaires.

– En tout cas, il fait plus vieux, et sa mère le laisse conduire pour faire d'autres choses. Comme sortir avec Doreen. Il l'a amenée au cinéma à Zebulon Center, vendredi dernier.

Elle se beurra un autre *muffin*. Je vis que mes poings étaient serrés. Je les posai sur mes genoux. Pammy aurait dit que de ses deux parents elle préférait son père, malgré son caractère. Elle lui ressemblait un peu, d'ailleurs, même si ses traits étaient un peu moins fins et même si elle n'avait pas sa couleur de cheveux. J'entendis les pieds de Linda toucher terre. Elle sortit de sa chambre en chemise de nuit.

« Il est neuf heures, dit-elle. Où est maman ?

– Elle va revenir tout de suite. Tu veux un *muffin* ? J'ai mis du sucre à la cannelle sur le dessus.

– Où elle est partie ?

– Je ne sais pas.

– Où est papa ?

– Je ne sais pas.

– Papa a dit qu'il allait nous emmener à la foire aux bestiaux, aujourd'hui, voir des bébés cochons.

– Tu peux venir chez moi, tu verras tous les bébés cochons que tu voudras.

– Pas des yorkshire, des hampshire.

– Oh, pardon.

– Je vais peut-être suivre un programme 4-H.

– Et l'école ? »

Pammy intervint.

« Il n'est pas sûr que nous y retournions.

– Ça serait une bonne chose. »

L'espace d'un instant, j'avais oublié qu'il n'y aurait plus de bonnes choses pendant quelque temps.

« Je ne sais pas, dit Linda. J'étais habituée. Les professeurs étaient très gentils, et puis on se faisait du pop-corn le soir, au dortoir.

– Moi, je veux rester à la maison. »

Pammy avait parlé avec autorité. Linda la regarda puis haussa les épaules.

« Je peux prendre ton verre ?

– Va t'en chercher un pour toi. Tu sais que maman dit que c'est sale de boire dans le verre des autres.

– Papa le fait.

– Eh bien, c'est une mauvaise habitude. »

Le temps passait.

Linda se leva pour aller chercher un verre.

« Je voudrais un poney, pour mon 4-H, dit-elle.

– Tu sais bien qu'ils ne te permettront pas.

– Lori Stanley l'a fait. Elle lui a appris à tirer une charrette. Elle a dit...

– Où est-ce que tu le mettrais ?

– Papa a dit qu'on pourrait peut-être lui construire un box. Il a dit peut-être. Il n'a pas dit non. »

Elle se servit du jus de fruit qu'elle se mit à boire à grandes gorgées.

« Doucement, dis-je.

– Avec papa, “ peut-être ”, ça veut dire “ sûrement pas ”, dit Pammy.

– Pas toujours.

– Je sais que je peux prendre un bébé cochon, et quand il sera grand, je pourrai le vendre dans les trois cents dollars.

– Peut-être que nous ferions mieux de ne pas parler de choses que nous n'aurons jamais, dis-je.

– Je l'appellerai Wilbur.

– C'est un nom idiot.

– C'est dans *Charlotte's Web*.

– Ça je sais. Mais on dirait un nom de grand-père.

– J'aimerais que vous cessiez de vous chamailler, les filles ! »

Leurs têtes se tournèrent d'un coup vers moi, surprises. Linda mordit dans son *muffin* avant de dire : « On ne se chamaille pas, tante Ginny.

– Je vais regarder *Let's Make a Deal* à la télé, dit Pammy en se levant.

– Moi je vais voir si papa est dans la grange, dit Linda.

– Son camion n'est pas là, mon cœur, dis-je.

– Oh. »

Elle me regardait très attentivement à présent. Je fis de mon mieux pour paraître désinvolte.

« Il se passe quelque chose de grave, c'est ça ? finit-elle par demander.

– On verra. On verra, d'accord ? »

Le temps passait, passait. Rose était partie depuis deux heures et demie. Le regard inquisiteur de Linda était franc, non pas un regard d'enfant, mais celui de quelqu'un qui a l'habitude d'apprendre de mauvaises nouvelles. Elle passa dans le living. Quelques minutes plus tard, je les entendis chuchoter ensemble, et lorsque je jetai un œil, tout en débarrassant la table, je les vis serrées l'une contre l'autre, en train de regarder la télévision en affichant une mine sinistre. Je fis la vaisselle. L'idée me traversa l'esprit, fugitive, qu'il eût mieux valu pour elles d'être les filles de Ty, mes filles, plutôt que celles de

Rose et Pete – cet accident n'en était-il pas la preuve flagrante ? – mais je chassai vite cette vilaine pensée, parce qu'elle était mesquine et indigne.

Notre mère était morte pendant que nous étions à l'école. C'était l'heure de la cantine. J'étais assise à côté de Marlene Stanley, qui s'appelait Marlene Dahl à l'époque, et la classe de Rose, qui avait fini plus tard, était encore en train de faire la queue. Je vis Mrs. Ericson et Mary Livingstone sur le pas de la porte, qui regardaient dans la pièce. Mrs. Ericson tenait Caroline par la main. Je compris qu'elles me cherchaient, mais je piquai du nez dans mon assiette, concentrant toute mon attention sur mes macaronis au fromage. Notre professeur, Mrs. Penn, surgit ensuite par la porte de la cuisine. Elle avait sur le visage cette expression qu'ont les adultes lorsqu'ils ont manifestement le plus grand mal à faire face à une situation. C'est un regard terrifiant de compassion, et vous savez que vous en êtes l'objet. Elles repérèrent d'abord Rose, et vinrent ensuite dans ma direction.

« Je crois que je m'en retourne chez moi, dis-je à Marlene. Maman doit être morte. »

Ces instants à la cantine furent pires que tout ce qui se passa à la maison, où le lit installé dans le living était familier, où nous nous étions habituées à la mort de notre mère au fil des semaines. Lorsque nous fûmes devant la porte, le pasteur qui s'occupait alors de notre paroisse me serra l'épaule. Mon père avait quitté ses vêtements de travail, il était assis sur le canapé. Caroline alla le rejoindre et grimpa à côté de lui. Le pasteur nous expliqua comment se passerait la cérémonie des obsèques. Dans la cuisine, les dames de la paroisse avaient commencé de s'affairer aux fourneaux. On entendait la porte du réfrigérateur s'ouvrir et se refermer. Notre rôle, apparemment, consistait à rester assises dans le living, sans parler, sans lire, sans jouer. Ce que nous fîmes, même après le départ du pasteur. Mon père ne toucha même pas le journal. Il regardait par la fenêtre, de l'autre côté de la route, le champ de Cal Ericson. Nous restâmes ainsi jusqu'à l'heure du dîner, et encore jusqu'à celle du coucher. Une fois dans notre lit, nous éteignîmes les lumières sans même lire une histoire à Caroline. A notre réveil, le lendemain matin, le lit n'était plus dans le living et les meubles avaient retrouvé leur place d'avant la maladie de ma mère. Après le petit déjeuner, nous nous rendîmes directement au funérarium, où nous restâmes assises comme la veille, avec mon père. Cal Ericson et Harold et d'autres voisins se chargèrent de ses tâches quotidiennes. Il y eut une légère collation dans une pièce du funérarium, jambon, pommes de terre en rondelles, purée d'oignons et café. Après la cérémonie, à l'église luthérienne, et l'enterrement, dans le cimetière situé à l'entrée de Zebulon, nous rentrâmes à la maison où il y avait encore à manger. Mrs. Ericson me dit qu'ils allaient vendre leur maison et leurs terres à mon père. Je regardai le perroquet, puis rentrai chez moi, dormir. Rose chipa la lampe de poche dans le tiroir de la cuisine et lut Nancy Drew sous ses draps. Caroline s'endormit à force de pleurer. Je restai éveillée plus tard que je ne l'avais jamais fait – jusqu'à trois heures et demie du matin, au moins. Mon père me sonna le réveil à cinq heures trente pour faire son petit déjeuner, comme depuis le début de la maladie de ma mère. Il avait ses vêtements de travail sur lui. Après avoir mangé, au moment d'enfiler ses bottes, il dit : « Aujourd'hui, vous allez à l'école, les filles. Pas la peine de rester traîner à la maison. » J'étais ravie. J'avais craint de devoir rester assise en silence pendant des jours et des semaines, à essayer de fixer les images de ma mère dans ma mémoire.

J'ai souvent pensé que la mort d'un parent est le grand malheur pour lequel il n'est pas de compensation. Même lorsque les circonstances n'aggravent pas le deuil. Même lorsque ceux qui aiment l'enfant se précipitent pour s'occuper de tout. On n'atteint à aucune sorte de sagesse par la mort d'un parent. Il n'est aucun souvenir de ce parent que la mort ne rende douloureux, aucun événement entourant cette mort que rachète une seule pensée heureuse. D'autres ou moi-même pouvions bien considérer que la vie de Pete était engagée sur une pente fatale, voire désespérée, pour ses filles cette vie était neuve et porteuse d'autant de possibilités que la leur. Je me rendis compte que je n'avais rien à offrir à Pammy ni à Linda face à la mort de leur père, pour la simple raison que je n'avais rien appris de la mort de ma propre mère. Je me rendis dans leur chambre où je fis leur lit, ce qui ne fit qu'aggraver les soupçons de Linda – elle resta sur le pas de la porte à me regarder, puis repartit vers le poste de télévision sans un mot.

Lorsqu'elle revint, Rose était de nouveau elle-même, pratique, presque cassante. Les filles l'assaillirent dès qu'elle franchit le seuil de la porte. Elle posa son sac, se servit une tasse du café que j'avais tenu au chaud. Elle s'assit à table.

« J'ai une très mauvaise nouvelle à vous annoncer, les filles », dit-elle.

Elles s'assirent à leur tour, et leur regard scruta chaque centimètre carré du visage de leur mère. Je sortis et claquai la porte pour couvrir leurs pleurs. En face, Jess Clark arpentait la pièce devant la grande fenêtre. Il me fit signe, mais devant mon absence de réponse, il ne sortit pas.

Vers midi, la merveilleuse mécanique des apparences s'était mise en route. George Drake, qui était propriétaire du funérarium de Zebulon, passa avec sa Cadillac. Les petites descendirent chez moi à pied, et Suzanne Patrick vint les prendre pour les emmener à la piscine. Pammy ne quitta pas ses lunettes noires un seul instant à l'intérieur de la maison. Elle demanda si elle pouvait rester chez moi au lieu d'aller se baigner, et je répondis que les choses seraient plus faciles si elle obéissait à tous les désirs de sa mère pendant les quelques jours à venir. Elle avait les yeux rouges, mais surtout cette expression tourmentée de ceux qui luttent pour tenir minute après minute. On passa les prendre. Des femmes de la paroisse que nous connaissions apportèrent des plats chauds et des salades. Ce qu'elles ne purent faire entrer dans le réfrigérateur de Rose, elles vinrent le mettre dans le mien. Toutes disaient : « Oh, Ginny, quel malheur ! » et « si je peux faire quoi que ce soit, surtout n'hésitez pas à m'appeler ». Il y en eut deux pour dire : « Comment a-t-il pu faire une bêtise pareille ? » tandis que Marlene Stanley commentait : « C'est affreux de voir gâcher un talent pareil ».

Une caractéristique de cette mécanique consista à permettre de dévoiler et évoquer certaines choses, mais pas d'autres. Que Pete était ivre et connu pour ses excès de boisson ne pouvait pas ne pas être admis. Qu'il avait beaucoup frappé Rose autrefois au point de lui casser un bras, pouvait aussi être dit sous réserve que l'on précisât qu'il semblait avoir changé, ce qui n'était pas le cas de tout le monde. Les sentiments de Rose ne furent pas commentés. Elle assuma le rôle de veuve éplorée, et les gens parurent lui en savoir gré. Loren assista à la cérémonie, bien qu'il s'assît dans le fond et repartît très vite. Caroline envoya une petite couronne de fleurs avec la mention : « De la part de Caroline et Frank ». Papa ne vint pas, et je me rendis compte que, alors que je le croyais encore chez Harold, il pouvait fort bien se trouver à Des Moines. Je compris aussi que j'avais accepté les menaces de Pete à l'encontre de Harold sans trop me poser de questions, comme si une partie de Pete devait bien céder, mais personne en fait n'avait dit exactement ce qui s'était passé, sauf Harold, dont le récit était très confus.

Beaucoup de gens pleurèrent, sinon la mort de Pete, du moins l'idée de mort en général, ou le spectacle de ses filles vêtues de leur robe blanche, la mine ébahie et défaite. Mais la mécanique interdisait la prise en compte d'autres réalités : Notre père, Ken LaSalle (mais pas Marv Carson qui vint avec son tact habituel me dire : « Il n'y a plus que Ty et vous maintenant. Ça fait beaucoup de terre à exploiter pour un seul type »), l'idée largement répandue que Pete aurait fait un agriculteur fantaisiste et imprudent sans papa et Ty, ses menaces contre Harold Clark que l'on interpréta volontiers comme des propos d'ivrogne. Comment les comprendre autrement ? Je n'en savais rien. Les apparences se portaient plutôt bien. Il m'apparut que les yeux parfaits pour recueillir ces apparences étaient ceux de Pammy et Linda. Parce qu'elles n'avaient pas de point de comparaison, peut-être, elles n'en demandèrent pas plus.

Ty prononça l'éloge funèbre. Il dit que Pete était dur à la tâche et plus drôle, parfois, qu'un agriculteur n'était censé l'être. Il dit que Pete aimait chanter en travaillant, qu'il connaissait beaucoup de chansons, et que tous ceux qui avaient eu le privilège d'entendre Pete jouer un des six instruments qu'il pratiquait pouvaient se dire heureux. Il dit que Pete adorait sa femme et ses filles, et qu'elles l'aimaient aussi, et que lui, Ty, pensait qu'il avait de la chance d'avoir connu un gars comme Pete.

Henry Dodge dit que le genre d'accident qui était arrivé à Pete pouvait nous arriver aussi, et que nous devrions être attentifs à l'avertissement. Il remercia Dieu qu'il n'y eût pas d'autres victimes. Il dit, lui aussi, que Pete était un brave homme qui aimait sa femme et ses enfants et n'aurait pas voulu les abandonner ainsi. Il demanda, au nom de Rose, de Pammy, de Linda, le don de sagesse pour comprendre cette mort apparemment absurde. Il exprima son espoir personnel que cette tragédie montrerait à notre famille le chemin de la réconciliation.

Plus tard, en sortant de l'église, deux ou trois vieilles femmes finirent par trouver un motif de se réjouir, qui était que les parents de Pete n'étaient plus là pour voir ça.

Ce fut épuisant. J'étais endormie à neuf heures et demie. Ty était parti quelque part. Il était à côté de moi, et dormait lourdement, lorsque le téléphone me réveilla, à une heure et demie.

« Est-ce que tu peux passer ? demanda la voix de Rose. Il faut que je te parle. »

Je commençai de parler avant de me souvenir de la situation.

« Où est P... »

Puis la mémoire me revint.

« Je ferais volontiers le chemin. Je ne rêve que de sortir de cette maison, mais Pammy ne cesse de se réveiller et de m'appeler. La nuit dernière, elle s'est réveillée toutes les quarante-cinq minutes ou presque. Je ne peux pas dormir, de toute façon.

– Tu n'es pas épuisée ? »

J'avais parlé tout bas, mais Ty, dérangé, s'agita. Je me laissai glisser hors du lit.

« Je suis au-delà de l'épuisement. Je crois que, au point où j'en suis, je pourrais rester debout pendant des jours. »

Je mis ma main en cornet autour du combiné.

« D'accord. D'accord. »

Je raccrochai et me frottai le visage à deux mains. Après le diagnostic de cancer, elle était restée éveillée plusieurs jours. Trois, exactement. Je cherchai mes tennis sous le lit.

38

Toutes les fenêtres de la maison de Rose étaient éclairées. Toutes celles de chez Jess étaient noires.

Rose ouvrit grande la porte.

« Tu veux un verre ? Il reste tout ce qu'il faut. »

Je pris une Vodka Tonic, comme Rose.

« A la santé de Pete. Il n'en aurait pas fait moins pour toi », dit-elle.

Il était rare de voir Rose ivre, mais d'une certaine façon, c'était rassurant. La Vodka me fit éternuer. Je m'assis sur le canapé. Le living était impeccable, la vraie Rose. Apparemment, elle avait bu et fait du ménage. Elle vit mon regard et dit :

« Il faudrait que tu voies les placards de la cuisine. J'ai lavé tous les bocaux à l'eau savonneuse et mis un nouveau papier sur les étagères. Avec une bande noire, pour les veuves. Ils font la ligne complète aux pompes funèbres. Papier à étagères, papier pour tapisser les tiroirs, cintres gonflables pour les pull-overs, plumeaux en plumes de corbeau, tout pour la maison de la veuve.

– Je ne te crois pas.

– Oh, Ginny, tu prends tout au pied de la lettre.

– Non. C'est simplement que je n'ai pas trop d'humour en ce moment.

– Tu en avais pourtant.

– Quand ? »

Elle sirota son verre en me regardant.

« Je ne sais plus », dit-elle.

Je souris.

« Où est Ty ?

– Il dort.

– Je suis désolée de t'avoir réveillée, je savais que tu serais couchée, mais j'ai pris la décision d'appeler quand même.

– Est-ce que tu crois que c'est une bonne idée de boire si tu dois t'occuper d'elle ?

– Je l'ai prévenue.

– Vraiment ?

– Oui. Je ne voulais pas qu'elle soit étonnée, ou qu'elle ait peur si mon comportement lui semblait étrange, alors je lui ai dit que j'avais envie de boire un petit coup de trop et elle a dit que c'était d'accord du moment que je ne prenais pas la voiture.

– Comment vont-elles ? J'ai tellement mal pour elles.

– Tu les as vues. Elles sont assommées. Je déteste Pete de leur avoir fait ça. »

Ces mots, elle les avait crachés. Elle monta ensuite d'un ton et cria :

« Tu as entendu, Pete ? Cette fois, t'as vraiment foutu la merde ! »

Je me penchai en avant.

« Chut !

– Et alors, tant mieux si elles m'entendent ! Je veux qu'elles entendent ! Il a tout foutu en l'air. Pas ma vie à moi, la leur ! Je veux qu'elles sachent que je sais !

– Il est mort !

– Et tu veux que je pleure sur son sort ? Vu l'état dans lequel il était, je suis sûre qu'il ne s'est rendu compte de rien.

– Je voudrais que tu cesses...

– De faire du scandale ?

– Si tu veux.

– Merde. »

Mais c'était dit gentiment. Elle prit encore une gorgée et se leva. Je la regardai.

« Debout ! dit-elle.

– Quoi ?

– Debout ! Lève-toi. »

Je m'exécutai.

« Tirons le canapé pour l'écarter du mur. Tiens, aide-moi. »

Elle était déjà en train de pousser la table basse pour faire de la place. Elle remonta les manches de son pull.

« Il est un peu tard pour déménager, et en plus, il est très bien placé. C'est le pan de mur le plus long. Sinon, tu vas être obligée de le mettre en bi...

– Je ne veux pas le changer de place. Je veux juste le tirer par rapport au mur pour pouvoir faire passer le tuyau d'aspirateur.

– Il est deux heures du matin ! »

Mais rien n'aurait pu l'arrêter. Nous nous penchâmes pour soulever et tirer le canapé d'une trentaine de centimètres. Rose sortit l'Electrolux du placard, le brancha. Après avoir aspiré derrière le canapé, elle me le fit basculer pour aspirer les moutons de poussière accrochés en dessous. Puis nous remîmes le tout en place. En criant pour couvrir le ronflement de l'aspirateur, elle dit ensuite :

« On va sortir la cuisinière maintenant et nettoyer derrière. »

Nous tirâmes la cuisinière. En fait, c'était très propre derrière.

Rose se servit un autre verre. Je me versai un jus d'orange.

« Sortons dehors, dit-elle.

– Dehors, où ?

– Juste dehors. Pour pouvoir regarder les étoiles par exemple.

– Et Pammy ?

– Je vais aller voir. Si elle dort, pas de problème. Si elle est réveillée, je la préviens. »

Deux minutes plus tard, nous étions plantées debout au milieu de la route. Rose regardait les étoiles. Moi, je regardais la fenêtre de gauche au premier étage de la *Chelsea* de chez Sears. Me retrouver là fit resurgir cette autre fois, quand j'avais dit à Jess Clark que je l'aimais, et ce souvenir était tellement fort que je sentis la brûlure dans mon corps, puis le froid glacial de la honte. Je levai les yeux vers les étoiles. Elles étaient floues dans l'air humide, et s'estompèrent davantage quand je les regardai. Je touchai mes paupières. A cause des larmes.

« Ginny, tu ne sais pas comment c'était avec Pete. Quand je suis rentrée de l'hôpital, il m'a dit qu'il préférait que je n'enlève pas ma chemise de nuit quand il était dans la chambre. »

Je la regardai. Elle ôta une mèche de son visage qui paraissait un peu gai, débridé.

« Ça n'a jamais été bien, dit-elle. Excitant une fois

de temps en temps, parce que Pete était parfaitement imprévisible, mais... » Elle s'interrompit et se retourna pour me regarder. Son visage avait la couleur de la lune, il était maigre. Les yeux étaient dans l'ombre. « La seule chose que je voulais, quand j'ai rencontré Pete, c'était quelqu'un d'assez excitant pour effacer papa. Et j'étais tellement sûre que Pete finirait à Chicago, dans la musique, un endroit où papa ne mettrait jamais les pieds, même le temps d'une visite. Ça, c'était au tout début. Mais il ne gagnait pas assez d'argent. Les contrats, c'était du vingt-cinq dollars la soirée, voire moins. Alors nous avons décidé de revenir ici, mais juste le temps que ses copains décrochent un contrat pour un disque à Los Angeles et nous appellent. C'était censé durer un été, au plus. Sauf qu'il a fallu que Pete se dispute avec eux, et nous avons perdu contact, et j'ai été nommée au lycée, et je me suis dit que c'était le moyen de gagner de l'argent. Nous avions un nouveau projet tous les mois, mais Pete foutait toujours tout en l'air, à cause de son caractère, ou parce qu'il était trop enthousiaste, trop fauché, et qu'il décourageait les gens. Et puis Pammy est née, et Linda tout de suite après. J'ai baissé les bras. Mais ça n'a jamais été bien ! Même pas tranquillement monotone comme entre Ty et toi ! »

Je savais que si je réussissais à me taire, les questions recevraient bien assez vite leur réponse. Rose regarda de l'autre côté de la route.

« J'ai tellement envie de traverser et d'y aller, mais je sais que Pammy va se réveiller.

– Aller où ? »

Elle désigna la grande façade carrée de la maison *Chelsea*.

« Et pour y faire quoi, Grand Dieu ? »

Elle jeta un regard en coulisse.

Mon processus de compréhension, plus lent que mon temps de réponse, fonctionna au rythme du sien, de sorte que j'avais l'impression d'articuler les mots au fur et à mesure qu'ils sortaient de ses lèvres.

« Rejoindre Jess au lit. » Puis : « Oh ! Ne me fais pas ces yeux choqués. Je n'ai pas envie de supporter ça ».

Elle se détourna et se mit à marcher sur la route, vers le sud. Je la regardai partir avant de courir derrière elle.

« Pose-moi une question, dit-elle. Celle que tu veux.

– Pourquoi ?

– Parce que j'ai envie de te dire la vérité.

– Eh bien, dis-la-moi. »

Des paroles, car je savais que je n'avais pas envie de l'entendre.

« Je me rends compte qu'avoir des amants n'est pas une pratique très courante ici, encore que je soupçonne qu'il y ait plus de femmes qu'on ne croit qui le font. Je sais que tu me désapprouves, mais il est important pour moi que tu comprennes. Il est le premier en qui j'ai confiance.

– Le premier ? » Je répétais comme un perroquet. Je n'avais pas vraiment le sentiment de savoir ce que je disais, mais elle paraissait contente de cette participation à la conversation.

« Eh bien, oui. » Elle se balança sur ses talons. « Je n'étais pas farouche quand j'étais étudiante, et même déjà au lycée, mais depuis Pete, il n'y en a eu qu'un avant Jess. Je croyais toujours que l'un d'eux finirait par prendre la place de papa. Enfin, c'est ce que je croyais au début. Ensuite, je me suis dit que s'ils étaient assez nombreux, ça le noierait un peu dans la masse, il deviendrait moins important, quoi. » Elle me regarda de nouveau. « Tu sais ce que Pete répétait toujours ? Il disait que j'avais un dégoût hystérique pour le sexe. De toute façon, pendant longtemps, je ne lui ai pas parlé de papa.

– Qui était-ce, après Pete ? »

Je m'attendais sincèrement à ce que la réponse fût Ty.

« Bob Stanley, mais ce n'était rien. Ça a duré un été. »

Puis elle ajouta :

« Là, c'est de l'amour.

– Ce qui veut dire ? »

Le ton devait être agressif, mais elle choisit de prendre la remarque comme une vraie question. Je la regardais droit dans les yeux. L'expression de son visage passa du défi au doute, à l'interrogation, à la prudence.

« Que bien sûr, c'est excitant. Mais je sais que ça passera avec le temps. Il n'y a que trois semaines que nous faisons l'amour et il n'est pas facile de trouver de l'intimité, comme tu imagines. »

Elle s'interrompit un instant.

« Il semble être sensible à mon corps... » Elle me guettait du coin de l'œil et continua prudemment. « Disons qu'il le regarde beaucoup, tu vois, et qu'il le touche comme s'il l'appréciait. Il dit, par exemple, que mes épaules sont joliment dessinées, ou qu'il aime mes vertèbres. Il me voit d'une autre façon que les autres hommes. »

Je me souvins de ses paroles à propos de sa fiancée, ses yeux, ses dents. Il avait admiré mes chevilles. Je me souvins que j'avais pris grand soin de me répéter ce compliment pour me confirmer que Jess avait vu et apprécié la vérité de ce que j'étais.

« Je sais que cela ne dure pas. Je sais que l'on arrête un jour d'apprécier l'autre physiquement, mais c'est bon. Si tu préfères, oui, je sais que ce n'est pas éternel, mais je veux en profiter au maximum tant que ça dure. Et puis ce n'est pas le plus important.

– Lorsque c'est fini, est-ce que tout n'est pas fini ? Est-ce que ce n'est pas comme ça que fonctionnent toutes les liaisons ?

– Écoute, pour le moment, ça dure. Point final. »

Je mobilisai un peu de sympathie pour mettre dans ma voix. Nous avions parcouru deux cents mètres, et je fis demi-tour. Il ne me semblait pas souhaitable de laisser Pammy toute seule, mais surtout, j'avais très envie d'apercevoir les fenêtres de Jess Clark.

« Rose, dis-je gentiment, Jess est quelqu'un de très instable. Il ne s'est jamais fixé nulle part. Cette histoire avec Harold ne va pas arranger les choses. Il a connu beaucoup de femmes, en plus. Je suis prête à parier. A moins qu'il ne s'engage de façon claire...

– Mais c'est fait ! Les réserves sont surtout venues de moi. Il est toujours en train de me pousser à...

– A quoi ? »

J'avais l'air très détaché.

« C'est justement la décision que nous n'arrivons pas à prendre. Où. En faisant quoi. Les filles. Parce que je me sentais tout de même certaines obligations de loyauté envers Pete après toutes ces années, toute cette merde. Ginny, tu es blanche comme un linge.

– Marchons. Est-ce que tu as parlé de Jess à Pete ?
– Oui.
– Juste hier ?
– Il y a des semaines. Enfin, une semaine.
– Il a dit quoi ?
– Il a dit qu'il allait tuer papa.
– Quoi ?
– Je ne te mène pas en bateau. Quand je lui ai annoncé la nouvelle que je voulais le quitter pour Jess Clark, sa réponse a été qu'il allait tuer papa, et que si Harold se mettait en travers du chemin, il le tuerait aussi. »

Je méditai ces paroles.

« Il a vidé le réservoir à eau du pulvériseur de Harold.
– Qui te l'a dit ?
– Pete. »

Nouveau choc, encore une chose à laquelle je ne m'attendais pas !

« Mais, nom de Dieu de nom de Dieu, à quoi est-ce qu'il pensait ?
– Il pensait que papa risquait de travailler un peu dans les champs. Il a dit qu'il avait aperçu papa sur le tracteur de Harold dans la matinée, et qu'il était ensuite tombé sur Loren et Harold au café. Il a additionné deux plus deux et comme d'habitude, il a trouvé trois. »

Son rire résonna dans la nuit.

« Je n'arrive pas à y croire.
– Merde, Ginny, c'est facile. Il était incroyablement braqué contre papa. Il le rendait responsable de tout ce qui allait de travers dans nos vies. Il répétait toujours qu'il avait peur de tuer papa dans un

accès de colère, un jour, mais je suis convaincue que c'était impossible – papa était trop costaud. Sauf que papa s'est affaibli, et lorsque je lui ai dit pour Jess, il s'est mis à sortir tous les soirs pour aller boire, et tous les soirs quand il revenait il s'arrêtait devant la maison de Harold et restait dans son camion, à surveiller les fenêtres en continuant de boire. Franchement, moi ça m'arrangeait. Ça me permettait de ne plus le voir rester assis à me regarder comme il faisait.

– Est-ce que papa est toujours là-bas ? »

Rose haussa les épaules.

« J'ai dit à Pete qu'il était sûrement parti à Des Moines, mais il était dingue. Il l'avait vu, disait-il. Je ne sais pas.

– Tu ne trouves pas que c'est vraiment bizarre ?

– Quoi ?

– Qu'après toutes ces années on ne sache même pas où se trouve papa. »

Nos regards se croisèrent.

« Pour moi, c'est une libération », dit-elle. Puis elle ajouta : « De toute façon, je suis sûre que le dernier regret de Pete avant de mourir aura été de ne pas s'être vengé de papa.

– Je ne sais pas quoi dire. Il n'était pas fou de rage contre toi ?

– C'était papa son obsession. Derrière moi, il voyait papa. Il était jaloux, Ginny ! Je me suis souvent dit qu'en creusant vraiment, on s'aperçoit qu'il crevait de jalousie, mais qu'il avait trop peur jusqu'à ce qu'il voie papa donner des signes de faiblesse... » Elle s'interrompit, le temps d'un petit rire amer. « Et même à ce moment-là, il a été incapable d'agir vraiment, de face. A part les menaces. » Elle renifla. « Merde, Ginny. Au fond, ils sont tous pareils.

– Nous pensons cela à cause de papa. S'il n'avait pas... S'il avait été... »

Elle me regarda.

« Dis les mots, Ginny ! S'il ne nous avait pas baisées et tapé dessus, nous penserions autrement. C'est bien ça ?

– Euh, oui.

– Mais il nous a baisées, et il nous a tapé dessus. Plus souvent tapées que baisées. Il cognait par routine. Et le fait est qu'il est respecté. Les autres qui font comme lui le regardent avec considération. Il est dans la norme. Qu'ils soient nombreux ou pas à avoir baisé leurs filles, leurs belles-filles ou leurs nièces, il reste que pour eux cogner est un mode de vie admis. Quand on y réfléchit, il n'y a que deux possibilités. Soit ils ne savent pas qui il est vraiment alors que nous, nous savons, soit ils savent parfaitement qui il est, et le fait qu'il nous ait baisées et tapé dessus ne compte pas. Ou ils sont tous mauvais, ou ce sont des imbéciles. Voilà ce qui me tue. Ce type qui cogne et baise ses propres filles, il peut circuler la tête haute, bénéficier du respect de la communauté, avoir du pouvoir, et tenir pour évident qu'il le mérite.

– Maman aussi nous battait.

– Pas à coups de ceinturon. Elle ne nous giflait pas, elle ne nous fouettait pas, elle n'y mettait pas toutes ses forces. Lui, si ! Et quand elle tentait de l'arrêter, il lui hurlait après. »

Elle se mit à tourner autour de moi. Lorsqu'elle reprit la parole, sa voix était ferme, assurée.

« Je croyais que partir était la seule solution de

rechange. Et voilà que Pete me fait ce cadeau. *Nous* fait ce cadeau. Pas à Pammy et Linda. Ça, je le sais. Mais à *moi.* » Elle me regarda droit dans les yeux. « Je *veux* ce qui appartenait à papa. Je le veux vraiment. J'estime que je l'ai payé, tu n'es pas de cet avis ? Un sein, ça pèse une livre ? C'est la livre de ma chair. Une petite putain à peine nubile, ça vaut cinquante dollars la nuit ? Eh bien il y en a pour dix mille dollars. Je voulais qu'il ait des remords, qu'il sache ce qu'il a fait, ce qu'il est, mais quand on le voit en ville, et qu'on entend ce qui se dit de lui, il est sénile, maintenant. Il est sauvé, il ne saura jamais. Les gens lui passent la main dans le dos, l'écoutent, et nous traitent de garces, et lui n'a plus qu'à les croire et terminé, fin de l'histoire. Ça, je ne le supporte pas. »

Sa voix était grimpée dans les aigus, stridente.

« Je me sens bizarre, dis-je. Je dois être vraiment fatiguée. »

Mais je savais bien que ce n'était pas la fatigue.

« D'accord. Juste une question. Est-ce que tu savais que Jess Clark a couché avec moi ? »

Elle sourit.

« Oui, bien sûr. »

Le coup fut plus douloureux que prévu, malgré l'absence de surprise.

« Il couchait déjà avec toi, à ce moment-là ? »

Elle ne répondit pas immédiatement.

« Non.

– Il t'en a parlé ?

– Il a fini par m'en parler, oui. Il n'y a pas très longtemps.

– Je suppose que je dois en conclure que ce qui existe entre lui et moi n'a plus rien de privé, n'est-ce pas ?

– Il est amoureux de moi, Ginny. Tu ne crois pas que je le laisserais avoir quoi que ce soit de privé avec ma propre sœur, tout de même !

– Je ne savais pas que tu étais si jalouse.

– La vie n'est pas simple, Ginny. Tu ne te rappelles pas que maman disait qu'elle n'avait jamais vu d'enfant aussi jalouse que moi ? Quoique... je me contrôle mieux, aujourd'hui. Quand Pammy ou Linda s'adressent à toi pour quelque chose, j'ai beau savoir que c'est bien pour elles, j'en suis toujours jalouse. C'est comme ça que Jess a obtenu que je couche avec lui. Il n'arrêtait pas de me dire que tu étais adorable, qu'il t'aimait beaucoup, et que c'était dommage que tu n'aies pas d'enfants. Tu as un grand admirateur en Jess, Ginny. Encore maintenant. Il ne ment pas, il a juste plus de facettes que la plupart des gens que nous connaissons. »

Je reconnus le ton – franc et sincère, presque enjôleur, d'une certaine façon. Elle en avait usé mille fois avec moi. La boisson l'avait un peu accentué, rendu plus bravache et plus dur. Je retins mon souffle en pensant au tableau qu'elle se faisait de Pammy, de Linda et de moi.

« J'ai l'impression que tu veux tout pour toi, finalement.

– Ben oui, merde. J'ai toujours été comme ça. C'est mon plus grand défaut. Je suis possessive et jalouse et égoïste, et maman disait que les gens se détourneraient de moi, c'est pour cela que j'ai bien caché mon jeu. »

Je suis sûre que mes propos eurent l'amertume que je ressentais.

« A t'entendre, tu t'absous complètement.

– A t'entendre toi, tu m'en veux beaucoup. »

Je me fis plus douce.

« Disons que je suis surprise par cet aspect de toi.

– Tu remarqueras qu'à moi, maman ne me disait jamais d'être moi-même. »

Elle rit.

« Je ne trouve pas ça drôle. »

Elle continua de rire. Puis elle cessa, but une autre gorgée du verre qu'elle avait emporté dehors avec elle, et me contempla pendant un long moment.

« Ce qui change tout, Ginny, c'est que tu peux me faire confiance. Toi, tu peux, et les filles aussi. Jamais je ne te ferai de mal. »

C'est pourtant bien ce qu'elle avait fait, non ?

Elle me vit sceptique et insista.

« Même quand je te dis la vérité, ce n'est pas pour te faire du mal. C'est parce que c'est la vérité et que tu dois l'accepter. Mais je ne vais pas te sacrifier pour des principes, ni te rendre victime de ce qu'il y a de mauvais en moi, ni me raconter que je fais quelque chose pour toi quand je le fais contre toi, ni prétendre que je n'ai rien fait si j'ai fait. »

Je ne la croyais pas. Pire, j'étais absolument incapable de comprendre ce qu'elle était en train de me dire. Les distinctions étaient devenues trop subtiles. J'avais le tournis. Je fis un pas en arrière qui m'amena sur le bord de la chaussée.

« Rose, dis-je, il faut que je rentre. Je ne supporte pas. »

Sur le chemin du retour, en la sentant derrière moi, qui à défaut de me suivre me regardait certainement, je me sentis presque proche de Pete. J'éprouvai ce sentiment qu'il avait eu d'être hors de son corps, de le regarder en espérant. Le soleil se levait. J'étais vive comme une belette, pourtant, et le tourbillon de mes pensées s'était réduit à une épine lancinante, celle de savoir que Rose avait trop représenté pour moi, qu'elle m'avait annihilée. Je ne pensais pas comme elle que la dernière pensée de Pete avait été pour papa. Sûrement que sa dernière pensée fut pour Rose, sûrement qu'il se dit qu'elle l'avait irrémédiablement broyé, détruit.

39

Un avantage, que j'ai perdu, d'une vie où nombre de choses restent non dites, c'est que l'on n'a pas à se souvenir de choses à propos de soi dont la bizarrerie dépasse l'imagination. Ce qui n'a jamais été articulé en mots finit par devenir trop nébuleux pour s'inscrire dans la mémoire.

Avant cette fameuse nuit, j'aurais dit que l'état d'esprit auquel j'accédai ensuite m'échappait. Depuis, j'aurais éventuellement déclaré que je n'étais « pas moi-même », ou « pas dans mon état normal », ou « hors de moi », mais la caractéristique la plus profonde de l'état de mon esprit, finalement, ne se lisait pas dans ce que je faisais, mais dans la sensation palpable que j'avais d'être vraiment moi. Dans cet état d'esprit, je « savais » beaucoup de choses, et la « conviction » n'était pas une notion abstraite et plutôt stérile renvoyant à des valeurs morales ou des croyances conscientes, mais le sentiment d'être imbibée de perspicacité, gonflée comme une éponge humide de la capacité de comprendre. Plutôt que la sensation de n'être pas « moi-même », j'avais celle, intense et nouvelle, de ne l'avoir jamais été autant.

La certitude la plus forte était que désormais je les connaissais tous. Que si pendant trente-six ans ils avaient flotté autour de moi en suivant des trajectoires complexes dont je percevais au mieux l'image très vague à travers des eaux troubles, tout était maintenant limpide. Je voyais d'emblée chacun d'eux sous tous les angles. Je n'avais pas besoin de les étiqueter comme Rose l'avait fait pour elle et Pete : « égoïste », « méchant », « jaloux ». Leur mettre une étiquette empêchait en fait de les connaître. La seule chose que j'avais à faire était de les imaginer, et ce que je « savais » d'eux se mettait à miroiter autour d'eux, à travers eux, une lumière, une odeur, un son, un goût, une évidence palpable qui était tout ce qu'il y avait à comprendre de tous et de chacun. D'une façon que je n'avais jamais ressentie du temps où nous étions tous liés par l'histoire et l'habitude et le devoir, ou par mon « amour » pour Rose et Ty, je savais à présent qu'ils étaient miens.

Papa d'abord, mis en cause, non pas par une machine (il avait le don et la patience avec les machines) mais par l'une de nous, ou par quelque événement mineur. La chair de sa bajoue se contracte quand il grince des dents. Il pousse un petit soupir bref, agacé. Son visage rougit, ses yeux cherchent leur proie. « Regarde-moi dans les yeux, ma petite », dit-il. « Je ne vais pas tolérer ça. » La voix se fait plus forte. « Ça suffit, maintenant. » Les poings se ferment. « Je ne vais pas me laisser avoir. » Les avant-bras et les biceps se crispent en nœuds puissants et précis. « Je sais ce qui se trame ici. » « Je me moque de... je te préviens... je parle sérieusement. » Hurlement. « Je... je... je... » Plaisir vociférant de l'affirmation de soi. J'ai fait ceci et j'ai fait cela, et ne va pas croire que tu peux me dire ceci et tu n'as pas la moindre idée de cela. Puis de nous inculquer par les coups le poids de ses « je » et notre propre inexistence, l'inconsistance de nos questions, de nos doutes, de nos divergences. Voilà pour papa.

Caroline ensuite, assise sur le canapé, sa jupe froncée étalée autour d'elle, les mains jointes sur ses genoux, ses socquettes à trou-trous et ses souliers noirs à brides bien en évidence, ses yeux qui passaient d'une personne à l'autre, calculant, calculant toujours. « S'il vous plaît. » « Merci. Je vous en prie. » Elle sourit. Aimable et fière de sa conduite parfaite de poupée docile. Elle grimpe sur les genoux de papa, son regard se promène dans la pièce, pour voir si tout le monde a bien remarqué qu'elle est la préférée. Elle gigote et lui pose un baiser sur la joue, sachant que nous regardons, certaine que nous l'envions.

Et puis Pete, des éclairs dans les yeux comme papa, mais muet. Passant la langue sur ses lèvres. Attendant son heure. Il observe, se concentre, évalue où faire porter le coup, quand frapper. Estime la rapidité de l'ennemi, cherche son point faible. Pas de « je », comme papa, qui enfle à chaque déclaration, mais la détermination qui faiblit et lui qui se perd avec une amertume grandissante en contemplant la cible visée.

Et Ty, aussi, planqué sous les sourires, la patience, l'espoir, ne perdant jamais de vue le but, ne reculant que pour contourner l'obstacle, avançant lentement mais sûrement, sans faire craquer de brindilles, sans bruits d'éclaboussures, sans ombre portée, sans dégagement de chaleur, se faufilant dans les failles, profitant des occasions, l'innocence jamais en défaut.

Ma connaissance de Rose était d'une étonnante précision, peut-être parce que je l'avais soignée après son opération. J'avais promené l'éponge mouillée sur tout son corps – la plante des pieds, le creux pâle des coudes, la nuque où les cheveux dessinaient un épi, le sein restant, en forme de poire, avec le lourd tétin et la large aréole sombre. Elle avait trois grains de beauté sur le dos. Lorsque nous étions petites, elle me demandait toujours de lui gratter le dos avant de se coucher, sinon, elle le faisait elle-même contre les barreaux du lit, à la façon d'une truie.

Rose, enfin, tas de chair et d'os, juste à côté de Jess, dans le même lit que lui. En faisant un effort de mémoire, je sentais son odeur, je retrouvais l'exacte qualité du grain sec de sa peau, je la sentais, je la touchais, comme lui en ces circonstances mystérieuses où je n'étais pas là. Lui aussi, je sentais son odeur, le grain de sa peau, je l'entendais et je le voyais, avec une force inégalée depuis les jours qui avaient suivi celui où nous avions fait l'amour dans la décharge. Chaque fois que concrètement je n'avais pas l'un ou l'autre à portée de vue, j'avais la conviction viscérale qu'ils étaient ensemble.

Je me disais que la mort de Pete arrangeait bien Rose. Que le piège refermé sur nous par la vie à la ferme s'était miraculeusement ouvert pour elle.

Toute ma vie je m'étais identifiée à Rose. Je comptais sur elle, il me fallait une fraction de seconde pour deviner ses réactions avant de me faire une opinion personnelle. Très profondément ancrée en moi était l'habitude d'estimer que les différences entre Rose et moi n'existaient qu'en surface, mais qu'en dessous, au profond, nous étions plus que jumelles, chacune étant finalement le vrai visage de l'autre, unies à jamais sur nos quatre cents hectares de terre.

Sauf qu'en fait elle n'était pas moi. Son corps n'était pas le mien. Le mien n'avait pas conservé l'intérêt de Jess Clark, le mien n'avait pas mené à terme une grossesse. Mon amour, dont j'avais toujours cru qu'il pouvait transcender le physique, avait échoué – échoué aussi avec Ty, échoué avec mes enfants et ceux de Rose, échoué, étrangement, avec papa, qui à sa façon aimait Caroline et Rose, mais pas moi, échoué avec Jess Clark, et il venait d'échouer avec Rose qui avait manifestement trouvé le moyen de passer par-dessus moi, de me mettre de côté, de prendre ce qu'elle voulait et d'en être ravie. J'étais coincée dans ma vieille vie comme je l'étais dans mon corps, alors que grâce à la mort de Pete, Rose pourrait voir toute une vie nouvelle s'épanouir à partir de son corps. D'autres enfants pour tenir compagnie à Pammy et Linda. Avec de l'eau en bouteille, une alimentation rigoureuse et l'attention informée de Jess concernant les risques, il n'y aurait pas une seule fausse couche, pas un seul fantôme d'enfant dans la maison.

Ce qui était changé désormais, c'était le passé et pas le futur. Le futur semblait peser sur moi comme un lourd couvercle de plomb alors que le passé se dissolvait sous mes pieds en une chose liquide et mouvante, et au centre de cette chose, celle qui avait le plus changé, Rose en personne. Il était manifeste qu'elle avait répondu à mon amour imbécile par une jalousie et un égoïsme féroces.

Elle aurait mieux fait de ne rien me dire, parce qu'à présent je voyais clair au-delà de ses espérances. Je voyais papa, et je la voyais elle.

Et c'était insupportable.

Après l'enterrement, Jess et Rose avaient dû décider de jouer profil bas, aussi ne les vis-je pratiquement jamais ensemble, mais souvent séparément. Le comportement de Rose était plein de tact, elle parlait avec éloquence de la modification dans nos relations de sœurs. Il me fut dit que mes réactions étaient capitales, qu'il me revenait d'évaluer le degré d'intimité qu'il serait confortable et judicieux d'établir entre nous. Je vis que le tact et l'attention lui étaient nécessaires, car ils lui rappelaient avec délice tout ce qui était neuf et enchanteur.

Jess fut amical, gentil, et vaguement gêné. Je le voyais apparemment plus qu'auparavant, ce qui me permit de me rendre compte qu'il m'avait soigneusement évitée pendant des semaines, la majeure partie de l'été peut-être. Il était à présent partout, il me parlait, plaisantait avec moi, passait prendre un café, interrompant même un de ses footings pour venir m'aider à désherber, donnant un nouveau départ à notre amitié, un départ tourné vers l'avenir. Sa gentillesse heureuse et spontanée qui n'était pas loin de la tendresse m'énervait plus que tout.

La situation était inextricable. J'oscillai entre trois ou quatre méthodes pour affronter le problème. Je me disais que je devais décider ce que je voulais vraiment et m'y tenir – tout passage à l'acte étant finalement un compromis. Puis je me réveillais en pleine nuit, stupéfaite, abasourdie par l'accumulation d'amertume et de calcul de la journée écoulée. Ce ne pouvait pas être moi, malgré la chemise de nuit familière, le corps familier, je n'étais pas abominable à ce point ?

Le matin, je réfléchissais un peu – après tout, j'étais encore très occupée par la recherche d'un ordre et d'une propreté irréprochables – et puis Rose appelait, ou Jess passait avec une demidouzaine de beignets, et leurs voix, leurs corps exprimaient avec si peu de retenue la béatitude voluptueuse de leur avenir commun, que je savais qu'il me fallait trouver le moyen de me débarrasser du spectacle et de la sensation de leur proximité.

Il ne m'échappait pas totalement que Ty traversait lui-même une crise. Partout ailleurs dans l'état, voire dans le comté, des périodes de sécheresse avaient fait baisser la production, mais nous avions eu un temps béni, et le maïs autant que le soja étaient sains et robustes. Il était patent que sans Pete ni papa, Ty aurait le plus grand mal à assurer seul la moisson de quatre cents hectares. Rose et moi pouvions au besoin conduire la moissonneuse-batteuse et j'avais chaque année conduit quelques camions pleins jusqu'aux silos, mais cela prouvait justement que nous étions enrôlées au plus fort de la moisson ; et que nous ne pouvions pas remplacer Pete et papa. Il y avait Jess, bien sûr, qui avait conduit un des tracteurs lorsque nous avions embauché six gamins du collège pour traiter le soja en éliminant les mauvaises herbes et le maïs sauvage. Il avait enfilé une combinaison, des bottes et mis un masque par plus de trente-trois degrés de chaleur, en laissant Ty s'occuper des produits chimiques, ce que ce dernier avait trouvé d'une délicatesse excessive. Chaque fois que Ty s'inquiétait à voix haute de la façon dont nous allions résoudre le problème, il évitait de parler de Jess, m'incitant à penser qu'il ne voulait plus travailler avec lui, malgré tous les éventuels talents de ce dernier. Je ne cherchai pas à savoir si ces réticences étaient simplement fondées sur une divergence de conception de l'agriculture. J'aurais été la première à les trouver justifiées, quelle qu'en pût être la raison. Il chercha en ville, mit des annonces sur divers panneaux et dans le journal de Pike. Son locataire accepta de travailler cinq jours contre deux jours de travail sur ses propres terres. Les annonces restèrent sans réponse. Apparemment, personne ne souhaitait avoir affaire avec nous en ville. Ty élargit son champ d'investigation et fit des offres d'embauche à Zebulon Center, Henry Grove, Columbus et jusqu'à Mason City. Il promettait de bons gages, logé, nourri. Le problème ne se réglerait pas tout seul. Le fait était que des hommes comme ceux qui étaient disponibles du temps de mon grand-père, des hommes qui travaillaient la terre des autres mais n'étaient pas propriétaires, il n'y en avait plus, ils avaient quitté le pays aux alentours de 1979. Il se mit à passer quelques coups de fil pour voir s'il pouvait trouver des arrangements.

Lorsqu'il engagea la conversation avec moi sur ce problème, je m'efforçai de paraître concernée et coopérative, mais je les voyais constamment nus, quelque part, soulagés d'être enfin seuls, gloussant de bonheur et de plaisir, se suffisant parfaitement à eux-mêmes. S'ils pensaient à moi, ce devait être pour méditer une petite gentillesse dont ils estimaient que j'avais besoin, et qui me rappellerait une fois de plus qui était qui, quoi était quoi. Si la plus clandestine des histoires d'amour aspire à avoir des spectateurs, ce fut le cas de la leur.

Je voyais Rose tous les jours. Nous mettions des légumes au vinaigre, faisions des conserves de tomates, et je servais de chauffeur aux filles. Je remarquai ses petits sourires fugitifs. Nous parlions, d'une certaine façon. Elle ne faisait allusion à Jess qu'avec le plus grand tact, avait pour moi quelques gestes de tendresse, ou un mot aimable. Je ne me rappelle rien de ce qu'elle disait. Comme si elle avait juste remué les lèvres.

Ty décida de vendre les cent derniers gorets au lieu de les engraisser. A la dernière minute, après les avoir chargés sur le camion, mais avant de baisser la glissière, il dit : « Je vais charger aussi quelques truies. Les cours sont élevés. Je risque d'en tirer un bon prix. »

Je fus arrêtée net dans mon élan. J'étais couverte de gadoue après le chargement de cent cochons de cinquante livres et je m'apprêtais à passer sous la douche, mais ce que je venais d'entendre me cloua sur place.

« Ty, dis-je, les cours ne sont pas élevés du tout. Tu auras de la chance si tu vends ces truies aux trois quarts de ce qu'elles valent. Ce sont des reproductrices de premier ordre. Tu ne peux pas les embarquer comme ça au marché sur un coup de tête !

– C'est très exactement ce que je peux faire. C'est même la seule façon que j'ai de me résoudre à le faire, pour tout dire.

– Même si les nouvelles installations ne sont pas construites, on peut au moins continuer comme avant.

– Je n'en ai plus le cœur. » Il cracha par terre. « De toute façon, il faut bien que je trouve une solution pour rembourser cet emprunt. Il ne va pas se rembourser tout seul.

– Et le loyer de tes terres ? Je croyais qu'il devait servir à financer les traites ?

– Il sera complètement bouffé si le locataire travaille avec moi pour les moissons au rythme où j'ai besoin de lui. La vente de ces truies va nous permettre d'être à flot jusqu'après les moissons. On verra la suite après. »

Dans une exploitation agricole, ce ne sont pas les poisons qui manquent, même si beaucoup d'entre eux ne sont pas à action rapide. Tous les agriculteurs connaissent un représentant en pesticides qui a avalé un verre du produit qu'il voulait vendre – aussi inoffensif que du lait maternel, etc. Un jour, du temps que Verna Clark était encore en vie et que tout le monde utilisait le Chloridane pour traiter le maïs, Harold, ayant fait tomber le mode d'emploi dans le réservoir, y plongea la main pour récupérer le papier. Il y avait l'arsenic, sous forme de mort-aux-rats. On utilisait toutes sortes d'insecticides dans les porcheries. Il y avait du pétrole, du dissolvant, et du Raid. Il y avait du trichloréthylène en bombe et des huiles de moteur usées. J'avais appris à mettre des gants et un masque chaque fois que je devais manipuler des produits toxiques. A ne jamais manger sans m'être débarrassée de la moindre trace de produit chimique, surtout l'odeur. Mais je ne savais pas ce qui tuerait Rose.

Je me rendis au Garden Center Earl May de Mason City et au cabinet du vétérinaire ainsi qu'à la coopérative de Zebulon Center où je passai en revue tout ce qu'il y avait en rayon et la disposition de ces rayons. Au Garden Center, le vendeur me regarda parce que le magasin était vide et qu'il n'avait rien à faire, je partis donc sans rien acheter.

Chez le vétérinaire, Alice, la standardiste, voulait à tout prix m'embarquer dans une conversation sur les chiots de sa chienne pour essayer de m'en placer un. A la coop, tout ce qui n'était pas graines, ciment et nourriture pour animaux se trouvait derrière un comptoir ou un autre, et il y avait trois agriculteurs installés là à bavarder en me regardant. Je me rendis compte qu'un achat serait moins évident que prévu.

Je me rendis à la bibliothèque de Pike où je pris un fascicule intitulé « Vingt-cinq plantes toxiques communes dont il faut se méfier », publié par l'Ohio State University. Il était clair que les champs regorgeaient de poisons, la datura et les diverses variétés de belladone, l'amanite phalloïde et la ciguë que je connaissais bien. Le muguet était vénéneux, et les jonquilles, et l'ortie blanche et les physalis, les feuilles de rhubarbe évidemment, les doigts-de-la-Vierge, le lierre. Les colchiques, le faux persil et les boules de gui aussi. La plus toxique, citée au passage mais sans dessin, était la ciguë d'eau. Je retournai dans les étagères en quête d'un guide des fleurs sauvages.

La ciguë d'eau faisait partie de la famille de la carotte et du persil. « Ses racines, affirmait le livre, peuvent être confondues, et l'ont été, de façon fatale, avec des panais. Son ingestion peut être mortelle pour le bétail. » Je regardai l'image. Familière. Je mémorisai la description, enregistrai que cette plante poussait volontiers dans des terres marécageuses, remit le livre en place et rentrai chez moi. Voilà bien sans doute ce qu'on entendait par « préméditation » – cette dégustation volontaire de chaque étape, l'assemblage de chaque élément, la prévision méticuleuse de la mort, l'organisation d'une série de circonstances délibérées singeant une succession de hasards. Je dois dire qu'un de mes grands plaisirs en la matière fut le secret dans lequel j'opérai. Ce pour quoi j'avais eu une vie entière d'entraînement.

Il me fallut environ deux semaines, dont je passai l'essentiel (ce qui est finalement fort peu car il fallait continuer d'assurer la perfection du ménage et de la propreté) à apprendre à faire la distinction entre les différentes variétés de persil, puis courir les endroits saturés d'humidité pour trouver la ciguë. Il ne s'en trouvait pas près de la carrière, ni dans le coin bourbeux situé à l'extrémité sud des terres de Harold Clark. Le coin de Mel était depuis trop longtemps parfaitement asséché. Puis un jour, l'intuition me fit m'arrêter sur la route panoramique, juste à l'endroit où le Zebulon débouchait dans un petit bout de marécage, celui-là même où, au printemps dernier, j'avais vu des pélicans et cru qu'ils annonçaient un événement heureux. J'avais des gants de cuisine jaunes et je cueillis une longue plante droite, à fleurs blanches, dont la tige était tigrée de rose magenta, les feuilles décomposées et fines. Les racines avaient une odeur agréable, sans rappeler vraiment celle de la carotte.

Les choux du jardin de Rose étaient pommelés et lourds. J'en pris deux. Rose était sortie avec les filles. Je mis du foie et de la longe de porc à décongeler au micro-ondes. J'avais acheté du boyau à saucisse la veille au Supervalu de Pike. Autant d'opérations qui m'étaient aussi familières que ma propre cuisine, sans grande différence avec mes habituelles entreprises culinaires, n'étaient leur conséquence. J'avais haché finement la racine de ciguë avec un couteau à éplucher. Je décidai de tout mettre. Les feuilles et les tiges, je les avais laissées au bord de l'eau. La racine attendait sur un morceau de papier sur le plan de travail. Je rinçai le couteau et la fourchette que j'avais utilisée pour maintenir la ciguë pendant que je l'émincais. Je fis couler l'eau dans l'évier jusqu'à être certaine que toutes les traces de jus dilué étaient passées dans la fosse septique. Je doutais qu'ils eussent l'idée de retourner la terre pour pousser l'investigation dans l'installation septique. Après avoir mélangé avec la viande passée à la moulinette et ajouté poivre, ail, oignon, cumin, piment, cannelle, épices, une tête de clou de girofle, et bien salé, j'entonnai le tout dans le boyau en formant des saucisses d'une quinzaine de centimètres. Elles avaient à peu près l'épaisseur d'un pouce. Impossible de reconnaître celles qui étaient mortelles. Je lavai soigneusement la moulinette et l'entonnoir à saucisse, à grande eau, puis je garnis les bocaux de saucisses, de chou émincé et de saumure. La sensation n'était pas si différente de ce que l'on ressent en confectionnant un gâteau d'anniversaire. La personne est constamment présente dans vos pensées. Rose ne quitta pas les miennes.

Je me sentais également fière et heureuse du plan que j'avais conçu. Des saucisses de foie à la choucroute ne risquaient pas de tenter Jess, et rien que l'idée révulsait les petites depuis toujours. Le goût était trop fort, même pour Ty qui mangeait du gibier, du lapin, et du poisson en saumure. La perfection de mon plan tenait dans le fait que la mort de Rose dépendrait de son appétit. Et viendrait comme une surprise, même pour moi.

Je brûlai le papier qui avait contenu la ciguë

hachée, soucieuse de ne pas mésestimer l'éventuelle curiosité du shérif. J'attendis les cendres, que j'enveloppai dans une autre feuille de papier que je brûlai aussi. Puis j'enterrai les cendres sous un tas de feuilles et d'herbe coupée à côté du jardin. Je mis ensuite les bocaux à stériliser, en me disant que l'empoisonnement par le bolutisme était théoriquement possible, mais sans doute aléatoire avec quelqu'un de très au courant de ce genre de danger comme l'était Rose. Ces saucisses au chou allaient cuire sous pression à une température de cent degrés pendant plus de quinze minutes par sécurité. Ces activités culinaires rondement menées me restituèrent ma sérénité habituelle. J'avais terminé et tout rangé à deux heures. A cinq heures et demie, je portais une caisse de douze bocaux pleins chez Rose. Il faisait chaud et sec. Rose était dans sa cuisine en train de faire cuire des hamburgers.

« Tiens, dis-je. Une surprise pour toi. »

Elle sourit en sortant les pots pour voir ce que j'avais apporté. Pêches au vinaigre. Chutney de tomate. Fenouil au vinaigre. Dans leur bocal, les tiges de fenouil ressemblaient exactement à du poison. Son sourire s'élargit quand elle découvrit les bocaux de saucisses au chou.

« Tu es un amour, dit-elle. Tu as fait tout cela aujourd'hui ?

– Seulement le chou.

– Je suppose qu'il n'y a pas d'autres amateurs, hein ?

– Pour rien au monde. Beurk. Pas même moi. Je déteste la choucroute. Et puis ça provoque des flatulences incroyables, non ?

– Pas trop. En tout cas merci. »

Elle m'embrassa sur la joue. J'aperçus les petites avec Jess dans le living. Il regardait les informations. Jess croisa mon regard, me fit signe bonjour avec un sourire, retourna à ses informations. Un des bocaux de saucisses se trouvait au bord de la table. Je le repoussai vers le centre et regardai Jess encore une fois. Pour la première fois depuis des semaines, ce qui avait été insupportable était devenu supportable.

Un petit vent frais se leva tandis que je rentrais à la maison, à pied. J'étais calme, à présent, curieuse de la suite des événements.

40

Le secret d'une bonne moisson est un temps sec, parce que le maïs et le soja ne se gardent pas bien s'ils sont gonflés d'humidité ; un taux de quinze pour cent est idéal pour le maïs, treize pour le soja. Sur pied, le maïs à maturité contient plus de vingt pour cent d'humidité. La différence peut s'évaluer en termes de coût financier, et de propane dépensé, pour évacuer l'excès d'humidité. Des longues journées de septembre sèches et ensoleillées se traduisent par un solde créditeur à la banque. Les jours de pluie signifient des choix difficiles, les machines coincées dans la boue, de longues heures pendant que la température baisse, des récriminations au silo contre un maïs de moindre qualité et contenant trop d'eau, un chèque moins gros quand on décide de vendre.

Il y a toujours trop de tout quand viennent les moissons.

A partir du 15 septembre, et tous les jours qui suivirent, Ty se promena dans les champs avec l'hygromètre portable, espérant envers et contre tout qu'avec du beau temps il pourrait commencer les moissons de bonne heure. A son retour, Jess, avec qui il avait fini par se résoudre à faire équipe, et lui sortirent les deux moissonneuses-batteuses, celle qui coupait six rangées et datait de trois ans, et l'autre, plus petite, qui n'en prenait que deux et avait été achetée d'occasion par papa, cinq ans plus tôt, avec déjà quatre mille heures d'utilisation à son actif. Il y avait aussi la vieille moissonneuse qui se trouvait toujours sous le hangar de papa et prenait les quenouilles entières, sans égrener. L'utiliser permettrait d'engranger davantage, parce qu'il y avait deux râteliers à maïs à l'extrême-est du coin de Mel, juste sur la Cabot Street Road, mais Ty n'aimait pas trop y avoir recours parce qu'elle n'était pas adaptée aux longs épis d'aujourd'hui et avait tendance à couper les plus beaux, laissant le grain « pour les petits oiseaux », comme disait Ty. Je n'aimais pas non plus, parce que j'avais l'impression, à la façon dont tournaient les choses, qu'on courait à l'accident. Il y avait plus d'accidents avec ces engins qu'avec les moissonneuses-batteuses, et ils étaient plus graves de surcroît. Un jour, je les vis accrocher la machine au tracteur et la sortir au soleil pour la regarder de plus près. Malgré la distance (j'étais à la fenêtre de notre chambre et regardais vers le bout de la route), je lui trouvai un air menaçant.

Nous sûmes que des gens offrirent leurs services à Loren et Harold, dont Lyman Livingstone, qui repoussa son départ pour la Floride de deux semaines, et deux des fils Stanley, mais nous étions suffisamment occupés pour éviter d'y penser, et plus encore d'en parler. Dollie demanda un jour à Rose, qui se trouvait chez Casey, si papa se plaisait à Des Moines. « Beaucoup plus qu'il ne l'avait imaginé », répondit Rose avec son plus grand sourire.

L'audience était fixée au 19 octobre, ce qui nous laissait encore plus d'un mois. Mr. Cartier dit à Rose que Pete n'étant impliqué qu'à titre de conjoint, son décès n'affectait pas les enjeux du procès.

Je continuais de me comporter comme si je vivais sous le regard de tous nos voisins, ainsi que l'avait suggéré Mr. Cartier. J'attendais la mort de Rose, mais il faisait chaud pour manger des saucisses et de la choucroute – c'était un plat d'hiver.

Aux alentours du 18, Ty annonça qu'il allait tenter de moissonner une partie du maïs. Une variété précoce, que nous avions plantée dans le champ qui se trouvait à l'angle sud-ouest de l'exploitation, était descendue à un degré d'humidité de dix-neuf pour cent, et la météo prévoyait de la pluie pour le lendemain, ce qui ferait remonter le taux d'humidité et repousserait la moisson de deux ou trois jours.

« Il y a vingt-cinq hectares, là-bas. Avec les deux moissonneuses-batteuses, on peut en venir à bout. »

Je souris. Une chose était certaine, envers et contre tout, le début des moissons était un grand moment. Il me rendit mon sourire.

« Tu auras besoin de Rose et de moi ?

– On verra en fonction de la queue au silo. Les nouvelles du marché étaient plutôt bonnes avant que tu te lèves. Le cours du maïs était à deux dollars quarante-cinq et s'il se met à pleuvoir pendant deux jours, il risque d'atteindre les deux dollars cinquante. On verra. On verra. »

Il se leva pratiquement d'un bond, comme si la jouissance anticipée était pour lui un ressort plus puissant que sa prudence naturelle.

Je terminai la vaisselle, balayai, passai l'éponge sur le plan de travail, nettoyai les rainures à la brosse à dents, récurai les poêles et les brûleurs de la cuisinière, grattai les angles avec un cure-dents, et passai la porte du four au Glassex. Autant d'activités qui se fondaient en une sorte de rêve éveillé ponctué par le vrombissement des moissonneuses-batteuses qui passaient à l'ouest de la maison. Il existait un chemin qui menait jusqu'à ces champs en contournant la décharge. Jess était aux commandes d'une des machines. A quoi penserait-il en passant par là, me demandai-je avant de me plier en deux pour ôter la saleté des petits pieds ronds sur lesquels reposait la cuisinière. Plus tard, le tintamarre du camion, avec la remorque pleine d'épis de maïs, viendrait s'ajouter au vacarme des moissonneuses.

Alors commençait le grand drame de la moisson, avec ses crises habituelles. L'homme contre la nature, l'homme contre la machine, l'homme contre les forces impersonnelles et fluctuantes du marché. Ses victoires – le dernier champ que l'on termine juste avant la pluie, ses défaites – le cours du maïs qui perd trente *cents* en un seul jour ; l'étrange mélange changeant de la puissance et de l'épuisement. Bien sûr, nous avions le souvenir de précédentes moissons qui me faisait m'interroger sur ce que nous dirions de celle-ci, dans quelques années, si elle était ponctuée par la mort subite de Rose tombant raide sur l'assiette de son dîner. Ma haine pour elle ne perdait rien de son ardeur en dépit de tout ce qui nous rapprochait. C'était à part, tout en participant de tout le reste, comme des grains encore en suspension mais dont la précipitation interviendrait au fond du cristallisoir dès qu'elle prendrait le bocal fatal.

La moisson était un drame qui m'engloutissait,

incontestablement, une chose qui me remuait en deçà du niveau de conscience, comme m'avait toujours bouleversée le spectacle de mon père conduisant au loin son tracteur vert au milieu d'un champ vert. Je sentis que je pouvais me laisser soulever par cette puissante vague théâtrale qui en quelques semaines m'amènerait à une réconciliation avec ma vie. C'était tentant. Tentant.

Pour étouffer dans l'œuf toute velléité de réconciliation, il fallut le spectacle, dans la salle d'audience, non pas de mon père, mais de Caroline et de Frank. Impossible de ne pas laisser son regard passer au-dessus d'eux dans une sorte de stupeur, tant ils faisaient déplacés dans la salle de tribunal du comté de Zebulon. Ken LaSalle était là, dans son costume brun de chez J.C.Penney, qui n'était pas bien à ses mesures, et un autre avocat en bleu marine, avec une chemisette blanche, une cravate verte, et des derbys marron de la même facture que ceux de Ken. Jusqu'à Jean Cartier qui faisait chiffonné à côté de Caroline et Frank avec leurs costumes anthracite achetés à Minneapolis ou peut-être à New York, leurs mallettes bordeaux, et leurs chaussures à cent dollars la paire. Caroline avait les cheveux tirés en arrière et tenus avec des pinces, dégageant son front et son cou dont la nudité impeccable était celle de la fierté. Elle était assise juste à côté de papa.

Et son visage affichait cet air satisfait car elle avait ouvertement pris sur elle le fardeau de l'injustice faite à papa et elle le portait avec la certitude d'incarner la vertu outragée. Elle ne regarda ni Rose ni moi, bien que nous fussions dans son champ de vision. Elle sourit à Ty qui lui rendit son sourire.

Je vis Rose la toiser d'un long regard plein d'assurance. Mais après avoir détourné les yeux, elle remit les épaules de son tailleur en place et se redressa sur son siège. Elle regarda Jess. Oui, Jess était plus beau que Frank.

Rose et moi avions toujours été fières de notre réussite avec Caroline, fières d'avoir su prendre soin de notre poupée, et notre récompense était la certitude qu'elle aurait une vie que nous avions l'une et l'autre imaginée avec une certaine envie. Qu'elle ne nous fît jamais signe ou ne parût pas proche de nous ne nous avait jamais donné le sentiment d'un échec, pas plus qu'il ne nous était venu à l'idée de nous interroger sur ce qu'elle pensait de nous, nous demander si elle nous aimait. Aurions-nous été capables de dire si nous l'aimions ? Je ne sais pas.

Mais me trouver assise face à elle dans une salle de tribunal m'enrageait. Chaque détail de sa personne, jusqu'à sa familiarité avec ces lieux où je me sentais étrangère et déstabilisée, ses regards assurés à Frank, juriste comme elle, semblaient exhaler l'odeur du mépris et le désir de nous prendre ce que nous avions et qu'elle voulait, mais dont elle n'avait manifestement aucun besoin.

Elle tenait la main de papa sur ses genoux comme un sac à main. Et papa avait l'air d'un type fini. Son regard se perdait un moment dans la salle puis se fixait sur quelque chose, ou quelqu'un, qu'il ne lâchait plus pendant plusieurs longues minutes. Lorsque Caroline lui parlait ou lui caressait la main, il avait un sourire béat dont elle n'était même pas forcément l'objet. Cette expression-là faisait tomber sur moi la même glaciale obscurité que le jour où je les avais vus depuis la cabine d'essayage de chez Roberta. Peut-être qu'au cours de ces étranges nuits perdues, en plus de la colère et de la volonté de disposer de moi, papa avait probablement aussi exprimé simplement cette affection. Je me tortillai sur mon siège pour ne plus les regarder.

Jean Cartier nous avait dit qu'à son avis, l'audience, qui se faisait devant un juge plutôt qu'un jury, ne devrait pas durer plus d'une matinée et un après-midi. La cause, pour Jean Cartier, était relativement limpide, surtout à la lumière d'une moisson réussie, et bien menée. Nos voisins ne nous avaient pas aidés, nous avions fini dans les temps, et grâce à une légère avance, nous avions même vendu notre récolte à un meilleur prix qu'un certain nombre d'autres cultivateurs. Il était indéniable désormais que Ty était un agriculteur hors pair. Nous avions obtenu un bon prix sur la première partie de la récolte, ce qui avait permis à Ty de régler à Marv Carson, deux jours avant l'échéance, la traite correspondant au remboursement de sa dette en cours. Ce qui expliquait peut-être pourquoi Marv était assis de notre côté du prétoire, dans les derniers rangs. Il n'était là qu'en spectateur.

A dix heures du matin, Martin Stanley, huissier de justice, se leva et annonça que l'audience était ouverte, sous la présidence du juge Lyle Ottarson. Le juge Ottarson, nous avait dit Jean Cartier, était originaire de Sioux City. Il y avait une exploitation familiale quelque part dans son histoire personnelle. « Il connaît la chanson », avait dit très exactement Jean Cartier.

La première personne appelée à la barre fut mon père. Debout, quand il marchait, il était encore lui-même, grand et fort, allant de l'avant, la tête mobile comme celle d'un taureau, avec juste une touche de méfiance. Ken LaSalle lui ouvrit le chemin jusqu'à la barre des témoins. Il fixa son attention sur Monica Davis, le greffe, le temps de prêter serment. Ken lui posa la première question en lui demandant s'il avait en toute bonne foi formé une société et transmit son exploitation à ses deux filles aînées, Virginia Cook Smith et Rose Cook Lewis, avec leurs maris Tyler Smith et Peter Lewis ? A quoi papa répondit :

« Je vous jure qu'elles vont crever de faim. La terre refuse ses richesses à celles de leur espèce. Caroline !

– Mr. Cook... dit Ken.

– Caroline ! »

Et Caroline de psalmodier :

« Oui, papa ?

– Que le témoin veuille bien s'abstenir d'interpeller..., intervint le juge Ottarson.

– Caroline ! Ça va leur couper la chique ! »

Le juge se pencha en avant pour tenter de trouver le regard de papa.

« Mr. Cook ? Larry ? »

Papa tourna d'un coup la tête et soutint le regard du juge.

« Mr. Cook, voulez-vous répondre aux questions, je vous prie. Vous ne pouvez pas parler à Miss Cook pour le moment. Vous comprenez ? »

Papa le regarda sans répondre.

« Poursuivez, Mr. LaSalle, dit le juge.

– Larry ? » Ken avança tout près du box. « Larry, avez-vous signé l'acte de transfert de propriété en faveur de Ginny et de Rose ?

– Je me fiche bien d'aller en prison. Si on veut me mettre en prison, je m'en fous complètement.

– Personne ne va aller en prison, Larry, dit Ken. Ce n'est pas ce genre de procès. Nous parlons de l'exploitation. Votre exploitation, la ferme construite par votre père et votre grand-père. Nous désirons savoir ce que vous en avez fait.

– Je l'ai perdue. Elle est perdue. Caroline, je te demande pardon !

– Mr. LaSalle, faites encore une tentative. »

Ken opina. Il essaya d'user d'un ton plus ferme, plus autoritaire.

« Larry ! Ecoutez-moi ! Qu'est-il arrivé à votre exploitation ? A qui l'avez-vous donnée ? Réfléchissez. »

Et papa de se mettre subitement à crier : « Elle est morte ! » en cramponnant les bras de son fauteuil.

« Qui est morte, Mr. Cook ?

– Ma fille. »

Le ton était celui de la conversation, presque doux.

« Quelle fille ? Toutes vos filles sont dans la salle, monsieur.

– Caroline ! Caroline est morte. Où est-elle ? Est-ce qu'elle est déjà enterrée ? Je crois qu'elles ont volé le corps. Je crois que ses sœurs ont volé le corps et qu'elle est déjà enterrée. »

Tandis qu'il prononçait ces paroles, Caroline accourait vers lui. Elle lui prit les mains qu'elle posa sur ses deux épaules.

« Je suis là, papa. Je ne suis pas morte du tout.

– Que quelqu'un vienne prendre son pouls. »

Rose pouffa d'un rire qu'elle étouffa très vite. J'étais moi-même stupéfaite. Stupéfaite et horrifiée et excitée, comme au spectacle d'un naufrage.

Ken LaSalle brandit une liasse de documents et dit :

« Monsieur le Juge, voici la pièce numéro 1, le contrat en question. Je souhaite qu'il tienne lieu de déposition du témoin.

– Elles auraient bien pu la tuer, dit papa. Ce fameux jour, en sortant de l'église. Elle ne s'est pas montrée pour revendiquer sa part. Et après, quand je suis allée à Des Moines pour la voir, elle n'y était pas non plus. » Puis il interpella directement le juge. « Vous êtes juge. Je suis prêt à jurer. Je jure qu'elles l'ont peut-être tuée et enterrée.

– Je suis là, à côté de toi, papa, dit Caroline. Tu vis chez moi, maintenant. Pour toujours, si tu veux. Aussi longtemps que tu voudras.

– Qui a tué qui, Mr. Cook ? demanda le juge.

– Ces garces ont tué ma fille.

– Voulez-vous donner les noms, monsieur ? »

Je m'avançai sur mon siège, sentant le serpent de la curiosité se dérouler à l'intérieur de moi. Allait-il vraiment dire son nom, alors qu'il l'avait devant lui, bien vivante ? La photo de ce bébé sans nom me traversa l'esprit. Peut-être y en eut-il un autre, un bébé né avant moi. Il n'était pas impossible, et pas invraisemblable non plus que je n'en eusse rien su. Encore une illustration du « moins on en parle, mieux ça vaut ». Il regardait toujours le juge.

« C'était la plus adorable, la plus aimable et la plus gaie des petites filles. Elle chantait toute la journée. Comme un petit oiseau.

– Qui ? » demanda le juge.

Il ne la voyait pas.

« Caroline, évidemment », dit-il. Par-dessus l'épaule de Caroline, il chercha le regard de Ken

LaSalle. « Aide-moi à me lever, mon gars. Je t'en prie. Je n'ai plus la force d'autrefois. » Il tendit la main. Lorsque Ken la prit, papa descendit la petite marche. « Pardon », dit-il encore à Caroline.

Rose se pencha vers moi.

« Chapeau, ça c'est du cinéma », dit-elle.

Caroline, Ken et papa parcoururent lentement l'allée centrale en direction de la porte.

« Elle était si petite, disait papa. Avec ses petits genoux pointus. Ses petits bouts de doigts, toujours en train de faire des nattes à ses poupées. »

Tout d'un coup, je me mis à crier.

« Papa, c'était Rose qui avait le manteau en velours ! C'était Rose qui chantait tout le temps ! Et c'était moi qui jetais des choses par les trous de la grille du puits ! »

Je braillais, en pleine salle de tribunal, et toutes les têtes se tournèrent vers moi. Toutes sauf une. Papa ne réagit même pas. Le juge frappa son bureau avec son marteau, mon visage devint écarlate, la gorge me brûla. Je chuchotai à Ty : « C'est la vérité ». Il me fit taire. Je sentis de longs frissons glacés me parcourir le corps.

L'audience se poursuivit comme si je n'avais rien dit. Frank resta dans la salle, pour vérifier qu'il ne se passait rien de louche, j'imagine. Il y eut plusieurs témoignages pour dire comment Ty et Pete, puis Jess, et Rose et moi, avions mené l'exploitation pendant l'été. Reçus de ventes, factures en cours, mes livres de comptes que j'avais scrupuleusement mis à jour, tout fut présenté. Ty fut appelé à la barre, où il exposa en termes simples et précis ce qu'il avait fait, et pourquoi. Ses raisons étaient le plus souvent que papa procédait ainsi, et qu'il avait pris l'habitude de faire la même chose. Rose remuait le pied constamment, provoquant un grincement du barreau de sa chaise. J'observai tout, mais surtout, je n'en finissais pas d'être étonnée.

Dans la salle, la personne la plus bizarre, à part moi-même, était Jess Clark, et ma stupeur se concentra progressivement sur lui. J'avais la sensation, lorsque je scrutais suffisamment son visage, d'être encore au mois de mai, et de le voir pour la première fois. Je remarquai le nez aquilin, les yeux bleus dans leurs orbites striées de fines rides, les lèvres sèches, au dessin net. Il paraissait détendu, un simple témoin dans l'affaire, curieux mais étranger au drame qui se jouait. Un étranger qui avait l'air malin, presque calculateur. Sans personne pour le regarder et sans occasion d'exercer son charme, il avait le visage froid, dépourvu d'animation et de chaleur. Le jugement, ou les sentiments que lui inspiraient les événements, n'étaient absolument pas évidents, et quelque chose se fit jour en moi, une réaction instinctive de féminine prudence, comme si tout ce qui était arrivé se trouvait encore devant nous, comme si la sensation que cette prudence était de bon aloi n'était pas, à ce moment précis, le résultat de l'expérience. Cette espèce de circonspection avait un goût de déjà vu et je me demandai si je l'avais déjà éprouvée, si ce n'était pas précisément ce qui me faisait aller de l'avant. Je songeai, tout à coup, à cette fille que son petit ami avait poignardée il y a très longtemps au mois de juin, à la façon dont elle était sortie pour lui parler, au mépris de toute prudence.

Nous avions tous fait la même chose, papa d'abord, les autres ensuite. Nous l'avions fait sans savoir pourquoi et peut-être même était-ce ce que nous étions encore en train de faire. Et dès lors, nos voies prudentes étaient devenues rétrospectivement insupportables, ce qui rendait tout aussi insupportable l'idée d'un retour en arrière. Pourtant, il y a de cela un an, j'étais heureuse, accaparée par mon petit projet de grossesse, m'accommodant de la routine du travail et des agacements provoqués par les caprices de papa. Ty était content de son élevage de porc plus ou moins artisanal, Pete s'était fait à son sort – frustration banale, colères épisodiques, mais en tout cas, des perspectives plus importantes. Jess aussi, sept mois avant son retour, devait avoir eu le sentiment d'une certaine stabilité.

Seule Rose méditait un changement. Penser à son corps, son corps plein de volupté et de fureur, secret et en attente, était devenu une sorte de manie chez moi, une manie dont j'espérais qu'elle aiguiserait les appétits de Rose et son goût pour la saucisse au chou, qu'elle guiderait sa main jusqu'au bocal que j'avais préparé pour elle, mais dans l'immédiat, telles n'étaient pas mes pensées. Je songeais en revanche à cette cellule qui se divise dans l'ombre, et préférant vivre que mourir, se divisait encore, proliférait, se développait, véritable troisième enfant de Rose (« Le seul troisième enfant qu'elle aurait jamais », murmura une voix dans ma tête), celui qui ne quitterait pas son corps. L'enfant noir, l'enfant de son union avec papa.

Je secouai la tête et revins à ce qui se passait dans la salle de tribunal.

Caroline était revenue et montait dans le box des témoins. Elle lissa sa jupe avant de s'asseoir. Sourit à son avocat, puis à Ken LaSalle.

« Miss Cook, dit l'avocat, à quel moment avez-vous eu des doutes concernant les projets en cours de mise en société de l'exploitation familiale ?

– Je me suis méfiée dès le début. Toute cette histoire ne ressemblait pas à mon père. »

Il la pria de préciser. Ils conversèrent aimablement sur mon père qu'ils décrirent comme un « agriculteur-né », un « chef très présent ».

« Quelle a été votre réaction à ce projet ?

– J'ai fait connaître mes réserves.

– Comment ont-elles été accueillies ?

– Ma sœur Ginny Smith m'a fortement incitée à me rallier à l'idée.

– Qu'en avez-vous déduit ?

– Qu'elle avait peut-être des arrière-pensées. Je savais qu'elle et Rose voulaient mettre la main sur... »

Mr. Cartier objecta.

« Non mais ce qu'il faut entendre », dit Rose.

Le juge lui adressa un regard sévère.

L'avocat de Des Moines essaya une autre tactique.

« Plus tard, vous avez eu plus que des soupçons, n'est-ce pas ? Vous avez eu de sérieuses inquiétudes concernant la sécurité de votre père, non ?

– Elles l'ont mis dehors sous un orage terrible... »

Mr. Cartier objecta. Pas de preuve.

L'avocat fit une nouvelle tentative.

« Mr. Smith vous a dit qu'elles avaient mis votre père dehors sous un orage terrible, n'est-ce pas ? »

Rose se pencha vers moi et murmura :

« C'est vrai ? »

Je laissai Caroline répondre à ma place.

« C'est exact. C'est un fait de notoriété publique... »

Rose s'adossa au fond de sa chaise.

« Ça ne m'étonne pas. »

Le juge Ottarson fit plisser ses lunettes de lecture sur son nez et feuilleta un document qu'il avait devant lui. Puis il l'interrompit.

« La clause d'usage abusif ou de mauvaise gestion qui figure au contrat et qui est l'objet de cette requête devant le tribunal ne concerne que l'exploitation agricole, Miss Cook. Vous ne pouvez donc pas invoquer les relations personnelles entre votre père et vos sœurs dans le cadre de cette audience », dit-il.

Caroline devint écarlate et dit :

« Mais... »

Son avocat la fit taire. Avant d'arborer un sourire malin, réconfortant. Je regardai Mr. Cartier, qui suivait la scène avec intérêt.

« L'exploitation de la famille Cook a-t-elle jamais été endettée ?

– Non, répondit Caroline.

– A-t-elle maintenant un endettement ?

– C'est le moins qu'on puisse dire... »

Elle allait continuer, mais elle s'interrompit avec un regard triomphant pour Rose d'abord, pour moi ensuite. Puis elle se refit un visage de marbre pour regarder droit devant elle, et se lissa les cheveux. Mr. Cartier ne souhaita pas l'interroger et elle se leva. Ce fut dans un silence de mort que ses talons à cent dollars claquèrent sur le parquet quand elle regagna son siège qui grinça très fort sur le sol lorsqu'elle le tira pour s'asseoir. Marv Carson fut appelé ensuite à la barre.

Oui, sa banque avait un en-cours de cent vingt-cinq mille dollars garantis sur l'exploitation.

Oui, si tout se déroulait comme prévu, la banque nous consentirait un prêt de trois cent mille dollars.

Il sourit fièrement.

« Ce sera un élevage de porc de premier plan ».

Oui, les Smith et Mrs. Lewis étaient à jour de leurs traites.

L'avocat de Des Moines prit la parole.

« Mr. Carson, nombre de personnes estimeraient très risqué, pour une entreprise familiale, de s'endetter à cette hauteur. Ce n'est pas votre cas ?

– Pas du tout. Je suis très confiant. »

L'avocat de Des Moines haussa les sourcils.

« Le porc est un excellent investissement. L'élevage du porc va dégager de bons bénéfices. Le principe du non-endettement est démodé. Une famille peut refuser l'endettement, c'est une chose. Mais pour une entreprise, il en va autrement. Il faut se rendre à l'évidence qu'une exploitation agricole est d'abord et avant tout une entreprise. Il faut consolider le capital dans une entreprise. Investir. Tout cela. »

Marv était radieux. Il considérait manifestement qu'il donnait une leçon bien méritée à tous les présents dans cette salle de tribunal.

« Ce qui me soucie, pour être franc, poursuivit-il, c'est le retard pris. Un retard qui nous cause beaucoup de tort. Les bâtiments devraient être pratiquement terminés, à ce jour, et cela fait deux mois...

– Quelle coïncidence –, murmura Rose.

– Merci, Mr. Carson, dit l'avocat de Des Moines, je n'ai pas d'autre question. »

Et de tourner le dos à Marv pour regagner son pupitre. Marv s'interrompit, surpris. Mr. Cartier se leva et demanda des précisions à Marv concernant le coût financier de l'arrêt des travaux. Mr. Cartier était optimiste.

Marv regagna son siège, de notre côté de la salle. Il prenait soin de ne pas nous regarder, plein de son rôle de témoin-expert. Mais je compris brutalement en regardant Marv, juste en le regardant, qu'on savait de quel côté était l'argent et de quel côté il irait.

Après quelques secondes, le juge Ottarson regroupa ses papiers, méditatif, et les tassa en tapant la pile verticalement sur le bois sombre de son bureau, la largeur du bas d'abord, puis les deux longueurs. Il remonta les lunettes sur son nez et compulsa le contrat original.

« Je n'estime pas nécessaire, dit-il, de suspendre la séance pour statuer sur ce cas. La cause est très claire, les plaignants ne sont parvenus à établir ni l'usage abusif de la propriété concernée, ni une mauvaise gestion de ses acquis. Il est de fait, dans cet état, que si on signe une transmission légale de propriété, il est très difficile de changer d'avis et de revenir en arrière. » Il observa un long moment de silence, comme s'il s'interrogeait sur la façon d'enchaîner sur les conclusions. « Manifestement, finit-il par dire, la condition mentale du principal plaignant, Mr. Cook, doit aussi être prise en considération. Dût la propriété de l'exploitation lui être restituée, nul ne saurait dire clairement, vu les profondes dissensions familiales, qui en assumerait la gestion. Mais ce n'est là qu'une considération corollaire. La loi est claire. Et elle parle en faveur des défendeurs, Mrs. Smith, Mrs. Lewis et Mr. Smith. »

Nous commencions à nous agiter, mais il poursuivit.

« Je tiens aussi à indiquer à Mr. LaSalle, Mr. Crockett, Mr. Rasmussen et Miss Cook que Mr. Cartier est fondé à faire observer que la mise en route de cette procédure représente un usage abusif et léger du tribunal. Mr. Rasmussen et Miss Cook, en particulier, eussent dû réfléchir plus longuement avant de donner cette ampleur à une querelle de famille. En conséquence, les plaignants se verront condamnés à assumer la totalité des frais de procédure. La séance est levée. »

Rose était radieuse.

Le visage de Caroline était rouge et furieux.

Une chose sûrement est vraie de ce procès. Il avait merveilleusement consommé la fracture entre nous et avec notre vie d'avant. Il ne pourrait plus y avoir de réconciliation.

41

Que le verdict se révélât intolérable pour nous ne me surprit pas. Pour commencer, nous n'avions aucun précédent pour nous indiquer le comportement ou la réaction à avoir. Ensuite, nous ne fîmes rien que nous n'eussions déjà prévu de faire – Ty et moi reprîmes le pick-up pour rentrer à la maison nourrir les cochons, Rose alla récupérer les filles avec sa voiture, et Jess retourna chez lui au volant du pick-up de Pete. Je remarquai que nous exprimâmes tous de brefs remerciements à Mr. Cartier avant de filer au plus vite, comme si nous avions honte.

Pour Ty et moi, le chemin du retour se fit pratiquement sans dire un mot. C'était le 19 octobre. Les feuilles sur les arbres avaient la même couleur que les feuilles dans les fossés ou accrochées dans les clôtures. Dans les champs moissonnés, par contraste, le chaume du maïs était presque blanc. Quelques agriculteurs étaient encore au travail pour finir de rentrer le soja. Je voyais, et j'entendais quasiment, grâce à une longue habitude, le cliquetis des cosses noires à reflets roux sous les remous créés par notre passage. Les cochons et des bœufs à gueule blanche paissaient dans les champs clos, achevant le travail de nettoyage des moissonneuses. Ici et là, un agriculteur faisait son labour automnal. Le vent froid et vif soulevait des tourbillons de terre sèche. Des maisons blanches et pimpantes tranchaient sur le fond ocre et roux, avec des panicules de maïs et des coloquintes pour orner le jardinet de devant.

L'année précédente, Harold et Loren étaient partis deux semaines en Arizona, entre octobre et novembre, au moment où les prix sont bas, avant la saison. Cette année, le bruit courait qu'ils avaient l'intention de s'installer en ville. Les yeux de Harold le faisaient encore souffrir et il n'aimait pas rester seul. Deux femmes, des sœurs, avaient accepté de s'occuper de lui dans la journée, pendant que Loren était aux champs, mais elles ne conduisaient pas, ce qui avait amené Loren à louer quelque chose près du bureau de poste de Cabot. Rose l'avait su par Marlene Stanley. Ty, j'en étais bien sûre, avait appris la même nouvelle de la bouche de Harold, mais cela ne faisait pas partie de nos sujets de conversation.

Dès que nous fûmes chez nous, Ty sortit de voiture sans attendre l'arrêt complet du moteur et fila vers la grange. On était vendredi. Les travaux reprendraient sans doute au début de la semaine. Le ciment des sols, qui était resté exposé aux intempéries, était un peu décoloré, et l'un des sols avait une large fissure qu'il faudrait réparer, mais en dépit des problèmes potentiels, le projet devait continuer. Nous étions trop endettés pour arrêter maintenant.

Après la moisson, toutes les exploitations ont l'air un peu dépenaillées et mal entretenues, mais en arrivant chez nous, puis en entrant dans la maison, j'eus le sentiment d'un lieu sans vie, auquel les nettoyages, les réparations et les projets de rénovation ne pourraient jamais redonner son visage, serait-ce du printemps passé. La maison avait meilleure allure, grâce à mes efforts obsessionnels, mais les meubles étaient vieux et dépareillés, les moquettes et le lino noirs de taches qui refusaient de céder aux produits de nettoyage que l'on pouvait se procurer. La merde, le sang, le mazout et la graisse finissaient toujours par avoir le dessus envers et contre tous les efforts acharnés. Habituellement, je n'avais pas une vue globale de mon intérieur. Je voyais un fauteuil récemment shampouiné ou une gravure trouvée chez l'antiquaire de Cabot, ou un petit coin accueillant et présentable. Ce soir-là, à mon retour, je me sentis étrangère à ma maison. Me revint en mémoire ce que m'avait raconté un ami de papa à propos du raccordement des campagnes au réseau électrique. Contrairement à la famille de mon père, il n'y avait jamais eu de générateur à essence pour éclairer chez Jim. Lorsque les lignes électriques arrivèrent chez eux, et que la famille se rassembla dans la cuisine pour assister à l'événement, les premières paroles de la mère pour saluer l'ère nouvelle avaient été les suivantes : « Mon Dieu, mais tout est sale ! » Ces mots auraient pu être les miens à l'aube de notre nouvelle ère, signifiant à quel point je me sentais loin et étrangère lorsque je sortis la viande de mon réfrigérateur pour la saler avec la vieille salière en plastique rouge avant de la flanquer dans le plat à four que j'utilisais depuis dix-sept ans.

Je pelai des pommes de terre que je mis à bouillir et sortis dans le jardin pour cueillir quelques choux de Bruxelles directement sur tige. Quand on les laisse sur pied tout l'automne, après les premiers frimas, ils deviennent moins amers. *Idem* pour les panais. Le jardin aussi était sinistré. J'avais cueilli les pieds de tomates que j'avais accrochés aux tuyaux d'eau froide, dans la cave. Les fruits mûriraient lentement jusqu'à Thanksgiving, grossièrement. Les plants de piments étaient hauts et dépourvus de feuilles, les carrés de pommes de terre ressemblaient à un désordre de terre brune et de paille mouillée. Seuls, les choux de Bruxelles sur leurs longues quadruples tiges avaient fière allure. Une rosette géante de larges feuilles vertes ouvrait sa corolle de soixante centimètres de diamètre au sommet, puis la tige s'incurvait fortement jusqu'au sol, offrant ses rangées de sombres pompons en quinconce. J'en cueillis deux douzaines, clac, clac, clac, que j'emportai à l'intérieur. Tous mes gestes étaient familiers – deux centimètres d'eau au fond de la cocotte, piquer le bout des choux à la fourchette. Je baissai le feu sous les pommes de terre. Ty rentra, ôta ses bottes, accrocha sa combinaison imperméable près de la porte.

« Le dîner sera prêt dans vingt minutes, dis-je.
– Parfait. »

Je mis les choux de Bruxelles à feu doux.

Il termina de se laver les mains, les sécha soigneusement, passa dans l'autre pièce. J'allumai le four en me baissant pour vérifier que le brûleur s'était bien enflammé parce que la sole avait tendance à s'éteindre.

« Nous pourrions envisager l'acquisition d'une nouvelle cuisinière. Celle-ci est un vrai danger », dis-je.

Il était revenu dans la cuisine.

« Je ne suis pas sûr que le moment soit bien choisi pour acheter une cuisinière neuve.

– Dans ces conditions, avec un peu de chance, celle-ci explosera, et nous n'aurons plus de problème. »

Il poussa un soupir exaspéré.

« Je rapporterai la cuisinière de chez ton père demain. Elle est presque neuve.

– A moins que nous allions nous installer là-bas. Je suis l'aînée.

– Cette maison est trop grande pour nous. »

Il prononça ces mots comme s'il voulait dire : Quelle indécence !

« Elle a été conçue pour. Elle était censée se faire remarquer. Peut-être que j'ai gagné le droit de me faire remarquer. Par héritage.

– Je crois que tu ne t'en es pas privée, cet été, pour être franc. »

La vapeur montait au-dessus des pommes de terre et des choux de Bruxelles. Je me souvins du four, qui devait être assez chaud à présent, j'ouvris la porte et plaçai les côtelettes sous la chaleur.

Nous nous taisions. Le ronronnement contenu du gaz, suivi, une minute plus tard, des premiers grésillements de la viande, prirent le volume et le poids de marmonnements oraculaires, quasi inintelligibles. Avec le sentiment de percer le mur d'un seul coup de poing, j'annonçai :

« J'ai besoin de mille dollars. »

Ty élargit la brèche.

« Ça tombe bien, je les ai en poche. C'est le loyer de mes terres. Fred est venu me les porter hier mais je n'ai pas eu le temps de les déposer à la banque. »

Je tendis la main. Il sortit une liasse de sa poche.

Elle me sembla lourde et encombrante lorsque je la tins, plus lourde et plus encombrante que je n'étais, moi. Je marchai jusqu'au portemanteau, où je pris ma veste et mon foulard, puis au crochet près de la porte, je pris mes clés de voiture, et, laissant la viande en train de cuire dans le four, les pommes de terre et les choux de Bruxelles en train de bouillir sur le gaz, je franchis le seuil de la porte. Lorsqu'il comprit, j'imagine, que j'avais vraiment l'intention de monter dans la voiture et de m'en aller, Ty cria :

« Je lui ai donné toute ma vie, à cette terre ! »

Sans me retourner, je criai à mon tour :

« Eh bien, elle est à toi, maintenant ! »

La nuit était déjà noire, sans lune. Dans la cour, je trébuchai dans un trou et m'aplatis contre le métal froid de la voiture. Je trouvai la poignée de la portière, mais l'argent était toujours dans ma main, alors je le fourrai au fond de la poche de ma veste.

A Mason City, je mangeai un hot-dog au A & W.

A St. Paul, je trouvai une chambre au YWCA. On ne me posa pas de question lorsque je n'inscrivis pas d'adresse habituelle sur la fiche d'enregistrement.

Livre VI

42

Tout le jour et toute la nuit, par-dessus même le ronflement de la climatisation en été, on entendait de chez moi le bruit des voitures sur l'autoroute 35. Cela me plaisait pour la même raison qui me faisait aimer mon travail de serveuse à Perkins où l'on pouvait à toute heure se faire servir un petit déjeuner, le repas dont se nourrissent espoirs et tâches à accomplir. Pas de contrainte d'heure et peu de mutations saisonnières dans les choses de la route et du restaurant. Même dans le Minnesota, où l'hiver était un grand sujet de conversation et un motif permanent de fierté héroïque pour les habitants, l'hiver n'existait sur l'autoroute que quelques heures par an. Le reste du temps, ça roulait. La neige et la pluie étaient réduites au statut de décor au même titre que les autres manifestations climatiques, des choses que l'on regardait derrière une vitre mais qui en aucun cas ne constituaient des freins à l'activité. Les lampes du restaurant, celles qui éclairaient l'autoroute, celles qui brillaient derrière les vitres de mes voisins, dans l'aire de stationnement de mon immeuble, irradiaient des sphères de lumière qui interféraient, et dans lesquelles je pouvais marcher sans avoir à les générer. Le bruit était constant, continu, rassurant : intentions humaines (on parle, on circule, on mange) renouvelées à l'infini quand je dormais ou quand j'étais éveillée, quand j'étais active et quand je paressais.

Ce qui me plaisait surtout, dans mon travail au restaurant, c'était la conversation. Les gens plaisantaient et souriaient, disaient merci, formulaient des demandes polies, parlaient de leurs activités matinales ou du temps qu'il faisait, de ce qui les occupait. C'était une conversation sans fin, de jour comme de nuit, une conversation agréable et censée procurer de l'agrément. Eileen, la directrice, nous encourageait à suivre les instructions maison pour susciter la conversation quand celle-ci n'était pas spontanée, car, disait-elle, les gens mangent toujours davantage et apprécient leur repas s'ils n'ont pas à concentrer toute leur attention sur leur assiette. Mais dans l'ensemble, l'exercice ne me demandait pas d'effort particulier. On pouvait entrer en conversation comme on entrait dans la salle à manger éclairée, et se laisser porter. Certaines filles n'aimaient pas trop parler et leur : « Ça vous a plu, monsieur ? » pouvait avoir un accent un peu convenu, mais pour ma part, j'avais l'impression d'une musique qui jouait dans ma tête et dans laquelle il me suffisait de chanter ma partie pour sortir les : « Qu'est-ce qu'on a choisi aujourd'hui ? », « Est-ce que ce sera tout ? » et autres « Merci de votre visite et revenez nous voir ».

Pour moi, j'étais en train de vivre ma vie d'après, et pendant longtemps, l'idée ne m'effleura pas qu'elle pût receler un futur. Cette absence de futur était du reste ce qui me plaisait. Je vivais avec la conviction à demi enfouie d'être entrée dans l'éternité immuable. Une brosse à dents, un canapé-lit râpé, une lampe en forme de palmier mais parfaitement fonctionnelle, récupérée dans une poubelle, une caisse en carton pour poser la lampe, une bouilloire, une boîte de sachets de thé au frigo, deux serviettes de toilette achetées pendant la quinzaine du blanc aux magasins J.C.Penney, et un flacon de billes de bain. Des pyjamas. Mes uniformes de serveuse qui donnaient à chaque journée de travail une identique monotonie aux saveurs de perpétuité. Quand je ne travaillais pas, je restais dans mon canapé-lit ou ma baignoire, à lire des livres empruntés à la bibliothèque, un seul auteur à la fois, tous les livres en rayon. J'avais une préférence pour les écrivains prolixes mais morts, comme Daphné Du Maurier ou Charles Dickens, dont les livres constituaient une seconde vie et me paraissaient aussi lointains et clos que le Ciel ou l'Enfer. L'actualité était la chose que je refusais. Je n'avais ni poste de radio ni téléviseur. L'idée d'acheter un journal ne m'effleurait pas.

Il me fallut jusqu'à Noël pour envoyer un petit mot à Rose en dévoilant où je me trouvais. Lorsque je reçus sa réponse, la vue de son écriture me fut une telle surprise que je ne la reconnus pas immédiatement. J'avais compté, plus encore que je n'en avais eu conscience, qu'elle aurait mangé les saucisses et serait morte. Mais elle ne parlait pas des saucisses. Elle écrivait que cinq jours après le procès, papa, qui ne supportait pas que Caroline sortît un instant de son champ visuel tout en continuant de croire qu'elle avait été tuée, s'était rendu aux magasins Dahl, à Des Moines, pour les courses hebdomadaires. Il poussait le caddie ; elle le guidait dans les allées. Il avait fait une crise cardiaque devant le rayon des céréales. Je l'imaginai s'écroulant au milieu des boîtes de *cornflakes*. L'enterrement avait été discret. Rose n'y avait pas assisté.

Rose et Ty avaient décidé de partager l'exploitation, la partie est par rapport à la route revenant à Rose (elle et les filles s'étaient installées dans la grande maison fin novembre, après Thanksgiving), Ty recevant la partie ouest. Elle et Jess avaient l'intention d'exploiter toute leur parcelle en culture biologique, avec des engrais organiques, en alternant le maïs avec de l'avoine et de la prairie.

J'envoyai un cadeau de Noël à chacune des petites, une serviette de plage à pois pour Pammy, un petit chat en tissu garni de kapok pour Linda. Je ne répondis pas à Rose, parce qu'il n'y avait rien à dire. Entre nous, tout avait été dit, au-delà même du supportable. Rose, papa, Ty, Jess, Caroline, Pete, Pammy et Linda, je les portais trop profondément et trop constamment en moi pour permettre des lettres ou des coups de fil.

En février, elle écrivit une autre lettre, juste un mot, pour dire que Jess était retourné sur la côte Ouest et qu'elle avait loué la plus grande partie de ses terres à Ty en attendant de se perfectionner en culture biologique. « Les filles et moi, disait-elle, avons cependant décidé de rester végétariennes. Et tu vas recevoir des papiers à signer. P.S. Je ne saurais dire que je suis surprise par Jess. »

Je reçus les papiers, et je les signai. Ty possédait maintenant cent cinquante hectares, en propre, et

Rose deux cent cinquante. J'avais un appartement en duplex, deux chambres à l'étage, cuisine et salle de séjour en bas, avec un petit balcon donnant sur l'autoroute derrière et une petite terrasse devant, ainsi qu'un emplacement de stationnement. Le loyer était de deux cent trente-cinq dollars par mois, plus l'électricité, mais le chauffage était compris. Derrière une haie, à l'autre extrémité du bâtiment, se trouvait une petite piscine de forme hollywoodienne de sept mètres cinquante sur trois, dont la profondeur n'excédait jamais le mètre trente.

Que Jess l'eût abandonnée ne modifia rien à mes désirs de vengeance. Au contraire, le ton amical et neutre de sa lettre ne fit que les attiser. Ne se rendait-elle pas compte que j'étais loin d'elle à présent ? Aujourd'hui, comme toujours, ne comptait-elle pas sur une loyauté inchangée de ma part, ignorant mes griefs et mes ressentiments comme s'ils étaient insignifiants à côté de ses projets ?

Le jour où me parvinrent ces nouvelles, la transmission de ma voiture rendit l'âme, et je la changeai donc pour une Toyota de huit ans, avec près de cent trente mille kilomètres au compteur. J'aimais son côté anonyme et sans prétention devant ma porte.

Autrement, ma vie s'écoulait dans cette sorte de flou qui est la bénédiction de la vie urbaine. La sensation d'événements précis et distincts, à laquelle on n'échappe pas quand on vit sur la terre, où chaque pluie d'orage est chargée de couleur et d'odeur, d'utilité et de rapport à l'instant, où les présages de prospérité ou de ruine annoncée sont traqués dans le moindre changement, où n'importe quel détail attaché à ce monde est susceptible de renfermer la chose entre toutes que l'on regrettera d'avoir ignorée, cette sensation-là m'avait quittée. Ce qui pourrait peut-être se formuler aussi en disant que j'avais oublié que j'étais encore en vie.

43

Un matin, après plusieurs années de cette routine, j'allais prendre la commande d'un homme à casquette, seul à sa table. De dos, je l'avais pris pour un routier. Je commençais juste mon service à six heures du matin, et il y avait déjà quatre autres routiers en train de fumer, chacun à une table différente. Avec un grand sourire, je demandai : « Et pour monsieur, ce matin, ce sera quoi ? Je vous recommande les crêpes de pommes de terre avec la compote de pommes. » C'est alors que je vis sur la table une enveloppe blanche sur laquelle était inscrit mon nom. Je regardai l'homme dans les yeux, non sans un certain étonnement sans doute, et je reconnus Ty.

« Bonjour, dit-il. Ouvre.

– Bonjour. Comment va Rose ? » Morte, cette fois, me demandai-je instantanément. Pour quelle autre raison serait-il venu me voir ?

« Comme d'habitude. »

Il s'agissait d'une carte d'anniversaire. A l'intérieur, se trouvait une photo de Pammy qui avait grandi et pris de la poitrine à présent, à côté de Rose en personne. Linda, au fond, portait des lunettes. Ses cheveux, plus foncés, s'étaient transformés en une épaisse et soyeuse crinière. Elle semblait mignonne mais intéressante, à la façon de Pete en intellectuel. Elle portait beaucoup de noir. Je me forçai à examiner soigneusement Rose. Elle n'avait visiblement pas changé.

« Je suppose que c'est le jour de mon anniversaire aujourd'hui, non ? dis-je. Je ne m'en étais encore jamais souvenue.

– Trente-neuf. »

Il souriait, mais on voyait aisément qu'il n'était pas heureux. J'en fus pétrifiée, au point d'oublier l'endroit où je me trouvais ainsi que mon travail, jusqu'au moment où il dit : « Je vais commander quelque chose », en dressant un sourcil en direction d'Eileen. Je lui lançai un coup d'œil. Elle sourit.

« Oh, dis-je, c'est seulement de la curiosité. Elle croit que je suis sans famille en vie.

– C'est le cas ?

– Bien sûr que non. »

Les clients commençaient à affluer dans ma partie de salle.

« Prends les crêpes aux myrtilles avec la saucisse. C'est le meilleur. J'apporte du café.

– Curieux, ces retrouvailles. »

Je remis mon carnet dans ma poche.

« Ne me fais pas de charme », dis-je.

Il traîna un peu à table, lut le *Register* de Des Moines qu'il avait apporté, puis un *Star* et un *USA Today* qu'il avait pris sur notre présentoir (et qu'il replia soigneusement avant de les remettre en place). Il but quatre tasses de café et commanda des pommes de terre sautées, puis une part de tarte aux pommes. J'essayais de repérer notre pick-up dans le parc de stationnement tout en courant d'une table à l'autre, mais en vain. Il paya à la caisse, bavarda un moment avec la caissière, puis sortit. Il avait laissé un pourboire de vingt pour cent. Généreux pour un agriculteur, mais radin pour un routier. J'avais la carte d'anniversaire et la photo dans la poche de ma tenue de service. Deux ou trois fois je la sortis pour la regarder.

Il était là de nouveau à dix heures trente, mon heure de « déjeuner ». Nous traversâmes la rue pour entrer chez Wendy's.

Mon anniversaire tombait le 29 avril. Le Ty que j'avais connu pendant toute ma vie d'adulte passait la journée du 29 avril aux champs. Je commandai un Coca. Ty demanda encore du café. Nous étions à une table près de la fenêtre, en face du parc de stationnement de chez Perkins. Et il n'y avait pas un seul pick-up.

« Tu es venu avec quoi ? dis-je.

– La Chevrolet, là-bas. »

Il s'agissait d'une vieille Malibu jaune. Par le pare-brise arrière, on voyait des trucs entassés sur la banquette arrière.

« Pourquoi ? » demandai-je.

Ty, il faut bien que je le dise, avait changé. J'avais vu défiler beaucoup d'hommes au cours des deux années écoulées, un catalogue complet de mâles américains de toute espèce, de toute taille, de toute couleur. Ty entrait dans la catégorie des hommes rangés, ceux dont les habitudes ont eu le temps de devenir de vrais rituels. Et j'avais fini par me rendre compte que c'était là le signe numéro un de la maturité masculine, une conviction solidement établie, née de l'expérience, que de tels rituels nécessitaient et méritaient d'être entretenus. Il n'était pas dépourvu de charme, pour autant. Un peu usé, mais non sans prestance. Je l'aurais pris pour un chauffeur routier, de prime abord.

« Je ne voulais pas transporter toutes mes affaires à découvert, dit-il. Je pars au Texas.

– Pour quoi faire ?

– Ils font de l'élevage de porc industriel, là-bas. J'ai pensé que je pourrais peut-être trouver un emploi. »

Il m'observa, attendant, je le savais, la question que j'étais censée poser, mais qui ne sortait pas de mes lèvres. Finalement, il bougea les pieds sous la table et dit : « Marv Carson a refusé de m'accorder un prêt pour semer, cette année. Je n'avais rien à offrir en garantie, à part la récolte à venir, et ils ont décidé de ne plus prêter dans ces conditions, compte tenu de la situation de l'agriculture.

– J'ai entendu dire que les temps étaient difficiles.

– Bob Stanley s'est tiré une balle dans la tête. Dans sa grange. C'est Marlene qui l'a trouvé. Ça a été l'épisode le plus dur.

– Ils ont perdu l'exploitation ?

– Il savait que c'était imminent. C'est ce qui a motivé son acte. Marlene travaille à Zebulon Center, à présent, comme femme de service à l'école élémentaire ».

J'avais la gorge sèche. J'avalai une gorgée de Coca.

« Et toi ? dis-je.

– Les travaux d'agrandissement de la porcherie ont eu ma peau, voilà l'histoire. On a eu un hiver épouvantable, après le procès...

– Non, l'audience. Personne n'était au banc des accusés.

– Si. Moi. »

Nous échangeâmes un regard meurtrier, que nous adoucîmes.

« On a accumulé les retards dans les travaux, poursuivit-il, et ensuite, il a fallu que je reparte à zéro avec de nouvelles femelles, ce qui changeait pas mal le programme. J'ai vendu mes terres, mais les prix n'étaient plus ce qu'ils étaient autrefois, et je n'ai pas tiré de quoi couvrir l'emprunt pour l'achat des truies. J'ai commencé à plonger. Puis à couler. Le concessionnaire Chevrolet m'a fait un échange standard.

– Une berline de huit ans contre un pick-up de quatre ?

– Je n'étais pas en situation de protester. De toute façon, je me sens presque soulagé. Je n'ai jamais été là-bas. Ni nulle part ailleurs, pour tout dire. »

Je le dévisageai sans fausse honte, avec ce regard lucide et précis des épouses qui ont derrière elles quelques années de mariage.

« Tu n'as pas l'air soulagé », dis-je.

Il haussa les épaules.

« Et Rose ?

– Je n'étais pas en très bons termes avec Rose. »

Nous abordions là un sujet sensible, alors nous regardâmes deux femmes franchir le seuil de la porte et commander deux *chili*.

« Elle se débrouille pour engranger quelques récoltes, finit-il par dire. Et puis elle loue des terres à l'extérieur. Lorsque nous avons fait le partage, j'ai assumé tout l'endettement, dans la mesure où les travaux s'effectuaient sur ma parcelle de terre, de sorte qu'elle s'est retrouvée sans traites à honorer.

– Sauf qu'il n'y a personne pour exploiter la terre.

– C'est grand.

– Quatre cents hectares.

– Au total, dit-il. Eh oui. Une telle superficie aurait effrayé mon père.

– Il existait des exploitations encore plus importantes, à l'Ouest, déjà de son vivant.

– Tu sais ce qu'il en disait ? Il répétait toujours : " Ils ont la surface, mais ils n'ont pas le volume. " »

Nous rîmes ensemble. Un rire gêné, mais partagé.

« L'exploitation est condamnée, n'est-ce pas ? dis-je.

– Oui, concéda-t-il, mais à regret. Oui, c'est fichu. Rose jure qu'elle va maintenir la cohésion de l'ensemble. Elle se cramponne à cette idée avec l'énergie du désespoir et arbore une royale certitude. » Il me regarda un instant. « Si, c'est vrai. Je voudrais que tu puisses la voir. Honnêtement, c'est ton père tout craché. »

Je sentis la chaleur me monter au visage.

« Je sais ce qu'elle raconte à propos de ton père, Ginny, dit-il encore. Elle m'en a parlé. Elle a mis tout le monde au courant, à vrai dire. »

Il était manifeste qu'il ne la croyait pas. Nous regardâmes un homme seul qui entrait. Il était en costume et commanda un gros hamburger, simple, avec des frites et de l'eau. Quelques secondes passèrent.

« Peut-être que c'est arrivé. Je ne dis pas le contraire. Mais ce n'est pas cela qui va me faire l'aimer davantage. Je pense que les affaires privées doivent rester privées. »

Sa voix monta de registre, comme s'il avait peine à se contenir. Je fus tentée d'acquiescer d'un signe de tête, non parce que je partageais son point de vue, mais parce que je voyais comment tout cela fonctionnait dans sa tête et je me rendais compte qu'avec la meilleure volonté du monde, jamais nous ne pourrions voir les choses de la même façon ; et cette divergence, plus que tout le reste, plus que les circonstances, l'histoire, les conflits de volonté ou d'aspirations, nous divisait profondément. Mais le Ty que j'avais connu était toujours prêt à saisir l'occasion d'un compromis, d'une réconciliation, ce qui me retint de toute manifestation, car je savais comment il l'interpréterait. Les affaires privées doivent rester privées.

« De toute façon, continua-t-il, c'est le passé. J'ai signé les papiers disant que je lui laisse tout, la terre, les bâtiments, les cochons et les installations. Elle est persuadée que les prix vont remonter et se voit déjà en grande propriétaire terrienne. Elle a tout calculé, comme elle fait toujours, et moi, ça me va. Je pars au Texas, et donc ... »

Il me regarda.

« Et donc, quoi ?

– Donc, je voudrais divorcer. »

Je dus manifester une certaine surprise, et je fus effectivement surprise, parce que le sentiment d'être encore mariée m'avait quittée depuis longtemps. Il enfonça maladroitement le clou.

« L'occasion pourrait se présenter au Texas. Il pourrait y avoir quelqu'un là-bas que je...

– C'est parfait.

– Je n'ai pas...

– Ça m'est égal.

– Ah bon ? »

Dans sa question perçait une pointe de surprise blessée qui révélait quelque chose sous la décontraction apparente de Ty. Je me penchai en avant et l'observai encore une fois. Il présentait bien. Il trouverait forcément quelqu'un. Après un temps de silence, il finit par dire : « Ce que je ne comprends pas chez les femmes, c'est leur façon claire et définitive de tourner la page. Ma mère disait toujours à mon père : " Ernie, ce qui est impossible est impossible, point final ", puis elle claquait dans ses mains, et lorsqu'elle les ouvrait de nouveau, je voyais à quel point elles étaient vides, et quel qu'ait été le sujet de conversation ou l'objet de notre désir, le chapitre était clos, il ne pouvait plus en être question, comme ça, terminé.

– Si tu avais eu envie que je revienne, tu serais venu me chercher avant.

– Tu ne mesures pas tout ce que j'avais sur les bras. Je ne pouvais pas m'absenter un seul instant. Tout semblait me filer entre les doigts en permanence... » Il s'interrompit brutalement. « Quoi qu'il en soit, c'est toi qui es partie.

– Ta fierté a été blessée ?

– Ce gâchis me faisait horreur. » Il éleva de nouveau la voix. « La façon dont Rose avait réussi à t'embobiner me faisait horreur... » Il me regarda. « Je croyais que tu te repentirais. Quand je réfléchissais, chaque fois qu'il m'arrivait de réfléchir, j'en arrivais toujours à cette conclusion. Je continue de croire que... »

Ma colère explosa.

« Tu étais dans le camp de Caroline ! Tu t'es plaint de moi auprès d'elle ! »

Il soupira, me regarda de nouveau.

« Moi, je voyais l'intérêt de l'exploitation, c'est tout.

– Ce qui veut dire quoi ? Tu as discuté avec elle ! Elle te considérait comme son allié !

– Parce que j'étais censé faire quoi ? Ce n'est pas moi qui suis allé la trouver ! Si elle m'appelait et me posait des questions, je lui disais mon point de vue. J'ai essayé de dire la vérité telle que je la voyais.

– La vérité, tu ne la connaissais pas. »

Il devint écarlate.

« Ecoute, la vérité, c'est que tout s'est mis à aller de travers. Pendant des années, tout allait bien, on prospérait, on s'entendait, et on faisait les choses comme on savait qu'elles devaient être faites, et certes il fallait bien avaler quelques couleuvres, mais ça marchait. Et puis Rose est devenue très personnelle, et tu t'es alignée sur elle, et tout est allé de travers. Elle n'avait pas à vouloir changer le jeu et foutre en l'air tout l'arrangement ! » Il respira un grand coup et parla un ton plus bas. « La voilà, la vraie histoire. Et bien sûr tout le monde n'était pas toujours satisfait à cent pour cent, et tout le monde n'avait pas en permanence une conduite irréprochable, mais c'est ça, la vie. La vraie vie. Il faut s'y faire.

– Rose n'a pas été demander sa part d'héritage à papa !

– Mais elle était là au bon moment quand il a eu cette fameuse idée. Et elle s'est montrée très enthousiaste...

– Comme toi !

– Mon plan à moi n'était pas de l'exclure ! Mon intention était de... »

Je tapai de la main sur la table. Deux gamins derrière le bar nous regardèrent en coulisse. Ty se tut. Je tenais à choisir soigneusement mes mots. Je finis par dire : « A vrai dire, je me souviens que je voyais les choses complètement à ta façon ! L'orgueilleux progrès accompli par le grand-père Davis, puis par le grand-père Cook, puis par papa. Quand “ nous ” avons acheté le premier tracteur du comté, quand “ nous ” avons construit la grande maison, quand “ nous ” avons traité le maïs par avion, quand “ nous ” avons eu une voiture, quand “ nous ” avons asséché le coin de Mel, quand “ nous ” avons battu le record de productivité à l'hectare. Je me souviens de tout cela comme on se souvient de prières ou du fait qu'on est marié. Tu sais. Cela fait du bien de se souvenir, de redire les choses. On a l'impression d'en faire partie. Et puis un jour j'ai pris la mesure du rôle que je jouais. C'est Rose qui m'a montré. »

Il ouvrit la bouche pour intervenir mais je l'arrêtai d'un geste de la main.

« Elle m'a montré, mais elle n'avait pas encore fini que je savais déjà que ce qu'elle me montrait était la vérité. Toi, tu vois la belle et grande histoire, moi j'en vois le coût. Je vois des gens qui se servent et prennent ce dont ils ont envie parce que tel est leur bon plaisir, et qui inventent quelque chose après coup pour justifier leurs actes. Je vois des gens qui forcent les autres à payer le prix fort et tirent ensuite le rideau sur ce prix qu'ils s'empressent d'oublier. Est-ce que je dois comprendre qu'un beau jour papa s'est mis à nous battre et abuser de nous comme ça ? » Ty tiqua. « Non. Je pense qu'il a été à bonne école, et que les enseignements de cette école faisaient partie intégrante de son héritage, avec la terre et la rage de faire plier toute chose à sa volonté, quitte à empoisonner l'eau, détruire la couche de terre fertile, et acheter du matériel de plus en plus lourd, tout en ayant ensuite l'absolue certitude d'avoir agi pour le mieux, comme tu dirais. »

Il me regardait, mais son visage était fermé.

« J'imagine que nous voyons les choses différemment, finit-il par dire.

– Plus encore que tu ne le crois.

– Cela ne ressemble pas au souvenir que j'avais de toi.

– Je n'étais pas ce que je suis maintenant. J'étais une gourde.

– Tu étais jolie et drôle, tu voyais le bon côté des choses. »

Je consultai ma montre. Il y avait encore une question que je souhaitais poser. Je laissai cette dernière remarque se perdre et dis ensuite :

« Ce fameux soir. La nuit de l'orage. Est-ce que tu étais au courant des choses que papa allait nous dire ? Allait me dire à moi ?

– Je savais qu'il était furieux. Il marmonnait des choses sur le chemin du retour, mais je n'y ai pas prêté attention. »

Je laissai mon regard s'attarder sur son visage. Je pus voir que la dose d'espoir – celle qui me faisait toujours reconnaître Ty comme mon mari – avait laissé place à une expression plus lointaine, plus mystérieuse.

« Tu étais d'accord avec lui ? Avec ce qu'il a dit ?

– Ginny... » L'impatience et le dépit perçaient dans sa voix. Il s'en rendit compte et reprit, avec plus de prudence. « Ginny, quand ton père me parlait de ce qu'il fallait faire dans les champs, et comment, je l'écoutais. Pour le reste, non. Mais vous, les femmes, il avait le don de vous mettre dans tous vos états. »

Je me levai.

« Je suis en retard de quinze minutes, et je n'ai pas envie d'avoir une réflexion de Eileen. Un quart d'heure est le maximum qu'elle puisse supporter.

– Il faut que tu aies le dernier mot, hein ?

– Je te le laisse, si tu veux. Ça m'est bien égal. »

Mais aucun de nous deux n'ajouta une parole en sortant du Wendy's, ni en traversant le parc de stationnement, puis la route, puis le parc de stationnement de Perkins pour arriver à sa Malibu. Il déverrouilla la portière du conducteur, puis se tourna vers moi dans un vaste geste qui embrassa la rue, les restaurants, le parc de stationnement et moi.

« Je ne comprends pas ce genre de vie, au milieu de toute cette laideur, dit-il. Mais je suppose que je m'y habituerai. »

Ce fut le mot de la fin. Nous agitâmes la main ensemble lorsqu'il s'éloigna, et ce fut aussi le dernier geste. Une façon de boucler la boucle avec la première chose que je l'avais vu faire. Il était en dernière année ; j'étais en avant-dernière. Pour une fois, papa m'avait laissée aller à un match de football avec des camarades, en début de saison, alors qu'il faisait encore chaud. J'étais en train d'ôter mon pull lorsque j'aperçus un garçon plus vieux que moi, mince et plutôt mignon, qui agitait la main à mon intention. Flattée, je souris et répondis à ce salut en dépit de mon habituelle timidité. C'était Ty, et lorsqu'il me vit lui faire signe, son visage blêmit. Je regardai autour de moi. La fille à qui il s'adressait se trouvait deux rangs derrière moi. Lorsque nous commençâmes à sortir ensemble, cinq ans plus tard, il jura n'avoir aucun souvenir de cet incident, et je suis sûre qu'il ne se souvenait de rien, mais moi, l'épisode resta gravé au fer rouge dans ma mémoire, comme pour me rappeler la honte à laquelle on s'expose si d'aventure l'on commet l'erreur de se faire une trop haute opinion de soi-même.

44

Bien qu'il eût volontiers juré que ma loyauté envers Rose était inchangée, et probablement pathologique, Ty se trompait lourdement.

Je ne supportais pas de voir arriver une enveloppe écrite de sa main. Ses lettres ne faisaient jamais plus d'un paragraphe. Elles étaient aimables et prosaïques, avec un désir sous-jacent de me mettre les points sur les *i* qui appartenait tout simplement à la nature de nos relations. Il y était dit clairement qu'elle me laissait encore et consciemment la possibilité de définir nos relations en tant que sœurs, que sa patience à mon égard était inépuisable. Qu'il n'existât de surcroît aucune échappatoire au fait d'être sœurs était implicite dans chaque mot, jusque dans le libellé de l'enveloppe :

« Ginny Cook Smith », et au verso : « Rose Cook Lewis ». C'était en grande partie parce que je redoutais des appels de Rose que je n'avais jamais fait installer de téléphone.

Et pourtant, le jour où elle voulut vraiment me joindre, elle sut me trouver. Au mois d'octobre de l'année de la visite de Ty, qui était passé en avril, le téléphone sonna au restaurant pendant mon temps de pause, et c'était Rose. Je le sus alors même que je me dirigeais vers la caisse où se trouvait le poste permettant de recevoir les appels, avec ce combiné décroché qui semblait à la fois pressant et menaçant.

Elle était à l'hôpital de Mason City. Première chose. Les filles étaient seules à la maison. Deuxième chose. Elle désirait me voir. Troisième chose.

« Je serai là pour trois heures », dis-je.

Eileen, je le savais, me donnerait un congé. Elle me poussait à prendre quelques jours depuis un an. Je portais ma tenue de travail, que je voyais comme une éventuelle protection, et l'idée ne me vint même pas de prendre une valise. Je quittai le restaurant avec mon sac à main, comme si je rentrais chez moi.

Une fois arrivée à Mason City, je m'arrêtai à une cabine pour appeler son médecin, qui me prit immédiatement en ligne. La récidive de son cancer était déjà à un stade très avancé, me dit-il. La seconde mastectomie totale avait été pratiquée en juillet, pendant l'accalmie estivale du travail à la ferme. Les rayons et la chimiothérapie, qui s'étaient prolongés pendant le mois d'août, avaient offert à Rose une autre saison des moissons. Mais la moisson était terminée.

Elle était petite et maigre dans le lit. A mon entrée dans la chambre, ses paupières se levèrent comme des rideaux de velours. Son regard était un spectacle auquel il était impossible de s'arracher. Elle se redressa de quelques centimètres dans son lit, tapota sur le bord du matelas pour indiquer l'endroit où je devais m'asseoir. Et je m'assis.

« Au plus beau de la moisson, dit-elle, je menais

quinze camions de maïs par jour au silo. Avec un cours de trois dollars six *cents*.

– C'est un joli prix, on dirait.

– Nous aurions dû obliger papa à nous en apprendre davantage, nous donner l'habitude du travail de la terre. Si j'avais eu l'entraînement jour après jour, comme Ty ou Loren, ça n'aurait pas été aussi dur. »

Elle inspira plusieurs fois profondément, et sirota un peu d'eau avec une paille.

« Emmène les filles avec toi. Elles sont prêtes, dit-elle.

– Tu veux dire qu'elles ont fait leurs valises ?

– Plus ou moins. »

Je crus qu'elle me demandait de passer les prendre à la maison pour les ramener à St.Paul le soir même.

« Rose, dis-je, c'est ridicule.

– Dis-moi que tu les prendras avec toi.

– Bien sûr que je les prendrai.

– Pour la date, on en parlera demain.

– D'accord. »

Elle s'exprimait par des espèces de quintes plus qu'elle ne formait des mots avec sa langue et ses lèvres. Et cet effort la fatiguait. Elle ne dit rien de plus pendant près d'une heure, puis ses paupières se soulevèrent de nouveau.

« Rentre à la maison et fais-leur à manger. Du poulet frit. »

Je me levai. « Rose, j'ai tout le temps que je veux. Je n'ai pas pris de congé depuis trois ans. »

Elle hocha péniblement la tête.

Linda ne fut pas surprise de me voir, tout juste étonnée que j'eusse pris la peine de frapper. Je fus, moi, surprise de la voir. Au cours des trois dernières années, j'avais envoyé des cadeaux à Noël et pour les anniversaires, mais à vrai dire, j'avais jeté leurs lettres de remerciement sans les ouvrir, redoutant d'affronter le poids de leur absence en plus du reste. Je me ressaisis sur le pas de la porte, et entrai. La photo que Ty m'avait laissée ne m'avait pas préparée à la réalité de sa taille, de sa carnation, à l'assurance de ses quinze ans lorsqu'elle cria : « Pam ! Tante Ginny est là ! » Je franchis le seuil et elle m'étreignit très fort. Pammy arriva de la cuisine en s'essuyant les mains à son tablier.

« Oh, tante Ginny ! Tu étais censée mettre cinq minutes de plus pour me laisser le temps de ranger la vaisselle ! »

La maison avait perdu de la nudité fonctionnelle qu'elle avait du temps de papa, et le canapé en brocart blanc constituait la pièce centrale d'un salon qui comptait un nouveau fauteuil à oreillettes et une petite table en chêne. Une lampe à abat-jour plissé blanc sur un pied de verre taillé complétait le décor. Le vieux fauteuil de papa n'était visible nulle part. Le piano de Pete se trouvait dans un coin. Il n'y avait pas de photos posées dessus. Les meubles occupaient désormais toute la pièce, incitant à entrer, enfin civilisés.

Je m'assis dans le nouveau fauteuil.

« C'est superbe, ici. Votre grand-père trouvait toujours que son fauteuil devant la fenêtre et une pile de journaux à portée de main suffisaient à meubler la pièce. »

Elles étaient assises côte à côte sur le canapé. Ma remarque les fit sourire. Pammy prit la télécommande et éteignit la télévision.

« C'était juste " la Roue de la Fortune ", dit-elle.
– J'ai vu votre maman.
– Elle nous a appelées, dit Linda.
– Je crois bien que je suis là pour un petit moment.
– Tu pourrais habiter plus près de l'hôpital, si tu veux. Nous sommes assez grandes pour rester seules, dit Linda.
– Ça risque d'être un peu triste. »
Linda opina.
« Pour toi, ou pour nous ? demanda Pammy.
– Pour tout le monde, je suppose. »
Un moment s'écoula.
« Est-ce qu'ils vont bientôt laisser maman rentrer à la maison ? demanda Linda. Elle dit que oui, mais je ne la crois pas vraiment. »
J'eus un haussement d'épaules.
« La seule chose qu'elle m'ait dite, c'est qu'il fallait que je vienne et que je vous fasse du poulet frit. J'ai acheté un poulet en cours de route.
– Nous sommes végétariennes depuis trois ans, dit Pammy.
– Vous croyez que votre système digestif est devenu incapable de digérer de la viande ? »
Linda pouffa. Elles se regardèrent en coin.
« Nous mangeons de la viande à l'école, finit par dire Linda. Il nous arrive même d'aller au Kentucky Fried Chicken, de temps à autre. Tu vas faire de la purée avec une sauce à la crème ?
– Vous en avez envie ? »
Elles firent toutes les deux oui de la tête. Je me levai et me dirigeai sans encombre vers la cuisine. Je trouvai la sauteuse en fonte pour le poulet et une casserole pour les pommes de terre. Mon seul pro-

blème fut de me trouver moi dans une cuisine polaire. La flamme bleue des brûleurs avait une lumière froide. Le grésillement de la graisse dans la sauteuse était réfrigérant. Lorsque des gouttelettes grasses me sautèrent sur la main, leur brûlure fut glaciale. Je regardai autour de moi, puis je pris le vieux pull beige de Rose qui était accroché derrière la porte. Je me blottis dedans, tremblante, et je fis revenir les morceaux de poulet. Mon retour dans cette cuisine, aux fourneaux, avait un goût de défaite impossible. Depuis le passage de Ty, j'avais encore réduit mes liens à la vie antérieure en investissant dans un four à micro-ondes. Depuis six mois, j'avais chauffé au micro-ondes tous mes repas en dehors du restaurant et mon placard était plein de plats ovales en plastique blanc dont je pensais qu'ils risquaient de m'être utiles un jour.

Pour couronner le tout, bien que sachant pertinemment que je serais venue si Rose m'avait mise au courant de sa santé, l'idée que je n'avais pas opposé l'ombre d'une résistance me taraudait. L'injonction, calée sur le mot « hôpital », avait suffi. Je retournai mes morceaux de poulet. Il faisait déjà nuit noire dehors, et il n'était même pas six heures trente. Le restaurant devait être en train de s'emplir à cette heure, chaque table bien éclairée, égayée d'un menu et de sets de table en papier. Derrière les vitres noires de la cuisine de Rose, en revanche, il n'y avait que le dehors, un espace vide, sans bruit ni lumière, qui sur ces quatre cents hectares de terre descendait jusqu'au sol. Je reculai jusqu'à la porte de derrière, cherchai l'interrupteur et allumai dehors, trois spots perchés sur de hauts poteaux éclairant le chemin entre la maison, la grange et le hangar à tracteur. L'éclairage apporta un mieux, mais je n'y crus pas vraiment.

Linda se tenait dans l'embrasure de la porte donnant sur le salon.

« Pam a un contrôle d'histoire demain, dit-elle, mais moi, je peux t'aider.

– Tu n'as pas de devoirs ?

– J'ai fait ma géométrie pendant l'étude. Je dois lire quelques chapitres d'un livre.

– Quel livre ?

– *David Copperfield*.

– J'ai lu ça.

– C'est plutôt long.

– C'est le tout premier livre de classe que j'ai aimé.

– Moi, j'ai aimé *Les Géants et la Terre*. Nous avons lu ce livre l'année dernière. Celui-ci est difficile parce que l'écriture est bizarre.

– Tu veux dire vieillotte ?

– Ouais. »

Elle s'assit à la table de la cuisine et me regarda. Au bout d'un moment, je demandai :

« Tu as froid ? On dirait qu'il fait froid dans la cuisine.

– Non. »

Je l'observai longuement. Elle semblait ne pas se méfier. Je pris ma voix la plus détachée.

« Maman a des conserves rangées dans la cave, peut-être ?

– Un peu. On ne fait plus autant de bocaux qu'autrefois, avec les haricots, etc. On a essayé de faire sécher des trucs.

– Tiens ! C'est intéressant. »

J'attendis.

« Il en reste des tas dans l'autre maison, reprit Linda. C'était trop fatigant de les déménager.

– Je veux bien le croire. »

Je me mis à peler les pommes de terre que je plongeais dans une cuvette d'eau froide. Elle m'observait attentivement. Au début, je fus un peu énervée, jusqu'au moment où je me rendis compte que son attente devait être motivée et qu'elle porterait ses fruits si seulement je faisais preuve de patience. Lorsque j'eus pelé quatre pommes de terre, elle me demanda :

« Tu pourrais en faire plus, pour qu'il y ait des restes ? Maman fait des crêpes à la purée le matin. »

Je continuai d'éplucher. J'avais l'impression que Rose était partie depuis des semaines, ce qui n'était manifestement pas le cas.

« Quand maman est-elle partie à l'hôpital ?

– Lundi. »

Trois jours plus tôt.

« Vous êtes allées la voir ?

– Elle ne veut pas laisser Pam conduire le pick-up, et elle a pris la voiture. De toute façon, elle a dit qu'elle ne tarderait pas à revenir. »

Ce n'était pas vraiment mon impression.

« Est-ce que tu aimerais lui rendre visite ?

– Je ne crois pas qu'elle nous laissera faire. Elle ne veut pas qu'on la voie.

– Mais toi, tu as envie de la voir ? »

Elle réfléchit longuement.

« Oui.

– Pammy aussi ?

– Oui.

– Alors pourquoi faudrait-il que Rose décide de tout ? »

Dans mon esprit, il s'agissait d'une question rhétorique, destinée à ponctuer l'ouverture de la porte du réfrigérateur où j'espérais trouver des brocolis ou autres légumes verts, mais Linda répondit.

« Elle le fait toujours.

– Pas cette fois. Demain, on ira après la classe. »

Elle se mordit les lèvres.

« Je préviendrai Pam », dit-elle.

Les filles s'étaient endormies et j'étais couchée, gigotant dans mon lit sans trouver le sommeil. Je finis par me lever pour aller au téléphone et appeler les renseignements de Vancouver. Il y avait bien un Jess Clark, et avec le décalage horaire, il n'était pas trop tard pour un coup de fil, aussi formai-je le numéro. J'avais tellement froid que je dus rester avec le couvre-lit enroulé sur les épaules en écoutant sonner. A la cinquième sonnerie, une voix masculine et américaine répondit effectivement, mais lorsque je demandai si j'avais bien affaire à un Jess Clark qui aurait vécu autrefois dans l'Iowa, mon interlocuteur dit non. Je crus reconnaître sa voix. J'entendis des pleurs de bébé en bruit de fond.

Je ne parvins pas à trouver un seul lit dans la maison de Rose, la maison de papa, où je pusse me coucher. Je finis dans le canapé de brocart blanc à trois heures du matin, et la pluie qui tombait dehors pénétra mes rêves, trempant le lit qui se mit à gonfler et gondoler, m'amenant à me battre contre une personne dont l'identité n'était pas très claire.

Le lendemain, je me rendis à l'hôpital dans la matinée, et Rose était assise, en train de manger des cubes de gelée de citron vert. Sa mâchoire était mince comme une lame et son cou avait la maigreur des affamés, mais il était manifeste que l'énergie vitale en elle était plus vive que la veille.

« Les filles aimeraient savoir quand tu es susceptible de rentrer à la maison.

– Dans deux ou trois jours.

– Je les amène aujourd'hui après les cours.

– Ça fait un long trajet.

– Elles en ont envie. »

Elle haussa les épaules et acheva sa gelée de citron vert.

« Tout est clair entre elles et moi, finit-elle par dire. Je n'ai pas laissé les choses dans le brouillard absolu comme maman avait fait avec nous. Je n'ai pas été énigmatique non plus. Je les ai mises au courant en juillet, lorsque j'ai vu ce qui se passait. »

La voix était faible, mais le ton parfaitement assuré ; elle mourait sans rien avoir perdu de son assurance. Je me sentis sombrer dans l'océan de colère que je nourrissais depuis si longtemps, mais je m'efforçai d'adoucir le ton.

« Voilà qui me réjouit », dis-je.

Elle eut un petit sourire amusé.

Je ne pus résister.

« Je suis impressionnée par la façon dont tu as tout réglé dans les moindres détails », m'exclamai-je. Avant de lâcher carrément : « Autoritaire jusqu'à la dernière minute, hein ? »

Ses bras, qui reposaient le long de son corps sur la couverture verte, étaient filiformes, et ses mains s'ouvrirent, dessinant deux toiles d'araignée, puis elles se refermèrent et s'ouvrirent encore, comme si elles souffraient. Comme si ses mains souffraient, mais pas elle. Je me souvins de cette impression déjà, lors de son premier cancer, la sensation que j'avais qu'elle était tellement distincte de son corps que je devais m'adresser aux deux séparément.

« Est-ce que tu cherches à me faire mal ? demanda-t-elle.

– Probablement.

– Toujours la bagarre à cause d'un homme, hein ?

– Jess ?

– Si c'est lui l'homme en question.

– D'une certaine façon, il m'a marquée plus profondément que Ty. Pour une fois que je pense à Ty, je pense vingt fois à Jess.

– C'est parce que tu n'as pas couché avec lui assez souvent, ni partagé le quotidien. Tu aurais fini par en avoir marre.

– C'est ce qui t'est arrivé ?

– Presque. C'était comme la lumière au bout d'un tunnel. J'en aurais eu marre avant l'été.

– Merci. »

En vérité, je lui disais de la boucler. Elle ne releva pas.

« Il y avait toute cette routine, dit-elle. Jamais plus de trois œufs par semaine, toujours pochés et servis sur un toast de pain complet grillé mais pas brûlé. Les flocons d'avoine concassée vendus par un magasin diététique de San Francisco. Les infusions de ginseng trois fois par jour. La méditation à l'aube. Si nous n'avions pas vérifié l'heure exacte, à la minute précise, du lever du soleil dans le journal de la veille, il était anxieux toute la journée. Et puis, il fallait calculer la différence d'heure entre ce qui était écrit dans le journal et ce qui correspondait à notre maison. Ce qui représentait entre deux et trois quarts de minute.

– Il était gentil. Tu aurais pu lui passer quelques excentricités.

– Ty était encore plus gentil. Tu n'as pas supporté. » Elle me regarda. « Jess Clark n'était pas l'homme que tu crois, Ginny. Il était beaucoup plus égocentrique et calculateur que dans le portrait que tu fais de lui. »

Je la parodiai.

« Jess n'était pas l'homme que tu crois, il était plus gentil et se posait plus de questions que dans le portrait que tu fais de lui. »

Nous nous défiâmes du regard avec agressivité pendant une longue minute, puis Rose leva une de ses mains diaphanes pour repousser une mèche. Elle avait le cheveu court et rare. Son geste lui rappela l'état dans lequel elle était.

« En fait, ce que tu es en train de me dire, c'est qu'il m'aimerait davantage s'il savait comment je suis en ce moment. Avec lui, la gentillesse n'était jamais gratuite, Ginny, c'était un moyen de parvenir à ses fins.

– Je suppose que nous ne voyons pas les choses de la même façon.

– La différence, c'est que je l'aimais sans me soucier de savoir s'il était bien ou pas. Moi, il me convenait, et je le voulais, et un jour il est parti. Tu sais quoi ? A la fin, il était même trop bien ! Lorsqu'il a été question de construire quelque chose sur ce que nous avions, il a eu peur de bâtir sur la mort et la malchance et la haine et la destruction. Écoute bien la suite. Un soir, il est rentré en retard pour dîner. Il y avait un potage mouliné compliqué que nous avions confectionné ensemble, mais il n'est arrivé qu'à huit heures, et j'étais contrariée, mais je n'en ai pas fait une histoire jusqu'au moment où il s'est mis à avoir un comportement penaud, coupable. Bref, il s'est avéré qu'il était allé voir Harold ! Ces vieilles bonnes femmes en avaient fait toute une montagne, et Harold avait été aimable avec lui, et après j'ai eu l'impression de voir mon amant retourner à son épouse. Peu importe ce qui existait entre nous, la passion que cela représentait pour moi, pour lui, il ne désire plus qu'une chose, et de plus en plus, c'est rentrer dans le rang, être un bon fils. Dès lors, tout ce qu'il éprouve pour moi lui semble mal. Et plus ce qu'il éprouve est fort, plus il se ressent comme mauvais, et alors commence la répudiation. Peu de temps après, nous avons reçu par la poste cette documentation sur les engrais biologiques, et quand il est arrivé, il a vu l'enveloppe et il ne l'a pas ouverte, et j'ai su que c'était la fin, et de fait, dix jours plus tard, il faisait ses valises et partait sans dire précisément où il allait, mais j'ai su qu'il était allé passer une semaine avec Harold avant de repartir pour Seattle. Je suis sûre que Vancouver est l'endroit qui lui convient parfaitement. Il se sentait pur comme la neige lorsqu'il était là-bas, autrefois. » Elle renifla avant de croiser mon regard. « Je l'aurais peut-être tué si j'avais su ce qu'il manigançait. »

Ces derniers mots avaient été dits avec une conviction sans passion. Je la crus. Ou du moins, je crus qu'elle était passée par les terres de l'inimaginable, comme moi. A présent elle se rallongeait, grise et fatiguée, et elle laissa ses paupières tomber sur ses beaux yeux.

« Est-ce que tu as des nouvelles de lui de temps en temps ? »

Mais d'un geste de la main, elle éluda la question, ou peut-être indiqua seulement qu'elle était trop fatiguée pour y répondre. J'envisageai de lui parler de mon coup de fil de la veille, mais finalement, je pris un numéro de *Ladies' Home Journal* qui se trouvait à son chevet. Je lus un article sur les plantes annuelles à cultiver dans des balconières ou autres pots de fleurs, puis un autre sur la façon d'éliminer le gras de son alimentation sans en souffrir. Elle saurait en voyant la note de téléphone, peut-être. Elle s'endormit. Après tout, il était beaucoup trop jeune pour elle, à présent. Comme nous tous.

Je sortis faire un tour sur le parc de stationnement de l'hôpital dont l'animation servit de dérivatif à toutes mes pensées contradictoires, encore que certaines personnes qui passaient là étaient visiblement malades ou mal en point. A mon retour, Rose était devant son déjeuner qu'elle ne touchait pas.

« Tu pourrais manger les poires au sirop, ça passe tout seul, dis-je.

– J'en suis arrivée au stade où les aliments que je reconnais me font horreur. Ils devraient donner de vagues bouillies nutritives dans les hôpitaux. On appellerait ça “ hostobouffe ”, par exemple. »

Elle repoussa son plateau qui pivota de mon côté.

« Je vais partir d'ici une heure pour aller chercher les filles. Il est presque midi, dis-je.

– J'ai des choses à te dire d'abord. Des choses d'ordre pratique.

– D'accord. »

Je portais toujours ma tenue de serveuse. Je tirai sur ma jupe pour couvrir mes genoux.

« Je lègue l'exploitation à Caroline et à toi, pas aux filles.

– Pourquoi cela ?

– Je ne veux pas qu'elles en héritent. Je désire que tout cela s'arrête avec notre génération.

– Je ne veux pas être dans l'agriculture. Ty est au Texas. Caroline ne veut pas être dans l'agriculture.

– Il y a trois ans, j'aurais dit de louer les terres. On pouvait se faire plus de vingt dollars l'hectare. Mais si j'avais à décider, je m'y prendrais autrement. L'endettement est trop important. » Son regard se posa un instant sur moi puis elle regarda par la fenêtre. « De toute façon, Marv Carson vous fera mettre en vente. Je ne sais pas ce qui restera en solde ou en débit une fois remboursées les dettes et payés les impôts. Je n'en ai aucune idée. Le moment n'est pas favorable pour vendre. »

Elle soupira.

« Et s'il ne reste rien ? dis-je après un moment. Que dis-tu de cela ?

– Pam et Linda savent qu'elles risquent d'être obligées de travailler, et si elles veulent faire des études supérieures, elles devront probablement prendre un boulot. Je les ai prévenues. »

J'attendis.

« Ginny, tu n'aimes pas que je te dise ce que je pense vraiment. J'ai besoin de toi. Je ne veux pas m'attirer ton hostilité. Je n'ai pas changé d'avis sur papa, ni sur l'exploitation, ni sur ce que nous avons subi, mais si je me répète, tu risques de prendre la porte. Je n'ai pas confiance.

– C'est moi, qui n'ai pas confiance.

– Ah, nous y voilà. Sauf que je me demande ce que tu peux bien craindre de moi. Je suis clouée ici. »

Elle ouvrit grandes ses mains diaphanes ainsi que ses bras décharnés. Les larmes me brûlèrent les yeux.

« J'imagine que je m'attendais à disposer de plus de temps pour régler notre différend.

– Eh oui. J'ai trente-sept ans. Ça fait chier, hein ?

– C'est dur à vivre. » C'était même, à ce moment précis, carrément insupportable. « Oh, Rose », m'exclamai-je.

D'une simple moue, elle refusa cette bouffée d'attendrissement. Puis elle dit après un moment :

« Ne me fais pas ça. On ne va pas verser dans la tristesse. Il faut garder notre colère jusqu'à la mort. Il n'y a pas d'autre espoir.

– Je sais pas si j'en serai capable. Surtout si tu n'es pas là pour me pousser aux fesses. Moi, je me laisse reprendre dans le bourbier. A l'audience, ça a été un tel choc. Je veux dire, le voir à ce point perdu et diminué. J'avais l'impression de ne pas pouvoir me souvenir de ce qui nous faisait si peur, sauf que toi tu savais, alors moi aussi. Et puis au cours de ces trois dernières années, je me suis fait une vue très claire de toi, cette façon que tu avais de parvenir toujours à tes fins à mes dépens, ton égoïsme forcené. Je ne voyais que cette phrase écrite en lettres rouges : “ Rose est une égoïste ”, et je réussissais sans difficulté à me montrer dure et tourner tout ce que tu avais dit et fait, depuis toujours, en autant de preuves de ton indéfectible égoïsme, ce qui est mal. Parce que, si nous ne savons pas qu'il est mal d'être égoïste, alors je me demande ce que nous avons appris au cours de notre enfance. »

Rose rit. Dans la grisaille de la chambre d'hôpital, ce rire fut une note de gaieté. J'en fus à la fois ravie et offensée, ce qui me poussa à passer aux aveux, juste pour l'impressionner peut-être, la ramener au sérieux.

« Je croyais que ma colère contre toi durerait toujours, et puis c'est fini ! Parce que, en fait, j'ai voulu te tuer !

– Et alors ? J'ai sans arrêt envie de tuer des gens.

– Non ! Je ne suis pas en train de te parler d'un truc genre : " Bon sang, ce type, je vais le tuer ! ". Je veux dire que j'ai entrepris de te tuer vraiment. J'ai confectionné pour toi de la saucisse empoisonnée, je l'ai mise en conserve, et j'attendais que tu la manges. »

Elle me regarda, enfin surprise.

« Ben, faut croire que ça a marché, non ? finitelle par dire.

– Tu ne te souviens pas ? Cette saucisse au foie avec de la choucroute que je t'avais portée ? » Elle fit non de la tête. « C'était pile à l'heure du dîner, à la fin de l'été.

– Vaguement. Il s'est passé tellement de choses, j'ai dû l'oublier. Et ensuite, j'ai été embarquée dans le mode de vie de Jess Clark, alors j'aurais boudé la saucisse de foie avec mépris, quand bien même je m'en serais souvenue. »

Elle but un peu d'eau, à la paille.

« Ça ne te fait pas un choc ? dis-je.

– Je suppose que, si tu avais vraiment voulu me tuer, tu t'y serais prise autrement, en me tirant une balle par exemple. Ty avait un fusil. Tout comme papa et Pete. De toute manière, tu n'avais pas à te donner cette peine. Toute cette eau du puits que nous avons bue s'est chargée du travail. »

Je hochai simplement la tête, effondrée après mon aveu, avachie au fond de ma chaise et moite de sueur. Rose, en revanche, semblait revigorée.

« Le bocal doit encore être dans ta cave, alors.

– Avec tout le reste. Mais la maison est murée depuis le jour où je me suis installée de l'autre côté de la route. »

J'éprouvai un surprenant sentiment de soulagement. Nous échangeâmes notre premier vrai sourire depuis mon arrivée.

« Il faudrait que je parte, si je veux être à la maison avant les filles. Elles veulent venir cet après-midi. » Puis je dis encore. « Qu'est-ce que je vais faire sans toi ?

– Te montrer prudente, le temps que tu prennes tes décisions, comme d'habitude. »

Je me levai.

« Il faut que j'y aille. J'ai promis. »

Elle me prit la main. La sienne était froide et l'ongle de son pouce s'enfonça dans ma paume. Elle m'attira vers elle.

« Je n'ai aucune réussite à mon actif, dit-elle. Je n'ai pas enseigné assez longtemps pour apprendre bien le métier. Je n'ai pas été heureuse avec Pete. Je n'ai pas mené mes deux filles jusqu'à l'âge adulte. Je n'ai pas conquis Jess Clark. J'ai échoué comme agricultrice. Mon bilan est aussi insignifiant que celui de maman ou de la grand-mère Edith. Je n'ai même pas été fichue de mettre papa face à ce qu'il avait fait, aux conséquences de ses actes. Tout le monde en ville dit que j'ai tout gâché.

Trois générations sur la même exploitation, une terre fantastique, un père qui avait le génie de l'agriculture, et qui était un saint homme par-dessus le marché. » Elle se cramponna à ma main pour se soulever dans son lit. « Alors tout ce qui me reste, c'est que je sais ce que j'ai vu ! Que j'ai vu sans peur, et sans détourner les yeux ! Et que je n'ai pas pardonné l'impardonnable. Le pardon est un réflexe utile quand on ne supporte pas ce que l'on sait. Moi, j'ai résisté à ce réflexe. Et c'est ma seule, unique et solitaire victoire. »

Je dégageai ma main.

Rose ferma les yeux et me fit signe de partir.

45

Lorsque j'arrivai sur les lieux, la veille de la vente, par un de ces jours froids comme le fer, au début du mois de mars, je vis que Caroline était comme moi venue avec un camion. Marv Carson avait tenu à se montrer généreux envers nous – nous pouvions prendre tous les objets personnels que nous voulions, il n'en soufflerait mot à personne. « Vous l'avez bien mérité », avait-il dit précisément au téléphone.

Il n'était même pas dix heures – j'avais quitté St.Paul à six heures, et je m'étais arrêtée en route pour prendre un petit déjeuner. Linda et Pam avaient été fort agitées mais elles savaient où j'allais, et je ne voulais plus en discuter avec elles. Je savais que Pam prendrait la voiture, celle de Rose, et se rendrait à l'école puis suivrait son programme d'activités. Pour Linda, c'était seulement peut-être. Elle avait manqué l'école dix-sept fois depuis leur emménagement avec moi, après Thanksgiving. Nous avions cessé de nous disputer à ce sujet.

Mon intention première était de m'arrêter d'abord à mon ancienne maison et d'y prendre quelques ustensiles de cuisine pour Pam, qui s'occupait de pratiquement tous les repas, et de jeter au moins un œil dans mes livres et mes vêtements, mais en découvrant de loin que Caroline était déjà garée devant chez papa, je fus prise d'une soudaine hâte d'être sur place, une hâte doublée d'appréhension, de sérénité.

Elle portait un pantalon de lainage et un très beau pull, avec un joli motif assez sophistiqué de flocons de neige en plastron. Debout dans la cuisine, elle se retourna, surprise, lorsque j'ouvris la porte. J'avais sur moi un Levi's emprunté à Pam et un sweat-shirt de l'université du Minnesota (Pam sortait depuis peu avec un garçon qui nourrissait une passion pour l'université du Minnesota et aimait les voir vêtus tous les deux d'un maximum d'articles arborant le sigle de cette université). Je fréquentais aussi l'université en question, le soir ; mon projet était de préparer une spécialisation en psychologie. La maison était froide – le chauffage et l'électricité étaient coupés depuis le 1er décembre. Je pensais que nous allions faire le partage des choses que nous désirions garder, et que le reste partirait à la vente aux enchères. Je savais par expérience qu'il y aurait preneur pour tout, même les vieilles chaussures, les vieilles bottes et les vieilles tenues de travail.

Caroline me regarda longuement avant de sourire, et encore ce sourire fut-il de simple politesse, pour ne pas dire prudent.

« Je ne savais pas exactement à quelle heure tu arriverais, dit-elle.

– Je suis une lève-tôt.

– J'ai aussi un faible pour le matin. »

Je ne sais pas si un observateur neutre eût soupçonné un lien de parenté entre nous – une appartenance au même groupe ethnique, peut-être, malgré mes cheveux foncés, qui commençaient du reste à grisonner alors que ceux de Caroline étaient quasiment rouges –, mais la différence dépassait aujourd'hui les questions de vêtements, et concernait la conformation physique, la façon de se tenir, le teint, les cheveux, la classe sociale et le souci du regard d'autrui. Caroline s'habillait pour faire bonne impression, moi je visais la transparence.

J'étais consciente de l'hostilité de mon attitude.

« Il y a un poêle à mazout dans la grange. Je pourrais l'apporter, dis-je.

– A Johnston, un couple est mort à cause de ce genre de poêles l'année dernière.

– Il suffirait d'entrouvrir la fenêtre. C'est une question d'aération.

– On verra.

– Papa s'en est servi pendant des années dans l'atelier. »

Ses sourcils se soulevèrent d'un millimètre avant de reprendre leur position antérieure.

« Si nous faisons vite, dit-elle, nous pourrons supporter le froid. Il ne gèle pas.

– Très bien. Par où veux-tu commencer ?

– Pourquoi pas par ici ?

– Très bien. »

Et nous commençâmes. Sortir la vaisselle de l'arrière-cuisine, et la verrerie, et la batterie de cuisine, et de vieux moules à gâteaux, et des assiettes à dessert en verre taillé, et des tasses à café et des soucoupes transparentes que je n'avais pas vues depuis trente ans, depuis l'époque où maman recevait les dames luthériennes de la paroisse pour prendre le café avec une tranche de gâteau le dimanche après-midi. La surprise ouvrit une petite brèche glaciale à l'intérieur de moi. Il y avait dans un tiroir des serviettes de Noël que je n'avais jamais vues, en fil blanc avec des bouquets de houx brodés dans un des coins. Un moule à gaufre, le stérilisateur, une friteuse électrique avec une poignée cassée. Il y avait encore trois vases avec des cubes desséchés dans le fond, une soupière en forme de citron, un moule à gâteau et deux moules à tartes Tupperware, un plat de vingt-cinq centimètres de diamètre, un autre de vingt, quatre petits moules à cake individuels que je connaissais bien, mais aussi un sucrier et un pot à crème en porcelaine, avec des roses peintes sur le couvercle, que je n'avais pas vus depuis trente ans. Il y avait aussi huits bocaux de verre avec leur couvercle, de vieux pots à olives, à cornichons, à beurre de cacahuète. Et puis une boîte de bouchons dont Rose avait dû penser qu'ils pourraient servir.

« Un jour, j'ai voulu chercher des choses ayant appartenu à maman, et je n'en ai pas trouvées, dis-je. J'ai pensé que tout avait été donné à la paroisse, mais je suppose qu'en fait, Rose devait les avoir. »

Étais-je contrariée ? Je n'aurais su le dire.

« Quelles choses sont à Rose et quelles choses à maman ?

– A ce stade, tout est à Rose, je crois.

– Mais il doit bien y en avoir certaines – ces serviettes de Noël, par exemple. Tu dois bien te rappeler...

– Je me souviens des tasses et des soucoupes. » Je désignai le service en verre sur le plan de travail. « Je m'en souviens parce que dans mon idée, le fait que le café soit visible devait être un signe de fête.

– Bon, alors on met de côté. »

Et de porter avec soin le service sur la table.

« Je ne sais rien de ces serviettes, dis-je. Apparemment elles ressemblent plus à maman qu'à Rose, mais je les vois pour la première fois. »

Elle les laissa où elles étaient.

« Et la vaisselle ? Dans quelle vaisselle mangeait papa ?

– Des assiettes blanches à bord turquoise. Mais je ne les vois pas. Rose a dû les mettre de côté.

– Ou bien les vendre.

– Ou bien en faire cadeau à la paroisse.

– Je me souviens de ça, dit-elle. J'aimerais les avoir.

– Ce n'est jamais que du verre. Des années 50. Sans valeur.

– De ce point de vue, est-ce que quelque chose a de la valeur ici ? »

Elle avait les mains sur les hanches et le ton de sa voix montait.

« Je ne sais pas, Caroline. »

Et je sentis ma propre tension grimper d'un cran pour ne pas être en reste.

« Ces assiettes Corningware devaient être à Rose. Tu peux les prendre », dit-elle.

Je m'exprimai avec une froideur étudiée.

« Tu ne veux rien de ce qui a appartenu à Rose ? »

Elle était en train de décrocher des tasses à petit déjeuner de leur crochet. Celle qu'elle avait entre les mains portait l'inscription « Mon kawa » suivie de « Pete ». Je tendis la main et elle me la remit.

« Pas vraiment, non », finit-elle par répondre.

J'allais la provoquer. J'avais l'impression qu'un « pourquoi pas ? » bien asséné pouvait claquer comme une gifle, mais je doutai brutalement de ma sérénité. Tout cet étalage d'objets inconnus m'avait désorientée.

« Finis ici. Mets de côté ce que tu veux. Je monte à l'étage », dis-je.

J'avais vidé les chambres des filles avec elles, et n'ouvris donc pas leur porte. La salle de bains, qui était orientée au nord, était glaciale et hostile. J'ouvris l'armoire à pharmacie. Aspirine classique – j'en avalai quatre –, Gastralgyl, charbon, un tube d'Amoxycilline commencé, bicarbonate, sirop d'ipéca, Bétadine, teinture d'iode, sparadrap, carrés de gaze. Je refermai. Des serviettes de toilette étaient restées accrochées au porte-serviettes. Je commençai à les plier sur mon bras. Et je m'interrompis à deux, les posant simplement sur la lunette des cabinets. Le froid jouait sur ma peau comme une poussée de fièvre. Je sortis de la salle de bains, jetai un regard circulaire au palier. Il y aurait d'autres serviettes dans le placard à linge, et des draps dans les tiroirs du bas. Je les contemplai, ces tiroirs, en beau chêne sombre que l'on pouvait commander chez Sears en 1910 mais qu'il était devenu impossible de se procurer. Les planchers. Les encadrements de porte. Le petit carrelage blanc hexagonal des sanitaires dans lequel j'essayais de faire tenir mon pied quand j'étais petite. J'avais l'impression que si seulement j'avais le truc – oh, un petit truc tout simple – je pourrais voir ce palier avec les yeux de Rose, et si j'y parvenais, alors je pourrais ressentir tout ce qu'elle avait ressenti ces dernières années. C'était, me semblait-il, la seule façon pour qu'elle cessât de me manquer. Le froid m'assaillait de ses coups réguliers. Une migraine rompit le barrage de l'aspirine et envahit totalement mon crâne. Je redescendis l'escalier.

Le regard de Caroline se posa sur moi aussitôt que j'entrai dans la cuisine.

« Tu dois imaginer que tu vas garder tout ce qui était à papa ou à maman, et que je vais prendre ce qui appartenait à Rose.

– Je suis sûre qu'il y a plus de choses ayant appartenu à Rose...

– Le problème n'est pas là. »

Je me rendis compte que je haletais. Elle me regardait et je vis que pour une fois elle avait un peu peur.

Ses yeux s'agrandirent, mais elle ne dit pas un mot.

« J'attends, dis-je.

– Tu attends quoi ?

– De connaître le fond de ta pensée.

– A quoi cela servirait-il ? » La crainte passagère se fit plus vive. « Je pense que le mieux est de faire le partage et de rentrer chez nous.

– Comment pouvons-nous partager des choses dont nous ignorons la signification ? »

La question la fit sourire.

Je fis demi-tour et me précipitai de nouveau à l'étage. J'ouvris la porte de ce qui avait été la chambre de papa, avant d'être celle de Rose. Les photos avaient disparu, laissant des rectangles bien nets sur le papier peint jauni. J'ouvris d'un coup les portes du placard, atteignis difficilement la planche, juste au-dessus de la fenêtre. Elles étaient là, en tas, à l'endroit précis où je pensais que Rose les aurait rangées. Revenue dans la cuisine, je les étalai sur la table, en commençant par le bébé, gigotant sur sa couverture claire et souriant sous son petit chapeau blanc.

« Très bien, dis-je. Dis-moi qui sont toutes ces personnes. »

Caroline s'approcha négligemment et jeta un coup d'œil rapide.

« Je refuse de passer un examen.

– Dis-moi juste les noms.

– Ici, ce doit être les Davis. Là, sans doute les Cook. Et le grand-père Cook, encore une fois, avec le tracteur. Maman.

– Qui est le bébé ?

– Toi, sûrement. C'est toi l'aînée.

– Nous n'avions pas d'appareil photo quand j'étais petite.

– Rose, alors. Ou bien moi. C'est qui ?

– Je ne sais pas. Rose ne savait pas. Tu ne sais pas.

– Et alors ?

– Alors, ceci. Il n'y a que des étrangers sur ces photos. Même le bébé. Il s'agit de nos ancêtres, mais on dirait des inconnus. Même papa a un air inconnu. Finalement, ces gens pourraient être n'importe qui.

– Papa a tout à fait un air connu. »

Elle sourit.

« Comment cela, connu ?

– Il ressemble à papa, c'est tout.

– Ce qui veut dire ? »

Son regard passa des photos à moi, elle sortit les mains de ces poches, et elle prit la photo concernée. Il s'agissait d'un cliché remontant aux années 30, sur lequel papa devait avoir vingt-cinq ans. Il avait belle allure malgré un air agacé, comme si le fait de prendre une photo représentait une perte de temps.

« Ce qui veut dire qu'il a bien l'air d'être mon père, un point c'est tout, finit-elle par dire.

– Tu as de la chance.

– Comment cela, j'ai de la chance ? »

Je ne répondis pas. Elle reposa la photo, puis prit celle du bébé qu'elle regarda attentivement.

« C'est tout de même bizarre qu'il n'y en ait qu'une, non ? dis-je. J'en ai cherché d'autres, mais il n'y a rien avant l'âge de l'école. C'est la seule photo de bébé.

– Et alors ?

– Et alors pourquoi est-ce que tu veux avoir ces objets ? Des photos d'inconnus, des assiettes, des tasses, des soucoupes dont tu ne te souviens pas ? C'est comme si tu emportais chez toi l'enfance campagnarde de quelqu'un d'autre. Tu ne sais pas à quoi ils correspondent !

– Je suis donc incapable de passer l'examen.

– Et si je ne disais pas la vérité ? Si je te laissais délibérément partir chez toi avec toutes les affaires de Rose en gardant pour moi celles de maman ?

– J'y ai pensé. » Elle commençait enfin à s'enflammer. « Faut-il absolument que tu gâches tout ? s'exclama-t-elle. Pourquoi faut-il tout vendre ? Parce que Rose et toi, vous avez mis l'exploitation en faillite. C'est déjà une chose que je n'accepte pas facilement, mais j'y suis bien obligée. Ensuite, je viens sur place, et tu ne peux pas me ficher la paix. Tu vas encore me révéler une monstruosité sur papa, ou sur maman, ou sur le grand-père Cook, ou que sais-je ? Tu t'apprêtes à détruire mon enfance. Je le vois sur ton visage. Tu en meurs d'envie, exactement comme Rose. Elle m'appelait au téléphone, mais je refusais de lui parler ! » Elle alla vers l'évier et ouvrit le robinet. Comme rien ne coulait, elle resta un petit moment à le regarder avant de poursuivre. « Je l'ai dit à Frank hier soir : " Je ne sais pas ce qui les motive. On dirait qu'elles cherchent le mal partout. Elles ne voient pas ce qu'elles ont sous les yeux – il faut qu'elles aillent gratter derrière pour découvrir je ne sais quelle horreur, et elles semblent finalement heureuses lorsqu'elles la trouvent ! " » Puis, s'adressant à moi. « Je pense que les choses sont généralement conformes aux apparences ! Je pense que les gens sont fondamentalement bons, qu'ils sont désolés des erreurs qu'ils commettent, et prêts à réparer ! Regarde papa ! Il savait qu'il s'était montré injuste envers moi, mais qu'au fond nous avions de l'amour l'un pour l'autre. Il a reconnu ses torts. A la fin, nous étions très proches.

– Il te croyait morte.

– Ça, c'était tout à la fin ! Avant, il a déployé des trésors de gentillesse avec moi. Nous avons parlé. Il ne s'était jamais montré très bavard jusque-là, mais avec la souffrance, il s'est exprimé. Il a montré sa vraie nature.

– En quoi t'a-t-il maltraitée ?

– Eh bien, en se fâchant et en me privant de mes droits sur l'exploitation. Il savait qu'il avait été injuste. »

Je me rendis compte que je hochais la tête. Elle s'emporta de nouveau.

« Je sais que tu ne me crois pas ! Je ne m'attendais pas à autre chose, mais c'est la vérité.

– Caroline...

– Je refuse de t'écouter ! Tu n'as jamais la moindre preuve ! Il n'y a pas de preuve ! Tu en veux à papa. Tu es intéressée, ou cupide, ou que sais-je. » Elle me regarda brusquement dans les yeux. « Je me rends compte que certaines personnes sont naturellement mauvaises. » L'espace d'une seconde ou deux, je crus qu'elle faisait allusion à papa. Puis je me rendis compte que la remarque s'adressait à moi. Mais je n'en fus pas émue. Je ne ressentis même pas le petit pincement intérieur accompagnant la bouffée de haine. Il s'agissait de Caroline. Et nous avions dépassé le stade du conflit amour-haine.

« Tu ne sais pas ce que... »

Les bras lui tombèrent le long du corps. Il était manifeste qu'elle hésitait encore sur l'attitude à tenir, que je pouvais donc tout lui dire, tout lui déverser dans les oreilles, sans rencontrer de résistance de sa part.

C'est ce qu'aurait fait Rose.

Que je ne fis pas.

Et Caroline tourna brusquement les talons et sortit de la maison, en claquant la porte derrière elle.

Je poursuivis le travail de tri, dans le living, où je ne risquais pas d'être tentée de la chercher du regard par la fenêtre. Je me rendis compte que ce living était pour moi la pièce la plus douloureuse, parce que c'était là que Rose avait mené son dernier combat, entre ce canapé et ces lampes et ces chaises, et le reste aussi, comme l'abonnement au *New Yorker* et celui au *Scientific American*. Sur le tabouret de piano de Pete se trouvait une méthode pour les grands débutants adultes ; la bibliothèque où étaient rangées habituellement les collections de *Successful Farming* contenait une documentation sur les programmes du collège universitaire de Clear Lake. Il était plus facile, à partir de ces objets, d'imaginer

Rose toute seule, dans cette pièce, méditant son passé et organisant son avenir, évaluant ce qui était récupérable. Une image triste, mais aussi apaisante de Rose, à mettre en regard du souvenir que j'avais d'elle me secouant comme un prunier, pour tenter de me réveiller, de me faire réagir, de me sortir de mon habituel marasme.

Un moteur de camion se mit à ronfler dehors. Je consultai ma montre. Caroline était dehors depuis une demi-heure. Je regardai par la fenêtre de devant. Son camion, un Ford rouge tout neuf, remarquai-je, tournait vers le nord et passa devant la baie vitrée, entre moi et nos terres sud, de l'autre côté de la route. Un ruban de neige gelée restait au fond des sillons et contre les piquets de clôture. Presque noirci par le dépôt de terre arable soulevée par le vent.

Je m'assis sur le canapé et enfonçai mes mains au fond des poches de mon sweat-shirt. Je sentais la présence de Rose, insistante comme un remords, et je la revis disant, avec ce mélange d'ironie et d'impatience qui n'appartenait qu'à elle : « Pose-moi une question. J'ai envie de te dire la vérité. »

J'aurais dû dire la vérité à Caroline.

Je contemplai la pièce glaciale. Et je dis, à voix haute : « Rose. Rose, elle n'a rien demandé. Il y a des choses qui doivent être demandées. »

Au bout d'une autre demi-heure, Caroline n'étant pas revenue, je sortis l'attendre dans mon propre camion, que j'avais emprunté. Je mis le moteur en marche ainsi que le chauffage, et attendis encore une demi-heure. Ce qui me mena pratiquement à une heure, et j'étais engourdie par le froid. Je me rendis en ville où je déjeunai au Cabot Café, avant d'aller jusqu'à Pike.

Marv Carson était dans son bureau. Il avait devant lui trois grandes bouteilles de trois eaux minérales différentes, une d'Italie, une de France et une de Suède.

« On ne prend rien, Marv. Tout peut partir.

– Formidable, Ginny, dit-il. Je demande aux frères Boone de tout vider. Avez-vous l'intention d'assister à la vente ? Je tiens à vous prévenir que c'est une épreuve très dure.

– Non. Je travaille ce jour-là. Tenez-moi au courant. »

Mais au dernier moment, je n'arrivais pas à partir.

Il était près de quatre heures lorsque je pris le chemin de la maison. Je tournai dans la 686 et roulai au pas, à la vitesse de la marche, ou d'un tracteur, ou des chevaux de trait, ou des mules, ou encore des bœufs, ceux que le grand-père Davis avait utilisés les deux premiers étés, quatre-vingt-dix ans plus tôt. Je passai devant les puits absorbants, deux à droite et deux à gauche, avec leurs grilles un peu rouillées mais toujours solidement cadenassées au sol. J'arrêtai le camion, et descendis, et grimpai sur l'un d'eux. Derrière le bruit du vent, je perçus, faible, l'éternel bruit d'eau de la mer qui se trouvait sous la terre.

La maison me rebutait à présent, mais je me sentis attirée par la grange. Je traversai la surface d'herbe gelée et parsemée de plaques de neige, poussai la lourde porte coulissante, complètement, car le soleil déclinant à l'ouest remplaçait l'électricité coupée. Les grosses machines vertes et jaunes, savamment garées par quelqu'un en occupant le moindre centimètre carré de surface au sol, étaient glaciales au toucher. Elles n'avaient pas encore été nettoyées – les forces de Rose avaient dû décliner trop vite – et tous les reliefs de roues, les joints métalliques, les lames et les tuyaux étaient recouverts de boue noire séchée, d'enveloppes claires de maïs, de fragments de cosses de soja brunes et veloutées. D'un coup de pied, je détachai un bloc de boue de la roue avant du tracteur. Une odeur de diesel et de graisse régnait dans la vaste pièce.

Des objets étaient accrochés au mur : pièces de sellerie ancienne qui risquaient de rapporter un peu d'argent, trois lampes tempête, de vieux seaux et de vieilles mangeoires entassés en équilibre instable, des râteaux. Un rouleau de fil de fer barbelé rouillé. Sur l'établi, quelques clés à molette, un marteau, que je pris, une scie, un manche de hache. Et d'autres outils. Une bâche pliée. Un petit panier à fruits. Dans un coin et éclairée par un rayon de soleil, la vieille pompe du puits qui était installée devant la porte de derrière de la maison de papa, et qui avait été remisée après l'installation de l'eau courante. Une demi-douzaine de pots de peinture. Une pile de vieilles fenêtres, et en dessous, du verre brisé. Sur le banc, une boîte à clous, neufs et usagés. Une autre de plombs. Le couvercle d'une vieille couveuse à volaille. Je m'interrogeai sur la destination de tous ces objets. Quelques carafons en plastique, avec ou sans couvercle, se trouvaient sous le banc. Une pyramide de vieux bidons de quatre litres en métal occupait le coin le plus reculé, avec un peu d'espace ménagé autour. Il faisait de plus en plus froid au fur et à mesure que le soleil se rapprochait de l'horizon, mais je contournai le tracteur et grimpai précautionneusement sur le pulvériseur. Il y avait de la poussière dans l'air. Je pris un des bidons tout cabossés. L'étiquette indiquait DDT. « Se conformer aux instructions ». Je m'interrogeai sur la destination possible de tous ces objets.

J'avançai néanmoins le camion dans la cour de chez Rose. Je descendis, fis le tour de la maison. Avec les planches de contreplaqué crème qui obturaient les fenêtres en train de virer au gris, elle paraissait aveugle, sinistre. Le revêtement blanc, sur le côté ouest de la maison, était noir d'éclaboussures. Rose les aurait lavées à grande eau.

Les planches clouées sur la porte de la cave cédèrent assez facilement en utilisant le marteau comme levier, malgré le tremblement de mes mains dans la bise glaciale. La poignée métallique tourna en grinçant à peine. Je soulevai la porte. Il n'y avait pas d'électricité et la lumière naturelle commençait à faiblir. Je n'avais pas d'allumettes. Mes pieds cherchèrent les marches à l'aveuglette, l'une après l'autre. Je savais que les étagères de Rose n'étaient pas loin de l'entrée et j'avançais les mains tendues devant moi. Je sentais les toiles d'araignée se prendre dans mes doigts et mon visage.

Les planches rugueuses supportaient des bocaux froids et lisses d'un quart ou d'un huitième de litre. Je n'avais pas besoin de les voir pour savoir où ils se trouvaient – confitures, cornichons, tomates, haricots à l'aneth, jus de tomate, betteraves, compote, beurre de pêche. La générosité de Rose, des étés entiers de travail, une habitude que nous avions conservée beaucoup plus longtemps que la plupart de nos voisins. Je sentis une boîte et je sus que j'avais trouvé les saucisses, flanquées dans un coin sous le feu d'une série d'événements passionnants, et ensuite constamment repoussées, avant d'être complètement oubliées. Je remontai maladroitement avec la boîte. Je refermai la cave, et dans le noir, en utilisant la lumière des phares du camion, je reclouai les planches en travers de la porte. La choucroute et le liquide, à l'intérieur des bocaux, avaient viré à un orange profond, et les bords des couvercles avaient quelques points de rouille. Je les surveillai constamment du coin de l'œil, à côté de moi, sur la banquette du camion, tandis que je m'éloignais, et c'est ainsi que j'oubliai de jeter un dernier regard à la ferme.

Pam était chez son petit ami et Linda était couchée lorsque j'arrivai chez moi. Elle s'était assoupie sur son cours d'économie. Je marquai la page et posai le livre par terre, puis j'éteignis la lampe de chevet et tirai le couvre-lit sur ses épaules. Après l'avoir contemplée quelques instants, d'un geste de la main je lui ôtai les cheveux du visage. Endormie, elle ressemblait vraiment à la Rose d'autrefois, Rose avant son mariage, à l'époque où j'imagine qu'elle attendait avec délice une vie qui ne daigna jamais s'offrir.

Je posai les bocaux à côté de l'évier et regardai le broyeur à ordures. J'étais embarrassée, à vrai dire, embarrassée et inquiète, nerveuse comme si je tenais des explosifs prêts à fonctionner. Très délicatement, je dévissai les couvercles et ôtai le caoutchouc. Une forte odeur vinaigrée monta du bocal. Peut-être existait-il une meilleure façon de procéder – porter le tout à la décharge ? Me débrouiller pour le brûler ? Peut-être avais-je eu tort d'ouvrir les couvercles ? J'aurais pu garder le tout définitivement à l'abri de bocaux stérilisés et hermétiques. Je m'assis pour réfléchir, mais cette réflexion ne me mena nulle part. Alors j'agis, au mieux. Je vidai saucisses et choucroute dans le broyeur à ordures, mis le mécanisme en marche, puis chassai le tout en laissant couler l'eau pendant un quart d'heure, à pleine pression. Je m'en remettais, comme je le faisais toujours depuis que j'habitais en ville, au système de retraitement des déchets que je n'avais jamais vu. Non sans appréhension.

Mais aussi avec soulagement. Je fus libérée d'un fardeau dont je n'avais jusqu'à ce moment même pas senti le poids, celui de devoir attendre pour connaître la suite des événements.

Épilogue

La salle des Ventes des frères Boone ne chôma pas ce printemps-là, ni au cours des années qui suivirent, pour accompagner le chahut auquel fut soumis la terre, passant d'un agriculteur à l'autre, selon le caprice de la vague. Je ne sus pas où échouèrent nos assiettes, nos canapés, nos tracteurs, nos photos, notre batterie de cuisine. Il semble que nos quatre cents hectares allèrent grossir les biens de la Heartland Corporation, laquelle comptait – ou ne comptait pas – des Stanley dans ses actionnaires principaux, de la branche, peut-être, qui était allée autrefois s'installer à Chicago. La maison *Chelsea*, qui était jadis arrivée en train, fut jugée trop grande pour être transportée, et fut rasée. La maison de Rose partit pour Henry Grove, comme elle était auparavant venue de Columbus, et ma maison fut elle aussi démontée pour permettre l'agrandissement de la porcherie et lui donner une capacité d'accueil de cinq mille truies. Lorsque l'on se poste à l'intersection de la 686 et de la Cabot Street Road, on voit désormais que les champs ne laissent plus place à une seule habitation, ni grange, ni vie humaine. Il n'est plus âme qui vive à l'horizon du regard de celui qui contemple le paysage.

Caroline et moi, nous partageâmes effectivement un héritage, les trente-quatre mille dollars d'impôts qui restèrent après la vente de tous les biens. Caroline régla sa moitié, me dit-on. Quant à moi, je passai un accord avec l'IRS chargé du recouvrement des impôts. Je fais des heures supplémentaires, et Pam et Linda ne sont pas inquiétées financièrement. Je paie deux cents dollars par mois, tous les mois, dollars que je considère comme le « prix de mes regrets », et, bien que la nature de mes regrets soit en constante évolution et mutation, je suis heureuse de payer ces traites qui représentent le seul crédit qui me sera jamais accordé. Selon leurs calculs, il me faudra quatorze ans pour solder le prix de mes regrets, et peut-être en aurai-je d'ici là élucidé la nature. Une chose est sûre, c'est que le regret fait partie de mon héritage.

La solitude aussi. Les hommes sont gentils avec moi au restaurant, et l'un d'eux parfois m'invite au cinéma, mais aucun n'a la grâce ni le mystère de Jess, aucun la franchise, la bonté et l'aveuglement de Ty, aucun l'instabilité et l'imagination de Pete, aucun ne ressemble à papa, qui est ce qu'il est et ne peut être défini par une étiquette. Les hommes qui m'invitent sont étranges et simples, vaincus par leur propre solitude. Il est plus facile, et plus séduisant, de ne pas ouvrir certaines portes.

J'ai hérité de Pam et de Linda. Pam est une réplique plus solide de Rose et elle a fait des études d'éducation musicale. Linda est une version plus sceptique et moins passionnée de Pete, et elle a choisi de faire des études commerciales. Elle s'intéresse particulièrement aux conglomérats de l'agroalimentaire et travaillera probablement pour la General Foods. Il nous arrive de parler, assez calmement, de papa, et de Rose, et de Pete, et de Caroline, et même de Jess. Elles comprennent que Rose n'a pas pu leur léguer autre chose que sa vision des choses. Sa sincérité leur a donné une certaine confiance. Elles sont également prudentes, et je doute qu'elles jettent jamais cette prudence par-dessus les moulins. Elles sont plus proches et plus protectrices l'une par rapport à l'autre qu'elles ne le furent jamais petites. Je reconnais qu'elles n'ont pas une foi sans limite dans mes vertus de gardienne, malgré leur affection pour moi, et nous nous entendons bien.

Je vois en elles ce que je ne suis pas loin de voir en moi-même – le mélange et l'addition de leurs deux parents. Je vois combien leur héritage se situe là, dans la forme de leurs yeux et leur regard, dans le poids de leur corps et leur façon de bouger, dans leur intelligence et leur façon de penser.

En les regardant, je suis contrainte de reconnaître que, si l'exploitation est dispersée dans la nature, avec son lot de fardeaux et de bienfaits, mon héritage à moi est toujours là, il est assis avec moi sur ma chaise. Inscrites dans chacune de mes cellules, avec l'ADN, se trouvent des molécules de terre arable et d'herbicides et de pesticides et d'engrais et de diesel et de poussière végétale, auxquelles s'ajoutent des molécules de mémoire : la sensation de fraîcheur revigorante le long de mon échine, lorsque je flottais sur le dos, l'été, dans l'étang de Mel, en regardant le ciel ; le doux parfum exotique des robes pendues dans le placard de ma mère ;

l'odeur aigre des pieds de tomates humides ; les stries de douleur laissées sur ma peau par le ceinturon de mon père ; le froid pénétrant de l'attente du car de ramassage scolaire dans l'aube bleue de l'hiver. Toutes sont présentes aujourd'hui, ici ; chaque particule pèse une fraction des cinquante-neuf kilos qui m'attachent à la terre, autant peut-être que le mot imprimé pèse dans d'autres histoires.

Je dirai que chaque personne disparue m'a laissé quelque chose et que je suis consciente de mon héritage lorsque je me rappelle l'une d'elles. Lorsque je pense à Jess, je me souviens du rond empoisonné dont nous buvions l'eau, cette eau qui courait sous la terre, dans les puits absorbants, dans la mer chimique, mystérieuse, souterraine et privée de lumière, avant de remonter, fraîche et tentante, du puits d'eau douce dans le robinet de Rose, dans le mien. Je pense à Jess quand je roule dans la campagne et vois dans le lointain les camions-citernes transportant les engrais chimiques, ou les pulvérisseurs d'herbicides, ou les cultivateurs labourant leur champ à l'automne, ou des montagnes entourées de terre noire et coiffées d'un sol si clair que le maïs ne fait qu'y rester fiché, comme dans du gravier, parce qu'il n'y a plus de substance nutritive à tirer. Jess m'a légué les yeux pour voir cela. Je pense à Jess lorsque je vois l'un de mes cinq enfants dans la rue, celui de onze ans, de treize ans, de quinze ans, de dix-neuf ou de vingt-cinq ans. Jess m'a laissé une part de colère.

La colère, elle, me fait penser à Rose, mais comme la plupart des femmes que je vois dans la rue, vêtues de robes qu'elle aurait aimées, portant sur la hanche des enfants avec la grâce ondulante qui était la sienne, élevant la voix avec espoir, perspicacité, indignation, tristesse, ironie, affection, candeur, et même à tort. Rose m'a légué une énigme que je n'ai pas résolue et qui est le jugement que l'on peut porter sur une personne qui vous a fait du mal mais n'en a exprimé ni remords, ni même compréhension.

Le remords me fait penser à papa, qui n'en eut jamais, du moins pas pour moi. Mon corps aussi me fait penser à papa, à ce que l'on éprouve quand on résiste sans avoir l'air de résister, quand on se met hors-jeu tout en semblant respectueuse et attentionnée. Me réveiller dans le noir me fait penser à papa, faire la cuisine me fait penser à papa, tout le vaste espace de ciel que nous scrutons lorsque nous guettons les tempêtes, tout cela me fait penser à papa.

Un certain type d'homme me fait penser à Ty, et quand je pense à lui, je me souviens du monde ordonné et laborieux où je vivais, je me souviens de la gentille petite planète de Ty.

Et lorsque je pense à ce monde, je me souviens de la jeune morte que je fus, et qui elle aussi m'a laissé un héritage, son bocal de saucisses empoisonnées et le pouvoir qu'il confère, qui est celui de se rappeler ce qu'on ne peut imaginer. Je ne puis dire que je pardonne à mon père, mais je suis aujourd'hui capable d'imaginer ce qu'il avait sans doute choisi de ne jamais se rappeler – l'aiguillon d'une impensable pulsion qui le tenaillait, le poussait, l'enfermait dans un impénétrable brouillard de l'ego qui devait ressembler, lorsqu'il errait tard le soir dans la maison, après avoir beaucoup travaillé et beaucoup bu, à l'obscurité même. Cet éclat de l'incandescente obsidienne, je le garde par-dessus tout.

Rivages poche / Bibliothèque étrangère

Harold Acton
Pivoines et Poneys (n° 73)

Sholem Aleikhem
Menahem-Mendl le rêveur (n° 84)

Jessica Anderson
Tirra Lirra (n° 194)

Reinaldo Arenas
Le Portier (n° 26)

Quentin Bell
Le Dossier Brandon (n° 102)

Stefano Benni
Baol (n° 179)

Ambrose Bierce
Le Dictionnaire du Diable (n° 11)
Contes noirs (n° 59)
En plein cœur de la vie (n° 79)
En plein cœur de la vie, vol. II (n° 100)
De telles choses sont-elles possibles ? (n° 130)
Fables fantastiques (n° 170)
Le Moine et la fille du bourreau (n° 206)

Paul Bowles
Le Scorpion (n° 3)
L'Écho (n° 23)
Un thé sur la montagne (n° 30)

Emily Brontë
Les Hauts de Hurle-Vent (n° 95)

Robert Olen Butler
Un doux parfum d'exil (n° 197)

Calamity Jane
Lettres à sa fille (n° 232)

Peter Cameron
Week-end (n° 245)

Ethan Canin
L'Empereur de l'air (n° 109)
Blue River (n° 157)

Truman Capote
Un été indien (n° 9)

Willa Cather
Mon ennemi mortel (n° 74)
Une dame perdue (n° 101)
Destins obscurs (n° 117)
La Mort et l'Archevêque (n° 144)
Mon Ántonia (n° 159)
La Maison du professeur (n° 217)

Fausta Cialente
Les Quatre Filles Wieselberger (n° 10)

Barbara Comyns
Les Infortunes d'Alice (n° 94)

Joseph Conrad
Le Duel (n° 106)

Lettice Cooper
Une journée avec Rhoda (n° 137)

Giuseppe Culicchia
Patatras (n° 227)

Silvio D'Arzo
Maison des autres (n° 78)

Robertson Davies
L'Objet du scandale (n° 234)

Angela Davis-Gardner
Un refuge en ce monde (n° 118)
Felice (n° 203)

Andrea De Carlo
Oiseaux de cage et de volière (n° 178)

Walter de la Mare
L'Amandier (n° 108)
Du fond de l'abîme (n° 141)
À première vue (n° 219)

Daniele Del Giudice
Le Stade de Wimbledon (n° 209)

Erri De Luca
Une fois, un jour (n° 119)
Acide, Arc-en-ciel (n° 201)

Alfred Döblin
L'Assassinat d'une renoncule (n° 25)

Heimito von Doderer
Un meurtre que tout le monde commet (n° 14)

Michael Dorris
Un radeau jaune sur l'eau bleue (n° 121)

John Meade Falkner
Le Stradivarius perdu (n° 153)

Eva Figes
Lumière (n° 5)

Richard Ford
Rock Springs (n° 220)

Mavis Gallant
Les Quatre Saisons (n° 82)
Voyageurs en souffrance (n° 175)
L'été d'un célibataire (n° 205)
Chroniques de Mai 68 (n° 246)

William Gass
Au cœur du cœur de ce pays (n° 146)

Kaye Gibbons
Ellen Foster (n° 4)
Une femme vertueuse (n° 31)

Barry Gifford
Les Vies parallèles de Jack Kerouac (n° 81)
Paysage avec voyageur (n° 133)

Lars Gustafsson
Musique funèbre (n° 135)

MacDonald Harris
La Valise de Hemingway (n° 149)

Christopher Isherwood
Le Condor (n° 28)

Henry James
Mémoires d'un jeune garçon (n° 27)
Owen Wingrave (n° 36)
Le Dernier des Valerii (n° 62)
Un épisode international (n° 97)

Diane Johnson
Nuits persanes (n° 185)

Elizabeth Jolley
L'Héritage de Miss Peabody (n° 87)
Tombé du ciel (n° 131)
Foxybaby (n° 161)

Barbara Kingsolver
L'Arbre aux haricots (n° 224)
Les Cochons au paradis (n° 242)

Rudyard Kipling
Le Miracle de saint Jubanus (n° 85)

Mirko Kovač
La Vie de Malvina Trifković (n° 111)

Gavin Lambert
Le Crime de Hannah Kingdom (n° 104)

Ella Leffland
Rose Munck (n° 134)

David Lodge
Jeu de société (n° 44)
Changement de décor (n° 54)
Un tout petit monde (n° 69)
La Chute du British Museum (n° 93)
Nouvelles du Paradis (n° 124)
Jeux de maux (n° 154)
Hors de l'abri (n° 189)
L'homme qui ne voulait plus se lever (n° 212)
Thérapie (n° 240)

Rosetta Loy
Les Routes de poussière (n° 164)

Alison Lurie
Les Amours d'Emily Turner (n° 7)
La Ville de nulle part (n° 21)
La Vérité sur Lorin Jones (n° 32)
Des gens comme les autres (n° 38)
Conflits de famille (n° 46)
Des amis imaginaires (n° 71)
Comme des enfants (n° 107)
Femmes et Fantômes (n° 182)

Liaisons étrangères (n° 207)

Norman Maclean
Montana, 1919 (n° 140)
La Rivière du sixième jour (n° 213)
La Part du feu (n° 243)

Norman Mailer
Les vrais durs ne dansent pas (n° 177)

Javier Marías
L'Homme sentimental (n° 24)
Le Roman d'Oxford (n° 114)
Un cœur si blanc (n° 186)
Ce que dit le majordome (n° 237)

Olga Masters
Le Cœur labyrinthe (n° 115)

Jay McInerney
Toute ma vie (n° 229)

Steven Millhauser
La Galerie des jeux (n° 37)

Lorrie Moore
Des histoires pour rien (n° 8)
Vies cruelles (n° 61)
Anagrammes (n° 91)
Que vont devenir les grenouilles ? (n° 236)

Frank Moorhouse
Quarante/Dix-sept (n° 112)

Guido Morselli
Dissipatio (n° 173)

Alice Munro
Les Lunes de Jupiter (n° 147)
Amie de ma jeunesse (n° 198)

Vladimir Nabokov
L'Enchanteur (n° 215)

Roger Nimier
Les Indes Galandes (n° 64)

Whitney Otto
Le Jour du patchwork (n° 184)

Cynthia Ozick
Le Rabbi païen (n° 29)

Grace Paley
Les Petits Riens de la vie (n° 1)
Plus tard le même jour (n° 13)
Énorme changement de dernière minute (n° 163)

Victor Paskov
Ballade pour Georg Henig (n° 33)

Pier Paolo Pasolini
Descriptions de descriptions (n° 168)

Walker Percy
Le Cinéphile (n° 18)
L'Amour parmi les ruines (n° 88)
Les Signes de l'apocalypse (n° 172)

Barbara Pym
Adam et Cassandra (n° 15)
Secret, très secret (n° 35)
Lorsqu'un matin d'orage (n° 47)

Elisabetta Rasy
La Première extase (n° 228)

Umberto Saba
Couleur du temps (n° 6)
Comme un vieillard qui rêve (n° 17)

Lisa Saint-Aubin de Terán
Les Jours de l'Orénoque (n° 90)

John Saul
Baraka (n° 142)
De si bons Américains (n° 183)
Mort d'un général (n° 216)

Budd Schulberg
Un homme dans la foule (n° 76)
Le Désenchanté (n° 77)
Le Visage de Hollywood (n° 156)

Carl Seelig
Promenades avec Robert Walser (n° 65)

Carol Shields
Swann (n° 126)
La République de l'amour (n° 160)

Jane Smiley
Portraits d'après nature (n° 148)
L'Exploitation (n° 199)
Un appartement à New York (n° 218)

Natsumé Sôseki
Oreiller d'herbes (n° 2)
Clair-obscur (n° 22)
Le Voyageur (n° 122)

Elizabeth Spencer
Nouvelles du Sud (n° 188)

Tilman Spengler
Le Cerveau de Lénine (n° 151)

Robert Louis Stevenson
Fables (n° 20)
La Magicienne (n° 34)
Olalla (n° 56)

Italo Svevo
Le Destin des souvenirs (n° 12)

Paco Ignacio Taibo II
Le Rendez-vous des héros (n° 204)

Elizabeth Taylor
Angel (n° 41)
Mrs. Palfrey, Hôtel Claremont (n° 67)
Cher Edmund (n° 98)
Noces de faïence (n° 125)
Une saison d'été (n° 155)
La Bonté même (n° 190)

Alberto Vigevani
Le Tablier rouge (n° 136)
Un été au bord du lac (n° 195)

Evelyn Waugh
Trois Nouvelles (n° 138)

Fay Weldon
Copies conformes (n° 128)

Paul West
Le Médecin de Lord Byron (n° 50)

Rebecca West
Femmes d'affaires (n° 167)

Joy Williams
Dérapages (n° 120)

Tim Winton
Cet œil, le ciel (n° 225)

Evguéni Zamiatine
Seul (n° 16)
Le Pêcheur d'hommes (n° 19)

Rivages poche /Petite Bibliothèque
Collection dirigée par Lidia Breda

Erri De Luca
Un nuage comme tapis (n° 176)
Rez-de-chaussée (n° 191)

Maître Eckhart
Du Détachement (n° 143)

Umberto Eco - Cardinal Martini
Croire en quoi ? (n° 238)

Épictète
Manuel (n° 132)

Euripide - Sénèque
Médée (n° 211)

Sigmund Freud - Stefan Zweig
Correspondance (n° 166)

Witold Gombrowicz
Cours de philosophie en six heures un quart (n° 171)

Baltasar Gracián
L'Art de la prudence (n° 116)

Hésiode
Théogonie, la naissance des dieux (n° 83)

Hippocrate
Sur le rire et la folie (n° 49)
Airs, eaux, lieux (n° 174)

Jahiz
Éphèbes et Courtisanes (n° 231)

Jean
Apocalypse (n° 165)

Jean Paul
Être là dans l'existence (n° 239)

Hans Jonas
Le Concept de Dieu après Auschwitz (n° 123)
Le Droit de mourir (n° 196)
Pour une éthique du futur (n° 235)

Stephen Karcher
Yi king (n° 247)

Søren Kierkegaard
Johannes Climacus, ou *Il faut douter de tout* (n° 223)

Pierre Klossowski
La Monnaie vivante (n° 230)
Karl Kraus
La Littérature démolie (n° 92)
Emmanuel Levinas
Quelques réflexions sur la philosophie de l'hitlérisme (n° 226)
Longin
Du sublime (n° 105)
Lucien
Philosophes à vendre (n° 72)
Montaigne
De la vanité (n° 63)
Montesquieu
Essai sur le goût (n° 96)
André Morellet
De la conversation (n° 169)
Friedrich Nietzsche
Dernières Lettres (n° 70)
Ortega y Gasset
Le Spectateur (n° 80)
Ovide
Amours (n° 202)
Martin Palmer
Le Taoïsme (n° 222)
Pascal
Pensées sur la politique (n° 75)
Fernando Pessoa
Fragments d'un voyage immobile (n° 42)
Lettres à la fiancée (n° 43)
Pétrarque
Mon secret (n° 52)
Plutarque
Comment tirer profit de ses ennemis (n° 103)
Comment écouter (n° 150)
Karl Popper
Des sources de la connaissance et de l'ignorance (n° 241)
Félix Ravaisson
De l'habitude (n° 208)

Jean-Jacques Rousseau
Émile et Sophie (n° 127)
Karl Gottlob Schelle
L'Art de se promener (n° 187)
Arthur Schnitzler
Lettres aux amis (n° 45)
Relations et Solitudes (n° 51)
La Transparence impossible (n° 68)
Gershom Scholem
Benjamin et son ange (n° 158)
Schopenhauer
Douleurs du monde (n° 57)
Essai sur le libre arbitre (n° 66)
Contre la philosophie universitaire (n° 113)
Sénèque
De la tranquillité de l'âme (n° 48)
De la brièveté de la vie (n° 53)
Consolations (n° 60)
Georg Simmel
Philosophie de l'amour (n° 55)
La Tragédie de la culture (n° 86)
Michel-Ange et Rodin (n° 180)
Marina Tsvétaïéva
Après la Russie (n° 89)
Xénophon
L'Économique (n° 145)
Jacques-Gilbert Ymbert
L'Art de faire des dettes (n° 193)

Achevé d'imprimer en avril 1998
par Maury-Eurolivres
45300 Manchecourt

Imprimé en France
Dépôt légal : avril 1998